作者像　于我鬼窟书斋

中国旅行

杭州岳飞墓前

象棋观战

目　　录

小　品

大川之水 …………………… 艾　莲译　3
创作 ………………………… 侯　为译　8
扬帆起航 …………………… 侯　为译　11
青蛙 ………………………… 侯　为译　14
饶舌 ………………………… 侯　为译　16
南瓜 ………………………… 侯　为译　18
京都日记 …………………… 侯　为译　21
恶魔 ………………………… 侯　为译　26
窗口 ………………………… 侯　为译　28
服装 ………………………… 侯　为译　30
忘不掉的印象 ……………… 侯　为译　32
东京小品 …………………… 侯　为译　33
沼畔 ………………………… 侯　为译　38
寒山拾得 …………………… 侯　为译　40
东洋之秋 …………………… 艾　莲译　42
动物园 ……………………… 侯　为译　44
LOS CAPRICHOS(狂想曲)…… 侯　为译　53
长崎小品 …………………… 侯　为译　60
漱石山房之冬 ……………… 侯　为译　64

我的散文诗 ……………	侯　为译	67
卡奇卡奇山 ……………	侯　为译	72
商贾圣母 ………………	侯　为译	74
教训谈 …………………	侯　为译	75
鹭鸶与鸳鸯 ……………	侯　为译	76
雪 ………………………	侯　为译	78
诗集 ……………………	侯　为译	80
钢琴 ……………………	侯　为译	82
腊梅 ……………………	侯　为译	84
娑罗花 …………………	侯　为译	85
微笑 ……………………	侯　为译	86
老虎的故事 ……………	侯　为译	88
两位朋友 ………………	侯　为译	91
横须贺小景 ……………	侯　为译	93
梦呓 ……………………	侯　为译	95
O君的新秋 ……………	侯　为译	96
梦 ………………………	侯　为译	99
鸦片 ……………………	侯　为译	100
国槐 ……………………	侯　为译	103
捉迷藏 …………………	侯　为译	104
我 ………………………	侯　为译	105
某社会主义者 …………	周昌辉译	108
尘世的辛苦 ……………	周昌辉译	110
贝壳 ……………………	周昌辉译	112
春夜 ……………………	周昌辉译	120
在轻井泽 ………………	周昌辉译	123
在都市 …………………	侯　为译	125

仙女 …………………… 周昌辉译 128
仙人 …………………… 周昌辉译 130
见闻录 ………………… 周昌辉译 131
素描三题 ……………… 周昌辉译 133
由机车所想到的 ……… 周昌辉译 137
追忆 …………………… 周昌辉译 140
本所和两国 …………… 周昌辉译 158
凶兆 …………………… 周昌辉译 184
鹄沼杂记 ……………… 周昌辉译 186

随　笔

肉骨茶 ………………… 刘立善译 191
杂笔 …………………… 刘立善译 212
点心 …………………… 刘立善译 231
关于书的事情 ………… 刘立善译 243
中国的画 ……………… 刘立善译 248
野人生计事 …………… 刘立善译 251
续野人生计事 ………… 刘立善译 257
澄江堂杂记 …………… 刘立善译 276
续澄江堂杂记 ………… 刘立善译 303
葬礼记 ………………… 刘立善译 307
樗牛的故事 …………… 刘立善译 312
生于爱好文学之家 …… 刘立善译 316
鉴定 …………………… 刘立善译 317
我与创作 ……………… 刘立善译 319

| 兴致最高的时节 …………… 刘立善译 322
| 旨在采取明晰的形式 ………… 刘立善译 325
| "主义"一词的涵义 …………… 刘立善译 327
| 永久不快的两重生活 ………… 刘立善译 329
| 参观俳画展览会 ……………… 刘立善译 330
| 入社致辞 ……………………… 刘立善译 332
| 龙村平藏的艺术 ……………… 刘立善译 334
| 一篇作品竣事之前 …………… 刘立善译 336
| 文章和词语 …………………… 刘立善译 339
| 宛似西洋画的日本画 ………… 刘立善译 341
| 世间与女人 …………………… 刘立善译 343
| 鬻文问答 ……………………… 刘立善译 345
| 近期的幽灵 …………………… 刘立善译 348
| 八宝饭 ………………………… 刘立善译 352
| 寄自伊东 ……………………… 刘立善译 356
| 当一九二三年九月一日大地震发生之际
| ………………………………… 刘立善译 358
| 鹦鹉 …………………………… 刘立善译 370
| 解嘲 …………………………… 刘立善译 373
| 正冈子规 ……………………… 刘立善译 378
| 《假面》的同人们 …………… 刘立善译 380
| 案头的书 ……………………… 刘立善译 381
| 关于理查德·博通译《一千零一夜》
| ………………………………… 刘立善译 387
| 藏书 …………………………… 刘立善译 394
| 娼妇之美与冒险 ……………… 刘立善译 396
| 我的俳谐修业 ………………… 刘立善译 397

校友们 ……………………	刘立善译	399
田端人 ……………………	刘立善译	403
日本小说的中国译本 ………	刘立善译	406
再三注意帖 …………………	刘立善译	409
日本的女人 …………………	刘立善译	411
结婚难与恋爱难 ……………	刘立善译	420
变迁及其他 …………………	刘立善译	423
冒名顶替者二题 ……………	刘立善译	427
才气专一不二 ………………	刘立善译	429
病床杂记 ……………………	刘立善译	430
关于标新立异的作品 ………	刘立善译	433
身边之物 ……………………	刘立善译	435
孔雀 …………………………	刘立善译	438
拊掌而谈 ……………………	刘立善译	439
病中杂记 ……………………	刘立善译	443
一个无名的作家 ……………	刘立善译	446
东西问答 ……………………	刘立善译	448
又一说? ……………………	刘立善译	451
亦一说? ……………………	刘立善译	453
比吕志问答 …………………	刘立善译	454
无题 …………………………	刘立善译	455
那时的赤门生活 ……………	刘立善译	456
小说的读者 …………………	刘立善译	459
把朋友作为食物 ……………	刘立善译	461
我的两三个朋友 ……………	刘立善译	462
讲演行军记 …………………	刘立善译	465
我家的古玩 …………………	刘立善译	467

诗　歌

俳句 …………………… 罗兴典译 471
短歌 …………………… 罗兴典译 485
北陆恋 ………………… 罗兴典译 492
诗 ……………………… 罗兴典译 499
来自我的瑞士 ………… 罗兴典译 510
我鬼窟句抄 …………… 罗兴典译 515
似无愁抄 ……………… 罗兴典译 525
我鬼句抄 ……………… 罗兴典译 526
荡荡帖（其一）………… 罗兴典译 534
荡荡帖（其二）………… 罗兴典译 545
斗室吟 ………………… 罗兴典译 558
澄江堂句抄 …………… 罗兴典译 561
澄江堂杂咏 …………… 罗兴典译 568
新流行调 ……………… 罗兴典译 571

游　记

中国游记 ……………… 陈生保译 575
　上海游记 …………… 陈生保译 576
　江南游记 …………… 陈生保译 622
　长江游记 …………… 陈生保译 688
　北京日记抄 ………… 陈生保译 698

杂信一束 ……………………… 陈生保译 709
松江印象记 …………………… 陈生保译 715
乘金刚号军舰航海记 ………… 陈生保译 720
枪岳纪行 ……………………… 陈生保译 729
东北·北海道·新潟 ………… 陈生保译 735

日 录 抄

田端日记 ……………………… 艾　莲译 741
我鬼窟日录 …………………… 艾　莲译 746
长崎日录 ……………………… 艾　莲译 752
澄江堂日录 …………………… 艾　莲译 756
轻井泽日记 …………………… 艾　莲译 758
晚春卖文日记 ………………… 艾　莲译 760

小品

小

品

大川之水

艾 莲译

　　我出生于大川端附近的一条街上。走出家门，穿过米槠覆荫、黑墙毗连的横网小路，便来到立有上百根桩子的河边，眼前顿时展现出一条宽阔的大河。从小学到中学毕业，几乎天天都望见这条河。那水，那船，那桥，那沙洲，还有那些生于斯长于斯的人，每日忙忙碌碌的生活。盛夏的午后，踩着灼热的河沙，下河学游泳，无意中河水的气息扑鼻而来。这种种，现在回忆起来，那份亲切似乎与日俱增。

　　对那条河，何以如此钟爱呢？难道说，是那一川暖融融的浊水，引起无限的怀念之情？就连自己也有点儿说不清。反正，往昔每见大川之水，便会莫名地想流泪，生起一种难以言表的慰安与寂寥。我的心绪，好似远离寄身的世界，沉浸在亲切的思慕与怀恋的天地之中。怀着这样的心境，为能咂摸这一慰安与寂寥的况味，才尤爱大川之水。

　　那银灰色的雾霭，绿油油的河水，隐隐然有如一声长叹的汽笛声，以及运煤船上茶褐色的三角帆——一切的一切，都会引起不绝如缕的哀愁。河上风光如许，使自己那颗童稚的心，宛如岸边的柳叶，颤动不已。

　　三年来，位于郊外杂树林内、浓荫覆盖的书斋里，我陶然于平静的读书三昧。尽管如此，我仍不能忘情于大川之水，一个月里总要去眺望三两次。书斋寂寂，却不断予人情思的亢奋与激烈。而那大川的水色，似动非动，似淌非淌，自能融化自家一颗凄动不宁的心，仿佛羁旅归来的香客，终于踏上故土一样，既有几分陌生，又感到舒畅和亲切。因为有了大川之水，自己的情感，才得以恢复本来的纯净。

不知有过多少次，见绿水之滨的洋槐，在初夏和风的吹拂中，白花纷纷地凋落。不知有过多少次，在多雾的十一月的夜半，听见群鸟在幽暗的河面瑟瑟地啼叫。所见所闻的这一切，无不使我对大川增加新的眷恋。如同少年的心，像夏日河面上黑蜻蜓的翅羽一般易于震动，不由得要睁大一双惊异的眸子。尤当夜里，在撒网后的渔船上，依傍船舷，凝视黑黝黝的大河无声地流淌，感受到飘散在夜空与水气中的"死亡"气息，自己是何等的孤单无助，受着寂寞的煎迫。

每当遥望大川的流水，不禁想起邓南遮的心情，他对意大利水都威尼斯的风光，倾注了满腔热情：在教堂的晚钟和天鹅的啼声里，威尼斯沐浴着夕阳，露台上盛开的玫瑰和百合，在水光月影之下，显得苍白而青幽；宛如黑色柩车的公渡拉游艇，从一个桥头驶向另一个桥头，犹如驶入了梦境。于我仿佛是一个新发现，引起深切的共鸣。

受大川之水抚育的沿岸街区，对我说来，都是难以忘怀、倍感亲切的。从吾妻桥的下流数去，有驹形、并木、藏前、代地、柳桥，以及多田的药师寺前、梅堀，直到横网的岸边——这些地方，无一不令我留恋。人走到那里，耳中想必会听到大川之水汨汨南去的细响。那亲切的水声，从阳光普照的一幢幢仓房的白墙之间传来，从光线黝暗的木格子门的房屋之间传来，或从那银芽初萌的柳树与洋槐的林荫之间传来。绿水悠悠、波光粼粼的大川，好似一块打磨平滑的玻璃板。哦，好亲切的水声呀！你像在絮絮低语，又好似撒泼使性儿。河水绿得像榨出的草汁，不分昼夜，冲洗着两岸的石堤。班女①也罢,业平②也罢,武藏野③的往昔我并不清楚,但远自江户时期净琉璃的众多作者,近至河竹默阿弥④辈,在他们的风俗戏里,为了着力营造杀人场面的气氛,配合浅草寺钟声的,常用的道具,就是大川那凄凉的水声。十六夜与清心双双投河的时候,源之丞对女乞丐阿古与一见钟情的时候,或是补锅匠松五郎⑤在蝙蝠盘旋的夏日黄昏中,挑着担子走过两国桥的时候,大川之水如同今天一样,在客栈前的渡口,在岸边的青芦和小舟的舷旁,源源流过,喃喃细语。

尤其是,听水声最有情味的地方,恐怕莫过于在渡船上了。倘若我没有记错,从吾妻桥到新大桥之间,原有五个渡口。其中,驹形、富士见和安宅三个渡口,不知何时,已相继荒废了。如今只剩下从一桥到浜町、御藏桥到须贺町这两个渡口还同往昔一样,保留了下来。同我儿时相比,河流业已改道,原先芦荻繁茂的点点沙洲,已消失殆尽,不留一点踪迹。唯有这两个渡口,依样的浅底小舟,依样的船头上站着老渡工,每日不知要横渡几次这一川绿水,水绿得像岸边的柳叶。我时常无事也去乘乘这渡船。随着水波的荡漾,恍如置身摇篮里那么惬意。特别是天时愈晚,愈能深味到船上那种寂寥与慰藉的情致。——低低的船舷外,便是柔滑的绿水,如青铜一般泛出凝重的光。宽阔的河面,一览无余,直到新大桥远远横在前面好像要拦住去处。暮色中,两岸人家是一色的灰蒙蒙,只有映在纸拉门上的昏昏灯火,在雾霭中浮现。涨潮时分,难得有一

---

① 日本古典戏剧"能"剧《班女》的女主角。
② 即在原业平(825—880),平安朝初期的和歌诗人。相传风流倜傥,成为能与歌舞伎等古典戏剧中的角色之一。
③ 地名,关东平原的一部分,现指东京都中部市区,包括吉祥寺及周边卫星城。
④ 河竹默阿弥(1816—1893),歌舞伎剧作家。
⑤ 十六夜与清心,源之丞与阿古与,以及松五郎,分别为河竹默阿弥的歌舞伎剧本《十六夜清心》、《阿古与与源之丞》、《补锅匠松五郎》中的主角。

两只大舢板,半挂着灰不溜秋的风帆,溯流而上,而且船上悄无声息,连有无舵工都不清楚。面对这静静的船帆,嗅着绿波缓流的水味,我总是无言以对,那种感触,就像读霍夫曼斯塔尔①的《往事》诗一样,有种无可名状的凄凉寂寞。尤其是我不能不觉察到,自家心中情绪之流的低吟浅唱,已与雾霭之下悠悠大川之水,交相共鸣,合成一个旋律。

然而,使我着迷的,不单是大川的水声。依我说,大川之水,还别具一种别处难见的柔滑而温文的光彩。

拿海水来说,色如碧玉,绿得过于浓重。而大川上游,那儿根本分不出潮涨潮落,翡翠般的水色又嫌太轻太淡。唯有流经平原的大川之水,融进了淡水和潮水,在清冷的绿色中,糅杂着混浊与温暖的黄色,似乎有种通人性的亲切感和人情味。就这个意义上而言,大川处处显得有情有义,令人眷恋不已。尤其流经的多为赭红黏土的关东平原,又静静地穿过东京这座大都会,所以,尽管水色混浊,波纹迭起,像个难伺候、爱抱怨的犹太老头,可是毕竟予人以庄重沉稳、亲切舒适的感觉。况且,虽说同样是流经城市,或许因为大川同神秘至极的"大海"不断流通的缘故吧,所以,绝没有用以沟通河流的人工渠水那么暗淡,那么昏沉。使人觉得,大川总是那么生气勃勃,奔流不息。然而,大川奔流的前方,是无极无终,不可思议的"永恒"。在吾妻桥、厩桥和两国桥之间,水绿得如香油一般,浸着花岗岩和砖砌的巨大桥墩,那份欢快自是不用提的了。河岸近处,水光映照着客栈门前白色的纸罩方灯,映照着银叶翩翩的柳树。过午,虽说水闸拦截,河水依旧在幽幽的三弦声

---

① Hofmannsthal(1874—1929),奥地利诗人、剧作家,象征主义与新浪漫主义的代表作家。

中，在温馨的时光中流过。在红芙蓉花中，水流一面低声愁叹，一面因胆怯的鸭儿拍羽振翅而搅成纷乱一片，闪烁着激滟的水光，悄没声儿的，又从无人的厨房下面流过。那凝重的水色，涵蕴着无可形容的脉脉温情。再譬如说，两国桥、新大桥、永代桥，越接近河口，河水越明显地交汇着暖潮的深蓝色。在充满噪音和烟尘的空气下，河面如同洋铁皮，将太阳光反射得灿烂辉煌，一面无精打采地摇荡着运煤的驳船和白漆脱落的老式汽船。然而，大自然的呼吸与人的呼吸，已经融为一体，不知不觉间化为都会水色中那一团温暖，而这是轻易不会消失的。

尤其是日暮时分，河面上水气弥漫，暝色渐次四合，夕天落照之中的一川河水，那色调简直绝妙无比。我独自一人，靠着船舷，闲闲地望着暮霭沉沉的水面，水色苍黑的彼岸，在一幢幢黑黝黝的房屋上空，只见一轮又大又红的月亮正在升起。我不由得潸然泪下，这恐怕是我永生也不会忘怀的。"所有的城市，都有其固有的气味。佛罗伦萨的气味，就是白蝴蝶花、尘埃、雾霭和古代绘画上清漆的混合味儿。"（梅列日科夫斯基①）倘有人问我"东京"的气味是什么，我会毫不犹豫地说，是大川之水的气味。那不独是水的气味，还有大川的水色，大川的水声，也无疑是我所钟爱的东京的色彩，东京的声音。因为有大川之水，我才爱"东京"；因为有"东京"，我才爱"生活"。

嗣后听说"一桥渡口"废弃了。"御藏桥渡口"的废弃，恐怕也为时不远了。

大正三年（1914）一月

---

① Merejkovski（1865—1941），俄国作家、文学评论家。伊利斯为希腊神话中的彩虹女神。

创　作

侯　为译

让我写小说么？要是能写，早就写了嘛！可我写不了，非常遗憾。我为工作疲于奔命，因此无暇执笔写作。于是，我讲故事给别人听，让别人写成小说。由我提供素材写成的小说，已有十几二十篇了。当然，都是名家名篇。不过有言在先，我提供的素材大都属于创编。当然，我从未对别人透露过此事。因为如果说出去的话，谁还愿意把我讲的故事写成小说？我总是通过想象来编排小说一样的故事，再煞有介事地讲给我的小说家朋友。尔后不出旬日，便成了小说。我写小说也是这么回事。不过，多数作品的写作技巧不合我意。这也无可奈何。

当然，要想把故事编排得像模像样，需要很多条件。我也当过自己小说中的主人公，偶尔也借用朋友的夫妻关系作素材。但从未因人物原型招惹麻烦，不会发生这种情况。因为，人物原型自己不会做出我编排的那些事。我的小说家朋友出于道义，不会在婚外情、盗窃等严重事态中，沿用人物原型的真名。接下来书稿付梓成书，作家获得稿酬。此时，作家总会请我喝上一杯。其实应由我向作家致谢，但对方却乐于此道，我也便顺其自然。

但此间发生的一件事令我困窘。事情是这样：我先设定K某为故事的主人公，是一位狂热的托尔斯泰崇拜者。再设定他与艺伎有染。心想这样一定有可读性，由此创编了一篇爱情故事。写成小说发表五六天后，K某来到我家抱怨不止。无论怎么解释说那不是写他，他都不接受。若早点儿说明那素材来自别人就好了。我却没有说明，都怪我不好。不过，听我讲 K 某故事的小说家是位大学毕业生，胆小怕事。只要吓唬他此事涉及 K 某名誉，他绝不会张扬人物原型是谁。因此，我颇觉蹊跷，追问 K 某怎么知道写的是他。结果令我惊诧不已：他真的暗自与艺伎厮混，而且见一个爱一个。百般无奈，我只好口头承担了暴露 K 某隐私的罪责，并向他谢罪。这简直是天大的冤枉，真叫我懊悔不迭。然而打那以后，小说家朋友们都确信我提供的素材并非杜撰。真是活见鬼！

不过，偶尔也能碰上奇巧趣事。我曾编排过一个 M 爱慕有夫之妇的故事。大丈夫理应藐视传统观念，与夫人喜结良缘。但他也同时坚信，大丈夫不可主动表白自己的恋情。于是他固守童贞，与夫人保持清白。后来，我那位小说家朋友对 M 推崇有加。其实，现实生活当中的 M 是个最经不住诱惑、最没出息的人。看到此等阴差阳错，连我自己也忍俊不禁。

你好像不太高兴？是否认为我罪孽深重？你不用掩饰，我是靠这个吃饭的，不会看错。医生观察患者脸色就可以诊断。你有职业道德，这我明白。但我这样做又能给别人添多少麻烦呢？我不过是将甲对乙的看法略作修改而已。场合不同，是非善恶亦不同。啊？有可能以假乱真？别开玩笑！甲对乙的看法不可能有真假之别。最了解自己的，只有自己。若别有他者，便只有创造了自己且高于自己的实际存在。

当然，甲乙若因此产生不和，则责任在我。但可以说，绝对无此可能。我对此慎之又慎。

首先，古往今来多少人都像我这样做。也许他们并非像我目的明确，但乐于此道者肯定大有人在。例如，我实际经历过某事，然后向我的朋友讲述。严格地说，你认为我会毫无虚构地讲实事吗？好，假定我能，但这绝非易事。所以，提供假素材和提供真素材的差异，比一般人想象的少得多。如此说来，古往今来很多人都对小说家和诗人胡言乱语。将此说成胡言乱语很不入耳，应称之为来自想象的精彩创造。

好了。你别一脸不高兴。不如喝完那杯咖啡一起出去，到那灯下去听贝多芬。《约翰·克利斯朵夫》中不是有人说过，《英雄》交响曲恰似汽车马达声故而乐在其中吗？我听贝多芬时的感觉或许与此人相同。说不定，对于人生的看法也是一样的……

大正五年（1916）八月十九日

扬帆起航

侯 为译

成濑君：

 与你分别已一月有余。日月如梭。照此下去，你与我们分别的五六年或许不难度过。

 你从横滨起航之日，当铜锣敲响，送行人群走下舷梯时，我正与琼斯站在一起。当然，只是看到他的身影在甲板闪现。后来他没去你的房间，也没进客厅，我想他或已返回。而后来他抓住我就兴奋地说，每次上船都想旅行，明年或后年还要去美国等处。我不温不火地随声附和。因为太热，胃部隐隐作痛，到底无法集中精力听他用英语讲话。

 随后轮船起航，慢慢吞吞。只能从船与码头之间水面渐宽看出，否则，几乎没有轮船开动的感觉。且此时海水肮脏不堪，黄绿色的水面漂满了麦秸碎屑和油漆木片，毫无此前森鸥外先生小说《栈桥》中的意境。

 你头戴草帽，身穿咖啡色西装，手执纸扇朝这边张望，神态仍然平淡无奇。记得每次放学，我们都一起走过神田区来到须田町。你总是乘上开往三田的电车，我则乘坐开往上野的电车。且后上车者为先上车者送行，已成惯例。你今天在船上张望码头的姿态，也与那时相仿。（或许我也与那时相仿？）我不时地向你张望，并心有旁骛地随意应对那琼斯。他说到英国作家"克罗普顿·玛肯基"，又说到要向俄国监狱出售越狱机器，我真是不明所云。不过,追问多次终于听懂的是,他送行之后要去波沼津写生。

后来恍然觉察,轮船与码头之间已相距甚远。我这才痛切地感受到,你将离开日本。大家都欢呼"成濑君万岁",你则摇动折扇回应。可我初中时代之后,从未大声喊过万岁。所以,此时我也只是摘下草帽高高举起,顺应那感伤的情绪。万岁之声仍不绝于耳。想起你曾指责我"从不激情燃烧"(这是你的原话),我不禁露出微笑。我前面站着你弟弟,他把手帕系在手杖一端用劲挥舞,反复高喊"哥哥万岁!……"

后甲板有很多俄国演员,男的大都披着不干不净的单和服。那帮人曾去过本乡座剧场,此时就这样衣冠不整地聚集在阳光曝晒的甲板上。眼观此景,我是无法"激情燃烧"的。而且,其中还夹杂了系着红头巾的女演员以及穿着短裤的孩子……后来,这帮人突然齐声唱起什么歌来。一个同样身穿单和服的高个头男子,做出手执指挥棒的姿态挥打节拍。琼斯在每节歌曲之间都要点头说"好!"然而好在哪里,我却无从得知。

船上热闹非常,而码头却乐不起来。随处是感伤而泣的人群。你母亲也在流泪。你的妹妹们好像也在哭。还有很多面孔虽不见泪痕,却也同样在强忍心酸。特别是身穿礼服、头戴高筒礼帽的外国长者,朝着轮船的方向挥手。此景的确有些许小说中的情趣。

"你不哭吗?"我拍拍你弟弟的肩膀问道。

"哭什么呀?我是男子汉呐!"那口气仿佛在怜悯我不谙常理。我又微笑。

轮船渐渐远去,已辨不清你的眉目。只能看到你不时举起折扇,应答这方的万岁呼声。

"喂!大家都去向阳处呀!船上看不到背阴处。"

久米回头向大家说道。于是,大家都来到向阳的地方。我仍举着帽子,琼斯则在身旁挥舞怪异的巴拿马草帽。前面并肩站着高个子松冈和矮个子菊池，衣襟在风中翻卷。他俩也在挥舞帽子。久米不时地高喊"成濑！"琼斯狂吹口哨。你弟弟抡着手杖连喊"哥哥万岁！……"一直持续到完全看不到你的身影。

临走时回头一看，那位外国长者还在呆望轮船出航的方向。与我同时回头的琼斯打着响指，用下巴指指那老外说什么"He is a beggar."

"啊？是个乞丐?!"

"就是乞丐。据说他每天在码头转悠。我常来这里，所以认得。"

随后，他便喋喋不休地论述日本人盲目崇拜礼服绅士的缘由。我的伤感情绪由此遭到了破坏，更是无法"激情燃烧"。

听说，久米和松冈不久将以书面形式向你通报日本文坛近况。我也可能于近日写点儿东西。

大正五年（1916）九月

青　蛙

侯　为译

我横躺在席铺上,身边有一泓古塘。塘中青蛙很多。

古塘周围,是繁茂的芦苇和菖蒲。对面有成排的高高白杨,在风中优雅地摇曳。白杨对面是初夏静谧的天空,总有玻璃碎片般的云朵在闪光。它们远比实景美丽,倒映在古塘水面。

青蛙整日在塘中不停地聒噪,"咕咕咕"、"呱呱呱"。乍一听似乎只是咕嘎的蛙鸣,其实却是激烈的论战。青蛙并不只在伊索寓言的时代开言。

芦叶上有一只青蛙,俨如大学教授一般发话。

"塘水为何而存在?是为我们青蛙游泳而存在。小虫为何而存在?是为我们青蛙果腹而存在。"

"呱——呱——"池中青蛙齐声高喊。水面映出蓝天草木,青蛙遍藏其中,赞同之声自然沸沸扬扬。

正在此时,白杨树下酣睡的青蛇被这"咕咕咕"、"呱呱呱"的聒噪吵醒。它扬起镰刀般的脖子向古塘望望,仍旧睡意朦胧地舔舔嘴唇。

"土地为何而存在?是为草木生长而存在。那么草木又是为谁而存在?是为给我们青蛙遮阴而存在。整个大地都为我们青蛙而存在。"

"呱——呱——"

青蛇第二次听到众口赞同之声,身子突然像鞭子一般僵直起来。随即缓缓爬向芦丛,警惕的黑眼炯炯窥视古塘之中。

芦叶上的青蛙仍然利口大开,振振有词。

"天空为何而存在?是为太阳高悬而存在。太阳为何而存在?是为晒干我们青蛙脊背而存在。整个天空都为我们青蛙而存在。塘水草木小虫土地天空太阳都为我们青蛙而存在。宇宙万象都为我们青蛙而存在。这早已是不争的事实。我向诸君阐明这个事实,同时衷心感谢为我们创造了整个宇宙的造物主。让我们赞美造物主吧!"

青蛙抬头望天眼珠一转,然后又利口大开。

"让我们赞美造物主……"

话没说完,蛇头向前一蹿,高谈阔论的青蛙转眼就进了青蛇之口。

"呱呱呱——不得了啦!"

"咕咕咕——了不得啦!"

"不得了啦!呱呱呱、咕咕咕。"

在池中青蛙的惊叫声中,青蛇叼着青蛙隐入芦丛。此后,青蛙们乱成一锅粥,古塘发生了开天辟地从未有过的恐慌。我听到其中一只年少青蛙哽咽着发话。

"塘水草木小虫土地天空太阳都为我们而存在,那青蛇呢?也是为我们而存在吗?"

"是的,青蛇也是为我们青蛙而存在。如果青蛇不吃青蛙,青蛙必定数量猛增。数量猛增的话,古塘——世界必定拥挤不堪。所以,青蛇才来吃我们。被蛇吃掉的青蛙,就算是为大家幸福而献身吧!是的,青蛇也是为我们青蛙而存在。世界万物都是为青蛙而存在。让我们赞美造物主吧!"我听到年纪稍大的青蛙在回答。

大正六年(1917)九月

饶　　舌

侯　为译

不知出于什么目的，秦始皇将书卷悉数烧尽。神田旧书商即因此失业。读到报纸报道，方知事态严重。于是，我前往焚书现场丸内区查看。在银座尾张町街角，只见警亭前人山人海，便从人墙后面探头探脑向里张望，看到一位中国老太在交警面前号啕大哭。当然说是中国人，却并非现今之中国人，而是从平福白穗"予让"画中走出的古装老太。交警苦苦相劝，老太却似乎充耳不闻。怕是因为老太哭相太惨，我就想看个究竟。此时，旁边已有两个不明来历的信使在议论。

"这是'丸善'店阿金的母亲啊！"

"阿金的母亲为何哭得如此凄惨？"

"那是因为啊，秦始皇今天把全东京的学者都扔进日比谷公园湖中活埋了。阿金也被活埋，所以老母亲才哭得那样惨。"

"可阿金算不上什么学者呀！"

"虽然不是学者，可阿金总是显摆他的博学多识，在'丸善'店早已享有学者盛名呐！所以，警察以为他与大学教授是同类货色，于是便一起活埋了。"

旁边一个穿"小仓"布裙裤的书生愤慨不平："岂有此理！暴政猛于虎！这简直是顾名不顾实嘛！"

"真是岂有此理！"我也感到此举过于残暴，便对书生的愤慨表示赞同。

书生听到赞同以为得遇知己，转身滔滔不绝地慷慨陈词："事事如此，故而令人发指！就连最应理解此事的文坛，也想用某某主义束缚众生。刚刚出现了什么'新技巧派'名称，就到处给人滥冠此名。阿谀逢迎时用它，指责非难时还用它。我们青年人必须打破这种陋习。我最近在'博浪沙'用大铁锤痛击秦始皇皇辇，不幸失败。但我仍旧壮心不已。"

书生说完向众人振臂高呼："老少爷们儿！为了拥护宪政，咱们砸了这个警亭吧！"

话音未落，一颗石子儿斜刺飞来，哼嚓一声在警亭玻璃窗上开了个洞。醒过神来一看，发现自己依然坐在咖啡馆的桌旁。其实，那响动是咖啡勺从手中掉落在碟子上发出的。我面对穿黑色早礼服的魁梧绅士，做了个白日梦。

绅士见我从梦中醒来便问："能否给报纸新年号写点儿什么？"

"近来我什么都不想写，恕难从命。"

"您别客气，好歹写点儿，什么都行！例如'关于新技巧派'之类的也行！"

我心头一惊，说不定这位绅士知道我刚才梦见了什么。

"或者'旧技巧与新技巧'怎么样？"

"不行！首先，我从未考虑过什么新技巧。"我脱口而出。

"那你能写什么呢？"

"要写也只能写'受你之托而写'。"

"那也行，就写这个吧！"

绅士摸摸衣袋，掏出稿纸和自来水笔。外面传来岁末大甩卖的管乐。邻桌不知谁开始谈论克伦斯基。咖啡的香味，侍者的叫菜声，还有圣诞树——我就在这嘈杂声中苦着脸，不情愿地接过了纸和笔，写的就是这几页无聊透顶的《饶舌》。所以，孟浪杜撰之责并非在我，而在面前这位姿容魁伟的绅士。

南 瓜

侯 为译

听说南瓜杀了人，真令我惊诧不已。从表面看，怎么都想不到，那家伙会干出如此无法无天的事情。什么？真的南瓜？别开玩笑！南瓜是绰号！他叫"南瓜"市兵卫，是吉原花街的小伙计——不如说是可有可无的皮条客。

你这么问，怕是还没见过那家伙吧？那太可惜了！他如今已穿上了红坎肩，就是想见还轻易见不着呢！他长得像大头一寸法师，身穿大礼服，上套红色天鹅绒坎肩儿，气派着呐！而且在剃光的天灵盖儿上留了个发髻，还是潇洒俊俏的"由兵卫"式呢！所以告诉你吧！不管是谁，头一次见面都会吓破苦胆。南瓜这家伙用折扇在秃脑门儿上一敲说："怎么样？新技巧派的吹鼓手也偶尔潇洒一回吧？"这可一点儿也不幽默。

说到幽默，南瓜却没什么像样儿的本事，他只能抓住来客尽情调侃。他又"不会即兴调侃"，所以令人为他担心。当然客人毕竟是客人，勉强听他神侃也会无聊地笑笑。就是说，懂幽默者不过是那些早已乐不可支的人们。

那小子当初还将此引为自豪呢！与我相识后仍得意洋洋，真叫人忍俊不禁。但无论如何，南瓜不可能总是幽默，偶尔也会郑重其事地说些正事儿。但客人却以为他总在开玩笑。所以，不管他怎样郑重其事，客人一律捧腹大笑。不过，近来他的表现令人担心。告诉你吧，表面看他嘻嘻哈哈，内里却多情善感。他穿着大礼服外套红天鹅绒坎肩儿，动辄用折扇敲打那"由兵卫"发髻的秃脑门儿，但说出的话未必都是玩笑。说正事儿的时候，他还是挺正经的。对某些人某些事，或可谓过分严肃……反正我是这样想的。要让他自己说，他却总是认为"笑着的你才可笑呢！"此次事件，正是不满情绪激化的结果。

这是上了报纸的真事儿。南瓜恋上了花魁薄云太夫，而那个叫奈良茂的暴发户无疑也看上了薄云。不过，南瓜再怎么没正形儿，也不会为争一个娼妇而杀人吧？其实南瓜最气不过的，正是没人相信他真的迷恋薄云太夫。暴发户当然不相信，就连薄云本人也认为这完全不可能。当然，南瓜是挺可怜的，但别人怀疑也不无道理。薄云是仲町首屈一指的花魁，而南瓜却是穷酸小子一个。这种事前所未闻，连我都不敢相信。因此，这对南瓜来说的确苦不堪言。何况他所迷恋的薄云太夫，心中也并非没有他的位置。这更令他心痛不已——所以才会杀人嘛！

听说，那晚南瓜喝得酩酊大醉，凑到薄云太夫身边说了想作夫妻的话。薄云以为他又在说笑，也就笑而不答。只是笑而不答倒也罢了，却偏偏鬼使神差地加上一句："市兵卫，你若于妾有意，就要舍命爱妾。"此话令其恍然大悟。而且奈良茂也不知趣地跟着笑笑说："这么说，你与我就是情敌啦！咱们现在就决斗吧！"果然，南瓜一改笑闹姿态勃然变色正襟危坐——然后你猜怎么样？南瓜直勾勾的眼神，说话语气就像哈姆雷特。而且说的都是英语，真叫人诧异。

在场的人全都目瞪口呆——没法儿不呆呀！游扇也好，蝶兵卫也好，那些人连英语的字母都不会念。就连其角，虽然擅讲芭蕉的《奥陆细道》，却从未听说过哈姆雷特。只有一人，那位暴发户懂得这个——到底是去美国洗过盘子的。他认为日本的戏剧毫无情趣，却对音乐剧某位女演员情有独钟。南瓜本来就爱调侃，于是扭怩作态抓住薄云太夫说："You go not till I set you up a glass, Where you may see the inmost part of you."（别动！我给你照照镜子。你能从中看到自己的心灵深处。）南瓜说了这番话，对方却仍然哈哈大笑……这些不说也罢。南瓜巧妙地运用哈姆雷特的台词，并一步步逼近薄云。此时，本已不合时宜却更火上浇油——不知从哪儿听来丹麦宰相波洛尼亚斯的台词，奈良茂那老小子乘兴绘声绘色地说了句："What, ho! help! help! help!"（什么？噢！救命！救命！救命！）南瓜这小子一听，突然面如土色，像要咽气似的说："How, now! a rat? Dead for a ducat, dead!"（噢！出事了！来人哪！快！）说时迟那时快，南瓜突然拔出奈良茂身旁的短剑扑哧一声刺入对方的胸口。若是真正的波洛尼亚斯，此时应该说："O! I am slain."（啊！我不行了！）但短剑利锋刺中了要害，奈良茂只哼了一声便断了气。据说当时血溅四壁，别提多吓人了。

"瞧见了没有？我可不是净开玩笑！"——说完，南瓜就把短剑撤开。他身上也许溅了血，但因穿了红天鹅绒坎肩所以并不显眼。不管杀人与否，"南瓜"市兵卫看上去，仍旧是梳了"由兵卫"发髻、身穿大礼服的皮条客。但在现场客人看来，或许判若两人——不是或许，而是简直判若两人。因此南瓜被官府缉拿，从妓馆二层押下去的时候，绑绳的双手上盖了一件漂亮的和服，上面绣着醒目的梧桐凤凰。什么？谁的？当然是薄云太夫的啦！

打那以后，吉原区一直流传着南瓜的故事。如此看来，把任何事情都当成玩笑，是够危险的。因为，不管说话时是否带笑，正事无疑就是正事。

大正七年（1918）二月

京都日记

侯 为译

光 悦 寺

光悦寺中,正殿旁松林中有两座小屋。两座小屋都神秘地关门闭户,不像是仓房之类。非但不像,其中一座还挂着大仓喜八郎写的匾额。于是,我拉住领路的小林雨郊问:"这是什么地方?"他说:"这是'光悦会'筹建的茶室。"

我蓦然感到,光悦会真是无聊至极。

"他们是否自以为比光悦大师还了不起?"

听我说出这般恶言恶语,小林笑嘻嘻地说道:"盖了这座茶室,鹰峰和鹫峰相连之处就看不到了。倒不如把那片杂树林伐掉才好。"

我朝小林用洋伞指的方向望去,果不其然,初夏繁茂的杂树林梢阴森森地遮挡了鹰峰左麓。若是没有这座茶室,不仅是巍峨青山,对面朗然生辉的大片竹丛也能相映成趣。首先,这样做肯定比盖茶室省工得多。

其后我俩到住持的客厅去,观赏他收藏的珍宝。其中一幅八寸四方的小挂轴,在银桔梗和金芒草花纹之上,龙飞凤舞地题写了诗歌,芒草叶片的悬垂姿态画得妙趣横生。小林到底是内行,让人将字幅挂在房柱上看,嘴里不停地说:"真是无可挑剔!银粉作旧也恰到好处。"刚才我还叼着"敷岛"烟闷闷不乐。看到这幅挂轴立刻变得心平气和，豁然开朗。

可是过了一会儿，住持又转向小林开了口："过不久还要盖一座茶室。"

小林对此似乎也有几分惊讶。"又是光悦会吗？"

"不，这次是个人筹建。"

愤懑刚刚缓解，我又变得忧心忡忡。这些人到底把光悦大师当成了什么？把光悦寺当成了什么？又把鹰峰当成了什么？真是百思不得其解。与其煞费苦心地盖茶室，不如多买些茶屋四郎次郎的宅邸遗址或麦田，尽情地圈地盖房。房檐下，全都挂上牌匾和灯笼。果真那样，我也干脆不来光悦寺了。是啊，还有谁会来呢？

后来出了寺门，小林说："咱们来得正是时候，再盖茶室就更不像话了。"如此说来，我来得真是时候。若是在一个茶座都没有的时候来，岂不更好？从此往后，我必定抱憾终生——我照旧闷闷不乐，跟小林一起走出了光悦寺。

竹　　林

一个雨霁初晴的夜晚，我乘车穿过京都大街。前行不久，车夫问道："上哪儿去？去哪里？"我想，当然是去旅馆，便在车灯后面连答两声："去旅馆！去旅馆！"车夫说不知是哪家旅馆，就站在马路中间不动。听他这么一说，我也猛地愣了神。我虽知道旅馆的名字，却没记住在哪条街巷。而且使用这个名字的旅馆很多，只说旅馆名称，车夫再聪明绝顶也无法将我送到。

正在为难之际，车夫摘下车灯说，也许就在这一带？灯笼照出前方一片竹林，夜幕中万竿翠竹密密匝匝，重叠的竹叶闪着湿漉漉的冷光。我心想此处不太对头，便说不是这等乡野郊外，从旅馆出来拐两条巷子就到四条大街的桥头了。于是车夫惊讶地说，这儿也是四条大街附近呐！我敷衍搪塞地说，啊？是吗？再向闹市区走走看，到那儿就能找到。但车子向左拐过第一道巷子，却突然来到"京舞"排练场门前，真是莫名其妙。恰逢"京舞"演出的时节，画了祗园彩色米团的红灯笼，规规矩矩成排悬在街旁。我这才醒悟到，刚才的竹林就是建仁寺。不过，那驱散黑暗的竹林与这热闹的京舞场咫尺相对，实在令我百思不解。后来，我顺利抵达旅馆。但当时那种被妖狐蛊惑般的感觉，如今仍挥之不去……

后来我才注意到，京都一带到处都有竹林。无论怎样繁华的街区，这一点毋庸置疑。刚刚经过一户人家，立时又现出一片竹林，紧接着又是街区。特别是刚才提到的建仁寺竹林，每次穿过祗园区必定在眼前冒出，不啻当头棒喝。

然而当我看惯此景，却又不可思议地觉得京都的竹子毫无刚健风骨。仿佛它们过惯了都市生活变得温顺娴雅，连竹根吸收的水分都散发着脂粉气。换句话形容，它似乎从生根发芽开始，全都是为了供"琳派"画工绘画而生长。若为此故，生于闹市当然无可厚非。不过在祗园区中央，若再有两三棵光悦描金画中的粗壮老竹参天矗立，岂非更妙？

春雨滋润连根绿，绵竹葱茏满城青。

在大阪时，龙村叫我写点儿东西。我想起京都的竹林，于是写下这首俳诗。京都如此多竹，京都的竹子长得与京都颇为和谐相称。

舞　　伎

我在上木无町的茶苑喝酒时，有一位艺伎欢闹不休。在我看来，她似乎有些狂躁病倾向，令人略感不快。因此，我叫小林一人对付她，便转身招呼邻座的舞伎。邻座的舞伎正规规矩矩地吃山茶叶年糕。发际水粉渐薄，微黑而健康的皮肤依稀裸露，令人感到这样更实在。看她年少可爱，我便问她会体操吗？她说体操忘光了，但还会跳绳。我本想说那你跳一个我看，这时却响起了三弦声，我只好暂时作罢。当然，即使我真叫她跳绳，她也未必照办。

和着三弦乐曲，小林开始哼唱"大津绘调"俗谣。据说歌词写在半幅纸上，所以必须看着词儿才能唱好。有时眼看小林接不上词了，陪唱的两三位艺伎就赶紧帮忙。如果这两三位艺伎也接不上词，一位叫阿松的老年艺伎也来帮忙。听着五花八门的嗓音连续吟唱"大津绘调"，简直像观赏多幅书画拼凑的屏风，真是滑稽透顶。所以没等唱完，我就哈哈大笑。小林也被我逗得唱不下去，跟着笑了起来。阿松一人唱到最后。

后来，小林叫舞伎跳个舞。阿松说客厅太小，就打开隔扇要在邻屋表演。正在吃山茶叶年糕的舞伎乖乖地走到邻屋，跳了一曲《古都四季》。遗憾的是我不懂"京舞"，说不出好坏优劣。但那舞伎发间花簪斜插，腰间锦带长垂，手中团扇频闪，舞姿煞是优美。我品尝着清蒸野鸭肉，饶有兴味地欣赏了京都舞蹈。

但说句实话，我饶有兴味地欣赏，并不单单因为优美。看来那舞伎略感风寒，所以每次做低头动作时，乖巧的鼻子深处总会轻轻响起践踏春泥般的动静。她全无舞伎教场子弟的早熟练达，令人感到格外天真自然。我也酒兴愈浓，一曲之后便赏了她些羊羹和山茶叶年糕。若非顾忌舞伎难为情，我真想告诉她，跳舞时足足吸了五次鼻涕。

不久，那位略显狂躁的艺伎离去，客厅骤然安静下来。我向玻璃窗外张望，只见广告灯光映在河面。天空阴沉沉的，辨不清东山在哪个方向。此时我反而心生郁闷，于是对小林说再唱一回"大津绘调"吧！小林歪倒在座椅扶手上，孩童般笑着推托。他也醉意正浓。舞伎似乎吃腻了山茶叶年糕，正独自折纸鹤。阿松与其他艺伎正在悄悄议论家长里短。——我自离开东京旅行至今，在这豪华茶室中，第一次体味到真正意义上的旅愁。

大正七年（1918）六月

恶　魔

侯　为译

据说，神父乌尔干的眼睛能看见别人看不见的东西，特别是前来诱惑人类的地狱恶魔都会原形毕露。凡是见过神父乌尔干蓝眼睛的人都坚信不疑。至少对南蛮寺（教堂）中礼拜"泥乌须如来"（基督）的信徒来说，这是毋庸置疑的事实。

据古抄本记载，乌尔干在织田信长面前讲述了自己在京都街区看见的恶魔模样，那是人面蝠翼山羊蹄的小怪物。乌尔干经常看到恶魔或在佛塔九轮上手舞足蹈，或在寺门檐下蜷缩着躲避阳光。岂止如此，还看到恶魔紧靠在比睿山法师的背后，或吊在皇宫女官的长发上。

在这些恶魔中，我们最感兴趣的还是盘腿坐在一位公主轿上的那个。古抄本作者解释说，这个恶魔的故事是对乌尔干的讽喻：织田信长看中了那位公主，硬逼公主服从。然而，公主和父母都不愿意。乌尔干想维护公主，便借恶魔之口警诫织田信长的暴行。如此诠释是否妥当，如今当然很难断定。同时，对于我们来说，这些问题早已无关紧要。

乌尔干某日在南蛮寺门前，看见公主轿上坐着一个恶魔。但这个恶魔与其他不同，生有软玉般的美颜，且交握的双手和微垂的脑袋，都显示出若有所思的神态。

乌尔干为公主担心。公主的父母都是天主教的虔诚信徒，公主若是迷恋上恶魔，那可非同寻常。于是神父靠近轿子，凭借至尊十字架的神力迅速而轻松地擒住恶魔,并抓着头发将他带到南蛮寺内。

教堂内天主耶稣基督画像前,点亮着一排冒黑烟的蜡烛。乌尔干将恶魔押在堂前,详细询问它为何坐在公主的轿子上。

"我企图诱使公主堕落,同时又不忍心看到她堕落。她的灵魂洁白无瑕,谁忍心看到她堕入地狱之火呢?我衷心地希望这个灵魂更加纯洁,一尘不染。可我越是不忍心,心里就越想使她堕落。我在两难之间犹豫不决,所以在轿子上深刻地思考我们的命运。若非如此,不等你来我早就隐身地下,也不会这般烦恼多多。我们总是这样,越是不忍心使之堕落的人物就越想使之堕落。哪里还有比这更痛苦的悲哀?每当体味到这种悲哀,昔日所见天堂阳光和如今所见地狱黑暗就在我狭小的心中融为一体。请怜悯我吧!我实在悲伤无助。"

美貌的恶魔说着,流出了眼泪……

古抄本上并未细说恶魔后事如何,但这些又与我们有何干系?我们读它的时候,只要心存呐喊的欲望即可……

乌尔干啊!请与恶魔一同怜悯我们吧!我们也有一样的悲痛。

大正七年(1918)六月

窗 口

——致泽木梢

侯 为译

我家二楼的窗口,刚好与对面人家的二楼窗口相对。

对面人家的二楼窗口,规规矩矩地摆着好几盆百合和月季。但后面的黄色窗帘,却总是沉甸甸地垂挂着,从未见过这家主人的身影。

我家二楼窗边摆着一把老旧的扶手椅,我每天坐在这把扶手椅上,不经意地静听窄巷里的人声。

我家并非永远无客来访,所以我家门厅正儿八经地装了门铃。倘若现在门铃愉快而急切地响彻屋内,我会立刻到门厅去,舒展双臂迎接远道而来的贵客。

我常常这样幻想着,不经意地静听窄巷里的人声。但不管我等到何时,总是无客来访。房中大镜子映出自己的身影,永远与我为伴。

这样的状态持续了很久。

很久以后的某个傍晚,我偶尔向对面二楼的窗口望去,只见黄色窗帘前站着一位私娼模样的女子。乍一眼看去像是个混血儿:面施胭脂,眼圈涂黑,身披绸衣,戴着细细的金耳环。她一看到我,马上眼含娇媚地殷勤致意。

我已多年不见众人。房中大镜子映出自己的身影,永远与我伴。所以当这私娼模样的女子向我致意时，我且未及显露鄙夷就已不由自主地双目含笑，随即向对方默默地还礼。

其后每天一到傍晚，那混血儿必定站在对面窗口做出下贱媚态向我殷勤致意。有时还会折下月季或百合，隔着窄巷投向我家的窗口。

于是，不知何时起我厌倦了坐在老旧扶手椅上静听窄巷里的人声。无论我怎样痴痴地等，客人或许永远不会来。我觉得镜子里的身影与我相伴太久，便决定不再痴等远方来客。

尔后，当那私娼模样的女子向我致意时，我也必定回礼。

这样的状态又持续了很久。

然而某个早晨，我的信差送来一封信。信上写道：她曾特意前来访问，按过数次门铃却无人回应，只得断念而归。我脚踩着昨晚混血儿投进的月季与百合，特意去楼下的门厅查看。却见不知何时，门铃的电线断成了两截。是生锈？还是有人恶作剧？我的心情愈发沉重。倘若不知那黄色窗帘后住着私娼模样的女子，我久等的客人或许早将愉快的铃声传入耳中。

我又轻轻走上二楼，坐在窗边的扶手椅上。

一到傍晚，对面二楼窗口又出现了那位身披绸衣、做出下贱媚态的女子，向我殷勤致意。但我已不再还礼，而是俯望杳无人影的昏暗窄巷，一如既往地孤独等待不知何时才会出现的远方来客。

大正八年（1919）二月

服　装

侯　为译

　　我做了这样一个梦。
　　好像是在菜馆。宽敞的餐厅里坐满了人，全都各随己愿地穿着西装或和服。
　　不仅如此，他们还在随意点评他人的服装。
　　"你的大礼服款式太旧了嘛！是不是自然主义时代的遗物啊？"
　　"你那件'结城'绸衣真是杰作，有一种说不清的人情味儿。"
　　"怎么搞的？你这件和服短褂丝毫看不出主人的心境嘛！"
　　"你看那件藏蓝西装，俨然一副小资德性！"
　　"哦哟！你这条和服腰带是说相声的系的。真想象不到！"
　　"你还得穿这身'大岛绸'和服，像个山手区的少爷。"
　　他们议论得非常热烈。
　　此时众人看到，末席有位瘦得出奇的男子，穿着一身怪异的黄麻粗布和服。这身衣服好像打刚才起就成为众矢之的，被贬斥得体无完肤。
　　"你还是穿得那么邋里邋遢！"当时就有一位年轻的长发先生厉声指责。这位先生不知出于何种心境，穿了一身多米尼克教派僧侣式的白色法衣。据说巴尔扎克工作时就爱穿这种法袍。当然，他既没有巴尔扎克那么高大，也没有巴尔扎克那么魁伟，因而法袍显得异常宽松。
　　然而瘦子却只苦笑一下，仍旧默然端坐。

"你总穿同一件衣服,所以无话可说。"一位身穿"铭仙绸"或是"大岛绸"的少年豪杰甩出如此评语。但这位豪杰自己的衣服,似乎也已穿了很久,领口油垢满满。

身穿黄麻和服的男子仍不作答。看那架势,倒像是个麻木不仁的窝囊废。

但是接着,第三位膀阔腰圆、身着宽格西装的男子,笑嘻嘻地说出了半带同情的评语。"你为何不穿上次那件?穿了不就回到过去了吗?不过,你穿黄麻和服也挺合适的嘛!——诸位!想想他换装出场的情形。请大家不吝赐教,督促他今后换换行头。"

人群中有人"好啊,好啊!"地呐喊助威。还有人怒吼,"严肃一些!不要庇护同伙!"

瘦子挠着脑袋匆匆退席,尔后回到不太通风的郊外二楼家中。

家中楼上楼下挂满各种衣服,像是在晾晒霉馊。忽觉眼中有蟒蛇斑纹闪烁。定睛细看,却是战争时期使用的战衣铠甲。

瘦子在这些衣物的包围中傲慢不逊地盘腿坐下,大模大样地吞云吐雾起来。

记得当时我好像说了些什么。但一梦醒来,却已全然忘记。好不容易写下梦中故事,单单忘掉一句话。实在令我抱憾终生。

忘不掉的印象

侯 为译

　　有人命我写写伊香保印象。遗憾的是，我只是在高中时代，与一位朋友结伴去过伊香保。登上赤城山和妙义山，随意小住。所以，也写不出什么漂亮的文章来。我已忘了那是何处的何等温泉，只是朦胧地记得，电车在满目新绿中劲头十足地向山上驶去。然后到达一处旅馆，还碰上邻屋住的一位高贵绅士。他也格外喜欢温泉。翌日从早到晚一起泡了六次澡，直泡得我全身筋疲力尽，连走回房间的力气都没留下。即便如此，我也无法在旅馆安闲下来。当日傍晚，又与那位绅士一起，三人下山来到高崎火车站。却发现钱包里连去上野的车票钱都没剩下。我俩只好诚惶诚恐地将实情告诉那位绅士，记得向他借了一元两角钱。如前所述，我已不记得伊香保的峡谷溪流景色。但每当说起温泉，那位绅士的面容必定浮上心头。泡温泉时听说，他想制造单人驾驶的微型轿车。浏览今日的报纸，虽然公共汽车已经问世，却不见报道单人驾驶的微型轿车。那位绅士如今可好？

大正八年（1919）八月

东京小品

侯 为译

镜　子

我总是蹲坐于堆满书籍的书斋里，无聊地消磨正月清寂的春光。有时翻书看看，有时写些无关痛痒的文章。写得腻烦，就诌几句歪诗。总之，我像个安分守己的良民，游手好闲地度日。一天，有位多日不见的夫人带着孩子前来拜年。夫人很久以前就有口头禅，总说想永远年轻。所以尽管带着五岁的女孩，却仍然保持着姑娘时期的花容月貌。

那天，我的书斋里摆了梅花，于是我们谈论梅花。此时名叫千枝的女孩坐在身边，骨碌着眼珠仰望书斋中的匾额和挂轴，显得百无聊赖。

不久，我看千枝受到冷落于心不忍，便对夫人说："要不你跟我母亲聊一会儿去吧！"因为我想，母亲自有办法聊天逗孩子玩。但此时夫人却从怀中取出一面镜子递给千枝说："这样她就不会无聊了。"

我问为什么，夫人说她丈夫在逗子市的别墅养病时，曾一周几次带着千枝往返于东京和逗子之间。千枝每次在车中都无聊至极。她一心想驱赶烦闷，便总搞恶作剧。夫人束手无策。千枝有时还拉住街坊闲居老太没头没脑地问："喂，你会说法语吗？"夫人也曾哄她看画书，吹口琴，挖空心思地帮她排遣烦闷。但终于意外地发现，外出途中给她一面镜子，她就会消停安分起来。千枝看着镜子，一会儿修修妆饰，一会儿整整头发，一会儿又挤眉弄眼，乐此不疲地跟镜子里的自己玩。

夫人讲完缘由又补充说："她还是个孩子。只要照着镜子，就什么都能抛在脑后。"

刹那间，我想对这位夫人耍个心眼儿，不禁冷笑着评论道："恐怕你也一样，照着镜子便会忘掉一切。不同的只是，一个在火车上，一个在俗世间。"

鞋　　牌

这也是某个正月里发生的事。一位年轻的美国人 H 到我家来玩，突然从衣袋中取出一块鞋牌问我："你知道这是什么吗？"鞋牌很新，还散发着木质的清香，上面用拙劣的字迹写着："雪十七号"。看到这种字迹，我不知何故想起在两国桥畔开了醪醋店的红色货品。可我当然不知道"雪十七号"有何来由，所以望着这位行脚僧般的对手简单回答："不知道。" H 将夹鼻眼镜后的双眼狡黠地挤了一下，忽然喜笑颜开。

"这个嘛，这是一个艺伎的纪念品！"

"啊？这样的纪念品？真是莫名其妙嘛！"

我们面前摆上了传统的正月饭菜。H 稍稍皱眉，将屠苏酒杯端到嘴边。然后，仍旧端着汤菜碗，将鞋牌的缘起娓娓道来。

他说，他担任某校教师。昨天，学校在赤坂某茶苑举行了新年会。他来日本不久，还不会讨艺伎欢心，所以只会菜来吃尽，酒满喝光。其间十来位艺伎中，有一位向他频送秋波。H 认为，日本女人脚脖子以上全都秀色可餐。那么这位艺伎在他眼中，无疑也是个美女。所以他一边牛饮马食，一边不时地朝那边张望。

尽管他不太懂得日语，但日本酒却毫不客气地对他发威。将近一个小时，他已酩酊大醉不能自持。于是，自己晃晃悠悠地悄悄走到拉门外面。幽静的内院已点起石灯笼，静静地衬出竹荫的幽暗。H醉眼蒙眬地看到这般景色，只觉全身心融入浓浓的日本风情。然而，这种异国情调只让他陶醉了片刻。因为他刚到套廊，就有一位艺伎窸窸窣窣地拖着和服的长下摆追来。她猛然抱住他的脖颈，果敢地在他酒气熏天的嘴唇上吻了一下。当然，她就是刚才向他频送秋波的艺伎。他高兴得忘乎所以，双臂紧紧地抱住那位艺伎。

好事至此，渐入佳境。遗憾的是他刚刚抱住对方，就突然一阵恶心。于是，在套廊上不顾斯文地大吐特吐。在此瞬间，他的耳膜捕捉到一句娇声柔语："我叫X子，下次独自来时一定叫我！"仿佛听到天使的歌唱，他昏昏然失去了意识。

H翌日上午十点终于醒了过来，发现自己躺在茶苑一隅，身上盖着厚厚的丝绸被子。一切都恍如隔世，但那位亲吻自己的艺伎身影却历历在目。今晚还到这儿来，只要他一召唤，她肯定会不顾一切地飞奔过来。想到这里，他猛地从被窝里坐起。但他那被酒精泡过的大脑，却怎么也想不起那位艺伎的名字。虽然踏上日本国土还没过几天，但他非常清楚：忘记了名字就意味着无法召唤那位艺伎。他仍旧坐在被窝里，连穿衣服的精神都没有了，只是怅然无助地交替打量着自己长长的胳膊腿。

"所以，那天晚上我要了一块鞋牌回来，当作艺伎的纪念品。"

H说完放下汤菜碗，满脸与正月气氛极不相称的失落，若有所思地扶了扶夹鼻眼镜。

漱石山房之秋

萧瑟秋夜中，我沿着窄巷爬上缓坡，来到老旧板顶屋宅院门前。院门虽有电灯,门柱上的门牌却已模糊难辨。进了院门,遍地铺着小石子儿,散乱着院树的落叶。

踏着石子儿和落叶来到门厅前,除了老旧格子门之外,也是爬满常春藤的砖墙或板壁。所以若想叫门,先得哗啦作响地拨开枯叶找到门铃。好不容易按响了门铃,立刻便有一位束发女佣拨开拉门搭扣,打开被灯照亮的拉门。门厅东侧是套廊,栏杆外的中庭被不惧寒冬的木贼墨绿色掩盖。但客厅玻璃窗透出的灯光却照不到那里。不,正因灯光乍泄,对面檐下悬吊的风铎反而隐入浓浓夜色。

隔着玻璃窗向客厅望去,白纸顶棚上还留着漏雨的流痕与鼠啃的窟窿。十铺席大的客厅中铺着红色五鹤地毯,所以看不到席铺的陈旧。客厅西侧(挨着门厅)立着两扇五彩花鸟隔扇,其中一扇上面悬有古色古香的挂件。黄色麻布地儿上绣的百合花纹样,好像是津田青枫的手笔。屏风左右的墙边摆着不太高级的玻璃门书柜,上下塞满了洋书。连接走廊的南侧,有一扇煞风景的西洋铁格窗。窗前摆着一张紫檀大书桌,桌上有砚台、笔架,与稿纸绢帛错落有致。铁窗旁的南墙和对面的北墙挂满了挂轴,藏泽的墨竹与黄兴的《文章千古事》对话,木庵的《花开万国春》则与吴昌硕的玉兰邂逅。装饰客厅的书画不止于此:西墙上安井曾太郎的油彩风景画,东墙上斋藤与里的油彩花鸟画,北墙上明月禅师的《无弦琴》草书横幅,都已做了镜框装裱。镜框下面和挂轴前面,或铜瓶红梅或青瓷黄菊,那些适时花卉当然是夫人的雅趣。

若无来客,须将视线投向邻屋。说是邻屋,客厅东侧既无隔扇亦无他物,所以形同客厅。不过,此屋都是木地板。中央铺了十尺见方的旧地毯,此外没有一张席铺。且东北墙边摆着巨大无比的书架,塞满了和、汉乃至西洋的书籍。还有不少塞不下的,就在地板上堆着。此外,南窗边的书桌上,也有高高堆起的挂轴、拓片和书画集,屋中央的旧地毯便也只剩下巴掌大的一片鲜红。其间还有一张紫檀小桌，桌旁摞着两个坐垫。桌上放着一个铜印和两三个石印，还有代替笔盒的竹茶箕，里面放着自来水笔。玉石镇纸压着一摞稿纸——桌上还常放有一副老花镜。屋中央上方的电灯熠熠生辉。旁边瓷火盆上悬着铁壶，沸水似秋虫般呢哝。秋夜寒冷时，不远处还有熊熊燃烧的煤气暖炉。书桌后的双座垫上，坐着一位花白头发的矮个儿老人，令我联想到雄狮。他或在信笺上笔走龙蛇，或独自端坐翻阅中国诗集……

漱石山房的秋夜，竟是如此萧条。

沼　畔

侯　为译

我漫步在沼畔。

是白天？还是夜晚？我浑然不觉。只是听到隐约传来苍鹭啼鸣，看到蔓草遮蔽的林梢间依稀露出微亮的天空。

沼中芦苇比我还高，静静地屏蔽了水面。水也不动，藻也不动，水底栖身的鱼儿也——鱼儿会来这里栖身吗？

是白天？还是夜晚？我浑然不觉。五六天来我一直在这沼畔漫步。曾经感到，水与芦苇的气味连同朝阳的冷光，一起包裹了我的全身。曾经听到，树蛙在蔓草遮蔽的林梢间聒噪，将朦胧晨星一颗颗唤醒。

我漫步在沼畔。

沼中芦苇比我还高，静静地屏蔽了水面。我从很久以前就知道，茂密苇丛那边有一个精彩美妙的世界。不，即使是现在，我仍能听到那里断断续续飘来的乐曲《旅途之邀》。如此说来，水与芦苇的气味连同那"斯马特拉的勿忘我花"，也送来了蜜糖般的甜香。

是白天？还是夜晚？我浑然不觉。五六天来我憧憬那精彩美妙的世界，在蔓草遮蔽的林间半梦半醒地漫步。但即使在这里痴等，眼前也只有静谧无际的苇丛和水面。我必须深入沼中，探寻"斯马特拉的勿忘我花"。幸好苇丛中有一株伸向沼中的老柳，若从柳梢跃入沼中，便可轻易地到达那水底世界。

我终于咬牙横心，由老柳的梢头投身沼中。

比我还高的芦苇顿时议论纷纷。水也在唧唧咕咕，藻也在哆哆嗦嗦。蔓草遮蔽着树蛙啼鸣的林梢，一起发出忧伤的叹息。我像石块般沉入水底，身边仿佛有无数青焰在跳窜飞舞，令我眼花缭乱。

是白天？还是夜晚？

我的尸骸躺在柔滑的沼泥之上，周围尽是幽蓝的沼水。我曾以为，沼水之下才有精彩美妙的世界。许是我的妄念？或许那《旅途之邀》的乐曲也是沼中精灵的恶作剧？是他欺骗了我的耳膜。前思后想之间，我尸骸的口中迅速长出一根细茎。当细茎终于延伸到高高芦苇包围、散发着藻味的水面时，一朵白色的睡莲花苞鲜艳地绽开。

这就是我曾憧憬的美妙世界吗？——我的尸骸这样想着，永久地仰望着白玉般的睡莲花。

大正九年（1920）三月

寒山拾得

侯　为译

　　重访阔别的漱石先生。他正双臂交抱，端坐于书斋中央，若有所思。我问："先生，您怎么了？"先生答道："我刚去护国寺正门，看见运庆正在雕刻哼哈二将。"我想，如今这般繁忙俗世，哪里还顾得上什么运庆之流。于是拉住闷闷不乐的先生，探讨托尔斯泰和陀思妥耶夫斯基。尔后离开先生家，我在原来的江户川终点站乘上电车。

　　车中拥挤不堪，但总算抓住了角落的吊环。我掏出俄国小说的英译本读了起来，好像写的是革命故事。某工人因故发狂，最后抛出烈性炸药，连那位女子也如何如何。总之是惊心动魄的事态，有黯淡沉稳的力度。此般描写，日本作家恐怕连一行也写不出来。我当然钦佩不已，站着用彩笔在行间划了好几条标线。

　　到饭田桥换车后，我猛然发现窗外马路上走着两个非同寻常的男子。他们都是衣衫褴褛，须发蓬乱，面相怪异。我觉得与这两人似曾相见，却又无从忆起。此时，旁边吊环那位古玩商模样的人发了话。

　　"欸？寒山、拾得又在逛游呐！"

　　听到此话，我恍然觉悟。这两人扛着扫帚、挟着挂轴缓缓前行，仿佛大雅画中走出的人物。如今时兴定期拍卖古玩书画，但真正的寒山、拾得凑齐了在饭田桥逛游，真是匪夷所思。于是我拽拽身旁古玩商模样男子的袖口，半信半疑地问："真是寒山、拾得吗?"

可他却见惯不怪地答道:"是啊!我前两天还在商业会议所外面碰到过呢!"

"哦?我以为他俩早就死了呢!"

"哪里!不会死的。看上去再寒碜,也还是普贤和文殊。其友丰干禅师大将,也常骑着老虎在银座大街逛游呐!"

五分钟后电车开动,我又继续读我的俄国小说。可没读完一页,烈性炸药已无法吸引我。方才见到的寒山、拾得,令我倍感亲切。于是我透过车窗向后望去,他俩已变得小如豆粒。但晚秋朗日下扛着扫帚逛游的姿影,仍清晰可见。

我抓着吊环,将书揣回怀中。我打算到家后立刻写信给漱石先生,告诉他今天在饭田桥碰上了寒山、拾得。想到这里我又觉得,他俩在现代的东京逛游,本也是自然而然的事情。

东洋之秋

艾 莲译

我漫步在日比谷公园。

天空上浮云层层,只在近地面的林木上,投下隐隐的一抹青光。许是这个缘故?秋日的林间小路,虽说还未到黄昏,沙石枯草,似乎已皆涵濡润泽。不但如此,就连路两旁横枝逸出的法国梧桐,也含露如洗,片片黄叶,交相掩映,流溢着微光。

我将藤杖挟在腋下,衔着已经熄灭的香烟,漫无目的,寂寞地走着。

轻寒冷寂的小路,除我而外,渺无人影。桐枝蔽路,黄叶静静地纷纷下垂。前面雾霭霏微的林中,传来喷水池飞溅的水声,喧豗不已,仿佛千古如斯。尤其今日,不知什么缘故,公园外的市声,宛如长风入海,隔着这片萧瑟的林木,竟好似阒然无声。——正这样思忖着,远远的,从林木深处的池塘里,响起一两声凄厉的猿鸣,压过喷水的细语,直冲云霄。

我一面信步闲走,一面感到莫名的疲劳与倦怠,正沉甸甸地压在心头。我这没有一刻休止的卖文生涯!难道我竟须这样孤身只影,在恼人的创作生活中,徒然等待黄昏的来临?

这时,公园里暮色渐浓。路两旁,散发出绿苔、落叶和湿土的气息,又潮又冷。其中,微微带丝甜味的,或许是林中腐烂的花朵和水果气味也未可知。正想着,见路旁水洼里有朵褪色的蔷薇,不知是什么人摘了又遗弃,未沾污泥,仍发出幽香。倘如为疲惫压倒的我,能别无留恋地浸身于这秋的氛围中……

我不由地停下脚步。

路的前方有两个男子,正轻轻挥动着竹帚,清扫日间飘落地上的梧桐落叶。无论从鸟窝一般的乱发来看,还是几乎不能蔽体的灰色破衣衫,抑或是与兽爪难以区分的长指甲,这两人都不像是公园里的清扫夫。更令人惊讶的是,我停住脚步注目不移的工夫,不知从哪里飞来二三只乌鸦,盘旋飞舞,大大地画了个圆弧,嗖地落在这两个正默默挥帚扫地的人肩上、头上。他们依然在清扫将秋意播撒在沙上的梧桐落叶。

我缓缓转过身来,衔着熄灭的香烟,循着来时的方向,走在梧桐覆盖的寂寞的小路上。

然而,我心中一扫方才的疲劳和倦怠,充满宁静的喜悦和依稀的光明。原以为他们两人已经物化,不过是可怜的我的玄惑。连寒山、拾得还依然活着。经历了永恒的轮回,今天就在这座公园里清扫梧桐的落叶。只要他们还活着,那令人怀念的古老东洋的秋梦,便不会从东京的街头完全消失。那是使倦于卖文生涯的我复苏的秋梦……

我将藤杖挟在腋下,轻松地吹着口哨,走出桐叶粲然的日比谷公园。嘴里喃喃自语:"寒山、拾得还依然活着。"

大正九年(1920)三月

动 物 园

侯 为译

大 象

大象啊！英国文学家吉卜林说，因为你的祖先很久以前被鳄鱼叼住了鼻子，所以你如今仍在拖着长鼻子行走。可我就是不能相信那家伙的胡言。佛陀在世时，你的祖先一定是在恒河的灯芯草窝中午睡。那时，在河泥中隐藏着的硕大的马蝗，吸住了你当时还很短的鼻子。若非如此，你的长鼻不可能像马蝗一样伸缩自如。大象啊！你生于印度名门。为了给祖先洗去不白之冤，请抬起你的鼻子，照我所说发出号角般的吼声：吉卜林的话是信口胡言！

鹳

倘若将那脖子像领带一样打个结，看它怎么解开！

骆 驼

老爷爷，你已经把万年青都收拾好了吗？那就歇口气儿吧！哎，那个菖蒲皮的烟荷包呢？忘在哪儿啦？

老　虎

老虎啊！你是世界主义者。驮起了"丰干"禅师的你！遭受"和唐内"鞭笞的你！还有被威廉·布莱克的名诗赞颂的你！老虎啊！你是最大的世界主义者。

鸭　子

你是孩子们用白粉笔在黑板上涂鸦的算术数字：2、2、2、2、2、2。

白孔雀

你是半老的贵妇人，眼圈有点儿红肿。你可以拿起玳瑁边儿眼镜，挨个儿地审视观众！

狐　蝠

你的翅膀就是"仁目弹正"的鬓角。歌舞伎的照明火把，恐怕也会被你一举煽灭。于是，你那浮现在云母纸前的尖鼻、凸眼、八字嘴面孔，就越发地丑恶狰狞。落款者：东洲斋写乐……

大袋鼠

腹袋中装着一只小袋鼠。将小袋鼠抱出，或许还会变戏法般地扯起一面英国国旗。

鹦　哥

你应该纹丝不动地站在唐代古画的桃枝上。因为，你一旦不甘寂寞地扑打翅膀，就会抖落身上的颜料。

猴　子

猴子啊！你到底是在哭还是在笑？你的面孔犹似悲剧的面具，又似喜剧的面具。在记忆中，我曾被带去庙会，观看你的表演。樱花吊板、纸糊座钟，还有电石气灯那神经质的亮光。你戴着金纸高帽，拖着红布花和服，扮演着令人啼笑皆非的女丑角——花子。我第一次心生疑团，正是对你那丑角面孔偶然投去一瞥之时。你到底是在哭还是在笑？猴子啊！比人类还要通晓人性的猴子啊！有谁能比你更加巧妙地将悲喜集于一面？……当我在心中默念时，猴子突然蓄起，抓着我面前的铁网尖叫着反问我："哎，你是谁？啊？你怎么也有这副愁眉苦脸？"

大　鲵

我面对你的脑袋问："你到底是什么动物？"你的尾巴回答道："我是大鲵呀！"

仙　鹤

在全县第一旅馆的门厅，摆有插着芍药花和松枝的花瓶，写有伊藤博文大字的匾额，还有你们一对伙伴的标本……

狐　狸

赌气睡觉呐？你这皮围脖！

鸳　鸯

粉雪压柳枝，银泥灼黑水。斑斓多彩的你们，成双成对地漂游——画家：伊藤若冲。

麋　鹿

在你们那壮美的刀架上，理应毕恭毕敬地摆上镶嵌葵纹的长短双刀。

波 斯 猫

阳光、茉莉花香、黄绸和服、恶之华，还有抚摸你的手感……

鹦　鹉

鹿鸣馆今日也有舞会。灯笼熠熠生辉，白菊朵朵绽放。你就是与"洛蒂"共舞的美丽的"明后日"公主。

日 本 犬

人造柳梢头，月出上灯时。你只需在远处空吠。

小 白 鼠

上穿白丝绒,眼镶石榴石,手套粉缎锦。——全都酷似可人的中国娃娃。提起后宫三千佳丽,我总是会想象你们在那亭台楼阁中营造巢穴的情景。你看!"西施"在那儿啃薯皮,"杨贵妃"拼命地转车轮。

猩 猩

那只猩猩的鼻子上,戴着金边的夹鼻眼镜。你自己能看到吗?倘若不能,从今天起,你就别再做诗了。

鹭 鸶

"祥瑞"的"江村"笼罩在暮色之中。藏青的柳,藏青的桥,藏青的茅屋,藏青的水,藏青的渔翁,藏青的苇丛……当一切沉入灰黑的藏青色深处时,突然升腾起三只鹭鸶的白羽——最好别飞到瓷盘外边来。

河 马

据说,梁武帝曾求教于达摩大师,曰:"佛法何如"?达摩答曰:"水中河马。"

企　　鹅

你是落魄的侍者。在你悲伤的眼中,如今是否仍常常浮现出往日奉职的宾馆大餐厅?仿佛澳大利亚那极光般辉煌的、过去的幻影。

马

寒风凛冽的街角,青铜铸就的亲王殿下骑着青铜铸就的你,高傲地俯视着清冷大街上的男女老少。而亲王殿下穿军装的胸前,恕我直言,落有乌鸦的白色粪便……

猫　头　鹰

去布罗肯山!骑在扫帚上的阿婆从烟囱上腾起,直向橙色月亮升起的空中飞去。其后尾随着一只猫头鹰——不,是阿婆养的猫,不知何时生出了翅膀。

金　　鱼

在微弱阳光下,水草也映出了鲜明的秋意。我想——也许这条鳞片斑驳脱落的金鱼,不久就会肚皮朝天地漂浮在冰冷的水中。但在末日到来之前,它仍会摇摆着褴褛的尾裙,犹如风流倜傥的普朗梅尔那样从容游荡。

兔　子

　　《今昔物语》第五卷的《三兽行菩萨道兔烧身语》中，有一幅你的画像。——"兔子决心发奋努力……双耳竖起，二目圆睁，前腿较短，屁眼较大。虽东奔西走寻寻觅觅，却一无所获……"

麻　雀

　　此乃一幅南画。西风萧萧，竹叶瑟瑟，蜷缩的你站在枝头。细看那发灰的印章，作者：大明方外。

麝

　　梅红软帘牙床里，独寝淫妇潘金莲。今夜春梦酣。

水　獭

　　每晚都有残羹剩饭，置于走廊即被偷光。侍女说，是水獭作怪。昨晚又有乘船归客，却不见了灯笼照路，只怕又是水獭捣乱。

黑　豹

　　你是美齿黑玛丽。为你戴上玻璃珠项链，再为你披上毛织披肩。你一定会欢喜地沉吟。

苍　鹭

正是雨霁初晴，柳叶的清新气息在河面蒸腾。你伫立柳枝，孤身子影。还记得，曾经有个小孩从树下走过吗？口中唱着"晚霞红，照西山，明日又是艳阳天"的儿歌，那就是我。

松　鼠

亚欧堂田善的铜版画密如森林，在富有时代感的微光中硕枝交错。你蹲踞其上，眼中透出奇异的悲凉神色……

乌　鸦

"晚上好！""晚上好！一有风起，这片竹林就喧嚣吵闹，真令人烦恼。""是啊！每逢月夜，更叫人难以沉静。——此时的乱葬坑何等光景？""乱葬坑吗？同往常一样，今天也有钉在门板上的尸体。""噢！就是那个女人的尸体吧！哎？你嘴边还垂着几根人发呢！"

长 颈 鹿

这是个玩具。黄色的、黑色的颜料尚未干透，还黏糊糊的。当然，对于人类的儿童来说，它也许过于硕大。不过，对于那位聪明绝顶的幼儿基督来说，却是再好不过的玩具。

金丝雀

理发店前,盆栽的万年青沐浴着清朗的朝辉。剪刀声、水声、翻报纸声……夹杂其中,还有飞旋于笼中的你们的鸣啭。……刚才,那个向师傅打招呼的少妇,是谁呀?

绵 羊

某日,我给铁栅栏里的绵羊喂食各种书籍。有《圣经》、《一生》、《唐诗选》……什么都喂。可是其中有一本,无论怎么喂它都不吃。原来是我的小说集。等着瞧吧!你这布玩具羊!

大正九年(1920)九月

LOS CAPRICHOS
（狂想曲）

侯　为译

　　以量来区分笑，有微笑和哄笑两种；以质来区分，则有嬉笑、嘲笑、苦笑三种。……我最喜欢的笑，是兼容了嬉笑、嘲笑、苦笑的爆笑。就是《浮士德》中魔鬼靡菲斯特将愚昧的学生赶进奥厄巴哈地窖中时的爆笑。

　　　　　　　　　　　　　　　——卡尔·埃米柳斯

犹　大

　　临近称作"逾越节"的"死面面包节"，做祭司的大学者们在问怎样杀掉耶稣。不过他们很惧怕民众，于是找到了声称十二恶魔中加略人的犹大。犹大在橄榄林中散步时，恶魔对他说："你把耶稣交给大祭司们，可以得到三十锭银子。"犹大却捂住耳朵，向林外跑去。后来在耶路撒冷城中漫游时，恶魔对他说："你把耶稣交给大祭司们，否则你肯定会与耶稣一起被钉在十字架上。"犹大却捂住耳朵，向耶稣那里跑去。耶稣对他说："犹大啊！我真的很理解你，你比荒野的狮子还强大。但是，你别忘了小羊羔般的心肠。"犹大听了满心欢喜，却没能悟出其中深意。当"逾越节"来临时，他将耶稣及其门徒全都吃掉。恶魔第三次对犹大说："把耶稣交给大祭司们，这样，你的名字将与耶稣的名字永远传扬。耶稣的名字光照日月，你的名字比黑暗更加恐怖。你虽不及天堂里的下人，但定能成为地狱之王。巴比伦的淫妇是你的王妃，七头毒龙是你的坐骑，火与烟、还有硫黄，在你的宝座前不断腾起香雾。"犹大听到此话，眼前展现出肃杀的地狱情景。耶稣立刻递给犹大一把食物，安详地对他说，"快去做你想要做的吧！"犹大接过食物，立刻出门。时已入夜，犹大来到大祭司卡亚巴面前，说要把耶稣交给他。卡亚巴惊讶地说："你是什么人？是耶稣的弟子吗？抑或是耶稣的老师？"那就是犹大的模样：额头比乱云翻卷的天空还要黑，眼睛比火苗还要亮，像王者一样叱咤风云……

眼　　球
——中华第一名厨张肃臣之谈

眼球嘛！今天进餐吃眼球。谁的眼球？当然是人的眼球。你不吃眼球怎能算作吃人了呢？眼球可真是好吃的东西啊！肥而筋道——啊？怎么做？那要氽汤来做啦！就像煮鸽子蛋一样。黑白分明的人眼球，骨碌骨碌地漂在撒了香菜的汤里。怎么样？不坏吧？只是说说，我嘴里就口水横流了。清汤燕窝，清汤鸽蛋，都没法比。不过，今天剜下眼珠来一看——连我都吓了一跳。简直不能用。什么？男的还是女的？男的啊！男的，也就是留胡子、穿大礼服的男人。你看，这里有名片，Herr Stuffendpuff，是个顶有名气的男人吧？果然不假。他就是在报纸上写评论的那个人吧？这不就是那个人的眼球吗？你看，摔在墙上也不容易破。够吓人的吧？这两颗眼球都是假眼嘛！玻璃做的假眼啊！

疲　　劳

含雨的风中,一匹驮载着龙骑兵士官的阿拉伯种白马激喘着飞奔。忽而,五六声连发枪响打破了街道的寂寞。此时,一只在道旁杨树根撒完尿的狗,向走近前来的狮子狗伙伴搭话道:"怎么样?那匹白马累得够呛吧?""傻话!又不只有马才是兽类嘛!……"

"那倒是。假如让我们驮,准能跑到地球边上去……"

两只狗说完,立刻也像驮着龙骑兵士官的马一样,昂然飞奔在街道上。

魔　　女

魔女骑着扫帚,翩翩飞向天空。

看到此景的有三者。

一是年迈的月神,似乎在说"她又飞了",然后便默默地升上塔尖。

另一是风标鸡,它大吃一惊,在吱吱作响的杆子上来回跑着叫。

最后是大学教授 Dundergutz 先生。他后来非常热心地研究那种飞行:究竟是扫帚令魔女腾空?还是魔女令扫帚腾空?

据说,这位先生现在仍继续研究同一个大课题。

魔女昨晚仍坐骑扫帚,像巨大的蝙蝠一样翩翩飞向天空。

游　　戏

悬崖边石缝中,一株凤尾草茁壮茂盛。汤姆刚才就在这凤尾草叶上,与一只硕大的地蜘蛛进行了殊死的搏斗。不管怎样,正如人们传闻的绰号那样,汤姆是位只有拇指大的斗士。与蜘蛛搏斗谈何容易?!蜘蛛伸展腿脚,向汤姆发起猛烈的攻击。汤姆每次都闪身躲开,并突然猛击蜘蛛腹部……

十分钟后,它们都上气不接下气,瘫在那里不动了。

凤尾草生长的岩石下,展开着一道深谷。在谷底,一条毒龙已与骑白马的圣乔治战斗了半响。无论如何,敌方骑士头上有天主佑护,毒龙亦难取胜。毒龙一次次吐出火舌,一次次跃向马鞍。然而,毒龙的尖爪总是从骑士的铠甲上滑落。圣乔治拍马挥矛,纵横捭阖。轻快的马蹄声、令人眼花缭乱的矛尖亮光、在毒龙的火舌中零落的头盔羽毛……

汤姆看到遥远谷底圣乔治那勇猛奋战的身影,反感地啧啧咋舌道:"混蛋!那小子在做游戏呐!"

Don Juan aux enfers(地狱中的唐璜)

唐璜在船中凝望昏暗的河面。风大浪高,藏红花色的波涛不时拍打老旧的船帮,迸出惨白的火花。他对着仍如磐石一般默默划桨的船上伙计喊道:"喂,我说,寂寞的沙朗!"

一个幽灵在远处的波涛间高举双手,诅咒着船客。另一个幽灵满脸懊恼,从遮掩船帮的水沫中定睛仰望他的脸。看呐!攀援船头那个幽灵的粗壮臂膀!刹那间,这边幽灵像是被沙朗用船桨击中,翻起脚掌向海中倒栽下去!

被强占了妻子的丈夫,被引诱了女儿的父亲,被夺去了恋人的青年——无数沉浮于这条河的幽灵,全都是男人。噢!我的诗人波德莱尔!你并不知道,这条地狱之河有多少男人的幽灵在哭喊!

然而，船上的唐璜却冷漠地拄着长剑，点着了芬芳的雪茄。然后，毫无表情地望着众多幽灵。为什么他在此时，仍不似常人般具有恐惧之心？那是因为，幽灵中尚无一人比他俊美！

幽　　灵

　　某家旧书店前。夜晚。店主在打盹儿。隐约传来钢琴声，暗示附近有咖啡店。

第一幽灵　（失望似的隐现于门前）这里也有一家旧书店。说不定这儿的书更为齐全。（认真地巡视书架）《近松全集》、《万叶集略解》、《比个头》、《安娜·卡列尼娜》、《芭蕉诗集》——没有，没有，还是没有。不应该没有的呀……
第二幽灵　（疲惫不堪似的飘然而至）哎？晚上好。
第一幽灵　晚上好。你那个剧本，后来怎么样啦？
第二幽灵　不行，不行，所有的戏都被打入冷宫了。上演的还是那些老掉牙的旧戏。你的小说怎么样？
第一幽灵　也同样绝版了。我的小说已没有人读。
第二幽灵　（冷笑着）你的时代已经过去了吧？
第一幽灵　（感伤地）是咱们的时代过去了。当然，咱们灵魂出窍已是五十年前的往事。
第三幽灵　（发出磷光愉快地飘然而至）晚上好。你们好像很不愉快？如今，幽灵们垂头丧气已不是时尚。作为评论家，我反对你们的不良嗜好。
第一幽灵　不是我们垂头丧气，而是你太活跃，不像个幽灵。
第三幽灵　那倒也许没错儿。不过时至今夜，我才头一次感到没有白死一回。

第二幽灵　（戏弄地）莫非你完成了全集？

第三幽灵　不，全集我可写不了。不过我的名字流芳后世，是没有问题的。

第二幽灵　（怀疑地）哦？

第一幽灵　（喜不自禁地）真的吗？

第三幽灵　当然是真的。喏，看看这个。（抽出一本书）这是今天才出版的，其中明明白白地写了五六行介绍我的文章。怎么样？有了这个，就算是幽灵，我也憋不住欢天喜地。

第二幽灵　让我看看。（急切地翻页）有没有我的名字？

第一幽灵　名字总该有的吧？顺便也看看我的！

第三幽灵　（得意地自语）我也终于永垂不朽啦！就像桑德堡和泰纳一样。……永垂不朽也不坏嘛！

第二幽灵　（对第一幽灵）实在是找不到你的名字啊！

第一幽灵　好像也找不到你的名字嘛！

第二幽灵　（对第三幽灵）介绍你的文章在哪儿？

第三幽灵　看索引，看索引。查××××就行了。

第二幽灵　噢！这儿有——"在当时众多的评论家中，值得永远记住的是××××论客……"

第三幽灵　对吧？大概就是这样。念到这儿就足够了。

第二幽灵　顺便再念几句嘛！"当然，无论从哪个方面说，他都不是有才能的评论家……"

第一幽灵　（满足地）然后呢？

第二幽灵　（继续念）"但他永垂不朽是具有充分理由的……"

第三幽灵　就念到这儿吧！我得出去一下。

第二幽灵　让他念完！（愈发大声地）"无论怎么说，他……"

第三幽灵　那我失陪了。

第一幽灵　着什么急呀？

第二幽灵　就剩一行了嘛！"无论怎么说，他始终一贯地……"

第三幽灵　（气急败坏地）随你的便吧！再见！（与磷光同时消失）

第一幽灵　写的什么呀？他怎么那么害怕？

第三幽灵　他没法儿不害怕。你听，"无论怎么说，他都始终一贯地坚持在芥川龙之介的小说出版之际，勇敢地恶语中伤……"

第一幽灵　（笑）我想也会是这么回事！

第二幽灵　这样的永垂不朽真是灾难。（将书抛出）店主闻声惊醒。

店　　主　欸？书掉下来了？这还是新书呐！

第二幽灵　（故意怪声怪气地）马上就成旧书了。

店　　主　（惊讶地）谁？你是谁？

第一幽灵　（对第二幽灵）别胡闹。快！一起回地狱去吧！（消失）

第二幽灵　好歹也摆几本我的书嘛！（消失）

　　　　　店主目瞪口呆。

大正十年（1921）十一月

长崎小品

侯 为译

昏暗的橱窗内，塞满了绘画、陶器、虎皮、花布、牙雕、青铜等各种外国文物。初夏的午后。远处传来小贩的唢呐声。

良久沉默之后，司马江汉笔下的荷兰人突发一声叹息。

画在"古伊万里"瓷碗上的甲比丹馆长看着荷兰人说："你怎么啦？脸色那么不好……"

荷兰人："不，没什么，只是有点儿头疼……"

甲比丹："今天热得邪乎啊！"

落在虎皮斑纹间的鹦鹉从旁侧对甲比丹说："他撒谎！甲比丹。他不是头疼。"

甲比丹："你说他不是头疼？"

鹦鹉："他是为了恋爱！"

荷兰人吓唬鹦鹉："你别多嘴！"

甲比丹对荷兰人："好了，别说了！"

又对鹦鹉："那么，是迷上谁了呢？"

鹦鹉："那个女的！你瞧！就在那只荷兰瓷盘里……"

甲比丹："总是拿一把扇子的女子？"

鹦鹉："是的，就是她。那个女的脸盘倒是长得漂亮，可也太傲慢了。"

荷兰人又一次吓唬鹦鹉："嗨！不许说人坏话！"

甲比丹："是吗？那可真不走运。"

又转向镶金嵌银的小个子传教士："到底怎么回事儿？神父！"

传教士："噢！我可以让他们举行婚礼——可不管怎么说，就因为那女人出生地在荷兰，她的傲慢有口皆碑。"

荷兰人："请你不要担心。"又破罐破摔，"万一需要的话，可以叫种子岛射穿她的心脏！"

种子岛不无遗憾："那不行，我已经生锈了。……叫日式指挥刀去干吧！"

牙雕基督在紫檀十字架上张开臂膀说："别干傻事！人常说，自杀了的人进不了天国。"又转向玛丽亚观音，"母亲！能否帮帮他？"

玛丽亚观音："是啊。那我去说说看。"

传教士："若能如此，十分荣幸。"

甲比丹："请一定费心……"又转向荷兰人，"你也应该向母亲恳求。"

荷兰人很难为情："请一定要帮我。"

鹦鹉说："大恩大德的圣母啊！我也恳求你帮帮他。"

玛丽亚观音朝着荷兰瓷盘中的女子："姑娘！"

荷兰女子："有什么事吗？"

玛丽亚观音："对。是这么回事：这位年轻绅士说他对你很钟情……"

荷兰女子："哎唷！真烦人！我最讨厌那个人了。"

玛丽亚观音："可是他对你朝思暮想，人都瘦了……"

荷兰女子："那是他自己的事。说到底我还是不喜欢日本造和中国造。"

玛丽亚观音："别这样说。他和你一样，心中蕴藏了西洋文明的生命之火，可以说像亲兄妹一样。求求你，我们母子都求你了，可怜可怜他吧！"

荷兰女子生气："请你不要多管闲事！首先，你也只不过是平户地方的乡下出身嘛！彩花玻璃窗也好，喷水池也好，玫瑰花也好，墙上挂的鹿毛毯也好——你恐怕见都没见过。你的长相也和我们荷兰的圣母玛丽亚相差甚远，更何况他呢？当然啦，在这个国度里他是被当做荷兰人的。可是，其实他根本不是荷兰人。他既不是日本人也不是西洋人。他是这里的画匠炮制的四不像，比黑人还可怕。"

荷兰人："噢！这是多么刻薄的话语！"说罢涕泗滂沱。

荷兰女子更加愤怒："他钟情于我?!——真说得出口！他们一家——长崎画上的红毛人不都一样吗？我只看他们一眼都难受得要死。"

长崎画中的英国人、法国人、俄国人惊讶地齐声惊呼："噢！噢！"

玛丽亚观音："那你为何不能与他和睦相处呢？"

荷兰女子："那还用说？我从今天起，再也不和你们交往了。古伊万里的甲比丹，小个子传教士，还有龟山瓷南蛮女……不，不，不只你们，就连刀柄护手上的天使，我也不再搭理你们了。他们和我来历不同，经历也不同……"

玛丽亚观音转向荷兰人："你听见了吧？我的话也不灵了，你的愿望早晚要落空。"

荷兰人大哭不止："是啊，已经没希望了。"

甲比丹："男子汉嘛！想开点儿！"又转向龟山瓷南蛮女，"她可真是个可憎的女人呐！"

南蛮女："确实如此。她真傲慢！……算了吧！以后就让我替她照料这位先生吧……"

传教士："你总是这么热心肠。"

基督："安静！安静！好像有人来了……"

鹦鹉:"嘘,嘘!"

此家主人与几位来客站在橱窗外。

主人:"这些就是我的收藏品。"

来客之一:"东西真不少啊!这幅江汉的荷兰人有点儿意思。"

主人:"那边是龟山瓷,是我颇为得意的收藏品……"

来客之一: "这是南蛮女吧?这比荷兰瓷盘上的女子漂亮多了!"

主人:"你是说这个吗?"取出荷兰瓷盘。"哎?好像有点儿湿了……"

来客之一:"荷兰女不会是哭过了吧?"

另一位来客:"不,也许是别人说她坏话,惹她哭了。"大家都笑。

来客之一:"说到底,日本造的南蛮瓷中,有一种西洋瓷所没有的独特味道。"

主人:"那就是日本味儿吧?"

来客之一: "是的。从这种日本味儿中,又产生了今天的文化,将来还会产生更为伟大的文化。"

另一位来客:"这荷兰人与南蛮女死亦无憾了。对吗?……哎?"

主人:"怎么了?"

另一位来客:"我发现那尊基督塑像笑了一下。"

来客之一:"我发现圣母画像笑了一下。"

主人:"都是错觉。"

主客慢慢地离去。又隐约传来小贩的唢呐声。

大正十一年(1922)五月

漱石山房之冬

侯 为译

时隔多日，我在少年W君和旧友M的引导下，又拜访了先生的书斋。

书斋迁至此地，采光条件极差。而且，中国产的五鹤地毯也不知何时褪了色。最后，原来摆放在与茶室相隔处的印花布隔扇，现在也换成了装有先生照片的佛龛。

不过其他物件一如既往。还有摆满了洋书的书柜、"无弦琴"匾额、先生每天写作用的紫檀小桌、煤气暖炉和屏风。套廊外还有芭蕉树。蕉叶拂弄着屋檐，叶下的大花也已枯萎。还有铜印、濑户产的火筷、顶棚被耗子咬出的破洞……

我一边仰望顶棚，一边自言自语。

"顶棚是不是没换新的呀？"

"换是换了，可还是斗不过耗子啊！"

M劲头十足地笑了。

十一月的某个夜晚。书斋里有三位客人，其中一位是O君，他是一位大学生，笔名是绵拔瓢一郎。另外两位也是大学生，但却是O君今晚介绍给先生的。一人身穿日式裙裤，另一人则穿着校服。先生对三位客人讲了这样一席话："我自己一生只喊过三次万岁。最初是……第二次是……第三次是……"穿校服的大学生腿冷，一直在打哆嗦——那就是当时的我。另一位大学生——穿日式裙裤的是K君。K因为某个事件，在先生去世后再不曾来过。同时，他与旧友 M 也已绝交。这是世人皆知的。

还有一次，是十月的某个夜晚，我在此书斋与先生促膝交谈。话题是关于我的个人问题。鬻文糊口亦无不可，但对于买方来说却是在做生意。所以，不能一篇接一篇地应承约稿，以免导致积重难返。赚钱度日无可非议，但要慎防粗制滥造。先生接着又说："你还年轻，或许没有察觉这种危险。我是在为你着想。"如今，先生笑容可掬的风貌仍历历在目。哦，我还记得，昏暗屋檐下的芭蕉在风中婆娑摇曳。但我却不敢自信地肯定，我完全忠实于先生的训诫。

还有一次，是十二月的某个夜晚，我也是在这间书斋里坐守煤气暖炉。与我同在的，是先生的夫人和 M。先生已经作古。M 与我，向夫人询问了一些先生的往事。先生曾在那张小桌前孜孜挥笔，同时为地板缝漏风而烦恼。但先生也曾豪言壮语："与京都一带茶人的居所相比，虽然顶棚处处破洞，还是我的书斋阔气。"如今破洞仍然，先生过世七年后的现在仍然破着……

当时，年轻的 W 君的问话打断了我的追忆。

"和纸线装书没被虫蛀吗？"

"蛀了。这也是没办法的事。"

M 带 W 去看那高高的书架。

三十分钟之后，我与 W 君迎着寒风走在大街上。

"那间书斋冬天很冷吧？"

W 君挥舞着粗粗的手杖对我说。同时，我心中清晰地浮现出一幅景象——先生书斋的萧条景象。

"一定很冷！"

我感觉到，某种兴奋油然而生。但沉默了几分钟后，W 君又开口了。

"那个叫末次平藏的，查阅了《异国御朱印账》，发现在庆长九年八月二十六日,又一次得到过朱印……"

我继续默然前行。在迎面扑来的寒风中,我憎恨着 W 君的轻薄。

大正十一年(1922)十二月

我的散文诗

侯　为译

秋　夜

　　正要给火盆加木炭,却见箱中只剩了两根。筐底木炭粉末中,蜷曲着一片无名树叶。它从哪座山中来?……今天晚报有报道说,木曾山脉的御岳峰已降初雪,这比往年早了许多。
　　"爸爸,晚安!"
　　老旧的朱漆桌上,放有一册翻开书页的《室生犀星诗集》,是一本平装书。"吾以笔耕堪为忧"——不仅这位诗人有如此叹息。今夜,我仍独自品茗。感同身受的,正是这种孤寂。
　　"阿贞,快把院门关上吧!"
　　这个喷涂了"吴须"陶土的茶碗,是十年前买下的。"吾以笔耕堪为忧"——多少年之后,我才真正理解诗人此叹之深意。茶碗早有裂纹,茶汁早已凉透。
　　"太太,现在放汤壶吗?"
　　不知何时,火盆中升起了袅袅青烟。我赶紧用火筷去拨挑,原来是方才的那片蜷叶烤焦了。它从哪座山中来?……仅仅嗅到焦叶气味,眼前便浮现出书架和屋墙外面矗立着披星戴月的群山。
　　"你那儿火还着着吗?我也先睡了!"

米槠树

米槠树身姿俏丽。枝干的所有线条，都呈示着强大的内力。且遮盖枝干的叶子，也如钢铁一般泛着冷光。这种叶片不会使露水霜花滑落，偶遇北风劲吹，便一齐翻出背面的褐色，并且扬起男子汉般的笑声。

然而米槠树并不粗野，叶色与树冠都透出一种稳健。其儒雅之气，毫不逊色于正统教养的风流之士。米槠树不懂这种儒雅，只是在与寒冬的抗争中夸耀着自己的强劲。米槠树也不优柔。楠树枝叶在与秋末小阳春的光影嬉戏，而米槠树从未品尝过那种畅快。它时时愈加显得郁闷沉重，因而也愈加坚定。

因为有了这种儒雅之气，米槠树唤起了我们的亲近感。又因有了郁闷的阴影，米槠树告诫我们谨防浮夸。"炎夏遮阴有米槠，冠若华盖郁葱葱"。——早在二百多年前，松尾芭蕉就已知晓米槠树的气质了。

米槠树身姿俏丽。尤其是当它将缀满银亮叶片的枝条静静伸展在阳光明媚的空中时，呈现出近乎庄严的景观。日本古代的英武天才，无疑也都像这老米槠树一样，浩然大气地矗立于天地之间，枝干上还残留着风雨的痕迹……

最后还想说明的是，我们的祖先也曾尊米槠树为神，就像对杉树一样。

秋日晒衣

这件浅黄褂子，是我祖父穿过的。祖父是幕府城堡中的茶僧。我虽已不记得祖父，但每当忌日供酒时，便可在画像上看到。他是一位略显固执的老人，身穿印有双重黑羽的和服。据说，祖父喜爱俳句。其实在老旧的记事本中，就写着这样的诗句——"年迈怎堪短刀重，老叟乐享炎夏凉"。（哎？那是什么影子？映在残阳余晖的西窗上。）

那件碎花女式和服小褂，是我母亲穿过的。母亲也早已去世。但我还记得，曾与母亲同乘火车。那次母亲穿的，就是碎花小褂吗？还是那件彩条的？……总之，母亲曾背朝窗口，双膝交叠，叼着小烟管，不时看着我默默微笑。

（我以为是什么呐！原来西窗映出的是竹枝啊！不知是不是今年新长的。）

这条博多名产白茶色腰带，是我幼年时代系过的。我是个纤弱的孩子，同时也是个早熟的孩子。我的记忆中，浮现出一张肤色微黑的女孩脸。我怎会钟情于她？以我现在的眼光来看，她是那么丑陋！然而能够做出回答的，恐怕只有这根腰带了。我心中余下的，仅有樟脑味儿般的印象。

（竹枝在风中摇曳，在尘世的风中摇曳。）

线　　香

偶尔地，我掀开布帘……

这是一个六月的早晨，天空薄云曼妙。

八大胡同，某妓院，某房间。

掀开布帘一看，但见一位美丽的中国少女身穿白褂，交抱双肘，坐在乌木大桌旁。

我为自己的冒失赧颜，正欲放下布帘，忽又觉得有些蹊跷。那少女默然打坐，脑袋一动不动。不，看样子，对我的存在也浑然不觉。

我注视着少女，少女却意外地微微闭上了眼睛。她年方十五六岁。睫毛长长，瓜子脸。腮边略施薄粉，并用淡蓝细绳扎了日本少女式的发辫。那白褂好像是法国绸之类，颇为入时。柔软白褂的胸部别着钻石饰针，放射着娇艳的光芒。

难道少女失明了？不，少女鼻尖前的莲花铜香炉中，燃着一支线香。线香细细，青烟袅袅——她当然是在闭目品香。

我放轻脚步，走近桌前。少女仍然纹丝不动。乌木大桌仿佛一汪秋水，悄悄映出少女的身影——面容、白褂、钻石饰针，全都纹丝不动。只有线香顶端一点火红，摇曳着那缕青烟。

少女是为了这一缕幽香而偏爱清闲吗？不，仔细察看少女面容，并非闲适的模样。那鼻翼在不停地颤抖，嘴角也在不时地翕动。青筋隐现的动人云鬓，甚至已香汗津津。

我猛然发现——发现这面容饱含着某种情感！

这是一个六月的早晨，天空薄云曼妙。

八大胡同，某妓院，某房间。

后来，不知是幸运还是不幸，我再没见过美丽少女那般可怜的面容，一种病态情欲折磨下的可怜面容。

日本的圣母

山田右卫门作在天草地方的海滨，创作了圣母受孕的油画。于是，圣母"玛丽亚"当晚踏着梦幻的阶梯，来到了他的枕边。

"右卫门作！这是谁的姿容？"

"玛丽亚"站在画像前，心怀不满地回头看着他。

"这是您的姿容。"

"我的姿容?！这像我吗？这个黄脸婆！"

"应该是不像的……"右卫门作毕恭毕敬地继续说。

"我将您画成本地姑娘的样子,正像您之所见,全身是下田插秧的装束。不过她身披光环,不会被看做一般俗世的女人。"

"背景是雨后的水田,水田对面是松山。再请看,松山上空飞起了一道淡淡彩虹。为了呈现圣灵,下方还有一只套着佛珠的鸽子。"

"当然,我把您画成这样,您一定看不上。但您知道,我是个日本画师。既然是日本画师,连您都得画成日本人,别无他法!您不认为是这样吗?"

"玛丽亚"终于似已心悦诚服,脸上现出天堂般的灿烂微笑。然后,独自向着众星捧月的夜空飞去……

门　厅

我对寒夜中背街里某人家炭火映红了纸糊拉门的门厅非常熟悉。熟悉那门厅——却从未踏入过那扇鱼鳞松木格门。更何况拉门里面,于我,是个一无所知的世界。

但我知道门厅里边的戏文,知道催人泪下的人生喜剧。

去年夏天,门厅里老人的木屐消失于何方?

那双陈旧的女式木屐和那双小女孩的木屐——它们总是与老人的木屐一起,摆在换鞋石板上。

但是去年秋末,那木屐和萨摩木屐却又不期而至。不,不光是木屐,还有曾经几度令我不快的洋伞!我如今仍然记得,那双小女孩的木屐中,深藏着更多同情。

最后是那辆婴儿车!它就出现在四五天前,放在木格门里。你瞧!男鞋女鞋之间,还掉落着一只奶嘴。

我对寒夜中背街里某人家那炭火映红了纸糊拉门的门厅非常熟悉。熟悉那门厅——恰似仅熟悉未读书本的目录一般。

大正十一年(1922)十二月

卡奇卡奇山

侯 为译

在童话时代的朦胧曙光中,老翁与兔子耳边听着"断舌麻雀"微弱的振翅声,默叹着老伴的死。远处传来浑闷的轰鸣,那是流连于"鬼岛"梦海上永不破碎的波涌。

埋葬老伴尸骸的坟头上空,无花的樱树将纤细密集的青铜枝伸向天界。半透明的晨光自天界散逸,空气中甚至从无呼吸般微弱的风。

须臾,兔子安慰着老翁,抬前腿指向系在岸边的两只船。一只白色,一只黑若涂墨。

抬起老泪纵横的脸,老翁点了点头。

在童话时代的朦胧曙光中,老翁和兔子在无花的樱树下相互安慰,有气无力地告别。老翁仍旧蹲着哭泣,兔子一步三回头地走向船边。空中传来断舌麻雀微弱的振翅声,半透明的晨光悄悄扩展开来。

黑船上有一只狗獾,刚才就在聆听涛声。它或想偷食龙宫的灯油,或在嫉羡水中红眼鲷鱼的爱情。

兔子走到狗獾身旁,它们款款讲述远古的故事。那是关于它们在火焰山和流沙河之间,庄严地保护动物生命的"远古"往事。

在童话时代的朦胧曙光中,兔子和狗獾各乘白船与黑船,静静地驶向梦幻大海。永不破碎的波涌围绕着善恶的船只,正在吟唱浑闷的摇篮曲。

无花樱树下的老翁，此时终于抬起头来向海上望去。

阴云下泛出白光的海上，两只野兽持续着最后的争斗。狗獾乘坐的黑船在徐徐下沉！而兔子乘坐的白船在一旁漂荡！

老翁泪花闪烁，高举双手要救助海上的兔子。

瞧！与此同时，无花樱树绽放了贝壳般的花朵。流光溢彩的半透明晨空里，升起了泛白的金色太阳。

在童话时代的黎明中——太阳、还有那贝雕般的绽放的樱花，无疑象征着对兽性毁灭兽性之争斗满心欢喜的人类。

商贾圣母

侯　为译

"天草原"城堡的内城。火光冲天,枪林弹雨,男女尸横遍地。一位手臂负伤的老人,仰望石墙上挂着的玛丽亚画像,高喊"哈利路亚!"

立刻飞来一颗子弹。

老人仰面倒下,再也没有起来。白衣圣母从石墙上默默俯视他的姿容,庄重而安详。

白衣圣母?不,我是知道的,那不是白衣圣母。很显然,她只是个女郎,爱一朵玫瑰花的红发女郎。瞧!那女郎的下方还有横写的外文金字:威廉烟草商会、阿姆斯特丹。荷兰……

教 训 谈

侯 为译

你听说过这样的故事吗?人吃人!不,不是发生在俄罗斯的大饥荒中,而是很久以前发生在日本的故事。吃人者是阿公,被吃者是阿婆。

为何如此?那是狗獾在作怪。它害死阿婆,并使阿婆变成狗獾模样,再骗阿公吃它的肉。如此这般,阿公吃掉了阿婆。

你当然知道啦?是啊,就是那个古老的童话故事——"卡奇卡奇山"的故事。哎?你笑了!这故事挺吓人的!丈夫吃了妻子的肉,而且是受了一只野兽的捉弄——还有比这更可怕的吗?

不,不仅仅是可怕,其中巧妙地蕴含了教训之谈。我们如果掉以轻心,也难免被我们中间的野兽捉弄,而吃起人肉来。

不过,结果是幸福的,因为狗獾被兔子消灭了。

背负着熊熊燃烧薪柴的狗獾、与泥船一同沉没的狗獾——请看那狗獾的灭亡吧!消灭狗獾的是兔子,它却仍是一只野兽。还有比这更意义深刻的故事吗?

每当想起这个故事,心中便油然升起一种庄严之情。野兽被野兽消灭,人类得以繁衍昌盛。索罗亚斯德听到此事,一定会面露微笑。

你还在笑?笑吧!笑吧!你的耳朵恐怕是狗獾耳朵吧?

大正十一年(1922)十二月

鹭鸶与鸳鸯

侯 为译

　　两三年前的夏日，我在银座散步时发现两个女子。那可不是一般的女子，我发现了两个令我怦然心动的姣美倩影。

　　一个像鹭鸶般苗条，另一个——难以名状。自古以来的姣美身段常指"赵瘦"而非"杨肥"。这"另一个"略显肥胖，超过了丰满的程度，却丝毫不减其匀称之美。特别是悠然扭腰抬脚的姿态，宛如鸳鸯一般出彩。她们双双身着条纹衣衫，腰系罗织锦带，撑起当时流行的网伞，看上去就像姐妹一般。我从所有的点、线、面欣赏她们，仿佛欣赏台上的模特儿。女子的婀娜来自那夏日薄衣——三十年前的妇女杂志就常常这样说。

　　慎重起见，我特意超过她们，斜眼瞟了她们的美貌。没错！这是一对姐妹，梳起同样的黑桃发髻，二十岁左右的妙龄美女。不过，鸳鸯或许比鹭鸶稍逊姿色。随后，我便撇开她俩，在大街上信步而去。这条大街以前曾经提过，就是烈日暴晒的银座。我之所以撇开她俩，并非因为自己缺乏内在的诗情画意，而是因为我手帕揩汗、夏帽代扇，与酷暑奋战，已濒临心力交瘁的边缘。

　　大约十分钟后，我在银座四丁目乘电车。此时，眼前再度出现她俩的倩影，堪称奇遇。车上虽不拥挤，但只有一个空位，而且刚好在我右侧。鹭鸶是姐姐，就轻轻地坐在座位上；鸳鸯当然站在姐姐面前手抓吊环。我打开书本，开始征服那即使不在夏天读也奇热难耐的《圣雄甘地》。不，不是开始征服，而是仅仅有此意念。电车开动时鸳鸯趔趄了一下。我立刻表现出十足的绅士殷勤让了座，同时，不等她们道谢，便迅速远离而去。以利己主义者自命的我，做出如此自我牺牲并非偶然。因为仰视鸳鸯，竟看到她长长的鼻毛。鹭鸶也似不修边幅，蓬发异味熏人。就算这些还能忍受，可她们居然大谈月事之类的临床医科内容！

从那以后，"夏日女子的倩影"不幸成为我惨淡幻灭的象征。无论烈日下银座的美女怎样娉婷婵娟，我都不敢轻率恭维。至少，在恭维之前应先自探其芳泽……

大正十三年（1924）六月

雪

侯　为译

　　一个冬日阴沉的午后，我坐在中央线的火车里，望着窗外的一列山脉。当然，那是白雪皑皑的山脉。与其说那是白雪，莫若说是接近山脉皮肤的颜色。望着那样的山脉，我忽然想起一件小事……

　　已是四五年前，也是冬日阴沉的午后。我在朋友的画室里——在丑陋的铁铸暖炉前，与他和模特儿交谈起来。画室里除了他自己的油画之外，没有任何饰物。叼着烟卷的剪发模特儿——的确具备了一种颇似混血儿的美艳，却不知出于何种考虑，将天生自然的睫毛拔得一根不剩……

　　话头不知怎么转到当时逼人的严寒，他说他如何感受庭院土地的季节，特别是如何感受庭院土地的冬天。

　　"就是说，土地也是有生命的。"

　　他往烟锅里填满了烟丝，环视着我们的脸。我默然不语，啜饮着乏味的咖啡。剪发模特儿却像受到了某种感染，抬起发红的眼皮注视着自己吐出的烟圈。然后，仍旧望着空中，不知在对谁说话……

　　"皮肤也是一样。我从开始做这个行当后，皮肤就完全变粗了……"

　　一个冬日阴沉的午后，我坐在中央线的火车里，望着窗外的一列山脉。当然,那是白雪皑皑的山脉。与其说那是白雪,莫若说是接近人身粗糙皮肤的颜色。望着那样的山脉,我忽然想起了那位模特儿,那位没有一根睫毛、颇似混血儿的日本姑娘。

大正十四年(1925)四月

诗　　集

侯　为译

　　他的诗集摆上书店，大约是在三年之前。他为那本装帧粗糙的处女诗集取名为《梦幻》。他是将卷首的抒情诗标题，直接用作了诗集的名称。

　　梦幻，梦幻，
　　彻夜沉迷的梦幻……
　　每一节诗都有这句重复。

　　他的诗集在书店中摆了很多，却无人购买。是么？倒也未必。在神田区的旧书店中，也有一两本他的诗集。虽说底页写着"定价一元"，旧书店的售价却是三角或二角五。

　　一年过后，他的诗集仍然崭新地摆在银座的小摊上。此次是"不折不扣三角钱"。不时有行人翻开封面，浏览卷头的抒情诗。（不知是福是祸，他的诗集装订时没有切边。）反正销路是不好。眼看着诗集的纸张渐渐颓旧，粗订的书脊也松散开来。

　　梦幻，梦幻，
　　彻夜沉迷的梦幻……
　　三年之后，火车留下淡淡的青烟，将九百八十六本《梦幻》运到了北海道。

　　九百八十六本《梦幻》，堆积在札幌某仓房的灰尘之中。没过多久，他的诗集就在女人们的手上变成了无数的纸袋。他的抒情诗，也就横七竖八地印在了纸袋上。

梦幻，梦幻，

彻夜沉迷的梦幻……

时过半月，这些纸袋繁星一般点缀在苹果园的绿叶之间。后来过了不知多少天，点缀果园的无数苹果就在这些纸袋中——在透过纸袋的阳光中，绿绿地散发着清香，自然而然地变得愈加甜蜜。

梦幻，梦幻，

彻夜沉迷的梦幻……

大正十四年（1925）四月

钢 琴

侯 为译

秋雨霏霏的日子,我去寻访某君,走在横滨的山手区。这一带的荒芜,仍与震灾的当时毫无差异。若说稍有不同,只是遍地坍塌的石棉瓦屋顶和砖墙间长出了蒺藜。其实,在一家废墟中,还有一架打开了盖子的弓形钢琴。钢琴被倾倒的砖墙压住了半边,键盘在雨中被洗刷得光洁明亮。不仅如此,大大小小、形形色色的乐谱,也在微黄的蒺藜中栉风沐雨。有粉红色的、淡蓝色的和淡黄色的封面,写着横行字。

我与我寻访的人谈一件错综复杂的事情,未能谈拢。入夜之后,我终于从他家告辞,并约好改日再次面谈。

所幸细雨已停,月光也由起风的空中不时地向大地倾泻。我未能赶上火车(禁止吸烟的"省线"电车我当然不能坐),只好尽量地加快脚步。

此时,突然听到有人弹出钢琴声。不,与其说是"弹出",莫若说是"抚出"。我不由得放慢脚步,环视荒凉的四周。钢琴在月光下隐现着细长的键盘,正是蒺藜中那架钢琴——但却不见人影。

只响了一声,但肯定是钢琴。我有些毛骨悚然,又要加快脚步前行。此时,身后的钢琴又一声真真切切的轻响。我当然没有回头,继续快步前行。同时,感到一阵饱含湿气的秋风在簇拥着我……

我无疑是个太彻底的现实主义者,无法为这声钢琴音响进行超自然的解释。诚然,虽未见人影,也有可能是野猫藏在断墙附近。若非野猫——尚可列出黄鼠狼或癞蛤蟆之类。无论做何解释,钢琴不弹自鸣,实在令人费解。

五天之后,我为办同一件事,同样路过山手区。钢琴一如既往,仍旧默默隐身于蒹葭之中。粉红色、淡蓝色、浅黄色的乐谱,依然散乱其间。但在今天,倒塌的砖块、石棉瓦与它们同样,也在金秋朗日下熠熠生辉。

我避免踩踏乐谱,走向钢琴。近前细看,键盘的象牙贴片已失去光泽,琴盖的漆皮也已剥落。特别是那琴腿,还有一缕野葡萄藤似的蔓草攀援缠绕。站在钢琴前,我有些怅然若失。

"都这样了,还能响吗?"

我自言自语着。不料,钢琴立刻发出清音,像在指责我的疑心。不过,我并没有惊讶。非但如此,我还意识到脸上浮起了微笑。钢琴今天仍在阳光下坦荡地展开键盘,但那上面不知何时落下了一颗栗子。

我走上大路,再次回望废墟,终于发现了那棵栗子树。它被石棉瓦倾压,斜身遮盖着钢琴。不过,它们相安无事。我所关注的只是蒹葭中那弓形的钢琴,自去年震灾以来保全了鲜为人知音响的钢琴。

大正十四年(1925)四月

腊　梅

侯　为译

　　我家后院墙边有一株腊梅。今年，在筑波山的凛冽朔风中，它又在枝头缀上了几朵琥珀似的小花。这株腊梅原在本所区我的家，后随迁居移栽至田端区。打开嘉永年间刻印的本所区地图，即可看到太守土屋的豪宅前，用小字标有"芥川"的字样。那就是我家。

　　在德川将军家境衰败之后，我家也失去了为数不多的俸禄。家中缺米少柴揭不开锅，父亲、叔父只好拿家当上街去卖。就连大伯的短剑，也未能幸免。如今，只有一株腊梅传到了十六世孙这一代。

　　鹅毛大雪压遒枝，腊梅傲寒吐芳泽。

大正十四年（1925）五月

娑罗花

侯　为译

　　植物园里也应该有娑罗树。我所见者，为某君庭院中之娑罗树。冰清玉洁的花朵芬芳宜人，树下横卧一尊太湖奇石。那里如今已广厦林立，连我所知熟人，也只听到些风传消息。

　　　　当晚又现水中月，惆怅却向谁人说？
　　　　娑罗花开烂漫处，却似人眼悲凉多。

大正十四年（1925）五月

微　笑

侯　为译

　　我大学毕业那年夏天，跟久米正雄一起去"上总"的一宫海滨游玩。尽管说是游玩，也必定要读书、要写稿的。不过，每天的大部分时间都是下海或是散步。

　　一天傍晚，我俩去一宫市区散步。到夜幕降临相对不见人面脸时，才溜达着返回旅馆。归途中，须越过长着大麦和防风林的沙山。刚爬上山顶，久米便大呼小叫着一溜烟狂奔下去。我不知事出何因，但隐约觉得或须快跑，也就跟着跑了下去。当时的心理，一定是怕孤独地留在荒寂沙山上。可久米好歹也是初中时的棒球队员，还没跑出一百米，已不见了他的踪影。

　　十分钟过后，我气喘吁吁地回到了租住的小独屋。屋子只有两间，毫无遮拦，却仍不见久米的影子。但木屐已在屋前，他肯定已经到家。于是我大声呼喊。

　　"喂！久米！"

　　此时不知何处传来回答："干吗？"

　　然而人在何处仍无法判明。

　　"喂！久米！"我又喊。

　　"干吗呀？"久米又一次回答。

　　此次我已听清，便沿着套廊向茅房走去。

　　"干吗？你怎么跑那么快！"

　　我的语调中，明显地含着嗔怨。于是，久米也气不打一处来，在里面回答。

"我要是不跑得快点儿,能来得及吗?"

尔后,七八年岁月似水东流,我已在叹惜悄悄颓秃的额顶。如今的久米也肯定消磨了那般勇健,不再狂奔。

大正十四年(1925)

老虎的故事

侯　为译

腊月的一个晚上,父亲抱着五岁的儿子坐在被炉里。

儿子　爸,讲个故事嘛!

父亲　什么故事?

儿子　什么都行。……嗯!就讲个老虎的故事吧!

父亲　老虎的故事?老虎的故事不好讲啊!

儿子　不嘛,要讲!

父亲　老虎的故事?……好吧。就讲个老虎的故事。从前有个朝鲜号兵喝醉了酒,在山道上呼呼大睡。他迷迷糊糊觉得脸上湿乎乎的,睁开眼睛一看,不知何时来了一只大老虎,正用尾梢蘸水往他脸上抹呐!

儿子　为什么?

父亲　因为号兵酒气熏天,老虎要先去去酒味,然后再吃。

儿子　后来呢?

父亲　后来,号兵鼓足勇气,竭尽全力将号角戳进老虎屁股。老虎疼得直抖,拼命地向镇上逃跑。

儿子　没死吗?

父亲　跑啊跑啊,来到镇子中心时,终因屁股伤重,倒地死了。可是在老虎死掉之前,戳在屁股上的号角一直嘟嘟地响。

儿子　(笑)号兵呢?

父亲　听说号兵受到了热烈的赞扬,还得了打虎奖呢!……好啦,故事讲完了。

儿子 不！再讲一个！

父亲 这回不讲老虎了。

儿子 嗯——这回也讲老虎的故事。

父亲 哪儿有那么多老虎的故事？嗯，让我想一想……啊，再给你讲一个。也是个朝鲜人。他是个猎手，到深山里去打猎，看到脚下沟底有一只老虎。

儿子 大老虎吗？

父亲 嗯！大老虎。猎手想，这可是个大家伙，立刻往猎枪里填上了火药和弹丸。

儿子 打了吗？

父亲 可是，他正要打时，老虎猛一伏身，紧接着窜向对面的巨石。可是，当它腾空后还没有抓着巨石，就摔在了地上。

儿子 然后呢？

父亲 然后，老虎回到原来的地方，又向巨石窜上去。

儿子 这回窜上去了吗？

父亲 这回也摔了下来。于是，它害臊地拖着长尾巴，躲得不知去向了。

儿子 那，老虎没打到吗？

父亲 嗯！因为那样子很像人，所以觉得怪可怜的。

儿子 没劲儿！这个也没劲儿！再讲一个老虎的故事。

父亲 再讲一个？这回讲一个小猫的故事吧！穿长靴小猫的故事。

儿子 不嘛！再讲一个老虎的。

父亲 真没办法！……好吧。从前，有一只大老虎带着三只小老虎。傍晚，大老虎就带着三只小老虎玩耍。晚上，就带小老虎进洞一起睡觉。……喂！你别睡呀！

儿子 （瞌睡地）嗯？

父亲　可是，在秋天的一个傍晚，大老虎身上带着猎手射中的箭，九死一生地逃回来了。三只小老虎一无所知，立刻扑过来嬉闹。大老虎也一如既往，陪他们欢蹦乱跳着玩。夜里，它们像往常一样进洞睡觉。但第二天天亮时，大老虎已在三只小老虎中间死去了。小老虎都吓坏了……喂！你醒着吗？

儿子　（睡着了，不答话）……

父亲　喂！来人哪！这小子睡着啦！

　　远处传来回答："哎！来啦！"

大正十四年（1925）十二月

两位朋友

侯　为译

我进入一高时，跟福间先生学过德语。福间先生是鸥外先生《两位朋友》中的F君。《两位朋友》当时尚未发表。至少我是确实不知此事。

福间先生个头比一般人矮点儿，我记得他是戴着金边眼镜，留着长长的八字胡。

我们对福间先生都怀有一种亲近感。因为他也像年轻人一样喜欢诙谐。先生在第一学期的一节课上，对久米正雄说了一句话："你知道'读不懂'（与'久米'谐音）这个词的意思吗？"

久米也立刻幽默地回话："嗯，是不太懂。这个词'包含'（与'福间'谐音）什么意思呢？……"

福间先生从第二学期开始，突然教我们学吉兹基的警句集《盖拉德·奥斯》。那些生词给我们带来的苦恼，各位可想而知。我如今仍然记得书中有个不可思议的词——"休塔茨·海莫洛伊达里乌斯"。这个词恐怕一生都会在我昏暗的脑海里像蘑菇一样生长。想到这一点，我总是在某种滑稽中感觉到人生如梦。

福间先生是在我们升二年级或三年级时去世的。我没记清，深感遗憾。但我记得在那一两周前，曾与现在的恒藤恭——当时的井川恭同去探望先生。

先生仰卧在床，只说了一句"好多了！"而其实并非"好多了"，而是"坏多了"。当时，夫人愁容满面。

一个阴沉冬日的午后，我们大家送福间先生的灵柩去今户的寺院。葬礼司仪是"安国寺"住持，也曾在鸥外先生《两位朋友》中出现。葬礼之后，"安国寺"向排列在正殿前的我们宣讲"寂灭为乐"之佛法。"北邙山头一片烟"——"安国寺"的话语不时传入我的耳中。我记得法事正酣时，下起了绵绵细雨。

我将此短篇命题为"两位朋友"，当然是借用了鸥外先生的文题。但是如今重读，发现我也偶然在此文中提到了两位朋友的名字。受到福间先生戏弄的不只久米一人，井川也曾有此经历。先生曾板着脸说："这个词不懂可'不行'（与'井川'谐音）！"

大正十五年（1926）一月

横须贺小景

侯 为译

咖 啡 馆

我曾在某家咖啡馆的角落,吃半熟的煎鸡蛋。此时,一个懵懵懂懂的人坐在我的桌旁。我惊讶地望着那人,他怪模怪样,穿着黏糊糊的生紫菜薄西装。

彩 虹

我总是从煤烟灰撒落的工厂后边走过。灰蒙蒙、阴惨惨的工厂上空,一道彩虹即将消失。我踮起脚尖,探着鼻尖去闻那彩虹。于是——我隐约闻到了石油的气味。

五分钟照片

一个晚春的午后,我与一位年轻的海军中尉去拍五分钟照片。照片很快就出来了,但是,相纸上印的却是大大的罗马数字——Ⅵ。

小 泥 块

我跟在一个十二三岁的小姑娘身后走。她穿着淡蓝色的大礼服，光着脚。她的脚上有一块半干的泥块。

我望着小姑娘脚上的泥块，不知何时，泥块变成了美洲大陆。山脉、湖泊、铁道也一块块地凸了起来。

我直纳闷儿，仔细去看小姑娘。而小姑娘却不见了踪影，展现在眼前的是横须贺军港。整个港湾里只有三角形的波涛，竖起又倒下。

大正十五年（1926）四月

梦呓

侯　为译

一

我的胃口像鲸，就是哥伦布发现的鲸，时时会吞潮吐浪。我已经听厌了狂吠声。

二

我的舌头和口腔每每在发烧时，会长满羊齿类植物。

三

拉肚子时，我便想到巨大的苏铁树。仅我一人如此吗？

四

我一听到肠鸣，便感到自己总有一天要产下鲨鱼卵。

五

犯了忧郁症，我便觉得自己的脑髓褶皱里虱子成团。

大正十五年（1926）五月

O君的新秋

侯 为译

我抱膝蹲坐，与西洋画家O君交谈。身穿红色衬衫的O君趴在榻榻米上，一个劲儿地吞云吐雾。在O君身旁，煞有介事地横着一只穿白布袜的假腿。

"秋老虎劲头不减啊！"

O君答话之前微蹙眉头，视线投向套廊前的紫菀。几株紫菀不知何时绽开了簇拥着的碎花，纹丝不动地沐浴着阳光。

"欸？这花都开啦？这，叫什么来着？扇子上画的花。"

一个听不到海潮声、空气澄澈的傍晚。我还是和O君一起，在宽阔的沙道上散步。此时，一位姑娘沿着矮树篱笆走来。她身穿白地儿蓝花和服，系红色和服腰带。高挑的个头。

"唉，那个姑娘真可怜！腿太长，她自己都难受。"

事实上，那位姑娘的表情正如O君所说。

O君将拐杖支在体侧，站在某座大别墅的水泥墙后小便。一位戴着近视眼镜的巡警走过。看来，他是想提出干涉，用白扇指着O君。

"因为这个，因为这个！"O君有些口吃地说着，并用拐杖敲了几下右腿。那是假腿，当然梆梆作响。

"我的家就在那里……"

巡警只咧了咧嘴，一言不发地走了过去。

一个黄昏,夕阳斜挂屋顶和松树梢间。我在糖果屋前偶遇 O 君。他时隔多日又换上了和服,拄着丁字拐。

"今天改用丁字拐了?"

O 君启齿而笑。"是啊!今天划船桨了。"

我到 O 君家去玩,在四张半铺席的房间灯下谈天说地。不过,大都谈的是神经和神灵感应的话题。我的一位朋友 U 将倒好水的杯子放在枕边,过一会儿再看时,水已剩下一半。一天晚上,正在犯迷糊时,突然有水泼在脸上。然而大吃一惊跳起看时,杯子却好好地立着——竟有如此咄咄怪事。

后来我们要出去散步,顺便到街市购物。出门前,O 君一反常态,开始关闭带扶手的窗户,且对我发笑。

"如果有光线照着这扇窗户,回家进门时就会觉得有人正坐在这里喝水。"

O 君在家当然是自己做饭过日子。

O 君今天仍穿红衬衫、黑坎肩。上午十一点时,在后屋檐下生起了炭火。引火用的是枯松针和松塔。我从后窗探出头问:"怎么样?那能烧饭吗?"O 君回头却不答话,用下巴指向周围的松树。

"用这些烧饭的话,松树全都是——引火材料了。"

头戴巴拿马帽的 O 君坐在小沙丘上,精神百倍地挥笔作画。一幢只有柱子是白色的板房坐落于小松树林中,静静地垂闭着百叶门——这是他写生的景物。松树将枝条伸展在我们周围两三尺高的空中。飒爽秋风里,绿色松塔硕果累累。

"松塔这玩意儿,居然能长成如此高大的松树啊!"

O 君一边挥动画笔,一边头也不回地答话:"就像女孩怀了孕似的。"

O君在本职工作之余，还孜孜不倦地创作俳句。趁着为O君作素描的机会，且将若干俳句披露如下——

极目苍穹雾漫漫，细修兰竹情殷殷。
被褥棉絮虽潮冷，丝瓜架上好晾晒。
萋萋芳草昨更绿，幽幽松林今愈葱。
薄云翳日风乍爽，丝瓜剥皮水井边。
暑病枯叶似蝴蝶，初秋芒草已抽穗。
金风送爽板栗熟，大大小小喜上市。
凤仙花落结种子，伯劳鸣啭啼晚秋。

大正十五年（1926）十月十一日于鹄沼

梦

侯 为译

据说，在梦中看到彩色是神经疲劳的证据。可是，我从幼年起，就一直在做彩色的梦。不，我几乎不相信竟有无色之梦。其实，我最近也梦见在海水浴场，邂逅了诗人H·K君。他戴着草帽，穿着美丽的藏青色斗篷。我为那色彩所心动，便问他："这是什么颜色？"诗人仍旧看着沙子，极不认真地答道："这个嘛！这是札幌色嘛！"

此外，据说梦中绝对不会出现嗅觉。但是，我记得曾在梦中闻到过胶皮烧出的恶臭。好像是在傍晚，走在看得见河流的城边。不知何故，河中游动着许多原木般粗壮的鳄鱼。我在街上边走边想："哈哈！这里是苏伊士运河啊！"（当然，做有嗅觉的梦，一生之中也惟有此时。）

最后，我在梦中还做过俳句呢！不过，慢说是名诗名句，就连略成体统的语句都做不来。尽管如此，我还总是在梦中深信，自己的俳句绝非蹩脚之作。四五天前，我梦见自己伫立于荒野小道，周围还有众多乡下男女。一顶小小神轿在"嘿哟、嘿哟"的号子声中招摇而去。我观望此情此景，搜肠刮肚地创作俳句，还颇为得意。然而过后回忆，却是如此拙劣不堪——"一顶小神轿，荒野蹊径乐招摇，众里跷脚瞧。"

大正十五年（1926）十月

鸦　片

侯　为译

首次将克劳德·法莱尔的作品介绍到日本的，大概是堀口大学氏。我记得在六七年前，他为《三田文学》翻译了《狐狸》舰的故事。

《狐狸》舰的故事自不待说，法莱尔的作品都浸透着东洋的鸦片烟。我最近读了矢野目源一氏翻译的法莱尔的《静寂之外》，再次触及此种烟味儿。当然，这部《静寂之外》除了鸦片的诱人芬芳，还散逸着死人气息。同时，也散逸着"坡与波德莱尔"兄弟商会制造的死人气息。

"欤？我听见了。不，抑或是错觉？我搞不懂。声音过大，不像发自埋了死人的土地。不管怎样，此处不会有器物碎裂的声音。泥泞中，棺材发出恶臭。……一块木板颤颤悠悠，令坚固的铁钉发出可怕的吱嘎声……"

这是坡的《早到的葬礼》向大西洋彼岸传出的反响之一。但这无关痛痒。我饶有兴趣的是如下一节引用……

"然而，在法国土地上种植鸦片已连遭失败。可他们仍煞费苦心，将从东京带回的罂粟种子种在尸骸养肥的墓地。此举竟收到意外的成效，发挥其固有的特点。眼下，只需割取饱含毒汁的罂粟果，棕色泪水般的汁液即如愿汩汩滴落……"

将鸦片与死人联系，并非始于法莱尔的作品。我最近随意阅读过俞樾的《右台仁馆笔记》，发现中国人也有此种写法。该书中的

《贾慎庵》故事,便是确切的例证。

据说,贾慎庵是乾隆末年老生之一。某夜,他梦中来到衙门模样的大宅院前。院子被重门完全隔断,杳无人影。"徘徊之间,忽见数众押一妇人由远而近,至此门外"。随后,不知出于何意,他们夺去妇人上下衣。妇人尚年轻,且不无姿色。"茕然裸立,羞愧之状难堪"。贾怒气中生,立刻近前呵斥众徒暴行。

"汝辈何人?胆敢放肆!"

但是,他们只是微笑着作此回答:"此何足以异?"

"言未尽,门即开。有数人,扛一巨桶。一吏,执文书尾随而去。众即拥裸妇人。贾亦随之入内。"其后,过重门至一阔院,"见男女数百。或立,或坐,或伏卧,然皆裸无寸缕。堂上坐一官,其前设一大榨床。壮汉数条,执大铁叉,任意将男女叉至槽内,以大石压榨之。膏血淋漓,下以盆受之。盆满即挹注巨桶之中。如此十余次,巨桶即满。数人扛此出。官判文书付一吏,同出。"于是,贾观看吏脸,乃早入墓下之往昔邻居周达夫。贾上前呼周名。

"子何故在此?此处不可久留,速随我出。"周惊曰。

然贾更问桶中何物。

"鸦片烟膏也。"

乾隆末年,鸦片尚不似今日之流行。因此,贾亦不知鸦片者何物。

"鸦片烟者何物焉?"

"方今承太平之日长久,苦于人口过剩,宜以大劫消除之。本来,大劫莫过于水火刀兵之灾,遭劫者无论贤愚俱灭之。福善祸淫之说,亦往往至此而穷屈。于是,天帝召诸神集会,特定施行鸦片大劫。所谓鸦片大劫者,取世间罂粟花汁,熬炼成膏,任人吸食。吸食者在劫之中,不吸者不在劫中。任由个人自选,免咎造物之不仁。借此劫以消除人口过剩，即与水火刀兵诸劫减十之五六相当。然罂粟属草花之类，自古世间极多。而其汁淡寡，难以熬膏。因此，命九幽之主，于无间地狱中挑选不忠不孝无礼义破廉耻诸罪之魂录送此间。榨取膏血转付地上山陵原隰坟衍之神，将此膏血注入罂粟花根，上达花苞即令汁液自然浓郁，一经熬炼光色黝然。你可试而知之。数十年之后，此烟将遍及天下。"

贾欲更细询之："此时又有人，驱数十男女至。鞭笞甚苦，齐声呼号。"贾惊醒，尔后与人述此梦，然无人言信。后至道光中期，鸦片果真流行。当然，贾已于此前作古，而贾梦之说仍萦绕人耳。于是，自那时起民间便流传一句话："鸦片烟中死人膏……"

从种植于墓地的罂粟花取得上好的鸦片，是法莱尔想象的产物呢？还是上述中国俗世传说的产物呢？我当然没有资格断言。我只是想，这个传说或许也植根于虞美人草来自虞美人血的传说。

最后想附带说明一点，鸦片烟比起卷烟——特别是纸烟和雪茄，更富于东方型香气。说到接近鸦片烟味的香气，乃是在荒无人迹的墓地角落，由寺仆扫起芥草焚烧的气味。因此暂且不说对于中国人，鸦片烟味对我们日本人也是伴随着坟墓——死人——死亡之类联想的。不过此种联想未必带有那种"恶之花"的色彩。我一边草拟此文，一边想起曾几何时读过的幼稚俳句——

乍寒初冬到谷中，新洒墓前菊香浓。

大正十五年（1926）十月

国　　槐

侯　为译

　　我在听京都"一中调"的净琉璃《石枕》时，记住了国槐这个名字。我当然没有习练过"一中调"，不是内行。不过我听父母排练，也就略知一二。那句念白好像是观世音菩萨的"庭院里，经年久，槐树梢"。

　　《石枕》的梗概如下。某家阿婆为夺取路费，让过路客睡于石枕，然后坠下高悬巨石杀之。入夜，一美少年借宿。阿婆亦令其睡于石枕，欲杀人夺财。此时阿婆之爱女暗恋少年，欲以己身替死。随后少年现身为观世音菩萨，示喻阿婆因果报应。阿婆投水自尽的池塘即为浅草寺院内"姥池"——剧情大致如此。我少时曾于国芳的浮世绘读及此文，所以比起《吉原八景》和《黑发》，《石枕》更令我兴趣盎然。此外我还记得，国芳浮世绘中所画观世音菩萨的衣纹，应用了西洋式画法。

　　我后来看到国槐幼树时，感觉那图案化的枝叶确实与观世音菩萨现身相吻合。但四五年前我到北京游览，随处可见国槐，却不觉淡漠了诗趣。不过，国槐那绿色的豆荚如今仍风流如故。

　　　　　　北　　京

　　国槐枯荚落纷纷，大街小巷灰蒙蒙。

　　　　　　　　　　　　　大正十五年（1926）十月

捉 迷 藏

侯 为译

他在某街背巷里,与年少的她捉迷藏。虽然天色未暗,却正是街角气灯初亮之时。

"到这里来!"

他轻快地跑着躲着,回头望望追寻而来的她。她紧盯着他拼命追来。他看着她的脸:她为何表情如此认真?

那副模样,在他心中保留了很久。但随着岁月的流逝,终于磨灭殆尽。

光阴荏苒。二十年后他在雪国火车中与她邂逅。窗外昏暗时分,濡湿鞋子和外套的气味忽然笼罩了全身。

"好久不见啦!"

他叼着卷烟(那是他与同志一起出狱的第三天),忽然注视着她的脸。新近失去丈夫的她,在述说父母和兄弟。他看着她的脸想,她为何表情如此认真?不觉之间,他重又返回十二岁少年的纯真心灵。

他们如今结婚了,在郊外某处拥有自己的家。然而从那时起,他再也没看到她如此认真的表情。

大正十五年(1926)十二月一日

我

侯 为译

人皆如我乎？
　　　　　——鸠尔卢纳尔

受到屈辱时，不知何故我并未立刻感到郁闷。总是过了大约一小时，我才渐渐产生不愉快的感觉。

看到罗丹《乌格里诺伯爵》的雕像——或照片时，我忽然想到了男子同性恋。

看到树木我总觉得，它们如同我们人类也有前胸后背。

我常常希望变为暴君，将众男众女喂食狮虎。但我只要看到脓盆中血迹斑斑的绷带，即刻便有生理上的不快感。

我常想别人死了才好。这别人之中，甚至还有我的亲人。

我不具有任何良心——连艺术的良心都不具有。但是，我具有神经。

我很少憎恶。但却常常轻蔑。

据我体会，自我憎恶的最强烈的特色，就是从一切事物中看到虚伪。而且，我对此种发现毫无满足感。

我曾侧耳倾听各种各样的人说话。例如菜馆跑堂的"您好！"这句话并不以元音结尾。倘若用罗马字母来写，就是"Konnichiwass"。但又为何在语尾加了无用的"s"呢？

我并非总是我自己。我还是儿子，老公，雄性，人生观上的现实主义者，气质上的浪漫主义者等等，等等等等……这些且说无妨。然而这几个角色总在打架，令我痛苦不堪。

收到陌生女子的书信或物品，我首先会不由自主地想，她够不够漂亮？

所有话语都像钱币一样具有两面。我将之称作"死要面子"。但在这一点上，与我并无太大差异。让我说，我只是"自尊心强"罢了。

医生问我身体感觉如何，我始终不能准确地表述。因此总觉得自己在撒谎。

一离开自己的家，我似乎就感到人格变得暧昧不清。这种现象，总是在我离家三十英里时出现。

我的精神生活很少规规矩矩、亦步亦趋，却总是像跳蚤一般蹦蹦跳跳。

一见故交,必定鞠躬。若是对方未能看到,我便觉得"吃了亏"。

大正十五年(1926)十二月四日

某社会主义者

周昌辉译

他是个年轻的社会主义者。为此,身为小官吏的父亲几乎要和他断绝关系。可他仍然不肯低头。一方面是他有股激情,另一方面也是因为朋友的鼓动。

他们成立了一个团体,印发十来页的小册子,还时常举办演讲会。他理所当然地频繁出席他们的聚会,同时还在小册子上发表自己的论文。但除了那些同仁,好像没人去读他的论文。而他本人却对其中的一篇——《怀念李卜克内西》,抱有相当的自信。那篇文章虽无周密构思,却洋溢着诗一般的热情。

在这期间他毕业了,进入一家杂志社工作。但对出席同仁的聚会,他却从无怠慢。他们依然热心地探索他们的问题。不仅如此,而且像凿穿石头寻找地下水那样,一步一步地要付诸实际行动。

事到如今,他父亲已经不再干涉他。他和一个女人结了婚,住进一栋小房子。他的家实在太小,不过他非但没有什么不满意,反倒感到很幸福。妻子、小狗、院子前的白杨树,这一切都给予他在迄今为止的生活中从未尝过的某种甜蜜。

因为有了家庭,又因分秒必争的工作所迫,他渐渐地不常在同仁们的聚会上露面了。但这绝不是因为他的热情减退了,至少他相信现在的他与以前的他没有什么两样。然而,他们——他的同志却不像他自己那样认为,尤其是新参加他们团体的青年们在批评他的怠惰时毫不客气。

这当然使他不知不觉间越发疏远了他们的聚会。正当此时，他当了爸爸，更加用心于家庭。但他的热情依然向往着社会主义。他在深夜的灯下不懈地学习，同时他对以前写的十几篇论文——特别是对《怀念李卜克内西》，渐渐感到一些不尽如人意的地方。

他们对他进一步冷淡，他甚至已经不值得他们去批评了。他们抛下他——或者说抛下大体和他类似的几个人，稳步地开展工作。

每当遇见老友故交，他才好像有所察觉似的发发牢骚。而实际上，毫无疑问他在不觉之间已经满足于常人的安乐生活。

打那以后又过了几年，他去另一家公司工作，取得了董事们的信任，总算住上了比以前大的房子，还养育了好几个孩子。要问他的热情哪里去了，也许只有天知道。他时常靠在藤椅上，一边品味雪茄，一边回忆他的青年时代。于是他的心情难免微妙地变得忧郁起来。不过，东方人的"宿命"思想总会把他解救出来。

他确实是个落伍者。但他的《怀念李卜克内西》却打动了大阪的一个青年人，青年炒股票最终赔光了父母的遗产。那个青年读了他的论文，以此为机缘变成了社会主义者。当然他完全不知道此事。他现在仍然靠着藤椅，一边品味雪茄，一边回忆自己的青年时代，像一个平庸的人，一个也许是过于平庸的人那样。

大正十五年（1926）十二月十日

尘世的辛苦

周昌辉译

那是一个春天的午后。因为要和老相识田崎会面,我坐在他上班的出版书店的小会客室椅子上等他。

"啊,稀客呀!"

不一会儿,田崎耳朵上夹着钢笔,穿着一件不合身的西服,像是很忙碌的样子走出来。

"我有点事儿想麻烦你,我想去修善寺或汤河原疗养两三天,顺便写写小说……"

我的话直奔主题。近日,我的小说集将由这家书店出版。便想能否看在我尽职的份儿上,提前付给我版税——这是我会面的要点。

"那倒不是不可以。不过,到温泉胜地去,也真够奢侈的。我自打娘胎里出来,还没尝试过一次像样的旅行。"

田崎点着一支"朝日"牌香烟,为生活所累的脸上充满了单纯的羡慕表情。

"到哪儿旅行不都一样吗!哎,你怎么还是单身汉?"

"还不是因为手头总也不宽裕。"

我在老朋友面前,对身穿的结城布料衣服有些不好意思了。

我岔开话题说:"你在这家店里干了很长时间吧?现在究竟在做什么?"

"我吗?"

田崎弹掉"朝日"香烟的烟灰后得意地说:"我正在编纂旅行指南。我想编一部不同于以往的、大部头的旅行指南。"

贝　壳

周昌辉译

一　猫

他们住在乡村的时候养了一只猫。那是一只尾巴长长的黑猫。他们在养了这只黑猫以后，深为消除了鼠患而欢喜。

约莫过了半年，他们迁居到东京，当然也带着黑猫。但是到了东京之后，他们发现黑猫不像以前那样捉老鼠了。"怎么回事儿呢？是不是喂了它肉和生鱼片的缘故？""最近老R说：'猫要是知道了盐的味道，就逐渐不捉老鼠了。'"他们在议论之后，决定试着把黑猫饿一饿看。

可是等了很长时间，猫还是没抓过一次老鼠。因此，老鼠每天晚上都在天棚上乱窜。他们，尤其是妻子很讨厌猫的懒惰。黑猫眼看着渐渐瘦了下去，开始在垃圾堆里寻找鱼骨头之类的东西。"是不是因为它进城上了档次？"他这样说着，笑了。

在那之后，他们又重新住回乡下。然而那只黑猫照例对老鼠毫无兴趣。他们终于憎恨起来，吩咐泼辣的女佣人把猫扔到山里去了。

一个秋末的早晨，他走在杂树林里，偶然看到了那只黑猫。黑猫正在吃一只麻雀。他弯下腰，反复叫着猫的名字，可是黑猫以尖锐的目光死死地盯着他，没有一点儿要靠近的表示，还"咯吱咯吱"地嚼着麻雀的骨头。

二　黄鲖鱼

一位住在温泉地的母亲托人给儿子捎了一些东西——樱子、竹叶粘糕、一个放了十六条黄鲖鱼的陶罐,还有拴在陶罐提梁上的一封潦草的信。

那封信中有这样一段:"黄鲖都是公的,母的以后再捎。原打算公母都放在一个罐里,但母的能把公的都咬死。"

三　一个女人的话

正好在十二岁时,我去了直江津做学业旅行(我的小学在信州的X街上)。那是我第一次看见大海,而且还看到了轮船。要乘坐轮船,必须先从栈桥坐舢板。还有许多从其他地方来的好像也是同样在旅行的小学生,吵吵闹闹地向我们所在的栈桥走来。正在其他学校的学生准备登上舢板时,一位身穿立领黑色西服的二十四五岁的老师(但不是我们学校的老师),匆忙抱起我登上了舢板。当然那是认混了。过了一会儿,我们学校的老师来接我的时候,那位老师不住地道歉说:"实在对不起!她和我校的学生一模一样。"这就是那位老师抱我上舢板时的心境吗?我非常吃惊,也感到害怕,但除此之外还感到一种说不清的愉快。

四　某司机

在银座四路,一位电车司机似乎错把红色信号灯看成绿色的了,突然启动了电车。他可能很快意识到不对,出人意料地大声喊了一句:"错了!"我在听到喊声的时候,立刻想到了兵营或是练兵场。我的直觉对不对呢？

五　失败

有位男子做什么都失败，最后他做了一名壮士戏剧①的演员，参与了以白濑中尉②事迹为内容的《南极探险》的演出。当然，那是夏休期间的演出③。他只扮演一个走在冰山之间的普普通通的企鹅。终因酷暑在演出过程中窒息而死。

六　东京人

某酒馆的老板娘，替一位熟识的艺妓去一家常年往来的制衣店定做一条和服带子。带子做成之后一看，订做人老板娘自不待言，连制衣店的老板都觉得过于艳丽。因此这家老板二话没说，将二百元的带子减价到一百五十元。实际上店主的心情是和他的顾客老板娘相通的。老板娘付款之后，没把那条带子交给艺妓看，而是特意放到衣橱里了。过了几天，艺妓问："老板娘，那条带子还没做好吗？"不得已，老板娘只好拿给她看。实际花了一百五十元，却对艺妓说花了一百二十元。因为老板娘光从脸色上就清楚地知道，艺妓也感觉太过艳丽。但艺妓也不再多说，把那条带子拿回去后，就送来一百二十元。

说是一百二十元，艺妓当然完全明白，那条带子原本更贵的。

---

① 被称为明治中期的壮士或书生的青年知识分子，为了向民众传播自由民权思想而创作的业余戏剧。
② 白濑（1861—1946），探险家，辎重兵中尉。1910年组织并带领探险队赴南极探险，无功而返。
③ 每年阴历六月，戏剧演出休业。在此期间，部分未成名的年轻演员以较低的票价继续演出。

之后她自己也不用，而是让她的妹妹用上了。什么？净是无聊地客套？——东京人历来就是只会无聊客套的种族。

七　幸福的悲剧

她爱着他，他也同样爱着她。可是双方都不好意思把各自的感情吐露给对方。

之后，他和另外一个女人——假设叫做三的女人相好了。她对他的做法很反感，就和另外一个男人——假设叫做四的男人相好了。他又忽然嫉妒起来，要从四那里夺回她。毫无疑问，和他重归旧好本来是她的真心。但却难说是幸福还是不幸，那时她在不自觉之间有些爱上四了。不仅如此，更难说是幸福还是不幸，他也在关键时刻陷入了无法和三漠然分手的境地。

他每次和三幽会的时候，便会想起她的音容笑貌。而她在每次和四出远门的时候，听着陌生溪流的响声，也时常想起他的一些事情来……

八　真实感觉

这是杀人犯的一段话："我把那个家伙杀了。那家伙成为幽灵出现，当然是再正常不过的事。他如果是以我杀死他之后的尸体面目出现，便没有什么可怕的。可那家伙和活着的时候一点儿没变地站着，并且好像还要做什么的样子，简直太可怕了。要是真的迟早出现幽灵的话，应该以尸体的面目出现才对。"

九　车夫

在我十一二岁那年，有一回看到一台装满空箱的大板车正要上坡，就从后面帮着往上推。可拉车的男子回过头来，就隔着车子大声地呵斥："咳！"对他的误解，我当然感到不快。

从那之后又过了五六天，这个车夫又拉着大板车，走在同一条坡道上。这次拉的是装木炭的稻草包。我在心里想，"管他呢！"就站在道边没动。随着车子摇摆的节奏，一个草包掉了下来。这个男子好容易放下车把，把草包重新放回原处。这对我来说没有什么。然而男子一边猫腰把草包往肩上扛，一边却像是跟人搭话似的说："这个畜生，太机灵了！还没到你下车的时候啊！"从那以后，我对这个男子——这个被太阳晒得黑乎乎的车夫，产生了一种亲切感。

十　一个农夫的逻辑

某山村的一个农夫偷了邻居家的母牛，服了三个月的刑役。在狱中，他像换了一个人似的老老实实遵守狱规，竟被称为模范犯人。可获释回来后，马上又去偷那头母牛。邻居家的主人很生气，又报告了警察。他们村里派出所的警察立即将他抓起来，并且严厉地训斥他：

"你这家伙，真是个既没脸皮又没记性的东西！"

他却板着脸这样回答警察说：

"俺因为偷那头牛，被罚了三个月的苦役是吧？这样一来，那头牛就该是我的了。可我回家一看，牛还在邻居家的牛圈里（不过比以前肥了点儿），所以就牵回俺的牛圈里了。这有什么错？"

十一　嫉妒

"我好像嫉妒情绪颇深。比如说，住旅馆的时候，那里掌柜的和女招待们对我热情地鞠躬。之后别的客人也来住宿，他们仍然和刚才一样热情地鞠躬。我看到那种场景，不知怎的就对后来的客人十分反感。"——虽如此，对我来说，说这话的人却是我熟识者中最温厚的君子。

十二　最重要的接吻

和她结为夫妻之后，他对她公开了迄今为止全部的风流韵事。其结果正像他所预料的那样，保证了他们的幸福。可是，只有一件事他没有坦白。那是在他十八岁的时候，和一个年纪比他大的旅馆女招待接吻的事。他绝非故意隐瞒此事，而是觉得微不足道，不说也无妨。

从那以后又过了两三年，因某个话题他顺便对她说起了那件事。她却变了脸色说："你欺骗了我！"那件事像个小小的尖刺一样，总是成为他们夫妇间产生纠纷的引子。在和她争吵之后，他独自一人曾多次不由自主地想到："是因为我过于诚实呢？还是我内心深处的诚实还不够彻底？"

十三　《日语辞典》里没有的语言

他在爱丁堡留学期间，有一次在冲进电车时摔倒，不省人事，被抬到医院的途中，神志不清地说了些英语。康复之后，他的朋友无意之中把这件事说给他听了。从那时起他就像换了个人似的，对自己的语学能力很有自信,终于成为著名的英语学者。——这就是他立志奋斗成功的传奇。可是让我感到有趣的是,住在他原住房子里的母亲说:

"我儿子搞学问,把日语全部都学光了。所以,特意到西洋学习《日语辞典》里没有的语言去了。"

十四　母与子

最近,他知道了母亲曾是艺妓,也了解到母亲现在北京开饭店。他利用生意之便,在北京滞留两三天,特意去探望分别已久的母亲。

他找到那家饭店,同仍然擦着厚厚香粉的她聊了约有一小时。对她那虚伪的应酬,不由地产生了幻想破灭的感觉。她无疑对中规中矩的他也感到莫名的厌烦。另一方面,她肯定也不想告诉她的丈夫,她的儿子找上了门。

他离开之后,她感到肩痛治愈一样的轻松。但是到了第二天,虑及母子情分,又觉得对他太过冷漠而有一种说不出的负疚感。她当然知道他下榻在什么地方,就趁天还没黑坐上脏兮兮的当地人力车,去了那家旅馆找他。只可惜他刚刚离开旅馆,去了汉口。她怅然若失,只好再坐人力车在尘土飞扬中返回。不知何时,她也开始被一种青春不再的感觉纠缠着。

他在那天的黄昏时分,坐在京汉铁路的列车窗边想起飘着脂粉气息的母亲,才禁不住感到一丝眷念。不过对她的满口金牙,他到底还是有些不舒服。

十五　修辞学

在东海道线的三等客车里，一个像是木匠、身穿印有店号上衣的男子，一面望着江尻街一带的海面，一面对同伴说："看呐！波浪就像小狗撒欢儿一样。"

大正十五年（1926）十二月

春　夜

周昌辉译

一

我走在水泥建筑林立的丸之内小巷，突然间闻到一种气味。是什么东西……说不清楚。那是一种蔬菜色拉的气味。我环顾四周，柏油马路上连个垃圾箱也没有。那的确很像是春夜的感觉。

二

U："你在夜里不害怕吗？"
我："我倒没感到害怕过。"
U："我可是害怕呀。不知为什么，就好像是嚼着一大块橡皮似的。"
这句话，这位 U 先生的语言，同样很像是春夜的感觉。

三

我在看着一位等电车的中国少女。即使是在模糊了季节的灯光下，毫无疑问那也的确是春天的夜晚。少女背对着我，就要登上电车的阶磴。我叼着烟卷，突然发现少女的耳根残留着一块灰。与其说是"灰"，不如说是"污垢"更贴切。在电车开走以后，那块残留在耳根的灰,使我油然感到一种温暖。

四

一个春天的夜晚,我由停靠路边的马车旁经过。那是一匹身材匀称的白马。我经过时,感到了一种抚摸马脖子的诱惑。

五

这也是一个春天的夜晚。我在路上行走,想到要吃鲨鱼的鱼子。

六

春夜的空想——不知何时,咖啡店的窗口打开了,正对着辽阔的牧场。牧场的正中央,一只烤鸡在垂头思索……

七

春夜的语言——"小安子拉绿色的屎了!"

八

三月的夜晚,当我拾起笔来时,忽然发现镍合金怀表快了。隔壁屋里的挂钟打了十响,怀表却指在十点半。我把怀表放到暖炉罩上,小心翼翼地把指针拨回到十点,然后又开始写作。时间这东西,没有比此时的飞快流逝更令人意外的了。挂钟此时打了十一响。我握着笔，目光投向怀表。不可思议的是这次它竟指在十二点。是不是因为怀表一被烘热就走得快呢？

九

是谁在椅子上磨指甲？是谁在窗前织花边？是谁在霞光里采花朵？是谁在偷偷地勒死鹦鹉？是谁睡在小西餐馆后面的烟囱下？是谁在扬起帆船的帆？是谁在擦掉柔软的白面包上的木炭画线条？是谁在煤气的气味中捧起铁锹里的泥土？是谁呢？不是别人，是一位胖乎乎的绅士一面翻开《诗韵含英》，一面在推敲春宵的诗呢……

昭和二年（1927）二月五日

在轻井泽

周昌辉译

风景与黑马很和谐。

早晨,就着石竹花吃面包吧。

这群天使以留声机的唱片为羽翼。

郊外有一棵栗树,它的下面洒满了墨水。

你拨一下青山试试看吧,或许会滚落出几把远古的石剑来。

请把南瓜包在英文报纸里。

是谁在往一座宾馆上涂蜂蜜?

M 夫人——舌尖上睡着蝴蝶。

F 先生——前额的头发在讨饭。

O 先生——那嘴边的胡须是鸵鸟的羽毛吧?

诗人S·M的语言——狗尾巴草的穗是动物的毛皮。

某牧师的脸——肚脐!

滑落进花边和餐巾之中的道路。

碓冰山上的月亮——月宫里也朦朦胧胧长着苔藓。

H老夫人之死——雾,宛如法国的幽灵。

马蝇也向水星聚集。

以额头感觉到吊床的反感。

雷电比胡椒还辛辣。

拥有"巨人椅子"岩石的某座山——能看见一张不眨眼睛的面孔。

那座房子露出桃红色的牙床。

请往羊肉里添加羊齿草的叶子。

再见了,手风琴的城镇!再见了,我的抒情诗时代!
大正十四年(1925)

在 都 市

——或在一九一六年的东京

侯 为译

一

风中摇曳的火柴火苗,是令人忧郁却美妙绝伦的蓝色。

二

热爱都市有多深?——就像过去喜爱的许多女人一样。

三

雪后的公园草坪,酷似洒满了砂糖。

四

使我想起中世纪的是森严的红砖监狱。假如连看守都没有,也许,即便遇见了策马飞奔的嘉艾·达格①,我也不会感觉到奇怪。

---

① 嘉艾·达格(1412—1431),法国民族英雄。她以农村少女的身份参加了后期英法百年战争,身骑白马,冲锋陷阵,屡建奇功。后被捕,被焚烧而死。

五

一个女招待的话：真烦人哪！今天晚上值刀叉班。
注：刀叉班乃值班清洗餐刀和叉子。

六

沿街树木多为洋梧桐，很少七叶树和三角枫。当然，派出所的警察不会懂得这种树的古典趣味。

七

一位与令爱年龄相仿的艺妓，在离我五六步远的前方站住后，突然向我行举手礼。我略显狼狈。可回过头去一看，年纪相仿的另一位艺妓，也很标准地向我行举手礼。

八

最令我忧郁的事物——涂着土黄色的烟囱，废弃的电车轨道上的锈迹，房顶庭园里饲养的猴子……

九

凌晨一点左右，我经过一条胡同，看见两个浑身是土的工人正在安装煤气管道。狭窄的道路被土堆堵塞，而且土堆的上面还有一团煤油提灯的火苗在随风摇晃。那盏提灯挡在那里，我很难通过。

于是一个年轻的工人从坑里露出上半身,把提灯往边上挪开。我低声说道:"谢谢!"可是又莫名地产生了一种怜恤自己的心情。

十

夜半隅田河,我无论观察多少次,也无法跳出诗人 S·M 的描述:"像羊羹一样流淌。"

十一

"××,咱们去玩儿吧!"——这是孩子的声音。如果用高低音来表示它,就成为"××,ZanMenQuWanrBa。"这声音能保留多久呢?

十二

在有些方面,失火与祭祀仪式相似。

十三

东京的冬季,呈现出纯粹的咸菜梗颜色,尤其是郊区的村镇。

十四

有助于思考问题的,是咖啡馆内最深角落的桌子。其次,有助于感觉孤独的,是行人稠密的大道中央。而有助于品味宁静的,是开幕时剧场的走廊……

昭和二年(1927)二月

仙　女

周昌辉译

很久以前，在中国的某处乡村住着一个书生。因为是在中国，所以在桃花盛开的窗下，他只是读书。与书生相邻住着一个年轻的女人，那是一个非常美丽的女人，不依靠任何人独自一人生活。书生当然觉得这个年轻女人很奇怪。实际上谁也不知道她的身世，不知道她靠什么赖以维生。

一个没有风的春天的傍晚，书生偶尔到外面走走，听到那个女人骂人的声音。即使在某处公鸡悠闲的啼叫声中，还是听出那骂声实在很严厉。书生纳闷，就来到她家门前往里瞅。原来，她正横眉怒目地逼迫一个上了年纪的樵夫坐在那里，噼啪噼啪地打他长满白发的头。而樵夫老头儿则满面流泪，一个劲儿地低头认错。

"到底是出了什么事儿？不管怎样，对这样的老年人，还是别动手为好。"书生压住她的手，耐心地劝说道，"首先，打老年人有违修身之道。"

"老年人？这个樵夫比我的年纪还小呢！"

"您别开玩笑！"

"不，不是玩笑。因为我是这个樵夫的母亲。"

书生听了目瞪口呆，不由自主地仔细看她的脸。放开樵夫的女人实在太美丽了。她英气逼人，面颊漾着桃红，眼睛一眨不眨。

"为了这个小子，我不知吃了多少苦。可这小子不听话，光知道任性，终于上了年纪。"

"……这位老大爷,已有七十了吧?而老大爷的母亲您究竟有多大岁数呢?"

"您问我吗?我已经三千六百岁了。"

书生听了这话,顿时明白了相邻而居的美丽女人是位仙人。但这时候,她那圣洁的姿容已经很快消失得无影无踪了。在晴朗的春日普照之中,只留下砍柴的老大爷……

昭和二年(1927)二月二十五日

仙　人

周昌辉译

这位"仙人"在琵琶湖附近的 O 镇当审判官。他的业余爱好首先是收藏古旧葫芦。因而在他借住的房子里，二楼的橱柜自不用说，连柱子和门窗框子的钉子上都挂满了葫芦。

约莫过了三年，"仙人"由 O 镇调任至 H 市。搬运家具家产当然对他来说算不了什么。只是搬运二百多个葫芦，令他费尽了心机。

"用火车运或者用马车拉，肯定都不能安全运到。"

"仙人"绞尽脑汁，最后终于把葫芦全都绑在一起，再把它浮在琵琶湖上来代替船（葫芦船的中心也是他"挖掘出来的"、带有游行者法力的柳树根）。正赶上风和日丽，波澜不惊，他乘坐在这条葫芦船上，自己撑着船篙，静静地在湖面上行进。

古时候的仙人都长生不老。可唯独这位"仙人"与凡人一样，渐渐上了年纪后患了胃癌。据说是在死去的前一天晚上，他抬起骨瘦如柴的两手说："明后天我就要升天了。万岁！"但他的遗嘱却比没有超脱生死的凡人还要详细。他的亲属当然没有全部忠实地遵守他的遗嘱。且有许多少年才子以他的葫芦为模本，学习他的南派绘画。因此还未到他的周年忌日，他喜爱的二百多个葫芦就不知何时流散到何处去了。

见 闻 录

周昌辉译

不可思议的是，我们的性格大体表现在脖子的线条上。线条生硬的则不敏感。

另外，我们的性格还表现在声音上，声音干脆的，必定坚强。

猫食用竹笋、海苔、荞麦面条这类食物，这对我来说只有惊叹。

某狂热信徒的肖像——他的皮肤有光泽。而且，在热心谈话时，总是闭上一只眼睛，做出用枪瞄准的样子。

当我十分投入地谈话时，有人总是左眼眉毛往上挑。那种眼眉的人很多吗？

我曾给我以为教育程度和趣味大体相同的人看过几张女人的照片，请他们选出他们觉得最美的女人。可是，在二十五人当中，说同一个女人是美人的只有两人。也就是说，连评定女人美丑的比率，似乎也超不过百分之四。况且，正如前面说过的那样，这还是限定在教育程度和趣味方面大体相同的人们中间。

一个水果批发店姑娘说:"还以为是西瓜漂在河面上,原来是溺死者的头。"

不知为什么,我一看到胖人的手,就联想起海豹的脚蹼。

我记得女人人生的三种战利品。
一是背对着长女给次子喂奶的母亲。
二是某女服务员挂在胸前的一串各种学校的奖章。
三是某个具有青楼经验的妻子一定会抱到客人面前的婴儿。
昭和二年(1927)四月

素描三题

周昌辉译

一 老宗

老宗头发稀疏,已经做好了找不到对象的思想准备。不过对他来说,头发稀疏毕竟不是件愉快的事。他曾在透过薄发即可望见皮肤的头顶上,涂抹过各种生发药品。按他自己的话说:"并不像广告说的那么灵。"

这个老宗只是嗓子特别好。利用揽活儿的空闲,常常练习一中节①。心想:"要是能练出个名堂,当个师傅也不错。"可一中节太难。撒酒疯的师傅经常揪住他,没头没脸地呵斥:"你这家伙,敲个粪桶,能唱段甚句②也好哇!"

师傅在酒醒的时候,绝不糊弄老宗。但一度说出了口的粗话,却令老宗变得乖僻了。"反正我没法像那些大老爷一样练得那么好……"有时候老宗也向哥哥发这种牢骚。

"曾我兄弟中的五郎和十郎,哪个是哥哥?"

年过四十的老宗在练习《赠礼》这段一中节的曲子时,认真地这样问道。这是个人人感觉难以回答的问题。不,不是"所有人",终于,上了小学的我立即回答说:"十郎是哥哥!"结果反被

---

① 日本净琉璃(一种用三弦伴奏的说唱曲艺或者所唱的故事)的一种曲调。
② 一种民间歌谣,由七、七、七、五字组成。

大家嘲笑一番，羞愧得不得了。

"总而言之，那种师傅可不是容易当的。"老宗到底还是没能成为一中节的师傅。由于那次大地震，老宗的房子和一切日常用品都被烧光了。不仅如此，听说他头发的状况一度格外严重。我觉得，老宗的头发是不是因为大脑的毛病才变得稀少了呢？他使用的生发药都不是药店里卖的成药。他曾经把蝙蝠的鲜血涂得满头都是。

"听人家说，老鼠崽儿的血好用。"

老宗瞪着圆溜溜的眼睛，呆头呆脑地竟说出这种话。

二　房后的菜地

那是K家房后约有半亩多大的菜地。除了蔬菜之外，K还在那里种了一些西番莲。菜地的边界是一条约二米宽的长堤，一天通过五六次火车。

一个夏末的午后，K来到地里，剪除花朵已经凋零殆尽的西番莲。正在那时，一列火车在堤上一面飞快地奔驰，一面反复拉响刺耳的紧急汽笛。同时一个黑乎乎的东西滚落到菜地的角落里。K在向那里看的一刹那，心想："又是一只鸡完蛋了！"而实际上，那东西确实和羽毛带青色光泽的马略卡鸡很相似，而且分明看见像是鸡冠子的东西一闪而过。

但K认为是鸡的判断，仅为瞬间一闪念。他愣在那里，惊愕得目瞪口呆。原来滚落到地里的东西，是刚才被火车轧下来的、一个二十四五岁男人的头颅。

三　老武

　　老武在二十八岁那年，产生了依附于人的念头（产生这种念头的原因不说也罢），于是就拜访了当时著名的小说家 K 先生。可不知 K 先生是怎么想的，他并不请老武进门，而是隔着格子门这样问他：

　　"你有什么事啊？"

　　老武就那么站在门外，原原本本地向 K 先生表明了来意。

　　"要解决那个问题，我可胜任不了，请到 T 那里去吧。"

　　T 带有基督教倾向，也是著名的小说家。老武立即在当日就拜访了 T 先生。T 先生在门口刚一露面，便说了句："我是 T，再见。"尔后迅速要躲进屋里。老武急忙喊住 T 先生，把事情从头到尾又说了一遍。

　　"啊，很难办哪……这样吧，你到 U 那里去试试看。"

　　第三次老武费尽周折，终于找到 U 先生家。U 先生不是小说家，而是著名的基督教思想家。老武在 U 先生的影响下，逐渐建立了信仰，同时还逐步进入现世十分新奇的生活中。

　　在旁观者看来，那也不过是贩卖肥皂、牙膏之类的行商。但是老武只要有饭吃，便很少背着货物出门，而是阅读托尔斯泰和芜村句集讲义，或抄写圣经。他所抄写的新旧约大概已多达几千张了吧。总之，他像过去的和尚抄写法华经一样，拼命地抄写圣经。

　　一个临近夏天的月夜，老武背着货物晃晃荡荡从外面卖货回来，在走到离家很近的时候，踩着一个不知是何物的、软乎乎的东西。借着月光一看，断定是一只癞蛤蟆。他心想："我做坏事了！"一回到家里，他就跪在床前，十分虔诚地祈祷："主啊，请务必救救那只癞蛤蟆！"（老武亦从来不在没有草木的地方小便。的确，一棵小树因此而枯死。)

第二天早晨，把老武叫醒的是一贯早起的送奶人。送奶人见到老武出来，一边拿出紫色的奶瓶子，一面爽朗地和老武搭话说：

"刚才路过那里，踩坏的那只癞蛤蟆向对面的草丛里爬去。癞蛤蟆这东西生命力真强啊！"

送奶人刚离开，老武马上做了感恩祈祷。

以上都是老武亲口说的。我想说的是，并非现世也能发生那样的奇迹，而是在现世也有这样的人。我的思想与老武的思想——对我说了那番话的老武的思想，或许是格格不入的。也许不幸的是，我未像老武那样建立起信仰。我认为，思想上的差距乃是不得已的事情。

昭和二年（1927）五月六日

由机车所想到的

周昌辉译

我的孩子们正在模仿机车。当然不是静止不动的机车。他们挥舞着手臂，嘴里发出呜呜的声响，在模仿行进中的机车。也许所有的孩子都是这样。那么为何要模仿机车呢？不言而喻，那是因为感觉到机车蕴含着某种威力。或者，孩子们自身也想拥有机车那样旺盛的生命力。其实并非仅仅孩子拥有这种要求，大人也同样。

不过大人的机车不是语言意义上的火车头。但它们都在前进，且都是奔驰在轨道上。这又和机车是一样的。这条轨道，或者是金钱，或者是名誉，或者是女人。不论孩子、大人，都有冲入自由的欲望，又在拥有这种欲望的同时，浑然不觉地失去自由。这丝毫不是故弄玄虚，而是玄虚人生的事实。对于我们自身而言，无数先人和某时代某国家的社会约束，都给这种要求以或多或少的制约。但是，这种要求自古以来就潜伏在我们自身之中。

我站在高高的土堤上，看着孩子们和飞驰的机车，不由自主地联想到这些。土堤的对面还有一条土堤，那里斜立着一棵半枯萎的柯树。那辆机车——3271号是墨索里尼。墨索里尼所行走的轨道或许是充满光明的。可是，如果想到无论哪条轨道到了最后都锈迹斑斑，连一辆机车也无法通过的话，那么墨索里尼的一生可能也和我们的一生一样渐渐地衰老下去，无可奈何。不仅如此……

不仅如此，我们具有到达任何地方的欲望，同时又要遵循轨道，这种矛盾无法巧妙地逃避。我们的悲剧恰恰发生在这里。麦克白自不必说，小春治兵卫终归也还是机车。也许小春治兵卫不具备麦克白那样坚强的性格。但他们为了恋爱，最终还是贸然挺进（遗憾的是西洋人的悲剧论在这里不适用。造成悲剧的是人生，而不是美学学者）。如果将这种悲剧展现在第三者眼前的话，所有的动机都不明确（明确所有的动机，也许无法寄希望于悲剧中的人物），只是盲目前进，盲目停止，所以只能导致颠覆的结局，从而转化为喜剧。也就是说，喜剧就是没有获得第三者同情的悲剧。无论怎样千差万别，我们都与机车无异。我就感觉到那辆旧式的机车——烟囱高耸的3236号是我的化身，那辆停靠在转向台前，慢慢转换位置的3236号。

可是，某个时代、某个国家的社会和我们的先人，究竟给予那些机车多大程度的制约呢？我在感觉到制约的同时，也不可能不感觉到发动机、煤炭和熊熊燃烧的火焰。我们不是我们自身，实际上我们终究还是像机车一样，重复着漫长的历史走到今天。我们是由无数的活塞和齿轮组装而成的。而且，正如令我们飞速前进的轨道不了解机车一样，我们也不了解自己。这条轨道或许是通往隧道和铁桥的。所有的解放都因这条轨道而被绝对地禁止。这种事实也许是可怕的，但想来想去，都是毋庸置疑的事实。

假设司机是可以信赖的，机车也不能自由。让一个司机驾驶一辆机车，所依据的是不可预料的神的意志。只是一般的司机，哪怕机车完全锈成了废铜烂铁，也不肯打消飞奔的念头。机车外观上的所有庄严，大概正因如此而闪耀光辉吧，正如涂了油的钢铁一样……

我们都是机车，我们的工作除了喷吐烟雾和火星之外没有别的。在土堤下行走的人们也根据这种烟雾和火星知道机车在行进，或者提前知道远处有飞奔的机车。如果是电力机车的话，只不过是把烟雾和火星变成震动即可。"人是渺小的，工作才是全部"，福楼拜的这句话因此而打动了我。宗教家、艺术家、社会运动家,所有的机车都会沿着他们的轨道必然到达某个地方。"更快!"——这是他们所要做的全部事情。

每当看到我们的机车,就油然感觉到我们自身,未必仅我一人。斋藤绿雨亦曾表达过穿越箱根群山①时的机车喊叫:"哎呀,这样的山!哎呀,这样的山!"然而,下碓冰岭②的机车应该充满更多的喜悦。他总是轻松地唱着:"轰隆轰隆高崎!轰隆轰隆高崎!"如果前者是悲剧性机车的话,后者也许就是喜剧性机车了。

昭和二年(1927)七月

---

① 以前在日本歌曲中被称为"天下之险"。
② 日本铁路信越线的险要路段。因通往高崎市方向的坡面太陡,已改用齿式防滑铁轨。

追 忆

周昌辉译

一 灰尘

我开始记事儿是在虚岁四岁的时候。不过也没记得什么大不了的事儿,只记得一个情景:叫做阿广的木匠站在梯子或别样物体上,用铁锤敲击天棚。灰尘噗、噗地由天棚散落下来。

那是拆掉江户时期祖父、父亲所住老屋时的事情。我是虚岁四岁那年秋天搬入新家的,拆老房大概是在那年的春天。

二 灵牌

在我家佛龛里祖父母和叔伯辈灵牌的前面,有一个大灵牌,那是在天保年间去世的曾祖父母的灵牌。从我懂事儿的时候起,就对那种发黑的金箔灵牌怀有近似恐怖的心理。

据我后来听说,曾祖父曾是服侍将军的和尚,却把两个女儿双双卖给了粉头。不仅如此,曾祖母也因曾祖父连续在外过夜,家里没柴烧的时候,就用柴刀把套廊劈碎当做了劈柴。

三 庭院的树木

我新家的院子里栽了细叶冬青、榧树、厚皮香、五加、老梅、八角金盘、五叶松等树木。在那些树中，我特别喜欢那棵老梅树，却单单对五叶松讨厌得不得了。

四 "苔慈"

在我家除了孩子之外，还有一个叫"苔慈"的女佣。后来这个女佣成了木匠"源"的妻子，因而有了"源苔慈"的绰号。记得是在一月或二月的一个夜晚（我虚岁五岁时），她被地震晃醒，像是分不清前后左右，拎着枕边的纸灯笼从厨房到客厅乱闯。我还记得当时房间里榻榻米上的油污，以及半夜院里的积雪。

五 猫之魂

"苔慈"嫁给源以后，也经常到我家来玩儿。记得当时"苔慈"讲过这样一件怪事：一天下午，"苔慈"趴在长火盆边，双手托腮，恍在梦醒之间。此时，一个小火球开始在"苔慈"的脸旁跳跃旋转。"苔慈"猛地一下醒转过来，火球自然已在瞬间消隐无踪。但是"苔慈"坚信，那是她那只四五天前死去的猫的魂儿来玩耍。

六 绘图通俗读物

我家的书柜里堆满了绘图通俗读物，从我懂事的时候起，就非常喜欢那些读物。我尤其喜欢的是由《西游记》改编的《金毗罗利生记》。《金毗罗利生记》中的主人公，也许是我记忆里最早的书中人物。那就是叫做岩裂神的人形大天狗，头戴黑色头巾，身穿麻外衣，目光吓人。

七　狸仙

我家从父亲那一辈起，就祭祀着叫做"狸仙"的偶像。那是坐在红色蒲团上的一对泥偶。那对狸仙，让我感到一种说不清的恐惧。父亲和母亲，似乎也不知道祭祀狸仙是出于何等原因。尽管如此，至今在家里微暗的储藏室角落隔板上，还安放着狸仙的宫阙。夜晚，必定在那宫阙之前点燃一只小小的蜡烛。

八　兰

我经常在狭窄的院子里走动，模仿父亲拔除杂草。实际上只有院子低湿的地方才容易滋生各种杂草。一次，我在冬青树下发现一棵细溜溜的小草，一把就将它拔掉了。父亲知道后，曾数次对母亲惋惜地说："好容易长出的一棵兰草，竟被拔掉了！"不过很例外，我并不记得因为那事而被训斥过。不论在哪里，兰草都是特意在石头之间被栽上一两棵的植物。

九　梦中漫游

那时，我和现在一样身体很弱，每次只要是便秘，必定痉挛。留存在我的记忆中的是我九岁时最后一次痉挛。因为我发烧，就横躺在床上，盯着伯母编头发。就在那个时候我好像痉挛了起来。我走在寂寥的海边，海边上有个人不像人、接近妖怪的女人。她系紧腰巾，做出要投水而双手合掌的姿势，宛若"妙妙车"绘图通俗读物中的插图。唯此等似醒非醒的风景，到现在还记忆犹新，而意识恢复正常时的事情却不记得了。

十　"慈鹭"

我最亲近的是"苔慈"之后的"慈鹭"。我家从那时起，家道似渐衰落，女佣只有"慈鹭"一人。我把"慈鹭"改称为"慈丫"。"慈丫"比起普通的女人，更富有罗曼蒂克情趣。据母亲说，她即使看见法界节①的两三个歌手头戴草笠路过，也会问："这是在演复仇的戏吗？"

十一　信箱

我家门侧安放着一个信箱，母亲和伯母一到日暮时分，就轮流来到门旁，从那个狭小的信箱口窥视往来的行人。到一八九九、一九〇〇年前后，女性还多少残留着一些封建时期的女人性情。我还记得那时母亲说的话："咳，天都黄昏了……""黄昏"，也是我那个时期十分喜欢的词语。

十二　惩戒

我一旦惹了什么祸，肯定会被姑母抓住用艾绒熏烤小脚拇指。最使我害怕的，与其说是熏烤时的那种灼热，还不如说是被惩戒时的声势。我一面吧嗒吧嗒地跺脚，一面大声喊叫："那是咔嚓咔嚓

---

① 从19世纪末开始在日本流行的一种民谣，通常由头戴草笠、身穿白裤裙的青年男子弹着月琴边走边唱。

山啊！那是呼呼山啊！①"毫无疑问，那是看到点火时产生的自然联想。

十三　野鸡标本

时常来我家的客人当中，有个叫做"阿市"的，是代地或其他某地方柳派②的"五厘"③老板娘。我从这个"阿市"那里得到过各种各样的小人书和玩具等，其中最让我高兴的是一个很大的野鸡标本。

我小学毕业的时候，记得把那个断了尾巴和翅膀的野鸡捐了出去。但又说不准。只是至今仍觉得奇怪的是，得到野鸡标本时父亲对我说的那番话：

"以前，住在咱家旁边的××××（这个人的名字记不起了），说他正好在元旦天刚蒙蒙亮的时候，看到过一只白凤凰向中州方向飞去。真是个胡说八道的人哪！"

十四　幽灵

我上小学的时候，听说过各种鬼怪故事。什么长谣曲女老师被她丈夫的怨魂给缠住了，或土建工人的奶奶被儿媳的幽灵折磨了，等等。给我讲这些故事的，是祖父在世时就在我家做女佣的"阿

---

① "那是咔嚓咔嚓山啊！……"句，日本童话：兔子想杀狐狸，就请狐狸乘坐泥船，再装上柴草，用打火石"咔嚓咔嚓"打火点燃柴草。狐狸听到声音后问："那什么声音？"兔子说："对面的山是咔嚓咔嚓山。"柴草呼呼燃烧起来的时候，狐狸又问："那是什么声音？"兔子说："那边的山是呼呼山。"

② 日本曲艺之一的滑稽故事（类似中国的单口相声）演员中的一派，因始于丽丽亭柳桥，所以其门下都带"柳"字。

③ 在曲艺场向听众每人索取五厘钱的推荐费、介绍滑稽故事演员的男子。

哲"老太太。也许是因了那些故事,我动辄在半睡半醒的时候受到种种幽灵的惊吓,且那些幽灵大都长着"阿哲"的面孔。

十五　马车

在我上小学之前,有一位驾驭驴拉的小马车、载着孩子在城内转悠的老爷爷。我很想坐在小马车上逛一逛竹仓和其他地方,可是做我保姆的"慈丫"不知何故,就是不允许我坐。也许是担心我一个人坐马车太危险吧。但是敞着蓝色的车篷、比玩具大不了多少的马车慢悠悠嘎哒嘎哒走动的样子,在幼小的我的眼睛里,却显得十分洋气。

十六　卖水人

那时,主宅仍在使用井水,唯饮用水专门到卖水人那里去买。面色红润的卖水老爷爷把水桶里的水倒进水罐,那姿势至今还历历在目。说来,"卖水人"也是我半睡半醒时出现的一个幽灵。

十七　幼儿园

我每天都去幼儿园。它附属于著名回向院[①]临近的江东小学。在那个幼儿园院子的角落里,有一棵高大的银杏树。我总是捡它的落叶夹进书本里。我还记得我喜欢上一个圆脸的女生。实在不可思议的是,现在回想起来,连我自己都不明白为何会喜欢她。可那个

[①] 位于东京都墨田区两国的净土宗佛寺,因埋葬江户幕府明历(1657)大火中的死难者而知名。

女生的面容和名字直到今天还留在我的记忆里。去年秋天，我无意中遇见幼儿园时代的朋友，谈起那个时候和那个女生的事情，最后我问："她也会记得这些吗？"

"这个么，不记得了吧。"

我听了这句话以后，心里有一种难以名状的失落感。那女生经常穿一件和少女不相配的长袖和服，上面有芒草和胡枝子挂着露珠的图案。

十八　相扑

正因为相扑也是当地的风气，所以众多的有关人士都居住在附近。我家现在房后对面就是引退后当教练的峰岸的家。我上小学的时候，正值常陆山和梅谷的鼎盛时期。记得荒岩龟之助战胜了常陆山而名声大振。总的来说，不仅是晃岩，国见山也好，逆锋也好，凡是和浮世绘彩色版画相像的、仪表出众的相扑选手，我皆有所偏爱。不过，相扑又容易使我产生一种模糊的近似于反感的情绪。那可能是因为我比普通人的身体更加羸弱。或是因为平日所见的相扑，皆为等级最低的力士。他们把头发扎成稻草捆状，身上涂满了相扑膏。

十九　宇治紫山

我们全家曾经向一个叫宇治紫山的人学习过净琉璃曲调。此人嗜酒，又喜好娱乐性技艺。好像为此把在东京藏前代理武士管理米业所获得的财产，都挥霍一空了。我记得这位"老师"的酒后劣迹，而且记得他租住的房子即使很小，也还是请园艺师到他不足十平方米的院子里来，在冬季也结果的常青树下铺撒干松叶。

这位"老师"乃长寿之人。听说晚年有一次出门买豆酱,在下过雪的马路上跌到了,好容易回到家里后却说:"不管怎么样,兜裆布还是新的好!"

二十 学习

从我上小学时起,就跟这位"老师"的独生子学习英语、汉语和习字,可是门门无长进,只记下了英语T和D等几个字母的发音。即使如此,我也每晚抱着国立英文教材和日本外史,不知疲倦地去相生街二段的"老师"家。国立英文教材第一篇文章的开头大概是"它是一只狗"。然而,我脑海里记得更清楚的是,老师因某话题说的一句话:"最近这一时期,人们的穿戴都挺寒酸啊!"

二十一 电影

我第一次看电影是在五六岁的时候,和父亲一起为了观赏那种稀奇的东西,而去大川旁边的二州楼。那时的电影不是在现在这样的大银幕上放映,画面顶多能有一米八乘以一米二的样子,且配音也不像现在这么复杂。在那天晚上的电影里,我记得有一个钓鱼的男子钓到一条大鱼,而被倒栽葱似的拽进水里。那个男子好像戴着草帽,背对着随风摆动的柳树和芦苇,手里握着一条长长的钓鱼竿。我莫名其妙地感觉那个男子的面孔很像纳尔逊。不过也说不定,或是我记错了。

二十二 初夏河上纳凉焰火晚会

还是在那座二州楼的楼座里,观看初夏河上的纳凉焰火晚会。

大河上当然有数不清的小船，挂满了纸扎小红灯笼在河面上打旋。就在那时，大河的上游传来不知是什么轰然崩塌的声音。于是在我周围的客人中有了各种传言。有的说龟清的楼座坠落了，有的说中村楼的楼座倒塌了等等。实际上是两国桥木桥的栏杆折断、许多人落入水中。在我的记忆中，事隔不久我还看过放映那次偶然事件的幻灯片呢。

二十一　英国木偶剧团

当时，我在回向院院内看过各种各样的杂耍，坐气球、耍大蛇、鬼面具，尚有不知节目名称的欧洲人的高竿跟头表演等等，真是数不胜数。但最有趣的是英国木偶剧团的木偶剧。剧中最有趣的则是两个滑稽的洋人无赖汉住进野兽洞穴的场面。其中一个无赖汉呼唤同伴的名字时，总是叫卡利弗拉。至今我每次吃菜花的时候，必定会想起那个"卡利弗拉"。

二十三　中州

当时的中州正像字面的意思一样，是芦苇茂密的三角洲。我记得曾在芦苇丛中看到过供养亡者的塔形木牌①和马的枯骨，被吓得毛骨悚然。另外还记得，曾有小学的高年生问道："是芦还是苇？"当时还真把我难住了。

---

① 画上佛像，写上佛名，然后插在流水中或者放在水面任其漂流以供养无缘亡者的木牌。

二十五　寿座①

本所寿座的建成也是在那个时期。一天傍晚，我和一个小学高年生在眺望元町大街，正巧有几辆人力货车拉着波纹镀锌铁皮路过那里。

"那是往哪儿去？"

我问高年生。我确实丝毫也猜不到是往哪儿去。

"寿座！哎，知道那货车上装的是什么吗？"

这回我底气十足地说：

"白铁皮！"

可是这招来了高年生得意的嘲笑：

"白铁皮？那叫镀锌铁皮！"

记得我因这句问答而十分沮丧。听说那个高年生在中学毕业后不久，即患肺疾而终。

二十六　欺负人的孩子

我进幼儿园之后，几乎未被其他孩子欺负过。除了本间的阿德。我总是跟他打架，之后哇哇地哭。在我的记忆里，三次能有一次是我把他弄哭。阿德是总武铁道有限公司总经理之类人物的次子，是个从不服输的淘气大王。

可在我上了小学之后，却遇见了一个很会"欺负人的孩子"。他叫杉浦誉四郎，是我邻座，时常找借口掐我，且在我路过他家门前时，放一条很像狼的大狗来咬我（记得那是一条叫做灵猩的狼

---

① 曾经位于东京都墨田区绿町街二段的歌舞伎剧场。

狗)。我被狼狗追得无处可逃,最后冲进了一家草席铺里。

现在我漫不经心地揣摩"欺负人的孩子"的心理,觉得那是否为表现在少年身上的沙德①式性欲呢?杉浦是班里最白净的少年,而且是一个很出名的富豪的庶出之子。

二十七　画

上幼儿园时期,我幻想将来成为海军军官。但上了小学之后,不知何时又想当画家了。我的伯母嫁给了芳崖弟子的弟子狩野胜玉。我的伯父也师从审判官出身的雨谷学习南画。但我的理想是当个油画家。既能画拿破仑的肖像,又能画狮子。直到现在我还保留了几张当时买的欧洲名画珂罗版印刷品。最近我在做其他事情时,顺便翻出来又看了一遍,发现其中一张站在树下的金发美人是威士忌公司的广告。

二十八　游泳

我学游泳是在日本游泳协会。作家当中,每天去游泳协会者不只我一人。尚有永井荷风先生和谷崎润一郎先生等。当时,游泳协会也从芦苇繁茂的中州迁移至安田宅第前。我曾和两三个同班的朋友天天必往。清水昌彦就是其中之一。

"我以为谁也不会知道,就在水里大便。可那东西却很快就漂了上来,吓我一跳。大便比水还轻啊!"

说出此事的清水也在当上海军军官之后,于前年(一九二四

---

① 沙德(1740—1814),法国小说家,善于描写人的性错乱,本人也放荡怪诞。作为狂人被拿破仑监禁,直到死去。他的小说对现代文学影响很大。

年）春天去世了。我还记得在他去世的两三周前，他从易地疗养的三岛寄来一封信：

"这可能是我寄给你的最后一封信了。继喉头结核之后，我又并发了肠结核。我爱人得了和我同样的病，已经先我而去。身后撇下一个今年才五岁的女儿……先致以我生前的问候！"

我捏着写回信的笔，脑海里浮现出三岛的海面，写下了一首俳句。现在已记不起那首俳句了。但还清楚地记得，罗列了一些安慰的话语，诸如"得了喉头结核也勿绝望"云云。

二十九　体罚

我上小学的那个时期，体罚绝非新鲜事儿。那可不是糊上半面脸那么简单，而是揪住领口推推搡搡，甚至推倒在地板上。有一次我挨打之后，又举着习字仿字本站了半小时。在那个时候，挨打并不感到特别疼，但在众多同学面前罚站却非常难受。忘了什么时候我曾听说意大利法西斯党给社会主义者灌蓖麻油，使之腹泻。我竟立刻联想到站在脏兮兮长凳上的自己的身影，并痛感法西斯的刑罚对受刑者来说，真是出乎意料的残酷。

三十　大水

我曾多次经历发大水，但幸运的是大水一次也没有淹到地板上来。记得母亲和伯母等人把二尺长的量尺插在浑浊的水中，吵嚷着，"涨了半公分！"或"涨了一公分！"且夜间醒来时，不知何处传来不绝于耳的火警警钟长鸣声。

三十一　答案

那肯定是在小学二三年级的时候，老师往我们的桌子上分发蓝边草纸，说在上面写上自己认为"可爱的东西"和"美丽的东西"。我就在"可爱的东西"一栏里填写了大象，在"美丽的东西"一栏里填写了云彩。没想到老师不喜欢我的答案：

"云彩有什么好看？大象难道不是徒有其大吗？"

老师责备完之后，在我的答案上划了个"×"。

三十二　加藤清正

加藤清正①住在相生街二段的小巷。现在的主人，当然不是身披盔甲的武士，而是一个小小的桶匠。但是看门牌，分明还是加藤清正。且依然不显陈旧的藏青色门帘花纹也是蛇目。我们有时去那家店里窥视店主清正。他留着络腮胡子，手里使着小铁锤或刨子。我们仍旧无法抑制地感觉到他很伟大。

三十三　七大怪事

那时候家家都点煤油灯。因此所有的街道都是昏暗的。这样的街道虽说与明治时代有关，但也不能说与"本所七怪"② 全然无关。我记得我从夜校回来路经元町街的时候，听得见竹仓竹丛对面的祭祀演奏。那也许是在石原或横纲的庙会上使用的乐曲。但我却

---

① 加藤清正（1562—1611），日本安土桃山时期的著名武将。
② 日本江户时代东京本所传说有不可思议的七大怪事，如神秘的声音、神秘的植物等等。

在心里琢磨,那是否二百年来狸子精的鼓腹作乐呢?于是拼命加快脚步,恨不得尽快回到家里。

三十四　动员令

我由方才提到的夜校往回走。途经本所警察署。警察署的前面与往常不同,高高的竹竿上挂着一对灯笼。我感到很奇怪。回家后跟父亲、母亲等人说了。可谁都没有显出惊奇。因为在我外出时,"发布动员令"的号外报纸已经送到了家中。我当然记得有关日俄战争的各种琐碎事件。不过那对灯笼给我留下了更加鲜明的记忆。不仅如此,即使是现在,每当我看见灯笼高挂时,首先想象到的不是婚礼之类的喜事,而是战争。

三十五　久井田卯之助

久井田三字可能有误,我只是这么称呼他。他是我父母家一个送牛奶的,也是当今为数不多的社会主义者之一。我曾向他请教过社会主义的信念。不知是否我之幸运,那信念并未融入我的血肉中。但我对日俄战争中的反战论者无有成见,确实是久井田影响的缘故。

五六年前,久井田突然来访。我和他作为成年人谈论社会主义理论,那是仅有的一次(没过几个月,他就在天城山的雪中冻死了)。比之社会主义理论,我对他有关狱中生活的讲述更感兴趣。

"夏目漱石的小说《行人》中有那么一段:一男一女到达和歌山市南部海岸后,终因没有食欲,而让人撤下了饭桌。我在狱中读及于此,深感可惜。"

他脸上露出亲昵的微笑,竟说出这样的故事。

三十六　火星儿

还是那个时期的一个雨后黄昏，我遇见在马车道沙砾上行走的一队步兵。步兵们扛着枪，默默地行进。可他们的军鞋每次与沙砾摩擦时，便会溅出火星儿。我感受到某种悲壮的意味。

从那时起又过了几年，我在阅读白柳秀湖的小品集《离愁》时，发现其中也描写了步兵军鞋下溅出的火星（告诉我白柳秀湖和上司小剑等人名字的也许是久井田）。或许是因为，小说见证了自己的所见，方令一中学时代的我感受极深。这篇文章引发我读了先生的全书，不知不觉记下了俄国文学家的名字，尤其是屠格涅夫。那些小品集都到哪里去了呢？现在书店里也难以见到。但我至今依然喜欢先生的文章，特别是包括东京天空在内的"褐色烟霭"等词语。

三十七　日本海海战

我们都相信日本海海战是日本的头等大事。即使发行了"今日晴，浪较大"的号外报纸，胜败也不易明晓。就在那个时期的一天午饭时分，与我同组的一位老师拿着号外冲进教室喊道："哎，大家欢呼吧！重大胜利呀！"这时我们的感激确实还是国民性的。中学毕业之前，我阅读了国木田独步的作品，发现在一篇题为《电报》的小说里也描写了这种感激。喊出"皇国兴亡，在此一举"的口号，大概比任何战争文学更具有诗意。十年之后，我请海军机关学校的理发师为我理发。他也是日俄战役中"朝日"号上的水兵，所以就说起了日本海海战。他板着脸漫不经心地说：

"得了吧。那个口号自始至终一直在喊。只是在日本海海战时期才登在了号外报纸上。"

三十八　柔道

我在中学练过柔道,后来还每天去浜町河岸的大竹练习场接受耐寒训练。忘了中学时所学的柔道属于什么流派。但在大竹所学的柔道,肯定是天真扬心派。记得我在中学参加比赛时,刚一抓到对手的练习服,就被对手干净利落地从头上摔了出去,一屁股坐在对面观望的同学们脚下。当时我的柔道朋友只有西川英次郎一人。西川现在任鸟取县农林学校或什么学校的教授。打那之后,我曾遇见过好多被称为有天分的人。但是最早让我吃惊的天才便是西川。

三十九　西川英次郎

西川的绰号叫狮子,因为他的面孔什么地方像狮子。我和西川是同级,所以受他不少启发。中学四年级还是五年级的时候,我读懂了一点英译本《猎人笔记》或《萨芙》[①],但若没有西川我是做不到的。而我对西川没有任何回报。如果说有点儿回报,唯有抄起他的腿把他摔倒,令之哭泣一事。

我和西川在暑假之类的空闲里曾一起旅行。他好像比我更富裕。但即使是像样的旅行,我们的旅费也从来没有超过二十元。我还和他一起在丹波山的寒村留宿过,那儿离中里介山先生笔下的"大菩萨岭"很近。记得住了一等房,房费三角五分。那里的房间很清洁,伙食上还格外添加了煎鸡蛋。

---

① (公元前610—?)古希腊女抒情诗人,出身于莱斯博斯岛的贵族家庭,诗歌多以恋爱为主题。柏拉图的著作对她有所论述。

记得在攀登残雪颇深的赤城山时，西川弯腰走着突然问我这样一个问题：

"如果你的双亲去世了，你是悲伤呢还是怎么样？"

我稍微想了想，说："我会悲伤。"

"我不会觉得悲伤。你打算搞创作，也许知道有这样一种人为好。"

实际上，那时我还没有成为作家的志向。西川为何有那般观点？对我来说，至今也是个谜。

四十　用功

中学时代，我从不复习功课，只是时常要在考试之前临阵磨枪。考试当天，学生们即使是在操场上，也都在看书。每当看到这些，我就有一种夹杂着后悔的不安。"我如果再用功一点就好了。"可是一出考场，那不安便被忘得一干二净。

四十一　钱

我要了一元钱到书店买书，却鬼使神差地省下几角。如果将一元钱花光，无疑我会买到自己喜欢的书。我常常揣着七角钱或八角钱的书回来以后，就又后悔买了那本书。当然那不仅仅是书的事情。在这里面，我感觉到了下层中产阶级的某种心理。即使在当今，下层中产阶级子弟每次买东西时，也仍旧舍不得将仅有的一元钱统统花掉。

四十二　虚荣心

在一个接近冬天的黄昏，我在元町大街上行走。突然感觉到往来的人们全然没有顾及到我。同时感觉到难以言说的寂寞。但却没有特别感觉到一种勇气，"你们等着瞧吧！"在晴朗的淡蓝色天空上，几颗星星在闪烁。我望着这些星星，故作姿态地大摇大摆走去。

四十三　无弹头开炮演习

一到秋天，我们中学就要搞无弹头开炮演习，还要参加东京某连队的机动演习。体操教官———一位陆军大尉总是对我们很严肃。可一到实际机动演习时却经常错误地执行命令，受到上级的大声斥责。我记得，自己一直很同情那位教官。

四十四　绰号

没有比所有东京的中学生给教师起绰号更刻薄、更逼真的了。可惜我今天忘记了那些绰号。四五年前，我表弟的一个孩子到我家来玩儿，说到某中学的老师"松球为什么……"等等。我自然要问，所谓"松球"是怎么回事儿？"没有什么特别的意思，只是一看见那个老师的脸，就有一种松球的感觉。"

在那之后不久，我和这个中学生乘坐电车时偶然目睹了那位老师的风采。要形容其容貌——我无论如何也无法用文字表达其真实状况，也就是说他的容貌恰如绰号所言，是有"松球"的感觉。

大正十五年（1926）三月至昭和二年（1927）一月

本所和两国[①]

周昌辉译

"大水沟"

我接到东京日报社赴本所一带实地采访的邀请,便和该社的O君一起去了久违的本所。现在描述其印象,以本所、两国为题也许并没有什么意义。但不知为何两国虽然在本所区内,事实上却流动着本所土地以外的空气。因此,在和O君商量之后,决定暂且使用"本所和两国"这一题目,看来像是电车的站牌。

我自出生到二十岁前后,一直居住在本所。十九世纪二三十年代的本所不是现在这样的工业区,而是江户二百年文明生活后落伍者相对集中的街区。无论走到哪里,都没有像日本桥或京桥那样商店林立的大街。要在那里寻找稍微热闹点儿的街道,只有两国到龟泽街之间的元町路,或者是二桥到龟泽街之间的二马路。当然除此之外,在石原路和法恩寺桥路也有连片的低矮瓦房顶的商店,但宽敞的"竹仓"以及"伊达先生"、"津轻先生"之类的诸侯宅第,无疑为本所投上了封建时代的影子……

尤其是我所居住的地方,是离"竹仓"很近的小泉町。在我的中学时代,"竹仓"已经变成了两国停车场和陆军被服厂。但在

[①] 20世纪20年代中期以后,东京在关东大地震后重新崛起,城市发展日新月异。东京日报邀请部分作家到各处采访,每人一地,记录见闻,在总题目为《大东京繁盛记》下连载。作者负责采访本所和两国。

小学时代它还是被"大水沟"包围的有很多杂树林和竹丛的封建时代的"竹仓"。所谓"大水沟",如文字所示,是将近三米宽的水沟。打我记事的时候起,这条水沟已蓄积了黏稠的黑泥水(捞喂金鱼孑孓的往事就像发生在昨天一样)。不过在"明治维新"以前,与其说它是水沟,不如说它更像是护城河。据我伯父说,他在十几岁的时候,腰间插着与年纪不相吻合的大小双刀,蹲在水沟的岸边用很长的鱼竿钓鱼。就在那时,有人用刀鞘狠狠地撞击伯父的刀鞘以示挑衅。伯父当然心头火起,回过头去看对方是谁。在我们一大家同族人中,没有像这位伯父那样宁折不屈、性格刚烈的人了。而即便是这样的伯父,此时也没有接受对方挑衅的勇气。那么对方是谁呢?他腰间横插大小朱红色刀鞘,乃是身材魁梧的侍卫,而且是众人惧怕的"新征帮"成员。他一面斜睨着伯父,一面冷笑着踱步。伯父瞥了他一眼之后,就一直盯着长鱼竿的竿梢,没有再理他。

　　小学时代,我每次路过"大水沟",就会想起伯父讲的故事。在"明治维新"以前,伯父曾是新刀无念派的剑客(伯父去安房上总游学习武,或接受二刀派剑客的挑战,也是使我兴奋的故事)。此外,他在"明治维新"前后还有参加反抗新政府的江户武士集团的志向。到我记事的时候,他成了一名上了年纪的驼背测量师。"大水沟"不在现在的本所,伯父也在一九二六年因患食道癌去世了。在本所印象记一节中加上这样一段往事,也许是涉私太深了吧?但是当我和O君一块儿走过两国桥,眺望大川对面并列的无数简易房居时,委实按捺不住对剧烈变化的世事发出惊叹。我想起了"大水沟",想起曾在"大水沟"钓鱼的伯父,绝非偶然。

两　国

可以说两国的铁桥和震灾前没有两样，只是部分铁栏杆被换成了破旧的木头。这座铁桥建成时，我还在上小学。但我对这梳子形的铁桥却没有产生怀旧的情绪。我至今仍然怀念的是早年的两国桥——狭窄的木制桥。在我的记忆中，它架在比现在还靠下游的地方。我经常走上那座桥，远望着波浪奔突的"百根桩"和芦苇茂密的中州。中州的茂密芦苇自不必说，现在连"百根桩"亦未留存下来。正如其名称所示，"百根桩"是立在近岸水中的许多参差不齐的桩子。与多田的药师采石场一样，那里行人较少的河岸经常是老戏中杀人场面的背景。我不记得是否在夜间走过"百根桩"的岸边，早晨则多次去看聚在那里钓鱼的人们。O君听我说了这些事情后，对大川大河也能钓鱼表露出些许惊叹。从未拿过钓竿的我，说不出人们在"百根桩"钓到的各种河鱼名称。一个夏季的早晨我又来到河岸观看，平时那么多钓鱼的人却无影无踪，取而代之的是在桩子之间，一个剃光头的溺死者脸朝下漂浮在水面上……

立在两国桥桥头的表忠碑也和早年没有变化。书写表忠碑的是日俄战争的陆军总司令大山岩侯爵。日俄战争开始的时候，我刚上中学。生于一八九二年的我当然记得起日清战争。北清事变①时，我有时去广小路（两国）一家叫做"大平"的绘画通俗读物书店，看到石版印刷的战争画片儿，就一样买一张。在那些画片儿上，义和团拳匪②和英国大兵纷纷倒下，日本兵却一个也不倒。那时我就想，日本兵同样也要死几个的呀。但日俄战争爆发时，我坚信没有

---

① 指1900年义和团进入北京后遭到八国联军镇压的事件。
② 原文如此，表现出作者对义和团运动的理解。

比俄国更坏的国家了。我的现实主义并没有随着年龄的增长而成熟。当然,很可能是由于我的朋友也已参战的缘故。那个朋友在南山①的战斗中挂在铁丝网上死去。如今,铁丝网一词无人不晓,可在日俄战争爆发的年代,它却是一个普通辞典里所没有的新名词。我望着高大的表忠碑,仿佛突然意识到必须重新思考二十年前的日本。同时,我也感觉到表忠碑隐含着一种近似于时代错误的东西。

这座表忠碑的后面,原本要建成名为两国剧场的戏院。现在我还记得震灾前夕亦未落成的戏院砖墙。当时眼前除了脏乎乎的镀锌铁皮简易房之外,见不到什么像样的戏院建筑。当然,正如我并不怀念两国铁桥一样,我对那个砖砌的戏院也不抱有特别的怀念。两国桥还是木结构的时候,驹止桥也保留在附近。不仅如此,名为井生村楼和二州楼的餐馆也挨着两国桥的两侧。此外,经营寿司的与平店、经营烧鳗鱼的须崎店、除了牛肉之外在冬天还可以吃上野猪肉和猴子肉的丰田店,还有离回向院正门很近的小巷里的"和尚斗鸡"。——数来,好像本所有名的食品店都集中在这一带。

"眺望富士山的摆渡"

我们在两国桥桥头向左沿着大川河岸走去。如前所述,"百根桩"已不存在,但标有"伊达先生"门牌的建筑或许还在。我从幼儿园时代起,就常常去看"伊达先生"院内灵神社的祭祀舞乐。据母亲说,好像有一次我被女佣背着,目不转睛地看着舞乐竟拉起屎来。而此番四下里张望寻觅,却找不到"伊达先生"宅第。"伊达先生"的院里有一棵桂树,每年秋天都盛开花朵。幼小的我非常喜欢那种略带甘甜的芳香。想必,那棵桂树也在震灾中化为灰烬

---

① 中国大连市金州区南部的一个小山丘,是日俄战争打响第一枪的地方。

了吧？

的确，让我惊恐的世相变迁不仅是"伊达先生"的宅第，我还想起了附近的"眺望富士山的摆渡"。但同样找不到像是渡口的小房子。我向一个恰好在路边洗甘薯的三十岁上下的男子打听渡口。可他并不知道"眺望富士山的摆渡"之谓，甚至连曾经存在的渡口都不知道。"眺望富士山的摆渡"就从这边河岸通向"明治医院"后身的河对岸，且对面河岸变成水渠，不知谁家的鸭子时常在那里游玩。我上中学后，常去亲戚家串门儿，便要常坐"眺望富士山的摆渡"。那家亲戚是三游派①"五厘"的老板娘，因为一些事情元朝②的儿子常来我家，也是和这家亲戚有关。在她家附近我还发现名为今村次郎的门牌，记得我很敬重这位因速记（记录各种评书）而闻名的前辈。

我几乎没有在曲艺场听过评书，我所知道的评书艺人只有上一代的邑井吉瓶（当然不会不知道典山、伯山、伯龙等新时代的艺术家）。我为了听懂评书，基本上依靠今村次郎先生的速记本。但听滑稽故事则是跟家人一起去相生街的广濑，或者是米泽街（日本桥）的立花家，最常去的要属相生街的广濑。遗憾的是记不清当时听的是什么滑稽故事。只有吉田国五郎的木偶戏，至今还历历在目。我所看的木偶戏几乎都是名为小幡小平次或累③的鬼怪故事。最近去大阪，观赏久违的木偶净琉璃戏。不过现今的木偶净琉璃比起早年我所看过的木偶戏来，已无惊险杂技般迎合观众的超常规表演。吉田国五郎的木偶戏，比如说即使是清玄的僧庵，当资深艺人的乐谱架分成两半时，血淋淋的清玄幽灵仍在其中显形。当年的广濑曲艺场或已毁于大火。今村次郎先生就住在明治医院的后

---

① 滑稽故事演员派别之一。
② 日本江户时期的著名滑稽故事表演家。
③ 鬼怪传说中的角色。

面，坦白地说，我无从知晓他现在是否健在。

那时，我发现和震灾前——不如说是和二十年前丝毫没有改变的东西，是那长满青草、不足三尺高的两国车站专用线台基。面对这条青草台基，我深深体会了"国破山河在"的感叹。而此时的那般感叹，对我而言是无情的。

竹　仓

我的几个熟人，皆因震灾而惨死于此。我妻子的亲戚家男女九人，好歹保全性命的只有一个二十岁左右的儿子。他为了遮挡火粉而把门板盖在头上，却被旋风卷起落在安田家院里的水池边上，总算又苏醒过来。此外还有天天来我家玩儿的一个叫做"阿条"的人。命是保住了。却疯了一个时期（"阿条"头发少，是个不修边幅的人。为了长头发，曾往头上抹蝙蝠血）。最后还有我母校江东小学的校长。听说他双目失明，前些年又失去唯一的儿子。震灾那年，夫妇一块儿都被烧死。假如我也住在本所，或许也会到这里躲避火灾。那么我和我的家人，也许都会死于非命。我望着高高的褐色本所会馆，与O君交谈着：

"那么，过了两国桥的基本都得救了吧？"

"过了两国桥的……即使在那些人当中，也有因碰上断落的高压电线而死亡的啊。"

"总之，整个儿东京，大概没有像被服厂那样烧死那么多人的。"

种种悲剧全都发生在早年的"竹仓"原址。我记事儿时的"竹仓"，基本与"明治维新"前没有变化，但是已被划入总武铁道有限公司的建筑用地之内。我是这家铁道公司总经理次子的朋友，所以能到别人不能擅自入内的"竹仓"里去玩儿。如前所述，那里有杂树林和竹丛，是城市闹区里少有的野地，而且连架设着老桥的水渠也和大川相连通。我经常扛着气枪，在那里的竹丛和杂树林消磨半天时光。让在水沟盖板上长大的我懂得自然美的，首先要归功于"竹仓"。中学毕业之前，我跳读着英译本《猎人日记》，多次联想起"竹仓"中的风景——附子花丛的浓荫和挂着白昼圆月的杂树林树梢。当然，"竹仓"在那时已变为森然的陆军被服厂和两国车站了。不过面对震灾后的今天，让我领悟到中国人咏叹的"却望并州是故乡"也并非偶然。

总武铁道工程开工时，我还在小学时代。此前的"竹仓"是一个夜晚难免让人想起"本所七怪"的凄凉之地。仅限于夜晚吗？不，白天走在"竹仓"里，我也不得不信"扔掉渠"①和"一叶苇"就在这周围的某一个地方。现在我还记得从夜校回家的途中，听到"竹仓"对面传来的祭祀演奏，心里却想那肯定是"狸子精鼓腹作乐"。也许，那绝不是小学时代的我独自一人的恐惧。据说在总武铁道有限公司施工期间，设计通往那里线路的一个人，因在月黑之夜看见幽灵而气绝身亡。

"大川岸边"

本所会馆是在震灾前的安田家遗址建立的。的确，安田家曾经是由花岗岩建造的文艺复兴时期式的建筑。我从掩映在茂密的柯树丛中的建筑身上，感觉到了明治时代的气息。分离派风格的本所会馆为了"牛奶节"，而在有树丛的正门前悬挂了巨大的广告，停放了许多用于宣传的汽车。我练习游泳的"日本游泳协会"正好就

---

① 江户时期东京"本所七怪"之一。传说在那里的河渠很容易钓到鱼，但在要走的时候，不知什么地方就会传来"快扔掉吧！快扔掉吧！"的声音。

在这边河岸。我忘了在什么时候什么书里看到过,三代将军家光也到日本桥练习过游泳,不由地促发了近乎荒唐的今昔之感。不过我们到大川中练习游泳,后人也许难以理解。O君等人现在仍不无惊讶地感叹说:"你们也曾在这条河里游泳啊!"

在这河岸上,我还发现了和过去没有变化的遗物。那是我一时说不准名称的杂树。总之那是一棵发出新芽的街道树。而我记忆中的柳树,没有一棵遗留到今天。这棵树是由于什么缘故躲过了大火而依然挺立的呢?我感觉到用手触摸它树干的诱惑。而且在那棵树下,一位老婆婆领着孩子在眺望阴天之下的大川,像是为观赏樱花或其他美景而来,一面吃着油炸豆腐饭卷,一面在说话。

与本所会馆相邻的是博爱医院,那儿有高高的铁制城楼,还有几层楼高的混凝土墙壁,尤其是搬运碎石的力工,确实让我感觉到威慑的气氛。同时一种"本所的门户"已经变成工业区的感觉,也强行挤进了心头。看着一个半裸的工人挂着一身闪亮的汗水在挥动铁锹,我觉得整个本所也像这个工人一样在经历着激越的生活。这一带家家户户上空飘动的五月男孩儿节的鲤鱼旗,则是我小学时代的童话。如今,比起这五月的鲤鱼旗,人们首先想起的无疑是业已成为新日本每年惯例节日的五一国际劳动节。

过去我时常走过这附近的一座"藏桥",去友网附近的一个朋友家里玩儿。朋友在成为海军军官之后,两三年前去世了。但是我所回忆的未必都是他本人,我也回忆起他的住所周围,穿过错落的瓦屋顶可以看见树木间的小巷。和我居住的元町街相比,那里不仅往来行人要少得多,歇业的店家也几乎一户挨着一户。暂且不说拥有"高大椎树的松浦侯爵的豪宅",就连北原白秋先生咏叹过的"江户横纲闻莺啼"的本所,现今也已成为"历史性的大川河岸"了。万物都在变化,可这样不间断发生变化的大都市,在全世界也是罕见的吧?

不知不觉我们来到仿佛是工地的围栏前,两三个工人正在那儿拼命地抡着大锤切割大块儿的花岗岩。施工中的铁桥,其长长的桁架横跨泥水混浊的大川。别说是这座桥的名字,连建设这座桥的消息我都没有听说过。震灾虽然毁灭了我们后面的"眺望富士山的渡口",反过来又在我们前面建造了崭新的铁桥……

"这座桥叫什么名?"

一个头戴草帽的工人还是不停地挥动手中的锤子,抬头看了一眼我的脸,出乎意料和善地回答说:

"这座桥吗?藏前桥呀!"

"一分钱汽艇"

我们由那里返回,为了乘坐小汽艇而下到横纲的浮动码头。早年叫这种小汽艇为一分钱汽艇。现在的船票可不是一分钱了。不过只要五分钱,就可到任意一站。以前这里有个带屋顶的浮动码头,一眼看上去仍保持着明治时期的风貌——当然震灾时,那个浮动码头也在大火中烟消云散了。我们坐在长条椅子上,点燃一支香烟等待小汽艇的到来。

"石墙上已经长苔藓了,震灾的确已经过了有四五年……"

我忽然说出这样的话,被O君嘲笑了一句:

"长苔藓是理所当然的。"

前面说过,大川满河都是带泥的浑水。河对岸一艘大型挖泥船正在向上举起重机。岸边自然不再是"首尾之松"[①],也不是很多泥灰墙大米仓库前的"一道护城河"与"二道护城河"了。来往

[①] 位于东京台东区藏前的一棵古老的松树,与对岸的大椎树一样是船上往来旅客判断方位的标志,也是当时东京的名胜。

河上的船只，现在也只有小型汽艇和驳船，五大力、高赖、传马、荷足、田船等大大小小的日式木船，不知不觉因变迁的力量而消失了。我和O君说着，想起了中国人的那句"沅湘日夜东流去"的诗句。像这样大都市中的河流，不会像沅湘那样悠悠地超越时代。在现代，大川每时每刻都在工业化。

可在这个浮动码头上等待汽艇的人们，或许比大川还要保守。我一边吸着香烟，一边观看身穿进口细条纹布料和服的男人和头梳银杏卷发的女人，禁不住感觉到某种近似于矛盾的东西，同时体味到明治时期的某种令人怀念之物的重现。这时候，从下游划来的是一条好久未见的五大力船。在船头高高隆起的船上，用毛巾缠头的船老大摇着一丈多长的橹，看似老板娘的女人在丈夫面前毫不示弱地撑着船篙。也许，很少有什么能像这对水上夫妇那样，让我们奇妙地体会到抒情诗般的意味了。我目送着五大力船，也目送着船上一个四五岁的男孩儿，竟多少勾起了羡慕他们幸福的情绪。

穿过两国桥而来的小汽艇，终于横靠在了浮动码头。"隅田丸三十号"（？）——我以前也许多次乘坐过这艘小汽艇？总而言之，它确实和明治时期别无二致。小汽艇不但满座，而且还站着不少乘客。我不得不站在船舷边，浏览着微弱阳光照耀下的两岸风光。当然站在船舷上的不仅是我俩。在我俩面前，还站着一位身着夏装、留着长须的老人。

小汽艇平稳地启动了。在众多乘客间突然传出一个洪亮的声音："每次都要打扰诸位，实在抱歉！"那是出售美术明信片和杂志的商贩。这也和过去完全一样。若说稍微有点儿变化，那就是在叫卖声中夹杂了新型的语言，诸如"这是一个频繁变换时尚的社会"等。我记得从小学时代起，就买过这种小贩的东西。隔着天窗俯瞰他的身影，蓦地想起我上小学时和伯母一块儿乘坐小汽艇的旧事。

继续乘坐"一分钱汽艇"

那时我们去了什么地方,已经记不清楚。总之伯母带了一篮子长命寺的樱叶饼放在膝上。当时有一男一女两个游客斜楞着眼睛看我们,风言风语地说,"什么味儿?""嗯,大粪味儿。"说长命寺的樱叶饼是大粪味儿——我至今还记得。我很傲慢地蔑视那两个人为乡巴佬。自从震灾以后,我再也没有来过长命寺。毫无疑问,现在长命寺的樱叶饼也和过去一样声誉良好,只是馅儿和皮儿的野趣不知何时全然不见……

小汽艇穿过藏前桥下,直奔厩桥。从那对面,大体一样的一艘小汽艇也在破浪靠近。在相隔十三四米迎面而过的时候,我看见那艘汽艇的后部甲板上搭了帐篷,环视大川两岸风光的设置齐备。看来,连这种旧式的小汽艇,也难免受到令人目眩的时代影响。对面随之而来的是载有客人和艺妓的摩托艇。熟知带篷小船和船员旅馆的老人,想必会对这种摩托艇大皱眉头。我并非由衷欣赏江户趣味,也不认为摩托艇有伤风雅。在我小学时代,大川上破浪行驶的只有"一分钱汽艇",或者说除此之外只有通往利根川的外国轮船。而我在每次乘坐渡船时,都惧怕"一分钱汽艇"掀起的波浪——因为高低起伏的波浪导致渡船的摇晃。可是如今天大川上留下大小波浪的船只,恐怕是数不胜数了。

我站在船舷上,环顾反射着灰色光辉的大川河面,清晰地想起广重也曾经描写过的河童[①]传说。明治时期,至少在"维新"前后,河童甚至出没于大根河近岸的河水里。据我母亲说,住在观世新道一个死了媳妇的花匠洗涤孩子尿布时,大根河里的河童胳肢他

---

① 日本传说中的动物,水陆两栖,形如四五岁的儿童,虎面,尖嘴,身上有鳞。

的腋下。（花匠住在观世新道？我感觉奇怪。）可想而知，大川里的河童一定为数不少。不，未必仅有河童。我父亲的一个朋友说，夜间撒网时看见一个东西爬上船尾，原来是只甲壳似脸盆大小的鳖。我当然认为这一切都不是真的。可是在明治时期或明治以前，人们就像是亲眼目睹过这些怪物似的。流过这座城市的河流潜藏着一种诗一般的恐惧。

"现在已经没有河童了吧？"

"像这样又是泥水又是油污的到处乱流……不过，这座桥下也许住着两只上了年纪的河童夫妇呢？"

我俩说话之间，小汽艇驶入厩桥桥下。在光线微暗的桥下，水波的颜色到底显得清绿一些。想起过去我坐渡船时，不，有时连过桥的时候都能闻到水腥味儿。可现今的大川河水什么气味也没有。如果说还有什么的话，那就只有泥腥味了吧？

"那座桥就是刚刚建好的驹形桥吧？"

O君这次没能回答我的问题。我在小学把"驹形"念作"考麻卡塔"。可是在更早以前，它的发音曾经是"考麻嘎塔"。"爱卿不寻常，声似杜鹃翻新腔，驹形美名扬"。也许是创作这首俳句的艺妓，才使"考麻嘎塔"这种清晰的发音化作"杜鹃"的清音而传播开来。中国人说："文章千古事"。可是文章在不知不觉中失去了韵味，正如大川的河水一样。

柳　　岛

我俩下了小汽艇来到吾妻桥头，坐上正好等在那里的街头出租车向柳岛进发。从吾妻桥至柳岛的电车道，我记得只走过两三次。而在没通电车之前则一次也没走过。一次也没走过吗？如果说走过一次的话，那是在我小学时代，去参加在业平桥之类地方一个很大寺院举行的葬礼。在那次葬礼结束后的回家途中，我让父亲讲了一些"明治维新"的故事。父亲左右看着大街，说"早年这一带都是原野"，或"仙鹤落到一家房后的菜地里"云云。那些讲述中最为打动我的是，"明治维新"前，因饥、寒、病而倒在路边的人和上吊的人，尸体被装入粗制的棺材，再用苇帘子裹上，插上一个白纸灯笼，最后就那样扔在野地里。我想象着立在野草地里的白纸灯笼，感觉到一种令人恐惧之美。而且想象到临近深夜时，那口棺材自己翻动……明治时期的本所即使很少野草茂密的原野，那一带恐怕仍会残留些许"江户时期区分府内、府外的红线"影像。如今即使四处张望，也只有电线杆和挤成一团的简易房。我透过溅上泥点的出租车窗眼望大街，只能沉闷地感觉到金钱换武器的阿修罗界①空气。

我们在"桥本"前下了出租车，沿着乌黑的河渠去看龟井户的天神。著名的柳岛"桥本"现在也变成了餐厅。好像这栋房子躲过了火灾，眼下还有古式房屋的部分残余和荒芜的庭院。但至少毛玻璃的绿地上，写有"餐厅"二字的檐灯对我来说是虚幻的。我自然不是谈论"桥本"菜系的行家，况且我连是否来过"桥本"都记不大清楚了。可我还是能够断定，第五代菊五郎最初发作脑溢血的时候，就是在这栋"桥本"的二楼。

河渠对面的妙见山现已完全裸露，与人工河道并行的大街——我在中学时代读芜村俳句集，读到"从此君去也，杨柳依依助凄凉，道路正漫长"时，就情不自禁地想起这条大街的柳树。而我们现在走的是并行于有田药店及爱圣馆的狭窄而热闹的街道。最近传说私娼很多，可能就是在这条街道的后面一带。我还记得浅草街私娼兴隆的夜景。因为是在窗户上晃动灯影的、高达十二层的凌云

---

① 佛教中的六道之一，好战的阿修罗居住的世界，争斗始终不断。

阁，所以那感觉几乎是一种庄严的气氛。不过这条街道无论通向哪里，肯定看不出波德莱尔式的颓废色彩。即使我是颓废派诗人，也绝无在此背街里徘徊之念。而明治时期的讽刺诗人斋藤绿雨却由凌云阁看出何者为低级趣味的本来面目。如此说来，明天的诗人们面对有田药店和爱圣馆，也许要讴歌他们自己的"恶之华"或"善之华"了。

荻寺一带

我思考的并非无聊之事，偶然看到爱圣馆的布告板上清晰地写着这样一段话：

"神创造了如此众多的人类，所以神爱人类。"

计划生育论者自不待言，现代的人们肯定要对这句话露出微笑。苦于人口过剩的我们无法认为，这么多人类的存在乃是神爱的证据。不，甚或那是万能的主之憎恶的证据。但是若以我在本所近郊一个教小学生的旧友来看，起码在那一带居住的人们，孩子越多的家庭生活越容易。那是因为无论哪个家庭的孩子到了十岁或十一岁，都要各自根据自己的情况出去打工，挣回一天的费用。在爱圣馆的布告板上写那段话的人，也许并不知道这个事实。不过那段话的确成为现代本所近郊生活的人们感觉上的代言。当然，孩子越多生活越易的现状，对孩子自身来说是幸福还是不幸，事实上多少存在着疑问。

然后我们去荻寺稍作参观。荻寺也用支柱撑着，幸运的是没有在震灾中被大火烧毁。但是落合直文先生石碑后的古池已经濒临干涸，实在令人感伤。只有面对古池的茶室，比早年显得越发古色古香。我走出荻寺的大门，想起在猿江我家附近的菩提寺来。不管怎样，那所寺院里除了司马江汉和小林平八郎之墓，还保存着著名的浦里时次郎的比翼塚。我知道司马江汉当然不是很早的事。义士攻进寺里的那天夜里，身着长袖和服的小林平八郎挥舞双刀战斗。对于小学时代的我们来说，真正的英雄就是那个样子。还有浦里时次郎，我与所有的东京人一样和戏剧的缘分很深，因而也是从小学时代起就对浦里时次郎充满敬仰（不过坦白地讲，初次欣赏舞台上的浦里时次郎时，让我感到迷恋的与其说是浦里，倒不如说是高级艺妓的侍女）。那所寺院属日莲宗，在震灾的几年之前迁徙到染井的墓地一带，改名为慈眼寺。想必他们的坟墓也和寺院一起迁徙到同一地方了吧。然而那片潮湿的猿江墓地至今仍保留在我的记忆中。尤其是墓石长了一层薄薄水锈的小林平八郎墓前，那盛开的红艳艳的石蒜花，或许是明治时期本所以外难得一见的景色。

在萩寺前面的电线杆上挂有"龟井户天神近路"的油漆路标牌。我们拐过那条横街，走在酒馆儿和咖啡店密集的一条非常狭窄的巷道上，还是不能轻易地找到最想去的天神。路边一个小女孩儿挥动着毛料和服袖兜，旁若无人地拍皮球。

"去天神怎么走？"

"那边！"

女孩儿回答之后，故意不满地大声说：

"都是问天神怎么走！"

我觉得有点儿讨厌，回头看着这个实在不能说是天真的十来岁的女孩子。可她眼睛都不斜视一下（而且她很清楚我在看她），照旧拍自己的球。实际上正如中国人所说："自其不变者而观之"[1]，一切事物确实都没有改变。我在小学时代也曾到中药铺厚着脸皮说："给我白纸！"

---

[1] 苏东坡《前赤壁赋》中句。

"天神"

我们穿过一家挨一家的酒馆儿巷道,终于来到"天神"的后门。门里面一个穿夏装的男子一边滔滔不绝地说着什么,一边向"在场观光"的人们兜售小法律书。我不得不折服他的雄辩。穿过这里的人群后,一个身穿西服的男子又在兜售应用了最新化学的眼药。在我上小学的时候,还没有"天神"后身的这个广场。广场建成后,开设在这里的表演杂耍等小节目的棚子,净是些真人大小的偶人和"有发条装置的活动偶人"。

"这边是法律,那边是化学。"

"龟井户也成为科学世界了。"

这样说着,我们前往久未造访的"天神"去参拜。幸运的是"天神"的前殿还和早年一样。不,和早年一样的还有笔塚和石牛。我想起来我在小学的时候也放进笔塚几支旧笔(可是过了好几年我的字也没有丝毫长进的征兆)。我还想起往石牛头上投钱、努力使之停在上面的趣事。那时所投的钱不是今天这样的一钱铜币,大部分都是五厘钱或者宽永通宝。另外,收集带孔的钱中有"文"字的铜钱做所谓的"文钱戒指"也是几年前的时尚。我俩站在前殿,摘下帽子鞠躬致意。

"太鼓桥也和以前一样吗?"

"是的。可是它那么小啊。"

"小的时候以为是大桥,后来没想到它很小。"

"也许这种感觉不仅仅限于太鼓桥吧。"

我们隔着挂有门帘儿的路边茶馆儿,望着水光迷蒙的水池,终于走到垂满花穗的藤萝架下。这家茶馆儿和藤萝架也和过去一样没有变化,但是在树下和池畔树立古人的诗碑,总让我感觉是某种时代的错误。江户时期盛行的"风流"已经与江户时代一道被雨打风吹去。只有我们的明治时期,尚在何处遗留着些许"风流"的气息。可是现在眼前……O君哧哧地笑着,大概他在无意识之间指出了我的这种矛盾。

"也有卖含钙脆饼干的。"

"是啊,在那个大诗碑前面……还有卖纸乌龟的。"

我们走到"天神"外面以后,商量去吃"船桥店"的水晶糕。可是对于疏远了本所的我来说,要想找到"船桥店"也并非易事。无奈只好像个乡巴佬似的,向荒物店门前洒水的老板娘打听。然后走过性病医院,终于来到船桥店。店铺的房子虽然翻新了,但和过去基本一样。我们坐在长凳上,欣赏着挂在门楣上方的日本阿尔卑斯山照片,一面各自品尝一盘水晶糕。

"真便宜呀,才十钱!"

O君非常满意。但在我中学的时候,一盘才三钱。我和朋友一起去江东梅园等地郊游回来的途中,经常来吃水晶糕。江东梅园也和卧龙梅一道早就荡然无存了吧?而拥有稻田和榛树的龟井户是这种梅花的胜地,所以具备了近似于南画的意趣。然而今天,在船桥店前面新开发的大街对面,却排列了许多二层建筑的商店……

锦 丝 渠

我们从天神桥头重新钻进街头出租车。在这一带无论向何处张望……我已经厌倦了谈论今昔变化,展现在我眼前的是建成了一半的小公园,或者是围上了镀锌铁皮围墙的工厂,或者是破旧的简易房。斋藤茂吉先生曾经藉某个契机歌咏道:"事物渐消永不停。"可今天本所呈现出来的并非"渐消",那里的存在是因震灾而接近于"事物骤然化为乌有"的现实。我想起早年这附近的一家粮秣厂,厂里发生过火灾，从而深感"如露亦如电"这句话未必是夸张。

我当年的第三中学也变成了钢筋混凝土建筑，我在这所中学上了五年学。当时的校舍或亦在震灾之中化为废墟。那是一栋涂了灰色油漆的木结构二层楼。此外校舍的周围曾有好多白杨树在风中摇曳（那一带的土壤瘠薄，白杨以外的树木无法生长）。我在那里上学期间，除了学习数学和英语，还体验到我们人类是何等的无情。我这样说，并非在诽谤我的老师和朋友，我们人类中当然也包括我在内。例如我们虐待某个朋友，把他埋在沙子里。我们虐待他并没有什么特别的理由。假如硬要拿出一个像是理由的起因，那就惟有他傲慢，或者说他不肯轻易地委屈自己。五六年前，我曾和他提及那件尘封已久的往事，感到那次小事件也在他的心灵上投下了浓重的阴影。他现在在长江岸边依然过着孤独的生活……

同朋友往事一起浮现在脑海里的，则是教过我们的老师们。我并不打算把这些往事一件一件地加进这本《繁盛记》里。但是，只有一个人我想借此机会简略地描述一下。他就是山田老师。山田老师任职于第三中学剑道系。老师的剑术即使与封建时代的剑客相比，恐怕也有过之而无不及。据说跟老师学习的一个学生参加武德大会，由于运气太足的缘故，竹剑刚一接触到对手的前臂，就把对手的腕部折断了。不过我想讲述的，不仅仅是老师的剑道。老师尚节制进食，修炼成仙之道，且坚信明治时期亦存在着精通不老不死之术、名副其实的仙人。遗憾的是我不像老师那样对仙人怀有敬意。但对老师的修炼却怀有敬意。有一次老师去博物学教室，误把汞水当做水喝了。博物学的老师知道以后惊恐不已，慌忙去请医生。医生当然迅速赶到，让老师喝催吐剂。可是当老师知道是催吐剂之后，却神情自若地说：

"山田次郎吉确实已经年过六十，但还没糊涂到在诸位面前呕吐的地步。就请给我叫一辆车吧。"

老师不知是用了什么方法，终于没用医生。我在三四年的时间里，未从任何人那里听到过老师的消息。那位长脸的山田老师也许正在和神仙列传的诸仙一起游玩吧？可我却照旧在这红尘之中——载着我俩的出租车在我回忆这些往事的时候驶过了江东桥。

绿街和龟泽街

过了江东桥到了对岸，满眼还是简易房。我隔着出租车的窗户看着长了红锈的镀锌铁皮屋顶和涂了油漆的板壁，清楚地回想起一九一〇年的大水。今天的本所虽有火灾，却没有水灾。但那时的大水，在我记忆里留下了极大的水量。江东桥一带的人们到第三中学避难，就是因那次发水。而我要过那江东桥，就必须游过一片涨满的浑浊泥水……

"那时候实在是不得了。当然我家的水还没有涨到床上来。"

"不过，也有水浅的地方吧？"

"那大概是绿街二巷，据说那周围的水没到了膝盖。我和一个叫S的朋友一起去看望住在那条胡同里的朋友，S却掉进了水沟里。"

"对呀，水一淹就看不出水沟了。"

"是的。S这家伙本来在淌着膝盖深的水走，一眨眼的工夫就掉进了深沟里，水面只露一个头。我忍不住笑起来。"

我俩说话之间，出租车驶过寿座的前方。悬挂着广告画的寿座好像和以前没有什么变化。听我父亲说，这附近即二马路的路口，曾是"津轻先生"的宅第。"明治维新"前某年元旦，我父亲去河对面拜年，回来走过两国桥时，一个从未谋面的年轻武士偶然和我父亲同行。他整齐地插着大小双刀，身穿鹰羽毛纹和服。父亲在和他说话间，竟不知不觉走过了自己的家，且在忽然察觉的时候掉进了"津轻先生"家的壕沟里,年轻武士也不知何时不见了踪影。父亲满身是泥回到家里。据说,父亲的刀在脱鞘刹那倒插在壕沟里。变成年轻武士的狐狸(父亲至今坚持认为年轻武士就是狐狸)因为害怕刀光而终于逃之夭夭。其实狐狸是否会变,对我来说是无所谓的。我只是每次听父亲讲这段奇闻时,联想到早年的本所是何等荒凉。

我们在龟泽街的拐角下了出租车,沿着元通路向两国走去。糖果店似乎还像过去一样兴隆,可是对面的当铺却变成了安田银行。这家当铺的"阿利"也是我小学时代的朋友。记得有一次在玩耍时,各自夸耀自己家里的东西。我的朋友们不都像我这样是上了年岁的小官吏之子。但对"阿利"的话,大家都惊讶不已:

"我家铺子里还有大炮万右卫门的刺绣围裙!"

在我们的小学时代,即常陆山和梅谷还是大关的时候,大炮已经是取得冠军的相扑大力士了。

相 生 街

不知何时,本所警察署变成混凝土的了。在我的记忆中,警察署原本是红砖建筑。紧挨着警察署的是旱伞店。店老板木岛如今还记得我吗?不,不只是木岛一个人,我还记得居住在这一带的许多朋友。可随着岁月的流逝,朋友们都过着与我毫不相干的生活。四五年前的补充兵查阅点名时,我和大纸店的冈本在一起。我所知道的大纸店是和封建时期没有什么两样的四面墙涂抹泥灰的纸店。在眼前光线幽暗的店铺中,掌柜的和几个小伙计不停地走动,很忙碌的样子。据冈本说,现在商店的组织也已不同,制定了各种向海外出口纸张的计划。

"这周边变化也很大吗?"

"有的店很早以前就存在……要看它和城市整体的适应程度。"

我想起那家大纸店所在的"马车大街"的泥泞("马车大街"因通往四马路一带的嘎哒嘎哒响的马车而得名)。正像还有大纸店一样,那里还遗留了好几家带有封建时代色彩的"老铺子"。我记得在这条街上有一家叫做"鱼善"的鱼店,还记得搭建街门的樋口医生。最后还记得,枪匪清水定吉就住在这位樋口医生家附近。和所有的时代一样,明治时期也造就了几个犯罪天才。手枪大盗也同闪电大盗及五寸钉虎吉一样,是这些天才中的一个。他双目失明之后,却能把警察弄得晕头转向。他能让家里的墙壁上下移动,随心所欲地神出鬼没。对此我感觉到一种浪漫趣味。这些犯罪天才大部分都成为小说中的主人公,有的还成为壮士剧①中的人物。我曾经在壮士剧中看到过一个人物叫"大恶僧",一场一场的血腥厮杀场面,让我晚上都不能安稳地睡觉。当然那个"大恶僧"也许并不是手枪大盗那种实际有过的人物。

我们在不觉之间朝着被涂成土色的国技馆走去。国技馆好像把日光东照宫的模型等做成了供游人参观的新鲜玩意儿。我的母校江东小学恰好建在这里。一直活到现在的大银杏树,还在小学操场的一角——确切地说是在附属幼儿园操场的一角伸展着枝叶。如前所述,当时的小学校长在震灾中死亡。最近遇见了至今仍然在职的T老师,得知教女生裁缝的一位女老师,也死在割下水②近旁的京极子爵家(?)水沟中。据说这位老师的衣服已经腐烂,遗体只剩下骨头,但因储蓄存折保留完好,终于被人认了出来。据T老师说,教过我们的老师大都不在本所。我记得我曾被比留间老师打倒过,还被宗老师撞过后脑勺,还被叶若老师……不过我记住的并不都是

---

① 参见"贝壳·五(失败)·译注1"。
② 本所区域内的一条人工河道。

体罚,还记得在这所小学曾经发生过的各种喜剧,特别是我的好友大岛对准桌子拉屎,乃是诸般喜剧中的经典。可惜,大岛敏夫这位爱花爱歌的江东小学才子,也在二十岁前后离开了人世……

谁都知道国技馆与回向院接邻,在国技馆还没建成时,所谓相扑的正式比赛场所也是在回向院寺院内搭建张力大棚的。这次为了观瞻自义士攻破以来盛名不衰的回向院,我们拐进了国技馆的横道。但正如我们暗自预想的那样,那里也在我们到来之前就面目全非了。

回 向 院

现在的回向院是个临时建筑。尽管添加了带金色纹理的镀锌铁皮包边的屋顶,但安装了玻璃门窗的正殿也只能算作临时建筑。我们听着诵经声,还是去了我很早就熟知的鼠小僧[①]墓。那天也有三四个乞丐凑在墓前。这倒也没有什么关系。比这更让我吃惊的是海狗供养塔还立在那里。我呆呆地仰望着那块石碑,不由地同情起更深处的鼠小僧墓。

鼠小僧治郎大夫的墓正如告示牌所显示的,并未毁于震灾的大火。红灯笼、蜡烛以及"教觉速善居士"横额都大体保持原貌。当然,现在已不仅仅是想方设法保证墓石不缺,墓前的柱子上还端正地贴着一张纸条,上书:"护身石献给需要的施主"。我们离开此墓,又去参拜墓地深处、国技馆后面的京传[②]之墓。

这里的墓地也是令我怀念的。我和伙伴们经常恶作剧地把石塔扳倒,而被寺里的男仆追逐。早年的树木还很繁茂自不在话下,甚

[①] 江户末期的著名大盗,戒名"教觉速善居士",本名中村次郎吉。
[②] 山东京传(1761—1816),江户末期的诙谐小说家。

至还让人有一种不是坟地而是墓园的感觉。只是现今的墓石和围绕坟墓的铁栅栏上，统统残留着烈火焚烧的痕迹。我在"弃婴塚"①前转弯，来到京传墓前。京传的墓也和京山②的墓一样没有变化。唯有他们墓前的一棵小树柿子，伸展着又细又长的枝条，枝条上长满了新绿的叶子，令人哀怜。

我们出了回向院正门，望着也已变成简易房的和尚斗鸡店，朝第一座桥方向走去。如果我没有记错的话，这第一座桥周围是些许带有广重画趣的地方。而在今天，无论何处再也没有那样的风景了。我们顺着大刀阔斧拓宽了的大道，向对面的两国回返。偶然路过了"阿泰"家的门前。"阿泰"是个木屐店主的儿子。小学时代，我的作文略好一些。不过我的作文，确切地说我们的作文基本都是辞藻华丽的文章。"富士山头白雪皑皑，大雁落在池水的清波，举头望夜空，月亮皎洁。我的身影浓重。"——这不是我的作文，而是我小学时代的好友清水昌彦君的作文。他在两三年前就已去世。而"阿泰"却在这种风气的作文中，独自写出了不带教科书味道的、生动活泼的口语文章。那大概是在写完一篇题为"彩虹"的作文时，我暗自确信我的作文将获得第一名。可老师却认为第一名是"阿泰"——"伊势甚"木屐店主的儿子木村泰助君的作文。"阿泰"受老师之命朗读了自己的作文，当时恐怕没有人比我受到的震撼更大，我真切地体会到"阿泰"在"彩虹"中的描写——傍晚雷阵雨过后的清新气息。许多日本或国外的文章都曾打动过我，但最早打动我的要数"阿泰"的文章。命运让我成为鬻文之徒。如果"阿泰"也像我这样以写作为生，那么《大东京繁盛记》的读者，也许会读到比我这篇《本所和两国》漂亮得多

---

① 1793年建，为减少抚养人口而被堕胎或被掐死的初生婴儿墓，约葬有一万人。
② 山东京山（1769—1858），剧作家，京传的弟弟。

的印象记。然而"阿泰"正在做什么呢?我站在摆放了几双木屐的装饰窗前默默地往店里探视。店里坐着一个像是"阿泰"母亲的人,却偏偏不见木村泰助君……

方 丈 记①

我:"今天我到本所去了。"

父亲:"本所彻底变了吧?"

母亲:"原来咱家的附近变成什么样了?"

我:"什么样了……咱的房子卖给渔具店的石井了吧。只有那个石井在那儿。啊,还有灯笼店……"

伯母:"那儿以前还有浴池吧?"

我:"现在也有个叫常磐汤的浴池啊。"

伯母:"是叫常磐汤呀。"

妻子:"我住的那一带也变了吧?"

我:"没变的只有石河岸边。"

妻子:"在那儿的大柳树呢?"

我:"柳树什么的,当然是被烧掉了。"

母亲:"你小时候那里还没通电车呢。"

父亲:"连上野和新桥之间也只有有轨公共马车……一提起有轨公共马车就想起……"

我: "我撒尿的事儿吧?就在乘坐满员的有轨公共马车时……"

伯母:"对,对,穿着红色法兰绒衬裤……"

---

① 日本古代著名作家鸭长明的名著,完成于1212年。他在日野山中隐居时,因其结庐面积为一平方丈,便给自己的这部作品取名为《方丈记》。此文作者因为引用了《方丈记》中的一段,所以小标题也取其同名。

父亲:"什么呀!我是想起了那个有轨公共马车公司的神户。神户也在最近故去了。"

我:"是东京电灯公司的神户吧?哎,您也认识神户吗?"

父亲:"当然认识。我也认识大仓他们。"

我:"大仓喜八郎啊……"

父亲:"我当时如果能……"

我:"做到那一步,已经说得过去了。"

伯母:"是呀!再说了,在吃亏的时候……"(笑)

我:"榛树练马场附近已经不成样子了。"

父亲:"葛饰北斋曾经住在那里。"

我:"割下水也变了。"

母亲:"那儿有不少坏家臣。"

我:"我记事儿的时候也总是有那种感觉。"

妻子:"阿鹤的家怎么样了?"

我:"阿鹤?啊,那个蓝问店主的女儿吗?"

妻子:"对,咱哥以前喜欢的那个。"

我:"那个房子么,为咱哥去看过。当然以前常路过那里……"

伯母:"自从地震那年以后,我一次也没去过,所以打算去看看,也许只有吃惊的份儿了。"

我:"那真的是令人吃惊。伯母也许连想都想不到。"

父亲:"总而言之,天翻地覆了。哎,还记得过去一到傍晚,大家都把门开个缝儿瞅大街吗?"

母亲:"看从法界节或什么地方回来的人。"

伯母:"那个时候有很多蝙蝠。"

我:"可现在连麻雀都没有了啊。我的确感觉到了世间的无常……不过你们还是去看看吧。那里还在不断地变化。"

妻子:"我想让孩子们看一次龟井户的太鼓桥。"

父亲:"卧龙梅已经不存在了吧?"

我:"是的,它彻底消失了……好吧,以后我只能连写十五次①意想不到的事儿。"

妻子:"可以只写'没想到!没想到!'嘛!"(笑)

我:"除此之外还有什么可写呢?如果有什么可写的话……对了,这本袖珍书里已经有人写得很全:'富丽华贵之都,檐牙勾连对峙,楼阁鳞次栉比。钟鸣鼎食之家,历百代而不衰。如问诚然如是与否,则鲜有延续至今者……昔日故人,二三十中仅余一二。朝死而暮生乃人世之常态,正如水泡旋生旋灭。不知生死者,亦不知从何处来,到何处去'……"

母亲:"你念叨的是什么?是不是《御文章》②啊?"

我:"刚才那段?那是《方丈记》,是远比我等了不起的一个叫鸭长明的人写的书。"

昭和二年(1927)五月

---

① 作者的这篇"本所和两国"分十五次(十五天)在东京日报上连载。
② 莲如上人赠送给弟子的收录了自己八十封书简的文集。文集将净土真宗的教义简明化。

凶　兆

周昌辉译

　　一九二三年冬天（?），我在某处乘坐出租车，穿过本乡大街"一高"的侧面下蓝染桥。那条大街路灯很少，总是漆黑的。那里还有一辆汽车在我乘坐的出租车前方行驶。我叼着烟卷，自然没有在意那辆车。可是随着我乘坐的汽车渐渐靠近，前灯模糊地照见了那辆车，再看时才发现那是一辆印有金色蔓草花纹的葬礼用车。

　　一九二四年夏天，我和室生犀星走在轻井泽的小径上，沙石饱含了湿气，实在是个非常宁静的黄昏。我和室生说着话，不经意地望一眼我们的头上。头上是槐树在晴朗的天空中伸展着的乌黑的枝叶，且在枝叶之间吊着两条人腿。我"啊！"的一声跑开了。室生问："怎么了？怎么了？"从后面追过来。我有些不好意思，用话搪塞了过去。

　　一九二五年夏天，我和菊池宽、久米正雄、植村宋一、中山太阳堂的社长等人在筑地的酒馆儿吃饭，以我在壁龛柱子前、久米正雄在右、菊池宽在左的顺序坐下。其间，我无意间看了一眼矮脚饭桌上的啤酒瓶子。看见那瓶子上映出一个人的脸，和我的脸一模一样。但是瓶子没有任何道理能映出我的脸。因为真正的我尽管睁开眼睛，幻影中的我却闭着眼睛，而且还微微仰着头。我扭头对身边的艺妓说："那上面映着一张奇怪的脸！"艺妓开始还以为我在开玩笑，可坐到我的位子上一看，立刻叫道："哎呀！真的能看见！"菊池和久米也轮换着到我的座位上来看，都说："嗯，看得见！"

久米发现，那是由于啤酒瓶子对面的洗杯器的反射。可我不知为什么总觉得是个凶兆。

一九二六年一月十日，我还是乘坐出租车，穿过本乡大街从"一高"的侧面下蓝染桥。在我乘坐的出租车前，再次出现了那辆印有蔓草花纹的葬礼车的模糊车尾。那时我还没有把前面列举的几种现象联系起来。但是当我观察那辆车的时候，尤其是当我看到车里的棺材时，我清楚地感觉到——不知是谁，在冥冥之中向我发出了警告。

　　　　大正十五年（1926）四月十三日誊清于鹄沼　遗稿

鹄沼杂记

周昌辉译

我平静地躺在鹄沼亭楼二楼的房间里。妻子和伯母在我枕边望着庭院对面的海。我闭着眼睛,说:"马上就要下雨了。"妻子和伯母没有理睬,妻子还说了一句:"这样的好天气……"可是没过两分钟,就下起少见的大雨。

我在松树丛中寂静无人的山道上散步,前面有只白狗摇晃着尾巴。我看到那只狗的睾丸,淡红色中透着冷意。那狗走到山道的拐角处时,突然回转头来看我,然后的的确确自得其乐地笑了。

我在路边的沙子上发现一只正在挣扎的雨蛙。我便担心,如果来了汽车,小家伙该怎么办呢?不过,那是一条汽车类庞然大物无法进入的小径。可是我仍旧感觉不安,用手杖的前端把雨蛙赶到路边的茂草中去了。

在顺着风向倾斜的松林中,我发现一栋白色的西式住宅。可那住宅却斜立着。我以为是我的眼睛有问题。然而反复观察之后,住宅还是斜立的。这实在令人生畏。

大约深夜十一点,我去了浴池。浴室的水流中有个青年洗脸不用毛巾。那是个像拔了毛的鸡一样瘦弱的青年。我突然感到心情不快，又返回自己的房间。在房间看见一条腹带。我很吃惊。解开衣带一看，确实是我的腹带。（此事发生于我在亭楼期间。）

在梦里，我还是平时的我。昨天晚上（七月十九日），梦中我和佐佐木茂索乘坐马车一边走一边向戴草帽的赶车人询问北京的物价。可清醒过来后，才过了二十几分钟。我又不知不觉地烦闷起来。就像从灰色帐篷的裂缝窥见明媚的风景一样，只是偶尔能恢复平时的心情。我总觉得，难以忍受的焦躁一直蔓延到头顶。

还是在散步的时候，我遇见一个穿白色泳衣的小孩儿，他模仿兔子把小竹壳套在耳朵上。我在距离约十米远的地方，就异常地对那个尖锐的竹壳尖端深感惧怕。与小孩儿擦肩而过后，那种惧怕还持续了好久。

我呆呆地吸着烟，总是在想不愉快的事儿。在我前面的隔壁屋子里，一个雇来的女佣背对着我在叠裤子。我突然说："那块裤子上爬满了毛虫！"连我自己也不明白为什么说出这种话。就在那时，女佣惊叫了一声："哎呀！真的爬满了！"

我在开启黄油罐头时，想起了轻井泽的夏天。就在那个瞬间，脖子猛地被扎了一下。我慌忙回头，看见一只在轻井泽常见的马蝇飞远了。那不是这一带的马蝇，是只恰好长着和轻井泽马蝇一样绿色眼睛的马蝇。

对我来说，没有比近期浓云蔽空、阴风怒号的日子更可怕的了。我感觉周围的风景带着敌意向我逼近。因此，以前曾经害怕过的狗和雷鸣已经显得微不足道。前天（七月十八日）我还在两三只狗的狂吠声中走过。可是一旦松风吹得紧，我在白天也要把被子一直蒙到头上，或是逃到妻子所在的隔壁房间里避难。

　　我独自一人散步时，看到一户挂出牙科医生招牌的人家。可过了两三天我和妻子路过那里时，那户人家却不见了。我说："确实有过！"妻子说："确实没有！"事后去问妻子的母亲，她也说："没有。"但我却坚持认为确实有过。因为那块招牌上的"牙科"写的是汉字，"医生"是用片假名写的，仅仅是因为新奇我也不会看错的（以上写于租房之后）。

一九二六年七月二十日遗稿

随笔

肉骨茶[①]

——以寿陵余子[②]笔名写成的戏文

刘立善译

《天路历程》

日本将 Pilgrim's Progress 译作《天路历程》，这也许是沿袭了清同治八年（1869）上海华草书馆出版的汉译书名。这本书里，有几页铜版画插图，把篇章中的人物风景全都描绘成中国风格。《入窄门图》或《入美宫图》，尽管艺术水平不及创作"长崎绘"[③]的外国人，但并非没有一种风韵。其文章以汉语叙述西洋事情，读来反倒觉得妙趣横生。尤其是书中英文诗歌的翻译，纵令作为汉诗缺乏韵味，可毕竟有一种别样的格调，与插图内容相得益彰。譬如，《生命之河》是这样翻译的：

路旁生命水清流，天路行人喜暂留。
百果奇花供悦乐，吾侪幸得此埔游。

我论及此般情趣，恐为旁人所嗤笑。不过君当深思，身陷囹圄

[①] 一种中国菜，肉与菜等一锅杂煮，谓之"肉骨茶"。
[②] 芥川龙之介的笔名。
[③] 江户时代长崎创作的木版画，描绘西方人物、风物等，充满了异国情调。

的王尔德，其行住坐卧形影不离的伴侣，就是烦冗的希腊语《圣经》。（一月二十一日）

别样乾坤

Judith Gautier（戈蒂耶）① 诗歌中的中国，既是中国，又非中国。葛饰北斋创作的《新编水浒画传》插图，谁能说逼肖地再现了中国？故此，无论那位明眸的女诗人还是这位短发的老画翁，其无声诗有声画里的、似是而非的所谓中国，毋宁说是二人白日梦里尽畅逍遥游的"别样乾坤"。人生幸在"别样乾坤"。谁还会与小泉八云一同喟叹天风海涛苍茫浩荡之处那一去不返的蓬莱海市蜃楼?!（一月二十二日）

浅　薄

元朝李衎②观赏了文湖州③创作的数十幅墨竹绘画，悉不满意。读了苏东坡与黄山谷等人的评论之后仍然认为，或许彼等私交亲密所使然。后李衎偶遇友人王子庆，谈及文湖州的墨竹绘画。子庆曰："君未见真迹，方有此感。府史藏画甚真，明日借来示之。"翌日，李衎即往观之，果然"风枝扶疏拂寒烟，露叶萧索带清

---

① Judith Gautier（1850—1917），受其父法国著名乡村派诗人戈蒂耶（Théophile Gautier, 1811—1872）的影响，倾慕东方文化，与丁敦龄合译中国古今诗歌《白玉诗集》（1867），影响较大，亦译有日本诗选《蜻蜓之歌》（1885）等。
② 李衎（1245—1320），元代画家，擅画枯木竹石，其主要传世作品有《双钩竹图》、《新篁图》等，并著有《竹谱》一书。以下插曲源于李衎《竹谱》自序。
③ 文湖州即文同（1018—1079），中国北宋画家，因神宗元丰初年奉诏知湖州，世人以"文湖州"称之。他善画墨竹，有"画竹以墨深为面，淡为背，始于文同"之说（米芾：《画史》）。其传世珍品《墨竹图》现收藏于台北故宫博物院。

霜"，恰似置身渭川淇水之间。李衍感叹不已："吾以孤陋寡闻为耻。"李衍之流尚可原宥。而那种看到写真版塞尚像便喋喋论说色彩浓淡者，可谓其学识浅薄，当遭唾弃，不可不引以为戒。（一月二十三日）

俗　人

巴尔扎克死后葬于拉雪兹公墓，立于棺椁旁的，有内务部长巴洛修。送葬途中，巴洛修转过头来，问同行的雨果："巴尔扎克先生是有才之士吗？"雨果高度概括地回答："他是天才。"据说，巴洛修对这一回答感到气愤，遂向身边的人私语道："雨果先生是个闻所未闻的狂人。"法兰西内阁中竟有这等俗人，日本帝国的大臣诸公尽可以心安气闲了。（一月二十四日）

同　性　恋

喜爱道林·格雷的人，不可不读 Escal Vigor（《艾斯卡·维高》）。关于男人爱男人，恐怕没有一本书能像这本书似的描写得如此淋漓尽致。倘要翻译书中的一段内容，其中不触及我国当局讳疑的文字甚少。本书的出版当时引起了著名的诉讼事件，亦因冶艳之笔累及颇多。作者 George Eekhoud（埃克豪特）是比利时近代文坛上的大手笔，名声不在勒蒙尼耶之下。然而人才济济的日本文坛，对其等身著述未有片语只言的介绍。文艺岂能独在北欧天地里呈现北极光一般的洋洋大观?!（一月二十五日）

同人杂志

年少子弟醵金印行同人杂志,此乃当今之世时髦活动之一吧。不过,在纸价与印刷费用皆不低廉的今天,同人杂志经营得步履维艰者,亦不在少数。据传闻,《法兰西信使》创刊号面世之际,正是因为文坛上怀才不遇之士缺金少银,迫不得已,只得向同人发放债券,一股六十法郎。可是唯一的大股东勒纳尔①,也不过持有四股而已。同人之中,有许多像萨曼②与古尔蒙③那样的一代才子,因此觉得虽当今之世流行的"同人杂志",似乎无理由抱怨资金甚匮。缺乏的只是一打(dozen)男子汉,像当年《法兰西信使》上树起象征主义大旗的一代精英。(一月二十六日)

三　马

三两人聚首议论:"以今人之眼光描写古人之心,或许此乃自然主义勃兴后文坛上最显著之倾向。"一老者从旁插言:"式亭三马的《大千世界寻后台》一书如何?"那三两个人一时语塞,惟相顾哑然。(一月二十七日)

---

① 勒纳尔(1864—1910),法国小说家、剧作家。代表作有小说《胡萝卜须》(1894)与小品文集《动物志》(1896),广受日本读者欢迎。芥川的《动物园》一文就模仿了勒纳尔的《动物志》。
② 萨曼(1858—1900),法国19世纪末期象征主义抒情诗人。
③ 古尔蒙(1858—1915),法国作家、法国象征派权威评论家之一。

雅 号

现在，日本作家大多不用雅号。以其有无雅号，足可辨别文坛上的新人与旧人。所以，从前曾有过雅号而今弃之不用者，竟也为数不少。雅号命运之不幸，甚矣。俄罗斯有位作家名叫德蒙夫，我记得这名字与契诃夫的短篇小说《蝗虫》里主人公的名字相同。德蒙夫或恐是借《蝗虫》里主人公名字做自己的雅号吧。若能承蒙博学之士赐教，则不胜荣幸。（一月二十八日）

青 楼

法语称妓楼为"la maison verte"，这是埃得蒙·德·龚古尔[①]创造的新词。他将青楼与美人合为一体，译成法语。《龚古尔日记》中说道："这一年（1882年）为了搜集奇异的日本美术品，耗费的资金确已高达三千法郎。这是我的全部收入，就连本应用来买怀表的四十法郎也没能余剩下来。"他又说："数日来（1876年），欲赴日本的心情难以抑制，但这次旅行的目的不仅仅在于满足自己平素的搜集癖。我的理想是完成一部著作，书名为《旅日一年》，采用日记式体裁，表现形式上令叙事让位于抒情。这样一来，便可写出无与伦比的好文章。只是我这老朽之躯结果将会如何？"伶俜孤寂的龚古尔喜爱日本版画，喜爱日本古玩，尤其喜爱日本的菊花。想及这样品位的龚古尔，"青楼"一语虽简，却可蕴含无限情味。（一月二十九日）

[①] 法国作家、历史学家埃得蒙·德·龚古尔（1822—1896）与茹尔·德·龚古尔（1830—1870）兄弟，俗称"龚古尔兄弟"。弟弟死后，哥哥热心于搜集日本的浮世绘。

语　　言

不言而喻，语言的表达纷繁多样，或称"山"，或称"岳"，或称"峰"，或称"峦"。如果使用同义的异字，则可寓意于玄妙之中，譬如，日语称大肚汉为"大松"，称多嘴多舌者为"左兵卫次"。闻此言者，会认为言者或许是东京人，于是，虽遭当面辱骂仍能处之恬然。试想，若借用《金瓶梅》和《肉蒲团》中类似"品箫"、"后庭花"、"倒浇烛"等语汇作一篇小说，可以彻底破译、能看穿其中隐含淫秽猥亵之真意的出版物检察官，需要多少人？（一月三十一日）

误　　译

自作聪明地试指出卡莱尔德文翻译中的误译之人，是德·昆西。然而，"切尔西的哲人"① 与这位后进"鬼才"却情谊甚笃。据说德·昆西也敬服"切尔西的哲人"的襟怀，遂结为百年知音。我不知卡莱尔的误译如何，所知最为滑稽的误译，乃将圣母马利亚译作"夫人"。显然，译者既非把守乐园大门的男仆，亦非把守乐园大门的天使。（二月一日）

戏　　训

近年来，久米正雄把萧 G. B. 戏称为"笑迁"，把易卜生戏称

---

① 切尔西（Chelsea）是位于伦敦西南、泰晤士河北岸的一个区，乃文人聚居之地。1834年卡莱尔迁居此地，故有"切尔西的哲人"之称。

为"熏仙",把梅特林克戏称为"瞑照磷火",把契诃夫戏称为"智慧丰富"。将此称为"滑稽训读",可乎?《两个比丘尼》的作者铃木正三①将自己辨析耶稣教弊端的著作题名为《破鬼理死端》,② 此可谓恶意的"戏训"显例。(二月二日)

尾崎红叶

尾崎红叶作古已近二十年。其《多情多恨》、《香枕》、《两个妻子》等作品,如今翻阅,依旧宛然一朵"龟甲牡丹花",光彩愈加不可磨灭。"人亡业显",即谓此人。想来,前述诸篇作品中,有结构法,有行文法,富于变化而绝不乖违规矩,此乃红叶作品久垂于世之缘由。我时常思忖:艺术境中皆成品,红叶文学亦然!(二月三日)

俳　句

尾崎红叶的俳句至今未悟古人灵妙之真谛,缘由并非仅在"谈林调"。读其文章,亦无"楚楚落墨即成松"之妙。尾崎红叶为文的强项,在于精整致密,有描写岩石不忘点缀一茎细草之巧。不善俳句,岂非理所当然?牛门秀才泉镜花的俳句品位遥遥高于其师尾崎红叶,亦不外乎此理。不管怎样,斋藤绿雨隐藏其纵横自如的才华,终在俳句的创作上与"沿门戳黑"之辈不分轩轾,实乃怪事。(二月四日)

---

① 铃木正三(1579—1655),日本江户时代"假名草子"作家、僧侣,与基督教文化势不两立,立志根绝日本的基督教。
② "鬼理死端"的日语读音与天主教的日语读音相同。

苍松路树

某时，我从报端获悉，必须伐倒东海道沿途苍松路树。当然，因道路改筑而伐树，似乎出于迫不得已。然而念及千百株枯龙因此须受斧钺之灾，痛惜不已。克罗代尔[①]来日本见到东海道的苍松路树后，作了一篇文章，将瘦盖含烟危根攀石之状，描写得灵采奕奕。如今，这些苍松路树即将灭亡。克罗代尔如果得知这一消息，或将浩叹："黄面竖子未浴王化！"（二月五日）

日　　本

前已述及，戈蒂耶这位姑娘描写过中国。至于 José Maria de Heredia[②] 描写的日本，亦属"别样乾坤"。帘内美人弹琵琶，等待铁衣勇士来。不言自明，这是日本的情景。〔le samourai（武士）〕却系由白绢黑漆黄金装点的世界，这只是法国十九世纪唯美主义诗人——高蹈派勾勒的缥缈梦幻境界，而且是 José Maria de Heredia 的梦幻境界。若说此地可在地图上找到，恐怕它距法兰西很近，离日本却甚是遥远。歌德虽然创作过取材于希腊的作品，但在特洛伊之战中，勇士嘴边的一抹慕尼黑啤酒泡沫尚未消失。此该当如何处理？可见令人喟叹的是：想象领域里竟也存在国籍。（二月六日）

---

① 克罗代尔（1868—1955），法国天主教系统的诗人、剧作家和外交官，曾任驻中国福州领事，驻美国、比利时、日本大使。
② José Maria de Heredia（1842—1905），法国诗人，曾写过《日本武士》、《日本大名》等诗。

大　　雅①

东海画家众多，但是一般认为，不会再有九霞山樵那样的大器。大雅年届而立，竟也忧虑起自己的技能进步不尽如人意。他曾乞教于祇园南海。血性优异于大雅的人，为何对自己的技能进步迟缓就可不焦不躁？我们应当认真学习九霞山樵不曾贻误"圣胎长养"时机的诀窍。（二月七日）

妖　　婆

英语里"witch"一词，一般都译作年老丑陋的"妖婆"，但妙龄美貌的迷人女子——"witch"，亦绝非少见。例如梅列日科夫斯基②的《先觉者》，邓南遮的《乔丽欧姑娘》，以及品位远不及前述作品的克劳弗德③的 Witch of Prague（《布拉格的魔女》）等，这般描写美颜如玉的"witch"的作品，寻觅起来还会有好多。然而现实中热衷于描写白发苍颜的"witch"的作品，亦不为少。司各特、霍桑过去的作品姑置不论，近代英美文学中出色地描写妖婆的作品，如吉卜林的短篇小说 The Courting of Dinah Shadd（《黛娜塞德的求爱》），或许堪称一流。哈代以巫婆为素材创作的小说也屡见不鲜，其著名小说 Under the Greenwood（《绿林荫下》）中的女主人公伊丽莎白·埃达芬尔德，即属"魔女"之类。在日本，山中女妖与鬼婆，皆非纯正的"witch"。在中国，《夜谭随录》中的"夜星子"大体近似于妖婆吧。（二月八日）

---

① 即池大雅（1723—1776），日本江户时代中期的文人画家，日本文人画的集大成者。
② 梅列日科夫斯基（1865—1941），俄国象征主义诗人、小说家和评论家。
③ 克劳弗德（1854—1909），美国小说家，以写娱乐小说见长。

柔　　道

听说西方人谈及日本，就必然想起柔道。所以法朗士在《天使的反叛》的一章里，有一段这样的记述：由日本来到巴黎的天使，抓住法兰西的巡警，巧妙地将他抛了出去。莫利斯·雷伯兰[①]侦探小说里的主人公、侠客大盗柳潘，精通柔道，其本领也是从日本人那里学来的。然而在日本现代小说中极尽柔道之妙的主人公，唯有泉镜花氏《芍药之歌》里的桐太郎。柔道及其预言者不为柔道故乡所容，对此怎能不发慨叹。可笑，可笑。（二月十日）

昨日风流

赵瓯北《吴门杂诗》云：

> 看尽烟花细品评，始知佳丽也虚名。
> 从来不做繁华梦，消领茶烟一缕清。

后来，赵瓯北又在其"山塘之诗"中写道：

> 老入欢场感易增，烟花犹记昔游曾。
> 酒楼旧日红妆女，已是禅家退院僧。

此一腔诗情，殆可谓有股艺术力量促动人们念及永井荷风。（二月十一日）

[①] 莫利斯·雷伯兰（1864—1941），法国侦探小说作家。

诲淫之书

《金瓶梅》与《肉蒲团》固不待言，就我所知，中国小说中被指责为"诲淫之书"的，还可列举出《杏花天》、《灯芯奇僧传》、《痴婆子传》、《牡丹奇缘》、《如意君传》、《桃花庵》、《品花宝鉴》、《意外缘》、《杀子报》、《花影奇情传》、《醒世第一奇书》、《欢喜奇观》、《春风得意奇缘》、《鸳鸯梦》、《野叟曝言》、《淌牌黑幕》等等。我听说，早期舶来日本的上述"诲淫之书"，现已有了日语的"改编本"；我又听说，近年来这种"改编本"有的已经秘密出版了。如果有人要想读完这些日文版艳情小说，请他去敲当代的"照妖镜"——出版物审查官的家门，毕恭毕敬地借阅他家收藏的"禁书"。（二月十二日）

发音

坡 E. A. 的名字由 Quantin 出版时被印刷成"Poë"之后，以法兰西为首的各国，都将其发音为"坡耶"。我亲自听过，曾任我们英国文学老师的已故劳伦斯先生，有时也将其发音为"坡耶"。不言而喻，西方人名字的发音容易出现讹误。但是惠特曼和爱默生等人的尊崇者，竟然读我们佛陀的名字都发错了音，令人感到低俗之至。对此，诸君须谨而慎之。（二月十三日）

演剧史

研究西方戏剧的专著，如今出版不少。然而其滥觞者确系永井彻著《各国戏剧史》一卷。这本书大鼓铜号竖琴的铜版画封面上，用罗马字题有"Kakkoku Engekishi"字样，内容是论述英国戏剧，涉及剧场与道具设备的变迁，男女演员的古今状况以及各国戏剧的由来，写得非常详细。以下简介，窥其一斑："及至一五七六年女王伊丽莎白时代，戏剧特别兴盛，布莱克弗里亚寺院闲置的领地里建起了剧场。这是英国正规剧场的源头。（中略）演员中有威廉姆·莎士比亚其人。当时他是十二岁的儿童，在斯特拉特福镇的学校刚刚学完拉丁文与希腊文。"

如此这般，令人不禁开颜一笑的内容颇多。明治十七（1884）年一月，《各国戏剧史》印行。而后，著者永井彻在警视厅任警视属。此亦饶有趣味的事。（二月十四日）

傲岸不逊

一位青年作家在某次聚会时，刚开口说："我们文艺之士……"，旁边的巴尔扎克当即打断他的话头，说道："要让我们近代文艺的将帅与你所说的'我们'为伍，你真是不自量力。"我听过有人指责：日本文坛有三两个人素来傲岸不逊。然而至今在日本文坛上我还没见过一位巴尔扎克那样的人物。当然，也不曾听说过由日本文坛上那三两个人创作了《人间喜剧》那样的巨著。（二月十五日）

烟　草

烟草流行于世，乃发现美洲之后的事。说埃及、阿拉伯、罗马等地也有吸烟的习俗，那纯属睁眼瞎之流的无知谬说。应该知道，哥伦布到达新世界之后，才发现美洲土著人嗜好吸烟，此地已有烟叶、烟丝、鼻烟。饶有兴趣的是,"tabaco"① 一词实际上并非植物名称,而是可以用之品味烟丝的烟斗之意。所以,后来欧洲的白色人种在吸烟方面别出心裁,只不过研制出方便的纸烟。据《和汉三才图绘》② 记载,荷兰船的船长最先载运到日本的烟草,是纸烟之类。由此可以想象,村田牌旱烟袋尚未问世之时,我们的祖先大概已经一边嘴里叼着纸烟,一边仰望春日和煦的山口市街头天主教堂十字架,对西洋的结构精巧的文明赞不绝口吧?(二月二十四日)

尼古丁夫人

众所周知,波德莱尔写过关于烟斗的诗篇,我们翻阅一下"Lyra Nicotiana"③,即可发现,西方诗人偏爱吸烟与东方诗人喜欢沏末茶,可谓恰好组成了一对嗜好。

在小说领域,巴里④的《尼古丁夫人》最是脍炙人口,唯一原因在于其轻妙之笔容易引起读者的微笑。"尼古丁"一词,最早源出法国人"让·尼古"这一人名。十六世纪中叶,尼古被派往西班牙,担任大使。据说在此地,他得到了由佛罗里达州传来的烟叶,他知道烟叶有疗疾效用,便异常努力地大力栽培,以致在一段时间里人们称其为"法国人烟草"或"Nicotiana"。德·昆西⑤的《一个英国鸦片服用者的自白》曾促使佐藤春夫写出了奇文——

---

① "tabaco"是葡萄牙语,意即烟草、香烟。
② 附有插图说明的百科事典,江户时代中医寺岛良安著,问世于1712年,系模仿中国明代王圻与其子王思义所辑类书《三才图绘》而成。
③ William G. Hutchison 选编的诗集,1898年出版,这本诗集选的都是与烟草有关的诗篇。
④ 巴里(1860—1937),英国苏格兰剧作家、小说家,主要作品有《小白鸟》《永别了,朱莉小姐!》等。1928年当选为英国作家协会主席。
⑤ 德·昆西(1785—1859),英国散文家、文学批评家。他把文学分成两大类:"知识的文学"与"力量的文学"。前者教育读者;后者感动读者。《一个英国鸦片服用者的自白》是他的自传小说。

《指纹》。谁还能继巴里之后出现于世,影响遥遥超过巴里,就像哈瓦那在马尼拉创作出"烟草小说"。(二月二十五日)

一字之师

唐代的任翻游天台巾子峰,题诗于寺院墙壁云:

> 绝顶新秋生夜凉,鹤飞松露滴衣裳。
> 前峰月照一江水,僧在翠微开竹房。

题罢,离去。走出数十里外,途中憬悟"一江水"不如"半江水",遂当即返回题诗处一看,不知何人早将"一"字刮掉,改成了"半"字。任翻不禁长叹:"台州有人!"由此可以想象古人用心作诗惨淡经营之状。

松濑青青的俳句集《妻木》中,有如下一首俳句:

> 初梦や赤なる纽に结ぼほる。
> (元日初梦里,欣欣喜喜结良缘,一根红绳牵。)

我以为这里有一字不妥,将"る"字换成"れ"为佳。不知松濑青青能否拜我为"一字之师"?一笑。(二月二十六日)

应　　酬

某晚,雨果在阿伯维纽·蒂劳的家中设宴,众来宾不时举杯祝东道主健康。雨果回头对科佩[①]说:"现在,宴会上有两位诗人互

---

① 科佩(1842—1908),法国诗人、剧作家、小说家。有《圣物集》等诗集。

祝健康，不亦乐乎?!"此言意在为科佩干杯。科佩推辞道："不，不，宴会上仅有一位诗人。"意即名副其实的诗人惟雨果一人。此时，诗集《东方吟》的作者当即莞尔云："诗人仅有一位，好啊，我当如何表态呢?"此言以示自我贬抑否定了科佩的见解。

当今文坛，什么"僧院之秋会"，"三浦制丝厂长会"，这个会那个会，聚会甚多，而圆滑自如之妙似雨果等三人那般应酬者，迄今未闻。当时在雨果等三人身旁，有人听了应酬话语后笑吟吟说道："请自隗始。"①（二月二十七日）

骤雨禅

狩野芳涯常训诲弟子："画之神理，理当唯在自悟而识其神韵，不可依赖师授。"一日，芳涯病卧，恰逢骤雨倾盆而降，深巷寂静行人绝。师弟一同默闻雨声良久。忽有一人高歌路过门前。芳涯莞尔，转过头来，对众弟子云："可悟其真意?"芳涯此言，暗示歌中含杀意：吾家吹毛剑，单于千金购，妖精泣太阴。君且看一道寒光。（三月三日）

批　评

皮隆②的讥讽艺术闻名于世。一文人对他说，要成就空前之事业。皮隆淡然答道："这很容易，君撰写自我吹捧的文字即可。"当代文坛如我所闻，存在党派批评，卖笑批评，寒暄批评，雷同批评。毁誉褒贬，众说纷纭。一犬吠虚之处，万犬继而传实。庸才自

---

① 语出《史记·燕召公世家》，隗即战国时的郭隗。此语意即：如欲网罗贤者，最好从我开始。
② 皮隆（Alexis Piron，1689—1773），法国诗人、剧作家。

赞，未必不可视其为皮隆界定的"空前之事业"。寿陵余子生于季世。纵令皮隆，亦难讥讽矣。（三月四日）

语　谬

　　世间，有呶呶不休先生解说"门前雀罗"与"门前之雀啼《蒙求》"①，就有燎原烈火般相辩的夫子；有农学博士赞美明治神宫的建筑材料"文质彬彬"，就有国会议员议论海陆军的扩张，提出艟艨可"罢休"②。古昔，姜度得子，李林甫作手书云："闻有弄'麞'之喜。"客视之掩口，嘲笑李林甫将"璋"字误写作"麞"。如今，大臣慨叹时势，就危险思想之弥漫论述道："病已入膏'肓'，国家兴废只在旦夕。"然而，天下无人怀疑其语怪诞。汉学素养遭忽视之风，亦不可谓不甚。由此不言自明，目下，青年男女虽明晓印刷成铅字的英语，但朗读"四书"却缺乏自信；托尔斯泰的名字耳熟能详，李青莲的名号却十分眼生。凡此种种，纷纭难以数尽。平日，我时常看见书店橱窗里陈列几本旧杂志，那封皮上题写着"红潮社发行《红潮》第××号"。知否？汉语里"红潮"一词，其意专指女子的月经。（四月十六日）

入　月

　　西方有无歌吟女子"红潮"的诗篇？我孤陋寡闻，尚未得知。在中国的宫掖闺阁诗中，虽少却有歌吟月经之作。王建的宫词云：

---

① 这里，芥川将"门可罗雀"与"劝学院之雀啼《蒙求》"两个成语叠而言之。
② 艟艨指战舰。这里，芥川错用了汉字，其本意是用"貔貅"（"勇猛的军队"）。在日语中，"貔貅"与"罢休"发音相同。

> 密奏君王知入月,
> 唤人相伴洗裙裾。

春风吹珠帘,银钩摇荡之处,观蛾眉宫人洗濯衣裙,月经不亦风流乎?!(四月十六日)

遗　精

西方有无歌吟男子遗精的诗篇?我孤陋寡闻,尚未得知。日本的《俳谐锦绣段》有俳谐师神叔作的如下一首俳谐歌:

> 拂晓酣梦醒,讶异夜遗精。

不过,这里的"遗精"是否果真与当代使用的词义相同,不详。倘能蒙方家赐教,则甚感荣幸。(四月十六日)

后　世

君不见,本阿弥的刀剑鉴定标准,古今不一。浪漫主义兴起之后,莎士比亚的名字如迅雷响彻四海。浪漫主义衰亡之后,雨果的作品宛似霜叶八方衰萎。世事茫茫流转轮回。眼前为泡沫,身后乃梦幻。知音难得,众愚难度。弗拉戈纳尔赴意大利学习技艺,布歇为他送行时叮嘱道:"勿观米歇尔·安玖的画作,此人纯属疯子。"弗拉戈纳尔则讥笑布歇乃一俗人,怎敢毁谤他人?

然而谁敢断言千年之后布歇之见仍不会天下靡然从之?白眼瞧人,傲视当世,长啸苦等后代,此亦不谙世事者的生活方式。如何才能混迹俗世而一己不俗？东篱下有菊而琴上无弦①，来见南山常悠悠。寿陵余子鬻文陋室，愿一生不言后辈，或谈纷杂文坛的张三李四与托尔斯泰，或论井原西鹤及甲主义乙倾向之是非曲直，安于游戏三昧之境地。（五月二十六日）

《罪与罚》

鸥外先生任主编的《栅草纸》第四十七期，发表了谪天情仙的七言绝句《读〈罪与罚〉上篇》数首。就西方小说题汉诗，这几首绝句或为其嚆矢。现抄录两三首如下：

考虑闪来如电光，茫然飞入老婆房。
自谈罪迹真耶假，警吏暗杀狂不狂。（第十三回）

穷女病妻哀泪红，车声辘辘仆家翁。
倾囊相救客何侠，一度相逢酒肆中。（第十四回）

可怜小女去邀宾，慈善书生半死身。
见到室中无一物，感恩人是动情人。（第十八回）

汉诗写得好坏，姑且不论，念及明治二十六（1893）年文坛已有人议论陀思妥耶夫斯基，对这几首汉诗情不自禁吟诵开颜者，岂止我寿陵余子一人?!（五月二十七日）

---

① 即无弦琴。据萧统著《陶靖节传》，陶渊明不会弹琴，故饮酒时抚弄无弦琴。

恶 魔

恶魔数量甚多,总数为一百七十四万五千九百二十六个,分成七十二队,每队配一个队长。这个说法载诸十六世纪末叶德国人Wierus① 著就的《恶魔学》。不论古今,也不论东方西方,就介绍魔界情形而言,再没有比此书更加详密的了。(十六世纪的欧洲,研究恶魔学的先哲很多,Wierus 之外,还有意大利的皮耶特劳德·阿坡涅,英格兰的雷吉那尔·司格特等人,皆名扬天下。)此书又云:"恶魔之变化随心所欲,或变成法律家,或变成异国人,或变成黑马,或变成僧人,或变成毛驴,或变成猫,或变成兔,或变成马车车轮。"恶魔既然能变成马车车轮,何故不变成汽车车轮,夜半邀人去那烟花城中?恶魔可畏,人当防备之。(五月二十八日)

《聊斋志异》

《聊斋志异》与《剪灯新话》在中国小说中,都是讲述鬼狐故事,极尽寒灯化为青光之妙,此乃众人皆知的内容。而作者蒲松龄对清朝廷十分不满,假托牛鬼蛇神故事讽刺宫掖的阴暗。遗憾的是这一点往往为我国读者所忽略。例如《聊斋志异》第二卷所载的侠女,实际上就是官吏年羹尧之女暗杀雍正皇帝这一秘史的翻版。《昆仑外史》的题词是"董狐岂独人伦鉴",不是泄露此类消息又是什么?西班牙有戈雅的作品集《心血来潮》②;中国有留仙③的

---

① 即德国医生维耶(1515—1588),Wierus 是其拉丁文名字。
② 版画集,1799年出版。素材来自魔法、风俗习惯、斗牛、上流社会的舞会等。
③ 留仙是蒲松龄的字。

《聊斋志异》。两部作品都意在假借山精野鬼骂杀乱臣贼子，正可谓东方西方一对白璧，堪做金匣中宝物。（五月二十八日）

丽 人 图

西班牙有丽人，名曰 Dona Maria Theresa（玛利娅·特雷莎）。她豆蔻年华嫁了比拉弗兰卡地方第十一代侯爵阿尔巴。特雷莎明眸红唇，香肤雪白如凝脂。女王玛利娅·露伊莎嫉妒特雷莎的美貌，最终令她服毒身亡。这与世间留下香囊长恨的杨太真，有何相异？侯爵夫人有一情郎，名曰 Francesco de Gaya（戈雅）。戈雅系画家，名声驰遍西班牙。生前他曾屡次三番作过特雷莎的画像。若信传言，戈雅的 Maja vestida（《穿衣玛哈》）与 Maja desnuda（《裸体玛哈》）两幅画作，委实再现了侯爵夫人的一代国色。及后，法国另一画家 Edouard Manet（马奈）得到戈雅的侯爵夫人画像后，狂喜不能自禁，立即临摹，创作出一帧春意盎然的丽人图。马奈系当时印象派先驱，与之结交者，多为当世才华横溢之人。其中有一诗人，名曰 Charles Baudelaire（波德莱尔）。马奈得到侯爵夫人画像后，赏之如同洪璧。一八六六年，波德莱尔患精神病死于巴黎寓所。据说在其寓所墙壁上，也挂着这帧檀口雪肤美似天仙的丽人图。美人的星眼久久浮动秋波，看着《恶之华》的作者、诗人波德莱尔的临终情状，宛如当年在马德里宫殿中旁观黄面侏儒的筋斗戏表演。（五月二十九日）

卖色凤香饼

中国把出卖龙阳之色的男青年称作相公。"相公"一语，源出"像姑"，因其妖娆恰如姑娘。"相公"与"像姑"读音相通，于是以之代替"阴马"①之名。在中国,称路边鬻春之女为"野鸡"。据说因其徘徊以诱行人,恰如野鸡。日语称此类人为"夜鹰",其本义殆可谓同出一辙。"野鸡"一语流行开来,又引出了"野鸡车"一语。究竟何谓"野鸡车"?"野鸡车"即出没于北京上海的拉着无牌照人力车的"朦胧车夫"。(五月三十日)

泥黎口业②

寿陵余子为杂志《人间》撰写《肉骨茶》已有三回。我引用古今西东杂书,炫示玄学气焰,恰似《麦克白斯》里的女巫煮沸的大釜。熟知底细者逃到三千里外以避其臭;不谙内情者弹指之间必中其毒。思索起来,我做的事确系"泥黎"中的"口业"。罗贯中作《水浒传》而三代生哑子,那我寿陵余子亦作了《肉骨茶》,当受何等冥罚?是让我遭受冷遇,将我毁灭,还是让我的小说集在市场上一本也销售不出?不如迅疾投笔,醉中于绣佛③前独享逃禅之闲。悔昨非而知今是,岂能踟蹰须臾再抛下我的《肉骨茶》。今日若吃得讲究,明日厕所放瑞光,粪中舍利,大方之家去欣赏吧。(五月三十日)

大正九年(1920)

---

① 指出卖男色的人。
② 梵语中"泥黎"意为地狱;"口业"意为"作诗"或此类行当。
③ 刺绣的佛像。印度与西域古昔就有绣佛,日本《日本书记》中亦有"绣佛"字样。

杂　笔

刘立善译

竹　田[①]

竹田是个善人。借用罗曼·罗兰等人的评价，竹田还不仅是一个好画家。我想，人活世上，想了解的画家除了池大雅就是竹田。赖山阳的才子风度远在竹田之下。赖山阳游历长崎之时，被怀疑涉足过花陌柳巷，于是他作了汉诗"家有缟衣待吾返，孤衾如水已三年"等，此诗略偏于理智。竹田同样由长崎寄出一词作：

> 不上酒阁，
> 不买歌鬟，
> 偿周文画[②]，
> 笔头水，
> 墨余山。

这首词或为作者真情之流露。人称竹田"诗书画三绝"，可他不善作和歌。竹田因书道而灵性开悟。不过他的灵悟对短歌创作似乎没有任何效用。此外，竹田还精通香道与茶道。余不通此道，难

[①] 即田能村竹田（1777—1835），江户时代后期的汉诗人，画家。
[②] 周文，日本室町时代中期画僧，其绘画风格对日本著名画僧雪舟等画家产生的影响较大。

做评断。关于竹田,有这样一件趣闻:他作蘑菇画时,求其作画之一男子从旁观看,面浮不悦之色。竹田云:"君当观吾之苦心。"遂将浸泡水中之蘑菇捞满一大筐,令其视之。男子感叹不已。竹田以刻意砥砺的精神,感动俗人,莫过于此。方家的"苦心经营故事"中,亦有不少名人人格低劣,为捉弄凡夫,作虚假之画。赖山阳等人似乎概属此类。至于竹田,即便恶作剧亦出自真心。我再三强调,竹田是个善人。我看见《田能村竹田》一书后,越发喜欢此人。著者系大岛支郎,出售点是丰后国大分的书店——忠文堂。(七月二十日)

奇　闻

据说,一个在盒饭店工作的小姑娘,经常出入大阪某工厂。一次,一个职工吻了一下那小姑娘的脸颊,她立刻疯了。

据说,美国某海岸一女子洗罢海水浴换衣服时,发现衣服被小偷盗走了。她近一天没能走出更衣室。后来小偷落网,罪名是利用了女子羞耻心的"不法监禁罪"。

据说,在电车里一个男子被一老妪踩了脚,他恶狠狠报复性地又踩了老妪一脚,于是老妪开始演说:"诸位,刚才我是误踩其足,他却故意踩我脚。"男子终于架不住了,向老妪道歉。那位老妪大概就是矢岛楫子[①]女士或某人的养女。

世间意外地存在难以置信的怪事。这些奇闻,我全是从小穴一游亭那里听来的。(七月二十三日)

---

① 矢岛楫子(1833—1925),日本教育家、社会改良家。

松尾芭蕉

我重读《猿蓑》。松尾芭蕉与向井去来、野泽凡兆创作的"连句"中,富于变化、老辣精练之作颇多。其中,以下佳句令人心生的感受,无可名状:

> 侧歪形变甚,短柜盖错离。——凡兆
> 暂居茅草庵,离去复闲置。——芭蕉
> 生命诚欢喜,闻知和歌集。——去来

芭蕉在凡兆的名句后面接上"暂居茅草庵,离去复闲置。"这一句,宛似德山之棒①闪现空中,叫人的心气紧张得喘不过气来。芭蕉从何处拈来如此佳句,这只能令人感到惊奇。面对这般敏锐才气,即便凡兆,也得甘拜下风。

凡兆还有如下句作:

> 青鹭午眠沉,恬姿綦淡雅。——芭蕉
> 潺湲清流畔,蔺草随风摇。——凡兆

这是凡兆的"连句"接续风格,其艺术功力此时尚嫌不足。毫无疑问,芭蕉的句作,庸才翻一百个筋斗也无法接续得珠联璧合。

仅仅"十七个文字"②的生杀予夺,人们对芭蕉的艺术自由度

---

① 唐代高僧德山宣鉴(780—865)教化弟子时使用的棒子。
② 俳句在原文中只是十七个音。

佩服得五体投地。或许由于审美特点的缘故，日本人难晓西方诗歌真髓，充其量有点泛泛的同感而已。而芭蕉诗歌的卓荦之处，任你如何解释，西方人能否理解，仍旧是个大胆的疑问。（八月十一日）

蜻　　蜓

我看见蜻蜓落在树枝上，四片翅膀并非平行并列。前边两片翅膀上仰三十度左右。清风吹来，蜻蜓用翅调节平衡。树枝摇动，蜻蜓却不飞走，颤颤悠悠，依然如故。我仔细观察，前翅角度随着风的强弱做出各种相应的调整。这是一只颜色浅淡的红蜻蜓。树枝是枯枝。我观察的地点在山崖巅。（八月十八日于青根温泉）

儿　　童

描写童年往事的小说形形色色，而完全按照儿童的所思所感写出的小说却不多见。大抵是大人回顾自己的孩提时代，将其写成小说。在这一点上，James Joyce（詹姆斯·乔伊斯）的小说别具新意。

乔伊斯的"A Portrait of the Artist as a Young Man"（《青年艺术家的肖像》）的确保持了孩童般的生活感受。或者说，也许有意要写出那一点点感受。然而，珍品毕竟是珍品。能写出此等作品者，唯乔伊斯一人。诸君不妨一读。（八月二十日）

《十千万堂日录》

《十千万堂日录》一月二十五日的日记里有此一项：尾崎红叶与众弟子试记《芝兰簿》。小栗风叶希望"自己身高再长一寸"；

柳川春叶希望"自己活到四十岁";尾崎红叶则希望"在欧洲大陆树起大理石俳句碑"。此外,论及自己喜爱的书籍,柳川春叶提到《西游记》,小栗风叶提到"各类辞典",尾崎红叶则提到《不列颠大百科全书》。与众弟子相比,尾崎红叶的文化嗜好偏于西方。我却觉得,在尾崎红叶所厌嫌的领域,反倒能窥见他的器量之大。

再有,二十三日的日记中写道:"今夜创作(第八章)第八节,至黎明终未脱稿。寒夜里木炭是珍宝。"这是一段不由得令人欣慰的文字。"(第八章)"指《金色夜叉》的"(第八章)"。(八月二十一日)

邻　　室

"姐姐,这是什么?"

"是薇菜。"

"薇菜咖啡今后能制造出来吧?"

"你这个傻瓜,闭上嘴巴。说那种蠢话,我都感到害羞。你说的那是粗米咖啡。"

姐姐十四岁,妹妹十二岁。姐妹俩都拿着写生簿外出写生。雨天,两人就互相画对方的脸形。她们的父亲五十岁左右,是个有风度的人,看上去好像也嗜好绘画。(八月二十二日于青根温泉)

青　　春

据说,木米[①]平素总爱身穿"黑羽夹袍"。有人说,这身穿着

[①] 即青木木米(1776—1833),江户时代后期的陶瓷艺术家,亦通诗文书画。耳聋,有"聋米"之称。

打扮看似奢华，实则价廉物美实用。此人又说，我等年轻人认同木米的嗜好，但在身着"黑羽夹袍二重衣"之前，更想尝试各种各样的其他事情。这句话拿来用到小说创作方面，似乎恰如其分。什么样作品稀罕可贵？朦胧之中里都一清二楚。在义无反顾地奔向创作道路之前，年轻人更想探索形形色色的其他领域。与其说此为"苟且偷安"，不如说是一种倚仗青春优势的心理。年轻人满足于这种心理，也许并非好事。从某种意义上讲，他就是艺术上的"浪子"。（八月二十三日）

痴　情

欲写尽男女痴情，必涉及房中秘事。然而此乃官方所禁之事。所以，小说家活用迂回暧昧笔法，总算写出了十之八九。《金瓶梅》被称作古今无双的"痴情小说"，其原因之一，即在描写房中秘事方面恣意无忌。纵令没达到那般程度，倘若官方的管制少些，也可出现远比现今更有深度的小说。

不知《金瓶梅》这样的小说西方是否也有？皮埃尔·路易①的Aphrodite（《阿弗洛蒂特》）与《金瓶梅》相比，可谓小巫见大巫。但是正如后者序言所云，此书也挂起一块"乐欲主义"招牌。但与《金瓶梅》相比，不可同日而语。（八月二十三日）

竹　子

遥望后山竹丛，阴暗的杉树桧柏前面，浮现出蓬蓬浓浓的绿意，宛如飞禽的羽毛。我不觉得那是头脑中勾勒出来的"幽篁"。

---

① 皮埃尔·路易（1870—1925），法国诗人、小说家，以纤细大胆的官能描写而著称。

据说，中国人称被风吹拂的竹子状态为"竹笑"。刮风的日子里，我也观赏过后山野竹，心中一点也没泛起"竹笑"的美感。我还在浓雾蒙蒙的黄昏外出观竹，只见模糊糊乌涂涂一片，就像平庸的南画索然无味。与其远观，不如走进竹丛。我看见竹身脱皮"露肉"处，因阳光而晃耀着，活像蠕动的蛞蝓，令我感到一种难以言喻的惊悚。（八月二十五日于青根温泉）

贵　族

贵族或贵族主义者绝不敢傲慢过甚，那是因为他们和我们一样，也要如厕。否则，任何国家的人，其祖先恐怕都会是一副诸神的面孔。据闻，德川时代的大诸侯在"参勤交代"① 途中住进客舍，很是讲究，出恭之后必将粪便置入装有细沙的桶内带走。此事广为流传后，大诸侯们似亦觉察到自己的这一弱点。沿用高雅的说法，此事恐怕与尼采的"人神之异何在"这一警句的意义相同。（八月二十六日）

井　月②

信州伊那，有一俳人，名曰井月，是个乞丐，其潦倒失意不改求道之心，不在良宽③之下。下岛空谷近来正在搜集井月的俳句。对于一个生活在天宝年间（1830—1844）的井月来说，以下佳句精妙绝伦。例如：

---

① 德川幕府规定，诸侯每隔一年由封地进江户拜谒幕府将军，并供职一年。
② 井上井月（1822—1887），一生漂泊，作了一千四百余首俳句。
③ 良宽（1758—1831），江户后期禅师，长于书法、和歌与汉诗。有歌集《莲之露》。

牵牛花儿开，
　　悠悠自适进早餐，
　　残客心清闲。

　　厨房悄悄身手显，
　　灶膛盛燃粗柴杵。

　　初秋心愁悲，
　　豆酱酱油味。

　　送爽金凤里，
　　马尾袋珍奇。

　　落栗定座位，
　　滚入洼坑里。（《初来伊那》）

　　酸浆草色衰，
　　宛似田间绳。

　　据说，井月作的辞世俳句是"漂泊到何处，鹤鸣入云霞"。遗憾的是，我不了解他的生平状况，只听说他厌犬。（九月十日）

紫　　薇

　　就我所知，紫薇叶片泛黄的时节并不早于樱树。槐树次于紫薇。但三者之中树叶最先落光者却是紫薇。樱树和槐树的梢头还稀稀拉拉点缀着残叶，紫薇叶片早已飘零净尽，好似和尚头了。汉诗与俳句常歌吟梧桐、芭蕉、垂柳叶子的摇落景象，而梧桐、芭蕉、垂柳叶子的凋落，皆出乎意料地迟缓。紫薇的特性是，春季若非一片新绿，它不轻易萌出赤芽。长冢节作短歌云：

　　绵绵春雨中，勃勃生气浓，
　　庭树吐浅芽，可是美梧桐？

由此可见，梧桐发芽似乎早于紫薇。嗜好迟起早眠如紫薇者，实属罕见。对于紫薇的这副懒惰派头，我时常像面对懒人一样怒火满怀。（九月十三日）

大　作

龟尾君翻译的爱克曼辑录的《歌德谈话录》中，有这样一段话："少壮之士欲成就大作，须时时自戒劳多功少。"歌德做如是说，或许是他既欲创作《浮士德》等大作，同时又感到非常头痛之故。思忖起来，托尔斯泰只想专心致志于创作《战争与和平》与《安娜·卡列尼娜》，以致对整个欧洲九十年代的艺术并无透彻的了解。当然拥有托尔斯泰那样的独家鸿篇巨制，纵然对他人的艺术不甚了解，亦全然无关紧要。从是否理解他人的艺术这个角度讲，毫无疑问，撰写了艺术论的托尔斯泰，毋宁说是一个鉴赏眼力可怜的所有者。托尔斯泰竟亦如此，更何况我等根性低劣的众生，在不切实际的雄心煽动下，企望创作力不能及的巨制，最终一无所成。这样的结局或许是不言自明的。

虽然如此，当我一旦认定可以创作巨制的机缘已经成熟时，就会不听歌德的劝诫，情绪立刻激昂起来。（九月二十六日）

水　怪

关于"河童"①，柳田国男在其《山岛民话集》中做过详密考证。孩提时代，我听母亲讲过，明治维新以前，大根河岸一带的河里确实有过"河童"。一次，住在观世新路的书画装裱师去那条河里洗拉门，突然有一个东西从后面上来，把装裱师搂住，胡乱地胳肢他。装裱师实在受不了了，滚到路上，仰面朝天。这时，一个"河童"从身后扑通一声跳进河里。后有传说万年桥下的水底有大红鲤鱼，事实究竟如何，不详。父亲的熟人中有人讲过，他夜里去钓鱼，看见从吾妻桥再稍靠上游一点的河里，一只大鳖往船尾上爬，大鳖脖颈粗如铁壶。东京的河里，水怪竟也如此之多，倘去山乡就更可想而知了。或许"河童"还在芦荡里玩相扑呢。余偶或欣赏一游亭所作《河太郎独酌之图》②，想到之事，记于此文。（九月三十日）

器　量

一个雪后的早晨，天龙寺的峨山仰望晴空浩叹："长空让昨日大雪纷扬，令今晨阳光灿烂。人若无这般气魄，怎能干出一番大事业来？！"今夜读到这段话，觉得心里真是受不了。我写一篇仅百页稿纸以内的短篇小说，竟至于悲喜交集，我觉得自己也太可悲了。近日，洗澡时我体味到：洗澡本属再简单不过的事，可是写有

---

① 想象中的动物，水陆两栖，形似四五岁的儿童，脸如虎，嘴尖，身上长鳞，头发稀疏，能将其他动物拽入水中，吮其血。芥川作有小说《河童》。
② 《河太郎独酌之图》系一游亭赠芥川的画，芥川也回赠一幅画《水虎问答之图》。这里的"河太郎"与"水虎"，均系"河童"的异称。

关洗澡内容的文章，却并非易如反掌，真是不可思议。与此同时，又感到怏怏不快。但是我想，既然生为根性低劣的人，我必须坚忍不拔专心致志地辛劳下去，别无他途。（十月三日）

谬　　误

将"Ars longa, vita brevis."① 译作"艺术永恒而人生短暂"。这很精当。不过考察一下俗世间使用这句格言的实况，不难看出，人们取的是"人亡业显"之义。只有日本人或日本文士才自以为是地如此采用。希波克拉底②的箴言中本来并不包含这层意思。如今西方人使用这句话时，仍然如此。所谓"艺术永恒而人生短暂"，其要义在于人生苦短，无论如何刻苦奋勉不止，也不易修成一艺。阐释这句箴言，或许应当是中学教师的任务。然而最近就连在我们面前端出一副人师面孔的批评家之中，竟也有人不知自己误解了这句名言。这是文坛的悲哀。想采用"人亡业显"这层意思，又何必借用希腊哲人的话语。孙过庭③早就留下了名言"人亡业显云云"。此处顺便讲明，今后的批评家，切不可信口开河，妄论"兰德④或莱奥帕尔迪⑤的《虚构的对话》"。在这个问题上，任其怎样盛气凌人，也没有"炫鬻学问"的资本。与其徒然地好为人师，倒不如首先教诲自己。（十月五日）

---

① 拉丁文，出于希波克拉底的格言集。
② 希波克拉底，公元前五世纪至四世纪间古希腊医生，有"医学之父"之称。
③ 孙过庭（646—691），中国唐代书法家，有传世墨迹《书谱》。
④ 兰德（1775—1864），英国诗人，文艺批评家，著有五卷本散文作品集《虚构的对话》（1824—1829 年）。
⑤ 莱奥帕尔迪（1798—1837），意大利诗人，《虚构的对话》不是他的作品。

不　朽

　　人的生命有限，慢待生命未必是好事。企望延年益寿，其目的人各有异。即便艺术品，或迟或早也必然消亡。王世贞①有言在先："画力五百年；书力八百年。"虽然如此，期望创作出生命力尽可能长久的作品，仍是我们的主观意愿。如此想来，怀疑艺术的不朽与期冀作品流芳后世，两种观点或许并非格格不入。这样一来，何种作品可以生命长新呢？我不通晓书画，但我认为，就文学作品而言，文体简洁可使之长寿，此乃事实。当然，现实中并不存在"文体即作品"这一理论，故此不能说只要文体切当，作品必然长新。不过，只要文体可以影响到作品的优劣，就可以毫无疑问地得出如下结论：绚烂夺目般文体格外能导致作品的朽迈。戈蒂耶的作品，如今不可读。但是梅里美的作品日见新颖。以如此观点审视我国文学，森鸥外先生的短篇小说与同期的《冷笑》、《旋涡》相比，如今愈显清新，简直可以说鸥外先生的这些短篇小说宛如新作。左拉学习文体时曾哀叹，自己不以伏尔泰的文体之"简"与卢梭文体之"繁"为样板。左拉预言自己的作品迟早会过时，甚有自知之明。如前所述，文体并非作品的全部，要在超越文体的境地里追求作品的永恒，最终还要靠作品的深度。所谓"凡事物能垂世久远者，（中略）皆需切实之体。"（《芥舟学画编》），此乃文学上的确当之论。（十月六日）

---

① 王世贞（1526—1590），明代文学家，著有《弇州山人四部稿》、《弇山堂别集》等。王世贞的文学艺术观通过日本的儒学学者荻生徂徕（1666—1728）传入日本，对江户时代初期的诗坛产生了影响。

流　俗

深思起来，总是墨守前一时代有用的真理，这是流俗的特色。一个时代以前，两个时代以前或者三个时代以前，随着真理的渐次陈腐，必然产生形形色色的流俗。那么，一个时代究竟有多长？由于时间地点的差异而很难一概而论。以日本为例，一个时代或许相当于十年。一般说来，流俗对学问和艺术构成的危害程度，与其墨守的真理之陈旧，构成反比例。譬如，武士道主义者们对于时代进步的妨害，不及今日儿童的淘气程度，就是前述法则的一个绝好实例。

所以，当今文坛上，人道主义的追随者们，比自然主义的追随者们对文坛造成的搅扰更严重，这是不言自明的事实。（十月七日）

木　樨

我漫步在牛込①的一条街道上，走到了一家住宅旁，宅边黑乎乎的围墙，破旧不堪，眼看着就要坍塌了。院墙里，芭蕉、松树相互凭倚，郁郁苍苍。当我孑然路过此处时，闻到了木樨的清香。我不禁觉得，那香气也已渗透到芭蕉或松树里面去了。此时，一位女士从对面径直朝我走来。少顷，那女士走到了我身旁。我一看，这形象似曾在何处见过。彼此擦肩而过之后，我还一直琢磨着，可怎么也没想起来。虽如此，一种风流韵致却油然而生。

接着，我走到热闹的大街上，天上稀稀疏疏落下了雨滴。恰在

---

① 东京的一个区，现在是新宿区的一部分。

这时，我想起了以前与那位女士相遇的地方，立即觉得自己很卑贱。四五日过后，我与折柴①闲聊，他讲了这样一件事。把庙会日的吉祥物木樨栽植于底部有孔的瓷质火盆里，不久竟然开花了。听完，我又想起在牛込重逢那位女士的事，而卑贱的意识却烟消云散。

Butler（勃特勒）② 的一说

勃特勒说过："莫里哀把自己创作的剧本读给无知的老妪听，并非认为来自老妪的批评全都正确，只是因为在朗读过程中能发现自己剧本的瑕疵。这种场合，担当听者的，数无知的老妪最佳。"这种观点的确可以自成一说。白居易等人将自己作品读给老妪听，其目的或许与此别无二致。不过，我认为勃特勒的观点饶有兴味，原由并不仅在于其能够自成一说，而是因为这"一说"，非勃特勒那般有创作经验的人绝不可能道出。诚然，世间的普通学者与批评家或许也能理解莫里哀的喜剧，然而仅止于此，他们无法吐出勃特勒的那"一说"。欲通晓此中妙谛，必须感莫里哀之所感。我能悟及此处，自感庆幸。罗丹手记等之所以珍贵，也多是因为其作者悟性之高。要想与三千里外的故人见面③，无论如何，自己必须先受一番精神折磨。（十月十九日）

---

① 折柴是小说家、俳人泷井孝作（1894—1984）的号。
② 勃特勒（1835—1902），英国小说家、科普作家、生物学家，他的代表性作品有讽刺杰作《埃瑞洪》与《新旧进化论》等。
③ 这里的"见面"是理解故人之意。

今　夜

今夜，我心情平静。盘腿坐在桌边，口啜治疗呼吸道疾患的冲剂，找到了"泰平之民"的感觉。这时写小说什么的，叫人觉得有些煞风景。与其写这类东西，倒不如练习作"发句"① 才适于修身养性。也许作"发句"又不如习字更能令人感到闲适惬意。不，相比之下，或许像现在这样独坐的心境尤其十分难得。我没读过道家的书，也没读过佛家的书，可我的心底总像潜藏一种虚无的遗传基因。正似西方人无论怎么拼命挣扎最终还得返回天主教的信仰那样，我上了年岁后，或许也希望过隐居生活。但在眼下迷恋女色渴望金钱的时期，我毕竟还无法下定决心去过那种隐居生活。不过，在所谓"仙人"当中，有祝鸡翁②那样的大财主和郭璞那样的渔色家。我似乎顷刻之间就可成为那种品位的仙人。如果终归能成为仙人，我还是不愿成为庸俗仙人。至于那种懂得西方语言的"青年隐士"，我更不敢恭维。和那种人相比，我觉得还是做小说家的好，还能接近于所谓正道。此可谓"寻仙未向碧山行，住在人间足道情"乎？不知何故，今夜净写这些不着边际的自言自语。（十月二十日）

梦

世间小说里表现的梦幻，总觉得不像地道的梦幻，人工斧凿的痕迹显而易见。从这个意义讲，即便《罪与罚》中"困马之梦"

---

① 即俳句。
② 中国晋代洛阳人，养千只鸡而致巨富。

的描写，亦给人以虚假感。人云："世事如梦"。写梦就应写得真假难辨，这需要做周密的观察与准备，而随意肤浅的现实描写实不可取。缘由在于梦境里发生的事情，其时间、空间以及因果关系，皆与现实截然不同。而且其与现实相异的方式各异，归根结底，无法将之镶入整齐划一的框套之中。不照抄自己亲历的梦境，想写出地道的梦，殆无可能。作者在小说里把梦用作手段，并要让这种手段能达到目的时，作者应当有与目的极为贴切的梦境，万不可照搬自己做过的、但与目的无关的梦境。由此看来，小说中的梦境是很难超越陀思妥耶夫斯基的"困马之梦"。反之，依据自己做的梦来写小说，尽管不能得到逼肖的程度，也能反映出作者如实的梦幻心态，这样一来，往往可以产生带有神秘色彩的作品。斯蒂文森能构想出著名作品《自杀俱乐部》里的故事情节，据说便受益于某人做过的梦。故而要想笔涉与梦相关的小说，最好把自己的梦随时都记录下来。在这方面我是懒惰的，都德确实有梦的手记。在我国，志贺直哉氏写过绝好的小品文《伊志库川》。（十月二十五日）

日本画的写实性

日本画家囿于写实性，这种现象总令人觉得莫名其妙。日本绘画朝写实性发展，或许能取得一定程度的成功。但是纵令再成功，也无法达到西洋画的那般写实。要突出表现光、空气与质量的感觉，为何不首先使用调色板？而且要突出表现这种感觉，与印象派突出表现外光效果，二者在审美情趣上相异甚显。法国人在这方面超前一步。日本画家囿于写实性，要向旁侧迈出一步。我眼观速水御舟《舞伎》之类的画，感觉日本画实在寒酸，从前，落合芳几作的"写真画"与速水御舟的绘画类似。只是前者追求的美显得俚俗，反倒没有后者那般令人生厌的印象。我的评价失礼太甚。不

过我总觉得出人意料的是,速水作画的动机中缺乏坚实的现实基础。(十一月一日)

理　　解

有人自负地认为,只要生活恣意放荡一段时间,就能不同凡俗地通晓艺术。最近有人一谈起道义与宗教,就端出连松尾芭蕉和达·芬奇全都烂熟于胸的架势。达·芬奇姑且不论,单讲芭蕉,要想概略理解其伟大之处,也必须历经千辛万苦。对于生活在末世的我们来说,或恐终生无法理解芭蕉的伟大之处。《约翰·克利斯朵夫》中的一节写道,有个俗人认为自己能和克利斯朵夫一样理解贝多芬。其实所谓"理解",并不像世间认为的那样轻而易举。既然立志走艺术之路,顶重要的就是要做到不断深化自己的艺术理解。否则,势必沦于"似懂非懂"。在杂志《电气与文艺》上,我偶尔发现诸家关于松尾芭蕉的评论之中,有一两篇的观点孟浪荒唐,不平之余,写下了此般文字。(十一月四日)

茶锅的置盖架

今天在香取秀真家,他拿出三个放置茶釜盖用的小架给我看。铁制的架子小巧玲珑,像炭火上支锅用的三脚架火撑子。三个小架形状各异。由于主体呈火撑子状,相异之处不过是三条支腿与铁圈的搭配比例稍有差别,但三个小架具有明显的差异。而且越观察其相异之处越明显。一个富有庄重坚实感;一个剔透洒脱;最后一个不耐人端量。想到如此简单的制品竟也有这般差别,更感觉艺术之道非同寻常。进而想到所谓"一刀一拜"的心情,并非仅局限于雕刻佛像之时。与名人的工作相比,觉得我们写下的那些东西全部

付之一炬亦不足吝惜。天下唯有艺术之道，令人愈深思心中愈觉空茫。（十一月十日）

西洋人

　　茶碗里沏了茶水敬上，品啜之前先要欣赏茶碗，这在日本人是司空见惯的事。西洋人似乎少有这般审美情趣。西洋小说中好像很少出现这样的话："这个咖啡杯真是耐人寻味。"或许此乃日本人特有的艺术情趣。换言之，也许唯有日本人的艺术情趣才细腻得无处不至。里池氏[①]是一位优秀的陶工，然而他目睹制作茶盘茶碗的艺术活儿，好像心不在焉。我觉得，只要注意观察此类微不足道的细小现象，谁都能从中领略到名副其实的西方人的艺术感觉倾向。（十一月十一日）

粗细与纯杂

　　粗与细的差异来自人的气质。是嫌粗还是好细，以各随己好为佳。但是粗细与纯杂之间自然又存在相异之处。纯与杂不仅指人气质上的差异，还是植根于我们人格深处的人生大事。"尊纯鄙杂"的价值，理应交付超越了个人好恶的评论家来断定。今夜偶然拿出菊池宽著《极乐》拜读，觉得菊池的小说虽然"粗"，却始终未受杂俗之气的污染。其证据在于，小说中净是中性语言。尽管语言风格并非独一无二，但其中没有排列着装腔作势的文字。这是无与伦比的、自然天成的小说。就此而言，我认为，倒是一两位大方之家

[①] 里池（1887—1959），英国陶瓷艺术家，1909年东渡日本，与柳宗悦等白桦派文人相交甚笃。武者小路和志贺直哉等白桦派作家作品的装帧，多由里池完成。

的作品散发着浓烈的杂俗的屎臭。前已言及，粗与细的差异来自人的气质，故此从鉴赏角度讲，喜好还是厌嫌菊池宽的小说，人们尽可以各抒己见。然而评论其小说的艺术价值时，因其"粗"而不予以宽容，那就难免有偏于一己所好之嫌了。同时从创作特色方面讲，菊池的小说和菊池的气质密不可分，其"粗"绝非漫不经心地信笔写作使然。因此，其他作家特别是好"细"的作家，胡乱蹈袭菊池的小说作法，势必会害上杂俗的弊病。我与菊池在气质上相差很大，以致对"粗"与"细"的好恶，观点相左之处或恐颇多。但若论及"纯"与"杂"，我亦未必同于他人。（十一月十二日）

大正九年（1920）

点　心

刘立善译

御　降①

今天是"御降"之日。但查《岁时记》②得知，元月二日降雨雪或许不叫"御降"。我在摆着"蓬莱饰"③的二楼，还是觉得今天是"御降"。楼下的婴儿哭得没完没了，舌头上生了个疖子，千万别是鹅口疮。尽管我一直坐在被炉旁读《葛文》④，却时时为婴儿的哭声所扰。我家不是迁移不定的鹡鸰窝，俗世的苦累即便在"御降"的今天，照样毫不客气地恼乱着我。记得以前的一个"御降"之日，我和姐姐以及她的朋友们在客厅里打羽毛毽子玩，伙伴中除了我还有一个年长几岁的憨实少年，他和在场的少女们关系融洽。打羽毛毽子的游戏规则是，谁把毽子打落地上，谁就得把毽子拍交出去。我自然是把毽子拍交给他的时候多。然而不知何故，他打出的金色毽子落进了柱子之间横框的槽里。他赶忙从厨房搬来一个大脚踏台，站上去伸手够那金色毽子。当时，我看个子比我矮的他在脚踏台上跷脚够毽子，便突然间把他脚下的踏台向旁边一撤。他两手抓住横框，身子悬在半空。姐姐和她的朋友们为了救

---

① 元旦降的雨雪，也指元旦起三日之内降的雨雪，预兆丰年。
② 每首俳句必有一个"季题"，把"季题"汇为一编，加以解释的书称为《岁时记》。
③ 为庆祝新年摆在白木方盘里的白米、大虾、栗子、海带、橘子等。
④ 上田秋成的诗文集，六卷，1806年出版。

他，都对我又是叱喝又是哄劝。可我说什么也不肯把脚踏台交出去。他悬在半空里，过了一会儿两手疼得扛不住了，大声哭了起来。如此想来，在有关"御降"的记忆中，我自幼就感受到嫉妒之类的俗世之苦。

被我戏弄哭了的那个少年，之后休学，到某一家公司就职了，听说现在成了四个孩子的父亲。我家的"御降"之日充溢着婴儿的哭声，他家的"御降"之日又是怎样呢？（一月二日）

"御降"兆丰年，茂竹映黳天。

夏雄的故事

据香取秀真讲，加纳夏雄①在世时，月薪一百元。不消说，当时月薪能拿到百元，肯定是被人称羡的身份。据传闻，晚年的夏雄卧病床榻之时，时常让人在他的枕边摆满了大小金币，目不转睛凝视不已。听说他的弟子们看到如此情形，品评老师年事虽高而贪欲之心未泯，鄙俗无聊。然而夏雄爱黄金，并不是像千叶胜爱纸币那样爱黄金的力量。当他离开床榻后，边冥思苦想要在黄金上面镂刻些什么。认为老师有贪欲之心，这是弟子们的卑俗。这是香取秀真对夏雄卧病床榻时的心理做出的解释，我想或许言之有理。后来，我向一位男士讲了这个逸闻，他说，此乃顺理成章的事，当即对香取秀真的观点表示赞成。根据这位男士的见解：他放荡不止，实际上是将放荡作为观察人生的手段。而不晓其中奥妙的俗辈，不管三七二十一就谴责他品行不端，这与夏雄被误解又有什么两样？我不

---

① 加纳夏雄（1828—1898），镂金家，1890年担当东京美术学校首任镂金科教授。1893年受命为明治天皇制作御剑，四年后竣事。

知实际上是否如此?(一月六日)

《冥途》

近日,我读了内田百闲著小品文《冥途》(载于《新小说》新年号)。《冥途》、《山东京传》、《焰火》、《条款》、《堤坝》、《豹》等文章,全是写梦。然而并非像漱石先生那样假托梦境以言他,而是如实记述自己的梦境。在完成的上述六篇小品文中,数《冥途》写得最为出色。仅仅三页的小品文,却流淌着非西方式的、心情舒适的 Pathos(哀感)。百闲的小品文写得有趣,并非仅得益于内容。读那六篇小品文,给人一种偏离文坛的感觉。我认为,作者若和我们一样处于文坛的污秽氛围中,与我们呼吸同样的空气,他无论如何也写不出那样的梦境来,纵然能写,也写不出那般水平。一言以蔽之,在我看来,那样的小品文,因其不为当今文坛的时髦所囿,所以有趣。这里,顺便讲一点我的事。不知顺随了哪股兴致,我打开自己以前发表的短篇小说集一读,发现有赶时髦的地方。说句诚实话,我不愿站在别人的屋檐下,也不是没有标准的自命不凡。然而从事物的思考和感觉方法上看,也还是不时受到时髦的束缚。(这里不意味着受时代的影响,而是受更加肤浅的因素的束缚)我对此甚感不快。正因为这样,遇到百闲小品文那样的自由作品,我格外感到很有趣。不过,据说人们对《冥途》的评价不高,我偶尔一读的某家报纸的批评家,好像对《冥途》一无所知。面对如此现状,我觉得理所当然;另一方面,又觉得并非理所当然。(一月十日)

长井代助

我们这些年龄相仿的人，好像许多人都被漱石先生著《其后》所撼动。被撼动了的许多人中，我这里要写的是倾倒于小说主人公长井代助性格的那些人。我认为，那些人里又有不少人岂止是"倾倒"，简直是在模仿长井代助。然而环顾我们的周围，《其后》里主人公式的人物几近于无。《其后》问世之际，风靡世间的自然派小说里出现的人物，皆是我们周围屡见不鲜的人。从这个意义讲，自然派小说里忠实于人生的人物性格描写较多。然而自然派小说里并没出现《其后》里主人公的模仿者。不仅如此，也没有维特与卢涅式的人物。这些人物的性格无一不撼动了一个时代。即便在西方，这样的人物也肯定稀有。稀有人物反倒产生出模仿者，原因恐怕正是在于其稀有。毫无疑问，"稀有"一词或许既不意味到处皆无，也不意味到处皆有，而是包含着好像"在某处有"那样一层意思。正是因为那样的主人公不住在我们身边，人们才萌发出憧憬之情。而且人们要在那样的主人公可能居住的地方，寻觅憧憬的可能性。由此可以看出，小说要想作用于人生或人的意愿，就必须创塑造出不居住在我们身边、但又好像住在某处的那样性质的人物。通俗讲来，理想主义小说家应当担负此项大任。《卡马拉佐夫兄弟》的作者陀思妥耶夫斯基，卓越地完成了这一大任。今后的日本，究竟谁能创作出那样性格的人物呢？（一月十三日）

冷 酷 魔

在出类拔萃的人们心中，都有两个自我：一个是惯常活跃的、满腔热情的自我；另一个则是冷酷的、富有观察力的自己。拥有这样两个自我的人们，动辄容易仅止于获得高明的批评能力，而压抑他们的创作能力。M. de la Rochefoucauld（拉罗什弗科①）是这一类人。莫里哀则不然。后者是个感觉不到两个自我相分裂的人，是个奇妙地让两个自我和平共处的人。莫里哀能独步古今，正因为他生活在这种庄严的矛盾之中。读 Sainte - Beuve（圣伯夫）著《莫里哀论》，其中一节写的就是以上内容。

我也感到我心中有着冷酷的自我。我自身无力驱除这个冷酷魔，就像我的面孔无法改变一样。如果冷酷魔的魔力随年龄的增长而增长，我也会像梅里美一样，厌倦这样的作品开篇，如"我的一位朋友给我讲了这样一个故事"云云。尤其是我这个有着虚无的遗传基因的东方人，或恐容易发生如上变化。L'Avare（《吝啬鬼》）与 École des Femmes（《太太学堂》）的作者莫里哀，是个很少有人能与之媲美的有福之人。夫人红杏出墙，令他烦恼，肺病折磨着他，集作者、演员、舞台监督三种角色于一身的繁忙工作，并没有使莫里哀陷入冷酷魔的毒手之中。如此莫里哀，真是个值得仰慕的、很少有人能与之媲美的幸福者。

池西言水②

"言人之难言，乃老练精到之事也。然多咏俗事俗物，化俗为雅。无论其事其物如何雅致，将多于十七音之大量情趣硬塞入十七音之内，殆不可为也。故此，古来俳人似未曾尝试之。然此类佳句仍可觅见一二。池西言水乃其作者也。"

这是正冈子规的话（见《俳谐大要》165页）。后来，子规作

---

① 拉罗什弗科（1613—1680），法国道德家。
② 池西言水（1650—1722），江户时代初期的俳人，代表作有《江户新道》、《东日记》等。

为实例，举出言水的两首俳句：

> 星月夜弃媪，汤壶温香醪。

> 黑冢多妖女，娼聚烤火盆。

我感觉有充分理由将言水的这两首俳句界定为"将多于十七音之大量情趣浓缩于十七音之内"。从这个意义上看，难道与谢芜村和黑柳召波①也达到这个境界？

> 主君动手斩武士，如夫休妻似更衣。

> 男人困欲眠，砧声讨人烦。

这不也把复杂内容纳入十七音的形式中了吗？！池西言水正因为俳句中的"温香醪"、"娼聚"等词语听来并不刺耳，才取得了较大的成功。可见，正冈子规的评语，的确适用于池西言水的俳句。然而子规为了论尽言水的特色，其见地有概括过宽之憾。那么究竟什么是池西言水的俳句特色呢？我觉得其特色在于他有这样的本领：能把鲜为人知的令人毛骨悚然的一种氛围纳入十七音之内。读子规举出的两首俳句，我的第一感动便是飘荡其中的瘆人氛围。试阅池西言水的俳句集，此类俳句尚有好多，例如：

> 显贵佛事钟声响，摔碟罪散伴晓云。

---

① 黑柳召波（1727—1771），江户时代中期俳人，别号春泥舍。

恋绪焦似猫爪搔，魂不守舍落水潦。

　　夜赏樱花人欢快，须磨渔夫独异怪。

　　蚊集如立柱，弃儿奠基础。

　　树梢灯笼照，人魂已散消。

　　虫喧震耳聋，恬然一尼姑。

　　人披篝火光，夜守捕鱼网。

先不论是否佳句，单讲这些俳句给人的感觉，却是与谢芜村和黑柳召波的俳句中皆不存在的。即便在元禄时期①，能作出如此特色俳句的也仅有池西言水一人。我不能说池西言水的作品中带有如此"鬼趣"者一定就是最神妙的，但我可以断言：池西言水与其他大家迥异其趣的地方，正表现在这里。池西言水通称八郎兵卫，号紫藤轩，享保四年殁，享年七十三岁。（一月十五日）

《托氏宗教小说》②

　　今日路过本乡大街，无意中发现了《托氏宗教小说》这本书。我打听了一下价钱，答曰："十五分。"我在物质生活方面节衣缩食，几日前，想买涡福的大碗，可价钱是十八元五十分，我望而却

---

① 元禄是东山天皇的年号（1688—1704），在这一时期，政治安定，经济文化繁荣。
② 《托氏宗教小说》是最早的中译本托尔斯泰作品。

步了。这回是十五分一本的图书,凭我的身份应当高高兴兴买下它。于是,我赶忙花三枚白铜板换来了这本薄薄的小书,如今它展现在我的桌上,书皮破旧。《托氏宗教小说》于公元 1907 年(中国光绪三十三年)由香港礼贤会(Rhenish Missionary Society)印行,译者是德国传教士Genähr,用的是 Nisbet Bain(尼斯贝特·拜恩)的英文译本。《托氏宗教小说》中收入了著名的《主与奴》等十二篇作品。不消说,这本书并非珍本,或许只要拜托文求堂,即刻就能为我订购下来。我翻开《托氏宗教小说》的书皮,看见作者托尔斯泰的照片插页,心中有说不清的愉快。再随便往下翻阅,对"牧色"、"加夫单"、"沽未士"① 等西语的音译,感觉果然新鲜。出版了这样的译本,托尔斯泰知道吗?香港与上海的中国人中,或恐有若干青年因为偶然读了此书,把托尔斯泰景仰为终生的恩师。托氏是否收到那些南方的青年向他遥致敬意的信函?我把《托氏宗教小说》摆在眼前,一边撰写这篇文章,一边胡思乱想。所谓"托氏"即伯爵托尔斯泰。(一月二十八日)

西方之民失去了自由,恢复自由几近无望;东方之民肩负大任,必须恢复那失去的自由。

顺便,我从托尔斯泰书简中转引了这一段话。(一月三十日)

稿　　酬

Jules Sandeau(于勒·桑多②)的堂兄到 Palais Royal③ 的咖啡

---

① 中文单词与俄语谐音,意思分别为"农民"、"马车夫长袍"和"马奶酒"。
② 桑多(1811—1883),法国小说家。著名女作家乔治桑的第一任丈夫。
③ Palais Royal,巴黎的一座宫殿名。

馆，遇见巴黎的一家名曰 Charpentier 的出版社正与巴尔扎克商谈稿酬一事。他们走了以后，桑多的堂兄发现他们忘在这里的纸张上乱七八糟写满了数字。桑多后来遇到巴尔扎克，问他纸张上的数字是什么意思。巴尔扎克说，那是作品销售十万册时付给著者的稿酬数额。当时巴尔扎克约定的稿酬是，八开本版、定价三点五法郎一册的情况下，每册付给著者十分之一的稿酬。依此看来，他和日本作家现在拿的稿酬相差无几。不过巴尔扎克的稿酬是他创作《欧也妮·葛朗台》时的标准，那是一八三二年或一八三三年的水平。总之，就稿酬标准而言，认为日本比西方落后一百年是妥当的。虽说靠笔耕也能成为暴发户，可在目前的日本，小说家似乎还必须耐得住清贫。（一月三十日）

日美关系

这里，论论日美关系，但不是论述外交问题。我只想谈一谈文坛上的日美关系。日本人学习的外国语当中，没有比英语的使用范围更宽广的语种了。因此，日本的文士们大多都依赖英语。不过英国也好，美国也罢，正宗的英语文学，除了萧与王尔德，英国其他作家的作品在日本不太流行，人们还是爱读大陆文学。然而英文译本的大陆文学又以适合美国审美情趣者居多。这是由于惠特曼辞世之后，艺术领域荒芜的美国开始向别国募求天才。鉴于这种关系，尽管不是那般显著，日本文坛近年来却也受到美国的影响，维森特·布拉斯科·伊巴涅斯①的名字在日本开始传扬，就是一个实例。（我的高中时代，除了《大寺院的姿影》，其他伊巴涅斯作品的英文译本无法找到。）等到大河对岸的火势消静之后，这次或许

---

① 维森特·布拉斯科·伊巴涅斯（1867—1928），西班牙小说家，有《血与沙》等作品。

帕皮尼①等意大利作家的文学将被介绍到日本。意大利文学不属于大陆文学。此前的日本文坛一角，爱尔兰土著文学一度走红，这火源也好似来自美国。正是因为英国的英语文学在日本不甚流行，文学上的日美关系才出人意料地容易遭到忽略。日前偶尔去丸善书店，看见伊巴涅斯、布雷斯特·加纳、阿拉尔孔、巴洛哈·伊·内西等西班牙作家的作品，摆了好多。遂将此事述之以文。（二月一日）

Ambroso Bierce（A·比尔斯）

谈论了文坛上的日美关系之后，顺便举出一位美国作家吧。A·比尔斯是个独树一帜的作家，其特色主要表现于以下几点。第一，在短篇小说的结构方面，很少有像他那样精湛的技巧家。人云：A·比尔斯是批评家爱伦·坡再世，此见允当。而且比尔斯的描写倾向也与爱伦·坡一样，侧重于恐怖的超自然世界。这方面作家，尚有英国的 Algernon Blackwood（布莱科沃德），但他毕竟不是A·比尔斯的对手。第二，A·比尔斯写批评文章或写讽刺诗时，是一个辛辣无双的讽刺家。据说，确有一个名曰雷金斯基的波兰土著诗人，在 A·比尔斯辛辣讽刺的戏弄下最终自杀了。我认为，读A·比尔斯的批评文章，虽无精到之妙趣，却有犀利之快感。第三，A·比尔斯在同时代作家当中，是最典型的世界主义者。南北战争时他曾从军入伍，后又担当过旧金山一家杂志社的主编；还赴伦敦卖文为生。如今他去向不明，生死不晓。也有人说，A·比尔斯言词尖刻，伤人过甚，被人暗杀了。第四，A·比尔斯的著述汇编成了十二卷的全集。只喜欢读短篇小说的读者，可关注 In the

---

① 帕皮尼（1881—1956），意大利作家，有诗集《诗歌一百首》等。

Midst of Life（《在生命的途中》）和 Can Such Things Be?（《这种事可能吗?》）这两卷。两卷当中，我尤其愿向读者推荐前者，后者之中，仅有佳作一两篇。第五，世间尚无一本 A·比尔斯的评传，与欧·亨利相比，这方面也是他的不幸。想大略多少了解 A·比尔斯的人，可翻阅剑桥版 History of American Literature（《美国文学史》）第二卷 386—387 页，亦可阅读 Cooper（库珀）著 Some American Story Tellers《美国短篇小说选》中的《A·比尔斯论》。前边忘记提及，A·比尔斯生于一八三八年，据推测卒于一九一四年。目前尚未见到 A·比尔斯作品的日文译本。我这篇介绍文章在日本很可能具有开拓性。（二月二日）

虫　罩

　　我写小说《龙》时，其中写道："一个女人头戴虫罩①，站在告示牌下。"后根据某人的提醒，传说"虫罩"的风行始于镰仓时代以后。其证据是，《源氏物语》中"参拜初濑"② 一段里，并没有"虫罩"之类的描写。我感谢那人的提醒。不过我写"虫罩"之类，当时缘起于《信贵山缘起》与《粉河寺缘起》等画卷。鉴于此，尽管我接受别人的提醒，但顽固的我仍然没能改变一己之说。及后，某时我顺便向宫本势助提及此事。他告诉我《今昔物语》中也有"虫罩"出现。我急忙查阅《今昔物语》，发现在《本朝部卷六·从镇西上人得观音助免盗灾平安物语》中写着："郁郁愁思，然观晨风吹开'虫罩'，心神愈益恍惚，恳望恕罪云云。"于是，揪缩的心叶舒展开来。同时我意识到，过去那种固执己见略

---

① "虫罩"即日本平安、镰仓时代妇女外出时，缝在竹笠圆沿上的薄麻布，作用相当于面罩，以遮面颜。
② 即《源氏物语》第二十二回《玉鬘》。

感底气不足，因为没有文献上的证据。（二月三日）

款　冬

坡路上的土，干燥得像切割磨刀石时飞落的粉末。这是一个寂静的山区小镇，路面上有不少石块。路两旁古旧薄板覆盖屋顶的房舍，静悄悄沐浴着阳光。我们两个中学生匆匆登着小镇的上坡路。此时，一个背着婴儿的少女，踩着脚下浓浓的身影，静静地走下坡路来。少女挽起的袖口上，插饰着条径苗秀的款冬。那是为什么呢？猜测之间，道理终于悟出，款冬的作用在于遮挡盛夏的阳光，不让它照射在甜甜熟睡的婴儿脸上。少女擦肩而过时，我俩悄悄地交换了一个微笑。少女装作毫未察觉，依旧静静地从我俩身旁走过去了。少女的两颊被太阳晒得微黑，脸庞流露出她宽舒无垢的心地。直到如今，那脸庞还时而清晰地浮上我的记忆。里见君所谓的"一见钟情"，或恐就是指这样的心情吧。（二月十日）

大正十年（1921）

关于书的事情

刘立善译

《各国演剧史》

我喜欢书，写一点关于书的事情。我拥有的洋装书中，有一本饶有兴味的演剧史。此书一八八四年一月十六日出版，著者为东京府士族、警视厅警士属永井彻。细看演剧史第一页上的藏书图章，得知它曾是石川一口的藏书。其序言云：

> 夫演剧乃国家之活历史，乃文盲易快捷掌握之学问。故于欧洲先进国家，缙绅贵族皆尊重之，而其之所以达于隆盛，源于罗马希腊出著名学者，力图文化改良。然吾邦学者凤鄙梨园，将之置于不顾，迄今记述演剧之书甚少，即可谓文化缺一器。（中略）余有感于斯，得寸阴之暇，翻阅美法等国书籍，撷其要领编译成册，故名之曰《各国演剧史》。

所谓"罗马希腊出著名学者"，这里的学者指的是演剧诗人。仅此就令我禁不住微笑。《各国演剧史》正文里夹有三页铜版画，其中一幅画名曰《英国演员吉奥福莱幽禁空窖图》。这幅画怎么看怎么像土牢里的景清①。吉奥福莱当然是指 Geoffrey 吧？了解英吉利古

---

① 引自近松门左卫门的净琉璃《出世景清》。

代演剧史的人，看了这幅画或许会忍俊不禁。顺便，我再引用《各国演剧史》中如下一段文字：

> 及至一五七六年女王伊丽莎白时代，戏剧特别兴盛，布莱克弗里亚寺院闲置的领地里建起了剧场。这是英国正规剧场的源头。（中略）演员中有威廉姆·莎士比亚其人。当时他是十二岁的儿童，在斯特拉特福镇的学校刚刚学完拉丁文与希腊文①。

演员中有威廉姆·莎士比亚其人！三十几年前的日本就能朦胧地窥见这句话。《各国演剧史》不是什么稀罕的书。话虽这样说，我对此书却抱有一种难舍难分的依恋感。再顺便补充一点，以前出于好奇心，我搜集了明治十年代（1877—1886）出版的小说约五十部。小说本身倒没有什么了不得的，只是那个时代的出版物排版错字少于现今书籍里的错字。大概那个时代的人比较从容悠闲。不过，我仍然认为，书中流露出的是那个时代笃实的人心。由排版错字顺便想起了我曾经读过的石印本王建的宫词，其诗如下：

> 御池水色春来好，处处分流白玉渠。
> 密奏君王知入月，唤人相伴洗裙裾。

诗中的"入月"被错印成"入用"。"入月"指女人来月经（诗中吟咏月经，也许仅止于宫词）。将"入月"错印成"入用"后，其意无从明晓。我碰到这种误排现象之后，总觉得石印本书籍的可信度全都值得怀疑。

---

① 这段引文及注释，可参见芥川著《肉骨茶·演剧史》。

不知不觉话头钻入了岔道。在永井彻著《各国演剧史》问世之前，是否有过类似的著述？至今还是个疑问。做如是说，乃我个人的感觉，并非就此事仔细调查过后发表的见解。我只是认为，这个领域的有识之士或许能赐教于我，又顺便补充了这段话。

《天路历程》

我有一本汉译本《天路历程》，这也不能称作是并不多见的书，然而的确是我的一本难以舍弃的书。Pilgrim's Progress（《天路历程》）的日译本书名也叫《天路历程》，但大概是沿袭了汉译本的书名。汉译本的译文基本准确，各处的诗也译成了韵文诗，譬如：

> 路旁生命水清流，天路行人喜暂留。
> 百果奇花供悦乐，吾侪幸得此埔游。

可以认为，诗的翻译大体上都是这种风格。饶有风趣的是，铜版画的插图均画着中国人。来到华丽宫殿的插图等，宫殿也是中国风格的宫殿，宫殿前走动着中国人的基督教徒。汉译本《天路历程》于清朝同治八年（1869）由上海华草书院①出版，序言中写道："至咸丰三年中国士子与耶稣教师参译始成。"据此推测，此前可能也已有译本。译本《天路历程》的译者名字全然不知。今年夏天我去北京八大胡同时②，于某一"清吟小班"只看见一妓女的桌子上放着汉译《圣经》。《天路历程》的读者群里，或恐也有

---

① 出版社正确名称是"苏松上海美华书馆"。
② 1921年3月，芥川作为大阪每日新闻社特派员游历中国，6月14日抵达北京。

过像那妓女一样的丽人。

拜伦的诗

　　我藏有一八二一年由出版商约翰·穆莱出版的拜伦诗集，总计三部，即：《撒丹纳巴勒斯》、《福斯卡里父子》、《该隐》。《该隐》附有一八二一年序言，由此看来，这部诗集与其他两部悲剧诗集一样，或许也是初版本。关于此事，我虽然总想考察落实，但至今未能付诸行动。拜伦把《撒丹纳巴勒斯》献给歌德；把《该隐》献给司格特。歌德与司格特读的，很可能像我现在藏有的诗集一样，是印刷水平低劣的版本。我一边这么思考着，一边时而心血来潮时翻着泛黄的书页欣赏诗行。赠给我拜伦诗集的是海军机关学校教授丰岛定先生。我在海军机关学校工作期间，曾向丰岛先生请教过难懂的英语，有时还朝他借钱，蒙他的关照颇多。丰岛先生特别喜欢吃鲑鱼，最近，他晚酌的酒肴，也许正在换着样吃生鲑鱼、咸鲑鱼以及用酒糟和糯米酒腌渍的鲑鱼。打开拜伦诗集时，我有时竟油然想到了这些事，脑海里却几乎没有浮现过拜伦。我偶尔能想起来的是五六年前读《马泽坡》和《唐璜》，读至半途而止，至今两本书都没读完。总而言之，在拜伦看来，我好像不过是一个与他无缘的众生。

《影草》

　　这是一个梦里的故事。梦境里，我与堂姐的孩子一起在三越百货商店二楼闲逛。这时，在摆着"书籍部"牌子的售书台上，我发现陈列一本四开本的书，作者是谁呢？仔细一看，却原来是森鸥外先生主编的《影草》。我站在售书台前，拿起书随便翻了两三页,出现一篇内容好像描述希腊故事的小说,日语的译文表达朴实无华。"这大概是小金井喜美子女士①的译作。从前我读《今古奇观》时,发现里面有的情节与村田春海著《竺志船物语》的某些情节如出一辙。不知《影草》中那篇好像描述希腊故事的翻译小说的原文如何?"梦境里,我作如是想。读这篇小说的结尾,上面注明:"若叶生译"②。又翻了一下书的前边,出现许多插页,皆是森鸥外先生的书画,除了莲花图就是《西行法师回望富士山图》。插页之后是书简集,书简中写道:"因为孩子死了,现在写不出小说,请宽恕。"这是森鸥外先生致畑耕一的信。致永井荷风的信也很多。不知何故,这些书简信封上几乎都写着"荷风先生"。"荷风先生可真有意思,与森鸥外先生竟也能交往到这种程度。"在梦乡里我这样思量着。恰在此时我由梦中醒来了。那日在梦中,我还看见《五山馆诗集》上有森鸥外先生的签字;我向畑耕一要了一盒香烟。凡此种种,在梦境里不知不觉地交织在一起了。比尔波姆③在其著述中明言:自己最喜欢搜集的,是作品中人物著就的虚构作品。然而在我看来,与初版本《新闻国》④相比,倒是更想搞到四开本版的《影草》。果真能将此书弄到手,可成了稀罕之书。

大正十年(1921)十二月

---

① 小金井喜美子(1870—1956),翻译家、随笔家,森鸥外的妹妹,与医学家小金井良精结婚,改姓小金井。
② 实际上,《影草》中没有"若叶生"翻译的作品,也没有芥川下述的插页与书简集。
③ 比尔波姆(1872—1956),英国随笔家,漫画家。
④ 森鸥外著小说《灰尘》中的主人公节藏创作的小说。

中国的画

刘立善译

《松树图》

我只见过一件云林①的作品。这件作品是宣统帝的御物,被收入名曰《今古奇观》的画册中。画册中的大部分画作似乎与董其昌当年的藏画相关。

人称出自云林之笔的画作,在文华殿里还陈列着三四幅。不过那三四幅画与画册中雄劲的《松树图》相比,画的品位显然相形见绌。

我见过梅花道人的墨竹,见过黄大痴的山水,见过王叔明②的瀑布。(不是指文华殿里陈列的瀑布图,而是指陈宝琛氏收藏的瀑布图。)但就气势表现恰到好处令我五体投地这一点而论,三者皆不及云林画的松树。

松树拱破尖凸的岩石,笔直地插向云天,昂然挺立。那枝梢上横漾着石英颜色有棱有角的烟雾,画中景色仅此而已。然而这般幽绝的天地,除了云林谁也不曾置身其中。就连黄大痴这样的巨匠,终生都未能涉足其境,更何况明清时代的画人!

人云:南画若表现胸中逸气,则不顾及其他。然而这仅以水墨

---

① 即中国元代画家倪瓒(1301—1374),云林系其号。
② 梅花道人即元代画家吴镇(1280—1354);黄大痴即元代画家黄公望(1269—1354);王叔明即元代画家王蒙(?—1385)。此三人与倪瓒并称"元四家"。

画成的松树，自然的活力果真就不栩栩如生充溢其间吗？一般认为，油画描绘真实，但自然的光与影一刻也不能停滞不变。说什么莫奈的蔷薇是真，云林的松树是假，归根结底，这不全在于语义游移又在于什么？

我记得，自己一边望着《松树图》，一边萌出此一番感想。

《莲鹭图》

志贺直哉收藏的宋代画中，有描绘莲花与白鹭的《莲鹭图》。南蘋派画的莲花，与《莲鹭图》里的莲花相比，更近似于所谓写生。花瓣的厚度与莲叶的光泽描绘得极其真实，但无《莲鹭图》中莲花的空灵澹荡之趣。

《莲鹭图》中的莲，其花其叶无不显得端庄素雅恬适。尤其莲籽，宛如位于带有古色的绸缎上，保持金属般的美，令人感受它的重量。画中白鹭亦非普通白鹭。如果你逆着鹭背的羽毛摩挲，似乎会感觉到毛梢在轻触着手心。整体上如此高雅之美感，并非只是近代画里没有。这种美，唯展现于扎根大陆风土之中的我们邻邦的绘画中。

不言而喻，日本画与中国画属于亲戚般关系。这种亲密关系无论在古画或南画中，却皆觅而不见。比较而言，日本画显得更轻灵，更柔和。至于中国画，就连八大山人的鱼，新罗山人[①]的鸟，都想在池大雅的巉岩下嬉游，在与谢芜村的树上栖息。这岂不令人感觉阳刚过甚?! 中国绘画，似乎真是出人意料地不同于日本绘画。

[①] 八大山人即清代画家朱耷（1625—1705），新罗山人即清代画家华嵒（1682—1756）。

《鬼趣图》

天津的方若先生的珍藏品中，有一幅珍贵的金冬心①的绘画。此画在二尺长一尺宽的纸上，画满了形形色色的鬼怪。

我欣赏过照相版的罗两峰②的《鬼趣图》。两峰乃金冬心的弟子，其《鬼趣图》的原型构想可能也受了其师的影响。看照相版的《鬼趣图》，图中鬼怪有的异常瘆人。金冬心画的鬼怪没有这种妖气，但两人的画都有招人喜欢之处。倘若真有《鬼趣图》中那样的鬼怪，夜色也会比白昼明朗吧？我望着聚集在萧萧树木之间的鬼群，觉得鬼怪也非常难画。

在某一本德国出版的书里，搜集的清一色全是鬼怪图。那书中的鬼怪们大抵不过是杂耍场的招牌。即便认为还算上乘之作的鬼怪图，也总是叫人觉得缺乏自然性，伴有病态感。金冬心画的鬼怪之所以没有这种弊端，并非仅仅由于画家的审美立场相异。"心出家庵粥饭僧"③眼睛眺望的是尽可能更远的前方。

我认为，是岸田刘生从《寒山拾得图》中古怪的寒山拾得脸上看到了"灵魂的微笑"。如果在这"灵魂的微笑"的背面再多少恶作剧地点上几笔，那就成了金冬心画的鬼怪。这鬼怪在水墨的微明中或者哭，或者笑，是可爱的异形异类。

---

① 金冬心即金农（1687—1764），中国清代画家，与丁敬、吴西林并称"浙西三高士"。
② 罗两峰即罗聘（1733—1799），中国清代画家，"扬州八怪"之一，代表作有《墨梅图》等。
③ 金冬心的别号，此外尚有"百二砚田富翁"等。

野人生计事

刘立善译

一 清闲

> 乱山堆里结茅庐,已共红尘迹渐疏。
> 莫问野人生计事,窗前流水枕前书。

这是李九龄①的七绝。少年时代学作汉诗时,这首七绝时常起着"范诗"的作用。但如今不再觉得它是什么感动童心的名诗,我想,纵然在乱山堆里结下茅庐,手里也一定握着养老金证书和存款折。

但不管怎么说,李九龄的确占有窗前流水枕前书,外加优哉游哉般清闲。这一点令人钦羡。我这等人靠鬻文糊口,一年到头总觉得匆匆忙忙。昨夜文章写到两点,刚想上床,又见电报,是大阪每日新闻社的约稿,让我为杂志《周日每日》写随笔。

本来,随笔是清闲的产物。至少在文学领域里唯有随笔是可以夸耀自己是出自清闲的一种文学形式。古来文人虽多,可还没有未得清闲就写出随笔的怪物。然而今人(此处的"今人"是非常狭义的"今人",大致限定在一九二三年三、四月以后的今人)却能在未得清闲之时快捷地写出随笔。不,不是什么未得到清闲,倒不

---

① 李九龄,洛阳人,唐末进士。芥川引用的这首唐诗题为《山中寄友人》。

如说是为了不要清闲才速写随笔。

迄今为止，随笔分为四种，也许还多于四种。但是依据我这个昨夜只睡了五小时的脑袋来划分，随笔第一种是抒发感慨，第二种是记录逸闻，第三种是试做考证，第四种是艺术性小品。四种随笔基本上各有其存在的理由。感慨里总是包含思想；逸闻既然称作逸闻，其中必定饶有风趣；考证则必须借助学问，这是千真万确的事实。至于艺术性小品，不消说，其定义不言自明。

然而，此等随笔，在毫无清闲的情况下，虽不能断言根本无法著就，但也不是胡乱草率写得出来的。于是乎，新型随笔立即出现在文坛上。何谓"新型随笔"？即没有夸张、信笔写出的东西。此乃货真价实的荒诞不经。

如果有人怀疑我的观点，可以暂且不阅古人随笔，先读《观潮楼偶记》和《断肠亭杂稿》①，然后将之与每月杂志上发表的大部分随笔做一番比较，后者的孟浪粗疏之处，便可一目了然。但是应当承认，这种"新型随笔"的作者，未必都是庸才，其中也混杂着名实相副的才人，能创作出地道的戏曲与小说（若举一例，譬如敝人）。

若说随笔是清闲的产物，那么清闲则是金钱的产物。所以获得清闲之前，首先必须有钱，或者必须超越金钱。人们对这两方面都感到绝望，以致除了"新型随笔"，对创作真正的随笔，也只能感到绝望。

李九龄云："莫问野人生计事"。然而，无论论及随笔还是想论及作为清闲的产物的随笔，都不得不涉及野人生计之事。而且今后我或许仍要时常谈论世事之艰难。故将此篇随笔标题也定为《野人生计事》。当然，这是未及清闲到来就已完成的随笔。如果

---

① 前者为森鸥外的随笔集；后者为永井荷风的随笔集。

多少还有点意思,望读者将之归功于我这个了不起的作者;如果作品枯燥乏味,则望读者认定,那是时代的罪过,责任不在我。

二 室生犀星①

室生犀星回到了金泽,是刚刚两个月以前的事。

"总是想回老家去,恰好有这么一个说法:患了脚气的人若不脚踏故乡的土地,就永远不能痊愈。"室生犀星临行前说了这一番话。

室生犀星素有痴爱陶器之"病",与我相比,他简直是"病"入膏肓。但彼此的相同之处则是囊中羞涩。我没有有名的茶器。不过看一眼室生的珍藏品即可知晓,他的珍藏品明显集中于某一爱好方面。可以说,"白高丽"与"画唐津"②就是室生犀星的证明。这种事虽说理所当然,但未必人人皆可做到。

某日,我去室生那里闲聊,他馈赠我一个上品的带有蔓草花纹古风古色的"九谷钵"③。接着,他热诚地对我说:"你把羊羹放到这陶钵里吧。(室生从来不说你必须怎么怎么做!而是说你怎么怎么去做吧。)往里面放五片纯黑的羊羹吧。"

室生有点神经质。若不如此这般叮嘱一番,总是放心不下。

某日,室生又来我家聊天。一见面他就谈及团子坂一家古董店里的青瓷砚屏。"我让店主将那青瓷砚屏先别卖,过两天你去把它买来吧。你要是没空儿,就打发别人去买来吧。"

室生这口气,简直好像我有买那个砚屏的义务。但是我言听计

---

① 室生犀星(1889—1962),日本诗人、小说家,代表作有《爱的诗集》等。
② "白高丽"是古坟中出土的高丽时代的白瓷器,系贵重品;"画唐津"是日本有名的陶器。
③ 日本江户时代石川县九谷一带烧制的陶器。

从，将之买来后，至今无悔。总之，无论室生还是我，都对此深感欣慰。

除了痴爱陶器，室生还喜好创作庭院艺术。他在院内摆设石头，栽植青竹，铺下睿山苔①，掘挖小池，搭起葡萄架，热衷于各种各样的精心设计加工。这般投入心力，房子却不是室生家的，庭院也不是室生家的，对租来的房子庭院，他竟也追求不必要的风流。

某夜，室生邀我去品茗。我和他东拉西扯之间，从竹丛的暗影里不断传来滴水的声音。按理说，室生的庭院里除了小池，再没有任何水流。我感到诧异，问他：

"那声音是怎么回事？"

"啊，那声音啊？我在那儿放了一个小水桶，让桶里水滴到了下面的洗手盆里。我在那竹丛里放了一个小水桶，在水桶的腰部打了一孔，再往孔里插入一根细管……"室生平心静气地向我做了说明。

室生临回金泽前送我的纪念品，是放在竹丛里那样的颇有来由的洗手盆。我与室生分别之后，过着与风流毫不相干的日子。室生家庭院的景致一如既往，院角里的那棵枇杷树，现在正寂寥地绽放着花朵。不知室生何时能由金泽再回一趟东京？

三　丘比特

"浅草"一词的内涵是复杂的。譬如"芝"或"麻布"② 等词，只给人一种印象，而"浅草"至少能给我三种印象。

---

① 亦称鞍马苔，鳞状叶片，茎长约30厘米，分枝劈杈趴在地面上。
② "浅草"、"芝"和"麻布"均为地名。

第一，只要一提及浅草，我的眼前浮现的就是宏大的朱红伽蓝①，或是围绕那伽蓝的五重塔与仁王门。幸运的是这些建筑在这次大地震中没有毁于火灾。最近，朱红的浅草寺前，几十只鸽子大概还和往常一样，盘旋在明亮的银杏树金灿灿的叶片中。

第二，我忆起的是水池周围的那些杂耍场，现已全部烧成一片废墟。

第三，我看见的是浅草一部分朴素的工商业者居住区——芦川户、山谷、驹形、藏前。此外的任何地方，对我来说都无关紧要。但是雨后的瓦屋脊，没点亮的御神灯，花儿凋零了的牵牛花花盆，只要这些能被《浅草》的作者久保田万太郎君感受到，那就足够了。遗憾的是此次大地震让这些东西变成了满目的焦土。

在这三种印象的浅草中，我最愿徜徉的，是第二种印象的浅草。那是电影院、旋转木马、游乐厅等鳞次栉比的浅草。若把久保田万太郎君看做是适合第三种印象的浅草诗人，那么也有适合第二种印象的浅草诗人，诸如谷崎润一郎君和室生犀星。此外还想举出一人，即佐藤物之助君。早在四五年前，我就从杂志《SANESU》上读过佐藤君写的散文。那是描写歌剧演出时后台景况的一篇速写，扮演丘比特的许多少女下旋梯的场面，描写得异常生动活泼。

关于第二种印象的浅草，我有很多记忆留在脑海里。其中最古老的记忆或许要数那个热衷于"沙文字"②的老妪。她在五色沙上画过白井权八或小紫③。沙子的颜色极暗，画出的白井权八和小紫，那身姿毕竟显得寂寞悲凉。其次，浅草曾经有一个耍刀弄枪卖蛤蟆油的人，名叫长井兵助，腰里佩着长刀。是的，这般往昔情形早已写在了先师夏目漱石先生著《过了春分时节》里，当然大可

---

① 即浅草寺。
② 在大道边，把五种颜色的沙子铺在地面上，在沙子上作画。
③ 歌舞伎或净瑠璃《小紫权八》中的男女主人公。

不必到如今靠我的这篇劣文来做记述。再次，浅草有水族馆，有耍木偶的艺人安本龟八，还有珍奇世界里的 X 光线。

近日的记忆是电影《卡里加利博士》。（电影胶片正在上映时，我发觉一个蜘蛛在我的手杖柄上隐隐约约地织网。我记得，与表现派的电影相比，倒是这个蜘蛛给我留下的印象更加令我毛骨悚然。）否则便是俄国电影《马戏团里的女演员》。如今想来，那些记忆无一不给我留下了一种怀念。然而在我心里留下最明晰痕迹的是佐藤君作品里描写的情景，即扮演丘比特的许多少女滑下旋梯的情景。

晚春的一个午后，我也在某歌剧演出时后台的走廊里目睹过扮演丘比特的孩子们。孩子们像佐藤君描写的那样，一个接一个下了旋梯。玫瑰色翅膀，金色弩弓，再加上浅蓝色衣裳，这些色彩迷漫之后酿出的沉郁的水彩蜡笔画一样的心境，也跟佐藤君散文里描写的一模一样。舞台监督 N 君与扮演丘比特的孩子们下旋梯时，我发现其中的一个"丘比特"无精打采。这个"丘比特"大约有十五六岁。我瞥视其面庞，是个细长脸、两颊凹陷、体质显得有些虚弱。

我问 N 君："那个'丘比特'无精打采的，好像挨了舞台监督的斥责。"

"哪一个？啊，你是说那一个呀？她正在失恋。"N 君随口回答。

无疑，这个"丘比特"出场的歌剧是喜剧。然而，如今连喜歌剧也得带有道德含义，这一点人生或许并不需要。不管怎么说，在我的记忆中，脚灯灯光映射着月桂与蔷薇的舞台上，留下一个正在失恋的"丘比特"孤影……

大正十三年（1924）一月

续野人生计事

刘立善译

一 放屁

安德烈耶夫①的作品中，有关于农民抠鼻垢的描写。法国文学中有关于老媪小解的描写。但至今我却没发现哪篇小说中有关于放屁的描写。

我说至今没发现小说中有关于放屁的描写，是就西方小说而言。日本小说中还是有的。其中一例，便是青木健作的一篇描写女工的小说。情节如下：逃往他乡的两个女工夜宿干稻草垛之类的地方，黎明时分二人同时醒来。这时，一人"卟——"地放了一个屁，另一人哧哧地窃笑起来。有关女工放屁的描写，倘若我的记忆无误，如此描写非常高雅。正因为读了这一段，至今我依然对青木的才气表示敬意。

另一实例是中户川吉二的一篇小说，描写品行不端的少年。这篇小说登载于三四个月前的《周日每日》上。熟知其内容的读者也许很多。故事梗概大致如下：一个品行不端的少年向一女子求爱，恰到欲行交媾的关键时刻，那女子放出一屁，好不容易酿出的色情氛围，刹那间消散一空。女子变得异常矜持，少年也不宜动手了。这篇小说写得也很高妙。

---

① 安德烈耶夫（1871—1919），俄国作家，有《深渊》、《红笑》等作品。

青木小说中的女工不放屁，作品未必就会减色，而中户川小说中登场的女子则不然，尽管她讨厌此时放屁，但必须放屁，否则作品就不能成立。所以应当说，遇上了中户川之后，这屁被派上了重要用场。

以下讲的是日本近世的事。根据《宇治拾遗物语》的内容，藤大纳言忠家"仍是殿上人之时，与一位艳丽好色的女官交谈。夜深时分，月夜之明胜过白昼。"他按捺不住自己的情绪，将女官拉到身边。此时女官嚷道："这可不行呀！"说话之间，放了一个大屁。藤大纳言忠家闻着臭屁，下定决心："遇上这等大煞风景的事，活着也没啥意义，出家吧。"不过仔细想想，仅因女人放了一屁，就要削发为僧，似乎很不值得。传说藤大纳言忠家觉悟到这一点，皈依佛门之事才作罢，匆匆由女官身边遁逃而去。

由此看来，若从文学史的角度评论，不能称中户川的小说发前人之未发，然而续中断之功，理当归于中户川。这份功劳恐怕出乎中户川的预料之外。不过的确是份功劳，顺便在此略事吹捧。

二　《女人与影子》

身穿印有家徽和服的西洋人，看上去显得滑稽。或者说显得滑稽过甚，以致西洋男人的男性风采很少引人注目。克罗代尔大使的剧作《女人与影子》令观众付之一笑，描写的正是西洋男人身穿印有家徽的和服。按理说，男人的风采与印有家徽的和服或燕尾服无关，应当独立地品评美丑。这一点上，有关《女人与影子》的评价，似乎出乎意料地淡漠。如此忽视男人风采，对法国大使也是说不过去的。

这里，我们可以试将《女人与影子》的舞台迁至波斯或印度，令莲花代替桃花开放，让公主代替古代风格的侍女来翩跹起舞。这时,虽然身为言辞尖刻的批评家,大概也不敢像眼下这样无所顾忌地问鼎轻重。不言而喻,对于《女人与影子》这篇作品,不惜连发三声赞叹的神秘主义鉴赏者们,必会从中获得无比痛畅,恨不得当场乐死过去。克罗代尔大使因为写了西洋男人穿印有家徽的和服,引起如此"严重后果"。

男人的风采姑且不论,即便仅围绕印有家徽的和服本身的感觉而论,也并非索然无味。诚然,《女人与影子》既非纯日本的亦非纯西方的作品,奇妙地显得不伦不类。但是那不伦不类之处,并非因作者才气不足,而是由于对日本或我们日本人的艺术尚未了解,并非"画虎不成反类猫"。辨不清猫与虎,作者把二者画成一样。想来,画虎不像虎的克罗代尔,就如同做不了小说家的批评家一样,在道理上讲亦并非妙趣横生。然而倘若变成一种非猫非虎的怪兽,正是得这种怪兽之利,古来的江湖艺人发了大财。对于不感兴趣的节目,我们绝不会抛出一文入场费。

诸如此类的现象,并不止于《女人与影子》。埃雷迪亚①的《武士》或《大名》等作品亦不例外。此类作品或许滑稽可笑。然而在其滑稽可笑之处,从积极方面讲,潜藏着类似荷兰花瓶那样一种魅力;从消极方面讲,则潜藏着类似武士商会出口的商品那样一种魅力。如果连这种魅力都不予承认,则难免有意识褊狭之嫌。野口米次郎或郡虎彦等日本人的作品能够驰名西方,我坚信其一半儿理由,正在于前述魅力。我作如是说,当然不是想非难二位的作品。二位的作品受到意识宽宏的西方人的欢迎,此乃彼等之欣幸。克罗代尔大使的作品遭到意识褊狭的日本人排斥,这是克罗代尔大使的遗憾。

据传闻,克罗代尔大使就日本人对最近西方艺术的鉴赏能力问

---

① 埃雷迪亚(1842—1905),法国诗人,代表作有诗集《锦幡集》。

题，似乎感到疑惑。这或许正表明，他也不接受我们日本人关于《女人与影子》的批评。但无论古今，西方人对我们日本艺术的鉴赏能力又如何呢？日前某夜，克罗代尔大使观赏樱间金太郎于细川侯家舞台上演出的谣曲《隅田川》，边看边打哈欠。对这时的克罗代尔大使，我不由得报之以同情的微笑。由此看来，大使也是硬充行家，与我等半斤八两。

法兰西大使克罗代尔阁下，惠阅此文，务请不要见怪。

三 皮埃尔·洛蒂之死

听说洛蒂逝世了。众所周知，洛蒂是《菊子夫人》和《日本的秋天》的作者。除了小泉八云，洛蒂就是与富士山、茶花、穿和服的女人因缘最深的西方人了。失去了这样的洛蒂，我们日本人不能无动于衷。

洛蒂不是一个伟大的作家。与同时代的作家相比，他的形象似乎并不高大。洛蒂给了我们新的感觉描写，或者说给了我们新的抒情诗。但是没给我们新的人生观与新的道德。毋庸讳言，对于艺术家洛蒂，这当然不是什么致命伤。灯笼只要是亮着的，人们就对其表示敬意。就像对待雨衣那样，即使挡不住雨水，也不可以轻蔑视之。而天正下雨，人们宁可舍弃灯笼也要选择雨衣，这本是情理的自然。我们必须悟及，在这种情理的关键时刻，任何艺术至上主义都与"您选择灯笼吧"这一劝告一样，不能发挥效用。人生好像暴雨倾盆的大街，我们是走在这条大街上的苦工。然而洛蒂连一件雨衣也不送给我们。所以我们不能在"洛蒂"的名字前加上"伟大"的定语。无疑，古来所谓"伟大的艺术家"，就是专指雨中送雨衣的人。

另外，洛蒂虽是近年法国文坛上的"人物"，但不是法国文坛的"主力"。他的死，实际上不可能造成特别的影响。不过，如前所述，对写过关于美丽日本小说的、法国前海军军官利安·维奥①的去世，我们日本人深致哀悼。洛蒂书里的日本，也许没有小泉八云描写的那样真实，但书的确是一部好书，此乃不容置疑的事实。我们的姐妹——菊子夫人、梅子夫人等，曾经翘盼着洛蒂的小说，而后漫步于巴黎的石板路上。对此，我们要向洛蒂献上日本人的谢意。洛蒂的生涯大体如下：

洛蒂一八五〇年一月十四日生于罗什福尔，十七岁入海军，一九〇六年晋升大校。这一年他虚岁五十七。

洛蒂的第一部作品，是一八七九年他三十岁时发表的小说《Aziyadé》（《阿齐亚德》）。翌年，即一八八〇年，他发表了《Rarahu》，一跃而成文坛宠儿。这部小说两年后改名为《洛蒂的婚姻》，再度印行。

《菊子夫人》发表于一八八七年；《日本的秋天》发表于一八八九年。

一八九一年，洛蒂被选为法兰西学院院士，此时他虚岁四十二。

据国际电报的消息，洛蒂十日②死于昂代，享年七十三岁。

四　新绿的庭院

樱花　一场好雨过后，我神清气爽，红艳艳的花萼萌发出来了。
米槠　我也该慢慢地绽开新芽了，绽开我这灰白色的嫩芽。
竹子　我还患着黄疸病呀。……

---

① 利安·维奥是洛蒂的原名。芥川的短篇小说《舞会》（1919）中，写到洛蒂其人。
② 即1923年6月10日。

芭蕉　哎呀！风要把我这绿灯的灯罩吹得变形了。
梅花　我总觉得冷飕飕的，可是毛虫已麇集于我的身上。
八角金盘　我这茶褐色汗毛未退的期间，总觉得浑身上下发痒。
紫薇　你们都说些什么呀！时候还早着呢。正像你们看到的，我们仍然是一树枯枝。
雾岛杜鹃　你别、别开玩笑了。我们忙得不亦乐乎。尤其今年，竟不知不觉一反常态开出了淡紫色的花。
仙人掌　怎样都无所谓，尽可以各随己便。我不在乎这些事。
石榴　我怎么觉得似乎满枝都是跳蚤。
苔藓　你还睡大觉啊？
石头　嗯，再睡一会儿。
枫树　"嫩枫泛茶色，一时綦显赫"。我可真是"一时綦显赫"。现在，唯有我已呈现出自己的正常姿态——水灵灵的黄绿色。哎哟！纸拉门里，灯亮起来了。

五　我独自漫步春日照耀的大街上

我独自漫步春日照耀的大街上。迎面走来的是修葺屋脊的瓦匠工头。最近，瓦匠工头也身着藏青色西装，头戴礼帽，脚蹬胶皮靴或其他什么质料做的长靴。按比例这双靴子也显得太大了。靴筒不是套至膝盖，而是套了半截腿。我觉得脚穿那样的长靴，与其说是穿靴，不如说是倏然顺势掉进了长靴筒里。

我钻进一个熟人经营的旧用具店看了一眼。迎面的红木货架上摆着一个好似冈山县"虫明窑"烧制的酒壶，壶嘴儿形状奇异地带有猥亵格调。对了，我曾见过古代备前窑烧出的酒壶，那壶嘴儿也是有点好似接吻的样式，壶嘴儿的凸鼻尖上连着一个蓝色花盘。

我看见浓绿色垂柳枝条下，有一个浓绿色的人，手举一根特长的钓竿。他是何人？靠上前去端量，原来是老家金泽的室生犀星！

我又开始溜溜达达逛大街。蔬菜店里摆着一点儿慈姑。慈姑皮的色泽不错，宛似日本古旧景泰蓝的蓝色。我心想，买下这慈姑吧。净瞎扯，明知自己不想买，还做买的打算。对自己也想撒谎，这到底是怎样一种心理呢？接着，我又来到鸟店。店里到处都是鸟笼。哎呀！老板竟也悠闲自在地坐在山雀的笼子里！

"归根结底，就跟骑马时的感觉一样。"

"你中了康德论文的毒了吧？"

两个身穿学生服头戴学生帽的大学生，从我身后步履轻健地走过。根据偶尔听到的、别人的只言片语对话内容来判断，好似精神病患者的对话。走到这里渐渐是上坡路了。瞧，那家的山茶花已经凋零，变成茶褐色了，崖畔的竹丛却一如既往地黄绿着……啊！马从对面过来了。马的眼珠真大，竹丛、山茶、我的脸颊，全都映在马的眼珠里。马的后头，飞来了白粉蝶。

"我这里有刚下的鸡蛋。"

啊，是吗？我不要鸡蛋。

——我独自漫步在春日照耀的大街上

六　霜夜

我有一个关于霜夜的回忆。

我和往常一样坐在桌子前。不知不觉间，时钟传来了十二响。到十二点我必须就寝。今夜将桌上的东西先拾掇好，合上书，明天坐到这里就可以工作。说是拾掇，其实也没啥，只不过是把稿纸和必要的书籍归拢一下摞起来而已。最后处理好火盆里的火，把水壶里的热水注入瓮中，然后将炭一块一块夹进去，眼看着火炭就变黑了。浸了水的黑炭发出了很大的声响。水蒸气也迷迷蒙蒙地升腾起来。此刻，不知何故，心里既觉得欣慰，又觉得空虚。我的被褥铺在隔壁房间。隔壁房间和书斋都在二楼，睡觉前我肯定下楼，轻轻松松小解一次。今夜也一如既往，蹑手蹑脚下楼。为了不惊醒家人，我须尽量蹑手蹑脚地下楼。客厅的隔壁房间还亮着电灯，有人还没睡。是谁没睡呢？我从那房间外边走过时，年已六十八岁的大姑一个人坐在室内扯着旧棉絮。那是丝棉，闪烁着若有若无的光。

"大姑①。"我打了一声招呼。

"你还没睡哪？"大姑问。

"哎，今夜的活儿我就干到这里了，你也该睡觉了吧？"大姑又说。

厕所里的电灯说什么也打不亮，迫不得已，我就在黑灯瞎火里小解。厕所窗外长着竹子。有风的夜晚便发出竹叶摩擦的声响。今夜竹子悄然无声，只是被笼罩在寒夜里。

> 薄絮实难扯，
> 茫茫寒霜夜。

七　收藏

无论在哪个时代，我都没有收藏癖。要说有过收藏癖，那大概就是少年时代收藏过昆虫类的标本。诚然，现在也许算"聚集"了一些书籍，但这只是聚集，就像落叶聚集到风窝里一样，自然地聚集到我的书架上，全非我煞费苦心收藏的结果。

我对待书籍竟是这样，更何况对待书画古董什么的。想收藏的

---

① 所谓"大姑"，即芥川的大姨富贵。芥川出生不久，其母患了精神病，芥川由其舅舅芥川道章收养，认其为养父，姓也由原来的新原改姓芥川，于是大姨成了大姑。

念头，一次也不曾产生过。不过造成如此事实，对于鬻文之徒来说，毕竟也归咎于我的力不从心。我不想收藏，原因又未必全在于此。毋宁说，我不感到收藏乃一快事。或者说，对于喜好收藏的那般热情，我已感到倦怠。

知识领域亦系如此。我还没有收藏所有知识的那种欲望与行动。诸君越是认为我收藏了知识，我便越没有知识，此乃事实。一言以蔽之，如果说我多少有点儿知识，则必须断言，知识是主动聚集而来的。

收藏家都富有激情。特别是某些收藏家，仅仅为了搞到一张火柴商标竟然周游世界，他们几乎等于激情本身。只要不蔑视激情，我们就没有理由将收藏家当做笑料。我们与收藏家属于不同类型；同时，我们与革命家和预言家也属于不同类型。

对于为搜集火柴商标投注的激情，我表示"同情"。不，与其说是同情，不如说是敬意。不过对于火柴商标本身的价值，归根到底我抱有怀疑。以前我曾对自己的这种性情感到羞愧，然而现在脸皮变厚了，我不再有那么自我卑下的心态了。

八　知己费[①]

当年，我们都据守在《新思潮》这块同仁杂志的阵地上，时常向《新思潮》以外的杂志投稿者，唯久米正雄一人。此间，《希望》杂志社突然给我来了一封信，内容是："拜托您写一篇短篇小说，赶在敝刊第五期发表，不知您是否方便？"当然，我爽快应诺。

没出一周，我就把短篇小说《虱子》寄给了《希望》杂志社，

[①] "知己费"是金额为十元钱的暗语，流行于盗贼与江湖艺人中间。

然后就是等待笔润的到来。等待第一份笔润的心情，对于没有卖文体验的人来说，或恐有点儿难以想象。如果稍微夸张一点儿说，宛如翘盼直次郎的三千岁①，每天等待着邮政转账存款单的到来。

稿费的到来可真够困难。我经常和久米正雄议论，猜测《希望》杂志社能付我的短篇小说多少笔润。"每页稿纸能付你一元吧。要是一元，十二页稿纸就是十二元。不会是这样，每页付你一元五十分是没问题的。"久米正雄做了这样的预测。

经他这么一说，我心里也觉得似乎每页稿纸能付我一元五十分的笔润。

"要是每页果真付我一元五十分，我就花八元请你客。"我向他许愿。

"就是每页付你一元，你也该花五元请我客。"久米又来了这么一句。

我没有接受这项"义务"。不过破费五元钱，我倒没有太大的异议。

未久，《希望》第五期出来了。与此同时笔润也到了我的手中。我把邮政转账存款单揣在怀中，去了久米的宿舍。

"每页付你多少钱？一元？一元五十分？"久米看着我的脸，就像他自己的事儿似的，一个劲儿地追问。我什么也没回答，把邮政转账存款单拿出来给他看了。那上面竟残酷地写着："三元六十分"。

"每页稿纸的笔润是三十分呀！三十分也太残酷了。"久米竟也露出了可怜的神情。我更是哭丧着脸。可是过了一会儿，我俩不约而同轻蔑地笑了起来。久米浮现的是轻微的苦笑，我是随便的苦

---

① 源出歌舞伎舞蹈《幽会于春雪融化时》，雪夜，情妇三千岁等待意中人片冈直次郎的到来。

笑。

"三十分是扣除'知己费'之后的余额吧？一元五十分减到了三十分——竟然每页一元二十分的'知己费'？太高了呀！"

久米一边这样说着，一边把邮政转账存款单还给了我。但他没提及日前约定请客的事。

九　妄问妄答

客人　按照菊池宽的说法，像这次大地震生命危在旦夕的情况下，人们无暇顾及艺术。首先看重的是生命物种，以及赶紧把和服衣襟撩起掖入腰带。实况果真如此吗？

主人　是的，实况果真如此。

客人　艺术领域里的内行也作如是观吗？譬如小说家或画家。

主人　与外行相比，内行对艺术的考虑好像更深邃。然而思忖起来，二者实乃"五十步笑百步"。没有哪个豪杰正当火烧头顶之际，却能冥思苦想如何描写燃烧在自己头顶上的火焰。

客人　不过古代的武士们，确实能任凭枪贯侧腹，高吟辞世之歌。

主人　那是为了名节，与有意识的艺术冲动是两回事。

客人　如此说来，遇到那样紧要关头，我们的艺术冲动便荡然无存了？

主人　不至于荡然无存。你听听目前灾民讲的话吧。其中关于艺术的内容之多，出人意料。本来为了达到艺术性的表现，理应先有艺术性的印象。于是那一伙人不知不觉地让心灵发挥了艺术性作用。

客人　（带有反话口气）然而那一伙人到了火烧头顶之日，也照样会丢掉艺术的冲动吧？

主人　哎，那可未必。唯有无意识的艺术冲动，到了生死存亡的危急关头也能意外地出现最后的飞跃。我想起了那辞世之歌。古昔的武士在沙场战死之际犹吟辞世歌，仿佛大都带有戏剧性冲动或表演性冲动。换言之，即俗云"哗众取宠"心态的表现。

客人 那么，您的意思是说，艺术冲动任何时候都可以存在吗？

主人 我指的是无意识的艺术冲动。无论如何也不能认为世间存在有意识的冲动，明明现在火烧头顶……

客人 "火烧头顶"的妙喻，刚才我已经领教了。那么您完全赞成菊池宽的观点吗？

主人 我只能说不可能。菊池会因为我的"不可能"而感到寂寥吧？我不因此感到寂寥，我只能认为那是理所当然。

客人 为什么？

主人 没有为什么。只因他说"生命物种"这句话时，把其他一切都忘得一干二净，当然连艺术也忘掉了。我们且不说遭遇大地震，就是憋着尿的时候，早就把伦勃朗与歌德统统忘光了。当然不能说唯因如此便会轻视艺术。

客人 如此看来，对于人生而言，艺术并非相当强烈地深入人心吧？

主人 胡扯！我不是说过艺术冲动是在无意识中驱动着我们吗？！因而艺术在人生的底层深深扎下了根。毋宁说，人生是布满艺术青芽的苗床。

客人 于是，便"玉不碎"[①]了吧？

主人 玉——，是呀，玉或许碎，但石不碎。艺术家或许会消亡，然而不知不觉被艺术冲动支配着的狗熊和蜜蜂等[②]，却不会消亡。

[①] 就灾后艺术的归趋，里见站在乐观论的立场上，于《时事新报》发表了《玉不碎》一文。"玉不碎"一语即出自此文。

[②] 狗熊、蜜蜂等，象征着民众。芥川以此强调民众是艺术的母胎。

客人 看来，对于里见和菊池的引人瞩目的观点，您是部分反对。

主人 我愿意将其界定为"部分赞成"。即便是我，遭受双雄夹击，也会感到烦恼。哎，还有，菊池的部分观点不能令人信服。

客人 有这等情况吗？

主人 为了博得大众的喝彩，菊池痛感这次有必要说谎。这个说法实在不能令人信服。哎，你再仔细观察一下菊池，他又在直言不讳地说着什么真话。

十　对梅花的感情

谨将此篇解说性拙文献给为人严谨的西川英次郎君①

我们是艺术之士，不可不如实观察万象。至少我们不会借用众人的眼光，而必须用我们自己的眼光来观察万象。古来伟大的艺术之士皆有这般独特的眼光，自然也就形成了独特的表现风格。梵·高的照相版《向日葵》，至今依然受到人们的赏识，岂能是偶然结果？（幸在不咎将 GOGH 念作"梵·高"的发音之误。我未将 ANDERSEN 读作"阿那阿生"，而将其读作"安徒生"，并不以为耻！）

这一点，对于以艺术创作为己任的人来说，是比白昼更明显的事实。然而以独自眼光从事艺术创作，未必是件易事。（不，不妨说，绝对以独自的眼光从事艺术创作，这是不可能的。）特别是见过众人之诗经常描写的景物之后，再以独特的眼光从事艺术创作，这对我们更是难上加难。试想以"暮春"作俳句的情形。与谢芜村吟咏了"暮春"之后，谁还能胸有成竹地以独特的眼光咏叹

---

① 西川英次郎（1892—1988），农学家，芥川的友人。

"暮春"？梅花就是一例，不，这是其典型例子。

梅花让我想起《伊势物语》中的和歌到铃木春信①绘画中流露的那种柔媚之情。然而每当见到梅花，抓住我心灵的是源于中国的"文人趣味"。持如此观念者并非唯我一人，大家君子亦系如此。（于是乎，《中央公论》的记者亦使用"梅花赋"一语。）唯有红毛碧眼的西洋诗人，才仅将梅花看作是梅属之花。哪怕从梅花的一枚花瓣中，我们也会本能地想到仙鹤，想到新月，想到空山，想到野水，想到断崖，想到书灯，想到修竹，想到清霜，想到罗浮山②，想到仙女，想到林处士③的风流。既然如此，不必责怪我等欲以独自眼光观察万象的文艺之士，对梅花不抱好意。（此乃永井荷风在其《日本的庭园》里"梅花"一章中早已阐明的真理。文坛不承认诗人除了心脏还有脑髓这一事实。此乃令余今日盗用这条真理的原因。）

如前所述，每当看到梅花，就唤醒了我的"文人趣味"。然而，切莫妄以我为文人，可称我为诈骗犯，亦可称我为谋杀犯。万不得已，称我为大学教授的适当人选，倒还可以忍受。我的唯一幸事，即勿称我为所谓文人。因为有了《十便十宜帖》④，便将池大雅与与谢芜村并列称誉，此乃所谓文人之所为。我纵然被施以宫刑，也不愿与这等疯人为伍。

不唯如此。我是轻蔑"文人趣味"之人，尤其轻蔑文化文政

---

① 铃木春信（1725—1770），江户时代中期的浮世绘画师。
② 罗浮山在广东省东江北岸，以梅花著称。
③ 即中国北宋诗人林逋（967—1028），后半生隐居杭州西湖孤山，性喜梅花，自称"以梅为妻，以鹤为子"。咏梅诗有："疏影横斜水清浅，暗香浮动月黄昏。"（《山园小梅》）、"雪后梅林才半树，水边篱落忽横枝。"（《梅花》）等。
④ 《十便十宜帖》是池大雅与与谢芜村合作的著名画册。（以中国明末清初戏曲作家李渔的《伊园十便十宜诗》为主题。池大雅作《十便帖》；与谢芜村作《十宜帖》）属日本国宝。

时代风行的"文人趣味"。"文人趣味"无非即"业余情趣"。若始终贯穿"业余情趣",诸事皆休。倘若有人要张贴优于"文人趣味"的告示,莫如此时让他去观赏赖山阳的绘画。要而言之,赖山阳的《日本外史》是一部历史小说。至于绘画,只有"吴耶越耶"① 和佛掌薯之类的山水画。进而言之,欣赏一番田能村竹田的《百活矣》,如何?

如果这些皆可称作艺术,那么"安来小调"② 不也是艺术吗?!当然,我无意排斥他们的"业余情趣"。我若生于那个时代,或许也会戏作《河童晚归图》,以博得"山紫水明楼"③ 上人士粲然一笑。彼等皆聪颖之士,岂能将自己的"业余情趣"与自己的艺术混为一谈?我一贯确信,大正时代的庸俗之辈不懂艺术。倘若一本正经地、欣喜地倾听他们天真幼稚的笑谈,此时,禁不住哂笑者,必定是赖山阳与田能村竹田二人。

梅花强制我养成被我轻蔑的"文人趣味",梅花让我倾倒于低劣的诗魔。我惧怕梅花,好似孑然一身的远游者恐惧深山大泽。然而你思索一下,那远游者想象的"踏遍"之快,不亦常在深山大泽吗?每当看到梅花,我就像遥望峨嵋之雪的徐霞客,就像仰观南极星的莎克卢通,雄心勃勃不能自禁。

灰烬全抛弃,篱下白梅鲜。

加之,野泽凡兆早为我们指点了迷津。我急于渡江,唯少年意气也!

---

① 赖山阳的汉诗《泊天草洋》开头有"云耶山耶吴耶越耶"字句,芥川之言,源出于此。
② 是日本岛根县安来地方的民谣,后来流行全国。
③ 赖山阳在京都的宅第之雅号。

我难以用独特眼光轻易地观赏梅花,因而越发欲以独特的眼光观赏梅花。聊唱"反论",则因待梅花冷淡过甚,以致对梅花迷恋过甚。高青丘①诗云:"琼枝只合在瑶台,谁向江边处处栽。"又云:"自去何郎无好咏,东风愁寂几回开。"梅花真似仙人的千金,或者真似富户老翁之小妾。(后者是永井荷风的比喻,未必与前者相矛盾。)倘若未及读到我的这篇文章,你尽可以想象一下自己对这般美人萌动的感慨。进而言之,倘若你的感慨仅止于心荡神漾,那么无可奈何,你也只是个庸俗之辈,只是一根不可济度的干屎橛。

十一 暗合

我写了《阿富的贞操》这篇小说后,共有三人问我:"阿富是某人的夫人吧?"也有人问:"该小说中有一个名曰村上新三郎的乞丐登场,他与幕府末期的奇杰村上新三郎是同一人吗?"然而那篇小说是虚构的故事,没有所谓的人物原型。《阿富的贞操》里的登场人物仅有阿富与乞丐二人,此二人皆与实有人物相似,无疑是罕见的暗合。以前,我读了藤野古白作的俳句"木偶艺人西东奔,日暮归至罗生门。"其中的"木偶艺人"和"罗生门"都是我的小说集之名,暗合之妙令我惊诧。现在又遇到了如此暗合现象,暗合好像总在我的身上作祟。

十二 霍乱

霍乱流行,我想起了漱石先生的事。先生的孩提时代也流行过

---

① 即中国明代诗人高启(1336—1374),他的诗在江户与明治时代很受日本文人欢迎。

霍乱。那时,先生吃了好多豆子,喝了不少水,然后与父亲一起钻进蚊帐睡觉。据说黎明时分,先生在蚊帐里突然开始上吐下泻。于是先生的父亲大惊道:"呀!是霍乱!"喊完就跳出了蚊帐,思考如何处理,却无计可施。此时,天空闪烁着晨星,先生的父亲便拿扫帚扫起庭院来。无疑,先生的吐泻是豆子与水在作怪,并非霍乱。先生说,通过这件事,他了解到为人之父的利己主义。

关于霍乱都有哪些小说呢?尾崎红叶的《青葡萄》大概是涉及霍乱的吧?拉·茂特的短篇中,有的是记述日本的霍乱。虽然文中没有什么引人瞩目的事件,但是对于河岸鱼市的闲旷场面和人们做这忙那的情景,描写得相当精巧剔透。

我不愿死于霍乱,讨厌上吐下泻极不风雅的辞世。读到叔本华害怕霍乱而逃遁之事,我对他甚表同情。从某种意义上说,与他的哲学相比,我或许更理解他那惧怕霍乱的心理。

在叔本华的时代,人们还不晓得霍乱系由食物传染所致。我作为现代人的幸运之处,是对霍乱的发生原因了解得一清二楚。我吃煮熟了的食物,喝盐酸柠檬水,有条不紊地采取预防措施。此间,人们哂笑我胆小如鼠。不过,胆小乃文明人独具的美德。如果说胆大的人是伟大的,那就请向霍屯督人①的国王行三拜九叩礼好了。

十三　长崎

菱形的风筝。上升到"圣山"②上空的风筝。朗朗空中飘扬着几个风筝。

---

① 霍屯督人(Hottentots),居住于非洲西南部纳米比亚的游牧民族,人口两万人许。
② 一般指长崎港附近的山——西坂丘,这里曾是日本基督教徒的殉教之地。

路边，出售着柚子和香蕉。阳光下炙热的石板路面。满街飞舞的燕子。

丸山烟花巷的"回观柳"。

运河上的石造眼镜桥。往来于桥上的草帽。——倏然游来的一群鸭子，阳光照耀下雪白的一群鸭子。

南京寺石阶上的蜥蜴。

"中华民国"国旗。喷吐烟气的英国轮船。"保护着港口的山崖上，嫩叶沐浴着阳光……"秃顶的斋藤茂吉。洛蒂。沈南蘋。永井荷风。

最后，"日本的圣母寺"供神大殿里的圣母马利亚。混杂在麦穗里的矢车花。白昼无亮光而有烛火。窗外，远处的"圣山"。

山顶上的天空还飘着风筝。北原白秋歌吟的风筝。朗朗空中飘扬着几个风筝。

十四　东京田端

秋冬之交的阵雨浇湿了树梢。因阵雨而闪耀光亮的一家家屋脊。狗酣睡在装满木炭的草袋堆上，几只鸡一动不动，待在同一个笼子里。

庭院里的树上垂挂着乌瓜的，是镂金师香取秀真的家。

竹叶下垂到院墙上的，是画家小杉未醒的家。

大门内铺展着宽阔草坪的，是显贵鹿岛龙藏的家。

门前横着一条泥泞道路的，是俳人泷井折柴的家。

门口踏脚石边配以矮竹的，是诗人室生犀星的家。

隐现于米槠和银杏树下，黄昏时分点亮灯笼的，是饭馆"天然自笑轩"。

拉门把秋冬之交下着阵雨的庭院隔离开来；火盆避开了阵雨的

寒气。我坐在紫檀桌前,嘴里叼着八分钱一根的香烟,欣赏着一游亭画的《鸡图》。

大正十一年(1922)—大正十三年(1924)

澄江堂①杂记

刘立善译

一　大雅的画

平素一直想收藏大雅的画。不过,并非只要是大雅的画,无论多贵也在所不惜。我想得到的是顶多不超过五十元一幅的。

大雅是一位了不起的画家。从前,高久霭崖即便陷于身无分文的贫困境地,也绝不肯出手自己收藏的一幅大雅的画。出自大雅那等精英笔下的画,几百元亦也不算昂贵。我之所以将其价格硬杀到五十元,乃因我悲无余财。深思大雅的画品,就"价廉"而论,花五百万元与我花五十元,或许是相同的。唯有难以济度的俗物,才认为艺术品的价值也可以换算成支票或纸币。

Samuel Butler(勃特勒)在其作品中写道,他一直想搞到一幅"画得很好、保存完好、价位在四十先令上下的伦勃朗的画。"然而实际上,他竟先后两次遇到价廉惊人的伦勃朗的画。第一次要价一英镑,勃特勒没买。第二次在咨询了友人高金之后,终于将伦勃朗的画买了下来。而那是一幅怎样的画?花了多少钱?皆不详。只知购买时间是一八八七年,地点在斯特兰(伦敦)的一家当铺店头。

根据这般先例来看,以五十元换取大雅的画,未必就不可能。

---

① 芥川的号。

每当百无聊赖之时，我好像等待弥勒出世的人一样，沉浸于这样的空想：某地一个寂静街市的旧货店里，仅剩一幅九霞山樵的水墨山水画还没卖出去。

二 痤疮

以前，我写小说《罗生门》时，写到身为仆人的主人公脸颊上生了一个大痤疮。我说，当时王朝时代的人，大概脸颊上没有不生痤疮的。谦逊地说，这是我依据推测做出的判断。后读《左经记》，文中出现了"二君"一词，从而得知"二君"或"二禁"即今日的"痤疮"之意。毫无疑问，"二君"等字属于借用字，而如此发现，或许我本人越感觉饶有兴味，旁人越是兴味索然。

三 《将军》

我的小说《将军》里，有好几行文字被政府当局删除了。读今天的报纸[①]知悉，穷途潦倒的残废军人提着各种各样的标语牌，游行在东京街头。标语牌上写着"我们是被队长欺骗了的阁下们的踏脚台"、"撒弥天大谎，不堪回首"等口号。政府当局似乎也无力掩盖残废军人问题。

另外，政府当局今后还会禁止销售"令××的××丧失了××之念"的出版物。"××之念"和恋爱同样，不可建立在虚伪之上。所谓虚伪，即过去的真理，类似现今已不通用的旧藩纸币。政府当局一面强令贯彻虚伪，一面喊着不可失掉"××之念"。这与

---

① 即1922年3月16日的《东京日日新闻》。

把旧藩纸币摆在人家面前，硬要兑换成金币，在性质上没有什么两样。

幼稚可笑的是政府当局。

四　生发剂

文艺与阶级问题之间的关系，近似于头和生发剂的关系。如果满头浓发，未必有涂生发剂的必要；如果已经秃顶，恐怕再涂生发剂也无济于事吧？

五　艺术至上主义

达到艺术至上主义的极致者，是福楼拜。用他自己的话说，即"神显现于万物的创造之中，却不让人看见他的身影。艺术家对待创作的态度，亦理当如斯。"因此，《包法利夫人》尽管拓展出一个小宇宙，却未及于我们的情意。

艺术至上主义——至少小说领域里的艺术至上主义，确实令人易打哈欠。

六　全不舍弃

某氏专戴高级帽子。有人这样说："他只要没有那帽子就好了。"不过除去那顶帽子，某氏衣着便失去了潇洒，只有寒酸的外貌蔓延至整个身心。

说某氏的小说是感伤主义啦，说某氏的戏剧富于理智性啦，如此观点都和上述帽子问题如出一辙。专戴高级帽子的人，与其想方设法摘去帽子，不如努力将上衣、裤子、外套统统高级化。创作感伤主义小说的作者，与其压抑感情，不如设法激活自己的理智。

这并非仅是艺术范围内的问题。人生诸事亦系如斯。没听说哪个单为克服五欲而煞费心力的和尚最终成了高僧。已成为高僧者，平时皆能克服五欲，此外还怀有其他热情。就连云照[①]耳闻和尚"罗切"[②]一语时，不也是向弟子们教诲道："男根理当隆隆"吗?!

我们内部世界存在的一切，必须进一步伸而展之。这是天赐我们唯一的成佛之路。

七　赤西蛎太

某时，我与志贺直哉的热心读者谈论过志贺的小说《赤西蛎太的恋爱》。当时，我说："那篇小说里人名叫'海螺'啦，'鳟次郎'啦，'安甲'什么的，大都与鱼贝之类相关。由此可见，志贺氏并非没有幽默倾向。"客人讶然，说道："可真是么回事。迄今为止我对此却毫无察觉。"这位酷爱志贺作品的读者，《赤西蛎太的恋爱》情节记得远比我清晰。

那位读者绝非浅薄之辈，学问、人格兼备，毋宁说是一个稀有的文艺通。他对上述事实亦不曾察觉。这大概是志贺的作品类型所致。总之，或许是某种类型不知不觉地留存于那位读者的头脑之中，思路受到束缚。这种现象并不局限于那位读者，我们也须留意。

[①]　云照（1827—1909），日本真言宗和尚，在明治维新后兴起的"废佛毁释"运动中，他力主复兴佛教。
[②]　"罗"指"摩罗"，其意，一为魔障，一为僧侣暗语"阴茎"。"罗切"意即：为绝淫欲而阉割。

八　钓名文人

历来作家出书之后，为了博得好评，利用报刊登载评论的事，屡见不鲜。其中有的作家岂止是亲自推敲，竟然还以适当的伪名，亲自撰写评论，自吹自擂。

罗什弗科尔特是著名的《格言录》作家。不过根据圣伯夫的文章来看，罗什弗科尔特对《学者日报》上有关自己的评论，也亲自做过修改。《学者日报》是当时发行的唯一报纸，书评就刊于一六六五年三月九日。可见作家利用评论沽名钓誉的历史，源远流长。我一边思索着罗什弗科尔特的格言，一边读着自己写的这篇文章，不由得发出苦笑。由此想来，日本文坛是新开垦的土地，恶习尚少。纵然有"卖笑评论"、"同伙吹捧评论"之类，毕竟毒害有限。

顺便提及，为罗什弗科尔特撰写《书评》的，是德·萨伯雷夫人，被评论的书是罗什弗科尔特的《格言录》。

九　历史小说

既然称作"历史小说"，便须多少忠实于一个时代的风俗与人情。当然也应当有仅以某一时代特色尤其仅以道德特色为主题的作品。譬如日本的王朝时代，人们对男女关系的认识就和现代相异甚显。而作者自身宛如和泉式部的朋友，平心静气地将其表达出来，这种"历史小说"在古今对照过程中，则自然能提供某种暗示。梅里美作品里的伊扎贝拉具有如此性质。法朗士笔下的皮拉特亦不例外。

然而，日本"历史小说"中，尚未见此等作品。日本"历史小说"里古人今人大抵心灵相通。从某种意义讲，日本的"历史小说"抓住了人性亮点，写得简洁明快。在少年天才之中，可有上述别具新意者？

十　世人

据西方杂志记载，一九二一年九月法朗士的塑像在巴黎落成。在塑像揭幕仪式上，法朗士亲自做了演说。近日读到此则报导，发现了其中如下一节文字："我知晓人生，并非与人接触的结果，而是与书接触的结果。"然而，世人即便亲近了书籍，或恐还是无法知晓人生。

雷诺阿说过这样一句话："想学画，你去美术馆。"不过世人或作如是说："与其观赏古代名画，不如向自然学习。"

世人总是如此。

十一　蹈火的修行者①

社会主义不属是非曲直范畴里的问题，它只是一种必然。面对这种必然而不感到是必然的人，我恰如观看蹈火的修行者，惊叹之感不能自持。譬如那个《过激思想取缔法案》②，恰是一个很好的实例。

---

① 蹈火是佛教中的修行方法，修行者边念咒，边跣足从炽旺炭火上踏过。
② 正确名称是《过激社会运动取缔法案》。

十二　俊宽

除了《平家物语》或《源平盛衰记》，尝试做俊宽新论的作品，并非始于现代。近松门左卫门笔下的俊宽，即为显例之一。

近松作品中的俊宽一直滞留鬼界岛，那是俊宽自己的意志。丹左卫门尉基康给俊宽、成经、康赖三人带来了赦免令。然而唯有已为成经之妻的荒岛女子千鸟却未获准登船。其实，正使基康允许千鸟上船，而副使妹尾太郎反对。此时俊宽得知妻子已死，为了让千鸟乘船离岛，他杀死了副使妹尾太郎，并说："我犯下斩上使之罪，再度成为鬼界岛上的被流放者，乃天皇之慈悲，上使绝无过。"英雄俊宽一面劝成经、康赖登船，一面又从容地说："俊宽乘的是弘誓之舟，对浮世之舟并无奢望。"

我和久米正雄曾一同观看了俊宽的这出戏。已故的市川段四郎饰俊宽，歌右卫门饰千鸟，市村羽左卫门饰基康。其余的我记不清了。俊宽乘船之类的台词，强烈地感动了久米正雄。

近松笔下的俊宽远比《源平盛衰记》里的俊宽伟大。毋庸置疑，目送行船离去之时，俊宽肯定悲叹不已。从此以后，近松笔下的俊宽可能是平平静静安度余生。至少不像《源平盛衰记》里的俊宽，临终是那样的悲凉。单求能给人以那样一种感受，进而写出"不再受苦的俊宽"。此可谓近松的夙愿。

不过近松力求的目标，并不仅仅止于写出"不再受苦的俊宽"。他的俊宽是《平家女护岛》中的登场人物之一。而仓田百三和菊池宽两人笔下的俊宽，唯以俊宽为主题。流放鬼界岛的俊宽有怎样的活法？又有怎样死法？——这是仓田和菊池二人思考的问题。尤其是菊池，前述问题可以换成以下形式，即："当我们像俊宽一样面对被流放荒岛的境遇时，将如何生活？"

近松与仓田、菊池两人的艺术立场相异，不妨说，通过《源平盛衰记》的情节改编侧重点，即可窥其一斑。近松为了塑造俊宽形象，甚至对作为俊宽悲剧关键的赦免令内容都做了改动。当然，在不拘泥《源平盛衰记》的原有情节这一点，仓田、菊池两人并不逊色于近松。但两人没像近松那样改动赦免令内容。既然是在现有条件下对俊宽试做解释，唯赦免令必须照旧保留。

就《源平盛衰记》原有情节的改动而言，正像仓田、菊池两人与近松相异一样，仓田与菊池之间也存在艺术立场之异。两人的这种相异，或许也表现在《源平盛衰记》原有情节的各自改编侧重点上。仓田氏让俊宽的女儿死去，菊池则把俊宽的流放地由不毛之岛改为丰饶的土地。两人笔下的俊宽如斯，大概分别为了便于写出"受苦的俊宽"与"不受苦的俊宽"。在这一点上，我笔下的俊宽①是追寻菊池的俊宽之踪迹。不过菊池的俊宽，毋宁说找到了满足外部生活的原因，而我笔下的俊宽未必局限于此。

正像谣曲和净琉璃中表现的那样，俊宽被遗弃在不毛之地的孤岛上，却能活得悠闲自得。伟大的俊宽，呼之欲出。但是要抓住这条大鱼，对现在的我来说，力所不能及。

附记：出现在《源平盛衰记》里的俊宽是富于机智的思想家。他以鹤为妻，是个好色之人。这一点，我笔下的《俊宽》尤其忠实于《源平盛衰记》的情节。另外，俊宽作和歌的水平，与康赖与成经相形见绌。俊宽似乎虽长于议论，但不具备诗人气质。这一点，我也是坚持忠实于《源平盛衰记》的态度。还有，《源平盛衰记》里的鬼界岛纵然不是塔希提②，但也未必净是岩石。如果把都市人对边鄙的恐惧与厌嫌从《源平盛衰记》的鬼界岛中清扫出去，

---

① 指芥川发表在《中央公论》上的小说《俊宽》。
② 南太平洋中部法属岛屿，以土地肥沃著称。后印象派画家高更曾逗留此岛。创作出名画《红花与乳房》、《我们来自何处》等。

那么鬼界岛或许会意外地像《古风土记》里可爱的海岛。

十三　汉字与假名[①]

据说汉字的特征,除了表现在汉字的字义方面,还表现在汉字字形能令人产生美丑感。不言而喻,假名在使用上不过是一种标音文字而已。然而就像假名"か"读作"加"[②]那样,假名的祖先皆为汉字。不仅如此,由于日文里同时使用假名与汉字,假名自然也和汉字一样,字形易含美丑之感。譬如"い",容易给人以安定稳妥之感,"り"则容易给人以相当尖锐之感。

这是一种可能性,事实又如何呢?

实际上,我时常过于在乎平假名的字形。比如"て",我尽量避而不用。特别是"何何して何何"[③]这种连接下一句的表达形式,是我的一个禁忌。尽管如此,当以"何何してゐる"[④]的形式断句时,我又觉得这构不成心理负担。仅次于"て"字的,是"く"字。这个字活像一根弯钉,缺乏坚不可摧的力量以承受上文的重量。与平假名的"て"字、"く"字相比,倒是片假名的"テ"字和"ク"字显得沉稳。这或许说明片假名是比平假名进步的标音文字,又或许说明我用惯了平假名,因而对片假名的感觉迟钝。

---

① 即日文字母,分楷书体"片假名"与草书体"平假名"。
② "か"源自汉字"加"的草书体。
③ 意即:"做某事之后又如此这般……"
④ 意即:"正在做某事"。

十四　希腊时代末期的人

最近，从埃及的沙漠里，从赫库兰尼姆①的熔岩中，发现了希腊人写的东西。时代大约在公元前三五〇年至公元前一五〇年前后。换言之，即由雅典时代向罗马时代过渡的中间时代。被发现的希腊人写的东西，种类包括论文、诗歌、喜剧、演说草稿、书信，此外，可能还有其他文献。作者群中，有的作者仅有少量作品已为世人所知，有的作者仅留名后世，当然，有的作者连名字也没流传下来。

总而言之，读着这些译成了现代语言的断简零墨，无一不是我们熟悉的思想。譬如，伊壁鸠鲁学派哲学家 Polystratus（波留斯特拉徒斯）云："为了超脱一切虚伪和心灵劳苦，使人生自由，必须熟谙万物生成之大法。"我将信将疑，想起"犬儒学派"哲学家 Cercidas（塞尔西达斯）大为愤慨地说：

> 浪荡公子和守财奴都富有金银，唯我贫窭，这有悖常理！……正义像土豚②一样盲目吗？Themis（正义女神）的光明被遮掩住了吗？

接着，他又披露了自己豪壮的信念："既然如此，由它去吧！我愿以救病弱济贫窭为己任！"此外，据传，比塞尔西达斯早去世三十余年的 Colophon（克罗芬）的诗人 Phoenix（弗欧埃尼克斯），作过充满讽刺意味的诗：

---

① 意大利古代都市，公元 79 年维苏威火山大爆发，赫库兰尼姆与庞贝、斯塔比奥一起，被熔岩淹没。
② 分布在非洲草原上的一种食蚁兽，夜行动物，形似猪，体长 90 至 120 厘米。

> 富人朋友多多，
> 有钱上帝必爱你。
> 万一家徒四壁，
> 娘亲也恨你。

最后，Enoande（伊诺安德①）的 Diogenes（第欧根尼）说出了拯救人生之途：

> 据我所见，人类在百般无用之事中品嚼着百般苦楚。……我已老迈年高，生命的太阳将要坠落。我只能说出我的拯救人生之途：天下人都在交换虚伪，宛如一群病羊。

这种思想似乎普遍存在于任何时代和任何国家。由此看来，人种的进步好似普遍存在蛞蝓的蠕动。

十五　比喻

遥远的西洋文人苦于隐喻或明喻。我们生长在世事艰难的现代日本。不要说没有西洋文人品嚼的那般辛劳，一言以蔽之，就连撰写确当传意文章的绰余时间都没有。但是偶见西洋人的美妙比喻，喜爱之情永留我们心中。

> 茨因嘎雷拉的脸被脂粉搞得很粗糙，可是那脸皮下面，却像薄冰下的流水一样，隐约透露出某种韵致。

---

① 古代叙利亚的一个街市。

这是 Wassermann（瓦塞尔曼①）描写的妓女茨因嘎雷拉的肖像。我的译文肯定是拙涩的，但是从前 Guya（居伊②）描绘的温柔妓女的面影，却好像清晰地显露于原文之中。

十六　告白

"进一步实写自己的生活！更大胆地告白！"这是各位③屡次三番的规劝。我也并非不想告白，我的小说或多或少正是我自身体验的告白，只是各位不知道。各位劝导我的意图，是想让我以自己为主人公，恬不知耻地描写我身上发生的故事。当然，卷尾一览表里还必须列出身为主人公的我，以及作品登场人物的真名实姓与虚构姓名。对于这个要求，我唯有表示拒绝。

首先，把我个人生活的老底全部抖搂出来，给喜好猎奇心的各位观看，令我感到不快。其次，以那种告白为资本来骗取超过实际需要的名利，也令我感到不快。例如，假设我也像小林一茶那样写出《交媾记录》，而且载诸《中央公论》某年某号上。读者皆感趣味盎然；批评家则褒赞："为文坛带来了转机。"朋友们则说："你越来越赤裸化了。"只是这么想一下，浑身都会起鸡皮疙瘩。

斯特林堡但凡有钱，不会抛出《痴人的告白》。即便到了非抛出不行的地步，他也不愿以本国语版印行。我们到了快吃不上饭的时候，或许也要采取某种生活手段。到那时再说那时的话，眼下穷有穷的活法，总还能暂且俭朴度命。再者，纵令身体多病，精神状态还基本正常，尚未出现受虐狂症候。所以，有谁愿意历尽苦辛将非常羞耻之事写进"告白小说"中？！

---

① 瓦塞尔曼（1873—1934），德国小说家。
② G. Constantin Guya（1805—1892），法国画家。
③ 指写"告白小说"的自然主义作家们。

十七　卓别林

被称为"社会主义者"的人,不管你是不是布尔什维克,似乎全被视为危险人物。特别是最近的大地震之后,据说这一理念作祟于各种各样的事象之中。不过,要论社会主义者,卓别林也是一个社会主义者。如果迫害社会主义者,自然也必须迫害卓别林。你想象一下假设卓别林被某宪兵大尉杀害之后的结果,想象一下卓别林正迈着罗圈腿走步之时被屠刀捅死的场面。如果是一个在银幕上见过一次卓别林的人目睹这种惨杀场面,他大概必然义愤填膺。诸君只要将这种义愤落实到现实中,——归根结底,诸君必定分别成为黑名单上的一员。

十八　玩耍

这是福田雅之助[①]君发表在《周日每日》上的《最近美国的网球界》一文中的一段话:

"提尔敦[②]截断手指之后,反倒成了卓越的赢家。为什么截断手指后技艺较以前大有长进呢?原因之一,提尔敦开始全神贯注了。他这人非常爱作秀,像演戏似的装模作样,本来稳操胜券的比赛,他也不想立即获胜,总要玩耍似的先陪对方打上一阵子。今年因'手指'造成不利因素,比赛一开始便紧张应对,所以就更加强悍……"

提尔敦截断了握球拍的手指之后,球艺进一步提高了,他真是

[①]　福田雅之助(1897—1974),日本网球运动员。
[②]　提尔敦(1893—1953),美国著名网球运动员。

一位伟大的选手。截断手指，他心满意足了，然而以前那种愚弄对方、富于"玩耍"精神的他，未必就不伟大。哎，我想，提尔敦自己也会时常在心底怀恋那种富于"玩耍"精神的往昔。

十九　尘世的烦忧

我也和大多数鬻文为业者一样，过着匆忙的生活。学习也很难随心所愿。两三年前就想阅读的书，结果至今尚未如愿。我还认为，这种烦忧为日本所独有。近日，偶读古尔蒙的作品，知悉他到了晚年还每日为报纸《拉·法兰西》撰写一篇论文，每隔一周为文艺杂志《法兰西信使》写一篇对话。由此看来，出生在尊重艺术的法兰西的文学家，甚乏清闲。而出生在日本的我们，不应牢骚满腹。

二十　布拉斯科·伊巴涅斯[①]

据传闻，布拉斯科·伊巴涅斯氏也来过日本。但滞留时间短暂，大概只是走马观花看看而已。有一本畅销的伊巴涅斯评传，即 Camille Pitollet（卡米雷·皮特雷）著 V. Blasco Ibáñez, Ses romans et le roman de sa vie（《布拉斯科·伊巴涅斯的作品及其生涯》）。话虽这么说，可我并没读过，我只是在两三年前的西文杂志上，读过该作的简介。

"我写小说，源于小说创作的内心冲动。……我的青年时代是在监狱中度过的。我至少三十次身陷缧绁。我曾是被判了刑的囚犯，我三番五次因决斗身负重伤，我体尝过最大的肉体痛苦，我曾

---

①　V. Blasco Ibáñez（1867—1928），西班牙小说家。

跌入贫窭的谷底。而与此同时，我也曾当选过众议院议员，我也曾是土耳其皇帝苏丹的朋友，我住过宫殿。我也是管理过巨额资金的实业家，我在美国建了一个村庄。我说这些话，为了说明我的小说的土壤是生活，为了说明现实生活远比用纸和墨水写出的东西更巧妙。"

据说这段话是皮特雷著述中伊巴涅斯的一段话。不过读完之后，我的感觉也不像文豪伊巴涅斯自述的那样，认为小说必须建立在现实生活之上。我的感觉只是，他为自己小说做了一个广告。

二十一　船长

我赴上海途中，曾与"筑后丸"船长交谈。话题净是"政友会"的蛮横无理或者劳合·乔治①的"正义"等。谈话间，船长看着我的名片，赞许似的略微歪着头。

"芥川这个名字很少见呀。啊，大阪每日新闻社，——您的专业也是政治经济吗？"船长问。

我随声附和地应了一声。

过了一会儿，我们又开始谈及布尔什维克什么的。我恰好引用了当月《中央公论》上某人的一篇论文。碰巧，船长从来不读《中央公论》。

"我总觉得《中央公论》还可以，但是……"船长又感厌恶似的说下去："小说登得太多。终于没兴致购读了。不能停止刊登小说吗？"

我尽量不露声色地附和说："是呀！小说真叫人头疼。没有小说该多好。"从那以后，我好像格外博得了船长的信任。

---

① 劳合·乔治（1863—1945），英国政治家，英国首相（1916—1922）。

二十二　相扑

与谢芜村就相扑作名句云：

負けまじき相撲を寝ものがたりかな
（夫妻枕边一番议，却话相扑输家事）

关于"負けまじき"的解释，其异说多得出奇。依照《芜村俳句集讲义》的解释，高滨虚子、河东碧梧桐两人，最近外加木村架空都认为，"負けまじき"在时态上意味着未来时。所以这首俳句可解释为："明日的相扑比赛绝不可输，这绝不可输的相扑比赛成了夫妻枕边的话题。"很早以前，我就认为"負けまじき"可解释为过去时，现在我仍然将其解释为过去时。于是对这首俳句我做如下解释："今日绝不可输的相扑比赛却输了，把这场输了的相扑比赛，认真地作为夫妻枕边话题。"倘若"負けまじき"意味着未来时，那么芜村肯定不会在铺垫下"負けまじき"这"上五音"后，续之以格调松缓的"寝ものがたりかな"①。

这不是语法方面的问题，而属于如何感受"負けまじき"一词的艺术性感触问题。即便在《芜村俳句集讲义》之中，正冈子规和内藤鸣雪也将"負けまじき"解释为过去时。

---

① "寝ものがたり"日语亦写作"寝物语"，意即"有夫妻关系的男女之间的枕边之言"；"かな"系日语的终助词。

二十三　"とても"①

"とても安い"或"とても寒い"②里的"とても"变成了东京话，这是几年前的事。当然，此言并不意味着此前东京话里根本没有"とても"这个词。以前东京话里"とても"的习惯用法，类似"とてもかなはない""とても纏まらない"③等，"とても"必须后接否定词。

"とても"后接肯定词，这种用法的流行，大概始于三河国④一带的方言。其实，三河国人使用"とても"的例子，已留在元禄四年（1691）付梓的《猿蓑》之中：

秋風やとても芒はうごくはず。——三河国人子尹
（秋风阵阵吹，芒草自摇曳）

如此看来，"とても"由三河国传入江户，时间花费了二百余年。对此，只能说"とても手間どつた。"（太费时间了）

二十四　猫

以下是《言海》里对猫一词的解释。

---

① "とても"是日语副词，意思是：一，无论如何也……、怎么也……；二，非常、很、极、太；三，归根结底、当然。
② 前者意为"很便宜"；后者意为"很冷"。
③ 前者意为"无论如何也受不了"；后者意为"怎么也没整理好"。
④ 旧国名，今日本爱知县东部。

猫，（中略）畜养于人家之小兽，为人所熟知。温柔易驯，又能捕鼠。故畜之，然有盗窃之性。形似虎，长不足二尺。（下略）

诚然，猫肯定会偷吃食案上的生鱼片之类，但若将如此行为界定为猫"有盗窃之性"，那么据此推论，说狗有扰乱风俗之性，飞燕有侵入民宅之性，蛇有威胁之性，蝴蝶有放浪之性，鲨鱼有杀人之性，皆有其道理。据查，《言海》的著者大槻文彦先生至少是一位对鸟兽鱼贝具有诽谤之性的老学者。

二十五　每版印数

日本的每版印数一塌糊涂。据传言，好像有一个相当规模的出版业主，为了向内务省呈上两册样书，一版仅印了两册。纵令这一传言不实，就目前这样一塌糊涂的现状看，天下读者以第五十版或第一百版的广告宣传为基准掏钱买书，无异于受到愚弄。

不过听说法国出版界的每版印数也是极不可靠的。譬如左拉晚年的小说，出版社宣称一版印刷了二百部。如此做法实属恶习。小说并非香水或夫人用的小手提包，必须依靠进口。法兰西信使出版社有时在出版书籍上依次标明第几册。如此做法实难效仿，但一版印数定下之后，理应向读者如实公布。理所当然，这也是日本出版业工会应当极力实现的目标。如此显而易见的事情，聪明的出版业工会的诸君想必早有所知。虽然如此，却不标明，其原因恐在于眼前悬有这样一条训诫："欲得佳作，须选每版印数少者！"

二十六　家

早川孝太郎氏在《三州横山话》的卷末载有几首咒歌。
防盗咒歌：

>　　我要睡了要睡觉，
>　　木橡啊檩柁啊，
>　　我向您拜托又祷告：
>　　要是行窃来宵小，
>　　快把梦中我来叫。

防火咒歌：

>　　霜柱冰柁加雪檩，
>　　雨橡覆草被露浸。

由这两首咒歌里，我们都好似看见了由"家"中感受生命的古人面影。这种感情很早以前就从我们的心中死亡了。比我们晚出生的人纵然读了这种咒歌，大概也是无动于衷。或者说即便住进租来的钢筋混凝土房间里的人，这些咒歌或恐也会令他们联想到梦幻般分布于山麓的茅屋顶。

还有，于兹顺便做一次广告。早川的《三州横山话》也许是继柳田国男的《远野物语》之后最有趣的民间传说集，由小石川区茗荷谷町五十二番地的乡土研究社出版发行，定价仅七十分。但需要说明的是，我与早川氏素不相识，广告亦非受人之托。

附记：据闻，四五十年前，东京有过这样一首歌：

我要睡了要睡觉，
　　橡檩地板都听好，
　　明晨六时把我叫。

二十七　续"とても"

"とても"后接肯定词，这不是东京话。东京人关于"とても"的传统用法是像"とても及ばない"① 那样，后接否定词。迩来，后接肯定词的"とても"盛行起来。例如："とても綺麗だ""とてもうまい"② 等等。"とても"后接肯定词的例子出现于《猿蓑》之中，此事我已在《澄江堂杂记》（收入随笔集《百草》）中做过阐述。其后受到岛木赤彦先生的提醒，我察觉到这个"とても"的词义是"とてもかくても"③ 的"とても"。

　　　秋風やとても芒はうごくはず。——三河国人子尹
　　（秋风阵阵吹，芒草自摇曳）

最近杂读之间，在《续春夏秋冬》里的"春"的章节中又发现了如下的"とても"实例：

　　　市雛やとても数ある顔貌。——化羊
　　（偶人大展销，千姿百态娇）

---

① 意即："怎么也赶不上。"
② 前者意为："非常漂亮。"后者意："非常好吃。"
③ 意为："总而言之。"

元禄时代的子尹,如其标注,系三河国人;明治时代的化羊,是哪国人呢?

二十八　关于内藤丈草

松尾芭蕉门内龙多虎众自不待言,但是若论谁最正确地传承了芭蕉衣钵,恐怕要数内藤丈草。至少在芭蕉的众门生中,就"发句"而言,没有谁能像内藤丈草那样独辟蹊径,捕捉到了芭蕉的"枯寂美"。迩来,读了野田别天楼编辑的《丈草集》,此感殊深。

　　　　序言从略
木枕渍油垢,伊吹①蒙残雪。

大原孤蝶飞,朦胧月如梦。

山风抚青田,远客访茅庵。

身旁稳立小屏风,山村凉意飘腹上。

闪电阵阵晃,诱出灯蛾来。

流萤出浅草,双翅发微声。

头靠漆木枕,描出鸡冠花。

---

① 伊吹即横亘于滋贺与岐阜两县之间的伊吹山,海拔1377米。

病人伴钟锤，睡在寒夜中。

　　蜻蜓飞来时，追捕笠中蝇。

　　风雨到黎明，天幕露二星。

　　炉中柴桦燃正旺，清晨火苗五六尺。

这些俳句深得"枯寂美"之妙。不仅如此，每一首都富于变化，显示出作者的实力。我认为，高井几董之辈嗤笑内藤丈草，实乃放肆过甚。

二十九　袈裟与盛远

我的独白体小说《袈裟与盛远》发表在《中央公论》四月号上。一个大阪人给我发来一信，内容如下：

　　袈裟是一位烈女。迫于对丈夫亘的道义和对盛远的情感，为了保持贞操，她决心赴死。你却把这样的烈女改写成与盛远有过床笫之欢。这种改写对烈女袈裟是残酷的。从国民教育方面讲，也会招致不良结果。我是为了你好。我觉得这种写法不可取。

我即刻作复，说明袈裟与盛远之间的床笫之欢并非我的创作。《源平盛衰记》里的"文觉立志"一段明确记述："盛远来得很早，与女人同床共枕，夜渐深沉云云。"

不知出于何种意图，社会上普遍无视这一史实，似乎把可怜的女主人公广泛宣传成一个超人的烈女。由此可以看出，随心所欲篡改史实之罪，不在写了小说《袈裟与盛远》的我，毋宁说倒是在非难我这篇小说的资产阶级人士。我不晓得篡改史实或者不篡改史实，是否属于事关重大的问题，我只是借此机会将事实披露出来。不言而喻，倘若出现一个考证家断言《源平盛衰记》中记载的事实纯属谎言，那么，无论何时身上被打下"篡改者"烙印，我都心悦诚服。

三十　后世

我并不等待百代之后的知己。

公众的批评常常偏离正鹄。现在的公众自不待言。历史已经告诉我们，纵然伯里克利①时代的雅典市民，也与理想公众何等寡缘。既然今日与昨日的公众如斯，由此推论，即便明日的公众批评，不亦是可想而知吗?! 遗憾的是，我不得不怀疑百代之后的公众能否将黄沙与黄金辨别开来。

那好，纵令有了理想公众，艺术世界里果真就会存在绝对之美吗？我的今日眼光，仅仅是我的今日眼光，而绝非我的明日眼光。同时我的眼光毕竟是日本人的眼光，而非西洋人的眼光。这是千真万确的事实。既然如此，我怎能相信存在超越时间地点的美呢?! 诚然，但丁笔下的地狱之火，至今或许仍具有使东方竖子战栗的力量。然而十四世纪的意大利不正宛似云雾，缕缕缭绕在地狱之火与我们之间吗?!

毫无疑问，我乃一介寻常文人。我无法做到按后代批评亦无错

---

① 伯里克利（约公元前495—前429），古代雅典政治家，他当政期间，雅典民主政治达到极盛，经济与文化高度繁荣。

讹，也无法为了普遍之美的存在而书藏名山。显而易见，我不等待百代之后的知己。

我时常想象二十年后、五十年后、甚至百年之后，那个时代到来时，谁会知道我的存在？那时我的作品集埋在灰尘堆里，摆在神田一带旧书店的书架上，空茫地等待读者吧？不，或恐某处图书馆里仅剩下一册，还成了蛀虫的食饵，被咬得破碎不堪，连字迹也辨认不清。不过——

我想到其他的可能性。

不过，某人偶然发现了我的作品集，阅读其中的一篇或一篇中的几行，这等事真的就不会有吗？我再抱点利己的奢望，即作品集中的一篇也好，几行也罢，令我那陌生的未来读者或多或少做点儿美梦，这等事真的就不会有吗？我并不等待百代之后的知己。所以，我知道我的如此想象与我的信念是如何地互相矛盾。

然而，我仍要想象。我想象着落寞的百代之后，有位读者手捧我的作品集。想象着那位读者心中朦胧地浮现出我的《海市蜃楼》。

我心里清楚，有贤士在嗤笑我的愚蒙。不过就自己哂笑己之愚蒙这一点论，我绝不想落于他人之后。只是我一边哂笑自己的愚蒙，一边又对其恋恋不舍。我不由得怜恤起自己的窝囊无志。或者说，我也不由得怜恤起和我一样窝囊无志的普通人。

三十一　古昔

我的作品中，写古昔之事的较多。故而有人约稿，让我谈谈处理历史题材时的态度。"态度"之类的词语，听起来甚显言过其实，我绝没有那样了不起的见解。我写历史题材时，以何种眼光看待古昔？换言之，在我的作品里，古昔起到了什么作用？我想谈谈此类问题。此等言谈中没有什么高论，请读者心中有数，听我道来。

读神话故事，日本故事总是这样开头："古昔"或者"距今很早很早以前"。西洋的神话故事却是这样开头："在动物还会说话的时候"或"在皮带能够纺线的时候"。原因何在？故事为何不可从"现在"讲起呢？"古昔"作为前提，旨在为正文里发生的所有事件提供某种可能性，那些事件全都不可思议。鉴于此，在神话故事的作者看来，舞台设在"现在"是不合适的。当然不是说舞台设在"现在"绝对不行，只是相对而言，莫如设在"古昔"写起来更加方便。说到"古昔"，那是太古缅邈的时代，纵然世间居住着小指般大小的"一寸法师"，纵然从竹节里生出了美女赫夜姬，人们也不会心生特别的矛盾之感。故而故事的开头总是有"古昔"的字样。

如果说这就是"古昔"的起源，那么我从"古昔"中采集题材，多半出自与此"古昔"相同的需要。比方说，我现在捕捉到一个主题，将之形诸小说，为了最有力地艺术性地表现主题，需要一个离奇的事件。唯其离奇，难以将之作为当代日本发生的事件来记述。若勉强为之，多数场合会令读者萌生不自然之感。其结果导致连好难得的主题也被搞得价值暴跌。为排除这个困难，正像前述离奇的事件"难以将之作为当代日本发生的事件来记述"一语所示，只能或者求助于"古昔"（求助于"未来"的很少）发生的事件，或者求助于异国发生的事件，或者求助于古昔日本以外的土地上发生的事件。我从"古昔"中采集题材写成的小说，大致迫于如此需要，为了避开"不自然"的障碍，把作品的舞台置于"古昔"。

然而，与神话故事不同，小说须遵守小说规则，毕竟不能只写"古昔"就可完事大吉。小说大体上要受时代限制，为了使小说自然合理，作者须或多或少涉及特定时代的社会状态。如此看来，所谓"历史小说"，其目的不在于某种意义上再现"往昔"。大致说来，或许从这一点上我们可以窥见小说与神话故事的区别。

顺便补充说明一下。由于上述原因，纵然将古昔之事形诸小说，我也并不憧憬那古昔之事。我认为，出生在当代日本，远比出生在平安王朝或江户时代更加值得庆幸。

再补述一点。我说过，为了表现主题需要一个离奇的事件。我想，此外的另一个必要因素就是我（我愿意说"我们"）对离奇的事物颇感兴趣。与此同理，须将离奇的事件描写得自然合理，选择了"古昔"。除此之外，"古昔"本身之美亦具有相当的影响力。

然而我的作品里"古昔"发挥的主要作用，依旧是"在皮带能够纺线的时候"，或者是"在动物还会说话的时候"。

三十二　德川时代末期的文艺

人云：德川时代末期的文艺缺乏严肃性。诚然，或许真的如此。我怀疑那些文艺的作者究竟是否通晓人生。他们是谙达世情之人，心中真的就不明晓人生如何暗淡吗？他们难道不是为了回避事实（即便无意识地回避也罢）才谐谑不已吗？我们可以了解一下他们中间的某一人。譬如，可以读宫武外骨①笔下的山东京传②。他明明处于那种境遇之中却没察觉人生之暗淡，真是不可理解。

我认为，如此现象不仅仅出现在"黄表纸"与"洒落本"的

---

① 宫武外骨（1867—1955），日本历史学家，因针砭时弊，迭招笔祸，著有《笔祸史》等书。
② 山东京传（1781—1816），江户时代末期的"黄表纸"和"洒落本"的著名作者。

作者身上，就连曲亭马琴①也不相信他自己提出的"劝善惩恶主义"。马琴或许曾力求相信"劝善惩恶主义"。根据飨庭篁村编《马琴日记抄》，马琴不会没察觉到自己心中的矛盾。我记得森鸥外先生确实在《马琴日记抄》跋中写道："马琴啊，你是幸福的。你还能信赖先王之道。"然而我觉得马琴亦未相信先王之道。

若从谎言的角度讲，他们的作品一派谎言。可以说，他们是自欺欺世。但他们作品里还残留着他们对善对美的欣喜追求。尤其是他们生活的时代，宛如法国洛可可王朝，现实生活的每一个角落都充满了审美意识。因此从美学角度讲，充溢他们作品中的空气是多么美好（当然多少带有颓废意味）啊！

我不太崇尚"江户趣味"。同时，对他们的作品亦不敢恭维。不过简单地把他们的作品归于"浅薄"的名下，对其付之一哂而去，又未免太残酷了。若认为他们的"玩笑"之作是"严肃认真"的，那么"黄表纸"与"洒落本"中也包含着许多社会与人生问题。我们既不能赞同酷爱他们作品的人，也不能轻率地赞同对他们的作品付之一哂的人。

大正七年（1918）—大正十三年（1924）

---

① 曲亭马琴（1767—1848），山东京传的弟子，长于"读本"创作，"劝善惩恶"是其中心理念，代表作是"读本"《南总里见八犬传》。

续澄江堂杂记

刘立善译

一 夏目先生的字

时常有人让我鉴定夏目先生的字。凭我的眼光,其实无法对夏目先生的字做出明确的鉴定。不过若明显是赝品,自会露出真相。我近日遇到一把扇子,它虽属赝品却绝不能认定其为赝品。诚然,写在扇面上的俳句后附"漱石"一名,但它确非夏目先生的字。从俳句风格或字体上看,题字者确也不是为了制造夏目先生的赝品而写就。这位"漱石"何许人也?太白堂三世村田桃邻最初的名字也叫"漱石"。但是我看的那把扇子,没有那么古旧。这把扇子非赝品却被称作赝品,我觉得扇面的题字者非常可怜。顺便说一句,近年来夏目先生的字,赝品似乎明显增多。(一九二五年十月二十日)

二 秋霜到来之前

每天望着庭院,觉得苔藓最美的时节是秋霜到来之前,大致在整整一个十月。然后在秋霜到来之前,"光叶石楠"或"厚皮香"发出红艳艳嫩芽时的姿容。这种姿容与其说是美,莫如说是"物哀"之极致。(一九二五年十一月十日)

三　澄江堂

有人问我为何以"澄江堂"为号。其实没有什么特别的讲究，只是某时漫不经意地自号"澄江堂"而已。一次佐佐木茂索君问我："您是否看上了名叫'澄江'的艺妓？"当然亦非这个原因。我时常自忖：若除了真名之外停止乱起无用的名，那就好了。（十一月十二日）

四　雅号

雅号毕竟与作品一样，展示人的个性。菱田春草①的少年时代以"骏走"为雅号。少年时代的春草真的就策骏奔驰了吗？说到这里，我又想起了正宗白鸟，他过去似乎曾以"白冢"为雅号。这件事也许我的记忆有误。如果记忆无误，"白冢"这个雅号足以让我们联想到少年时代的正宗。我认为，古代文人们都曾有过几个雅号，未必是出于好奇心，而是顺应情趣的进步自然而然产生出来的。（十一月十二日）

五　席勒的头骨

席勒的遗体自他去世之年——一八〇五年以来，一直被庄重地安葬在魏玛大公爵家的灵庙里。二十年左右过后，重修灵庙时，席勒的头骨赠给了歌德。歌德将旧友的头骨置于案头，作了一首题为

---

① 菱田春草（1874—1911），日本画家。

《席勒》的诗。不唯如此,耶贝尔莱茵[①]还苦心孤诣,创作了半身塑像——《守卫席勒头骨的歌德》。然而赠给歌德的头骨并非席勒的头骨,而是其他某人的头骨。(近年,图特林根大学的解剖学教授终于发现了席勒的头骨。)我读到此则消息,仿佛看见了恶魔的恶作剧。不言自明,歌德对素不相识者的头骨产生了激情,这显得滑稽可笑。但是假设没有那具头骨,至少歌德诗集中会缺少一首诗——《席勒》。(十一月二十日)

六 美人祸

把歌德赶出魏玛宫廷的是弗恩·海根窦尔弗夫人;同时,令叔本华创作了一生一世恋歌的也是弗恩·海根窦尔弗夫人。对歌德抱有反感的女性,似乎仅弗恩·海根窦尔弗夫人一人;而给叔本华以好感的女性,不言而喻,也唯她一人。总之,恼乱了两位天才的女性,不是一个等闲之辈。端量其照片,大眼睛,高鼻梁,的确是个有怪癖的美人。(二十一日)

七 粗心

我当教师的时候,一次忘了系领带还若无其事地走在大街上。幸亏当年的菅忠雄君给我找来了领带。后来我去学校,这次发现讲物理课的一个教官穿衬衣忘了戴上活衣领,领带就挂在没有衣领的衬衣领口上。旁观者看,我俩谁更可笑呢?(二十二日)

[①] 耶贝尔莱茵,德国雕塑家,生卒年不详。

八　同上文

　　我和菊池去长崎的时候，在火车里热烈地谈论文艺。对谈之间，我忽然注意到菊池不知什么时候双手摇晃着一把阳伞。不消说，我提醒了他一句："喂，你怎么回事呀！"菊池苦笑着，把阳伞还给了坐在身旁的一位太太。我立刻由谈论文艺转而攻击菊池心不在焉。此刻，菊池缴枪投降了。然而离开长崎时，我粗心大意，雨衣忘在"上野屋"旅馆。菊池岂能不高兴，他带着晦气感，大笑道："你也再不能夸耀自己心细了吧！"（二十二日）

葬礼记

刘立善译

在侧宅打完了电话,我一边对皱皱巴巴的礼服袖子心怀顾虑,一边来到了正门口。这儿空无一人。我望一眼客厅,夏目漱石的夫人正同一个身穿和式礼服的人交谈,那礼服上印着黑色家徽。客厅与书斋之间,竖立着刚才还立于灵柩后面的白屏风。我心想,这是怎么回事呢?我朝书斋走去,看见和辻哲郎君等两三个人聚集在书斋门口。不言而喻,书斋里人很多。此时,正是与先生遗体最后告别的时刻。

我跟在冈田君后面,等待轮到我上前告别遗容的那一刻。此时天已放亮,玻璃窗外,屋檐附近,立着防霜稻草遮掩着的几株芭蕉。在书斋里通宵守灵,我发现总是这几株芭蕉最先于微明之中浮现出来。我木呆呆地想着这件事,书斋里的人逐渐少了,我走了进去。

我不记得当时书斋里是点着蜡烛还是开着电灯,但可以肯定,不是仅仅依靠户外光线。我怀着一种说不清楚的严肃心情,走进屋去。冈田君致礼过后,我来到了灵柩跟前。

灵柩一侧,站着松根君。他平端着右手,做摇石磨状转动着,大概是向吊丧者示意,致礼之后,依次从灵柩后面绕过,再走出书斋。

灵柩是寝棺,托着灵柩的托台只有三尺高。站在灵柩旁,相距极近,可以俯视棺内,写有"南无阿弥陀佛"字样、裁得很细小的纸片,雪片似的撒在棺内。先生的脸一半埋没纸片中,静静地闭着眼睛。令人觉得宛如蜡造的脸型。脸的轮廓与生前一点不差。但是容颜却有点与生前相异。除了唇色发黑,脸色与生前不同之外,我觉得其他地方亦有差异。我在先生遗体前,几乎是麻木不仁地致礼。我强烈地觉得:"这不是先生。"(开始是这样认为的,实际上并非夸张,到现在我仍一个劲地觉得,先生还活着)我在灵柩前站了两三分钟,按照松根君的示意,把位置让给了下一个人,出了书斋。

然而一到外面,突然我又想瞻仰先生遗容。总觉得好像刚才忘了仔细瞻仰似的。于是,又觉得自己做了一件无法挽回的糊涂事。当时我真想重来一次,又觉得那样做自惭形秽。加之,约略觉得那样做是夸张感情。"已是无可奈何。"我这样想着,再次瞻仰先生遗容的念头只好作罢了。于是,我非常悲伤。

来到外面,松冈君问我:"你仔细瞻仰了吗?""嗯。"我觉得自己的回答是在撒谎,心中闷闷不乐。

到了青山殡仪馆,雾消霭散,阳光已经照在无叶的樱树梢头。从树下仰望,樱树枝条简直像铁丝网一般,细密地罩住了天空。我们走在铺于树下的新席子上,纷纷转过身来说:"仿佛才从梦中醒过来似的。"

殡仪馆像是一座小学校教室与寺庙正殿合为一体的建筑,圆柱和两旁的玻璃窗,非常雅观。殡仪馆正面有一高台,上面摆着三把红漆椅子,与下面排列成行的轻便椅子奇妙地形成对照。

"把这红漆椅子放到书斋里,倒挺有意思的。"我对久米说。

"是呀,对呀。"久米摸着红漆椅子腿,含糊其辞地回答。

出了殡仪馆,进了入口处的休息室。森田草平、铃木三重吉、安倍能成等围在火苗炽旺的火炉旁,有的在读报,有的在唠闲嗑。载诸报端的有关夏目先生的逸闻或国内外人士回忆先生的文章,都是大家唠扯的话题。我吸着和辻君的"朝日牌"香烟,把脚靠在火炉边上,呆滞地看着湿鞋升腾的水蒸气,好像眺望远方的风景。不知何故,我觉得大家的心情仿佛掏出了一个洞穴,叫人空虚得受不了。

少顷,葬礼开始的时刻逼近了。"我们该去报到处了吧?"急性子的赤木桁平君撂下了手中报纸,把"去"的音发得很重。大家鱼贯而出休息室,分赴入口两旁的报到处。松浦嘉一君、江口涣君、冈荣一郎君负责此侧的报到处;和辻哲郎君、赤木珩平君、久米正雄君负责彼侧报到处。此外,朝日新闻社来了两人,两侧各去一人帮忙。

过了一会儿,灵柩车到了。接着,葬礼的普通参加者也相继来到了。望一眼休息室,人影增加了不少,小宫丰隆君和野上丰一郎君也身现其中。有一人把中幅白布垂挂在礼服的上部,像个卖药者,他就是宫崎虎之助①。葬礼马上就要开始了。日前,由于报纸上登载的葬礼仪式时间有误,我估计按时到达的普通参加者必定特少。不料与我的估计完全相反,如果我们的动作慢慢腾腾,往账本上登记参加者住址的时间都不够用。我负责接受各界人士的名片,忙得不可开交。

此时,听见有人说:"死是严肃的。"我感到诧愕。这种场合,我们中间不该有人口吐戏剧性语言。我朝休息室望去,宫崎虎之助坐在椅子上,进行传教性演说。我略感不快。但知道这是宫崎虎之助的特色,也就没太生气。接待处的人好言劝止,好像也没劝住,他一如既往,右手一个劲儿打着手势,宣扬什么"死是严肃的"。

没过多久,宫崎虎之助没动静了。葬礼参加者在接待处的引导下,走进了殡仪馆。大概葬礼的时间到了,报到处几乎没人来了。我们在收拾账本和奠仪,对面报到处的人一个接一个全出来了。走

---

① 宫崎虎之助,新兴宗教家,创立了"自由教团"。

在前头的赤木君不知为什么，不断地发脾气。一听才知道，报到处要求留一人坚持到葬礼结束。看来，赤木君发脾气是理所当然，我也立刻随了大溜。大家关了报到处，进了殡仪馆。

殡仪馆正面高台上面摆的红漆椅子，不知何时只剩下一把。释宗演①老禅僧反向坐在椅上，两侧站立两列和尚，手里拿着各种乐器。尽里头就是灵柩了吧？我只能看见写有"夏目金之助之柩"灵幡的下摆。除了昏暗的光线和点燃的线香缭绕的烟，此外还有什么，我搞不清楚了。只知花圈上的菊花，高高堆叠在殡仪馆里。诵经仪式开始了。

出席这个仪式，我觉得用不着顾虑悲不自禁。如此心情的原因在于葬礼的形式胜过实质，诸事办得过分讲究排场声势。所以，我能平心静气地听释宗演老禅僧秉炬吟咏佛法之语，以致听到松浦君的哭泣之声，我竟然怀疑是谁发出的笑声。

然而随着仪式的逐步进行，当我看到小宫君与伸六君②手持吊辞走向灵柩前时，我突然觉得眼眶里发热。我的左边站着后藤末雄君，右边坐着高中老师村田先生。我若洒泪，总觉得有失体面，但眼泪还是渐渐就要流出来了。我早就知道久米在我的后面，我若朝他那个方向望一眼，也许就没事儿了。——我以这种暧昧的、带有求援意味的心态回视身后，看见了久米的双眼，那眼圈里也噙满了泪水。我终于忍不住哭了起来。我还清楚地记得身旁的后藤君瞅着我，神情讶然。

那以后的诸事具体运行程序，我全都记不清了，只记得久米君抓住我的胳膊肘，告诉我："哎，往那边走。"我擦去泪水睁开眼，发现前方有一个垃圾堆，位置大概在殡仪馆与某家住宅之间。垃圾

---

① 释宗演（1859—1919），禅僧，任圆觉寺和建长寺管长。1894 年 12 月至翌年 1 月，漱石曾在释宗演门内参禅。
② 伸六即夏目伸六（1908—1975），夏目漱石的次子。

堆上，扔着三四个鸡蛋壳。

过了一会儿，我和久米到殡仪馆里一看，葬礼的参加者大都离去了，宽阔的厅堂里看哪儿都是空空荡荡，灰尘与香火的气味混合在一起，有些呛人。我们跟在安倍君后面烧香。我的泪水再度涌了出来。

步出厅堂，情绪低落的阳光普照在白霜融化的地面上。我们在阳光中朝对面奔去。走进休息室，有人让我们吃荞麦面包子。我已是饥肠辘辘，抓起一个就塞入口中。记得好像就在这时，大学的松浦先生来与我商量捡骨殖等事宜。而我在供奉"奠汤"① 和吃荞麦面包子时，情绪都很低落，给松浦先生的回答一定非常失礼。松浦先生好像带着无可奈何的表情回家去了。如今想起当时情景，心中甚感不安。

泪水干涸了。之后，剩下的似乎只有空茫失意的疲劳。我把葬礼参加者的名片捆扎起来，把唁电与参加者的住宿地点簿归拢一起。然后，目送殡仪馆外大街上的灵柩车开往火葬场。

我木呆呆的，除了犯困，什么感觉都没有了。

大正五年（1916）十二月

---

① 向死者灵前供奉蜜汤。这是禅宗的佛事内容。

樗牛的故事①

刘立善译

一

这是我读中学三年级时候的事情。第三学期考试结束后,我让那家熟识的书店给我送来几本假期读物。记得夏目先生的《虞美人草》等,也夹在了假期读物之中。但其中最大部头的是五卷本《樗牛全集》。

当时,我是一个异乎寻常的"滥读家"。一周的假期,那些书随手拿来,跳跃式阅读。当然《樗牛全集》的第一卷、第二卷和第四卷,读起来太难,不能透彻理解其理论。我记得第三卷、第五卷趣味盎然,善始善终通读下来了。

初次接触樗牛文学,他的名文没有给我留下甚好的印象。因为对于中学生的我来说,总觉得樗牛在说谎。

此外,大概还有其他各种各样的理由,现在尚能记住的,是他的《吾袖记》等美文。这些文章留给读者的感觉是非常缺乏诚实。文中有一段写道:樗牛月夜去三保松原②谣曲《羽衣》的舞台——松下,大发感慨,悲恸不已。读了这一节,我总觉得樗牛流不尽的是沾沾自喜的眼泪。或者说让人觉得即便没有这样的眼泪,字里行

---

① 高山樗牛(1871—1902),名林次郎,日本文学家、思想家。
② 在静冈县清水市,著名观光地。

间也呈露着恬不知耻的涕泗滂沱之观。对于其洋洋得意地洒泪之处，我实不敢恭维。要么欺人，要么欺己，总之若不在某一方撒谎，他就不能那样夸大声势地号啕大哭。因此，我立刻认定樗牛是个说谎的人。自那时起，我再也没想读他的《吾袖记》等作品。

由此到大学毕业，约十年光阴流逝，我已把樗牛忘得一干二净。连读尼采著作时也没联想过樗牛，我自己都觉得有点儿不可思议。从既成事实这一角度看，毫无疑问，这是无可奈何的事。然而毕业后不久，我和赤木桁平君一起吃饭时，他突然逮住我，开始发表他的"樗牛论"。他说樗牛是先觉者云云，对樗牛赞不绝口。可我依然坚信樗牛是个说谎者，便对赤木君说：樗牛是个说谎者，不是什么先觉者。对赤木君的观点，无论如何我也不信服。但以那时为界，我也说不准樗牛究竟是伟大还是不伟大了。得益于这场争论，对于搁下近十年没读的樗牛作品，我又萌发了翻阅之念。

其后未久，在秋夜的电灯下，我从书架一角抽出了《樗牛全集》。买的时候是一套五卷，可如今只剩下两卷了，其他三卷大概随意卖掉了，或者是借出去了没返还。所幸剩下的两卷中，包括收入了《吾袖记》的第五卷。我把这一卷打开，放在紫檀桌上，静静地从头读起。

不消说，文中既有令人阅而生厌的文字，也有眼泪。不，不妨说，就连文中的咏叹也已与时代了无相涉。尽管如此，那篇《吾袖记》中的某些地方，仍可谓文如樗牛其人。樗牛其人在极尽迂回曲折的烦冗词句中，毕竟和正常人一样时而心情苦闷，时而拼死挣扎。由此可见，樗牛绝非一个说谎的人，只是自己中学生时代的眼光没能看准樗牛的真实性情。现在面对于樗牛的恸哭，我的脸上绽出了微笑；面对于樗牛最微弱的叹息，我不能不屡屡表示同情。——太阳高远，照耀海面，辽阔的大海像盛满了银泥，风平浪静，连像呼吸似的波浪都看不见。樗牛蹲在沙滩上，眺望着太阳与大海，思考着生，思考着死，或者思考着艺术。纵然樗牛的思索在推移，周围景物却没有发生进一步的变化。暖沙上，几艘渔船还在沉睡着。渔船上空不知疲倦地飞翔的，大都是这片海面上常见的海鸥吧？思忖及此，望对面身披阳光的渔翁，依然专心地编织渔网。眺望这般风景，病弱的樗牛心中，汩汩涌出了对永恒之物的憧憬。太阳不动，沙滩不动，大海——铺展眼前的大海，宛似在倾听白昼的寂寞，将比云母还耀目的水面凝定地平铺开来。樗牛的叹息，在这一瞬间才由胸中流溢出来。漫漫秋夜里，我一边想象着这样的樗牛，一边长时间凝视着樗牛的文章。与以往相异，现在我的同情毫不吝啬地全部注入樗牛的美文之中。但是，在樗牛与我之间还夹着某种东西，大概夹的是时代吧？不，它仅仅是时代吗？——我在这样叩问自己的时候，又想重读手头没有的樗牛作品。迄今一直没读樗牛作品，日前没能就樗牛文学的特质给赤木君以明确答复，其原因全在我的怠慢。如此看来，今年秋天不知不觉间又变成"小阳春"了。

二

与我对樗牛作品印象截然相反的，是龙华寺内的樗牛墓。

第一次去龙华寺，是我读中学四年级的时候。春假里的某日，确实是先由静冈赴久能山，然后转道去了龙华寺。偏偏天公不作美，风雨交加，从不二见村的街道通往寺门的路，毫不夸张地说，泥浆埋没了鞋面。被春雨淋湿的高大仙人掌，浑身伸出青翠的"勺子"，静静地站在住持僧及其家属的居室前。如今我还清楚地记得，当时令我联想到夏目先生《旅宿》中的一节。接着，登着陡石阶，来到了开满紫堇花的墓地。哎呀，不知是谁放的，墓上有两三束紫堇花。墓由雪白的大理石修成，石碑上刻有"吾人须超越现代"字样和"高山林次郎"之名，留下清楚的鎏刻凿痕。我看着光滑石面上散布的紫堇花束，觉得这是与樗牛相称的供花。打那以后，一说到樗牛墓，被雨浇湿的紫堇花的紫色与四方大理石，就朦胧地凸现在我的记忆之中。这是我不愿深入回想的往事，理由大概在于，当时自己似乎带有凭吊伟大思想家之墓的派头，心中充满了装模作样的感伤。或许其后我写的《龙华寺参拜记》中，排列的都是悲痛哀怨之词。

最近，我路过龙华寺附近，忽然想起了樗牛，便又去了龙华寺。那是夏季里的一个晴日，树脂味浓的苏铁气味充溢了寺院。我重登前度登过的陡石阶，来到山上一看，几乎令我大感意外。那大理石墓显得异常乏味。总觉得它很寒酸，体积甚小，而且还带有非常轻浮浅薄的情调。这种景象叫我觉得心里空落落的。我疲惫地坐在杂树凉爽的落荫里，观墓片刻，还是无法扫去乏味的感觉。首先，仅仅对照一下建于墓旁的日本式佛堂与樗牛墓，也会立即心生悲惨滑稽之感。加之，荒芜的周围风物，由四面损害着樗牛墓的威严。我被埋没在一山的蝉噪之中，总觉得往昔看着春雨浇洗的樗牛墓感慨不已之事，如今难以置信。同时我又不由得感到，这对安息地下的樗牛是残酷的。不二山、大苏铁，再加上大理石墓，——我感到这些与我间隔十年重读《吾袖记》的感觉相比，有着完全相反的索寞。我匆匆钻出了龙华寺的大门。直至今日，我再也没有勇气参拜樗牛那凄惨的墓。

然而，怪异的国家主义信仰者们，向天下宣传他们崇拜的日莲上人①的信仰，因此不建樗牛铜像。这对樗牛来说，或许还算幸运。——我现在甚至经常思考这件事。

---

① 日莲上人（1222—1282），日莲宗的创始人，樗牛的晚年热衷于鼓吹"日莲主义"。

生于爱好文学之家

刘立善译

我家祖上世世代代是"御奥坊主"①,父母都是没有特殊专长的凡人。父亲爱好"一中节"②、围棋、盆景、俳句等,但似乎都不精湛。母亲是津藤的侄女,是个"故事篓子"。此外还有一个大姑。大姑特别照顾我,现在仍然照顾着我。论家里人的长相,和我长得最像的是大姑。性情上与我共同点最多的也是大姑。没有大姑,能不能有我的今天?我不知道。

我投身于文学事业,谁都不反对。因为父母、大姑都相当爱好文学。我要是说想当实业家或者想当工学学士,或许倒可能遭到反对。

我很小的时候就开始看戏剧和小说,现在我还能记住市川团十郎、尾上菊五郎、坂东秀调等演员。我最早看戏剧,据说是在市川团十郎扮演斋藤内藏之助的时候。这出戏我没有全记住,据说斋藤内藏之助牵马走近舞台通道时,母亲在观众席后边,身背着我,我高兴地大喊:"噢——好!"当时我可能只有两三岁。记得我阅读的第一部像样的小说,大概是泉镜花氏的《变形的银杏》。不过,此前已读完了《释迦八相倭文库》和《童经妙妙车》等,这是升入高等小学校之后读完的。

---

① "御奥坊主"主要负责管理将军日常生活用的服装、工具等。
② "一中节"是都一中(1650—1724)创始的净琉璃的一个流派。

鉴　定

刘立善译

我花三元钱买来果亭①的山水画，挂在书斋的壁龛上。来我家玩的男人，都会站在这幅画前，看完便轻蔑地说："这岂非赝品？"泷田樗阴君也是从上到下把画看遍之后，直言不讳："不好。"我心中有数，当初发掘出可疑的画，意在向无名天才表示敬意，遂回答："我并非因为是果亭的画才挂在这里，是因为画得好才挂在这里。"我没有继续退让。但是称这幅山水画是赝品的诸君子，一致盲目地断定我是不肯服输。不仅如此，他们之中竟有人说："总之，无名天才的画便宜，所以就好。"说完，甚至还发出异乎寻常的嗤笑。纵然事已至此，我也可以为"三元的果亭"聊做辩驳。

话说起来，鉴定家动辄手挥放大镜吓唬我们外行。本来，他们鉴定书画的真假，其鉴别的精确度能达到何种程度呢？既然他们也是人，就绝非全知全能，因为他们只能对书画的真假下判断，或者说，他们只能就真假范围内的巧拙下判断。然而关于真假和巧拙的鉴定，不可能永远用某种客观标准的尺度来衡量。譬如遇到落款、手法乃至纸墨等物质材料模仿巧妙的书画，归根结底，鉴定其真假几乎仅仅靠一种直觉。但是无论具备如何敏锐的直觉，如果鉴定家只涉及书画是否为过去某书法家或某画家所作这一事实，只要他不兼有占卜先生身份，那么他的鉴别毕竟不会一清二楚。实际上，听

---

① 即儿玉道弘（1840—1913），南宗画画家。

说最近某一男子仿造的书画赝品，不是连作者本人都辨不出真假了吗?！好了，如此极尽巧妙的赝品暂且不论，一个有良心的鉴定家，他自然会遇到难以断定其真假的属于中间色的书画。由此看来，限定于某种书画而言，不妨说，他们和我们一样辨别不出真假。于是，返回头来再看"三元的果亭"，纵令不能绝对明确断言是果亭的作品，同时也不能绝对明确断言不是果亭的作品。既然如此，我将其认定为果亭之作，挂在壁龛上，丝毫也不失体面。更何况我只打算对无名天才表示敬意。

辩驳及此，大多数男子说："明白了。无名天才车载斗量。"若真是车载斗量，我的话就此打住。但是我想，实际上像我这样赏玩可疑的书画，并对无名天才表示敬意的人，少得出人意料。这种人与为买俗劣新画抛万两黄金亦在所不惜的天下富豪相比，至少在具有独立情趣这一点上，是值得尊敬的。因此，我和这些人一道，愿意提倡不为真假差别所恼的清纯雅兴，并且我敢特将上述唠叨变为铅字。经营"竹町物"①的古董店，若不将此文用到广告上，则感幸甚。

---

① 对古董店里的书画古董的蔑称。

我与创作

——《烟草与魔鬼》序言

刘立善译

我的作品素材总是采自古书。所以有人认为,我像爱摆弄古董的老人一样,东奔西走专门搜寻假货。其实不然。由于在孩提时代接受了带有旧弊的教育,很早以前我就阅读与现代不太相关的书籍,现在仍然如此。在这些古书里我会自然地发现素材,根本不是专为搜寻素材而读书。(当然,纵令为了搜寻素材而读书,也不是坏事。)

然而纵使有了素材,我若不能走进素材,素材与我的情感若不能融为一体,还是不能写小说。若勉强写,写出的东西便支离破碎。我因焦急遽笔,几次吃过这样的亏。但是让我感到困窘的是不知道专心致志于一篇作品的时刻,何时能到来。有时素材到手,立即就投入创作;有时几乎到了忘记占有素材时,才终于投入创作。这时,即使是吃饭时、读书时或如厕时,都没关系。此刻,我感觉眼前现出了光明。

因此,一有了可写的东西,我就迅速动笔。写作时间在整个午前,以及从傍晚六点到半夜十二点左右。这段时间干起来最顺畅。过了半夜十二点,尽管还是忘我地走笔,翌日却往往会产生一种腻烦的心绪。从日子方面讲,刮风的日子不行。从季节方面讲,从十月到翌年四月似乎较为理想。关于场所,只要安静,能保证某种程度的光亮,什么地方都可以。

一旦动起笔来,总好动怒。不过这是因为置身于易动怒的环境之中,否则我肯定不会动怒。至少会觉得心情相当稳定。然而,从来也没能那般尽如人意。故而写作时,时常叱喝家里人。

只要不动怒,写起文章来进展迅速。有时连写前字与后字之间的间隙我都觉得麻烦。如果笔滞,我就顺手翻阅桌上的书籍,大致读上两三页,就能继续写下去。这时候读的书,什么内容都可以。从童年开始,我就养成了读词典的习惯。迪克逊①的《惯用语词典》我通读了好多遍。不过说是写东西,连被勾掉的部分也算入写作时间之中。所以从定稿页数和所费时间的比例来看,毋宁说,我似乎属于进度迟缓的作者。该勾掉的我毫不惋惜。虽然如此,我觉得勾掉的还不够多。

关于写作过程中的心情,我认为与其说自己在硬造心情,倒不如说是在培养心情。人也好,事件也罢,其本来的动力只有一种。我觉得自己是在接二连三地一边寻找这"只有一种的东西",一边写下去。如果连续过程中的"某一个"没找到,则无法再向前推展。继续往下写,必然是勉强为之。鉴于此,必须始终加强注意力。然而即便加强了注意力,我还是有疏忽的地方。总之,这时候我很痛苦。

其次,在文章方面,我也总是无谓地恼乱神经。在这方面,因时间地点的缘故,有的语言我无论如何也不能使用。我还异常顾虑句子的格调。对此,我无可奈何。例如,"柳原"这一个街道的名称,令我感觉那里是绿色一片,既然没有与那绿色相协调的其他颜色方面的语言,我无论如何也不想使用"柳原"一词。这一点,

---

① 迪克逊(1856—1933),英国语言学家,文学家,曾在东京帝国大学讲授英国语言文学。

我觉得是时间地点作祟的结果。

作品告竣,我总是精疲力竭,心想:一段时间内拒绝再著新文。可是,如果一周里什么也不写,还是心中空落得受不了,又想写点什么。于是,以前的程序再度循环。按照如此状态干下去,我似乎至死要受这种折磨。

自己写完的东西变成了铅字,读起来许多地方却令我厌嫌。迄今为止,我总是痛切地认为,与写法相比,倒是自己对事物的这种看法不可救药。可以说,我从执笔写作的时候开始,就想清除对日常生活的爱憎,然后读自己写出的作品,这时发现有时需要改动。但有时发现改动的比未经改动的还要糟糕。由于每一个写作瞬间的因素,我自己也不清楚产生如此现象的原因。

大正六年(1917)七月

兴致最高的时节

刘立善译

总括说来，我喜欢冬天，十一月和十二月我都喜欢。之所以喜欢，因为我住在东京，十二月前后的自然也美，城市也美。说自然风光美丽，乃因我住在郊外，这样的感觉才格外强烈。十一月末到十二月初，夜晚由外边归来，空气中弥漫着不知什么东西的气味。那是落叶的气味？是雾霭的气味？是枯花的气味？还是果实腐烂的气味？实在弄不明白。哎，总而言之是令人觉得舒服的气味。一觉醒来起床后，看见树与树之间是透明的，叶子凋零净尽的树与树之间，明明朗朗。伯劳鸟飞来了。鸭鸟飞来了。鹡鸰也偶尔飞来了。田端的音无川一带，一到冬季总有鹡鸰飞来，也飞进了我家的庭院。它不像夏季的白鹭那样从天空掠过，显得有点儿美中不足。但冬季里能有这些补偿，我觉得也就足够了。

街面渐近黄昏时分，有的地方变得森严起来，变得人声嘈杂起来。有的地方总是小有欢快。人声由嘈杂变得欢快，点上红灯笼又有乐队，热热闹闹固然不错。但是对我来说，正因为在热闹的时刻，能看见黑暗的寂静的街市，感觉才格外的好。譬如，须田町的大街人声鼎沸，但是往尾町青菜市场方向稍微一拐，那儿又黑又静。如果恰在此时漫步此处，你会想起"火锅"、"火灾"等俳句季题。特别是靠近年底，门松已经树起，你走在这条街上，美好的心情有点儿像走在久保田万太郎的小说里。

十二月我总是住在东京。东京以外的地方我只知道京都、奈良等甚为平常之处。我初访京都是在十二月，当时京都七条的停车场比现在小，乌丸大街和四条大街也比现在窄得多。我所知晓的只是如此古旧的京都，还记得逗留古旧京都期间降了两三场冬雨。尤其在下贺茂的纠森遇到的那场冬雨，记得恰好在朝霞正艳之际下起雨来，甚有风流意韵。说起冬雨，还是十二月，在奈良春日神社遇到冬雨，等待雨霁之时神社里演出了神乐。演奏古代风格的大和琴、古筝等乐器，加上穿着和服红裤的小巧巫女，翩翩起舞，果然流动着一种优美。这些都留在我的记忆之中。当然，春日神社没能像现在这样修复一新，整体上古旧破败污秽，唯此才显露出一种美。我时常去这样的京都和奈良，一提及冬天，我油然觉得首次去京都和奈良的记忆，最是鲜明。

最近我住在镰仓，在横须贺的海军机关学校工作，所以能够亲近东京以外其他地方的十二月。十二月的镰仓极好，避暑客稀少。特别是眼下的镰仓，冬季里西洋人好像比日本人优越。我总觉得，就凭日本人那一张寒酸的脸，无论怎样把下颌深埋在皮大衣的领口里，也显不出华贵来。据说东清铁路系统的从业人员由日本人和俄国人构成，每年一到冬季，两国人的能量之差显而易见。现在，我一看见阔步于镰仓的西洋人，便想象出在东清铁路工作的日俄两国人的差异，或许就是那样的。

就写小说而言，和夏季相比，倒是十一月、十二月较冷的冬季似乎更适于笔耕。不仅笔耕之事，就是从笔耕之前边烤火盆边漫然构思的角度讲，也是绝佳的一个时期。为各家杂志的新年号写稿子，大致需要十一月一个整月，外加十二月初。写这些东西时，别人会担心我的冷暖，然而一旦写得兴致高涨，除了吸烟，几乎忘了烤火盆。加之纸隔扇和拉门将我封闭于一室之中，我的思绪也不会从房间里遁逃出去。有这样一个安心之处，写起来真是得心应手。不过，说是写起来得心应手，写出的东西却未必是杰作。故而毋庸讳言，新年号的小说并非总能出杰作。

大正六年（1917）十二月

旨在采取明晰的形式

刘立善译

中村先生：

我现在和往常一样，把推辞不掉的约稿先稀里糊涂地应承下来，正在赶写之中。所以，没有余力整理好思路之后再来回答您提出的问题。另外，我把来信夹在读到半途的一本书里，找不见了。故而我做出何等回答，也是稀里糊涂。

但我记得您提出的问题，大体意思好像是"您依据何种要求写小说？"那个所谓"何种要求"，为表达方便计，请您将其理解为"直接要求"。这样一来，我便可以极其平庸地回答："想写，所以写。"这绝非什么谦逊或吹牛。实际上，即使我现在正写的小说，也分明是想写而写。如同不是为赚笔资而写一样，我并非为天下苍生而写。

您大概会问："那么，想写的原因是什么呢？"这一点，我也不太明白。如果仅就我所明白的范围来讲，可做如下回答：我的头脑里存在某种混沌的东西，这种混沌的东西想采取明晰的形式将自身表现出来。采取明晰的形式，这种动机本身是有目的的。所以，一旦"某种混沌的东西"出现在头脑中，那种气势便驱迫你纵然厌恶也不得不写。仿佛为冠冕堂皇的胁迫观念所扰。

您如果再进一步追问我："某种混沌的东西究竟指的是什么？"我将不知如何回答是好。既不能说指的是思想，也不能说指的是情绪。之所以如此，归根到底还是由于它是"混沌的东西"。不过，它的特色"大概"表现在这一点上,即这种"混沌的东西"在被采取明晰的形式表现出来之前,它还不能成为完全的自己。不是"大概",而是"完全如此"。唯有这一点,不会出现在其他精神活动之中。所以(如果略微跑题)我认为,"艺术就是表现"这个观点千真万确。

首先,"艺术就是表现"这个观点是"直接要求",它促使我写小说。不消说,间接的还有其他各种各样的"要求"。或者于那些"要求"之中,也许夹有冠以"人道"定语的"要求"。然而这种"要求"永远是"间接要求"。我始终平凡地、通俗地贯彻着的,仅仅是想写而写。今后还要一如既往。除此以外,别无他途。

此外,您的来信中好像还写有"态度"之类的词语。或恐我没有"态度"。假设真有,那么我的回答是:我把"直接要求"定位于"想写而写"。您大致明白了吧?另外,我对您提出的问题理解得不太清楚,故此我的回答或许与您的要求不相一致。这一点请勿见怪,恳望海涵。

于此搁笔。

大正六年(1917)十月

"主义"一词的涵义

刘立善译

当前出现这样一个问题：有无必要抱定一个"主义"？说实话，偏巧我不曾读过岩野泡鸣似乎详论这个问题的论文。故此我想，我对上述问题的回答，与新潮社记者或读者的想法，或许相去甚远。

说句诚实话，关于这个问题的性质，我不甚明晓。"主义"的涵义或"主义"必要性的涵义，会因观念的差异而遭到随意曲解。此外，纵令按照常识对其做出一般性解释，围绕何谓抱定"主义"，也还是言人人殊穿凿附会。

当前，我们没有必要对抱定"主义"的涵义做通俗的解释，即人们是否应当成为"浪漫主义者"或"自然主义者"。我认为，莫如说那种解释是行不通的。本来，那种"主义"是批评家于己方便想出的概念，故而一个人的思想也好，感情也罢，其全部倾向是"主义"所无法涵盖的。不能涵盖思想和感情的全部倾向，就没有必要标榜"主义"。（有时，即便不能涵盖全部，也能表达出显著的部分。这时被批评家贴上那种"主义"的标签，还是可以接受的。有时不便拒绝。我记得，生田长江曾论述过此事。）

此外，将"主义"的涵义反过来审视，如果用一个"主义"来界定自己内心活动的全部倾向，那么这个问题在求得答案之前，问题本身就消失了。不言而喻，其后实无必要给如此"主义"附加一个名称，并以之为招牌。

还有，倘若把"主义"一语翻译成某种思想上的主张，这种场合可以说，与前述情况别无二致。

假设为了于己于人方便，给"必要性"一语多少附加意义，或许会犯下大错。故此，我还是缄口不语为佳。原因之一，乃在于我对于"主义"的倡导没有经验，无法指明这方面的便捷思路。

大正七年（1918）五月

永久不快的两重生活

刘立善译

中村先生:

　　这个问题太大,略微简扼地归纳一下,大致是这么回事。

　　本来,艺术的内容不外乎我们作为人的生活全貌。鉴于此,我认为,从根本意义上讲,不应存在所谓的两重生活。

　　但是从第二层意义的涵义上讲,却会出现形形色色的难题。例如生活艺术化问题,或者反之,艺术生活化的问题,皆出自这里。

　　来信言及艺术家的职业问题云云,我认为是把上述内容转移到了更加肤浅方面。

　　因此,论述"物质、精神两方面的人的生活与艺术家生活的相互关系",必须确定与各自意义相应的立场,否则难得的议论只能出现一片混乱。

　　然而,如前所述,我现在无暇阐论这个问题。

　　倘若勉强地必须谈点什么,我就来谈谈自己的生活。我的职业是教英语,由此产生的两重生活令我不快,但是要想超越不快,问题全在于物质。偏不凑巧,这个问题在现代日本,眼下似乎还无从解决。既然如此,我们除了永久延续着这种不快的生存,别无他法。且此般状况,甚为寻常。

　　以上拙见倘可接受,请将之添入诸家的解答之中。

　　于此搁笔。

大正七年(1918)十月

参观俳画展览会

刘立善译

我到俳画①展览会一看，首先，下村为山先生的"半折画"②，幅幅优秀，令我惊讶。说句心里话，它的物美而价昂，更让我惊讶。如此现象非止下村为山先生一人。对于其他诸位先生的俳画，我都程度不同地感到惊讶。如此说来，我好像在轻视其他诸位先生的俳画，其实绝无此意。确当地说，我脑袋里存在先入之见，将俳画与"价廉"二者联为一体。

但是，展览会上，有的画本身低劣却标价高昂。我忖度，那种画粗俗过甚，若被谁买去，将遗丑后世，故此才特意标出高价。然而此等档次的画已经卖出两三幅。这样一来，比谁都更感遗憾的，定是那画家本人。

句佛上人作起画来果然匠心独运，让我敬服。句佛上人作过这样一首俳句：

祖师纸衣五十年，身分穿着不相宜。

不言自明，句佛上人俳画上画的人并非祖师，更没有身着纸衣③，都好像不知眼下天寒，身着漂亮的"裱装"。

---

① 日本画之一，带有俳句风格的洒脱略笔淡彩画和水墨画。
② 画在竖切的半幅书画纸上的画。
③ "纸衣"原来是僧人穿的用涂柿漆的纸做的衣服，在俳句中是冬天的季语。

接着，我步入参考作品陈列室，欣赏了浅井默语先生的画。参考作品是非卖品，我免受标价的威胁，仅此亦甚觉安全。不关心标价，一意欣赏画上的凤凰和罗汉，感觉其艺术造诣甚高。对于这种档次的高手且有那般境界美，我唯有发自内心的敬服。

最后，欣赏了夏目漱石先生的《南山松竹》，同样深表敬意。听说先生生前曾下定决心："在绘画方面，我也要画出令津田青枫佩服的画来！"因此，我准备请教津田青枫①先生："俳画的技巧姑且不论，就境界而言，夏目先生的画，有无令您心悦诚服的？我自然是佩服夏目先生的，我也深知您平素对于此类问题公正无私，所以想请教您。"

前边忘了述及，鸣雪翁的画我也有滋有味地欣赏过。往昔，二月七日"初午节"，我去稻荷神社，但见钻过几座牌坊的那条路两边，排列着灯笼，那灯罩上还写着一些俏皮话，鸣雪翁的俳画与灯笼上的画近似，甚有风流韵致。

我想到的事情还有多种多样。眼下正当繁忙之际，恕不赘言，谨请见谅。

大正七年（1918）十一月

---

① 津田青枫（1880—1978），日本画家，与夏目漱石、河上肇交往密切。

入社致辞

刘立善译

过去的两年里,我在海军机关学校教英语。对我而言,那两年绝无不快。因为我幸蒙了这样的恩惠:可以利用公务的余暇从事文艺创作;或者说可以利用文艺创作的余暇从事公务。

我孤陋寡闻,却听说甲教师因介绍超人哲学,触及了文部省当局的忌讳;乙教师因埋头于恋爱题材的文艺创作,遭到陆军省当局谴责。和这些先生相比,迄今我的身份一直是官立学校的教师兼小说家。这确系世所罕见的贵族待遇,我深感庆幸。然而,我与甲先生乙先生堂堂的正式教授身份相反,只不过是一介特约教授。我能够呼吸自由的空气,实际上这与其说是海军当局待我优厚,莫若说我的存在无足轻重。做如此解释,我觉得不独失礼于昨日的长官,而且非常对不住关照过我的诸位老师。所以只要没有其他妨碍,我会对海军当局大海一般的度量感激涕零,甘愿一边将横须贺工厂可怕的烟尘吸入肺底,一边永久地把"那是狗"这句英语循环往复讲解下去。

不幸的是,两年来的工作体验证明,我曾有几分自负地想做一个教育家,特别是想做一个能陶铸未来海军官兵的教育家,可我根本不是那块料。至少我是个理应遭到放逐的不良教师,因为我不能像吞服丸药那样将现代日本政府规定的教育方针囫囵吞下。尽管有此自知之明,可是我又担忧一家老小忍饥挨饿。既然如此,我明白自己必须运用可疑的语言资本,永远端出貌似教育家的架势。不,即使不为柴米油盐所困,如果没有甘当末流作家的冲动,我大概还会谨慎地挂着光荣的海军教授招牌。然而,现在的我已不同于过去的我,不把全部精力投入文学创作之中,我会感到对不起人生,也对不起自己。加之,单从时间方面讲,我又无法忍受一周五天午前八点到午后三点,机器似的活动在学校里。我是带着遗憾,背弃了海军当局和文武教官各位同事的眷顾,终于决定转入大阪每日新闻社工作。

新闻社发给我与一般人同样的工资。不唯如此,甚至没有规定我每天必须坐班的义务。坐在这个位置上,对于不晓官衔高低的我来说,远比赐我一个终身敕封的官位更心情舒畅。从这个意义讲,进入新闻社,我愿向自己表示衷心的祝贺。同时,也向我帝国海军表示同样心情的祝贺。因为清除了我这个不良教师。

古时的中国人吟咏道:"归去来兮,田园将芜胡不归!"① 我认为,自己是一个还没有修得这般道家情趣的人。但是从"悔昨非而觉今是"这个方面讲,我也同样是一个"归去来"的人。春风已吹拂着我家草堂的屋檐。今后,我想不久便与轻燕一道,登上征途。

大正八年(1919)三月

---

① 此句出自陶渊明的《归去来辞》。

龙村平藏的艺术

刘立善译

当代日本是度日艰难的世道。在这度日艰难的世道中,龙村平藏编织着每条价值两千元或三千元的女式和服腰带。此事或恐会被人们指责为与时代大势风马牛不相及。是的,好像还有人因生产能力消耗在这种奢侈品上而愤慨不已。

然而,如果这种女式和服腰带的价值并不止于其物质功能,如果它还具有高于工艺品的艺术品欣赏价值,那么现代哪怕是明天,哪怕是家无隔夜粮度日艰难的世道,人们也不应敲锣打鼓一刀切地扫荡奢侈品,并责难龙村平藏的事业与作品。从这个意义讲,我能在恶毒气氛极端紧张的时势面前,无所顾忌、理直气壮地向天下人举荐龙村平藏的和服腰带,实感欣幸之至。

话虽如此,我并非特别擅长鉴赏织物,这是自不待言的事。至于织物方面的历史知识和科学知识,我更是一窍不通。我无法将龙村的和服腰带与滔滔当世的"西阵织"① 做比较。进而言之,我也无法通过自吴织绫织至川岛甚兵卫②上下两千年的织工史,来审视龙村应占据何等位置。此域信息,我只能说一无所知。因而我的关于龙村的举荐,影响甚微。这一点在我在龙村,都甚为遗憾。但又正因如此,我在没胡乱失礼地贬低业内艺术家诸君的前提下,安心

---

① 在京都西阵染制的高级纺织品,历史悠久。
② 吴织绫织是古代中国江南东渡日本的纺织女工,川岛甚兵卫是日本明治时代的工艺纺织家。

地向人举荐了龙村的女式和服腰带。我这样做，是为了业内艺术家诸君，也是为了我自己，故而可谓值得同庆之至。

龙村的腰带质料，大多是尽情活用了其本身独特的经纬组织，自由自在地捕捉了形形色色艺术品的特色。有的像泥金画，有的像红色雕漆，有的像螺钿，有的像金黄虎皮，有的像景泰蓝，有的像陶器，有的像竹雕和金石雕。但我佩服的，并不仅止于它模仿了艺术品的精妙之处。若不是此外别具特色，我会如同观看近来各地频出的不用油彩的洋式日本画，仅仅动一下好奇心而已。然而龙村把上述艺术品的特色巧妙地融入他的腰带质料中，织物的原有特色得到了更加丰富的协调。龙村完成了一项惊人的艺术，我称之为精妙绝伦。首先，对于这般完成了的艺术，我不得不深表钦佩。坦言之，即便面对足利时代价值万金的"能"剧的衣裳，我也要由衷钦佩龙村的腰带。

我举荐龙村，理由全在于感佩敬服。对我而言，这种感佩敬服是严肃的事实，所以我披露了上述的个人体会。希望《东京日日新闻》的广大读者诸君关注龙村的艺术。特别请那些亲近于《日日文艺》的文坛诸君，留心龙村那值得尊敬的事业。他与诸君一样，为艺术而焦虑、苦斗、绝望，最后开拓出一片新生面。我为何请文坛诸君留心龙村的事业呢？因为就我所知，无愧于诸君屡屡议论的天才之名者，当首推龙村平藏。

大正八年（1919）十一月

一篇作品竣事之前

——关于《枯野抄》与《基督徒之死》

刘立善译

要想写一篇作品,一是通过了种种途径完成;一是立即按最初计划一气呵成。譬如最初想写陶壶,结果不知不觉竟写成铁壶;而开头想写陶壶,结果一如始愿而成。即便写陶壶,原想把壶耳上的蔓茎写成葛藤,最后却变成了竹子。以我的作品为例,《罗生门》属于前者;而我在此想谈的《枯野抄》与《基督徒之死》则属于后者。

《枯野抄》这篇小说,描写的是松尾芭蕉翁临终时弟子其角、去来、丈草等人的心情。写作当时,参考了记述芭蕉临终情形的《花屋日记》、支考和其角等人写的《临终记》之类的资料,旨在描写芭蕉辞世前半个月到辞世之际的事。当然,弟子面对老师逝世的那种心情,我在写这篇小说时曾感同身受。我想把这种心情赋予芭蕉的众弟子。然而写了一二页,一看沼波琼音恰好也在写同样的小说(?),于是,按原来计划写下去的心情,已荡然无存。

因此,这次我把场景置于船载芭蕉遗体前往伏见的途中,想发掘途中弟子们的心情。小说本应在当时(大正七年〈1918〉九月)的《新小说》上发表,可是由于写作的原计划变动,尽管交稿截止日期逼近,也无法写完,净在浪费稿纸之间,到了交稿截止日期,我心中甚为不安。当时《新小说》的编辑,即如今担任《人间》一刊的编辑野村治辅君,对我没能按时完稿,非常理解。缺了这份稿子,他们大概很为难。虽然如此,他还是慨然允诺将我的稿子延期登于下一期。于是为了下期刊出,我立即着手。当时,我的一个熟人弄到一幅芜村①作的《芭蕉涅槃图》——这是一幅"佛画"。这幅画与此前看过的川越町喜多院②珍藏的《芭蕉涅槃图》相比,尺寸大,而且耐人寻味。看了这幅画,我的计划又变了。这次,由《芭蕉涅槃图》得到了启发,改为描述众弟子围绕芭蕉病榻的情景,终于达到了写作初衷。

如此这般变动不定,倒是不多见的。通常执笔之前大抵已构思好,然后按照构思一径写下去。所谓"通常",主要是指写短篇的时候。若是长篇,在写的过程中,作品里的人物和事件的发展,往往与当初的打算不同。

人们常说:如果是神创造了这个世界,那么,为什么世间还存在邪恶与悲伤?或恐神在创造世界的过程中,也和我的小说一样,世界自身的随意发展,没能按照神的意旨进行。

这是开玩笑,但是我想,像这种人物和事件与原写作计划不同,因此,作品是好是坏,我认为不能一概而论。即便不同,也是有程度的限制。想写马,终究不会写成马蝇,顶多写成牛或羊什么的。一旦偏离了主要情节,写的时候会想及各种各样的事。例如《基督徒之死》这篇小说的故事是,古时的基督徒女扮男装,饱经苦难。受尽折磨之后,她死了。死后这才发现她是个女性。小说的结尾有火灾的场面。起初我压根儿没想写火灾,只打算把主人公写成因病或其他什么缘故,静静地离开人世。然而写着写着,突然想到了火灾的场面,遂将之写进了小说。以火灾作为《基督徒之死》

---

① 与谢芜村(1716—1783),江户中期的俳人、画家。
② 日本埼玉县川越町的天台宗寺院。

的结尾，究竟是好是坏，还是个疑问。

大正九年（1920）三月

文章和词语

刘立善译

文　章

有位朋友告诫我："你过于讲究文章的表达，别那么讲究！"我却觉得，自己并没有不现实地刻意讲究。首先，我想把文章写得清楚，想把头脑里的思想清楚地表达出来。这一点我很在意。仅此一点，便使我执起笔来少有顺畅的行文，每每写得杂乱无章。我在文章表达方面耗费苦心（倘若可以称作"苦心"），不外乎想廓清头脑中的东西。我对别人文章的要求也像我对自己文章的要求一样，语义不清的文章，无法打动我，至少无法喜欢。一言以蔽之，在文章领域我尊奉阿波罗主义①。

不管别人怎么说，我就是想写方解石②那样清晰的、拒斥暧昧的文章。

词　语

五十年前的日本人，一听到"神"这个字，心中浮现的形象大都是头上盘着"角髻"③、脖颈套着月牙玉的男女。然而今天的

---

① 尼采于《悲剧的诞生》中提出的调和性艺术创作类型。
② 矿物名，三方晶系，晶体常呈复三方偏三角面体及菱面体，集合体可呈晶簇状。
③ 一种发型，从头顶上分向左右，在耳边结成圆形。

日本人，至少今天的日本青年一听到"神"这个字，心中浮现的形象却大抵是留着长须的西方人。同是一个"神"字，但是在人们心中浮现的形象竟发生了此等变迁。我曾与小宫丰隆先生议论过松尾芭蕉的以下俳句：

> 赏花及曙群峰艳，胜过葛城山神脸。

按照正冈子规居士的解释，这首俳句是在玩弄谐谑，我对此说并无异议。但是小宫丰隆先生则执着地认为，这是一首庄严的俳句。

据说，绘画之力五百年而尽，书法之力八百年而尽，文章之力的衰竭需要几百年呢？

宛似西洋画的日本画

刘立善译

我去了中央美术社主办的展览会。

到展览会一看,三个展室里陈列着七十余幅作品,清一色日本画,但不是一般的日本画。每幅画皆因惨淡经营过甚,宛似西洋画。首先,把日本画的颜料涂在绢或纸上,竟能产生这般油画似的效果。对此,我聊致敬意。

以外行的眼光来看,既然如此作画,作者眼中的自然必定如其所画。换言之,正因为他如此观察自然,他才理所当然地创作了此处陈列的这种风格的画来。不过外行看这种风格的画,或许会问:为何此类画的作者不以调色板取代颜料盘?为何不以油画布取代绢或纸?继而还想问:画家倘若那样作画方便,我们外行欣赏起来会感到很幸运。

然而,那些画家或许会做出如下漂亮的回答:"我们就是这样看待自然的,'这样看待',并不意味着以西洋画风为尺度,而要以我们日本画风为尺度。"这样回答是可以的,我们也能理解。但是陈列的这些画中,与西洋画毫无二致者,不在少数。譬如,吉田白流的《奥州路》、远藤教三的《嫩叶的森林》乃至穴山义平的《盛夏》等,皆属此类作品。假如说"我们日本画的风格"就是这样,我们只能表示遗憾,丝毫不觉精彩。首先我们要做冷酷的批评。亦即:本来用剃须刀就可以剃落的胡须,为何偏偏用长柄大刀剃给我们看?这等工夫我们倒是佩服。不过佩服之后又想提问:

"使用剃须刀,岂不剃得更加干净吗?"

  当然,七十余幅作品并非尽皆如此。例如畠山锦成的《贵美子》,至少是未受崇洋之弊影响的作品。无论画得多么奇崛不凡,最起码要达到这种水平,否则对新型日本画的存在理由,我们这些外行还真觉得有点儿茫茫然。我还想继续写下去,怎奈登门取稿的人正焦候鹄立于门口,故而本文于此搁笔,恕不展论。说三道四乃"旁观者清"所致,尚希谅察。

大正九年(1920)七月十八日

世间与女人

刘立善译

当今世间,男人制定的制度和男人的习惯占据统治地位,性别导致了男女之间存在非常不公之处。为了矫正这一现实,女人必须参与世间的工作。但是不公平未必意味着唯有男人占便宜。是的,我觉得有时似乎女人占便宜居多,譬如,相扑比赛即是。我们极少能有机会看到裸体女人。可是女人只要去看相扑比赛,随时都能看到裸体男人。我想,这种情况即为女占便宜男吃亏。

说到相扑我想起了一件事。某时,把杂志《人间》的两张封面画报送警视厅官员审查,其结果,一张是裸体女人画,未得到通过;另一张是裸体男人画,被许可用作杂志封面使用。其实,两张都是裸体女人画,警视厅官员把其中一张错看成裸体男人了。我们真为这位官员的失误而庆贺。

现实并不仅仅止于此类肤浅问题。在男女关系方面,整个世间总是有偏见:男人总是勾引女人,女人总是被男人勾引。实际上,女人勾引男人的情况……纵然不用语言勾引,用举止神态勾引男人的情况,似乎多得出人意料。

在这一点上,如果女人也干男人的工作,男人的冤枉或许会得到洗雪。从这个意义讲,我认为女人参与世间的工作并非坏事。女人唯有通过强调自身在生理方面与男人的相异点,才能获得参与世间工作的资格。

否则,如果仅仅强调男女完全一样,那么,只不过历来由男人从事的工作，分一部分转到男人似的女人手中而已，其结果并不能推动社会的进步。

又有人认为，女人参与世间的工作，必然失掉原汁女人味儿。我不以为然。诚然，传统的女人形象也许会遭到破坏，但是原汁女人味儿理当不会消泯。

以下举出的例子，对女人或恐有失礼貌。狼被人工饲养之后必然变成狗，然而绝对不会变成猫。这是确凿的事实。纵令失去了传统的女人形象，也不可能失去女人味儿。我以为，这也就像狗一见小偷必然会咬上去一样。

不过，这是立足于表面道理上的议论。由我一己嗜好说来，我还是觉得狼比狗好。最好是既能生儿育女又能缝制衣服、温柔的雌性白狼。

大正十年（1921）二月

鬻文问答

刘立善译

编辑　能请您为敝刊下月号写一篇文章吗？
作家　不行。最近我总是病病歪歪的，无论如何什么也写不出来。
编辑　尤其想请您写一写此类内容。如果最近写，问答争论可以写成一卷书。
作家　所以，这次就别让我写了。
编辑　这可叫我左右为难。写什么都成，写两页、三页也可以。只要有您的大名就行。
作家　刊载那等水平的东西，岂不太愚蠢了？对不起读者自不待言，杂志恐怕也有损声誉。想想看，人家会说三道四，指责贵刊纯是"挂羊头卖狗肉"。
编辑　不，对杂志无损。刊载无名之士的作品时，好则好，坏则坏，责任全由杂志社承担。知名大家的作品则不然，其作品的好与坏，责任全由作家本人承担。
作家　这样一来，我更不能接受您的约稿了。
编辑　不过，像您这样的大家，纵然发表一两篇劣作，也无败坏声名之虞呀。
作家　按照您的理论，如果某人即便被偷去五元钱或十元钱，生活也不致困窘的话，偷他也未尝不可。失窃者可真是倒霉透了。
编辑　若认为是失窃，自然令人不快。权当是义捐，大概可以接受了吧？

作家 开这种玩笑真让我很为难。杂志社来买稿，这肯定是一种交易。这种交易或者要明确提出某一主张，或者肩负某种使命，可以打出多种多样的招牌吧？但是竟然宁肯受损也要忠于自己的主张或使命，这样的杂志社毕竟不多。走红的作家，杂志社主动购其稿子，无名作家央求杂志社关照，杂志社也不会要他的稿子。这是理所当然的事。如此说来，面对杂志社，作家不是也应当以自身利益为中心，或者拒绝约稿，或者接受约稿的吗？！

编辑 但是，请您考虑一下十万读者的期待。

作家 这是哄小孩的浪漫主义。将此话信以为真者，就是在中学生里也找不出一个来。

编辑 不，我的意图是要全心全意地满足读者的希望。

作家 那是您的希望吧。因为满足读者希望，也就等于买卖兴隆。

编辑 您这么理解，叫我犯难了。您总说"买卖呀买卖的"。然而求您赐稿，并非纯粹做买卖呀。实际上也是由于喜欢您的作品。

作家 或许如此。至少向我约稿这件事本身就搀杂着某种好意。像我这等头脑简单之人，容易为这种好意所感动。虽然口称"写不出来，写不出来"，可是心中觉得能写出来的话，还是想写。这种轻易许诺，不会令人满意，其结果，不是我感到不快，就必然是您感到不快。

编辑 俗云："人生感意气。"请感受一种意气吧。

作家 倘是契约式的意气，我无感受的呀。

编辑 请别净高谈理论，看我的面子，恳请无论如何赐篇稿。

作家 真难办呀。那就把你我的对话涂成小文如何？

编辑 真是无奈，也可以吧。还望本月里一定交稿。

一个蒙面人突然出现在二人中间。

蒙面人 （朝着作家）你小子真是个冷酷无情的家伙。一会儿说大话吹牛皮，一会儿又想暂且敷衍塞责，想写荒唐文章。我了解到古时的巴尔扎克一晚上就写出一篇精彩的短篇小说。那家伙头晕的时候，便以热水洗脚，而后继续写作。想一想巴尔扎克惊人的精力，你小子和死人一样。暂且的敷衍塞责也罢，为什么不学学巴尔扎克？（朝着编辑）你小子的品行也不怎么样。刊载华而不实的作品，这在美国会构成法律问题。除了眼前利害，你还须考虑推出高雅作品的事！

编辑和作家都噤若寒蝉，茫然地凝视着蒙面人。

大正十年（1921）前后，未定稿

近期的幽灵

刘立善译

西洋的幽灵——说是西洋,其实仅指英美两国,我这里简略谈谈近来英美小说里出现的幽灵故事。若从稍古的时候算起,写幽灵的作家,英国有创作了名著《奥特朗托堡》的华尔浦尔、拉德克里夫夫人、马徒瑞恩(马徒瑞恩的《梅尔莫斯》是对巴尔扎克与歌德产生过影响的名著)。此外尚有写了《僧人》并以僧人的绰号为己名的刘易斯 M. G.、司格特、李顿、侯格等人。美国则有爱伦·坡与霍桑。然而写幽灵的作品,或者通称为写妖怪的作品,如今仍比比皆是。尤其是欧洲战役之后,宗教性感情弥漫开来,同时与战争相关的形形色色的幽灵故事也随之诞生。战争文学中多出怪谈,无疑是一个耐人寻味的现象。因为就连法兰西那样的国家,也出现过古代冉·达克①那样的女子库雷耶尔·菲尔萧。基督和天使恍在眼前。普恩卡莱和克列蒙梭②接见了这位女子,福煦③将军却成了信徒。——既然这样,小说大量描写超自然事件也就顺理成章了。读此类小说,其中有异常离奇的妖怪故事。以下是美国参加欧洲战役后诞生的故事。有一篇小说 Harrison Rhodes(哈理森·罗德斯)著 *Extra Men*(《特别的上等人》)写道,华盛顿的幽灵与美国

---

① 冉·达克(1412—1431),即法国女民族英雄贞德。
② 普恩卡莱(1860—1934),法国政治家,1913—1920 年任法兰西第三共和国总统。克列蒙梭(1841—1929),法国政治家。
③ 福煦(1851—1929),法国元帅,著有《战争的原则》等。

独立军的幽灵一道横渡大西洋，为助祖国出征军一臂之力。华盛顿的幽灵发挥着威力。还有一篇小说 Frances Gilchrist Wood：*The White Battalion*（沃德：《白色大部队》）写道，法国娘子军与德国军队对峙，德国部队以抓来的幼儿作为遮挡枪弹的"盾牌"。这时，已经战死的法国男子军——法国娘子军丈夫们的幽灵，如大雾般驰援而来，驱散了德国军队。总之，从类别上讲，在描写幽灵的近期小说中，已经诞生了一批作家，例如 Arthur Machen（阿萨·玛肯）等，专写此类战争读物，引人注目。

类别问题论及于此。一般说来，在近期小说中，关于幽灵或关于妖怪的描写，在相当程度地趋于科学性。绝不似哥特式的鬼怪故事，鲜血淋漓的幽灵乱现，或骷髅跳舞。特别是迩来心灵学的进步，使小说中的幽灵出现了惊人的变化。我觉得，依次数来，吉卜林、布莱克沃德、比尔斯等等，他们的书桌抽屉里或许都放着心灵学会的研究报告。尤其是 Algernon Blackwood，他是一位神智学者，他写出的所有小说里都含有心灵学因素。他有一篇小说叫《约翰·塞伦斯》，主人公塞伦斯可以说是心灵学领域里的福尔摩斯。塞伦斯去鬼怪出没的住宅里探险，被除附于人体的鬼魂。将此类内容依序写来，便构成了一篇小说。此外，他还有超短篇小说《孪生子》，作品中的两个孩子实为一人。这样说似乎不通，孪生子虽形为二人，灵魂却只有一个。而一人兼有两人性格的同时，另一人则是白痴。小说写的就是这样一个过程。外部世界了无变化，内部世界却发生着神秘变化，这里描写得颇为巧妙，此乃刘易斯或马徒瑞恩作品中无法看到的离奇绝技。顺便再举一例。据说威尔斯[①]的小说首创了"第四空间"，人因某一机会一旦进入那里，尽管本人明明活着，这个世界的人却看不见他。从某种意义讲，好像是对日

[①] 威尔斯（1866—1946），英国文明批评家、科幻小说家，有"科幻小说始祖"之誉。

本神话"孩子失踪"① 添加了新的注解。此后,比尔斯围绕进入"第四空间"的那一瞬间,写出了简洁的两三篇力作。特别是一篇一两页长、带有哀伤感觉的短篇小说,讲述一个少年的失踪。可是,通往某处的雪地上留下了少年清楚的脚印。再往前,便无迹象证明他的去向。只是少年的母亲来到那脚印旁,便能听见儿子的声音。据说在英美文坛,比尔斯写恐怖的作品,是继爱伦·坡之后的第一人。比尔斯本人也跳入"第四空间"了吗?据说他在去墨西哥等地的途中,杳然失踪,从此下落不明。

幽灵或妖怪的描写方法变化不居,而幽灵、妖精的各类变种也随之增加。例如,Algernon Blackwood 的作品中,有一个幽灵叫埃尔门塔尔斯,时常跳入小说中。据说,埃尔门塔尔斯的古意是火、水、土等元素之灵。埃尔门塔尔斯之称或许早已有之。然而其活动出现于小说里,无疑是近期之事。读 Algernon Blackwood 的小说《柳树》,讲述两个青年去多瑙河旅行,泛舟河上,为河洲茂密柳树的埃尔门塔尔斯所扰。总之,在夜营的场面中,关于埃尔门塔尔斯的描写十分巧妙。柳树精发出轻敲铜锣般的弱响。这种描写挺有意思。但是这个柳树精与日本三十三间堂的柳树精不同,它是来杀人的,所以不敢掉以轻心。此外有的小说中还出现过不明其真形的妙物。称其为"妙物",是因为它无声无形,却能通过触觉感觉到它。总之一句话,是个"妙物"。小说或以莫泊桑的《奥尔拉》等作为蓝本。就我所知,英美小说中出现的此类怪物,大致有两种。一是比尔斯的小说(《讨厌的东西》)中的怪物。它通过某处时,唯有靠草的摇动来察觉。不过动物好像能看见它,于是狗咬鸟飞,最终是人被怪物勒死。在场的男子一看,那个与怪物绞在一起的人,已隐没于怪物(The Damned Thing)的体内,销声匿迹了。另

---

① 日本神话认为,孩子突然失踪是神把孩子藏起来了,故称其为"神隐"。

一种恐怖情况是,人一看见月光,脸就变得像皱皱巴巴的褥单。这无疑是新的构想。

请容许我述及于此。总括说来,西洋幽灵只要不是骷髅就都穿着衣服。直到最近好像也没有出现精赤条条的幽灵。怪物中则赤身裸体者居多。欧波林笔下的怪物,确是毛毛烘烘的裸体。由此看来,幽灵比人更讲究文明礼貌。所以,当今若是有人去写裸体幽灵的小说,至少在此种意义上,他会拓出前人未拓的新天地。(谈话)

大正十一年(1922)一月

八 宝 饭

刘立善译

石 敢 当

今东光君是一个好学的美青年。他于《文艺春秋》二月号上载文，引用桂川中良的《桂林漫录》，嗤笑了《古琉球风物诗集》著者佐藤物之助君的孤陋寡闻。其潇洒文章之风格得体，风前玉树①亦叹之不如。不过我怀疑，今东光君是否知道"石敢当"之起源？今东光君与桂川中良皆相信《姓源珠玑》的学说。然而有关"石敢当"的学说，不惟出自《姓源珠玑》，颜师古②《急就章》（史游）的注释中也有如下记述："衞有石碏鄭有石癸齊有石之紛如其後亦以命族石敢當。"当以何者为确？令人疑惑。《徐氏笔精》云："二说大不相侔亦日用不察者也。"倘若如此，不晓"石敢当"之起源者，岂止佐藤物之助君？桂川中良亦不知也。今东光君亦不知也。以不知嗤笑不知，山客③焉能不嗤笑乎。据察，钟馗大臣亦托梦唐明皇，这当然出自稗官的荒诞记载。"石敢当"亦非实有人物，或为无何有乡里的英雄。倘若还有许多士人欲知"石敢当"之出典，请问"秋风动禾黍"④ 中孤影萧然的稻草人吧！

---

① 杜甫《饮中八仙歌》中的一句，"皎如玉树临风前"。
② 颜师古（581—645），中国唐代训诂学家。
③ 琅玡山客是芥川的号。
④ 耿湋《秋日》诗云："古道行人少，秋风动禾黍"。

猥亵之谈

据说,我鬼先生①称佐佐木味津三君之文为猥亵之谈,并劝他以此为题名,何其失礼。佐佐木君是为人温厚的君子。幸纳先生之言,将日星河岳般文字自题为《猥亵之谈》。佐佐木君,您想成为血性壮士吧?您是否怀揣匕首,发誓要刺杀先生?将那般文字称为《猥亵之谈》者,有明代的枝山祝允明②。祝允明字希哲,自幼专攻文辞,奇气纵横。据说挥笔千言,立时而就。他的书法名气颇大。以其笔法遒劲、风韵潇洒著称。因其祖父与外祖父皆为当时鸿儒,希哲之文博引典籍,涵容古今,成其大名。然而佐佐木君乃东坡再世般才子,非枝山之辈所能及。称此人之文为《猥亵之谈》,宛似称明珠为鱼目。琅玡山客偶然读了《文艺春秋》二月号,既欲耻笑我鬼先生之愚,又欲悲叹佐佐木君之屈。佐佐木君,请安心,识君者,琅玡山客矣。

红 萝 卜

江口涣君是无产阶级的文豪。他寄稿《文艺春秋》二月号,题名为《格杀勿论》。论旨欲与昆吾③争锐,文辞欲同下玉竞光,真乃当代盛观也。江口君有一论曰:"阅历星霜仅一载,无产阶级论客轻易占领了论坛。"说得何其壮烈!江口君之二论曰:"创作界头道城门、二道城门以及城池中央的天守阁,皆有陷落之忧。"说得何其悠然!江口君之三论曰:"无产阶级文学勃兴之同时,倏

---

① "我鬼先生"是芥川的号。
② 祝允明(1460—1526),号枝山,明代文学家。
③ 中国古代国名,出名剑。

然间赤红遍染，层出不穷的红萝卜，堆积如山。"说得何其痛快！不过琅玡山客愚顽，请问可否将突然变成无产阶级小说家、批评家、戏剧家者称作"红萝卜"？占领论坛，又欲占领创作界头道城门、二道城门乃至城池心脏天守阁的诸位先生，是否称作红萝卜？对此，我多少有些疑问。且在琅玡山客眼中，无产阶级文艺勃兴以前，红萝卜的繁殖，似乎肇端于邻邦俄国革命。倘果真如此，江口君也只是古色可爱的红萝卜。您不以为然么？近期的红萝卜不正是因您的小说而感奋、或因您的评论而崛起的新锐青年吗？！您帮他们染上红色，又骂他们是"红萝卜"，无情不亦过甚乎？您听，红萝卜哭声啾啾，欲震动文坛夜气。古人云："英雄岂无儿女情。"琅玡山客亦欲深信，江口君乃有情之人。要做有情之人么，但您终究仅是个红萝卜，仅是个红萝卜。

琅玡山客
大正十二年（1923）三月

×

田中纯君就《文艺春秋》杂谈栏陷入卑俗而非难道："古今文人，总愿谈论某人阳物之大小。"对于田中纯君的义愤，我必须表示声援。但是喜好卑俗的闲聊，古人不次于今人。有一本书名曰《二家笔谈》，记录了谷三山与森田节斋两位大家的笔谈（因为谷三山耳聋）内容。这本书我还没有见过，阅市岛春城所著《随笔赖山阳》中的妓女下班一节，亦可获知，古人如田中君所信，对阳物大小并非冷淡。毋宁说，古人比今人更感兴趣。

> 赖山阳时常摆弄画师竹洞的大阳物。竹洞大怒，将自己阳物绘于画上，赠予山阳。画上附文云："山阳先生，您以我的阳物为大，我的阴茎仅如此。"画工小田百谷在座，便说道："这大概是缩图吧？原物必定颇大。"满座

大笑。(由此，文人称竹洞先生为"缩图先生"。)(原文中夹杂的汉文，这里将之改写成汉字假名混合体。)

我等并不抬高今人，也极少抬高古人。同样是今人，人们往往抬高大洋彼岸的文人。其实他们与我们无大差别。或者说许多洋人足可使之侍于我等几旁，倾听我等之讲解。我作如是说，似豪言壮语。但说到底，冷眼看洋人，亦出自卫生上的几分必要。

×

论及骂今人的危险性，赵瓯北的《檐曝杂记》有一实例。南昌人李太虚，明崇祯年间任列卿，国变未死，降李自成。清朝定鼎之后逃归。举人徐巨源曾讥笑之。一日，徐巨源去看望病中的李太虚。李太虚言："病将不起。"徐巨源道："公寿正长，必无死。"李太虚诘问此言真意，答："甲申、乙酉①（缺'明亡'二字，甲申年明亡）未死，则更无死期。"李太虚闻之发怒。发怒亦在情理中。继之，徐巨源又撰一剧本，剧情如下。李太虚与龚芝麓降贼，后闻清兵入关，二人仓皇逃至杭州，追兵赶来，惊惶失措，跑到岳飞墓前，藏身于铁铸的秦桧夫人胯下，恰值铁像来月经，追兵过去之后，二人从胯下爬出，满头皆是血污。李太虚风闻此剧走红，遂与恰好来南昌的龚芝麓一起，秘密将演员招来家中，令其夜半演之观之。演至由秦桧夫人胯下爬出之处，两人不觉大哭曰："名节扫地至此。夫复有何可言？然为孺子所辱至此，必杀之以泄愤念！"乃派刺客将才子徐巨源暗杀于某地驿馆。据考察，怯于自杀者，未必怯于杀害他人。徐巨源不辨此理，乱骂今人，终于做了刀下冤鬼。君须知：玩笑当适可而止。

大正十二年（1923）

---

① 甲申年为1644年，乙酉年为1645年。

寄自伊东

刘立善译

敬启者：

佐佐木茂索先生，我在报纸的编辑方面历来就是个门外汉，但却知道文艺作品当刊载于文艺栏内。然而，四月三十日的《时事新报》（静冈版）却将文艺作品刊于文艺栏外。作品的名称是《今天的自习题》。

  小学四年级　　樱花的花朵结构怎样？
  小学五年级　　花岗岩是由何种矿物构成的？
  小学六年级　　叙述一下海藻的用途。

当然，我知道这就是诗。尤其是樱花花朵的"结构"一词，其稚拙之妙，妙不可言。我晓得这是出自编辑上的某种失误。谨请今后将此类作品收入文艺栏，切望之至。拙见虽有炫耀之嫌，还望注意类似失误。

芥川龙之介顿首
四月十三日于伊东

又及：

有一位十二三岁的少女与我同住一家旅馆。据说患有肾脏疾病，脸色蜡黄。陪护的人是她母亲，五十岁上下，不像是一位母亲。今天早晨我去客厅，无意中看见这个病弱少女身倚藤桌，专注地读着《今天的自习题》。我以为，少女一定和我一样，正在思考樱花、花岗岩和滴着海水的海藻。这绝非臆测，瞥视一下少女的表情，谁都能看得出来。不消说，我对《今天的自习题》作者产生了艺术性嫉妒。然而那少女迷醉的表情，亦令我感受到不可名状的幸福。同样从事文笔事业，自己哪怕写出一行这样的文字也好。如果报纸的文艺栏只刊载如此水平的作品，我不知会感到多么快慰！不尽欲言。

大正十二年（1923）四月

当一九二三年九月一日大地震发生之际

刘立善译

一 大地震杂记

（一）

一九二三年八月，我偕一游亭①去镰仓，住进了平野屋别墅。我们的客厅屋檐外是一片藤架，藤架的叶子间点缀着的紫花，映入我的眼帘。八月藤花是稀罕物。不仅如此，从洗手间的窗口望后院，八重棣棠鲜花盛开。

手持浴日丁字杖，指向吐芳棣棠花。——一游亭
（注曰：一游亭手拄丁字手杖。）

还有新鲜事，小町园的庭园小池中，菖蒲也与莲花竞相绽放。

菖蒲叶枯败，尚伴莲花开。——一游亭

藤萝、棣棠、菖蒲，依次数来，都不一般。"自然"带有疯狂

---

① 芥川友人小穴隆一之号。

倾向，这是无可置疑的事实。尔后，我只要看到熟人就说："天地要发生变异。"可是谁也不将之信以为真。久米正雄则对我大加嘲弄："菊池宽害怕了。"

八月二十五日，我们回到东京。第八天，发生了大地震。

"当时，按照一般道理，我也想反对您。可实际上您言中了。"

久米正雄对我的预言深怀敬意。如此说来，我不打自招亦无妨——说句实在话，我也没太相信我的预言。

（二）

"我住在滨町河岸的小船里。樱川三孝。"

这是吉原①一带废墟上张贴的无数告示之一。"在小船里"，落款者或许是表达一个严肃的意义。但其中带有哀伤的风流韵味。在这一行字里，我朦胧看见了秋风小船人家的帮闲形象。江户时代作者笔下的吉原，大概永久地一去不复返了。然而，说到底，即便在今天，仍有告示里显示的那般洒脱的所谓帮闲。

（三）

大地震总算平静下来。户外避难的人们突然间令人感到亲热。虽然是住在对过的三家两邻，大家却亲切交谈，相互间劝烟让梨，帮忙照看孩子。这种情景在渡边町、田端、神明町，几乎随处可见。特别是白杨俱乐部草坪上避难的人们。身后是摇曳的白杨树，人们仿佛为郊游而欢聚一起，兴高采烈地彼此说着心里话。

这种现象早在克莱斯特②的《智利地震》中有过描述。克莱斯特还描写了那般可怕的现实——地震后的人们兴奋过去，平素的恩

---

① 东京的烟花巷。
② 克莱斯特（1777—1811），德国戏剧家，小说家。

怨又渐渐复苏。由此想来，在白杨俱乐部草坪上避难的人们，不知何时又要驱逐身边的肺病患者，或津津乐道地到处传播对过夫人的隐私。这一点我也能想象得出。可是大多数人心中涌出的人间亲情，毕竟是美丽的风景，我愿永久保存好这份珍贵的记忆。

（四）

如我所料，此番地震我也看见了许多被烧焦的尸体。这许多尸体中，给我留下最最深刻记忆的，是浅草商店街收容所里一具病人模样的尸体。这具尸体被火焰烧得焦黑，面目全非。那身穿和服单衣的身体和细瘦的手足，毫无烧烂的痕迹。可是，我无法忘掉的原因并不仅在于此。被烧焦的尸体几乎全都手足蜷起，但不知何故，唯独这具尸体却躺在尚未烧尽的薄毛呢褥子上，规规矩矩伸着双腿。死骸的双手也像彻悟了人生似的，十指交叉置于和服单衣的胸口部位。这不是痛苦挣扎后的尸体，而是安宁地迎接了宿命的尸体。倘若不是脸被烧焦，那苍白的唇际一定会浮现着微笑。

我由这具尸体感受到莫名的悲哀。而我将此事说给妻子听时，她却回言："那人一定是地震之前就死了，之后又遭火烧。"确实，被她这么一说，我想，或许出人意料地真是那么回事。只是令人怨恨，妻子的话破坏了我小说似的心情。

（五）

我是善良的市民。可是我却觉得，菊池宽缺乏这个资格。

戒严令实施之后，我依然叼着香烟，和菊池宽杂谈。虽说是杂谈，内容并没有超出地震的范围。杂谈之间我说："据闻，大火的原因是××××××××。"菊池宽耸眉怒目大喝一声："你的风闻全是谎言!"我当然只能说:"大概是谎言吧。"接着我又说:"据闻,××××是布尔什维克的走卒。"菊池宽又耸眉怒目斥责道:"胡扯!你说的事纯属谎言!""哦,这也是谎言么?"我赶紧将自己的说法撤回。

其实,我还有一个看法。所谓良民,即相信布尔什维克与××××之间存在阴谋。万一不相信呢?那至少表面上也得装作相信。然而野蛮的菊池宽不相信也不佯装相信。理应视其为完全放弃了良民资格。我是善良市民,同时又是自警团的一员,我不得不为菊池宽深感惋惜。

不过归根到底要想做良民——就要煞费一番苦心。

(六)

我从丸之内的废墟上走过。这是第二次路过此处。此前来这里时,赛马场前护城河里曾有几人在游泳。今日,我朝眼熟的护城河对岸望去,石头墙有的地方已坍塌成中药碾子状。坍塌的泥土赤如丹砂。尚未坍塌的河堤青青草坪上,苍松依旧枝如虬龙。今天,那里晃动着三四个赤身裸体的人。那些人并非乘醉兴而泳。但在我这样的行人眼中,那幅景象仿佛以前见过的西洋油画的游泳场面。今日亦然。不,前度此处堤岸上有土石工人在小解。今天却没有,唯此更显出平和气氛。

我观赏着这般景色,继续向前走去。忽然,护城河上传来了意想不到的歌声。唱的是《令人怀恋的肯塔基》。唱歌的是一个少年,只把脑袋露出水面。我感到一种莫名的兴奋。仿佛愿与这个少年同唱此歌。少年或许是无心而歌吧。然而,这歌声在一瞬之间打破了不知何时笼罩心头的消极精神。

人云:艺术来自生活的余裕。确实可作如是观。人之所以称其为人，或亦源自于生活的余裕。为了人的尊严，我们必须开创生活的余裕，进而将之扎成硕大的花束。让生活有余裕，就是丰富生活。

我从丸之内的废墟上走过。可是映入眼帘的，却是烈火烧不尽的东西。

二　大地震日记

八月二十五日

我偕一游亭自镰仓归来。久米、田中、菅、成濑、武川等人前来送行。午后一点前后抵达新桥，即与一游亭乘出租车去看望住在圣路加医院的远藤古原草。古原草的病基本痊愈，正在摆弄着油画颜料。在医院遇到风间直得。圣路加医院的病房设备、护士的服装等皆清爽朴素甚为可爱。一小时过后，再乘出租车送一游亭归，三点前后，总算回到了田端。

八月二十九日

暑气正盛。我想再游镰仓。黄昏时分发起高烧浑身打哆嗦。用体温计一量，三十八度六。便请下岛大夫出诊，确诊为流行性感冒。母亲、姑母及妻儿们，都程度不同地有点儿感冒。

八月三十一日

病情稍见好转。卧床读《涩江抽斋》①。我记得自己曾在写《山药粥》时，用了"几乎全都"一语，遭到久米的讥笑。今日读《涩江抽斋》，发现鸥外先生也使用"几乎全都"一语，不禁一笑。

九月一日

中午在饭厅里吃了面包喝了牛奶。正当饮茶之际，大地震骤然

---

① 《涩江抽斋》是森鸥外所著历史人物传记，1916年发表。

发生。我与母亲一起，来到屋外。妻去二楼援救熟睡的多加志。姑母站在楼梯下面，一个劲地呼唤着妻与多加志。妻与姑母抱着多加志逃出屋外之后，又发觉父亲和比吕志不在。遂打发女仆阿静回屋内，仓皇地将比吕志抱出。父亲也绕过庭院逃了出来。此间房屋剧烈震动，人无法正常行走。十余片屋瓦纷乱坠落。强震渐渐平静下来，狂风拂面而过，土腥味儿十分呛人。我与父亲查看屋内屋外，受灾状况仅是屋瓦坠落、石灯笼歪倒。

圆月堂前来看望，神情泰然自若。当然多少也受了惊。我强忍病苦，与圆月堂一道去看望居于附近的诸君。途经神明町的烟街花巷，倒塌房屋数不胜数。伫立月见桥畔，遥望东京天空，天带土色，四方烟火飞腾。回家之后，担心停电和粮食紧缺，便去买来了蜡烛、米谷、蔬菜和罐头等。

夜晚，又去圆月堂家附近的月见桥畔。东京的火灾益烈，举目远眺，宛如熔炉。田端、日暮里、渡边町一带，不少人把椅子搬到路上，榻榻米铺在路上，准备露宿屋外。回家后，我说强震不能再发，让家人睡在屋内。电灯与煤气皆失去功能。偶或打开二楼窗户，天色红似燃烧。

今日，下岛先生的夫人独自钻入强震中的药局，用身体支撑着摇摇欲倾的药品架。药局幸免于火灾。其胆识与勇气，吾等愧不能及。下岛先生的夫人或许是涩江抽斋夫人之转生。

九月二日

东京的天空为烟气所蔽，时见灰烬落于庭前。求圆月堂去看望住在牛込、芝等地的亲戚。有消息说，东京毁为废墟。又有消息说，横滨及湘南一带亦毁为废墟。念及滞留镰仓的挚友，心中频觉不宁。黄昏时，据圆月堂归来述说，牛込平安无事，芝则化作焦土。姐姐家和弟弟家皆被烧毁了吧？他们生死不明，令我忧心。

今日，经田端奔向飞鸟山的灾民，络绎不绝。家人担心田端也会为火灾所殃及，妻将孩子们的衣服装进筐里，我则用包袱包上了漱石先生的一幅挂轴。家具什物即便捆包妥当，估计也难以运走。人欲无穷，但关键时刻又能出人意料地断然放弃。入夜，我发高烧三十九度。时有不逞之徒暴乱。我心事重重，苦不堪言，虚弱得站不起来。圆月堂替我通宵达旦警戒，他短刀横前，手提木刀之形象，宛似不逞之徒。

三　大地震之时的感想

没有一家杂志约我写与地震相关的文章。纵然奋笔疾书，也很难合乎约稿要求。我也只好就我所思，记述一二，幸而无人指责我的话语孟浪。

涩泽荣一子爵说，应当承认这次地震是天罚。自我反省起来，谁的脚上没有疵点？脚有疵点即应承认此乃蒙受天罚之故吗？然而眼观我杀妻子，他家房子未被烧毁，谁能不惊诧于"天罚"的不公?! 相信不公的天罚，不如不相信天罚。不，我们必须知晓，此乃上天对苍生的冷淡。以当今流行的语言来表达，即此乃自然对我们人类的冷淡。

自然对人类是冷淡的。大地震对资产阶级和无产阶级一视同仁。烈火对仁人与泼皮同等看待。自然的眼睛对人与跳蚤无优劣选择。屠格涅夫散文诗里的这些警句是真实的。不仅如此，人类心中的自然对于人类心中的人类，同样没有爱怜之心。大地震与烈火逼迫东京市民把日比谷公园嬉游水池中的白鹤与鸭子全吃掉了。倘若救助不及，或许东京市民如野兽一般啖食人肉。

灾民把日比谷公园嬉戏水池的白鹤与鸭子全吃掉了。此等境遇悲惨可怖。吃白鹤与吃鸭子，不，甚或吃人肉，"吃"者本身并不足惧。自然对于人类是冷淡的。人类心中的自然对于人类心中的人类，也同样没有垂爱之心。那么吃了白鹤与鸭子，就称东京市民有兽心，进而对人与禽兽就全然不做区分，这毕竟只是怯懦无能的感伤主义。

自然对于人类是冷淡的。不过生而为人，就不该蔑视"人"这一事实。就不该抛弃为人的尊严。倘若不吃人肉无法存活，我便和你一起吃人肉吧！饱餐了人肉之后，便要毫不踌躇地爱父母爱妻子，进而爱邻人吧！之后还有余力，可以去爱风景，爱艺术，爱万般学问。

自我反省起来，谁的脚上没有疵点？我的双脚疵点严重，以致我几乎要截去双脚。幸运的是我不认为大地震是天罚。不消说，人们对天罚不公的诅咒声不绝于耳。唯姐弟家被烧毁，几位挚友死于地震，令我感到万分遗憾。我等皆当哀叹，但却不可绝望。绝望是通往死亡与黑暗的大门。

同胞啊，厚起脸皮来吧！就像考场上"作弊"的中学生，切莫相信什么天罚。作如是说，乃因涩泽荣一子爵的一句话，我显示出滔滔不绝言所欲言的才学实力。同胞啊，在态度冷淡的自然面前，要重树起自亚当以来的人类形象吧，切莫做消极精神的奴隶！

四　东京人

我生在东京，长在东京，住在东京，至今未对爱乡之心有过同感。对此，我还确曾自鸣得意。

本来，倘若没有"县人会"的关照，没有旧藩主的帮助，从某种意义上讲，爱乡之心便一无用处。爱东京亦复如是。说到底，炫耀似的到处喊叫"东京、东京"的人，只限于东京一带罕见的乡巴佬。

发生大地震的第二天，我遇到了住在大彦的野口君。当时，在我和野口君之间摆着一瓶汽水，两人谈了许多。说到两人之间摆着一瓶汽水，听来或许给人以轻松悠闲之感。此时的东京，大火的浓烟将田端的上空搅得混浊一片。野口君今天没穿短袖薄纱外褂，却在头上扎了一块像似救火巾的头巾，身穿印有云龙的多层厚衣。此时，在我与野口君交谈之间，顺便言及了灾民相继离开东京的事。

"如此看来，外地人都将返回老家。"我的话还没说完，野口君就说：

"相反，唯有东京人能够留下来。"听了野口君的话，我感到心里略微踏实了一些。产生如此心理，是因为野口君的装束？是因为搅浑了天空的浓烟？还是因为我自己产生于大地震的惊悸？此类原因我不甚清楚。而归根到底，在那个瞬间，我感到了某种近似爱乡之心的力量，这确系事实。当然，我的心底，仿佛还残留些许我曾经蔑视的东京人的感情。

五　废都东京

加藤武雄先生：

我已获知您让我写"祭东京文"的嘱托。事实上已接受了您的嘱托。然而一旦到了搦管欲写之时，也是由于正当匆忙之际，我却怎么也挑不起兴致来。故致函恳求鉴谅。

某人大概遇上了"应仁之乱"①。他作的和歌中有这样一首：

> 君亦尽知晓，京都成荒郊。
> 眼望云雀飞，落泪实难消。

---

① 围绕将军足利义政的继承人问题，于 1647 年（应仁元年）——1677 年发生的内乱，京都因此化作丘墟。

我从丸之内的废墟上走过时,如此心情倏然而生。据说水木京太每当路过银座,就不觉地潸然泪下。(我须注明,我并非毫无感伤心绪。)虽然我有"落泪"的心情,但是泪水终究没有真的落下来。此外,也许是我的用语不慎,我确实觉得,落泪者事实上仅为少数。

当然,我萌发出"落泪"的情绪,乃因心中想起了大地震以前的东京。但是,我并非痛惜东京。我不甚爱惜大地震以前的东京。即便我萌出了"落泪"之情,也不可轻率地将我断定为迷恋"江户情趣之徒"。为了显现自己对于并不熟悉的昔日江户的依恋之情,我表现得过于散文化。我爱的东京是我亲眼所见的东京,是亲自漫步的东京,也是令人更感心神安适的东京。但见银座垂柳摇曳,取代黏糕小豆汤店的,并非流行开来的咖啡屋。您一定也是知道的,那是人们虽头戴洋草帽却身穿和式薄衣短褂的东京。那个东京已经消失了。虽说还是同一个东京,却总给我一种不协调之感。东京现在化作了焦土。面对这急剧的变化,我想起了以前的俗恶东京。我惋惜这俗恶的东京。也许走过丸之内废墟时我都未产生这样的痛惜心情。这种惋惜是一种朦胧的感觉。我觉得,自己仿佛为俗恶的东京附加了追忆之美。最确凿的证明便是曾经感受的"落泪"之情。我吊祭东京的心情大概也不会超出"落泪"一语。"落泪"——可否仅以此作为《祭东京文》?

我净写了一些无关紧要的事,请莫见怪。写罢此信后,我与逃避火灾、满聚家中的亲戚故旧们一起,吃粗米晚饭。晚上我还得点亮灯笼里的蜡烛,去夜警值班室值班。于此搁笔。

六 地震灾害对文艺的影响

地震灾害与战争之类的事件不同,它肯定不是由人类意志所决定,地震不过是大地摇动,引发火灾和人丁伤亡而已。为此,地震灾害对我们作家产生的影响并非那么深重。至少没有达到改变作家人生观的程度。若说有什么影响，或可归纳如下。

正是由于灾害巨大，此次大地震强烈撼动了我们作家的心灵。我们体验了强烈的爱憎、怜悯与不安。我们曾经研究过的人的心理，都是微妙纤细的精神活动。如今，也许要添绘上更加粗犷的感情曲线。当然，要推动那般感情的波澜起伏，便可利用地震与火灾。事实究竟如何，尚不得而知。但似乎存在那种可能性。

震后的东京还会复兴，可眼下的大煞风景，已达到无以复加的程度。我们难以一如既往地从外界寻求兴味。我们会在自己内心世界里寻觅某种乐趣。至少原有这种倾向的人，会更加强化这种倾向。也就是说，这里或恐会发生一种近似的现象——人们领略起中国乱世诗人的隐遁风流。这种现象尚不能预言将来必成事实，不过颇有其可能性。

前一倾向产生诉诸多数读者的小说，后一倾向产生诉诸少数读者的小说。两种倾向截然相反，但却无法否定二者产生的可能性。

七 痛惜古书的烧毁

非常遗憾，此番地震令古代美术品和古书都毁于一旦。听说陈列于表庆馆的陶器类毁损殆尽，其他物件也损坏颇多。古代美术品暂且不论，就古书而言，黑川家①的藏书烧毁了，安田家②的藏书烧毁了，东京帝国大学图书馆的藏书也烧毁了。这是无可挽回的损失。村幸古书店、浅仓屋古书店和吉吉古书店均毁于火灾，经营商受到了很大损害。个人藏书被烧毁还情有可原，而东京帝国大学图书馆

---

① 指国学学者黑川春村（1799—1866）及其继承人、明治时代国学学者黑川真赖（1829—1906）。

② 指实业家安田次郎（1838—1921）。

的藏书也被烧毁，无论怎么讲，都是大学的失误。图书馆邻近医科大学易发火灾的药品库房，此为不妥之一。休息日图书馆里只留下勤杂人员，此为不妥之二。（据闻，此次火灾中连哪些书籍贵重都分辨不清，以致未能将贵重书籍抢救出来。）书库结构粗劣，乃不妥之三。与以上不妥相比，最最根本的原因在于东京帝国大学将古书束之高阁，且未能大量翻刻。此乃不妥之四。最后的责任在于学者们。舍不得将材料示于他人，最终却将材料化为乌有。其罪理当击鼓而问之。令人不胜遗憾的是，大野洒竹穷其终生苦心建成的洒竹文库，亦化为灰烬。井上士朗编辑的俳书《八九间雨柳》和胜峰晋风的文库本《八九间雨柳》，乃天下仅存的两册。如今亦仅剩一册。

大正十二年（1923）九月

鹦　　鹉

——大地震备忘录之一

刘立善译

如读者所见，本文不过是一篇备忘录。将备忘录原封不动公开发表，乃因缺乏时间上的绰余，此外，或亦因缺乏心情上的绰余。然而将备忘录原封不动公开发表，此事本身并非毫无意义。一九二三年九月十四日记。

本所横纲町住着一中节①的师傅，名钟太夫，六十三岁，与十七岁的孙女相依为命。

钟太夫的家虽未毁于地震，却为近邻火灾所殃及。钟太夫与孙女奔往两国②，随身携带的仅有一个鹦鹉笼。鹦鹉名叫五郎，后背呈灰色，腹部呈粉红色，其技能只是模仿金银首饰店里的小锤敲打声和"naru"（"确实"的略语）一语。

由两国去人形町途中，不知何时钟太夫和孙女走散了。他挂虑孙女，但无暇寻找。人潮往来涌动，行李一堆又一堆。钟太夫看见了一个手提金丝鸟笼的女子。观其服装，像是从事色情服务的酒馆老板娘。钟太夫道："我察觉到，有人与我爱好相同。"看来，他还有这点思考的余裕。

---

① 日本曲艺净琉璃的一派。
② 地名，位于东京中央区和墨田区之间。

钟太夫来到了铠桥。街市一侧大火熊熊燃烧。面对大火一侧的脸颊,被烤得灼热。忽然间,觉得头上又有什么东西往下掉,原来是包电线的铅管被烈火烤化之后,落了下来。从这一带开始,钟太夫被人潮挤得更狼狈了,他不时感到鹦鹉笼都快要挤碎了。鹦鹉在笼中一直扑腾不止。

到了丸之内,可以看见升腾到日比谷上空的火灾浓烟。警视厅、帝国剧场被烧毁了。好不容易到达楠木正成①铜像旁,坐在草坪上,心中异常挂记孙女的行踪。他一边大声呼喊着孙女的名字,一边在逃难的人群中到处寻找。日暮,钟太夫横卧松荫之下,身旁是股票商带领的几个店员。大火的浓烟滚滚,仰望天空,目光所及,一片赤红。此时,鹦鹉突然叫了一声"naru"。

翌日,钟太夫还是从丸之内到日比谷一带寻找孙女,他说:"我不想返回两国或人形町。"亭午时分,钟太夫开始感到饥渴难耐,便以日比谷公园的池水润喉。孙女还是没找到。夜里,钟太夫又躺在丸之内的草坪上,鹦鹉笼置于枕边,担心被人偷去。他看着难民吃从日比谷公园水池里抓来的鸭子。火光依然冲天。

第三天,钟太夫已无信心再找孙女,转而要去新宿的外甥家。由樱田门走到半藏门,听说新宿也被烧毁了,他想求助于谷中的檀那寺。饥渴愈甚。他说:"我不想杀掉五郎。如果它自己死了,我想吃了它。"在奔往九段上的途中,钟太夫总算从官府勤杂人员模样的人手里要来一合②多粗米,嚼碎生米吞入腹中。他又左思右想,提着鹦鹉笼,不去麻烦檀那寺了。他把剩下的粗米喂了鹦鹉之后,就在九段上的护城河边放飞了它。薄暮时分,钟太夫来到了檀那寺。和尚热情地让他在寺内多住上几日。

---

① 楠木正成(1294—1336),日本南北朝的武将。
② 容量单位,十勺为一合,十合为一升。

第五天清晨,钟太夫来到我家。其孙女行踪依然不明。平素精神矍铄的"一中节"师傅,憔悴得出人意表。

附记:新宿的外甥家幸免于火灾,孙女避难于该处。

解　　嘲

刘立善译

一

中村武罗夫君：

　　拙文是对大作《关于随笔的流行》① 的应答。大概是我最近未同你共论天下文艺的缘故，读了你的文章，产生了反戈一击的冲动。虽然拙文晚了一个月左右，但仍可聊作反击高论的一箭。你必须一如既往，怒发冲冠之同时，还要在内心为自己射出的箭确有回应而满足。

　　你说："一切艺术，理应是清闲的产物。"又说："从艺术的本质方面讲，艺术该当是清闲的产物。"我在遭到你反驳的文章中说道："随笔是清闲的产物。至少在文学领域里，仅有随笔是夸耀自己是清闲的产物的文艺形式。"当然，此言并不意味着随笔以外的文学形式不需要清闲。"仅有随笔是夸耀自己是清闲的产物"，此言已触及现实问题的焦点。确实，清闲应当是艺术鉴赏与艺术创作方面的必要条件之一。至少应当是适当条件之一。关于这一点，我对你的见解毫无异议。同时，你对我的见解也应毫无异议。

　　接着，你还这样说："芥川说，清闲是金钱的产物。但是（中略）不管有无金钱，置身现在的社会环境中，是得不到清闲的。

---

① 此文旨在反驳芥川在《野人生计事·清闲》中提出的观点。

有钱也忙,无钱也忙。但我认为,能否得到清闲,关键不在于有无金钱,倒是在于每个人的心境。"如此看来,说什么得不到清闲,这未必是你的全部见解。总之,在金钱之外,心境或可多少带来一些清闲。对此,我也提不出异议。我在遭你反驳的文章中已经阐明:"在获得清闲之前,首先必须有钱,或者必须超越金钱。"

然而,不幸的是,你在承认了清闲之可能的心境外,又承认了使清闲之不可能的其他原因。"我认为,最根本的原因是社会环境。听着电车、汽车和飞机发出的声响,埋在报刊堆里,纵然再有钱,也无法进入古人沉浸过的那般'清闲'境地。"这种观点不仅是你的谬误,也是屡屡出自有识之士口中的、比山岳还要古老的谬误。古往今来,社会环境从未使人能轻易享受到清闲。二十世纪的你,在乎汽车的声响;十九世纪的叔本华却在乎马车夫的走马鸣鞭;进而言之,远古的荷马一定在乎战车发出的辘辘声。也就是说,古人也认为他们生活的时代最嘈杂。不,事实并非如此。汽车、电车和飞机发出的声响,或者现代社会环境,毋宁说是获得清闲的必要条件之一。生活在如此社会环境中的你我,除此之外不复存在安闲生活的天地。寂寞破坏清闲,这在本质上和喧嚣完全一样。若认为我的话荒诞不经,你可想象一下你我被抛弃到非洲森林之后的处境。勇敢的你,或许能登上霍屯督人酋长的宝座。但不出一个月,不幸的酋长中村武罗夫就会变得疯疯癫癫,这是明摆的事。

你还说:"那么,不能指望从无清闲的现代生活中诞生出艺术吗?我认为未必尽然。艺术是自由流通的东西。艺术的内容也好,形式也罢,在任何时代任何境地都可以诞生。(中略)艺术随着时代的发展而不断变化,勇往直前。"艺术必然是自行变迁,无需人为裁决,这一点你我同感。但是,"同感"一语未必意味因为每个时代的艺术各具各的特色,其意义就一律平等。达·芬奇的作品是十五世纪的意大利艺术。未来派画家的作品是二十世纪的意大利艺术。然而针对二者,我们能否致以同样的尊敬?——这一点,纵然不作解释,你也必与我同感。

你又说:

> 与此相同,我们来看看随笔。在清少纳言和兼好法师生活的时代,诞生了《枕草子》、《徒然草》之类的随笔。当代则出现了与当代相适应的随笔。这是必然的事。(吾曰:"自不待言。")我认为,夏目漱石的《玻璃门内》等,作为艺术小品是随笔中的上乘之作。(吾曰:"我亦颇有同感。")那般作品,可望而不可求。观潮楼、断肠亭①和漱石姑置不论,单说冈荣一郎和佐佐木味津三的随笔,作为新时代的随笔,不也是很不错吗?!

为了赞成高见,首先,须将《玻璃门内》与冈荣一郎、佐佐木味津三两人随笔的差别界定为纯属时代的差别。这两位是我平素敬爱的人,不妨将其界定为全是时代的差别。若非顾及"大义灭亲",我也未必说得如此绝对。不消说,对于远不及冈荣一郎、佐佐木味津三两人作品的随笔,再受到你的促动,我也不会赞许一辞。(顺便约略言之,你好像把古人随笔的佳处与你所谓的"古趣"等量齐观。而我喜欢《枕草子》并非喜欢其"古趣",至少确非仅喜欢其"古趣"。)

最后你说:"充其量是篇随笔。最好不要将其想象得那么高难。荒唐过甚固然令人无法接受,但也未必要求风格高雅,未必要求是名文,未必要求知识渊博,未必要求文章凝练。朴素地、天真活泼地依照各自的素质写出自己的所见所感所思即可。"无疑,此

---

① "观潮楼"是森鸥外的别号;"断肠亭"是永井荷风的别号。

话没错。但问题潜在于你说的"荒唐过甚当然无法接受"的"过甚"之中。"荒唐过甚"造成了"无法接受"。对此，彼此看法一致，只不过你比我更富有宽容的美德。

这里，话题涉及枝叶末节。你说："正当近来随笔的流行渐趋兴盛之际，出现了这样一种倾向，随笔评论家一面褒扬永井荷风和近松秋江，一面嘲笑年轻人写的随笔。（中略）他们因袭世间旧说，屋上架屋，无任何建树。"对此，我唯有同感。如果把我也加入所谓的"年轻人"中，我确实就更加与君同感了。

你说："我认为，中户川吉二首创的《随笔》杂志，让人们清楚意识到随笔之流行。（中略）不过，倘若随笔果真像芥川和其他诸位界定得那样高难，（中略）说到底，创办专门的随笔刊物是不可想象的事。"此言略显过激。杂志《随笔》未必全登载理想的随笔。你读一下你现在主宰的杂志《新潮》，事实上，时而或多或少也登载旧潮文章。

中村武罗夫君：

我确信大体上回答了大作的问题。追加一言，我论述随笔的文章也并非理路整然。我说过："获得清闲之前，首先必须有钱，或者必须超越金钱。人们对两方面都感到绝望。"为何如此？这是因为我把厌世主义的"或许"断然说成了"是"。你怜悯过我吗？不幸的是，您没有触及这个弱点。按理说，你早知道受论敌怜悯的不快。如果在彼此的论战中，我多少感觉到一点敌意，那么，唯有这一点实令人怒气满怀。于此搁笔。

二

根据《新潮》二月号刊载的藤森淳三的文章（内容涉及宇野浩二的作品与他人的关系），宇野对自己曾经蔑视过的里见和芥川龙之介送去了秋波。里见姑且不问,仅就我个人而言,藤森的话没有言中。也许宇野送来了秋波,我也频繁地送去了秋波。不,根据我的自身感觉,不如说似乎在人们眼中,唯由我送去了秋波。

藤森的文章对宇野这位大家或许无关痛痒,故而,我没有必要为宇野撰写此文。

然而,新观念或不送秋波,这是百无聊赖的心情证据。同时又是我的羞耻。这样一来,"送去秋波"这种惯常蓬勃的活力证据,不应由宇野独占,我也应当领占一份儿,或者应当全给我一人。可是偏颇的藤森却将这种名誉全给了宇野。纵令我何其脱俗,也无法不心生嫉妒。

总之,我幸得小闲,草成此文,权且当做"秋波之辩"。

大正十三年(1924)四月

正冈子规

刘立善译

×

北原先生①：

　　您命令我为《艺术新闻》写篇关于正冈子规的文章的指示，我已拜读了。提及正冈子规，即便没接到您的指示，我也想写篇文章。但因诸事繁杂，至今尚无暇撰写。若允许我随意写来，我就介绍一下夏目漱石先生与大冢保治先生围绕正冈子规的谈话断片。我认为，这对喜爱正冈子规的人们来说，一定比听我那急就的《子规论》更有趣。

×

　　记不清是在《墨汁一滴》还是在《病床六尺》中，子规在其中一文里记述了这样一件事：子规和夏目先生外出散步，夏目先生不识水稻，令子规感到惊愕。及后，我在夏目先生面前提起了他不识水稻之事。夏目先生反驳道："你说什么？我早就认识水稻。"我又反问："那么，子规文所写子虚乌有吗？"夏目先生回答："倒也不是。"如果不识水稻之事属实，早识水稻之事亦属实，就令人觉得有点儿奇怪了。不过夏目先生这样解释："水稻中可磨出大米，这我早就知道了，我也多次见过长在田里的水稻。我只是没能发现长在田里的水稻就是能磨出大米的水稻。换句话说，我没能把

---

① 北原铁雄（1887—1957），出版商，经营《艺术新闻》。

头脑中的水稻与眼前的水稻统合起来。故此子规所写,可以说既非子虚乌有,亦非完全真实。"

×

据夏目先生讲,子规对夏目先生作的俳句和汉诗总是提出批评。对于子规的自负,夏目先生当然感到有些嗔怒。一次,他写了一篇英语文章给子规看。您猜子规怎么着?他平心静气地在文章上写出了这样的批语:"very good!"

×

这些事出自大冢保治先生之口。大冢先生留学归国后,就西服与和服的美丑比较,做过演讲。不知子规是直接听了大冢先生的演讲,还是读了大冢先生的演讲笔记,总之据闻,子规知悉大冢先生的学说之后,对大冢先生这样说:"你所论述的,只是人站立时的服装美丑。必须兼虑人坐下之时的服装美丑。"我是在听大冢先生讲美学课时听到了这些。大冢先生笑嘻嘻地说:"后来我琢磨着,子规总是那样病卧床榻,大概看见的净是坐着的人。我出国在外,看见的净是站立的人。"大冢先生附加的这个注释颇有道理。

请允许我就写到这里。近日,我对前往贵社的人已经说了,请您在《子规全集》的预购者中,填写上我的名字。于此搁笔。

大正十三年(1924)四月

《假面》的同人们

刘立善译

学生时代的我,与第三次、第四次《新思潮》的同人们过往甚密。我本来不想当作家,却最终成了作家。这完全因为受了他们的坏影响。完全?当然是否"完全"或许是个疑问。当时除了他们,我还和早稻田大学的一些人来往。这些人确实对清净的我产生了坏影响。

所谓"早稻田大学的一些人",不外乎创办了同人杂志《假面》的日夏耿之介、西条八十、森口多里诸君。我还偕山宫允君去过一两次西条君家的客厅闲玩,那里点着带有红灯罩的电灯。日夏君和森口君自不待言,就连结识师长辈的吉江孤雁,也是在这个客厅。当时说了些什么,现在几乎忘却了,只记得讲了鬼怪故事的那天晚上,我经由大久保回家时,路上连一个行人也没有,天还下着雨,令人胆战心惊。

其后,我与吉江先生、西条君以及森口君一直互无音信。只是我住在镰仓大町时,日夏君也移居镰仓长谷,我同他时常往来。当时日夏君住的八张榻榻米大小的居室,是房东分别出租的房间之一。即便房间与房间之间的纸拉门关得严严实实,风还是从壁龛的墙缝里阵阵吹了进来,真是滑稽可笑。离开镰仓后,我和日夏君的关系也不知不觉地疏远了。诸君好像都健在。日夏君时常在《中央公论》上发表评论诗歌的长篇论文。如今壁龛的墙缝里,不会再呼呼进风,吹入日夏君正在写作的房间里吧?

大正十三年(1924)五月

案头的书

刘立善译

一 《古今实物语》

（一）

大阪的画工北璇著有《古今实物语》一书，计四卷，配以作者画的插图。此书并非稀有的读物，但聊有异趣，故将其梗概介绍如下。

《古今实物语》收奇谈二十一篇，这些奇谈看似鬼怪故事，其实绝非鬼怪故事。譬如，我们展读一下《幽灵袭击二月堂牛王护家符》。

"今西村住着一个有德的百姓，名叫兵右卫门。他家的女仆容貌出众，生性亦温顺善良。主人兵右卫门时常与女仆私通。主人之妻是一个颇好吃醋之人，私下听到此事，嗔恚之火燃烧胸膛，暗中叫来男仆，吩咐道：'你杀掉那个女人。干得好，我重赏金银。'男仆闻之亦惊骇，但他生来是个欲念炽旺之徒，便不假思索将此事应承下来。（中略）女仆（中略）坦然自若地沿着田埂朝前走，不料对面芒草丛中钻出男仆，把女仆夹在腋下，抛入池中。（中略）"

"日落西山时分，偏巧一个喜走夜路的男人，冒着淅沥小雨去曾我宫上班，通过池畔时，池中传来'喂——喂——'的呼叫声。

男人不知是谁，便停住了脚步。女仆的幽灵由池中突然显现出来，说道：'我看您是个男子汉，想求您帮忙办件事。'话音没落，女仆魂灵像狐狸妖气附体逞威似的，挽起袖子朝男人扑了过去。她解释道：'不，不，我不是那种邪妖，我是今西村兵右卫门家的仆人。由于如此这般原因，我被人害死了。实在残酷至极。报仇之念不离我身，今夜我只想去他家报仇。可他家的主人信仰观音菩萨，将东大寺二月堂的牛王护家符贴在大门上，死人的魂灵靠近不得。（中略）如果您能把那牛王护家符撕下来，我生生世世不忘大恩。'女仆幽灵的乞求中饱含着痛苦。"

"男子回答：'那牛王护家符是无敌之物。（中略）你告诉我具体地点，我让你如愿以偿。你跟着我快走。'少顷，来到了兵右卫门的家。男人按照女仆幽灵的意愿，鬼使神差地撕下了护家符，扔在一边。女仆的幽灵大喜，打开门，特意让人发觉她已进了屋。而后，那幽灵咬住寝室内熟睡的兵右卫门老婆的咽喉，轻而易举地结果了她的性命，随之由大门逃之夭夭。（中略）"

"女仆的幽灵跑出来，（中略）附在那男子后背上，求他随便把自己领到何处皆可。此时，兵右卫门的家中突然炸了窝：'哎呀，哪个家伙杀人了！'众人提着灯笼举着火把，上下乱照。那男子迫不得已，撒腿疾逃。不知不觉地跑回了自己家。（中略）那男子是个单身汉，家里没人责备他。把女仆的幽灵带回家后，他心中惊悸不已，异常害怕，心中祈祷：'哎呀，你已如愿以偿，求求你了，去该去的地方吧。（中略）'"

"女仆的幽灵俯首片刻，（中略）自己已杀死了仇敌，复仇之念云消雾散，理应奔赴黄泉。但是，思来想去，还是愿意留在人世。（中略）加之，自己与男子投合之处何止一二，这样的自己必定绝非幽灵。（中略）男子尚无妻室，二人终于谈妥，决定搬家，迁居大阪，那里有故旧。然而，这种结局兵右卫门一无所知，他为了救助正妻和女仆免受凶神折磨之苦，不断向僧侣们施舍金钱。"

这个故事并无什么新意，从铃木正三的作品中即可发现类似的鬼怪故事。只是北璇对故事做了现实主义的阐释，将超自然的事象改译为自然事象。如此事象并不止于这一个故事。相似者还有，他将安珍清姬的故事改译为《纪州日高之女杀死山中野僧》，将葛叶的故事改译为《人畜结婚生男孩》，将铁环的故事改译为《在贵布祢明神社祈祷的妒女》。尤其在最后一篇里，想变成嫉妒鬼的女人不知不觉忘却了妒意。文中有如下描写："此乃值得庆幸的天启。我为自己的心愿成真而喜悦，遂跳入河里，""适逢冬月下旬，（中略）周围皆为白雪所掩，河面上寒风凛冽，冰封肢体，手脚冻僵，已经奄奄一息之时……"对于这般残酷的现实主义者的谐谑，谁能不哑然一笑?!

（二）

接着，我们来看《女儿挖出孝子金锅》。

"有个百姓名叫三八，侍奉寡母，至孝无比。某年冬月下旬，母亲要吃竹笋。三八虽然家贫，却能满足母亲的口味爱好，早晚饭食一直安排得丰富充足。但是冬月里母亲要吃竹笋，可难坏了儿子三八。（中略）三八头戴斗笠身披蓑衣，去两三丁①以外有竹丛的地方，猜想那里会有竹笋。他不断扒开枯叶上的积雪，一个劲儿寻觅。然而（中略）三八悲叹道：'唉，真是天灭我也！'泪水和雪水湿透了三八的衣袖。万般无奈只好回家。途中，他发现一个绳子捆扎的小桶。三八拿起来想瞧个究竟。桶上并无'赐予孝子三八'的贴条，他打开桶盖，里面装的竟是腌笋。三八的心情比得到金钱

---

① 丁是长度单位，一丁约等于109米。

还高兴。(中略)他对妻子一五一十讲了这件事。儿媳对婆婆的孝心不次于儿子,她赶紧刀削咸松鱼,掺到竹笋里,做成热汤,端给婆婆喝,其味道之美,与鲜笋一样。母亲的欣喜非比寻常。出现如此结局,这对任何人来说,都是一件不可思议的事。"

"如此孝心,拼命劳作,却愈益穷困,家道渐衰,眼看着早晚的炊烟亦要断绝。三八征求妻子意见:'(中略)我们的闺女今年已经养到十五岁了,(中略)我打算把她领到都市里,让她找个活儿干,挣一份工钱。你看怎么样?'妻子回答:'我也早就这么打算的。'(中略)三八打点好行装,领着女儿走出了家门,决定先去久负盛名的大阪。在这里,三八打听了一下熟人,把女儿送进了一家色情酒馆。(中略)女儿上工的第一天,就结识了一位富有的大臣,大臣立即花钱将她赎了出来,并把三八夫妇及其母亲都接到大阪。此后家境与以往大不相同。夏天,三八不挂蚊帐了,让侍女坐床边摇蒲扇。儿媳不再用自己的乳汁喂婆婆,取而代之的是京都虎屋点心店制作的羊羹。'破冰捞鲤鱼'① 的故事已经老掉牙了,如今水晶水槽里的朝鲜金鱼游来游去,赏之为乐。此皆为至孝之结果。"

天不赐福于孝子三八。向孝子三八赐福的仅是某人丢失的腌笋,或者说是出卖肉体的独生女儿。作者对俗论发出的冷笑,可谓毒辣至极。我对这个带有讽刺意义的现实主义作品,或多或少地心存同情。然而遗憾的是,作者的逻辑性思维不甚高明。例如《饿鬼圣灵会论》、《寺僧与病人的问答》、《佛教徒与儒教学者渡唐天神论》等,无论其逻辑之笔如何偏袒何方,其理论与理发店师傅讲解的人生观,本质上大体不过是五十步与百步之差。

顺便提及,《古今实物语》于宝历二年一月出版,附有土冈然

---

① 指中国《二十四孝》中孝子为孝敬老人而破冰捞鲤鱼的故事。

作的汉文序言。此书在大阪南本町一丁目村井喜太郎书店出售。且与《古今百物语》、《当世百物语》同年刊行，此事不亦有趣乎？

二　《渔色男子入怀换魂记》

《渔色男子入怀换魂记》是《好色男人逛江户》的原型，我家收藏了此书的第一卷和第四卷共计两册。大豆右卫门的冒险，令人油然想起拉伯雷的作品。

大豆右卫门是京都东部山科人。其母"虽非盐之长次，却梦中吞马，遂怀胎生子"，名曰大豆右卫门。此名的由来，无需赘言。大豆右卫门二十三岁时，"欲采集南五味子，售予京城的靓女们。他拨开草棻树丛，登上逢坂山时"，偶逢貌美似玉的仙女，服下了仙女给的一粒金丹。"当他满怀谢意恭恭敬敬接过金丹吞下之后，他的躯体即刻之间宛似霜雪消融，变得短小，有如微型木偶人。"表面看来，仙女似乎令其丧失人伦之交，实则按照仙女解释："这样一来，你便可随心所欲地出现于柳陌花巷，或商人家的漂亮贵夫人面前。（中略）若你钻进与你所思恋的女子行鱼水之欢的男子怀中，那男子的灵魂便脱离了躯体，你可自由地享受女人，不亦无上畅快乎？"如此看来，大豆右卫门的身体转化，对他颇为有利。尔来，大豆右卫门虽然渔猎天下女色，但是，迷宫一般的人生并不轻易地赐他以幸福。我们可以看一眼第一卷《嫂子对耳疼硬木枕的异议》。

"大豆右卫门从厨房飞起，留意屋内动静，他通过屋内拉门一条露出亮光的门缝，悄悄落在了大客厅里。（中略）掀起印花布的门帘，走过四张榻榻米长的房间，然后是一间地面高出一级的小屋，里边点着明亮的通宵灯。大豆右卫门认定这就是此家老爷寝室。他把高腰的纸拉门捅出一个小窟窿，钻了进去，但见夫妇枕头并列，正在沉睡，鼾声如合唱。（中略）大豆右卫门先观看这位夫人的脸蛋，从漂亮容貌上看，像三十岁上下，实际上大概有三十五六岁。（中略）那男子似有三十一二岁，身体长得真是魁梧强健。大豆右卫门对美丽的夫人心生爱意，认为她能与比自己年少两岁到四岁的男人成婚，大概是招赘吧？（中略）大豆右卫门钻进那男人怀中，置换了灵魂，（中略）把夫人从梦中唤醒，要与之亲热。夫人睁开眼睛，大惊失色，推开男人，坐起大喊：'你是个疯子！你把这里当做自己的家吗？夜未深时，我就让你回去，你却在这里玩那种无聊的纸牌熬到深夜回不去了。你哥哥去了大津祭①不在家，我留你住在这里，兄弟关系不必外道客气才睡在一起。可你却抓住嫂子耍轻佻，这难道不是畜生行为吗?！我不愿变成畜生。（中略）这等家丑传扬出去，可丢死人了。'夫人肝火炽盛，用手敲打榻榻米。而大豆右卫门却没头没尾地说：'哎呀，真糟糕，这家嫂子真是粗心大意至极，（中略）'他又悄悄地回进自己被窝。哪里还敢睡觉，急匆匆地离去了。（下略）"（此文未完）

大正十三年（1924）六月

---

① 今滋贺县大津市天孙神社于十月十日举行的祭祀活动。

关于理查德·博通译《一千零一夜》

刘立善译

一

一般认为,理查德·博通(Richard Burton)译《一千零一夜》(《阿拉伯故事》)在迄今出版的英译本中是最趋完整的译本。当然,在博通的译本问世之前,已印行了不少译本,其数目之多,不遑一一列举。最先把《一千零一夜》介绍到欧洲的,是加朗(Antoine Galland)教授于一七〇四年出版的法文译本。不消说,它并非全译本,只是甚受读者欢迎的节译本。继加朗的译本之后,我手头还有福斯特和布西等人的各种译本,但其译文和文体都散发着法国气息,大都限于少年读物的水平。

加朗教授的译本问世一个世纪之后出现的主要译者,即一八〇〇年以后的主要译者,可大体列举如下:

一、Dr. Jonathan Scott.(司克特)(1800)

二、Edward Wortley.(沃尔特利)(1811)

三、Henry Toorrens.(托伦斯)(1838)

四、Edward William Lane.(雷因)(1839)

五、Joho Pane.(佩恩)(1885)

托伦斯的译本与以往不同,他不带有英国气息,在这一点上向前迈出了一步。不过,译者不甚通晓原文,尤其对埃及和叙利亚方言一无所知。因此译本没能达到预期目的。此乃憾事。而且托伦斯只译了原著的十分之一左右便搁笔了,非常可惜。

雷因的译本在日本流传最广。特别是收入博恩(Bohn)丛书里两卷本的《一千零一夜》,在本乡和神田的旧书店里极为常见。雷因的译本以布拉克(Bulak)版《一千零一夜》为蓝本。蓝本省略处本来就很多,雷因的译本又只从蓝本中译出了二分之一——一百个故事。那剩下的一半却有更加耐人寻味的故事。雷因的译本过于豪华。尽管它很适合客厅的情调,但意犹未慊之处颇多。此外,雷因以一夜为一章,或者有的章节偏重注释,或者将诗歌译成了散文,或者干脆把诗歌全部删掉了,类似儿戏一般的误译之处甚多。

佩恩根据维永(Francois Villon)① 的诗歌译出了《一千零一夜》。这个英译本与以往的译本相比,非常出色,故事总量相当于加朗译本的四倍,其他方面相当于加朗译本的三倍。但也并非完美无缺。当然,总体来看是个好译本。由于自费出版,印数仅五百册,终成稀罕之书。不过有一点需要特别指出,即佩恩在译本的卷首附有献给博通的题词。

博通的译本也只印行了一千册,很难买到。出版当时每册定价十英镑,如今要价在三十英镑上下,这对于喜爱《一千零一夜》的读者有点残酷。博通译本的盗版(Pirate Edition)在美国流行多种版本,我不知其内容如何。

博通译本的封面上写有如下文字:

A PLAIN AND LITERAL TRANSLATION OF THE A-

---

① 维永(1431?—1463以后),法国诗人,代表作有的《绞刑架上之歌》等。

RABIAN NIGHTS ENTERTAINMENTS, NOW ENTTTLED THE BOOK OF THE THOUSAND NIGHTS AND A NIGHT WITH INTRODUCTION EXPLANATORY NOTES ON THE MANNERS AND CUSTOMS OF MOSLEM MEN AND A TERMINAL ESSAY UPON THE HISTORY OF THE NIGHTS BY RICHARD F·BURTON.

（《阿拉伯故事》即现在名为《一千零一夜》的简明直译本中，附有关于伊斯兰教信徒风俗习惯的介绍与注释，另附理查德·博通著关于《一千零一夜》沿革的《卷尾研究论文》。）

博通的译本卷数包括《补遗》计十七卷，出版单位是"博通俱乐部"，出版时间为一八八五年至一八八八年。以下就译者博通及其译本，依次加以阐述。

二

译者博通是英国的陆军大尉，他走遍了东方诸国。这里以书为中心话题，关于博通译本完成过程的介绍，收于第一卷的《译者序》和第十一卷的《一千零一夜的传记及批评家的批评》。

博通翻译《一千零一夜》的念头，产生于他和逗留亚丁[①]的医生约翰·斯塔因豪伊扎联袂旅行麦吉迪那与麦加之时。从博通"谨将第一卷献给约翰·斯塔因豪伊扎"这一题词看，足可知晓二人旅行中的交谈意义有多么重要。

一八五二年冬季，二人联袂旅行。旅途中，博通和斯塔因豪伊

---

① 亚丁是阿拉伯半岛西南端城市，当时是英国殖民地。

扎海阔天空地谈论着阿拉伯的话题,自然也就涉及了《一千零一夜》。二人最后大发感慨:《一千零一夜》虽然妇孺皆知,然而只有通晓阿拉伯语的学者们才承认它的真正价值。随着交谈的延伸,二人最后达成了共识:无论如何也要完成全译本,斯塔因豪伊扎负责散文的翻译,博通负责韵文的翻译。说定之后,二人分别了。

其后,二人书信往来,相互勉励。不久,斯塔因豪伊扎在瑞士的伯尔尼死于脑中风,他的译稿大都散失。转交到博通手中的仅是极少一部分。

后来,博通客居西非和南美期间,继续独自翻译《一千零一夜》。其间他心中的感受,他用自己的语言表达得真实而详尽:"我不知别人怎样看我,翻译《一千零一夜》是我最大的慰藉与满足的源泉。"

如此这般,译稿竣事后,博通自一八七九年春天开始誊清原稿。一八八二年冬天,某杂志刊出了即将刊行佩恩译本的预告。博通正要出发去西非的黄金海岸旅行之时得知这一消息。于是他给佩恩去信:"彼此都在从事着同样事业,而您已经大功告成。这是极其壮丽的事业。我当将《一千零一夜》的出版优先权让给您。"未久,佩恩的译本问世,博通暂时中止了翻译。

博通又说道:"逗留东非泽拉的两个月里,在横穿索马里的旅程中,我不知道《一千零一夜》是怎样地安慰了我的灵魂。"

故此,博通的译本诞生于远离欧洲的瘴烟蛮雨之中,它与高更远赴塔希提岛作出的名画,恰巧形成绝好的对照。

一八八四年,博通旅居的里雅斯特[①]期间,《一千零一夜》头两卷脱稿。

此时,出现了印数问题。某学者说:"印数在一百五十册或最

[①] "的里雅斯特"是意大利的一个城市。

多二百五十册为宜。"所谓"某学者",以前就反对把正文印刷十六万册、每册定价区区六先令的廉价书。他曾出版了定价五十基尼①的高价书,并且销售一空。另有一出版商提议:"印五百册为好。"只有一个外行的朋友劝博通:"最好印两千册到三千册。"博通也犹豫不决,最后决定印行一千册。

博通认为有可能买此书的人,不论熟人生人,全将其名字列入自己制作的名单中,并向他们发去广告。广告要旨是:《一千零一夜》共十卷,每卷定价一基尼,收到购书款立刻寄书,不印廉价版,印数一千册,预定今后十八个月内出齐。博通发出了两万四千份广告,耗资一百六十英镑,收到回信八百封。

翌年,博通返回英国,工作稳步进展期间,预购数由原先的八百册最后增至两千册。其中也有打趣的客户来信说:"请您把第一卷作为样本寄来,我如果觉得满意,便依次订购。"

博通寄去了第一卷,并附信云:"请预付十基尼购书款。您购下第一卷也就等于预购了一套十卷。请宽恕我自作主张。"此外,代销商想随便赖账,耍起各种花招。还有二十人左右,拿到书之后不寄来购书款。

博通一开始就没把代销商放在眼里,他计划自己冒险刊行。他希望获得知名文学家和文学团体的赞助,结果无一人理睬。泰晤士印刷厂也嘲笑博通的计划,说什么"理应与博先生这项事业相关的某某先生大名,并未载入译本,若是印刷厂的失误,应当处以罚金。另外,《一千零一夜》的全译本必为风俗道德观所不容,自费出版,亦有伤风化,因而对博氏处以罚金也是公道的。"博通应战道:"出版者系著者本人。此类图书若交由出版社出版,令我不快

---

① "基尼"是英国旧金币,流行于17世纪末到19世纪初。1基尼等于21先令,1971年废止。

之至。著者依靠自己的力量,为东方语言学者及考古学者出版此书。"

三

博通的《一千零一夜》十七卷里,有七卷是《补遗》。第十卷的结尾附有 Terminal Essay(《卷末研究论文》),精细地论述了《一千零一夜》的起源、阿拉伯人的风俗习惯以及流传于欧洲的译本。特别是关于阿拉伯与东方诸国风俗习惯的论文,在学术方面是重要的研究资料,同时对非专家的读者来说,也是颇为有趣的读物。

博通在正文中不以每个故事为单位,而按照原文的每一夜为单位,且韵文照样译作韵文,不译成散文。仅看这一点,我们亦可推测出博通译本何其忠实于原文。

譬如,他直译过来的有关阿拉伯人的形容,非常有趣。例如其诸例之一,将男女拥抱形容为"宛如纽扣镶入纽襻一样,合为一体了。"描写巴格达宫殿庭园的文章则细致入微,阅文如亲临其境。第三十六夜(第二卷)的故事中关于 Harunal Rashid(诃伦①)庭园的描写,就是极好的例证。

博通不为基督教的道德所扰,他大胆直率地肯定东方的享乐主义。以致他的译本与以往的《一千零一夜》英译本大异其趣。例如,第二百五十夜(第三卷)Budur(布德)女王吟咏的诗歌如下:

---

① 诃伦(763—809),阿拉伯帝国阿拔斯王朝哈里发。("哈里发"即穆罕默德逝世后执掌政教大权的继任者。)

> The penis smooth and round was
> made with anus best to match it,
> Had it been made for cunnus' sake
> it had been formed like hatchet!
>
> （阳具圆滑合肛门，
> 　若按阴户造阳具，
> 其形酷似木工锛①。）

概括讲来，即便色情内容，博通也将原文中天真的直言不讳的表现原封不动翻译过来，但并不令人觉得它比近代小说中出现的男女 Love scene（做爱场面）显得更加淫秽。

博通的译本脚注十分详细，而且注释与众不同，体现了博通译本的特色。博通的注意力并不局限于语句方面，还投向了事实研究领域。譬如，我们看一下博通关于萨桑国鲁亚尔王的妃子选黑人男子为情夫一事的注释，他这样写道：

> 阿拉伯女人愿与黑人男子私通，原因唯在于阿拉伯人的 penis（阳物）小于欧洲人的阳物，黑人男子的阳物长于欧洲人的阳物，而且黑人男子的阳物膨胀律低，duration（做爱的持续时间）长。因此阿拉伯女人属于喜欢与黑人男子私通的类型。

实际上，博通亲自测量过黑人男子的阳物平均长度为几英寸。（未完）［谈话］

大正十三年（1924）七月

---

① 此诗的翻译参考了大场正史译《一千零一夜》（河出书房新社版）。

藏　书

刘立善译

　　本来，我的性格做任何事都缺乏执着。要说有过收藏的爱好，那就是上小学时收藏过昆虫类的标本。除此之外，未曾热衷于任何事。因此，对拼命搜集火柴商标的那种人自不待言，就是对拼命搜集油壶、招牌以及古今名家书画的诸君子，我也感到心中有一种像似敬意的感觉。有时则是一种掺夹着嫌恶的惊叹一般的感觉。

　　对待书籍亦不例外。我出于职业特性，多少收藏了一些书籍。但是这些书籍并非我搜集来的，毋宁说是"聚集"来的。若说书籍是搜集来的，那么必须具备通连整体的脉络。然而我书架上的书是"聚集"来的书，书摆得乱七八糟就是证据。所谓"脉络"，殆未所见。

　　那么，要说我对书籍的态度稀里糊涂，倒也未必。至少我书架上的书展示了我的爱好，或者说展示了我不同时期爱好的变迁。这一点，即展示我自身这一点上，它和我的作品所起的作用毫无二致。以前，我在书架上的图书上写下了购书的年月日。总想写一篇象征书籍主人一生变化的小品文，却又感觉此类文章酷似西方人的作品，最终作罢了。毫无疑问，最终作罢乃天下人之幸福。然而必须断言：书架上的书籍好似镜子，能照出书籍主人的内心世界。总之事实上，不是令人感到亲切，就是令人感到不快。（因此，对拍卖品加以装饰，就像对别人的作品加以修改一样，在道德上是不合适的。）

我体会不到唯有收藏家才能体会到的那种悲与喜。总之,我逛书店,或是光看书价不买书,或是看书目买下自己发现的书,极少有激动的心情。不消说,我从没为购书而一掷千金。

我与书籍这种程度的关系,能否算是爱好书籍的趣事?这对我本人也是个疑问。

大正十三年(1924)七月

娼妇之美与冒险

刘立善译

您问:"近来娼妇型女人增多,您作何感想?"可我并不相信存在"娼妇型女人增多"的事实。女人也想获得家庭之外的自由呼吸,事实上当代女人未将男人视若猛兽。毋庸讳言,如此现象不能说是娼妇型女人增多的结果。另外,事实上由于避孕的科学手段完善,以及道德论趋于完备,当代女人未必恐惧性交。如果今天的社会制度发生若干变化,今后所有孩子的养育能否全由社会负责?不言而喻,此等倾向今后将会更趋显著。然而,性交毕竟必然伴有生育问题,这对男人并非什么冒险,对女人则常难免有赌以生死的冒险。既然如此,绝不恐惧性交,则非一般女人之寻常事。纵然天下女人统统不怕性交,就像不怕洗澡一样,这也并不能说是娼妇型女人增多的结果。娼妇型女人必须具备如下天才:非但不怕性交,还要真正做到恬然不顾自尊。教坊十万妓女虽众,真要从中寻找娼妇型女人,恐怕并不很多。天下也与教坊相同,且为吴客夫人,暮为越商小妾,岂可统统限定于病态的娼妇型女人?所以,我连"娼妇型女人增多"这一事实都不能相信,又怎能回答您的问题呢?

我记下自己的一点所思,代替我的回答。倘蒙宽恕,则感幸甚。

大正十三年(1924)十一月

我的俳谐修业

刘立善译

小学时代。四年级开始排列十七音,作过这样一首俳句:

> 我将落叶焚,
> 夜观树叶神。

我读过泉镜花的小说,应学习他的浪漫主义。

中学时代。读过《獭祭书屋俳话》和《子规随笔》等,但几乎没作过俳句。

高中时代。同班同学有久米正雄,号三汀,属于"朱鞘派"俳人。正像北原白秋在诗歌中的表现那样,三汀及其同仁也把印象主义手法活用到俳谐创作方面。他们的俳句读来饶有趣味。这个时代我几乎也没作过俳句。

大学时代。大致上与高中时代一样。

教师时代。我当上了海军机关学校的教官,与高滨虚子先生皆住在镰仓。此时突发俳句之兴,作了十首俳句请高滨虚子先生斧正。其中两首被杂志《杜鹃》采用。而后陆陆续续在《杜鹃》上每次发表两三首俳句。那时,我已在小说创作方面小有名气。因而十首俳句里每次采用两三首载于《杂咏》栏,我想,这大概是幸蒙高滨虚子先生关照,让我感到有点不好意思。此事我难以忘却。

作家时代。回到东京后,我不仅受到小泽碧童先生分外严格的训练,还蒙一游亭、折柴和古原草诸位的赐教之恩。因此,我对俳句有些开窍了,但是新倾向的俳句我只作了两三首。仔细想来,我学俳句不仅得到杂志《杜鹃》的提携,还受到《海红》杂志的关照,可谓多种流派汇为一体。就在这时,我结识了胜峰晋风先生,翻阅了他编纂的《七部集定本》。坦率地说:我越发觉得胜峰晋风先生是个琢磨不透的人物。现在闲暇时候,我只和一游亭、鱼眠洞等人玩味俳谐。至于俳坛上的事情,我一无所知,也不感兴趣。偶尔有人送来写俳句专用的诗笺——短册,让我作俳句。我只是恬然收下短册,却从未作过一首俳句。我这个俳坛的门外汉,今后也永久不会有变。顺提一笔,除了前述诸位大家之外,我还受到河东碧梧桐、村上鬼城、饭田蛇笏、天朗、足立白峰等诸位大家名句的启发,故记述于此。足立白峰在每期《杜鹃》上都要刊载两三首俳句。

大正十三年(1924)

校友们

刘立善译

这里虽说写校友，但并不涉及全部校友，仅指冬夜电灯下面对稿纸时，立刻浮现我心头的那些校友。

上泷嵬，我小学时代以来的朋友。嵬读作"タカシ"。夫人名叫秋菜。人称这对夫妇是"南画夫妇"。上泷嵬毕业于东京的医科大学，如今在厦门一家医院工作。他在人生观上是现实主义者，但面对现实生活又未必是个标准的现实主义者，好像西洋小说里的医生。他的孩子名叫"汸"，听说是上泷嵬的父亲给起的，喜好与众不同的名字。此乃遗传性情趣之一。上泷嵬的书法造诣颇高，和歌与俳句却作得很一般，俳句作品有：

俯视新内①会，
一片红灯笼。

野口真造，我小学时代以来的朋友。现虽为大彦绸缎庄的阔少爷，却不太有阔少爷派头。他品行端正，爱好学问，走出家门时，若觉得自己走相不如意，便要退回家中重走一次。可以想见，他是一个神经质型的人。小学时代，他和我都写冒险小说，他也许比我写得棒。

---

① "新内"即"新内节"，是净琉璃的一个流派。

西川英次郎，我中学时代以来的朋友。当然，我也是个秀才，而他那样的秀才非我所能比。他毕业于东京的农科大学，眼下在鸟取农林学校工作。他的绰号叫"狮子"或"狮公"。他的容貌酷似营养不良的狮子。中学时代一起学英文，还记得彼此读过英译本《猎人笔记》、《萨福》、《罗斯墨庄》和《苔依丝》。此外，我还和西川一道学过柔道与游泳。据说关东大地震前，他由西洋归国，带回的外国书籍统统化作了灰烬。与其说他是个现实主义者，不如说他正在自然地从感伤主义中摆脱出来。此间，他送给我鸟取地方产的柿子，我已说定，回赠他勃特勒的作品。但至今尚未兑现。不过他送给我的柿子，有三分之二是涩柿。

中原安太郎，我中学时代以来的朋友。绰号"狸子"，但脸型不像狸子，性格也不像狸子。论才气，中原安太郎与西川英次郎难分轩轾。但中原也许比西川精通世故。中原安太郎喜欢菊池宽的作品，尤其爱读菊池的《父归》。他毕业于东京的法科大学，就职于三井物产株式会社，现独自经商。现实生活中他，是个含有适度现实主义思想的人道主义者。他约定发大财后给我买一座别墅，可至今尚未兑现，可见其财源不盛。

山本喜誉司，也是我中学时代以来的朋友。同时还沾亲带故①。他毕业于东京的农科大学，如今在北京的三菱株式会社工作。他是个寻常的恋爱感伤主义者，爱读铃木三重吉和久保田万太郎的作品，最近恐怕不读了。尽管风流倜傥，有时吵架却意外地输给人家。目前他在中国从事棉花栽培之类的工作。

恒藤恭，我高中时代以来的朋友。旧姓井川。如果说有"冷静的情感家"类型，恒藤恭正是这种人。他毕业于京都的法科大学。留校后，大概任副教授。目前正在巴黎留学。我爱好议论，完

---

① 山本喜誉司是芥川岳母最小的弟弟。

全是因为受了他辛辣的逻辑性天才之熏陶。他是个才子，能写俳句、和歌、小说、诗歌、作画。不过，现在他对这一领域定是佯装不知。我读大学的时候，曾赴云州松江的恒藤恭家，当了一夏天食客。最近在恒藤恭的煽动下，我作了一篇《松江纪行》①，投给《松阳新报》。这是我首次在自己公开发表的文章上恬然署以真名。恒藤恭的夫人名叫雅子，所谓"君子好逑"，想必是指此等夫人。

秦丰吉，也是我高中时代以来的朋友。他是松本幸四郎②的外甥，毕业于东京的法科大学，现就职于柏林的三菱株式会社。秦丰吉是一个善良的都市才子。我的所有朋友中，好像唯有他最受女人恋慕。尽管如此，却不甚有损其男人形象。他崇拜永井荷风、龚古尔兄弟、喜多川歌麿③，近来又搬出了托尔斯泰。他答应送我一顶阿斯特拉罕羔皮④帽子，可到如今未见行动。其为文的挥洒自如，在文人中亦属罕见。听说他翻译《斯特林堡最后的恋爱》，只用了两三天时间。

藤冈藏六，也是我高中时代以来的朋友。他毕业于东京的文科大学，现在大概就职于法政大学。我的朋友较多，但很少有人像藤冈藏六那样，总是吃亏上当。这并非他的错，问题在于他是个理想主义者。据说，他的祖父看见一个蹲在河边的乞丐，就想象着那乞丐一定很冷吧？结果他回家后也穿一件小褂儿，静坐在严冬的套廊里，终患感冒去世了。由此可知，他家祖辈代代都是强烈的理想主义者。而这个不理解理想主义的世间，却想把藤冈藏六造就成一个精明强干的人。这真是滑稽而悲惨。无论天下人怎样讲，藤冈藏六也断非精明强干之人。他是个易骗人又易受骗的那样一种正直过甚

---

① 即《松江印象记》，载于1915年的《松阳新报》。
② 松本幸四郎（1870—1949），歌舞伎的著名演员。
③ 喜多川歌麿（1753—1806），日本浮世绘画家。
④ 产于原苏联阿斯特拉罕地方的一种卷毛羊羔皮。

的学者。谓余不信，就请试想，芥川龙之介是才子，而藤冈藏六是芥川龙之介的故交，岂有被故交欺骗了十五年的才子？（藤冈藏六的前辈和知己大都是哲学家，用三段论来推论，结论如此。）

此外，菊池宽、久米正雄、山本有三、冈荣一郎、成濑正一、松冈让、江口涣等人都是我的校友。这些校友我已不止一次介绍过。至少诸公百年之后还会促动我写点什么，故此暂不笔涉。以下只想顺笔提及难以忘却的亡友。

大岛敏夫，我小学时代以来的朋友。记得读小学时，我也是个脑袋很大的少年，和大岛敏夫的脑袋差不多少。大岛敏夫爱好园艺，也爱好文艺，但没到二十岁便患肠结核谢世了。他显得有些老成之气，这好似夭折的前兆。然而，当时我时常无情地捉弄大岛，一把他惹哭了，就拿他开心："哭死鬼！哭死鬼！"

平冢逸郎，我中学以来的朋友。听说他屡次三番被人错认为是我。他的形象显然也是长脸瘦躯。他是一个罗曼蒂克式的才子，考入冈山高中后，患肾结核夭亡。平冢逸郎的父亲是画家。我看过其父的最后作品——大幅的地藏菩萨像。平冢逸郎患病之同时又失恋了，他在千叶大原的一家医院里孤独地撒手人寰。他是我最惨的朋友。他曾短期担任过中学的书记员，过着自炊生活。那时他曾作了一首自嘲病躯的俳句：

　　　　　形容枯槁一书记，
　　　　　身沐夕月购鲮鱼。

我曾见过令平冢逸郎失恋的姑娘，不知她现在如何？

大正十四年（1925）一月

田 端 人

刘立善译

这次写一写住在田端①的人。本文未必限于我的朋友,毋宁说是写我的师友。

下岛勋。下岛先生是医生。我们全家一直受到下岛先生的关照。他的雅号是"空谷山人"。下岛先生还是乞丐俳人井月俳句集的编者。彼此年龄之差好似父子。晚年的下岛先生喜好托尔斯泰的作品,也广泛涉猎其他作家的作品。他勇于论战的精神,值得敬佩。我爱好书画之情趣,多得益于下岛先生的熏陶。顺便吹嘘一下,下岛先生经常在我的梦境里被鬼怪追赶,却从未仓皇逃命。先生的胆子恐怕比鸵鸟蛋还大。

香取秀真。香取先生通称"邻居先生"。香取先生是铸塑家,又好吟咏根岸派和歌,这不必说明。我与先生比邻而居,便向他学习铸形之美。当然不敢说已尽学到手。应当向先生学习的地方甚多。我的想法是,不论什么学问,尽可能从先生那儿多"盗"一些来。因此我祈祷"邻居先生"万寿无疆。我受香取先生的关照颇多。有时我把他当做自己的叔叔,偶或在他面前使点小性子。

小杉未醒。不消说,此人是一位年长者。他的专业是作油画和南画。此外,还作汉诗、俳句、和歌。可以说,他是一位令人惊讶至极的精明人。他对日中两国的武艺很感兴趣。同时喜好打网球和

---

① 东京都北区地名。

棒球，有豪杰气概。但又不似荒木又右卫门①那样单纯的武夫野蛮人。我遇到任何灾难想博得他人同情时，首先就想对小杉未醒老人没完没了地发一番牢骚，好在实际上我从未这样做过。

鹿岛龙藏。此人是实业家，彼此的年龄之差好似父子。鹿岛龙藏少年时代逗留西洋，所以他即便看见三弦或"御神灯笼"②，也不会想到放荡。但是，当他看见明艳的电灯灯伞时，则会突然想到放荡。鹿岛龙藏对书法、篆刻、谣曲、舞蹈、三弦歌曲、常盘津③、歌泽④、狂言、网球、滑冰等，无所不通。说到这里，谁能不哑然惊异？然而鹿岛龙藏先生多才多艺并非我尊敬他的理由，我尊敬的是他的"为人"。鹿岛龙藏先生那样成熟而健旺的东京人，今天已难觅见，明天则更稀少。我是一个东京与乡村兼容一体的文明混血儿。对于东京人鹿岛先生，我自然怀抱着圣贤相亲之情，或心怀狐狸相亲之情。正当鹿岛先生准备重游西洋之际，我以一言铅字赠他："切勿迷恋电灯灯罩。"

室生犀星。此人我已多次笔及，如今不欲赘言。我只想将我当做非我，然后写上几句："哎，芥川龙之介，也该把裤衩换一换了！""你再别挂那根手杖了！"这般操无用之心者，舍室生犀星，岂有他人？不过，读者切莫认为在室生犀星的申斥下我会举手投降。我自有妙计，找碴儿和他进行他不擅长的议论。

久保田太郎。此人也无需赘述。他也是我一找碴儿和他进行议论，便立刻敬而远之的人。这一点与室生犀星形异神同。顺笔说明，久保田太郎君是个酒客，（我涉及室生犀星时已省略敬称，对久保田太郎君还没能如此。）但他不吃海参肠，不吃鱼卵巢，乌贼

---

① 荒木又右卫门（1599—1638），江户时代初期的剑客。
② 原为供奉神的灯，转义为艺妓门前的挂灯。
③ 净琉璃的一个流派。
④ 江户时代末期的歌谣之一。

酱（这种食品我也是四五天前才品尝过）更是不吃。可怜的是，他在味觉方面的进步程度尚不及我这非酒客。

　　北原大辅。此人是长我两三岁的长者，是个面目可憎之人。幸而与我职业不同。如果与我同行，我或者一味地模仿他，或者想杀掉他。他是毕业于美术学校的专业画家，却有着与我同样的弱项。我一有机会就能盗出北原君所藏的家底，可北原君从我这里却无货可盗。归根到底，我是个占便宜者。仅此足以令我感到快慰。顺便补充一下，北原君虽为海量酒客，却从未见他酒桌上醉得不成体统，只是比平素的北原君更能露出原本的自我而已。此时，北原君的眼睛闪动着俊秀爽快的光彩，画中人物亦不能及也。北原君的部分作品或许能为后人所关注，但是他的眼睛未必值得关注。因为说到北原君可憎的面目时，自然会想及那一双醉眼。

大正十四年（1925）二月

日本小说的中国译本

刘立善译

上海商务印书馆出版的世界丛书,包括了《现代日本小说集》。小说集中收入了国木田独步、夏目漱石、森鸥外、铃木三重吉、武者小路实笃、有岛武郎、长与善郎、志贺直哉、千家元麿、江马修、江口涣、菊池宽、佐藤春夫、加藤武雄和我,计十五人三十篇小说。其中夏目漱石、森鸥外、有岛武郎、江口涣、菊池宽① 五人的作品为鲁迅君译,余者皆为周作人君译,胡适校。

周作人君在序言中写道:"一九二二年五月于北京"。他在序言中说:

> 日本的小说在二十世纪成就了可惊异的发达,不仅是国民的文学精华,许多有名的著作还兼有世界的价值。可与欧洲现代的文艺相比。只是因了文字关系,欧洲人要翻译他颇不容易,所以不甚为世间所知。中国与日本因有种种的关系,我们有知道他的需要,也就兼有知道他的便利,所以出版了这本翻译集。

文中又说:"小说的选择的标准,我们的目的是介绍现代日本的小说,所以这集里的十五个著者⋯⋯大半以个人的趣味为主。"

---

① 按周作人原序,鲁迅所译应是芥川的作品,而非菊池宽。

再进一步顺便介绍一下,序言中还说:"此外还有许多作家如岛崎藤村、里见弴、谷崎润一郎、加能作次郎、佐藤俊子诸人,本来也想选入,只因时间与能力的关系,这回竟来不及了,这是我们非常惋惜的事。"

至于翻译水平,以我的作品为证,译得十分准确,且地名、官名和器具的名称等,都认真地附有注释。

譬如,就《罗生门》而言,有如下注释:

"带刀:古时的官,司追捕、纠弹、裁判、诉讼等事。

平安朝:西历七九四年以后约四百年间。"

不过,亦有注释欠妥之处。例如,关于加藤武雄君《乡愁》里"Dekkobo"(凸哥儿)的注释如下:

"Dekkobo:原意是前额凸出的小儿,后来只当作一种亲爱的诨名。"

这个注释是正确的。但是对"山手"一词的注释就显得粗略。如:

"山手:原意是近山的地方,此处却专指东京本乡一带高地……云云①。"

牛达的"矢来"就不属于本乡一带的高地。述及于此,并非为了列举白璧微瑕,而是为了说明,欠妥之处并不严重。

前已述及,卷首有周作人的序言,卷尾则附录每个作家的简介。应当说,简介大致抓住了要领。譬如,关于武者小路实笃,是这样写的:

> 武者小路实笃,一八八五年生,"白桦派"的中心人物,近来在日向建设"新村",实行耕读主义。他的著作

---

① 关于名词注释,芥川引用了周作人的序言原文。

单纯真率,不施技巧,自具清新之气,极有感人力量。在《他三十岁的时候》一作中,武者小路曾这样说……(下略)

这本小说集比之目前日本流行的西方文艺译著,也绝不逊色。如果详尽介绍,或许会更加有趣,但略嫌费事,仅及此而止。

大正十四年(1925)三月

再三注意帖

刘立善译

有位名叫"燕雀生"的人，于《文艺春秋》三月号上发表了《泥古遗憾帖》一文。读了此文，我有两三件事难以首肯，现列举如下，以乞燕雀生下问。

（一）据闻，"春台"一语出自《老子》。确实，《老子》有云："众人熙熙，如享太牢，如登春台。"但不晓燕雀生据何出典，将"春台"解释为"天子的侍姬们嬉戏之处"。按愚考，"春台"乃礼部之异名。礼部除了称"春台"，还称"容台"、"南省"和"礼闱"。前饰"春"字，未必与女人相关。宋代画苑有《春宫秘戏图》，就把枕草纸①也称作春宫。其实，春宫本意为"东宫"。

（二）据闻，"才人"乃女官名称。"才人"这一官职始创于晋武帝时代，至宋代仍沿用之。毋庸讳言，称才子为才人亦无妨。《辞源》云"有才之人曰才人，犹言才子。"燕雀生未必断言不可称才人。燕雀生虽没说"不可"，其中却含"不可"之意，故而以乞下问之处如上。

（三）我未听说佐藤春夫赋有题为《济慈的情书被交付拍卖之日》②一诗。所谓"赋"，意即陈述某事，转而只用于作诗。然而《济慈的情书被交付拍卖之日》系王尔德的作品，不可能为佐藤春

---

① 这里指"枕绘"，即表现男女秘戏的绘画，春画。
② 佐藤春夫的译诗，发表于1911年8月号《三田文学》。

夫所"赋"。说是佐藤春夫"赋"《济慈的情书被交付拍卖之日》，令佐藤春夫也深感烦恼。"赋"中是否含有"译"之意？如果有，我理当叩头百拜以致歉。

（四）据闻，"门下"有食客之意。平原君的食客门下众多一事，《史记》上已有记载，这是自不待言的史实。然而《后汉书·承宫传》云："过徐盛卢听经，遂请留门下。"不消说，此处的"门下"即弟子之意。虽然如此，并非任何人以其"门下"自居皆无妨①。所谓"'门下'并非有青云之志者可轻易出口之语"，这是燕雀生自以为是的理解。

《文艺春秋》的读者以少年居多，这些读者易被《泥古遗憾帖》误导。故此，为多加注意起见，草成了《再三注意帖》。

大鹏生
大正十四年（1925）四月

---

① 燕雀生《泥古遗憾帖》云："文学青年中，有不少人去前辈大方之家拜访一两次，就以'某某门下'自居，空让侪辈羡慕，以此洋洋得意。然而所谓'门下'，食客之谓也。"

日本的女人

刘立善译

一

这里有一本颇有意思的书——《日本》，一八五二年印行，著者名叫查理士·马克伐莱恩。著者不曾来过日本，却是对日本颇感兴趣的一个人。至少著者称得上是有情趣之人。《日本》一书从拉丁语、葡萄牙语、西班牙语、意大利语、法语、荷兰语、德语、英语等语种的文献里博采有关日本的报道，然后集其大成。采集的这些文献范围上自一五六〇年，下至一八五〇年。著者对这个题目即对日本感兴趣，据说是因为受了兵站总监詹姆斯·德拉曼德的影响。据说这个德拉曼德年轻时活跃于实业界，明明是英国人，却假冒荷兰人的名字在日本住了数年。《日本》的著者马克伐莱恩在布赖顿①遇到了德拉曼德。德拉曼德向马克伐莱恩出示了自己搜集的与日本有关的书籍，不但将这些书籍借给了《日本》的著者马克伐莱恩，而且向他口头介绍了许多关于日本的事情。《日本》的著者参照德拉曼德的口头介绍，写成了《日本》这本书。顺笔提及，德拉曼德的夫人是著名小说家斯沫莱特②的曾孙女，据说她酷爱文学。

---

① 英国东南部的城市，英国最大的海水浴场。
② 斯沫莱特（1721—1771），英国小说家，代表作有英国第一部揭露海军内幕的小说《蓝登传》等。

《日本》一书诞生于这种因缘之中，所以内容不像著者亲自踏上了日本国土之后写出的游记那样正确。实际上，铜版插画错把朝鲜的习俗当作了日本习俗，将就着插入书中。但是正因如此，今天的我们读起来并不觉得索然无味。譬如书中认真记述道，日本皇帝有许多旱烟袋，每日换一枝新烟袋吸烟。应当说，这种内容颇为幽默。在这本书里有一章专门介绍或论述日本妇女。我想简扼介绍此章。

按照马克伐莱恩的观点，妇女占据何种社会地位，是鉴衡文明高低的真正尺度，而日本妇女的社会地位比任何其他东方诸国妇女的社会地位要高出几档。日本妇女不像东方其他诸国妇女那样吃尽了幽禁一般的苦头。日本妇女不仅社会待遇较高，还可参与父亲或丈夫的游乐活动。妻子的贞操或处女的童贞全凭她们的名誉观念来自行左右。然而，可以说不贞的妻子几乎一个也没有。事实上，这是由于破坏贞操就意味着立即接受死亡的惩罚，所以尤其需要严守贞操。

在日本，身份至尊者和身份至卑者皆须一律接受学校教育。据传闻，日本国的学校数量超过世界上任何一个国家的学校数量，就连农夫与贫民也能读书识字。所以妇女接受的教育与男人一样完整。实际上，日本著名的诗人、历史学家以及其他著述家中，女性占非常大的比例。

富人或贵族阶层男人，大多不像妇女那样保持贞操。相反，千真万确的是，身为母亲或妻子的妇女却能纯洁地度过一生。日本传来的各类故事及众多旅行家耳闻目睹的事实，都无可置疑地证明了这一点。

日本的女人最大羞耻莫过于名誉的毁坏。妇女因蒙辱自杀的故事不胜枚举。以下的故事足以为证。

某一有身份的男人外出旅行，离家期间，一个贵族男人爱上了他（即那个有身份的男人）的夫人。那夫人非但没落入贵族男人诱惑的圈套，反倒将那男人狠狠地羞辱了一顿。但不知贵族男人是使用暴力还是玩弄阴谋诡计，总之破坏了那位夫人的贞操。而后夫人的丈夫回来了。夫人一如既往，满怀爱情接待丈夫。不过她的态度中总有一种威严而不可侵犯的感觉。丈夫觉得妻子的态度有些蹊跷，便这样那样地追问不止。不知何故，其妻这样回答："明日之前，什么也别问。到了明天，我把我家的亲戚和这条街上有名望的人士请来，在众人面前把所有隐衷倾吐出来。"

翌日，客人陆续汇集到他家。那个破坏了夫人贞操的贵族男人也混在来客之中。客人在他家屋顶阳台上接受款待。客人们酒足饭饱之后，夫人站起来，当众公开了自己遭受的污辱。紧接着，她非常激动地对丈夫说："我已经失去了做您妻子的资格，请您把我杀掉吧。"

她的丈夫以及在场的来客都安慰她，说她毫无罪过，只是做了那贵族男人的牺牲品。她向这些人深致谢意，然后靠着丈夫肩膀，撕心裂肺般恸哭起来。突然，她亲吻了丈夫一下，拨开丈夫的手，疾步朝阳台边沿跑去，说时迟那时快，纵身跳下了高高的阳台。

夫人当众公开了自己遭受的污辱，却没说出侮辱她的人是谁。那个污辱了夫人的贵族男人乘夫人的丈夫及来客慌乱之时，悄悄走下阳台阶梯，在自杀了的夫人尸体旁，以武士的派头，悲壮地剖腹自杀了。剖腹是日本国民的自杀方式。剖腹者将腹部十字形剖开而亡。据《日本》一书著者马克伐莱恩讲，这个故事出现在兰窦尔①的回忆录里。我不清楚日本是否真有此事。略加思索，似乎德川时代的小说或戏曲中也找不到与此相同的故事。这种故事或许发生在九州岛某处的农村。然而，在屋顶阳台上举办宴席，日本武士的夫

---

① 兰窦尔（1865—1924），英国画家、旅行家，到过日本、中国西藏、澳大利亚。

人亲吻丈夫,如此这般,带有浓烈的西洋人格调,倒挺有意思。说是挺有意思,一笑了之,倒也简单了。想一想古代日本人传达西洋事情时,也一定与此相同,所以我们委实不能自以为得意地一味嘲笑西洋人。岂止是传达西洋的事情,即便传达邻邦中国的事情,出现此等讹误也是家常便饭。说白了,读近松门左卫门的《国性爷交战》,真乃奇妙之作,作品中描写的人物与风景,同样难以辨别是日本还是中国。

此外,马克伐莱恩在书中还点出了这样一个日本妇女如何伟大的故事:

> 忠弥这个伟大的武士和他的朋友正雪密谋,企图背叛皇帝。忠弥之妻才色兼备。忠弥的密谋暗中已策划了五十年,可最终由于九耶的失策,暴露了真相。于是政府发出命令,逮捕忠弥与正雪。按当时情况,至少政府绝对有必要生擒忠弥。因此,必须对他出其不意地突然袭击。捕吏在忠弥门前高声喊:"起火了!起火了!"忠弥为看火势跑出门外,遭到捕吏的袭击。忠弥勇敢地与捕吏交战,斩了两人,终因寡不敌众,被捕吏逮捕。忠弥之妻听见了其间的格斗厮杀声,立刻悟及捕吏来了,便将丈夫的重要文件投入火中。这些文件上载有密谋集团成员的贵族名字。忠弥之妻处乱不惊的性格,今天也是日本人惊叹的对象。人们每当夸奖女人的判断力和决断力时,就说:"真像忠弥的妻子一样。"

不言而喻,这里的忠弥即丸桥忠弥,正雪即由井正雪。据马克伐莱恩讲,这个故事也是出自兰窦尔的回忆录。《日本》的著者马克伐莱恩传达的日本妇女,几乎都是乌托邦里的女人。就算是一八六〇年前后的日本妇女，处女或妻子的贞操也不可能保持得那么高洁。这种内容必不可信。对此，我们若讥笑马克伐莱恩诚实单纯过甚，那就再无话可谈了。然而事实上，传达外国的风俗人情时，纵使在今天，依然总好或多或少带有喜剧色彩。最近，某女士在某家报纸上把美国女学生的生活吹嘘得天使一般。假设那篇报道于半个世纪后再映入美国人眼帘，肯定会同马克伐莱恩的《日本》一样，被人付之一笑。

二

与马克伐莱恩的《日本》相比，阿鲁寇克①著《我在日本三年》在很大程度上正确传达了日本的真相。

《我在日本三年》上下两卷，一八六三年由纽约的港湾书肆发行。书中插画颇多，插画中亦有不少复制的锹形蕙斋②的漫画。

首先，著者阿鲁寇克不像马克伐莱恩那样在桌子上想象日本。正如此书的说明所示，著者在日本住过三年。

其次，阿鲁寇克不像马克伐莱恩那样无知。他颇有学问，尤其深通当时流行的密尔哲学观。他对自己在日本耳闻目睹的各种事件，分别发表了自己的见解。他的见解中既有令今日的我们微笑的地方，也有我们应当倾听的地方。这一点是马克伐莱恩书中完全没有的特色。阿鲁寇克是德川幕府末期驻在日本的英国特命全权公使。他驻在日本期间，井伊直弼幕府大老被刺客杀死于樱田门外，几个西洋人也为日本浪士所杀。

这样说来，似乎在讲着与阿鲁寇克本人无关的事情。其实，阿

---

① 阿鲁寇克（1809—1897），英国外交官，1858年任英国首任驻日本大使。
② 锹形蕙斋（1764—1824），日本浮世绘画家。

鲁寇克居住的品川有一座东禅寺，日本浪士曾杀进寺内，造成了死伤数人的事件。此外阿鲁寇克登过富士山，去热海洗过温泉，外出旅行相当频繁。阿鲁寇克就这样居住在国内国际多事之秋的幕府末期日本，且不把自己的生活局限于江户，周游日本各地。他的日本游记兴味盎然，并非偶然。

阿鲁寇克的日本游记，不像洛蒂和吉卜林的作品那样富于艺术色彩。以描写浅草为例，阿鲁寇克笔下的浅草，的确没像洛蒂《日本的秋天》里的浅草那样，眼前浮现的是黄澄澄的银杏和红彤彤的伽蓝。然而如前所述，阿鲁寇克对耳闻目睹的事件发表了十分有趣的见解。

譬如，阿鲁寇克看见农家套廊边有一老妪给孩子艾灸疗疾，遂叹息道："我们人类不论古今，不论西东，为了获得虚拟的幸福，情愿折磨自己的肉体。"又如，他翻越某座山时，偶然听见黄莺鸣啭，便嘲笑道："黄莺的鸣啭宛如夜莺。按照日本的传说，日本人曾向黄莺教音乐，若此事确系事实，无疑令人惊讶。因为日本人本身并不懂得音乐。"

这些见解叫人怎能不报以微笑？他论及"樱田门外事件"发生之后日本人的复仇崇拜，论及戏剧《忠臣藏》之类对民众的影响。诸如此类的议论委实耐人寻味。话头若拐入旁岔太远，返回正题颇费时间，所以留待此后有机会再做介绍。

言归正传之前，为了概略介绍《我在日本三年》，我首先大致披露一些阿鲁寇克初到长崎时的如下印象：

> 六月四日（一八五九年），轮船驶入雨中的长崎港，这个海港已多次出现于到过日本的旅行家笔下。但是，在阴云密布的天空下眺望海港，仍有几分美丽。轮船渐进港湾，随之数座岛屿浮现眼前。那些岛屿大都景美如画。

轮船一直朝港湾深处驶去，我看见了横亘对面的长崎街市。长崎的街市铺展于几座相连的小山下。市区高高地扩展到树木茂密的小山平地上。显现于右侧的是出岛。扇形的出岛洼地伸向海中，扇柄出自陆地。出岛上有一条又长又宽的大街，大街两侧鳞次栉比的，是欧洲风格的二层楼住宅。看上去非常典雅。（中略）

港湾给人的第一印象，颇似挪威的峡湾，尤其酷似奥斯陆峡湾。不过，奥斯陆峡湾比长崎湾美丽。这里的小山陡直耸立于长崎湾畔，未加装点的小山上，青松苍郁。然而，登上陆地一瞧，植物比挪威的植物更趋热带化，有石榴、柿树、椰树、竹子等，栀子、山茶树也很茂盛，理当生长于此地的凤尾草随处可见，常春藤爬在墙壁上，路边长满了大蓟。

就是这样一种格调。下面，我们看一看他的日本妇女论。在阿鲁寇克看来，日本妇女的社会地位及其与男人的关系，自古以来一直受到人们的赞赏。然而实际上是否值得赞赏？实在令人怀疑。我（阿鲁寇克）在此不想涉及日本国民是否比其他国民更缺德的问题。但在日本，父亲将女儿卖作娼妇，或者找雇主，法律都非但不处罚，反倒予以认可。甚至他们的邻人也根本不予以谴责。我无法相信，此等国度里会存在健全的道德感情。

诚然，日本没有奴隶制度，也不存在像买卖农奴、奴隶、家畜那样买卖人口的事。（不过说"不存在"，只是一半真理。虽说日本的女孩在一定年龄限度内受到保护，但毕竟可依法进行人身买卖。由此推论，成年男人或少年大概也可成为买卖的对象。）然而既然存在蓄妾制度，家庭的神圣性便无法得到保证，这是浅显易晓的道理。

靠什么来缓和这种国民罪恶的毒害性呢？目前尚无法找到这种缓和剂。不过，这种缓和剂还是部分存在的，即类似中国那样，母亲对孩子具有的甚强的权威。

日本妇女被当做商品看待，她们的个人意志得不到顾惜，她们作为女人的权利得不到尊重，她们是丈夫可以出卖的物品。而且丈夫在世期间，妻子被丈夫当作家畜或奴隶看待。

然而在与孩子相关的范围内，母亲对孩子拥有绝对权威。身为母亲的日本妇女处于比父亲更高的地位，国民罪恶的毒害性因此得到了些许和缓。日本妇女甚至能够登上皇帝的宝座，或许即为例证之一。实际上，古今不乏女皇其人。确实，日本妇女的地位同被买卖的家畜或奴隶一样，但她们似乎有着出人意料的忍耐力。对于这一点，我尚未做细致调查，不能妄下评断。日本的亲子之爱好像很浓。总之，日本人爱子之心是发达的。

同马克伐莱恩的日本妇女观相比，阿鲁寇克的日本妇女观可谓深中鹄的。阿鲁寇克驻在日本的时代即自嘉永（1848—1854）和万延（1860—1861）时代。自那时以来，日本妇女的社会地位似乎没有提高。

阿鲁寇克以前的西洋人赞美日本妇女，是否客观观察了日本妇女社会地位之后发出的赞美？这是疑问。毋宁说，或许是日本妇女做了西洋人的小妾之后，她们的老实忠贞令西洋人大生感谢之意。

下面的故事出自江户幕府初年。英国人撤离肥前平户[①]时，对他们的日本夫人恋恋不舍。如果阿鲁寇克也娶个日本女人做小妾，他就未必会那样蔑视日本妇女。他若因此对日本妇女有了接近正确的见解，至少，这对后代读书人是一大幸事。

[①] 位于长崎县北部，1550 年葡萄牙商船进港之后，至实行锁国政策的 1623 年，是繁荣的商港。

早年，去中国旅游时，在溯扬子江而上的轮船中，我和一个挪威人待在一起。他对中国妇女社会地位的低下表示愤慨。

大概是听那个挪威人所云，他说，河北河南两省闹大饥馑的时候，中国人不是向他卖牛，倒是首先向他卖老婆。尽管如此，挪威人还是把作为人妻的中国人和日本人夸赞到天上。在我的面前，他与同船的美国人夫妇为此展开了激烈的论战。可见无论理论如何，男人在内心里好像还是喜欢阿鲁寇克笔下的那种妻子。说到底，用阿鲁寇克的话说，对于作为家畜或奴隶的女人，西洋男人心中涌动着禁不住的赞叹。故此，妇女运动唯有期待妇女自身的力量，除此之外，绝无成功的希望。

大正十四年（1925）五月

结婚难与恋爱难

刘立善译

您知道泽拉伊德的故事吗？泽拉伊德是一个美丽的公主，若以文献为证，可知她足如寿山石，腿如象牙，脐如珍珠贝里孕育的珍珠，腹如雪花石膏瓮，乳似百合花束，颈如白鸽，发如香草，目如宫殿里的水池，鼻如城门上的望楼。由此看来，她大概是万人里也挑不出的美女。泽拉伊德渐入好年华，便要选一个与己般配的情郎完婚。此事的运作，在日本是依赖亲戚、熟人以及学校校长等甚不可靠的媒介；在西方则或许依赖母亲、姐姐等人的参谋，制定捕捉未来夫君的作战方案。然而泽拉伊德是公主，而且生性聪颖，她决定亲自挑选称心如意的王子或宰相公子为夫君。下面列出的夫君候补者名单，据说是泽拉伊德立志结婚之后，花费三年零七个月又十六天的时间制定出来的。原文收于东洋文库的"阿拉伯"类Z138号文件中，笃学之士请觅之一阅①。这里，我略去人名，只将概略抄录如下：

第一号，印度王子，相貌堂堂，甚是出众，然稍逊聪明。据闻一次他把大象错当做大山，险些被踩死。

第二号，波斯王子，他美似女子，但荒淫过甚。当时他有妃子六百人，嫔从两千三百人，女奴究竟有几万人，恐怕谁也说不准。

---

① 据日本学者考证，东洋文库的"阿拉伯"类Z138号文件中，查无此文，泽拉伊德的故事或许属于芥川的虚构。

第三号，泽拉伊德本国宰相之子，年少好学，多才足智，但先天性伛偻，可谓遗憾之至。

第四号，巴比伦国王，金银珠玉贮量世界第一。遗憾的是，他性好施虐，屡屡割下侍女耳朵拌到圆葱里当做美餐享用。

第五号，中国太子，相貌之美远超过波斯王子，但懒惰出奇，据说连擤鼻涕都要叫宦官代劳。

第六号，吕底王国①宰相之子，此人没有特别突出的缺点，但是宰相的前妻与侧室共生了二十五个孩子，其中有一孩子是个怪物，两脚长得像鸡爪。

第七号，米底王国②宰相之子，有勇武过人之誉。但眼下为债务所困，连卖掉自己父亲脑袋的事，他都可能干得出来。

第八号，犹太王国宰相之子，精通诗歌音乐，但酷嗜同性恋，大概无论如何也不想结婚。

第九号，埃及王子，此人容貌漂亮，富有学问，射得一手好弓箭，无与伦比。泽拉伊德心想：如果同这个王子结为伉俪，漫长的沙漠之旅或许会趣味无穷。她想明天就向父母两陛下表明心意。——刚才听说，那王子偏偏洗澡时被鳄鱼吃掉了。

第十号，魔王吉安·贝恩·吉安，居住何处不明。

当然，泽拉伊德列入名单的夫君候补者未必止于上述诸人。实际上，东洋文库的"阿拉伯"类Z—一百三十八号文件中，的确列出二百八十名候补者。归根到底，没有一个候补者能令泽拉伊德称心如意。泽拉伊德只好每天同侍女们在一起，在开放着石榴花和番红花的王宫里打发时光。然而支配着我们的恋爱，不可能捉不到阿拉伯美丽的公主。一个万里月光清澄的夜晚，泽拉伊德和她的恋人

---

① 吕底王国，公元前7世纪至公元前6世纪位于小亚细亚西部的国家，公元前546年为波斯所灭。
② 米底王国，公元前8世纪末建于伊朗西北部的国家，公元前550年为波斯所灭。

偷偷溜出了王宫。阿拉伯的恋爱至上主义诗人、"伟大的"蒂吉阿尔在其诗歌中这样歌颂泽拉伊德的恋爱：

> 泽拉伊德，你是沙漠里的蔷薇，
> 你是你恋人的手杖，
> 你是你恋人的牙齿，
> 天赐你恋人以福祥，
> 啊，泽拉伊德，你像沙漠里的清泉一样。

"恋人的手杖"、"恋人的牙齿"，这样的比喻或许很美妙动听。不过，您猜一猜美丽的泽拉伊德找到的恋人是个何等男子呢？美丽的泽拉伊德的恋人却是一个年高七十六岁丑陋的黑奴。

大正十四年（1925）六月

变迁及其他

刘立善 译

变　迁

我虽相信宇宙万物的流转变迁，但是眼观目前世态的变迁，我还是多少有些感慨。"茄子苗黄瓜苗……洋地黄苗是高山植物苗。"一听到这卖苗人的叫卖声，我就深深地感到了时尚的变化。然而更令我惊愕的，则是最近我把架上的书搬到套廊里晾晒的时候。我一直坚信，"纸鱼"这种蠹虫仅吃日本式书籍与中国式线装书。但是一九二五年的"纸鱼"却把舶来的洋书书脊也啃出了小孔。我看着"纸鱼"吃出的孔迹，想到了进化论，想到了拉马克①，想起了日本文化史上发生的明治维新以后六十年的变迁。三十世纪的"纸鱼"或恐会吃樟脑或卫生球。

某种抗议

仅就我的见闻而言，谁都相信"文坛上占据主流的还是小说与戏曲，短歌与俳句任何时候都不可能称雄文坛。"毋庸讳言，这里的"谁都"并不仅仅指小说家和戏曲家。我相信，歌人、俳人或整个社会，大抵皆持此等观念。我们看看那些堂堂的批评家对于

---

① 拉马克（1744—1829），法国生物学家。

短歌与俳句的批评,不可思议的是,他们绝无霸道,总是不断地口吐谦抑之言:"我是外行。"其谦抑之言自然表达一种尊仰他人的精神境界。可当这些批评家批评小说和戏曲时,绝不自称"外行"。他们好似早在出生之前就精通小说和戏曲一样,滔滔不绝、聒聒噪噪、絮絮叨叨地向不幸的我们垂教。其实,称雄文坛的未必是小说和戏曲,毋宁说是人麻吕的短歌以及自松尾芭蕉以来的俳句。歪曲短歌与俳句的真实现状,硬说小说和戏曲称雄文坛,应当说这至少给善良的我们添了莫大的麻烦。不消说,唯有短歌和俳句永远称雄文坛是极不公平的。圣伯夫或许批评过居于学问高位的雨果或巴尔扎克,他批评缪塞①时,确实没有特意脱帽谦言道:"我是外行。"那些堂堂的日本批评家尽可对我们稍示同情,勇敢地把大铁棒砸向蛮横的歌人与俳人。如果他们说做不到这一点,我们则必须向他们要求以下的权利——你们批评我们的作品时,也要先摘下帽子,然后像对待歌人与俳人那样对我们预先申明:"我是外行。"

艳　福

……就连我这样的人,屡次三番来信希望与我交往的女子也不下十余人。诸如:"虽然不曾相会,可我在梦中见过您。""请允许我称您哥哥。""给我寄一张照片吧。""有什么贴身的东西给我一件。""您如果送我一块用旧了的手帕,我将回赠您少女至纯至尊的东西。"这是多么纯洁的交往。……

---

① 缪塞(1810—1857),法国诗人,代表作有《夜歌》等。

上述引文是水上泷太郎君《朋友可以选择》中的一节。读完此节，这极端写实的文字令我瞠目。水上君的小说未必足令天下的女性读者皆能心生感激，可她们当中居然有人称水上君"哥哥"，有人将水上君的照片密藏于筐底。反观自己——也许我的小说比水上君的小说糟糕。但是，就对女性读者多少有些魅力而言，我想绝不逊色于水上君的《上班的人》、《海上日记》、《葡萄酒》。然而我行年二十五岁①博得"才子"称誉之后，称我"哥哥"或想要我照片的那般美人的书信，一封也没有。更何况得到我的手帕便"回赠少女至纯至尊的东西"那样春风万里的信呢？所以我不由得瞠目结舌，并非偶然。

我时而作如是说。诸位因此便蔑视我，当然，那可太轻率了。并非没有偶尔向我示以好意的女性读者。去年夏天，她们当中的一个不断给我来信，内容不是"邮件内容证明"② 就是"邮件收讫证明"。我抛下万事，熟读了每一封来信，事实上确有熟读的必要。这些信皆催我尽快返还她的一百元钱。可写信的人，是我连其名字都没听说过的女性。此外给我来信的女人当中，还有人在我的作品《春服》印行之时，接二连三给我寄来了带有短歌杂志《阿罗罗木》格调的写生短歌。短歌写得是优是劣，我这个欠缺诗情的人是不清楚的。但也不是全不清楚。

　　灿灿阳光照，海湾静悄悄。
　　叹息复环瞩，阒然独寂寥。

这一首，我觉得似乎挺精彩。不过这首短歌肯定早就出现于斋

---

① 指芥川1916年发表《鼻子》一举成名时的年龄。
② 寄件人填写的保价邮件的内容，日后以资证明。

藤茂吉君的歌集之中。此外，她们当中还有人在我赴中国的时候进京见我。毫无疑问，不幸的是我见不到她。打那以后又过了大约半个月，她从遥远的地方寄来一条紫红色领带。按她信中所言，那是明治天皇爱用的领带。她是遵从几年前过世的母亲幽灵之命，送我此物。接着，她们当中又有人……

总而言之，女性读者也给我寄过信，这是无可置疑的事实。但是，她们对我没有表达出像对水上君那样的绵绵情意。这到底何故？我想及几个远在天涯给我写信的美女，最后结论是：与水上君的女性读者相比，我的女性读者更富有社交情趣。确实，我的女性读者当中，有人不把自己作的短歌寄给我，取而代之的，是斋藤君的短歌。此举传来的不是"在梦中见过您"，而是通知我她读过我的前辈斋藤君的歌集。她们当中或许有人也想称我"哥哥"，可她的拘谨却让她写出了"返还我一百元钱"这样"邮件内容证明"的信。她们当中有人把明治天皇爱用的领带寄给我，说句心里话，我难以破译其用意。她温和善良之余，送我一条赋有历史意义的领带，以此想朝我要一块手帕吧？如上所述，我的女性读者无一不具纤细的神经。看来理当断定，我的女性读者比给水上君写信的无数女性读者更加优秀。尽管我的断定多少会有错谬——例如我的女性读者当中，虽然有人是不幸的疯子，但至少不像冲水上君索要手帕的读者那般疯癫。这是确切的事实。想到这里，我不由得暗暗赞美自己的幸运。日本文坛虽然宽广，可像我这样富有艳福的作家，或恐绝无仅有。

大正十四年（1925）八月

冒名顶替者二题

刘立善译

今年夏天，由山形县寄来一封信，发信人名叫山崎操。迄今为止，我从没接过她的信，也没见过她的面。

可是打开信一看，内容还是：借给你的一百元钱，尽快还给我，倘若不还，我将诉诸法律。我大吃一惊。信中说什么我曾在仙台的针久旅馆住过，我让她以电汇的形式汇过款。然而，不用说山形县，就连仙台我也没去过，更何况住针久旅馆呢？

山崎操的信成了"邮件内容证明"，我根据这份"证明"即刻回信云："我与您素未谋面，更不记得向您借过钱。"信发出后，我去了轻井泽。

于是山崎操的来信又从东京转送到轻井泽。这次来信倒不是"邮件内容证明"。可打开一看，信中还是写着："借您一百元钱，请还给我。"不仅如此，还写道："我是个病魔缠身的女人。"我发现山崎操是个女人，觉得她很可怜，但是被人家命令返还未借的钱，无疑是不愉快的。我又一次回信："我不记得向您借过钱。您催促还债之前，最好先确认一下您所认识的芥川龙之介，是否名副其实的芥川龙之介。"

从那以后，至今再没来信。第二封信我是从饭坂温泉发出的。我琢磨着，一定是某一家伙冒充我的名字，借了人家的钱。

琢磨之间，忽然想起此事之前，某人从长野县给我寄来一封失盗安慰信。这也是个素昧平生之人。尽管如此，他的来信末尾写道："承蒙赐写序言，深表诚挚的感谢。"

不言而喻，我没给该人写过序言，首先，连他出版了什么书我都一无所知。该人的来信偏巧没写地址，至今我还不能给家住长野县的该人回信。

这等事件并非只发生在我一人身上。盗用文坛诸家大名之事，近来似乎时有发生。

冒充画家和俳人者，让他亲自作画或写俳句，一眼便能识破。可是冒充小说家的人，小说不可能在他人眼前作，小说不是即席艺术，必然难以看穿真相。希望地方上的文艺爱好者多加注意，以免遭冒名顶替者的毒手。

总之，让我来说，如同喜欢看动物园里的大象那样看待小说家，这种心态是错误的。

大正十四年（1925）

才气专一不二

刘立善译

伏尔泰在孩提时代是神童。

但是有人说:"人云:'十岁是神童;十五岁是才子;过了二十岁便是凡人。'孩童时代聪明,长大之后未必不是傻瓜。可见,神童是个值得商榷的问题。"

伏尔泰听了这话,看着该人的脸,回言道:"叔叔的孩童时代,一定很聪明吧?"

与此一模一样的故事,中国也有。

北海孔融也是神童。

可是大中大夫陈炜也说:"小时聪明,大时未必聪明①。"

孔融听后答曰:

"您儿时一定也是神童吧?"

孔融是三国时代的人,不可能想象这个故事传到十八世纪的法国之后,变换成伏尔泰的逸闻。于是,就神童而言,东方西方好像不约而同,皆懂得以其人之道还治其人之身。

大正十四年(1925)九月

---

① 见《三国演义》第十一回。

病床杂记

刘立善译

一、病中幸得闲暇，各种杂志上的小说读了十五篇。泷井孝作君的《古怪者》是他诸多作品中出类拔萃的新作。父亲、儿子、风景都写得朴不伤雅，可谓有高粱黏糕味道。其手法之新颖，恐怕在九月份小说中数第一。

二、里见君的《蚊香》是十月份小说中最出色的佳作。只是文至结尾，有落笔匆匆之憾。其他诸如人情方面的描写等，依旧不负巧手之名。

三、我在旅途生病不是稀罕事。（这次在轻井泽睡觉着凉生病，至今未愈。）但那次临去中国之前病倒在下关旅馆里，是我最为痛苦的记忆。当时患重感冒，东京、大阪和下关，病情出现三次反复，高烧总是不退。加上手脚又因过敏生了疱疹，旅馆女服务员可能认为，我至少是个梅毒患者。她们当中的一人可怜我，说道："打一针能好些吧？"

烟尘似朝云，

飘落下关港。

四、他昨日谩骂"小笑话文学"，今日又恬然作起"超短篇文学"。宜哉，为了他的健康。

五、小穴隆一在轻井泽旅馆吃饭时，吃罢第五碗，把小盘递给女服务员说:"再往这里少盛点饭。"佐佐木茂索明知故问:"还吃呀?"小穴隆一答:"嗯,好用饭粘信封。"佐佐木茂索还是追根究底:"然后,还想偷偷吃下去吗?"隆一怃然,答曰:"那么,用它做大和糨糊。"佐佐木茂索愈发不饶人:"哈哈,连糨糊你也想尝一尝啊?"

六、接着,我们又到台球厅去玩。这里有一位年少的绅士。我们让他加入我们的游戏行列中。他对我们说话时,语尾从不使用表示谦让语气的"masu",而屡屡使用命令语气:"哎,要狠狠撞上那个球!"然而他对身着连衣裙的佐佐木夫人,却殷勤施礼曰:"您会跳交际舞吗?"佐佐木夫人的丈夫当然是佐佐木茂索,他问:"那小子到底是干什么的?"几次击球都输了的小穴隆一,紧跟话尾,道破真面目:"大概是攒了点零钱的坏小子吧?"

七、轻井泽立着松尾芭蕉的俳句碑,上面刻着:

皑皑白雪晨,
骏马亦多趣。

这首俳句出自芭蕉的《甲子吟行》,应当是写名古屋一带的事情。为什么把这首俳句刻在此处呢?顺笔提及,在长野县的追分,也立着芭蕉的俳句碑,上面刻着:

浅间秋风起,
吹得山石飞。

八、轻井泽的一家古董店里用日本片假名拼写英语,意思是:"这个桐木箱很好。"

九、室生犀星瞻眺自碓冰山连绵起伏及至妙义山的巍峨奇观,说道:"妙义山的形状酷似生姜。"

十、本想写完第十项,怎奈又发起高烧来了,不能继续走笔。

大正十四年(1925)十月

关于标新立异的作品

刘立善译

"您的作品当中,有您挚爱或喜欢的吧?"假如有人这样问我,我会感到有点难以回答。我无法专门筛选出附有那种条件的小说,而且我认为也不存在必须另眼看待的小说。首先,考察我的小说时,在众多小说排成的行列中,找不到特别的一篇能自称:"我是小说",说完便由行列中跳出来。我这样断言,不像是对您的宝贵询问做出回答,我不想涉及这种夸张的问题,我想从自己写的小说中选出两篇有点标新立异的作品,加以解释。

我的大部分小说是用当代通用的语言写成的。例外的文体有《基督徒之死》与《圣·克利斯朵夫传》。这两篇作品的文体,都是模仿文禄庆长年间天草、长崎日本耶稣会出版的各种书籍。

《基督徒之死》是模仿了天主教信徒当时必读的口语体译本《平家物语》[1]的文体;《圣·克利斯朵夫传》则模仿了《伊索寓言》[2]的文体。虽说是模仿,但我写得没有原文那么漂亮,那种简朴的意蕴没有表达出来。

《基督徒之死》是将日本圣教徒的逸闻组合起来的一篇作品,纯系我想象的产物;《圣·克利斯朵夫传》的创作则以圣·克利斯朵夫的传记为素材。

---

[1] 口语体译本《平家物语》亦称天草版本《平家物语》,1592年出版。
[2] 《伊索寓言》由日本耶稣会天草学林于1593年出版。

写完之后，自己反复阅读，从孰优孰劣的角度讲，我觉得《圣·克利斯朵夫传》比《基督徒之死》写得好。《基督徒之死》发表之时，有一段风趣的故事。该作发表之后，各种批评的信件纷至沓来。其中有人错以为我藏有《基督徒之死》的蓝本——天主教徒必读的原文书，竟寄来五百元钱，要订购此书。我觉得他既可怜，又可笑。

其后，我遇到了长崎浦上天主教会的僧侣拉嘎。当时我和他就《圣·克利斯朵夫传》展开了交谈。拉嘎说，克利斯朵夫曾在他的故乡居住过。这话是他琢磨出来的，似乎想故意挑毛病。

将来我会出什么样作品？我想，对于此类问题恐怕谁也不能做出确切解答。小说之类与其他事业不同，不可能先制定一张程序表，然后按照程序表进行创作。不过今后我要更加充分地发扬自己的博学形象或才子形象，如果您能将正统小说、私小说、历史小说、花柳小说、俳句、汉诗、和歌以及其他您熟知的东西教给我，我什么都想写。

赏玩壶、盘、古画之余，我也想试写关于古代文学家和画家的评论，想与别人展开热烈的论战。

就是这样，我的前途遥远而渺茫，因此将来也大有希望。

大正十四年（1925）十二月

身边之物

刘立善译

一　桌子

我大学毕业那年秋天，在《新小说》上发表了短篇小说《山药粥》，稿费是一页稿纸四十分。然而那个时期仅以小说创作谋求衣食，心中肯定无底。我开始找工作，同年十二月当上了海军机关学校的教官。十二月九日，夏目先生仙逝。我每月工薪六十元。白天教的课是英译日的翻译课，晚上则拼命搞创作。一年后，我的月薪涨到一百元，稿费是一页稿纸两元左右。如此看来，工薪加稿费也能养家糊口了。于是，我与早已订下婚约的朋友的侄女结婚了。我的紫檀旧桌，是夏目先生夫人为恭贺我的新婚之禧送来的礼物。桌子的规格是：长四尺，宽三尺，高一尺五寸许。或许因为木头未朽，现在桌板的接缝处多少有点翘棱了。不过一想到近十年我一直面对这张桌子读书著文，毕竟不无爱惜之情。

二　砚屏

我的青瓷砚屏是在团子坂的古董店买来的。但不是我自己主动买下的。我曾经在随笔《野人生计事》中述及此事，现摘录一小节如下：

某日,室生又来我家聊天。一见面他就谈及团子坂一家古董店里的青瓷砚屏。"我让店主将那青瓷砚屏先别卖,过两天你去把它买来吧。你要是没空儿,就打发别人去买来吧。"

室生这口气,简直就像我有买那个砚屏的义务。但是我言听计从,将之买来后,至今无悔。总之,无论室生还是我,都对此深感欣慰。

此文中涉及的室生,当然指室生犀星君。购砚屏确实花了十五元钱。

三 笔盘

夏目先生用煎茶的茶箕①代替笔盘。我即模仿先生的智慧,以家传的紫檀茶箕代替笔盘(先生的是竹制笔盘)。我的笔盘是香以的妹夫细木伊兵卫给我做的。我住在镰仓的时候,请菅虎雄先生为我写了字:

> 本是山中人,爱说山中话。

我求人将这字刻在茶箕的凹陷处。茶箕的外部刻着与外行人伊兵卫的手艺相称的岩石和溪流。说来或许颇具风流意韵。但是,我生性懒散,茶箕上沾满了灰尘和墨水,有时竟连"本是山中人"的方向都被颠倒了。

---

① 煎茶茶道中量茶叶的用具。

四　火盆

　　小巧的长火盆也是结婚时买的，只花了五元钱。但是火盆抽屉做得很好使，其价值要远远高过火盆价格。当时我住在镰仓一个叫做"辻"的地方，租来的房子建在某实业家的别墅区里，芭蕉遮住了屋檐，一眼能望见阔大的水池，是一座生活起来非常舒适的住宅。八张榻榻米的房间有两间，六张榻榻米的房间有一间，四张半榻榻米的房间有两间，外加浴室厨房，月房租不超过十八元。我们把小巧的长火盆放在四张半榻榻米的房间里，过着太平无事的日子。因为这次大地震，那座曾经租住的房子大概也消失得无影无踪了。

大正十四年（1925）十二月

孔　雀

刘立善译

这是异本《伊索寓言》里的一章。异本《伊索寓言》这本书无人知晓。

"有只乌鸦'恃才傲物',找来些孔雀羽毛装点满身,非常蔑视其他诸鸟。它飞来飞去,以为自己至高无上。其他诸鸟为此深感不安,一齐发出吼声:'你明明不是孔雀,为何还藐视我们?'遂将乌鸦围住痛打一顿,拔去了羽毛,腿也被折断了。乌鸦软绵绵地断了气。

"而后,来了一只真孔雀。然而,诸鸟依然把它当作乌鸦,又是一顿连打带踢,硬是把孔雀折腾死了。接着,诸鸟说:'等到将来碰上了真孔雀,我们要给予最高级的礼遇。说真格的,世上就是假孔雀多。'

"寓意——天下诸人皆是傻瓜,有才无才,分辨不清。"

抚掌而谈

刘立善译

名士与住宅

听说夏目先生的住宅要卖掉。那么大的住宅,继续保存下去确有困难。

夏目先生的住宅只有两间书房。将书房与主房分割开来单独保存,并非不可能。总之,或者许多人搬进较小的房子,或者许多人住进类似侧宅的另一所房屋,之后才能比较理想地把书房保存下来。

追赶帽子

我在走路,忽然风把帽子吹跑了。我一边留意自己周围一切的反应,一边追赶帽子。所以很难抓住它。

另有一人,从帽子被风吹跑之时起,他就一心只想着帽子,不顾一切地追赶。他撞上了自行车,险些被汽车轧着,还遭到坐在运货马车上的土木工人的怒骂。此间,帽子还在顺风而去。这种性格的人或能抓住帽子。

然而无论哪种类型的人,其人生结局都不会很理想。若非具有相当水平的政治天才或实业天才,恐怕没人能轻而易举地抓住帽子。

不可思议之一

月薪微薄的已婚妇女和住在大杂院里的家庭主妇,满怀喜悦地憧憬着这个世界上没有的、通俗小说里的伯爵夫人生活,或以衷心感激的心情阅读通俗小说。眼观这种情景,我觉得她们很悲惨,也很可笑。

《基恩》与《悲叹的皮耶尔》

《基恩》与《悲叹的皮耶尔》是最近进口的两部有名的电影,我听过这两部影片的故事情节。

从情节上看,我觉得《基恩》像地道的小说,挺有意思。大多数男人较易处于基恩那样的位置;大多数女人则易被置于基恩的情妇伯爵夫人那样的境遇之中。

大多数人一生之中难有一次能处于《悲叹的皮耶尔》中皮耶尔夫妇那样的位置。更不用说像被老虎咬住的事。我思索着自己的整个生涯,觉得根本不可能发生。如果咬人的不是老虎而是狗的话,则另当别论。

电 影

从侧面看电影,觉得实在太惨,无论什么样的美人,看上去都是歪歪扁扁的。

又

无论你怎么看电影,看过之后马上就把故事情节忘得一干二净，最后连片名都忘掉了。就跟没看过一个样。若是读书，不管多么乏味，也不至于忘到这种程度。令人觉得不可思议。

我想，如果电影中的登场人物能够说话①，故事情节就不至于被观众忘到如此程度。恕我赘言。

犬

据闻，在日俄战争的战场上，卫生队漏下的伤兵在野外躺了一夜，他们被犬吃掉了阴茎，然后被掏了肚子。此事听着都瘆得慌。

《辨妄和解》

我认为，安井息轩的《辨妄和解》是一本饶有趣味的书。读这本书，可以感觉到日本人是非常看重现实的种族。即便从种种一般性事物看，也令人觉得在日本闹革命非常容易，但不会闹出外国那样惨烈的流血革命。

刑　罚

执行死刑时，能自己走上绞刑台的犯人几近于无。大都是被架上了绞刑台。

美国有几个州已经彻底废除死刑。不久的将来，日本或许也会如此。

与喜好胡乱杀人的人一起生活，是不得安宁的。但对杀人犯来

---

① 芥川看的都是无声电影，在日本，有声电影最早始于1929年5月上映的美国电影《进军》。

说，终生监禁的惩罚，仅此已足够了，未必非处以极刑不可。

又

对囚犯而言，限制他外出的自由，乃十二分的痛苦。

在押的犯人，以不剥夺其工作权利为好。

假如我因某事身陷缧绁，我希望能给我笔、纸和书籍。若令我搓绳，究有何用?!

又

这是在学校发生的事。下课后，我从二楼下来。外边不知何时哗哗下起雨来。我去了放木屐的地方，穿自己的木屐。可我的木屐没了踪影，找了半天也没找到。我穿上了室内专用的草履。户外大雨如注。

我被整得狼狈不堪。放木屐的地方放着一双脏乎乎的别人的木屐。我想拿过来，想穿上它。

可我到底没把那双木屐拿过来。我想，当时即便穿上它，那也是出于无奈。

大正十五年（1926）二月

病中杂记

刘立善译

一、每年十二月，我总是把胃肠搞坏，加上患神经性心绞痛，每日多是过得郁闷不乐，今年也不例外。我呆呆地烤着放在榻榻米上的被炉，心中甚至这样想，人在变成疯子之前大概就是这种心情。

二、我神经衰弱最严重的一回，是在一九二一年年末。当时我躺下刚要入眠，便立即觉得有人在喊我的名字。我时常猛地坐起身来。有时好像在看老电影，黄光断断续续闪烁我的眼前，我多次惊骇得喊出声来。一九二二年元月偶逢友人，他说："你有死相。"我当时的脸色确实如其所言。

三、《墨汁一滴》、《病床六尺》①中写及的"患脑疾"云云，即指神经衰弱。记得自己年少时感到奇怪的是，正冈子规患了脑疾，为何还能创作俳句？"若能有法变昔为今，那该多好！"这不仅是古人的喟叹。

四、我患失眠症月余，经常服用零点七五的阿达林②，卧读《子规全集》第五卷。我十分佩服的是，子规不但是俳人与歌人，还是一位批评家。显然，《致歌人书》的议论锋芒有破竹之势。子规关于小说和戏曲的论点，有些对于今天的我们依然切当适用。此非一

---

① 《墨汁一滴》和《病床六尺》均为正冈子规的随笔集。
② 一种催眠、镇静剂。

己之见,佐藤春夫亦极力强调过同样观点。

五、子规写的小说,值得一读的几近于无。然而若让子规长寿,并让他创作小说,想必不在伊藤左千夫和长冢节等人之后。《墨汁一滴》和《病床六尺》中,有许多优秀小品文,这已是人所共知的事实。《病床六尺》中类似《小灯笼》那样的小品文,令人百读不厌。

六、细观子规其人,面对疾病的折磨,他未曾炫耀半生不熟的所谓"开悟",却发浩叹,想自杀,这比当时的"星堇诗人"更加接近于近代人。正冈子规评论中江兆民著《一年有半》时发表的见解,今天看来仍具新意。

七、子规横溢的生命活力令人惊诧。子规生涯的大半是在病榻上度过的。尽管如此,他却作新俳句与新短歌,进而于"写生文"领域独辟蹊径。他还以不知穷尽的力量,论述女子教育的必要性,日本服装的美学价值,以及内务省的牛奶取缔令。看上去他几乎不像一个病人。而子规当时的主要疾患不是脑病,而是脊椎骨疡。(一月九日)

八、有人带有讽刺地问我:"你为何用文言写文章?"我用文言写文章绝非为了装腔作势。原因在于,与用白话著文相比,用文言可以省去好多麻烦。这恐怕是我受过的旧式教育在作祟。十年以来,我用白话写文章一天超过十页稿纸(一页二十行一行二十字)的情况仅有两三次。然而若用文言文,一天完成二十页亦非难事。《病中杂记》系文言文,实乃迫不得已。

九、我的身体本来就不甚强壮,尤其近三四年来,变得更加脆弱。原因之一显然是吸烟过度。当年我住"自治寮"① 的时候,同室的藤野滋君屡屡嘲笑我:"你是个文科学生,却连香烟是何味儿都

---

① 第一高等学校的学生宿舍。

不知道吗?"如今,我过于知道香烟味道,倒想戒烟。让当年的藤野君看我,定会对我的长足进步略表敬意。顺笔提及,藤野君是已经夭折的明治俳人藤野古白①的弟弟。

十、第一封信曰:"是舍弃社会主义还是背叛父亲?究竟该是怎么一回事呢?"第二封信曰:"请尽快赐稿。"第三封信曰:"借您的大名攻击了××××。因我等无名作家名字没有效果。请莫见怪。"写第三封信的人,家住何处姓甚名谁我皆不知。我每天一边读着这样的来信,一边喝着"尼泊尔老鹳草茶"②,以求静静养病。当然,失眠症尚未痊愈。

十一、我昨晚做梦进了古董店,看见了镶嵌着青贝的砚盒。古董店老板说:"这件古董是安土城时代之物。"我问:"盒盖内侧怎么写有洋文?"老板答:"洋文意为'洋地黄次贰'。"我读过《安土之春》③,因而对安土城的诞生历史有所了解。毋宁说,我的梦真是滑稽,梦里竟然出现药名。我油然生出些许虚幻无常之感。

十二、我每天的习惯活动之一,就是散步。徘徊藤木川岸边,毛竹黄,梅花白,春风几如抚面。路旁巨石上,偶尔落有一只苍蝇。想到在我家庭院里每年五月上旬才能看见苍蝇,我便长时间茫然地凝视巨石上的这只苍蝇。到了五月,我的病体真能康复吗?

大正十五年(1926)二月—三月

---

① 藤野古白(1871—1895),俳人、剧作家,后用手枪自杀。
② 一种整肠止泻的健胃药。
③ 正宗白鸟作的戏剧,发表于《中央公论》1926年2月号。

一个无名的作家

刘立善译

这是七八年前的往事了。当时,我接触到一本大概是日本北方的同仁杂志。说不好是加贺地方的杂志还是能登地方的杂志。现在,那本杂志的名称已记不清了。在那本杂志上,我读到一篇主题取自《平家物语》的小说,作者大概是个青年。

小说分为三回。

第一回写的是,《平家物语》的作者去了"大原御幸"① 地方,作者文笔滞涩,一筹莫展之时,突然间来了灵感,竟写出这样的诗句:

薨破雾焚不断香,
枢落月挑长明灯。

第二回写的是《平家物语》的注释者。笔及"薨破……"处,注释者说道:自己对此诗的出典做了考据与思索,却怎么也没弄明白。于是慨叹自己学问不足,尚未达到注释《平家物语》的水平,唯有搁笔。

第三回写的是如今的中学语文老师。老师向学生讲授"大原

---

① 《平家物语》"灌顶卷"中的一节,讲的是后白河法皇去大原寂光院访问高仓天皇的皇后。

御幸"时，涉及"雾焚不断香"，说道：自古以来，这首诗的出典与意思就未被查明搞清。此时，坐在教室一角的学生自言自语道："这才是天才的伟大之处。"

而今，这个青年作者的名字我已忘记。但是作品写得非常好。如今我还能记得作品的主题，还时常想起那个青年作者。我想，被埋没的怀才不遇者，此人之外，还有好多。

大正十五年（1926）三月

东西问答

刘立善译

问：涉及现代作家的比较，将其区分为"东洋型"与"西洋型"，是否合适？

答：现代作家也许可以分为"东洋型"与"西洋型"。但不妨说，创作活动完全脱离"西洋型"的作家，几乎一个也没有。譬如久保田万太郎君，一般认为他是纯粹日本型的作家，然而，久保田君的小说中有一篇是用洋文写的题目——《序章》①。当然，作品本身掺杂的大概是《三田文学》风格的"西洋型"。比较而言，大概德田秋声的作品没有"西洋味儿"。

问：葛西善藏如何？

答：葛西善藏的作品也较少带有"西洋味儿"。

问：那么我想请教一下，"东洋型"作家的要素是什么？

答：这是一个难题。这里所说的"东洋型"，意指其中没有掺杂"西洋味儿"。这不过是一种消极说法。积极地说，具备何种特色的作家才能称作"东洋型"呢？这个问题，必须经过缜密思考。两种类型的界定都挺棘手，姑置不论吧。不过无论从官能性还是思想性上讲，德田秋声和葛西善藏的作品中，都较少有受西洋人影响的痕迹。这样断言想必是稳妥的。

×

---

① 《序章》（"Prologue"）不是小说，是戏曲。

问：关于"风流",想聆听您的见解。

答：怎么解释"风流"？文人墨客的"风流",首先大致是春日长昼的游戏。人们谈论着"南画南画",其实不妨说,除了两三个天才画家,余者大都是平庸之辈。我不愿玩弄那种意义的"风流"。我所尊崇的"东洋情趣"（不可将此混同前述的"东洋型"）是一种精神,由此产生了玉畹梵芳①的兰花与松尾芭蕉的俳句。不能把煎茶茶道师傅与汉诗人的"东洋情趣"与我所说的"东洋情趣"混为一谈。

问：佐藤春夫说"风流"是一种感觉,久米正雄说"风流"是一种意志。对此,您持何高见？

答：如果不让他们对"感觉"和"意志"的含义做出明确界定,我无法同意任何一方的见地。一切艺术都是感觉的,一切艺术又都是意志的。说"风流"是意志,在某种意义上可以成立。同时说"风流"是感觉,在某种意义上也可以成立。我尚未读过二位的议论。二位对感觉和意志分别做出了何种特殊界定和论述呢？我期待着拜读二位的高论。

问：文艺上是否存在这样的区别,即以行为为主的作品和以心境为主的作品？

答：我认为,有主要写事件的作品和主要写心境的作品,这种区别是存在的。

问：那么,是否可以这样说,以事件为主的作品是西洋式的,而以心境为主的作品是东洋式的？

答：《水浒传》也好,《耍枪的权三》也好,皆以事件为主,却是东洋式的作品；歌德《彷徨者之歌》那样的作品,以心境为主,却是西洋式的作品。我认为,若以心境、事件为标准来区分东

---

① 玉畹梵芳（生卒年不详）,室町时代的禅僧、画家,工于兰花。

洋和西洋，是十分困难的事情。总之，作品的倾向取决于作者本身。

问：将来的日本文艺会去向何方？会变成西洋式的，还是会变成东洋式的？

答：我不知道会去向何方。不过如下一点乃确凿的事实。假如将来西洋人珍视日本文艺，随之也就会珍视东洋特色的文艺。以比喻为例，"像孔雀一样傲慢的女人"会给日本人带来新鲜感，却不能给西洋人以新鲜感。反之，"瓜子脸的女人"对日本人来说毫不稀奇，对西洋人来说却很稀奇。人们谈论一个比喻的表现特色，也就等于谈论整个作品的表现特色。（谈话）

大正十五年（1926）五月

又一说？

刘立善译

"短歌能否落后于未来的文艺？"改造社的古木铁太郎君让我就此说点什么。作短歌我是门外汉，对古木君一辞再辞。可他却说："正因您是门外汉，才来恭听高见。"迫不得已，我只好执笔，面对稿纸。结果觉得短歌将落后于未来的文艺，一会儿又觉得短歌不会落后于未来的文艺。

首先，若像明治、大正时代那样，伟大的歌人众多，想落后于未来的文艺也落后不了。如果未来还会诞生伟大的诗人，并以短歌形式包容诗人的感情，那么，短歌依旧不会落后于未来的文艺。由此可见，能否落后于未来的文艺，其决定因素在于尚未诞生的伟大诗人是否还活用短歌这种文艺形式。

未来能否诞生伟大诗人？谁也不能明确保证。不过伟大诗人是否使用短歌这种形式，我们还是心中有数的。就像我们因某一契机而欲匍匐前行一样，尚未诞生的伟大诗人或许会因某一契机还想使用短歌形式。然而这只是一种例外情况，一般情况下，人们不会考虑短歌形式是否足以容纳未来诗人的感情。

本来，短歌与其他抒情诗没有什么特别的差异。所谓有差异，仅仅在于短歌被限定为三十一音形式。如果说，为三十一音形式所限，或因缠绵于三十一音形式的短歌情调，导致它无法容纳未来诗人的感情，那是忽略了明治、大正时代歌人的努力。譬如，斋藤茂吉和北原白秋的短歌，就容纳了前人短歌中未曾容纳过的感情。假如人们还表示怀疑,也许会说:明治、大正时代歌人的短歌,有的宛如拿小瓷酒杯来品尝果汁。我是门外汉,无法准确言及此类问题。不过我认为,斋藤茂吉和北原白秋的短歌,纵然是以小瓷酒杯来品尝果汁,那小杯中的果汁也足以令人感到可爱。

然而,物盛必衰,此乃天命。明治、大正时代出现太多伟大歌人,这些歌人年老昏聩或者作古之后,短歌或恐会变得平庸。若将这种平庸的短歌解释为落后于未来的文艺,那倒是有可能出现的事实。如前所述,此文乃短歌门外汉的空谈,同时也是为了应付古木君而写的。希望读者不要对此文期待太高,粗略一读即可。

大正十五年(1926)五月二十四日写于鹄沼

亦一说？

刘立善译

　　大众文艺与小说有共通之处。西洋人喜好的小说作品中，似乎很多都带有大众文艺性质。但我认为，大众文艺家以大众文艺家自居，这是个值得商榷的问题。大众文艺若是兴趣本位，还差强人意。但我认为，大众文艺若单纯追求兴趣，也同样值得商榷。大众文艺家可以大模大样地冲入小说家的领地，否则，小说家（在不丢掉小说威严的前提下）或许将冲入大众文艺家的领地。"都都逸"① 是带有抒情诗色彩的大众文艺，北原白秋等人的俚谣则是抒情诗式的"小众文艺"。以"都都逸"诗人自居的诗人，到底不及北原白秋。顺便提及，说什么现在的小说乏味无聊，所以大众文艺才兴盛起来，这纯粹是谎言。古往今来，以读小说为乐趣的人并不多。至少没有读"评书性读物"的读者多。再者，为数不多的小说读者二十岁前后读小说，三十岁前后也成为"评书性读物"的读者。（原因何在姑置不论）大众文艺兴盛起来，确非因为人们不满于小说，而是因为它开拓了不满于"评书性读物"的读者。

大正十五年（1926）六月

---

① 日本俗曲的一种，以三弦伴奏来吟唱男女之情。

比吕志[①]问答

刘立善译

我变成老鼠逃跑吧。
哎呀,爸爸我变成猫才好。
那样的话,我变成大熊。
你变成大熊,我就变成老虎去追你。
什么,变成老虎?变成狮子也没什么。
爸爸变成龙,会把狮子吃掉。
龙?(神情显得有点为难,突然)好,我变成素盏鸣尊治伏龙。

[①] 芥川龙之介的长子。

无 题

刘立善译

　　我原打算出席今天的讲演会,可坏肚子去不成了。讲演原本近似于体力劳动,腹部无力则不能从事这项活动。我说的话甚为粗俗,首先,拉痢疾时觉得自己好像在产出鲨鱼的鱼卵。仅此一点,就足够令人颓丧。再加上胃口似鲸鱼一般,时而喷吐潮水。所以求友人佐佐木茂索君宣读这篇文章。我相信佐佐木君能够代劳,而且会发表他自己的讲演。如果他不做讲演,希望大家跺脚,都站起来吵嚷。谨为致词。

大正十五年（1926）六月

那时的赤门①生活

刘立善译

一

记得是我二十六岁时的事。已是研究生院学生的我,当时不住在东京。退学申请的提交日期已经过期。过期后数日,我去事务所交退学申请,办事员严守规定,不予受理,说道:"已超过规定期限,你须交三十元钱。"大正五年(1916)或大正六年(1917),那时的三十元钱是一笔巨金,我难以拿出,便说:"若是这样,迫不得已,我接受除名处分。"办事员担忧我的前途,对我说:"你要接受除名处分吗?今后找工作怎么办?"最终我还是接受了除名处分。

我的同年级哲学科学生因我而深受感动,对我说:"你也像谢林②那样接受除名处分啊!"谢林是否像我这样拿不出三十元钱?孤陋寡闻的我不知此事,深感遗憾。

二

我们英国文学科的老师是已故的劳伦斯先生。一日,劳伦斯先

---

① 赤门是东京大学的异称。
② 谢林(1775—1854),德国客观唯心主义哲学家。

生在路上碰见我，娓娓数千言，道而不止。我一点也听不懂先生的话，哑巴听雷似的瞠目注视先生的脸。先生对我的神情也多少有些迷惑不解，突然问我："你是 K 君吗?"我回答："不，我不是 K 君。"先生也像哑巴听雷似的瞠目少顷，而后离我而去。我亲切地与劳伦斯先生接触，实际上也就是这次路上的几分钟。

三

我们"新思潮社"同仁参加的大学毕业典礼，是大正天皇临幸的最后一个毕业典礼。我和久米正雄都没有夏季制服，光膀子穿着冬季制服，提心吊胆混在众人之间。

四

我认识科贝尔先生。先生总是穿着法兰绒衬衣，讲授叔本华。那本豪华的叔本华的书，我至今不能忘怀。

五

我读大学二年级的时候，确实因德语成绩好，蒙德国驻日本大使古拉夫·列克斯赠我阿尔恩特①诗集四本。获赠诗集并非真正由于我的德语好，而是因为我在喜多理发馆理发时，我让德语老师先理发。这种行为并非谦逊，现在我也这么坚信不疑。

记得我把阿尔恩特诗集卖给了旧书店郁文堂，换来六元钱。尔来历经星霜十载有余，我却仍如当时一样，对阿尔恩特一无所知。不知远在天涯的古拉夫·列克斯如今是否童颜依旧？

---

① 阿尔恩特（1769—1860），德国诗人，历史学家，有诗集《献给德国人的歌》。

六

  大概在大学二年级或三年级的时候，我和矢代幸雄、久米正雄一起，攻击过英国文学的教学方针。记得地点在一桥的学士会馆。我们以寡敌众，高奏凯歌。可久米因为胜利的自豪，即刻心脏异常，不能步行回到本乡。我和矢代抬着久米，沿着不见人迹的电车道走，好不容易回到了本乡的宿舍。

昭和二年（1927）二月十七日

小说的读者

刘立善译

按照我的经验，首先，现今的小说读者大都只读小说的故事情节。其次，现今的读者会憧憬小说里描绘的生活。对此，我时常感到不可思议。

我的一个熟人，日子过得相当艰难，却爱读专门描写富豪与贵族的通俗小说。不唯如此，对描写与自己生活相近的生活，他却毫无兴趣。

再次，与前者相反，现今的读者还一心追求与自己的生活相近的生活。

我认为这些未必是坏事。这三种心情同时存在于我的内部世界。我就爱读故事情节有趣的小说。其次喜欢读与自己的生活距离较大的小说。最后，毫无疑问，我也爱读接近自己生活的小说。

然而，欣赏这些小说，我认定的评价尺度未必是上述的那些心情。如果说我（作为读者）与世间的小说读者有所不同，我觉得就表现在这一点上。那么，何者是我所认定的评价尺度？它只能是铭感的深度。毋庸讳言，有趣的故事情节、远离我们生活的事情或接近我们生活的事情，都会对读者的铭感产生一些影响。不过在这些影响之外，我相信还有某种东西。

被"某种东西"驱动的读者群，即可称作读者阶级，或称作文艺知识阶级。

这个阶级狭小得出人意料。恐怕比西方的文艺知识阶级还要狭小。我并非在此论述上述事实的善恶，只是简谈一个事实。

昭和二年（1927）三月

把朋友作为食物

刘立善译

在金泽地方的方言中,通常意思的"味道鲜美"却成了"肥胖"之意。比如一见胖人就说:"那是个味道鲜美的人。"这句方言有点像食人种族使用的语言,挺有意思。

我一想起这句方言,自然就把我的朋友作为食物来看待。

用里见弴君做带皮的"刺身",肯定"味道鲜美"。用菊池君的鼻子煮香菇,油性大,大概"味道鲜美"。洋酒煮谷崎润一郎,一定"味道鲜美"得无与伦比。

用北原白秋君做"牛排",也一定可口。我在以前写某篇文章时顺便谈及,宇野浩二君适合做"烤牛肉",佐佐木茂索君适合做"烤肉串"。

室生犀星君——他现在就坐在我面前,有点对不起他,只能用他做成肉干食用。不过,室生君必定带着珍视的心情品尝自己的肉干。

昭和二年(1927)四月

我的两三个朋友

刘立善译

一

小穴隆一君（特意加上"君"字有点可笑）是年少于我的朋友。但小穴君的事业却不凡庸。我的书若能流传后世，流传下来的与其说是我作品的作者，不如说是由小穴君装帧的书的作者。这并非取悦小穴君，更不是向世间显示自己的谦逊，而是我考虑到造型美术与文学的相异处后坦陈的己见。（所谓文学，特别是小说，再过三百年以后，几乎不可能成为通用的文学形式。）然而，如果大地震大火灾烧光了小穴君的书画，借助他与我割不断的恶缘，他的大名亦可流传后世吧？

小穴君是个彻底的神经质型人物。虽然他有时也做勇敢的事，也说勇壮的话，但绝非一个性格豪放之人。相反，他倒是富有谐谑精神。一次我从海里上岸，说道："总觉得要患顽癣症。"于是小穴君把桌上的酒精瓶递给我，劝道："可以把这个涂在睾丸上。"我言听计从，小心翼翼地把酒精涂在睾丸上，顿时睾丸热得火烧火燎。我说："这下可出大事了！"自己在榻榻米上直打滚儿。小穴君抱着肚子，同情（？）地说："这可真出大事了！"从那以后，无论出现什么情况，我再也不往睾丸上涂酒精了……

小穴君还作俳句，而且绝非业余爱好者的水平，他的俳句与他的画血脉深通。说到底，我在俳句方面受过小穴君不少启发。（未受任何启发既是灾殃,也是幸福。)

> 田间树枝结果实,
> 却是晾的湿布袜。
> ——隆一

二

堀辰雄君也是年少于我的朋友。堀君的作品亦不凡庸。东京人,少爷,诗人,爱读书,这几点与我是共通的。但他不像我带有旧时代气息。我读过受到"新感觉"滋润过的诸家作品,然而堀君毫不逊色于如此的他们。不待我夸张,有如下一首诗作为明证:

> 玻璃破损的窗,
> 我的虫牙。
> 夜里房中央,
> 煤油灯点亮,
> 凝神听,
> 传来刀碰盘子的声响。

堀君的小说和这首诗一样有特色。年少的作家们近来会接二连三出现于文坛上。堀君将来一定会作为一个独具特色的作家,跻身于这些作家之中。本来,我们日本人易被嘲笑为"早熟早老"。虑及热带女子十三岁就可以怀孕,温带男子三十岁秃顶也是理所当然。不过顺利的"早熟早老"几乎没有。我不客气地祈愿堀君早熟。《恶之华》问世之际,作者才二十五岁(?)。年少登高科总比老大居低科要好。大器晚成应当退而居其次。

三

  以下，写谁不写谁，皆无关紧要。没有比不写更轻松的事了。所以只写下一个"三"字，于此搁笔。

大正二年（1927）五月

讲演行军记

刘立善译

这次我与里见弴君同去北海道,是我首次外出讲演旅行①。入场不收票,听众自然驳杂,说话也难。再加上去好几个地方讲演,累得我精疲力竭。不过讲演后招待的美酒佳肴,都被里见君勇敢地谢绝了,这可帮了我的大忙。

我们逗留小樽之时,改造社的山本实彦君打来电报,我们回电:"旅途艰苦,精疲力竭。"之后,市政府的通讯科给我们打来电话。我以为是关于里见君创作广播剧之事,赶紧把听筒递给了里见君。他一边回应道"啊,是的。哎,是的",一边哧哧地窃笑。接着他又对我说:"荒唐,问我们艰苦不?筋疲力尽了吗?"打这样的电报,或恐自小樽市建市以来是绝无仅有的。

最后,讲演已讲腻歪了。我没兴致继续讲演了。北海道的风光具有不可思议的感伤美。说到饭菜,走到哪里都得吃姥蛤,真叫人无可奈何。里见君在旭川市吃软煎鸡蛋卷时,深有感慨地说:"软煎鸡蛋卷真好吃!"仅据此事,大体上不难想象出我俩在北海道的饮食情况。

冰雪消融中,

---

① 为了宣传、推销改造社出版的《现代日本文学全集》,芥川与里见去北海道进行讲演旅行。去的地方有函馆、札幌、旭川、小樽。

垂柳静依依。

昭和二年(1927)六月

我家的古玩

刘立善译

我家收藏的挂轴有：蓬平作《墨兰图》一帧，司马江汉作《秋果图》一帧，仙崖作《钟鬼图》一帧，爱石作《柳荫呼渡图》一帧；我请人写的巢兆、樗良、蜀山、素檗的自咏诗挂轴各一帧；高泉、慧林、天佑的字画各一帧。

此外有姑父狩野胜玉作《小楠公图》一帧，我养母的父亲即香以之父龙池作《福禄寿图》一帧。但我认为作者属我一族之内，其画只偶尔挂于壁上。关于陶器，我藏有波斯、希腊、新罗的陶器，南京古赤画陶器、白高丽①等。然而除了古代织部窑烧出的角钵，其他皆不足挂齿。在爱好古玩的天下之士看来，我难免被人嗤笑。我写过有关天主教徒的事，有些人认为我藏有不少所谓的"南蛮珍品"。其实，我只不过收藏了几本旧书和一尊马利亚观音像而已。称我为收藏家，张三李四也皆为收藏家了。但我的朋友小穴一游亭称，欲获得千古佳什，未必需要像书法家和画家那样叩头百拜。因为拥有未来古玩的作者，比拥有古玩更加有幸。

古玩是前人的作品。喜爱前人作品并非易事。我看室生犀星爱陶器，为了达到彼此爱好一致，我耗费了一年半时间。我爱书画和篆刻等，多是受了小穴一游亭的熏陶。看着天下随心所欲欣赏古玩之人，我一味感叹自己天性的迂拙。但一览以文章名扬遐迩的文士

---

① 古代高丽国（918—1392）的白色陶器。

之收藏品，皆不足以称作古玩。唯有室生犀星例外，他的收藏品令人自然而然地感受到收藏家的爱。他收藏的即便并非佳什古玩，也非凡庸之徒所能企及。

　　我还藏有正冈子规居士的诗笺，夏目漱石先生的墨宝，以及近人的作品。这些尚不能称作古玩。（虽然是半古玩）近人作品中，唯刻有"越哉"、"凤鸣岐山"的浜村藏六石印，近似于聊足示人的古玩。如上所述，我家的古玩如此贫乏。说我是"古玩爱好者"，谁能不拊掌大笑？不过我爱古玩，知道古玩能使我恍惚迷醉。刚出售的古玩价位太高，唯有望洋兴叹。然而热爱古玩是我终生奢华的自豪。做文章，恋慕女人，进而欣赏古玩，我岂能不知君王之乐？！旦暮死去，亦可瞑目。恰似雨后花落听鸟啼，神思殆似于无何有之乡。草成《我家的古玩》一文，他日若能成为我家古玩的目录，则感幸甚。

大正二年（1927）遗稿

诗歌

俳　　句

罗兴典译

好热的天气！
恰似千千蝴蝶舌，
遍地舞旋丝。

寒风阵阵吹，
难得东京好地方，
随处有阳光。

颜色传暖意，
蕊上涂着一层蜡，
美哉人造花。

宛如痨咳者，
双颊飞红透艳丽，
鲜哉冬帽子。

夏日山青青，
山天一色难分辨，
夕照满天红。

幽幽竹林里，
纵令寒夜路不迷，
左右两分离。

霜融化露珠，
八角金盘立晚秋，
滴滴垂叶流。

寒风吹沙丁，
鱼干串串留本色，
大海的气韵。

腊梅逢冬初，
寒空冷雨降又止，
稀疏枝可数。

正月三日雨，
竹林深深望不尽，
市井天蒙蒙。

一游亭来访

茅舍增春色，
晴和日暖好风光，
半柱映斜阳。

庭前白桃树，

含苞待放娇欲滴，
枝头翻春意。

满天浮淡云，
平平水面无动静，
水芹一丛丛。

炎炎烈日下，
尘埃扬起又消失，
簸箕一簸箕。

时节逢初秋，
哪怕捉只小蚂蚱，
也觉分外柔。

可怜桐树叶，
千姿百态在枝头，
——化枯凋。

自　　嘲

鼻涕流过后，
残痕点点留鼻端，
闪闪沐夕阳。

又是元旦节，
洗净双手静下心，

满腹黄昏情。

汤河原温泉

金煌煌蜜柑,
透过叶层高高挂,
今朝抗寒霜。

宇治乡情

放眼望茶山,
但见夕阳徐徐落,
好个美家园。

南风梅雨天,
刮起傍晚层层浪,
呜呜声不断。

秋阳送暖来,
竹果串串垂满枝,
风光垣墙外。

缠绕野蔷薇,
花繁叶茂胡枝子,
正是风华期。

蒙蒙霞霭中,

远望山峦襞连襞，
粗荒无可比。

洛　　阳

麦田尘土扬，
蒙着——童儿身，
相拥入梦乡。

秋日凉风起，
朴树叶稀留枝梢，
随风一边倒。

伯母有言

棉衣薄且短，
欲暖身躯难伸长，
霜夜不胜寒。

庭园细草坪，
小路弯弯绕周边，
一色花杜鹃。

汉　　口

犹如大竹篮，
炎炎夏日高高照，

一篮大扁桃。

病　　中

宛如大天亮,
停止鸣叫的蟋蟀,
藏身屋顶内。

高粱迎晚秋,
长穗蓬乱已枯萎,
日子无滋味。

寒雨时节里,
小运河畔茶馆静,
孤零一客人。

重游长崎

踏进古唐寺,
眼见玉卷芭蕉叶,
叶硕果正肥。

已是深更夜,
何来尤物添温暖,
一碗泥鳅汤。

树枝儿低垂,

瓦屋顶上轻轻拂，
时当大酷暑。

炎炎夏日里，
遥望棵棵树枝上，
长满薄苔藓。

宽叶吐香穗，
随风起舞展芳姿，
莲花开满池。

送别一游亭　别情怆然

茫茫降霜夜，
粗裳草笠上旅途，
此去宿何处？

致　园　丁

每日清晨起，
盖上麦秸驱寒霜，
草莓暖洋洋。

朵朵山茶花，
含苞待放娇欲滴，
寒中更秀气。

题菊池宽的自传体小说
——《启吉物语》

新年元旦日,
启吉也在这世上,
留有旧衣柜。

高野山

深深山谷中,
杉林青翠抗春寒,
隐隐荡回声。

烟雨细纷纷,
天边淡淡飘红云,
山影一重重。

再宿镰仓平野屋

串串紫藤花,
伴随檐前老青苔,
今日更苍黄。

大地震后过增上寺畔

松籁声声传,

倾耳静听心若醉,
头上夏帽子。

朵朵牵牛花,
开在长长藤蔓上,
紧贴地面爬。

绵绵春雨中,
犹带雪花漫天飘,
甲斐山岳峣。

果真春分到,
竹笋鼓鼓往外冒,
一身紫红袍。

风吹花果落,
云霭四起蔽广野,
朦胧星月夜。

小阳春日里,
翠竹枝枝有温情,
留宿猫头鹰。

走下教徒坡,
想起此地曾为狱,
步步心发怵。

二月初午节,
庙堂盛会不堪漏,
尽在雨中乐。

金　　泽

悠闲小蜗牛,
不问天阴和下雨,
静卧竹笼里。

乳汁滴滴流,
已是有儿之妻小,
依然做艾糕。

难忍夏日热,
鸡儿也把阴凉找,
爬在松荫下。

树上长青苔,
满枝盛开紫薇花,
金秋已到来。

室生犀星赠金泽蟹

阵阵秋风恶,
摆开饭桌食螃蟹,
留下空壳壳。

题一平逸民描绘的夏目先生漫画

柳枝挂年糕，
莫如把它献给她——
今户的馋猫。

声声鸣布谷，
郭公郭公回响在
明星的酒壶。

寄　　妻

心中常想起：
随地乱爬的幼儿，
竹叶包粽子。

烈日当空时，
青杉棵棵齐举臂，
相聚山谷里。

越后来一婢，称当岁儿为"丹丹"

小儿称"丹丹"，
忽闻"丹丹"咳嗽声，
寒夜好凄清。

久米三汀新婚

丝绸的帽子，
辉映菊花白似雪，
晶莹如玉洁。

盈盈玉枝体，
透过层层身上雪，
腊梅香四溢。

春雨静悄悄，
宛如桧柏沐滋润，
犹在霜中焦。

偶　　坐

蓬蓬铁莲花，
花儿朵朵入眼来，
直逼窗棂外。

车　　中

蒙蒙天欲晓，
但见四野笼煤烟，
车过下关站。

庭园有沃土,
每逢五月情意浓,
最惹苍蝇亲。

悼　亡

夜色渐趋浓,
火光惨淡映灵堂,
纸人站两旁。

数只家雀儿,
停在中国棕榈上,
瑟瑟伴长叶。

鹄　沼

茅草作屋顶,
屋宇低低栋连栋,
丝丝烟霞绕。

梅雨季节里,
试看家家屋檐下,
青柴堆堆积。

细条胡枝子,
软风吹拂轻轻摇,
新叶满枝头。

破　　调

就连兔子，
也耷拉一只耳朵，
炎炎大酷暑。

清晨丝丝凉，
酸浆累累垂叶下，
草中红灯挂。

金　　泽

城中银杏树，
鼓鼓悬着双双乳，
立在霞霭处。

旭　　川

雪融季节里，
杨柳迎春沐雨露，
垂枝细如丝。

大正六年（1917）—昭和二年（1927）

短　歌

罗兴典译

青根温泉

树上有青蛙,
悄悄藏在枝梢头。
清脆的鸣叫,
声声撒满羊肠道。

戏吉井勇二首

抒末世之情,
下笔如神遣诗兴。
斟上一杯酒,
献给歌仙吉井勇。

赤色古唐寺,
瘦骨嶙峋大色鬼;
纵令床上戏,
也要以酒助狂气。

丸善书店二楼

寒雨阵阵降，
满空阴云全城暗；
余来到此处，
只为饱览进口卷。

致小泽碧童

观窗子边上，
长着一片小竹林；
看房屋檐前，
忠兵卫家丝瓜园。

你府宅檐前，
种了那片丝瓜地；
今日风雨中，
瓜蒂许是落尘埃。

即　　景

洗手盆中水，
一时微微生浑浊。
南天竹之花，
空余枝叶花期过。

上　　海

淡云满天空,
眼望闹市一片阴,
待食暗绿蛋,
顿觉身边阵阵风。

戏作河童图

站立桥上方,
试将黄瓜投河面,
水面发声响,
忽见一个刘海头。

汤河原温泉

晨光迷蒙中,
栗花满树串串垂。
静观此美景,
叫我如何不陶醉。

闲　　庭

深秋时节里,
晨光熹微天放亮。
观望细竹端,

牵牛花开好鲜艳。

细竹枝梢头,
开着一朵牵牛花。
这般珍奇物,
正如生命无价宝。

致"邻屋铸造师"
——香取先生

邀我赴君宅,
来看冬情竹子画。
烹茶迎"初雪",
乐待吾人早来到。

柯　　树

冬寒袭小院,
冻煞一旁大柯树。
叶背已干枯,
地面一片空茫茫。

阴冷霜云天,
放眼望院中柯树;
但见叶阴下,
只余一片荒芜土。

忆老家旧居

冷露伴寒霜,
朝朝摧打柿树林。
甜柿已落叶,
唯有涩柿叶犹存。

谢佐藤惣之助赠
《琉球群岛风物诗集》

两眼望虚空,
大和团扇半遮面。
有女总相随,
"米亚拉比"是美称。

阵　雨

今朝降阵雨,
一阵一阵降不停。
淋淋湿大地,
满院荒土得滋润。

看我家庭园,
棣棠枯木青枝拥。
此番好景色,
多亏阵雨施恩泽。

观寒木堂所藏书画二首

一身青竹叶,
婀娜随风舞婆娑。
试问此墨竹,
竟是谁家之杰作?

长长题诗句,
淡彩绘就水墨画。
笔下花朵朵,
朵朵向我一边倾。

致室生犀星

纵如远山峰,
淡淡耀眼的白雪;
也要活坚强,
一生随君到永远。

致香取先生

金泽箭鱼片,
不宜放置时太久。
放久油上浮,
品尝海鲜宜从速。

鹄　　沼

春雨降不停,
海滨小屋水淋淋;
滴滴看得清,
似睡非睡难入寝。

狗

在我面前走,
有狗垂着红阴囊;
我顿时想起,
那准是个冰凉物。

病中偶作

在我家门口,
即或有人打哈欠;
微微阴暗处,
令我心惊且肉战。

大正八年(1919)—昭和二年(1927)

北 陆 恋

（旋头歌二十五首）

罗兴典译

一

看油灯，
孤火一点明，
怎堪不心痛。
瑞雪天，
遥遥北陆人，
致贺祈年丰。

春心涌，
谁能解我心，
孤自怀恋情。
瑞雪天，
唯有北陆人，
解我心中隐。

叹身世，
常书诉苦衷，

今已少音信。
瑞雪天,
北陆有情人,
哀哉无长春。

二

艳阳天,
只身出都城,
数夜他乡寝。
此山中,
硫黄温泉里,
我俩初相识。

欲保持,
自身的体温,
却是一场空。
晨光里,
宁静的小床,
闭目不忍睹。

心无主,
抑或太寂寥,
庭园信步走。
静悄悄,
看朝阳照在
羊齿卷叶上。

笑嘻嘻，
与你的爱子，
两相共欢谈。
没来由，
无可引相争，
我自一旁看。

冷清清，
许是太无聊，
心如风中摇。
出房舍，
且往菖蒲盆，
持壶把水浇。

早天阴，
你领着爱子，
来到亮店里。
梳妆盒，
箱根工艺品，
买下笑相赠。

水池边，
立着一棵枫，
生命诚可悯。
待伸手，
轻轻触树身，

旋即秀叶动。

心生气,
有人解君烦,
医生赔笑脸。
如马嘶,
笑口大开放,
医生露牙床。

心茫然,
怀着空虚情,
放眼观街景。
烈日下,
马粪一团团,
闪闪舞蝶影。

觉后边,
仿佛有人跟,
神经有感应。
轻悄悄,
引我上二楼,
电灯暗昏昏。

睹吾身,
一副粗俗体,
浑然天生成。
视君肌,

不禁叹出身,
光泽多红润。

留下你,
爱儿出门去,
不见了身影。
顷刻间,
难得少女心,
我自忘了形。

欲言语,
何能表心迹,
尽在喘息里。
脸相对,
我凝视着你
茶褐的眸子。

三

秋爽夜,
空中红彤彤,
满天星斗明。
在东京,
我所见之星,
背景好凄清。

吾之脑,

感觉欠灵敏,
独自吐心声。
打起火,
点燃细线香,
熏烟驱虐蚊。

滔滔语,
悔不该当初,
未与你共寝。
更不该,
你已然慈母,
叫我好悔恨。

黄昏里,
沿着河堤下,
信步向前走。
冷清清,
我伸手拔下,
一朵石蒜花。

阴云夜,
听任两足走,
一路无所向。
灯光下,
公众电话亭,
挤满一堆人。

没睡好,
晨起举目观,
算来有几天。
风逞恶,
看小院红叶,
正渐转青黑。

夜已深,
且将我下巴,
置于暖炉上。
瞪着眼,
看着大书架,
君该念及我。

今依然,
心浮情不定,
何以待黄昏?
看对面,
大棵常青树,
枝梢迎风舞。

在门旁,
晚风吹细竹,
阵阵传声息。
瑞雪天,
可怜北陆人,
怎不倾心听?

诗

罗兴典译

棣棠

啊！途中的游子，
几时心思归？
望高墙，想起芭翁诗：
"草笠上，当插棣棠枝。"

恋歌（一）

终日难相逢，
莫如暂且无奈忘。
野外烟一缕，
升腾空中徒悲伤。

恋歌（二）

飘舞的草笠，
风中或将落路途。
吾名何足惜，
当足惜者唯君名。

恋歌（三）

六月将复返，
愁苦堪当与谁言。
娑罗花枝绽，
且当恋人秀目观。

风　　琴

劲风迎黄昏，
我藏身门后的暗影中。
（那时我多么害羞）
望着你娇小的童身，
风琴在你手下轰鸣。
岁月流逝去，
我这男儿的名姓，
你或已忘怀，
或依然记于心中。

冬

见君耀眼明，
朝阳灿灿照薄冰。

与君无相触，
腊梅花枝在颤动。

此地冬正浓。

手　套

你永远纤细柔软的素手，
今日总算戴上了
灰色的羊皮手套。
我在你的手套上，
看见了针尖一般的山头。
那山头，总觉在我额前，
让我感受到雪光闪耀。
请你不要脱掉手套。
我想就坐在这儿，
独自感受那
直指蓝天的雪峰高照。

回　答

孤寂任人言，
纵令恋思不着边；
随着秋雨过，
会有清香文殊兰……

镜　子

独立长镜前，

终日思君面,
难见花容人。
明知无计苦奈何,
却觉眼前晃面影。
终日思君面,
对镜之人唯自身。

腊　梅

君可知腊梅的芬芳?
那透人心脾的冷香。
我——真不可思议——
每当闻到腊梅香,
就想起你的黑痣。

修 辞 学

请静心倾听!
大和词语中
隐隐奏响的箜篌声。

父　风
——致室生犀星

庭园里,
淡黄的樱花开放。
我的孩子,快爬来,

来这儿玩耍。
玩具当是什么好?
气球、皮球还是笛哨?

家主风

新室席清爽,有我在。
朵连朵,上枝樱花已盛开,
串连串,下枝樱花也盛开。

祝酒歌

莫停杯呀,
公子哥儿们!
休看乌鸦群聚于
立在市面的刑具上;
畅饮御赐的美酒,
听筚篥深吟。

恰如万象更新

莫恋旧呀,
公子哥儿们!
快换上
新装和新履,
还有新帽子,
踏上新大路,

开始新生活,
公子哥儿们!

蒙"邻屋铸造师"赐酒

借问此酒何方酿?
答曰大阪有名滩。
一曰"黑松"。
一曰"白鹰"。

洞庭泛舟

三弦奏悲音,
伴唱小翠花,
耳环摇金坠,
如何不似君。

刘　　园

孤身临空院,
但见古老岩。
再看四下里,
虽然不见花木犀,
却觉冷香溢。

不 眠 症

在深夜的廊下一隅,
有一盏蓝罩台灯,
静静地映在玻璃窗上——
每当我凝视脑中的时辰。

致棕榈叶

被风吹弄的棕榈叶啊!
你全身颤抖着,
连纵裂之叶也一枚一枚,
不断地微微颤动。
棕榈叶啊,我的神经!

忧 郁 症

请问这条村道通向何方?
忧郁的田地里长满小葱。
我漫无目的地信步走去,
唯忧郁的头脑里,
　　尽感到剃刀的光影。

心　　境

徘徊荒路上,

百草顿无光,
欲念如兽心,
噩梦几时成?

阵　　雨

西方地面降阵雨,
东方城上耀眼明。
奈何两心难合一,
唯对人间思虑深。

娑 罗 花

娑罗绿枝花正开,
一片朦胧入眼来,
无妨半空消踪迹,
且当恋人秀目睐。

水手打油诗

不惜我身当鲨饵,
何妨将你当赌注,
仰望处女玛丽亚,
难忍你已有夫主。

船　中

大海行船迎傍晚,
海山远岛皆渺茫,
纵有面影今犹记,
老来梦中难相辨。

雪

初夜钟声入耳来,
大雪茫茫积成堆。
初夜钟声离耳去,
与你同寝该有谁?

夏

微风吹落柚子花,
金鱼畅游水面浮,
尔今玩赏画团扇,
霍乱杀死你丈夫。

恶　念

揪下太阳花,
思念欲杀人,
虽是艳阳大白天,

皆因女人苦无术。

拂晓

"寂无人声的拂晓,
　隐约梦中见。"
莫辨真与假,
"哀哉难见真佛面。"

佛

涅槃慧眼令人亲,
安然瞑目至深夜。
相恋之人犹在说,
释迦如来邪淫戒。

戏作(一)

与你相住庶民区,
水锈顺沿青沟涌,
浴池常见君来往,
白昼犹闻蚊子鸣。

戏作(二)

与你相住庶民区,
白昼冷清巷子深,

旧帘长垂窗台上，
盆中雁皮花欲放。

某一独身者之歌

1

春月照街衢，
漫步黑水边。
可怜之人成孤身，
亚赛萎花香色淡。

2

雨后蓝蔷薇，
孤零瘦影觅芳径。
如何比君心，
蔷薇枝上蜗牛身。

3

径深湿落叶，
恨怨命之秋。
独自见闻最难忘，
恰如阴天晴朗月。

4

情同一棵竹，
雪压身影弯。
孤身在世何冷清，
唯有冰雪透心寒。

来自我的瑞士

罗兴典译

信　条

欲求最小限的尘世苦者，
就投出无政府主义者的炸弹。

因尘世苦而欲求尘世苦者，
就挥舞共产主义者的棍棒。

欲求完全丢弃尘世苦者，
就用手枪射穿自己的脑袋。

列宁（一）

你是我们东洋人的一分子。

你是我们日本人的一分子。

你是幕府将军源赖朝的儿子。

你——你还活在我的心里。

列宁（二）

你大概不知道吧，
你已经成了木乃伊。①

但是你兴许知道，
超人谁都要
　　　像你一样变成木乃伊。

（甚至连我等同事中的天才，
　　也像埃及王的尸骸那样，
　　变成了美丽的木乃伊。）

你大概弄明白了吧！
总之，在所有木乃伊中，
　　　也有诚实的木乃伊。

列宁（三）

比谁都遵守"十戒"的你，
比谁都违反"十戒"的是你。

比谁都关爱民众的你，
比谁都藐视民众的是你。

---

① 列宁的尸体变成了木乃伊。

比谁都富于理想的你,
比谁都了解现实的是你。

你是我们东洋生产的
散发花香的电动牵引机。

威廉二世（一）

你不能自由自在地散步。

你不能轻松愉快地站着小便。

你没能留下一行诗。

你不能罢工和怠工。

你不能随便自杀。

你——现在担当的职业,
是所有皇帝最不合算的职业!

威廉二世（二）

唯一夸奖你的话就是——
你出卖勋章比较便宜。

手

诸君唯一希望的
是有益于诸君生存的社会。

能解决这一问题的
不外乎是诸君自己的力量。

资产阶级的白手,
无产阶级的赤手,
双方都握着棍棒,
不知你会倾向哪一方?

我吗?我倾向于赤手。
但是,我还注视着另外一只手,
——饿死于远国的陀思妥耶夫斯基的孩子的手。①

生存竞争

依照优胜劣汰的原则,
狐狸咬死了鸡。

你看,哪一方是优胜者?

---

① 陀思妥耶夫斯基的遗属被饿死。

站　票

从昏暗的洋溢兴奋的三楼上，
无数的目光集中投向舞台，
投向最下面的金色舞台。

金色舞台让我从长方形窗孔，
窥见了封建时代的重演，
抑或根本不存在的时代。

从昏暗的洋溢兴奋的三楼上，
连劳累一天的十七岁小工
也不顾疲惫地把目光投向舞台。

啊！我们年轻的无产阶级一分子，
也买了站票来看歌舞伎表演。

昭和二年（1927）〔遗稿〕

我鬼窟句抄

罗兴典译

大正七年

樱花迟迟开,
打破鸡蛋来一看,
里面已腐烂。

患病生高热,
樱花熹微照我身,
瑟缩抖不停。

闻此芬芳味,
似觉梅林送花香,
春夜月朗朗。

朦胧春夜月,
溶溶映照常青树,
水边显模糊。

茅舍灯火明,
许是灯光发信号,

引来山鸡鸣。

冷眼望前方,
但见梨花满眼开,
急催轿子快。

人间有蜃景,
谁个见了不想看,
引来长臂人。

合上晾干伞,
一把一把收拾净,
晚蛙噪黄昏。

露地几条根,
托着竹身沐春雨,
雨后叶更青。

恍如粗铁丝,
蝴蝶之舌伸旋急,
好热的天气!

炎炎烈日下,
击地之声砰砰响,
儿童玩木桩。

庭院洒水后,

古城小邑浮脑际，
一派旧时味。

目睹打伞人，
似见沙上戏文字，
奇花伴珍禽。

青蛙呀青蛙，
你也会作漆身玩，
汪汪似未干。

登山采桑叶，
但闻一路杜鹃声，
朝霞映天红。

窗垂青竹帘，
使得后庭一园花，
眼中显幽暗。

惨淡白昼月，
宛如霍乱病患者，
目光无颜色。

轻风传松籁，
大红灯笼房前挂，
金秋邻相伴。
（鹄沼谷崎润一郎幽居）

一身老骨头，
破衣烂衫紧紧包，
上加皮外褂。

瑟瑟秋风里
晾晒之物水未干，
把把长棉线。

果实透黑熟，
可怜遭逢霜露打，
鸟儿默无语。

宛如痨咳者，
双颊飞红透艳丽，
鲜哉冬帽子。

路旁卖淫女，
十指尖尖白生生，
恰如棵棵葱。

勋章闪闪亮，
老躯深解其重量，
若新年曙光。

面对我自身，
一副衣锦荣华相，

冷眼朝后看。
（偶感）

阵阵寒风里，
白白展开晾晒物，
块块包袱皮。

秋风阵阵凉，
难得东京好地方，
随处有阳光。

竹林挡不住，
山村何处不飞花，
飘入居士家。

君一旁弹琴，
我卧落花一旁听，
曲肘且为枕。

秋阳猛如虎，
热气腾腾蒸万物，
榨出竹子油。

周身发寒光，
风兰又名富贵兰，
长在岩荫下。

瓦色黄昏里,
处处盛开石莲花,
闪闪银光发。

得意春风里,
恕我催驴扬鞭急,
呵斥声不止。
(拒稿)

快在桅杆上,
高高挂起琉璃灯,
大海秋已临。

乡村小学堂,
嘎吱嘎吱研墨忙,
年花开二度。

颜色传暖意,
蕊上涂着一层蜡,
美哉人造花。

邀我到田端,
两相盘坐共进餐,
梅花来相伴。
(致松冈让)

大正八年

风吹梅花舞,
待到梅花飘落尽,
风亦无踪影。
(悼亡先考)

好生奇怪呀,
但见日暮黄昏里,
走来菊花人。

天地朦胧胧,
水面一片白模糊,
落花任飘浮。

近期无暇闲,
心身沉迷于戏作,
日日花阴天。
(答人问)

秋末冬初里,
寒风涌上你心中,
酿成咳嗽病。
(问三汀病情,我亦时而卧病床)

酒不足醉人,

老白酒呀盅连盅,
尽兴春光中。
(访细田枯萍)

入春天渐暖,
片片竹林日愈翠,
远远显微茫。

残雪伴春草,
点点片片绕坟茔,
沿边有麦冬。

步"归去来兮",
待到身归草庵日,
春风满面吹。
(辞校归乡)

春日观归鹤,
我鬼先生双目睁,
犹觉冬时寒。

默默无言语,
只把刀剪细细磨,
匠心迎梅雨。

游 长 崎

放眼望白壁,
但见玉卷芭蕉叶,
美哉古唐寺。

偶作溪水歌二首
（五月二十二日）

夕阳映晚霞,
普照山河无尽头。
细细一溪水,
夕照之下落谷流。

巨岩立山边,
脚入水中湿汪汪。
溪流泛幽光,
夕阳影里迎傍晚。

栏前置炉子,
眼观童仆煮茶忙,
竹林沐秋光。

黑塚有女鬼,

善将人发编头饰,
美哉雪帽子。

天鹅生来白,
天下乌鸦一般黑,
清晰两分开。

主人守拙技,
十年如一不更初,
特产佛掌薯。

金秋半夜里,
算盘一遍又一遍,
几度换位置。

美酒伴佳肴,
八仙食罢飘然去,
唯有熏风煦。

初夏熏风起,
吹落鹭鸶降地面,
点点缀水田。

似无愁抄

罗兴典译

二十四日　阵雨

阵雨欲来时，
高高米槠叶迷蒙，
彤云染晨空。

柚子已落光，
地面一片明晃晃，
傍晚冷雨降。

二十五日　阴　春意盎然

入春天渐暖，
片片竹林日愈翠，
远远显微茫。

烟霞笼四野，
□□□□□□□
□□□□□

大正八年（1919）二月

我鬼句抄

罗兴典译

春

残雪杂细竹，
丛丛点点绕坟茔，
沿边有麦冬。
(诣先考墓，八年)

闻此芬芳味，
似觉梅林送花香，
春夜月朗朗。(七年)

颜色传暖意，
蕊上涂着一层蜡，
美哉人造花。(七年)

步"归去来兮"，
待到身归草庵日，
春风满面吹。
(辞校归乡。八年)

白桃色迷离,
绯桃难辨哪是真,
尽在烟霞中。

天色暗昏昏,
白天犹见满天星,
颗颗耀眼明。

静静春夜里,
家有昏暗大浴桶,
全身泡其中。(九年)

阴云满天涌,
平平水面无动静,
水芹一<u>丛丛</u>。

语声娇滴滴,
吃罢什锦甜凉粉,
桃花一片红。

正月三日雨,
街巷深深望不尽,
门前竹子青。

风吹细雨飘,
天边淡淡泛红云,
山影一重重。

绵绵春雨里，
何来山上雪花落，
夹在雨中舞。

我等陋舍家，
也有樱花应时开，
清水沏新茶。
（好喝，好喝）

夏

窗垂青竹帘，
使得后庭一园花，
眼中显幽暗。（六年）

登山采桑叶，
但闻一路杜鹃声，
朝霞映天红。（六年）

轻风传松籁，
大红灯笼房前挂，
金秋邻相伴。（七年）
（鹄沼谷崎润一郎幽居）

惨淡白昼月，
宛如霍乱病患者，
目光无颜色。（七年）

阳光最毒时，
烤得松林泪汪汪，
遍山松脂香。（八年）

青蛙呀青蛙，
你也会作漆身玩，
汪汪似未干。（七年）

风中细雨丝，
也能渗透田和地，
禾苗绿如洗。（八年）

细竹一丛丛，
遍野散发竹叶香，
皆因毒太阳。（八年）

但见三四人，
各自在磨大砍刀，
入梅无晴空。

大朵向日葵，
也是满面发油光，
正午后一点。

夏日山青青，
山天一色分外明，
夕照满天红。（八年）

深深芦苇丛,
彩虹透过显身姿,
高足五六尺。(八年)

阴云迷蒙天,
瓶中泡着一毒物,
蝮蛇生气足。(八年)

洋粉好清凉,
伴着黄昏迎晚客,
碧蓝如水色。

秋

瑟瑟秋风里,
晾晒之物水未干,
把把长棉线。(七年)

好生奇怪呀,
但见日暮黄昏里,
走来菊花人。(七年)

阵阵松涛中,
行人走过无踪影,
可怜扫墓人。

拂去花芒日,

遥望茫茫大海面，
波状如云卷。

幽幽竹林呀，
纵令寒夜路不迷，
左右两分离。（八年）

蓬蓬常春藤，
朝露闪闪藤上滚，
颗颗落叶丛。

冬

寒风阵阵吹，
难得东京好地方，
随处有阳光。（六年）

阵阵寒风里，
白白展开晾晒物，
块块包袱皮。（六年）

宛如痨咳者，
双颊飞红透艳丽，
鲜哉冬帽子。（七年）

寒风吹沙丁，
鱼干串串留本色，

大海的风韵。(六年)

空空大炭筐,
底部幽幽呈乌黑,
几片大树叶。

腊梅逢冬初,
寒空冷雨降又止,
稀疏枝可数。

风吹花果落,
枯木丛丛显高姿,
裸露冬阳里。

云天现奇光,
托出日本圣母院,
熠熠在目前。

云天紫气来,
烘出日本圣母院,
熠熠在目前。

海面银光闪,
大海无声似有声,
孩童倾耳听。

满怀末世情,

下笔成歌遣诗兴；
斟上一杯酒，
献给歌仙吉井勇。

深秋时节里，
白昼朦胧天放亮。
纤纤细竹端，
牵牛花开好鲜艳。

徒步登高山，
山路条条望不尽，
往来知何人？

（以下汉诗系原作——译者注）

沙浅蒲犹绿，
石疎波自皱，
遥思明月下，
时有浣纱人。

鼎茶销午梦，
薄酒唤春愁，
香渺孤山路，
风花似旧不。

青湾茶（寮）图录四册？（竹田供奉）
大正六年（1917）—大正八年（1919）

荡 荡 帖（其一）

罗兴典译

河郎之歌

抚摸红润肌，
河郎相拥美娇妻，
今犹在梦里。

天生丹穗貌，
河郎终日思见君，
游出古江口。

此川河郎子，
只因恋上人间女，
惨然遭杀戮。

小轮江面过，
激起河道层层波，
凉煞河郎眼。

川底暗无光，
河郎隐居水草中，

双目犹炯炯。

川底已夜阑,
河郎头面似玉盘,
月光来相照。

枕岩命终结,
河郎两眼溢悲伤,
谁忍举目观。

致小穴隆一所赠十三日夜画片复信

孤零旧酒壶,
壶上绘着一轮月,
画者当是谁?

画面溢菊香,
入谷大哥①饮甘芳,
能不醉成泥?

此鸟为何鸟,
眼观面前红菊花,
是否当鸣叫?

---

① 指住在东京台东区入谷街的小泽碧童。

三男①同醉夜，
正是日莲圆寂日，
今宵好惨凄。

答谢恒藤恭所赠松蘑

松蘑使人欢，
芳香浓郁漫床边，
身畔若高山。

即　景

缠绕野蔷薇，
花繁叶茂胡枝子，
正是风华期。

金秋桂花香，
晚来带雨纷纷落，
撒满石板路。②

秋阳暖日开，
竹果串串满枝垂，
风光垣墙外。

---

① 指小泽碧童、小穴隆一、古原草。
② 此句虽蒙折柴兄赞誉，但作者本人并不以为得意。

秋雨一阵阵，
楼宇层层呈幽暗，
直至十二层。①

道道石坎上，
爬满蓬蓬常春藤，
瑟瑟寒凉中。
上述二首均为途中所见。

不晓文坛近况

不知窗外事，
黑轮传闻亦不晓，
唯有采薄荷。

白玉一舞女，
翩翩起舞迷人眼。
小泽忠兵卫，
此刻难辨真面目。

舞女亦堪怜，
伸手乞讨观客钱，
舞趣顿索然。

---

① 原指浅草公园的十二层建筑凌云阁。

送某君赴长崎

赤色古唐寺,
瘦骨嶙峋大色鬼,
纵令床上戏,
也要以酒助狂气。

方形罩座灯,
灯光灿灿送喜来,
如若有炸虾,
就当频下青竹筷。

方形罩座灯,
纸上辉映老灯影,
隆一画柿子,
画出一个美侬柿。

好个美侬柿,
天皇见了也必惊,
若要卖与他,
当以十剑抵售金。
(座灯会之歌,十一月二日)

闲庭阵雨
(十一月四日)

寒雨一阵阵,

淋淋湿透一根藤,
王瓜藤上生。

大地茫茫愁煞人
（十一月六日）

瑟瑟秋风里,
道上行人无踪迹,
满眼尽荒草。

细竹根下土,
有风无雨正干涸,
炎炎秋老虎。

赠 衷 平

孤冈植细竹,
翻出一片干红土；
今日有阵雨,
准保雨水土中流。

你家屋檐前,
种有那片丝瓜田；
今日阵雨中,
瓜蒂已落尚未落？

即　　景
（十一月十二日）

屋内冷飕飕，
我在厕中听雨响。
雨点穿竹林，
声声打在落叶上。

屋外雨声止，
竹林落叶静无声。
此时传锤音，
当是秀真在铸金。

为涩谷有五个铜板的私娼而作

五个白铜板，
为此就能把身卖，
暗夜何其寒。

十二月十日降雪

夕暮逢雪降，
竹林一片雪花舞，
随风枝起伏。

春夜寒风吹，

顿时想起一游亭,
切莫患感冒。

星星闪红光,
荒路无人静悄悄,
唯见麻影高。

炎炎烈日下,
尘埃扬起又消失,
簸箕一簸箕。
(大正十年八月)

蒙蒙霞霭中,
远望山峦襞连襞,
粗荒无可比。

宛如大天亮,
蟋蟀停鸣无声息,
藏身屋顶里。

今夕当降雨,
但见满空翻云华,
朵朵似莲花。

南风送梅雨,
刮起傍晚层层浪,
呜呜声不断。

夏日山青青，
山天一色难分辨，
夕照满天红。

淡淡月明夜，
一声蝉鸣随风飘，
余音传四野。

初秋季节里，
牵牛花开一朵朵，
过午犹婀娜。

红红甜美酒，
地地都是甘红薯，
处处见赤草。

五月黄梅雨，
散见小街买菜人，
归去留暗影。

茅舍增春色，
晴和日暖好风光，
半柱映斜阳。

又是元旦节，
洗净双手迎日晚，

静心待夜阑。

桥上投胡瓜，
随着一声河水炸，
顿时见秃头。

可怜桐树叶，
千姿百态在枝头，
一一化枯凋。

秋日凉风起，
朴树叶尽留空梢，
随风一边倒。

春雨细无声，
洒满小小木栅路，
一路接一路。

随风轻轻摇，
笔头菜丛如私语，
红日丛中落。

清风徐徐吹，
小松终日烈日照，
何处觅山影。

石砌城墙上，

晚霞一片似火烧，
迟迟临傍晚。
（北京）

麦田尘土扬，
蒙着个个童儿身，
相拥入梦乡。
（洛阳）

空空大炭筐，
底部幽幽呈乌黑，
几片大树叶。

伯母有言

棉衣薄且短，
欲暖身躯难伸长，
霜夜不胜寒。

（以下汉诗系原作）

鼎茶销午梦，
薄酒唤春愁，
杳渺孤山路，
风花似旧不？
大正九年（1920）—大正十一年（1922）

荡 荡 帖（其二）

罗兴典译

烟雨细纷纷,
天边淡淡飘红云,
山影一重重。

五条旅馆

笋壳一片片,
随波逐流飘水面,
顿觉是夏天。

太　秦

风吹落花飞,
纷纷落在牛额头,
堆积如尘土。

高台寺旅馆

新临高台寺,
新人新地新浴池,

火光身上移。

宇治乡情

放眼望茶田,
但见夕阳徐徐落,
好个美家园。

与恒藤恭谈及恩格斯。我说:"恩格斯很有钱吧?"恭说:"西洋人不爱老吃蕨菜呀!"我说:"我也讨厌老吃蕨菜。"于是戏而作句

常住山里人,
餐桌不见有蕨菜,
春光放异彩。

大力阿秋如是说

花都一轩屋,
六角堂里无人住,
话间人来晤。

什么呀?——自动电话。

宇治无狐处——
　　唯有名馆"茶之木"。

天上星星知多少？——
　　多得不可数。

乌黑海带卷——恐妻症。

兔子翻筋斗——耳痛。

正面的牡丹——吝啬鬼。

加茂川堤

夏日山青青，
淡淡阳光穿云出，
照着同一处。

曾经繁茂处，
今日尽被夕阳染，
一路昏黄黄。

代与茂平致阿滨

虽是流浪人，
脸上犹带孩子气，
应时换新衣。

长崎旅宿

短夜长街静,
忽闻铃声响,
原是挑卖馄饨人,
过街无去向。

阿若的庭园里忘忧草花正开

庭园忘忧草,
花儿朵朵正开放,
无奈苦离别。

别时情依依,
难品甜瓜之甘芳,
还是月色香?

偕与茂平试作连句

纵令良宽高僧家,
也会燃起大炭火。(龙)
家有小屏风,
后面藏着一只猫,
正在生小宝。(库)①

---

① 与茂平真名为渡边库辅。

林木鼓鼓欲冒芽,
一枝一态相交错。(龙)
且看朝阳处,
面影依稀眼前过,
春光静悄悄。(库)
拖着长长裙下摆,
棚架上面一女偶。(龙)
待到第三天,
不见伊人空自归,
一路向晚霞。(库)

两手捧鲜花,
朝着荷兰这边看,
不知看什么?(龙)
茫茫空中风筝舞,
一个一个掉地面。(库)

麦秸小屋里,
住着一对穷夫妻,
双双矮身体。(龙)
即或手持烟袋杆,
苦因臂短难伸长。(库)

圆圆竹刷小茶具,
常年推销有勘九。(库)
花鸟共一间,
室内有风往复流。(龙)

避开人交际,
悄悄偷闲读禁书。(库)

白鹭莫高声,
且听初阵寒秋雨。(库)
看枯木一棵,
透过树丛刺天宇。(龙)

南风送梅雨,
大海稳稳风中摇,
不觉是拂晓。

正午好风景,
林木枝头齐弯曲,
茂叶一丛丛。

长崎画

打着遮阳伞,
朝着荷兰这厢看,
风情万万千。

给某君

每日清晨起,
盖上麦秸驱寒霜,
草莓暖洋洋。

深秋时节里,
晨光熹微天放亮。
纤纤细竹端,
牵牛花开好鲜艳。

晨光迷蒙中,
栗花满树串串垂。
静观此美景,
叫我如何不陶醉。

阴冷霜云天,
放眼望院中柯树;
但见叶阴下,
只余下一片荒土。

清风徐徐吹,
小松终日烈日照,
何处觅山影。

伯母有言

棉衣薄且短,
欲暖身躯难伸长,
霜夜不胜寒。

树枝儿低垂,

屋瓦顶上轻轻拂,
天气正酷暑。

院内细草坪,
小路弯弯绕周边,
一色花杜鹃。

已是深更夜,
何来尤物添温暖,
一碗泥鳅汤。

白昼逢正午,
遥望林木枝连枝,
茂叶一丛丛。

甘甜葛根水,
匙子浮出玻璃杯,
匙身有多长。

北京北海

我来此地观,
但见蔷薇檐上攀,
初夏熏风暖。

送一游亭

茫茫降霜夜,
粗裳草笠上旅途,
此去宿何处?

古瓦新婚

甘栗已剥开,
喜待新人来品尝,
雪夜当尽欢。

致持有《罗生门》初版者

回过头来看,
小路弯弯无尽头,
时令已暮秋。

赐菊池宽

寒雨时节里,
小运河畔茶馆静,
孤零一客人。

再游长崎

踏进古唐寺，
眼观玉卷芭蕉叶，
叶硕果正肥。

时节逢初秋，
哪怕捉只小蚂蚱，
也觉分外柔。

可怜浮游物，
浮在一洼积水中，
留待猫来饮。

不怕初霜打，
幸有竹林邻相伴，
居家心亦安。

果真春分到，
竹笋鼓鼓往外冒，
一身紫红袍。

冬日阳光下，
满屋婆娑摇竹影，
掠过纸拉门。

串串紫藤花,
伴随檐前老青苔,
今日更苍黄。

一 游 亭

朵朵牵牛花,
开在长长藤蔓上,
紧贴地面爬。

大地震后过芝山内

松籁声声传,
倾耳静听心若醉,
身着旧夹衣。

与碧童共饮

青豆一颗颗,
接受它的是何物,
自有褐团扇。

线香一根根,
待到烘干时刻到,
一枚桐叶飘。

朵朵山茶花,

含苞待放娇欲滴,
寒中更秀气。

杉林布峡谷,
片片青葱耀眼明,
隐隐荡回声。

今朝迎初霜,
金橘煌煌透叶层,
高高挂树顶。

已是三月天,
远望茅山换新颜,
一片暗红色。

久别逢侄

回过头一看,
好个圆圆胖脸庞,
淡淡泛杏黄。

致佐藤惣之助

两眼望虚空,
大和团扇半遮面;
有女总相随,
"米亚拉比"是美称。

纵如远山峰,
淡淡闪光的白雪;
也要话坚强,
终生随君到永远。
(致室生犀星)

漫天银光照,
银光下面我发现——
日本圣母院,
眼下就在我面前。

看我家庭园,
枯树棣棠青枝拥;
此时好景色,
正是时雨施恩泽。

冷露伴寒霜,
朝朝摧打柿树林;
甜柿已落叶,
唯有涩柿叶犹存。

一身青竹叶,
婀娜随风舞婆娑;
试问此墨竹,
竟是谁家之杰作。

大正十一年(1922)—大正十二年(1923)

斗 室 吟

罗兴典译

大正十三年九月十八日,胃病复发,卧床不起。"斗室吟"乃病中闲吟之记录者也。

——澄江子

小　庵

清晨生寒意,
酸浆宛若小红灯,
散悬草丛中。

秋雨阵阵凉,
林木棵棵枝头上,
水斑一点点。

旅　中

瑟瑟秋风里,
秤上挂着一鲤鱼,
重量知多少。

秋风呀秋风,
你想得到点什么,
一捧红珠芽?

碓 冰 岭

一串花纸绳,
飘然系在灯笼上,
随着秋风扬。

枕边挂有樗良题七夕画

飕飕寒风里,
独有傲然七夕竹,
敢抗夜半雾。

蟋蟀临枕

蟋蟀何处鸣?
在扔币的枯竹筒。

蟋蟀因何鸣?
嫌恶煎药的烟气。

(以下汉诗系原作)

有客来相访,通名是伏羲。
泉石烟霞之主。
但看花开落,不言人是非。

与君一席话，胜读十年书。
天若有情天亦老，摇摇幽恨难禁。
悲火常烧心曲，愁云频压眉尖。
书外论文睡最贤。
虚窗夜朗，明月不减故人。
藏不得是拙，露不得是丑。

异花开绝域，滋蔓接清池。
汉使徒空到，神农竟不知。

澄江堂句抄

罗兴典译

一

问园艺时偶作

每日清晨起，
盖上麦秸驱寒霜，
草莓暖洋洋。

爱上霍夫曼的传奇时，独自来到镰仓海滨，眺望奇幻的大海

南风梅雨天，
刮起傍晚层层浪，
呜呜声不断。

药酒料

阴云迷蒙天，
瓶中泡着一毒物，
蝮蛇生气足。

为卖文糊口，无法，今天又得上二楼那间斗室，终日写作

树枝儿低垂，
瓦屋顶上轻轻拂，
时当大酷暑。

访我孙子的折柴而归

宽叶吐香穗，
随风起舞展芳姿，
莲花开满池。

无暇采用以景入诗之技

缠绕野蔷薇，
花繁叶茂胡枝子，
正是风华期。

妻已入睡，唯我依然面桌

一声咳嗽起，
当是小儿感风寒，
冷夜好凄怆。

晚　归

幽幽竹林呀，
纵令寒夜路不迷，
左右两分离。

　　调喜《虚栗》之佶屈，意好言水
之幻怪。数年前自作聪明而得此句

路旁卖淫女，
十指尖尖白生生，
恰如棵棵葱。

汤河原温泉

今朝迎初霜，
金橘煌煌透叶层，
高高悬树顶。

赠饭田蛇笏文之开端

绵绵春雨中，
犹带雪花漫天扬，
甲斐好山光。

得小闲而喜

果真春分到,
竹笋鼓鼓往外冒,
一身紫红袍。

二

一夜有春雨,晓来亦霏霏。由京都赴神户。饱览一路山川,如在梦中

烟雨细纷纷,
天边淡淡飘红云,
山影一重重。

一游亭主人即将启程赴伊香保养病,不由别情怆然

茫茫降霜夜,
粗裳草笠上旅途,
此去宿何处?

游镰仓平野屋,已记不清几年前曾来此一游

串串紫藤花,

伴随檐前老青苔，
今日更苍黄。

　　大正十二年八月下旬，与古原草同访一游亭，见庭前摆着数盆牵牛花，即戏而作句。大地震后再访一游亭。一游亭主人指着依旧的牵牛花，笑对我说："这个家烧毁了，而那首俳句却还活着。"

朵朵牵牛花，
开在长长藤蔓上，
紧贴地面爬。

　　大地震后偶过芝山内，见万棵长松安然无恙。我宛如与故人相逢，不禁心怀大开

松籁声声传，
倾耳静听心若醉，
身着旧夹衣。

三

　　乡下人不解夜间事。所知者似仅有黑暗而已。所谓夜，不过是被灯光照亮之对象。乡间的暗夜好冷清！

已是深更夜，

何来尤物添温暖,
一碗泥鳅汤。

　　想起身着黑西装、头戴灰呢帽的俳谐师之心

时节逢初秋,
哪怕捉只小蚂蚱,
也觉分外柔。

　　访镰仓的三汀。其院内景物索然,观其院外沙地,倒是秋色甚浓,饶有兴味

高粱迎晚秋,
长穗蓬乱已枯萎,
日子的气息。

　　树木的背侧已枯。
我爱这茂盛的一侧

秋日凉风起,
朴树叶稀留枝梢,
随风一边倒。

　　客厅饰着妻子的古装玩偶。书斋仅在朝鲜陶壶里插有我亲手剪下的一棵树枝

庭前白桃树,
含苞待放青欲滴,
枝头翻春意。

　　悠闲者,当有此种心情:欣然于人家宽敞的庭院,独自闲散地打发春日

庭园细草坪,
小路弯弯绕周边,
一色花杜鹃。

　　为览龙门山石佛,我来到古都洛阳,不觉已成三年前的往事。城外麦田金黄。留辫子的男女农民,用传统老法在打麦子,至今依然如在眼前

麦田尘土扬,
蒙着个个童儿身,
相拥入梦乡。

　　久别逢侄。看她那大人样儿,觉得有点可笑

回过头一看,
好个圆圆胖脸庞,
淡淡泛杏黄。

大正十二年(1923)—大正十三年(1924)

澄江堂杂咏

罗兴典译

一　酒壶

声声鸣布谷，
郭公郭公回响在，
明星的酒壶。

　　此句作于品茗室二楼。从那以后，再没有见过形状那样美好的酒壶。在构思此句间，只听长嘴唇的歌妓唱道："从四条桥上看到了什么？看到了灯一盏。那是盏什么灯？是否二轩茶室之灯？"
　　（诚然，歌词难免记错。）

二　"米亚拉比"

　　从佐藤惣之助赠我的《琉球群岛风物诗集》中得知，在琉球方言中，称年轻女子为"米亚拉比"。我觉得这个词语很美，于是在给他写感谢信时，开头便以"米亚拉比"为题，作了一首短歌相赠。听说好像这些"米亚拉比"们，都粘上了佐藤君。

两眼望虚空，
大和团扇半遮面；
有女总相随，
"米亚拉比"是美称。

三 "今户之猫"

题画之类的赞语至今我一次也没有写过。然而，面对下岛先生出示的冈本一平所作夏目先生漫画，经多方考虑结果，终于试作成如下俳句一首。

柳枝挂年糕，
莫如把它献给他——
今户的馋猫。

"今户之猫"也许有些牵强，但既然作者有"今户之狐"之说，我的"今户之猫"之称，也就无所谓牵强了。

四 松

大正十二年（1923）九月七日，赴芝。姐与弟的住家附近，已是一片焦土。曾经办过竹林画展的财主家也化成灰烬。四处只剩下烧焦的柯树木桩。那些画也被烧掉了吧？我想起了种种。看到增上寺安然无恙，山门前松林依然，不由喜上心来。

松籁声声传，
倾耳静听心若醉，
美哉夏帽子。

大正十四年（1925）五月

新流行调

罗兴典译

如若以人当佛拜，
豆地里会荆棘生，
栗园里会长大蓟，
婴儿会得佝偻病。

凡夫崇拜的佛尊，
是想让自己出现在光环里；
老翁崇拜的佛尊，
是想得到槲叶包的年糕吃。

（遗稿）

游记

中国游记

陈生保译

自 序

《中国游记》这本书，归根结蒂是发挥了我新闻记者式才能的产物。这种才能既可以说是天赐的恩惠，也可以说是天降的灾祸。我受大阪每日新闻社之命，大正十年（1921）三月下旬至同年七月上旬，一百二十多天里，游遍了上海、南京、九江、汉口、长沙、北京、大同、天津等地。回到日本之后，便执笔写作《上海游记》和《江南游记》，每天一节供《每日新闻》连载。《长江游记》也一样，那是接在《江南游记》之后刊载的，也是每天一节，只是没有写完。《北京日记抄》却未必按每天一节的进度撰写。记得总共用了两天左右时间。而《杂信一束》基本上抄录了旅途中所写美术明信片上的文句。不过，从上述几篇新闻通讯中，确实可以窥见我所具有的那种新闻记者式的才能。那才能曾如电光一般，至少如舞台上的灯光一般闪亮过。

大正十四年（1925）十月

上海游记

一 海上

就在即将从东京出发的那天,长野草风来访。他说,他打算半个来月之后也去中国旅行。那时,长野曾关切地建议我,随身带上防止晕船的灵丹妙药。可我想,从门司上船之后,只要两天两夜就到上海了。充其量不过两天两夜的海上旅行,还劝我带什么晕船药。长野的胆小如鼠,可见一斑。三月二十一日下午,在我攀上筑后丸的舷梯时,看见在风雨中波浪起伏的港湾,再一次对我们这位长野草风画伯的怯海情结深表同情。

可是正如俗话所说,不听故人言,吃亏在眼前。当船一进入玄海,转瞬之间,大海变得波涛汹涌起来。我和分在同一船室的马杉君一起,坐在船头甲板的藤椅里,只见海浪拍打着船舷,澎湃作响,不时地有水沫飘落到我们的头顶。海面上不用说已是白浪滔天,犹如一锅开水似的上下翻滚,轰然作响。远处有一个模糊不清的岛影进入眼帘,那该是九州的本岛吧。即便如此,坐惯了海船的马杉君却还是嘴里衔着香烟,吞云吐雾,悠然自得,全无窘迫之状。我竖起外套的领子,把两手插在口袋里,时不时地送一颗仁丹到嘴里含着。总而言之,直到这时,我才深深佩服长野草风上船之前准备晕船药的英明之举。

这期间,原来坐在我边上的马杉君突然不见了踪影。也不知是去了酒吧还是别的什么地方。我依然悠然自得地坐在藤椅里。可是,尽管眼神里摆出一副悠然的模样,心里却有点慌张。因为只要稍一挪动身体,便会头晕目眩。而且,总觉得胃里有点儿不稳。一名水手在我面前不断地走来走去(后来发现,这名水手其实也是一个可怜的晕船患者)。水手令人眼花缭乱地走动,格外叫我不快。接着又在前面的浪涛中发现了一艘冒着细烟的拖网渔船,船舷紧擦着海面航行,船体几乎全部没于水中。真不知有何必要,冒这等风险在大风大浪中行进?这艘渔船也使当时的我生了一肚子闲气。

我一心要忘记现在的痛苦,尽量想些愉快的事儿:想孩子,想花草,想"角福"碗,想日本阿尔卑斯山,想明治末年的名妓初代。除此之外还想了些什么,已经记不得了。唉!好像还想到了种种事情。例如想到德国作曲家瓦格纳渡海到英国去的途中遇到狂风暴雨。听说那次的经历,对他日后创作《彷徨的荷兰人》起了很大作用。头晕加剧,有点儿恶心,想吐。这些症状看来一时难以消失。最后终于觉得:什么瓦格纳,去你的吧!

十几分钟之后,我躺在了船室的床上,耳边传来餐桌上杯盘碗碟、刀叉汤匙一齐跌落在地板上的响声。可我仍然煞费苦心,坚持不让胃里的东西跑出来。在这样的场合,我居然会有这等勇气。那是因为,我担心弄得不好,晕船的只有我一个人,那就难堪了。可见死要面子和虚荣心这种东西,在这种时候,竟意外地起了代替武士道的功能。

哪里晓得,到第二天早晨一看,至少在头等舱里,除了一个美国人之外,全都晕船了。结果,谁也没有去餐厅吃早饭。而且听说,只有这位非凡的美国人,在吃完早饭之后,还独自一人在船上的客厅里,敲打着打字机的键盘打字。有人告诉我上述情形时,我的心情豁然开朗。同时觉得,这个美国人很可能是个怪物。说实在的,碰到那么大的风浪还能泰然自若,这样的绝活儿断非常人所能为。如果对这个美国人进行体格检查,说不定会发现一些意外的事实,例如他的牙齿有三十九只啦,屁股上长着小小的尾巴啦等等。——我仍然与马杉君坐在甲板的藤椅里,浮想联翩。而今天的大海，风平浪静，昨天的风狂雨猛，波涛汹涌，就像全都没有发生过似的。这时，只见船的右前方，横着济州岛的影子。

二 第一印象（上）

一脚刚跨出码头，我们就被几十个黄包车夫团团围住。我这里说的"我们"，是指同是大阪每日新闻社的村田君和友住君、国际通讯社的琼斯君以及我，一共四个人。本来，黄包车夫这个词，在我们日本人的印象里，倒绝不是脏兮兮的样子，不如说他们精力过人，劲头十足，令人产生一种返回到江户时代的心绪。可中国的黄包车夫，说他们是肮脏的代名词也不为过。且粗略地扫视过去，但见个个相貌怪丑。这么一群人前后左右把我们围了个水泄不通，一张张丑陋不堪的脑袋一齐向我们伸过来，且大声地喊叫着。一位刚刚上岸的日本妇女甚感恐惧。就拿我来说吧，当他们中的一人拉扯着我的外衣袖口时，我禁不住躲到了人高马大的琼斯君身后。

当我们冲出黄包车夫的重围之后，才终于成了马车上的客人。然而马车刚起步，那马就冒冒失失地撞在了街角的砖墙上。马车夫是一位年轻的中国人，显得很生气，用鞭子"噼噼"地狠狠抽打那匹马。马把鼻子紧贴在砖墙上，屁股乱蹶乱跳。不用说，马车有被颠覆的危险。马路上立即围了一大圈人。看来，在上海，没有把命都豁出去的决心，是不可以随便坐马车的。

这当儿，马车又开动了，来到了架着铁桥的河边。河里停满了中国的驳船，密密麻麻的，连水面都看不见。沿着这条河的边上，有几辆漆成绿色的电车，在轨道上滑动着。放眼望去，周围的建筑，都是些三四层高的红砖房。柏油马路上，西洋人和中国人在急匆匆地走路。可是，这些来自世界各地的人们，看到头上缠着红布带的印度警察的指挥手势，便都规规矩矩为马车让路。这种交通管理上的严密周到，有条不紊，即使我偏袒故国，也绝非日本的东京、大阪等大都会所能企及。对于刚才为黄包车夫和马车的勇猛而稍生恐惧的我，目睹光明此番景象，此时的心情也渐渐地由阴转晴了。

不一会儿，马车停在了一家旅馆门前，旅馆的名称是"东亚洋行"，是昔日金玉均①被人暗杀的地方。率先下车的村田君，给了马车夫几文钱。可马车夫却迟迟不肯缩回那只接了钱的手。看样子是嫌车钱给得太少。不仅如此，马车夫还连珠炮似的在说着什么，直讲得口角上泡沫飞溅。村田君却佯装不知，"噜噜噜"地登上台阶，快步向旅馆的大门走去。琼斯君以及友住君二人，也完全不去理睬马车夫的滔滔述说。此时我对那个中国人，心底暗生一丝同情之心。可是，这也许是上海的流行做法吧。想到这里，我也迅速地跟在他们后面，进了旅馆的大门。等我再次回头望去时，只见马车夫心平气和地坐在驾驶台上，就像刚才什么事情都没有发生过似的。我心里想，"既然如此，刚才又何必那样大声嚷嚷呢。"

我们立即被领到一间光线昏暗却装修华丽、有点儿古怪的会客室里。我心里思忖：原来如此！在这样的地方，不要说是金玉均，任何时候从窗外飞来枪弹都是不足为怪的。此时，身穿西服、气宇轩昂的旅馆老板，"吧嗒吧嗒"地趿着拖鞋，急匆匆走来。听村田君说，要我住在这家旅馆，似乎是大阪总社泽村君的主意。而这位身材剽悍的老板也许觉得，把房间借给芥川龙之介，万一被人暗杀，可就得不偿失了吧。他说不凑巧，除了进门处的那个房间，已经没有空房间了。我们去那房间看了一下，也不知为什么，里面只有两张床，四壁被煤烟熏得黑乎乎的，窗帘也很陈旧，连完好的能坐人的椅子都没有一把。总之这么一间空屋，是没法安心住下来

---

① （1851—1894），李朝末期政治家，朝鲜独立党首领，后于上海为王妃闵氏的刺客所杀。

的。除非是金玉均的幽灵。于是，我与其他三人商量，只好转到离此不远处的万岁馆下榻。尽管辜负了泽村君的一片好意。

三　第一印象（中）

那天晚上，我和琼斯君一起去一家名叫"牧羊人"的馆子吃饭。这家菜馆，墙壁、餐桌还算整洁舒适。跑堂的全是中国人。可邻近的食客之中，没有一人是黄色的脸。菜的味道，比起邮船公司船上的伙食，也要好上三成左右。我面对琼斯君，一会儿"YES"一会儿"NO"地讲着些许英语，心情颇觉愉快。只见琼斯君悠然地吃着长粒籼米咖喱饭，同时讲述着上次分别之后的种种故事。其中有个故事，说是一天晚上，琼斯君……（在他的名字之后还加上"君"字，总有点觉得不够朋友似的）。他是英国人，在日本前后住过五年。在这五年中，我始终与他来往密切（尽管有一次和他吵过一架）。我们曾一起去歌舞伎剧场以站票观赏歌舞伎，一起在镰仓的海里游泳，也曾在上野的茶馆里通宵达旦地畅饮，直弄到杯盘狼藉的地步。记得那次，他竟穿着久米正雄唯一的一件宝贝衣裳——会客用的裙裤，突如其来地往池塘里跳。对这样的友人还要称之为"君"，也许是有对不住他的地方。顺便我要郑重声明：我之所以与他交往密切，乃是因为他的日语棒，而不是因为我的英语好。闲话少说，言归正传。据说有一天晚上，这位琼斯上一家酒吧喝酒，看见店里有个日本女侍，独自坐在椅子里发呆。琼斯这个人平日里的口头禅是"中国使他快乐，日本给他热情"。特别是当时，他刚移居上海不久，准是怀念那段在日本生活的经历了吧。他一见到日本女侍，便用日语向她打招呼："你是什么时候来上海的？""我昨天刚到。""那么，想不想日本呢？"女侍听了这话，突然两眼泪汪汪地答道："我真想回去啊。"琼斯是用英语讲述这段故事的。但是中间却好几次用日语重复了"我真想回去啊"这句话。接着,他独自默默地笑,并说"记得当时,听女侍这么一说,自己也变得非常感伤起来"。

我们吃完饭,便在热闹的四马路闲逛。然后进了一家名叫"巴黎"的咖啡厅,瞧人家跳舞。

舞厅很宽敞。随着管弦乐队的演奏,灯光一会儿变成蓝色,一会儿又变成红色。这种情况则与浅草的舞厅很相似。只是,伴奏的管弦乐队演奏水平很高,绝非浅草的舞厅所能比拟。就这一点来说,虽说这里是上海,可毕竟是西洋人的舞厅。

我们在舞厅一角的一张桌子边坐下,品尝着洋酒欣赏一位穿着鲜红衣服的菲律宾少女和穿着西服的美国青年表演欢快的舞蹈。记得在惠特曼或其他诗人的短诗里,有这样的诗句:年轻男女是美丽的,上了年纪的男女则有别样韵味的美。当一对肥胖的英国老年夫妇,与年轻男女一样舞到我面前时,我想起了上面的诗句。感同身受。然而,当我把这层意思讲给琼斯听时,不料,我触景生情的咏叹,竟被他"嘿嘿"一声付之一笑。据他说,当他看见老年夫妇跳舞,不论他们是胖还是瘦,都忍不住要笑出声来。

四 第一印象(下)

从巴黎咖啡厅出来,宽阔的马路上行人寥寥。掏出怀表一看,刚过十一点。大都会上海意外地睡得早啊。

只有那令人畏惧的若干黄包车夫,仍在来回走动着拉客。他们一看见我们,必定靠近前来搭话。白天,我已向村田君学了一句中文:"不要"。"不要",当然是用不着的意思。因此,每逢我看见黄包车夫,就像念驱魔符咒似的立刻连喊"不要,不要"。从我嘴里发出的"不要",是我学会的第一句值得纪念的中文。我是如何将它欣然扔向黄包车夫的？倘若有读者不明晓此间的乐趣，一准儿是没有学过外语。

我们在静悄悄的马路上行走，皮鞋的咯咯声在空中回响。这马路的左右两边，时而有三四层楼的砖瓦房，挡住了满天星斗的夜空；时而街灯的光芒照出当铺的白墙，白墙上写着一个笔画粗大的"當"字；再往前走，看见有一处紧靠人行道的路边，挂着一块写有"某某女医生"字样的招牌；另有一处，则在油漆剥落的墙上，贴着南洋烟草公司的广告纸。可是走了好长时间，还没有走到我下榻的旅馆。这期间，也许是刚才喝的洋酒在作祟吧，口渴得要命。

"喂，有没有地方喝点儿什么。我口渴死了。"

"前面不远处有家咖啡馆。再忍耐一会儿吧。"

五分钟后，我们二人已经坐在小桌子边，享用冰凉的汽水了。

这家咖啡馆，比起刚才的"巴黎"来，档次似乎要低得多。在漆成桃红色的墙边，一个梳着大分头的中国少年坐在一架硕大的钢琴前，弹奏着乐曲。另外，咖啡馆的正中是三四个英国水兵，正与几个浓妆艳抹的女人跳着格调低下的舞蹈。最后，在入口处的玻璃门边，一个卖玫瑰花的中国老太婆，在吃了我喊出的"不要、不要"之后，呆呆地在看着水兵们跳舞。此刻，我的心情犹如在欣赏着画报上的一幅插图。这幅插图的题目，不用说叫做"上海"。

这当儿，门外一下子涌进来五六个同样水兵模样的人。这下那个站在门口的老太婆倒了大霉。喝得醉醺醺的水兵们粗暴地推开大门时，老太婆挽在手臂上的花篮给打落在地。这些水兵哪里管得了这些，他们很快与早在跳舞的同伴一起疯狂地扭跳起来。老太婆一边嘟嘟哝哝地嘀咕着什么，一边弯腰拣起散落在地板上的玫瑰花。可是正当她捡拾落花的时候，水兵们的皮靴仍旧在践踏着鲜花。

"我们走吧。"

琼斯突然站起身子，像要避开瘟疫似的这么说。

我也立即站了起来。可是，我们的脚边还散落着朵朵玫瑰花。当迈步向门口走去的时候，我不由得想起了法国讽刺画家杜米埃的一幅绘画。

"喂，我说人生啊！"

这时琼斯一边向老太婆的竹篮子里扔进去一枚银币，一边回过头来对我说："人生，又怎么啦。"

我们来到咖啡店的外边。几辆黄包车依然在等待客人。见我们出来，便都争先恐后地从四面八方奔过来。黄包车自然是"不要"。可这时我发现，除了几个黄包车夫之外，还跟着另一个累赘之物。不知什么时候起，那位卖花的老太婆已在我们身边，啰里啰唆地说着什么，一边像乞丐似的伸着手。老太婆已经拿到了一枚银币，看来她想让我们再一次掏腰包。我不禁怜悯起那一朵朵玫瑰花来了。那些美丽的花朵，竟是由这样贪得无厌的老太婆卖出的。这个厚脸皮的老太婆以及白天乘坐的马车车夫，是上海给我的第一印象。遗憾的是，它确确实实也是中国给我的最初印象。

五 医院

我从到达上海后的第二天起就病倒在床，第三天就住进了里见医生开的医院。病名好像是叫什么"干性肋膜炎"。既然得了肋膜炎，那么策划了许久刚开始实行的中国之旅，说不定也只好暂且搁置起来。这么一想，心里不免有些不安。我立即给大阪的总社发了一封电报，报告说我因病住院。不久，总社的薄田先生给我来了一封回电，要我"好好养病"。可是刚来中国就住上一两个月医院，什么事都干不了，那报社一定也是很为难的。收到薄田先生的上述回电，我一方面觉得暂时松了一口气，另一方面考虑到所承担的

《中国游记》撰写任务，我不由得心急如焚，坐立不安。

不过所幸的是，在上海除了新闻社的同事村田君和友住君之外，还有琼斯和西村贞吉这样一些学生时代的朋友。这些朋友和知己，尽管个个都是大忙人，却从我病倒之日起，始终不断地前来探望。大概是因我背着点儿虚名，有个作家啊什么头衔的缘故吧。时不时也有不相识的客人送来鲜花啊水果之类的礼物。例如有一回，罐头、饼干在枕边排成了长队，叫我真不知如何处置才好。（帮我从上述困境中摆脱出来的，仍然是我所敬爱的朋友和知己们。在生病的我看来，这些朋友们无一例外，都那么胃口好到令人不可思议的程度。）确切地说，住院期间不仅蒙朋友帮我处理了那些别人送来的慰劳品，而且在一些原来不认识的来客之中，还结识了两三位莫逆之友。其中一位是俳句诗人四十起君，一位是石黑政吉君，还有一位是上海东方通讯社的波多博君。

可这三十七度五左右的低烧始终不退的话，还是叫人十分担心。有时，甚至害怕会在这大白天里躺着躺着突然死去。以致不敢老是这么直挺挺地躺着。为了摆脱这种神经质胡思乱想的纠缠，白天我尽量读书，抓到什么书就读什么书，居然一本接一本读完了满洲铁路会社井川先生和琼斯君特地借给我的二十来本英文书。拉·莫特①的短篇、迪金森②的诗以及贾依兹③的评论，也全是在这期间阅读的。到了夜里（这对里见医生是要保密的），因为过分担心夜里失眠，便每晚服用安眠药。即便如此，也常常在天亮以前就醒了。这事儿让我束手无策。记得王次回④的《疑雨集》中，有这么一句诗："药饵无征怪梦频。"这倒不是因为诗人自己得病，而是

---

① 拉·莫特（1777—1843），法裔德国人，浪漫派诗人。
② 迪金森（1884—1944），美国女诗人、小说家。
③ 贾依兹（1845—1935），英国外交官、中国学者。
④ 王次回，明代文人王彦泓之号。

吟咏其夫人患重病时的诗句。我深切地感受到，这诗句即便咏唱当时的我，也是颇为贴切的。"药饵无征怪梦频。"我在病床上不知有几次脱口吟唱过这诗句。

就在我卧病的期间，春天依然毫不迟疑地一天比一天浓重。西村告诉我，龙华的桃花开了。从蒙古吹来的风，给天空带来了滚滚黄尘，遮得太阳都看不见。有人来访，送来了芒果。看样子，到苏州与杭州旅游，现在是最为合适的季节。我一天隔一天地请里见医生为我注射滋补针剂。同时心里老在思忖："要到什么时候，才能离开这张病床呢？"

〔附记〕有关住院期间的事儿，还有好多能写。不过与上海未必有太多的关联。因而就此打住。只是还想补充一点：里见医生是位很新潮的俳句诗人，顺便抄录他的一首近作：

孕妇添炉炭，诉说腹中胎儿动。

六　城内（上）

由俳句诗人四十起领路，我到上海城里看了看。

那是一个天色阴沉的下午，即将下雨的样子。载着我们两人的马车在热闹的大街上一直向前奔去。大街两边都是店铺，有一家店铺门前挂满烤得像印泥般通红的烧鸡。有家店铺则在店里摆满了各种各样、品种繁多的吊灯，直叫人看了害怕。一家颇有富态的银楼，做工精巧的银器发出鲜艳夺目的光彩。还有一家穷兮兮的酒店门前，悬挂着一块陈旧的"太白遗风"招牌。我正一一欣赏着中国商店的门面摆设，马车已来到一条更加宽广的马路，并突然放慢速度，跑进了马路对面可以看得见的横街里。记得四十起当时说过，这条大马路是城墙旧址，本来是有城墙的。

我们下了马车，径直拐进另一条更窄的小路。与其说是小路，倒不如说是弄堂也许更加合适。这条狭窄的弄堂两边，商店一家挨着一家，鳞次栉比。有的出售麻将牌，有的销售红木家具。而这些狭窄又拥挤的小店檐下，又横七竖八地挂满了大小不一、形态各异的招牌，以致大有遮天蔽日之概。这里行人众多，可谓摩肩接踵。我想瞧一瞧那排满了店头的廉价印材，谁知一下撞在了别人身上。这么多令人眼花缭乱的行人，大多是中国的平民。于是我紧跟四十起身后，几乎是目不旁视地脚踏着弄堂的石板路，小心翼翼地向前走去。

走到这条弄堂的尽头，就看见早就听说过的湖心亭了。说是"湖心亭"，名字挺漂亮，可实际上是个随时都可能倒塌的、破旧不堪的茶馆。而且亭外的池子里，水面上浮满了蓝色的水藻，几乎看不到池水的颜色。池子的四周，围着一圈用石头砌成的看来也已不太牢靠的栏杆。当我们走到这里的时候，一个身穿浅葱色棉衣，后脑勺拖一条长辫子的中国人（在这中间我要补充一点：根据菊池宽的说法，他批评我常常喜欢在小说里用"毛坑"之类的下等词语。如果这用在吟咏俳句上，那自然是受了芜村的"马粪"或芭蕉的"马尿"影响。我当然并非不想洗耳恭听菊池先生的高见。可是，要说到写中国游记的话，若所游所记之处本身等而下之，就必须时时打破旧礼节的束缚，否则不可能写出生动活泼的文章来。汝若不信，请各位不妨自己写写看）。闲话休提，言传正传。且说这个中国人正在悠悠然地向池子里撒尿。对于这个中国人来说，陈树藩叛变也好，白话诗的流行已走下坡路也好，日英两国是否继续结盟的议论也好，这些事儿根本不在话下。至少，从这个中国人的态度和脸色上，有一种十分悠闲的神色。一间耸立在阴沉沉天空里的中国式破旧亭子，一泓布满病态绿色的池水，一大泡斜斜射入池中的小便……这不仅是一幅爱好忧郁的作家所追求的风景画，同时也是对这又老又大的国家可怕且具有辛辣讽刺意味的象征。我久久地注视着这个中国人,怀着刻骨铭心的感怀。可是对于四十起来说,他似乎在说:有什么值得如此感叹的呢?这种景观,有什么好稀奇的。

"你瞧,这石板上流淌的不也全是小便吗?"

四十起这么说时,脸颊上浮起一丝苦笑,同时快步沿着池边拐了过去。

经他这一说,我也立即闻到了空气中荡漾着的浓重的尿臭。一闻出是尿臭,湖水呈蓝色的谜底也就马上被揭开了。湖心亭毕竟是湖心亭,而小便总归是小便。我踮起脚尖,紧跟在四十起身后,快步追了上去。现在哪里是沉溺于胡乱咏叹的时候。

七 城内(中)

再往前走出不远,见一年老的盲人乞丐坐在地上。——本来,乞丐总是具有浪漫主义气息的。如果有人问,浪漫主义是什么?那么这是个议论起来难以得出结论的问题。不过至少,浪漫主义的一大特色,也可说它的价值在于:它总是憧憬某些稀奇古怪的东西,例如幽灵啦、非洲啦、梦境啦、女人的道理啦等等。因此,乞丐当然要比一般的公司职员更加具有浪漫气息。可是说到中国的乞丐,那就更是稀奇古怪得离谱了。天正下着雨,马路边上躺着乞丐,身上披着一张旧报纸,膝盖上的肉,腐烂得像只剥开的石榴,乞丐伸长了舌头在舔着腐肉。——总而言之,浪漫得叫人看了要退避三舍。读中国的小说,有不少原是浪荡子或神仙装成乞丐的故事。这是从中国乞丐自然生发出来的浪漫主义。至于说到日本的乞丐,因为没有中国乞丐那种异乎寻常的不洁,所以很难产生出中国小说里的那种乞丐故事。日本的乞丐,充其量不过是接近将军家的轿子,献上一支将军从未见过的火铳枪啦，或是邀请柳里恭去山中品尝他的神茶滋味等等。——话扯远了，言归正传。细看这位老年盲人乞丐的那副模样，也有可能是赤脚大仙或铁拐李的变身。特别是你看，他前面的石板地面上，用粉笔写着一段颇能打动人的文字，叙述着他悲惨的身世。那字体比起我等还要漂亮一些。我心里暗暗思忖：乞丐的这段文字，到底是谁代笔的呢？

再往前，小街的两边有不少古董商店。各家店里摆放着铜制的香炉、墓葬用的马、景泰蓝的钵头、龙头饰瓶、玉制文镇、螺钿小柜、大理石砚屏、野鸡标本和仇英①绘画的赝品等等。各类商品横七竖八地摆满了店堂。穿着中式对襟衣服的老板，嘴里衔着水烟管，怡然自得地坐在中间，等待顾客的光临。我顺便问了一下价钱。心里盘算：照老板的要价，看来即使打个对折也不便宜。回到东京以后，香取秀真问起上海的古董价钱，据他说，要买古董，还不如到东京日本桥一带的"仲通"大街转转。

穿过两旁排列着古董店的街道，便是一所大庙之所在。这就是名闻遐迩、位于上海城内的城隍庙。这是早从美术明信片上就已经熟悉了的。来到庙里，只见朝拜的人群进去一拨又出来一拨，交替向城隍老爷叩头祈福。不用说，有的供上线香，有的还烧纸钱，人数之多出乎意料。也许是受烟熏火燎的缘故吧，梁间的匾额以及柱上的对联，全部油光锃亮，颇为奇妙。说不定，只有那大殿顶棚垂下的几串金银纸钱及螺旋状的线香，尚未被烟熏玷污。目睹此番光景，与方才看到乞丐时一样，足以使我联想起昔日读过的那些中国小说。更何况，端详着排列左右的那些判官，或者端坐正中的城隍老爷塑像，简直像在阅读《聊斋志异》或《新齐谐》之类书籍中的插图。我十分钦佩那些造像之妙，因而久久不愿离去。此时早已

---

① 仇英，明代画家，画风细腻艳丽。

顾不得四十起久等之事。

八　城内（下）

前文已有论及，这里不必细说。在充斥着鬼狐故事的中国小说里，上起城隍老爷，下至跑腿的判官或鬼隶，真是多得不可枚举。有的故事描写到，城隍让栖息在庙廊下面的书生时来运转，而判官则把骚扰了城镇的小偷吓得昏死过去。如此说来，他们似乎都是些尽做好事的主儿。然而，也有百姓称之为"贼城隍"的。因为其香案之前供奉着狗肉，且不惜给坏人帮忙，为虎作伥。在那些跑腿的判官和鬼隶之中，更有不少坏料。有的四下追逐活人的老婆，结果遭到报应被打断了胳膊；有的则被拧下脑袋，或在天下世人面前出尽丑态，成为颜面尽失的反面教员。单是阅读中国的小说，总有一些无法明晓的地方。我虽囫囵吞枣地记得一些故事梗概，但往往缺少有血有肉的真实理解，有种隔靴搔痒之感。而此次得以亲眼目睹城隍庙，顿觉豁然开朗。中国的小说无论写得多么荒唐无稽，作家产生如此奇妙想象的个中因缘，却是值得一一首肯的。你看那尊满面通红的判官，真说不定会学些洋场恶少们的所作所为呢。而那位美髯公城隍老爷，似乎更适合在庄严的仪仗队簇拥之下，往夜空升腾而去。

在这样的浮想联翩之后，我又与四十起一道逛起了大街。在城隍庙门前，摆着各种各样的货摊儿。有卖布袜子的，还有卖玩具的、卖甘蔗的、卖贝壳纽扣及手巾、花生的。除此之外，还排有一长串脏兮兮的饮食摊儿。不用说，这里的摩肩接踵、熙来攘往，与日本的节庆日赶庙会也差不多。抬眼望去，只见对面走着的是一位时髦的中国人，穿一身漂亮的条纹西服，领带上别着一颗紫水晶做的别针。而这边行走的则是一位老式打扮的太太，她的手腕上戴着一副闪闪发光的银镯子,脚下摇着的则是三寸金莲。看来在这些人当中,没准儿混着个把《金瓶梅》中的陈敬济,或是《品花宝鉴》中溪十一那样的好汉。可那些人群中几乎看不见杜甫、岳飞、王阳明、诸葛亮之类的人物。换句话说,现代中国已非我们日本人在中国古代诗文中认识的中国,而是中国古代小说中展现的世界。这是一个猥亵的、残酷的、贪婪的世界。而今钟情于陶瓷、凉亭水榭、池中睡莲或刺绣小鸟的、廉价的东方主义,在西方也渐趋式微。那种除了《文章轨范》和《唐诗选》不知中国为何物的汉学喜好,在日本亦可休矣。

接着我们原路返回,途中经过方才看见的水池边上的那家茶馆。出乎意料,像似庙宇的茶馆里客人不很多。可当我们刚刚跨进它的门槛,就有一阵眼睛看不见的骤雨声浪,猛然朝着我的耳朵袭来。这是各种小鸟的鸣叫声,其中有云雀、白眼鸟、文鸟、鹦鹉等等。抬头望去,只见光线昏暗的顶棚木梁上,挂满了鸟笼。中国人爱养小鸟早有耳闻。可把鸟笼排得这么密密匝匝,让小鸟们比赛鸣叫声,却是我过去做梦也没有想到的。这哪里是单纯的喜好小鸟鸣唱呢?我首先得赶忙塞起了耳朵,以免鼓膜被震坏。同时连连催促四十起快走。我近乎逃跑似的奔出了充满刺耳叫声的可怕的茶馆。

可这样的小鸟叫声,不光是茶馆里有。好不容易逃到外面的我们,看见狭小的街道两旁挂满了一排排鸟笼。从那些悬挂着的鸟笼里边,也不停地倾泻出阵阵啼叫声。不过这可不是上海滩上的有闲人,凭着爱好让鸟儿们鸣叫。这些全部是卖小鸟的商店(说实在的,这些商店到底是在卖小鸟还是卖鸟笼,我至今也没弄明白),一家紧挨着一家,真可谓鳞次栉比。

"请你等一下,我去买只小鸟来。"

四十起向我打了声招呼,便跨进其中的一家店里。我走过店门前,就近有一家用油漆装饰了门面的照相馆。我在等待四十起的空闲中，欣赏着照相馆正面橱窗里的梅兰芳照片，心里思忖：家中翘首盼望爸爸回家的四十起的孩子们，得到小鸟会是怎样呢？

九　戏台（上）

我在上海逗留期间，看戏的机会，总共只碰到两三次。我之成为速成的中国戏通，则是到北京之后的事情。在上海的戏剧演员中有好几位当代名伶，如演武生的盖叫天。此人名气很大。花旦有绿牡丹和小翠花等。不过在谈到这些名角之前，先得介绍一下戏园子的光景。要不，读者们弄不明白中国的戏曲是怎么回事儿？

我去过的戏院中有家"天蟾舞台"。这是幢三层楼的建筑，涂了白漆，还是全新的。它二楼和三楼看台的外围，围着半圆形的黄铜栏杆。不用说，此乃学西方当今流行的式样。从戏院的顶棚上，垂下三只大电灯泡，把戏园子照得亮堂堂的。观众席的地面上铺的是砖头，上面放着一排排藤椅。不过在中国即便坐藤椅，也千万不可掉以轻心。有一次，我和村田君一起坐在这种藤椅上，就遭到了臭虫的袭击，手脖子上被咬出两三个疙瘩。对于臭虫这玩意儿，我早就怕得要命。不过此番看戏时坐的藤椅，不妨说还算干净，总的来说还没有不快的感觉。

舞台的两边各挂着一只大钟（只是其中的一只已经停止走动）。大钟的下面则排着色彩浓艳刺目的烟草广告。舞台上方的窗楣上，在油漆画出的玫瑰花以及莨苕叶形的装饰图案中，有"天声人语"四个大字。舞台比有乐座①可能大一些。这里也已按西方的方式装置了脚灯。说到幕布，其实在区分一场一场戏的时候，根本不用这幕布，为了调换背景——更确切地说，是为了调换诸如苏

---

① 日本东京的西式剧场。

州银行啦、三炮台香烟啦等等这些低级广告而拉幕。那些广告才是真正的背景。好像所有戏院的幕布，都是从舞台中央一分为二，向左右两边拉开。幕布没有拉开的时候，则是背景挡着观众的视线。背景的画面，大多采用油画的方式绘制、描绘室内外景色，内容有新有旧。但其种类，不过两三种而已。因而不论是姜维的纵马驰骋，还是武松上演的杀人情节，背景都是不变的。舞台的左边，端坐着手持胡琴、月琴、铜锣等中国民族乐器的伴奏乐师们。在这批乐师中，看见有一两位头戴鸭舌帽的先生。

下面顺便讲讲看戏的顺序。座位不管头等还是二等，你只管往里闯，你想占什么位子都可以。按中国的惯例，是在坐定位子之后才付费的。这一点倒是挺方便。且说位子坐定之后，立即有堂倌送来热毛巾，送来用铅字印刷的节目单，送来茶水。茶水装在大陶壶中。除此之外，还送来西瓜籽儿，廉价的糖果点心之类。这时候，如果你不喜欢，就连声"不要、不要"回答他们就行。有一次，坐在我旁边的一位相貌堂堂的中国人，在用热毛巾反复揉擦面孔之后，最后竟在毛巾里擤了一泡浓浓的鼻涕。自从目睹了这番情景，送来热毛巾我都暂且决定回答"不要"。那么一个人看场戏要花多少钱呢？我想，包括给服务态度好的堂倌付的小费在内，头等座位大致在一元五角至二元钱之间吧。我这里用了"我想……"，是因为每次看戏，都是村田君付账，他老是不让我付钱。

中国戏曲的特色，首先在于伴奏乐曲的音响是高亢的，吵闹得超乎想象。特别是武戏即武打动作较多的戏，舞台上出来好几个人高马大的男子，双目圆瞪，盯着舞台一隅，仿佛一场殊死的决战就要开始。这时候，锣鼓敲得山摇地动，哪儿还有一丝"天声人语"的气氛呢。说实话，在我还没有习惯之前，我总是用双手按着耳朵。不这样，实在没法待下去。我们这位村田乌江君，可完全不一样。据他说，只要伴奏的锣鼓声稍稍平稳下来，他就觉得不过瘾。

而且据他说，不仅如此，即使人在戏园子外面，只要一听这锣鼓声，就能大致猜出是在上演哪一出戏。"那锣鼓的响声，可好听啦。"每当听他这么说时，我甚至怀疑这位仁兄神经莫非有毛病？

十　戏台（下）

另一方面，在中国的戏园子里，你坐在观众席上讲话也好，随身带来的小孩子哇哇大哭也好，都是用不着为难的。就这点来说，倒也蛮方便的。也许就是因为中国观众的这种情况，伴奏的锣鼓才会那么响。这样，即便戏场里并不安静，听戏也不会有妨碍。拿我来说，在观赏一出戏的整个过程中，就一直让村田君给我讲解戏中的故事，或演员的名字、唱词的内容等等。而坐在我们旁边邻近的君子们，一次也没有在脸上表现出不耐烦的神色。

中国戏曲的第二个特点是极少使用道具。舞台上尽管也装饰了背景一样的东西，但这不过是最近的发明。中国早先的舞台道具，总共只有三样东西：一把椅子、一张桌子、一张幕布。无论要表现什么景色，如山脉、海洋、宫殿、道路，都可用三样东西来表达，连一棵树都不用。例如，演员做出使劲拉门闩的动作时，观众便会想象那方空间里有扇门的存在。又如，演员意气风发地挥舞手中那根带有红缨的马鞭时，观众即应想到角色屁股下面骑着一匹桀骜不驯的枣红马，那马正在一边蹦跶一边引颈长嘶。然而对于我们日本人来说，因为知晓所谓"能乐"的表演艺术，所以中国戏曲表演上的那些诀窍，倒是很容易心领神会。例如，看到一张桌子上叠着一把椅子，人家告诉你这就是一座山，我们日本人马上可以理解并接受。又如，如果有人告诉你，演员之所以把一只脚往上抬了一下，乃是因为那里有一个把屋里、屋外分开的门槛，这也不难理解。不仅如此，在此种离写实主义稍有距离的约定俗成的艺术世界里，甚至可以发现存在着出人意料的美。由此尚可联想起一件往事，至今亦难以忘怀。那是在看小翠花主演的《梅龙镇》时，扮演旗亭姑娘的小翠花，每次跨越门槛时，必然从她那黄绿色的裤子下边，闪出一双小脚的鞋底。正因为有了那个凭空设想的门槛，观众通过那双小鞋的鞋底，才感觉到演员小翠花的楚楚动人。

如上所述，中国的戏曲并不使用道具。这一点，对我等日本人来说，倒也不难理解。相比之下，我感到别扭的倒是对于盆子、碟子、手镯之类日常用品小道具的漫不经心，或胡乱使用。例如，还以刚才讲到的《梅龙镇》为例，如果认真地按《戏考》上讲的，这不是当代发生的事情，故事讲的是明朝武宗皇帝微服私访途中，在梅龙镇对小酒馆姑娘凤姐的一见钟情。然而这位姑娘手里拿的盆子，却在画有玫瑰花的陶器底部镶有一圈银丝。这种盆子，想必在任何百货公司都有卖的。试设想，能乐演员梅若万三郎，如果大模大样地身佩长剑上场，那又多么荒唐可笑呢。这种事情，自然毋用细说便可明白。

中国戏曲的第三个特点是它的脸谱变化多端。记得好像是辻听花翁讲过，光曹操这个角色的脸谱，就有六十几种之多。因此，绝非歌舞伎中市川流所能比拟。更有甚者，有的脸谱是用红色、蓝色、赭石颜色把整个面孔的皮肤涂了个一丝不漏。就我的第一印象来说，简直无法想象那是化妆而成。例如在一场武松的戏里，当蒋门神慢吞吞出场之时，不管村田君如何对我解释，我都觉得他戴了一副假面具。如果有人一眼就能辨出花脸化妆的脸谱与假面的区别，那他准保是个千里眼。

中国戏曲的第四个特点，是有极其激烈的武打动作。特别是那班跑龙套的，与其说他们是在演戏，倒不如说他们是专演惊险动作的杂技演员。他们能从舞台的一头用两个连续的筋斗翻到另一头，或者从叠得高高的桌椅上面径直倒栽下来。这些演员大多下身穿一条红裤子，上身光着膀子。看着他们表演的惊险动作，真让人觉得这些人恐怕是从马戏团抑或杂技团里请来帮忙的。不用说，能够担纲演出高难度武打戏的演员，也名副其实拥有相当的武功。他们能把青龙偃月刀或其他多种兵器，挥舞得虎虎生风。听说武戏演员自古以来都膂力过人。可是，设想有朝一日膂力下降之时，那关键的武戏可就演不成了。而一旦成了武戏名角儿，除身怀绝技之外，也的确要有一种与众不同的气概。其证据是：盖叫天扮演的武松，但见他穿着一条打了补丁的细筒裤，宛若日本的黄包车夫。而当他在某种场合一声不响地双眼紧盯对方时，甚至比他朴刀舞得寒光四射时，更加富有行者武松所特有的那种威势。

当然，上述诸般都是中国旧戏的特点。新戏好像不画脸谱，也不翻筋斗。那么新戏是不是就一切全新了呢？似乎也不尽然。例如，在亦舞台上演的一出名叫《卖身投靠》的新剧里，演员手举着无火的蜡烛出场，而观众依旧想象那是点着火的。也就是说，旧戏的象征主义依然保留在舞台上。除了在上海看过新剧之外，还在其他地方看过几次。就看过的几部新剧来说，显然水平都差不多。不能不说这是稍感遗憾的地方。至少下雨啊、闪电啊、入夜啊，这些自然现象全得凭借观众的想象。

最后谈谈演员。关于盖叫天或小翠花，以上作为例证已有涉及。无须再做补充。不过还想提一下绿牡丹在化妆间时的情况。我们是到亦舞台的化妆间去访问他的。确切地说，与其说是化妆间，更加符合实际情况的说法不如称之为后台。总之，后台是一处墙壁已斑驳不堪、空气里充满了大蒜臭的凄惨地方。记得村田君曾经讲过，梅兰芳访问日本时，最叫他吃惊的是日本化妆间的整洁漂亮。比起亦舞台这种化妆间来，帝国剧场的化妆间当然是又干净又漂亮，会令人大吃一惊。更何况，在中国的后台，有不少穿着脏兮兮衣服的演员们，留着出场时的那个脸谱在来回地走动。这种在电灯光的照射下，在可怕的灰尘中乱走的景象，简直可以称得上是一幅百鬼夜行图。离开后台过道不远处的一个角落里，地板上扔满了中国式的皮包啊什么的。我们去访问的时候，绿牡丹就坐在一只中国式的皮包上在喝茶。头上的发套虽然已经脱下，但是扮成妓女苏三的脸部化妆，还是演戏时的那副模样。刚才在戏里看到的是鹅蛋脸的美人，现在却出乎意料并无多少窈窕美感。不如说是个发育良好、给人以强烈肉感的青年。个子比我大概要高出五厘米吧。那天夜里也一起陪我的村田君，把我介绍给了对方，之后便与那聪明伶俐、专扮旦角的男演员绿牡丹互相叙起旧来了。据说，早在绿牡丹尚未成名，还是扮演童角的少年演员时，村田君就是他的一个戏迷。其痴迷程度几乎到了不看绿牡丹演戏就不能打发日子。我对绿牡丹说，《玉堂春》这出戏很好看。出乎意料的是，他竟用日语说了声"谢谢"。接着……接着他怎么啦？为了绿牡丹自己，也为了我的好友村田乌江君，我实在不愿意把这事儿写下来公之于众。但是如果不写，又枉费了他的特意介绍，也会因为我的轻率处置而失去真实性。对于读者，更是非常失礼的。为此，我只好毅然决然地真实介绍。且说绿牡丹向旁边侧过身去，把在红底上绣着银线的漂亮衣袖向上一抖，遂用手指擤了一泡鼻涕，干净利落地摔在了地板上。

十一　章炳麟

章炳麟先生的书房里，不知出自何种爱好，壁上趴着一条硕大的鳄鱼标本。这间放满书籍的房间，可是名副其实的彻骨寒冷。墙上挂着的那只鳄鱼标本，令人感到是一个讽刺。当日的天气，如果借用俳句表示季节的词语，正是个春寒料峭的雨天。加上在这间屋顶盖有瓦片的房间里，既没有铺地毯，也没有生火炉。唯有把四方形、两边有扶手的红木交椅。椅子上面自然没有坐垫。更何况,那天我穿的是一件斜纹哔叽做的薄薄的两用衫。直到现在,我都为坐在那样的书房里居然没有感冒而十分庆幸。这只能说完全是个奇迹。

可是,章太炎先生自己却穿着一身背镶厚厚皮毛的黑马褂儿,外面还罩着一件鼠灰色的大褂儿。显然,他是不会觉得冷的。而且先生坐的是一张铺有毛皮垫子的藤椅。我为先生的高谈阔论所吸引,甚至忘记了抽烟。而对于先生那么暖烘烘的穿着,以及悠然伸开双脚的姿态,更是钦羡不已。

据说,章炳麟先生以王者之师自任。也曾听说,他曾一度想把黎元洪作为其弟子。如此说来,其书桌横头墙上那只鳄鱼标本的下方,的确悬挂着一条横幅。上书:"东南朴学 章太炎先生 元洪"。可是不客气地说,先生那张脸长得决不漂亮。至于说皮肤的颜色,几乎是蜡黄蜡黄。留在嘴唇上以及络腮上的胡须,只见稀稀拉拉,少得可怜。而那个突兀高耸的额头,直令人觉得会否长了个瘤。只有那双如线一般的细眼——那双在高级的无框眼镜背后始终冷然微笑着的细眼,给人以非同寻常的感觉。就因为这双眼睛,袁世凯让先生锒铛入狱。又因为这双眼睛,袁将先生关了一段时期,却始终不敢将他杀害。

先生的谈话从头至尾,没有离开现代中国的政治和社会问题。当然,我只会说些"不要"、"等一等"之类用来打发黄包车夫的常用词语,其他中国话是一句也不会讲。因而对我来说,先生的高谈阔论是没法听懂的。我之所以能知道先生讲了些什么,且时时向他提出些狂妄的问题,全仗着周报《上海》的主笔西本省三帮忙。西本坐在我旁边的椅子上,挺着胸脯,正襟危坐,不管太炎先生的议论如何深奥难懂,他都为我耐心地一一作了翻译。(特别值得一提的是:当时正是《上海》周报发稿日期临近之际,他的时间是紧迫的。为此，我衷心感谢他的辛苦帮忙。)

"今天的中国，遗憾的是，政治上正在堕落。腐败成风。甚至可以说比清季末年更甚。至于说到学问，艺术方面更显得停滞不前。"

章炳麟先生一边不停地挥着留有很长指甲的手，一边滔滔不绝地讲述着他的独到见解。而我却冷得一个劲儿瑟瑟发抖。"那么要振兴中国，该采用什么手段呢？不管具体的做法如何，这个问题是不可能靠桌上的空论解决的。古人云：识时务者为俊杰。不应从一个主张来推演，而应由无数的事实来归纳。这便是识时务。识了时务之后，则要制订计划。——所谓因时制宜者，归根结蒂无非是这个意思。……"

我一边洗耳恭听先生的高见，一边时不时地瞧着趴在壁上的那条鳄鱼，而且一个与中国问题风马牛不相及的念头在脑海里掠过："那鳄鱼一定熟知睡莲的芬芳，以及太阳的光明和水的温暖。因此，我现在的冷得瑟瑟发抖，那鳄鱼该是最能体会的了。鳄鱼啊，成了标本的你，该是比我要幸福。可怜可怜我吧！可怜可怜苟且偷生的我吧！……"

十二　西洋

问：上海不仅仅是中国。同时，在另一方面也是西洋。这方面的情形，也要请你多看看。光就公园来说，我觉得比日本要进步得多。

答：公园大致都看过了。无论是法国公园①，还是杰斯弗尔德

---

① 现为复兴公园。

公园①都挺适合于散步。特别是法国公园,西洋人的母亲或者奶妈,让孩子在刚刚长出新绿嫩芽的法国梧桐间玩耍时,那景象确实很美。不过,我倒并不觉得比日本进步多少。只是上海的公园,全是西洋式的吧,我并不认为什么都西洋化了才算进步。

问:新公园②也去了吗?

答:当然去了。那不是块操场么?我没觉得它是公园。

问:公共花园③怎么样?

答:那个公园挺有意思。外国人可以进去,中国人则一个不让进。名之曰"公共",真是极尽了命名之妙。

问:不过在马路上走走,西洋人多的地段,总的感觉要好一些,是不是?这情形在日本也是见不到的吧?

答:听你这么一说,想起不久前见到一个只有眼睛、没有鼻头的西洋人。要想见到这么个西洋人,在日本可能就比较困难。

问:噢,你说是那个男的?流感流行的时候戴了只大口罩的。不过在街上走走看看,比起西洋人来,我们日本人的身子都有点单薄。

答:是的,穿了西服的日本人,看起来有点寒酸。

问:穿和服也好不到哪儿去。说到底,那是因为我们日本人并不把让人看见肌肤看得那么严重啊。

答:如果有人看得严重,那是看的人自己猥亵。有个久米的仙人④,不就是因此从云端里掉下来的吗?

问:那么西洋人猥亵?

答:当然,在这点上他们是猥亵的。风俗这个东西,尽管不无

---

① 即兆丰公园,现为人民公园。
② 即虹口公园,现为鲁迅公园。
③ 即黄埔公园。现为外滩公园。
④ 日本传说中人物。

遗憾，却是少数服从多数的。因此如今的日本人也把赤脚外出看成是低级下流的行为。也就是说，比起从前来，日本人也在慢慢地猥亵起来。

问：但是，诸如日本的艺妓，当着西洋人的面，大白天在马路上行走，真叫人羞愧难当啊。

答：什么？这种事儿，请放心就是。西洋的艺妓，也同样在马路上行走啊，只是看不出来罢了。

问：喔唷，你这句话可是够厉害的。法租界也去过了吗？

答：那边的住宅区让人看来挺愉快的。柳丝如烟，鸽子低鸣，桃花红艳，其间夹杂着几间中国的民居……

问：那一带几乎全是西洋人的住宅，有红瓦房，也有白砖房。西洋人的住房不错吧？

答：西洋人的房子，总的来说都不行。至少，我所看到的房子，全都是蹩脚下等的。

问：你这么讨嫌西洋，这可是我做梦也没有想到的……

答：我倒不是讨嫌西洋，而是讨嫌那种俗不可耐的东西。

问：这一点，不用说，我也是和你一样的。

答：你又在瞎扯了！你这个人么，依我看，比起穿和服来，你更想穿西服；比起住在带有街门的院宅来，你更喜欢住在木制小屋里；比起锅里煮的面条来，更想吃通心面；比起喝日本山茶，更喜欢喝巴西的咖啡……

问：行了行了。你想讲的我都明白了。不过，西洋的墓地还是挺不错的。你看，静安寺路那个西洋人墓地怎么样？

答：说到墓地，倒叫我有点难以回答。是的，那个西洋人墓地的确造得颇有灵气。但是我自己，如果让我选择，那么与其躺在大理石砌就的十字架下面，不如躺在土馒头下面。更何况，我绝对不想躺在那座莫名其妙的天使雕像下面。

问:这么说,你对上海具有的西洋特征,完全不感兴趣啦?

答:不,不。我是很感兴趣的啊。如你所说,上海的确有西洋化的一面。不管是好还是坏,在这里也能看到西洋,不也是挺有意思的吗?只是这里的西洋,即使在没有见到过真正西洋的我的眼中,也总有一种不合时宜、过分花哨的感觉。

十三 郑孝胥

据坊间传说,郑孝胥先生现在甘于清贫,过着悠闲自在的生活。一个阴天的下午,我与村田君、波多君坐小汽车来到他的门前,原来这甘于清贫之家,竟是一幢灰色的三层楼房,比我预料的要好得多。进得门去,紧接着像个庭院,在一片淡黄色的竹林前面,一朵朵雪毬花和别的鲜花散发出淡淡的香气。如果是这样的一种清贫,我自己也是任何时候都甘于接受的啊。

五分钟之后,我们三人被领到了会客室。这里,除了壁上的挂轴之外,几乎没有别的什么装饰。但在壁炉炉台之上,左右两边各放着一只瓷花瓶,花瓶上小黄龙旗①图画中的那条黄龙正垂着尾巴。它告诉客人,郑苏戡②先生不是"中华民国"的政治家,而是大清帝国的遗臣。我望着这面黄龙旗,隐约想起有人评论他的那句话:"他人之退而不隐者,殆不可同日论。"

这当儿,一个身材有点儿发福的青年人,悄然走进客厅。他就是先生的公子郑垂,曾在日本留过学。与郑垂熟稔的波多君,立即把我介绍给他。郑垂擅长日语。这样,我与先生谈话,就不用麻烦波多和村田二位当翻译了。

---

① 清朝国旗。
② 郑孝胥之号。

过了不一会儿,郑孝胥先生便出现在我们面前。他身材高大。一眼望去,先生面色红润,完全不像一个老人。他的两眼炯炯发光,差不多如青年人一般。特别是讲话时腰板挺直,不断做出手势的样子,甚至让人觉得比他儿子郑垂更有朝气。先生外罩一黑色马褂儿,内穿一件淡灰而有点偏蓝的大褂儿,一副机敏聪慧的风采,真不愧是当年的才子。不,更确切地说,即便退出政界、过着清闲日子的今天,尚且如此精神焕发;那么不难想象,当初在康有为那场戏剧一般的戊戌之变中,担当显赫角色的先生,该是如何的才气横溢。

我和先生一起就中国问题交谈了一会儿。不用说,我也厚着脸皮大谈那些与我不配的话题。诸如新借款团成立之后,中国对日的舆论啊之类。这么说,似乎我是极不认真的了。可是当时的我并非在信口雌黄。我当时的确是极其认真地发表了我的见解。可是现在想来,当时的我真的有点儿失态。只是出现这种反常现象的原因,除了我生性的轻薄之外,现代中国本身确实应该负一半责任。如若不信,不管是谁,请各位自己到中国去看看好了。只要待上一个月,便会莫名其妙地谈论起政治来。那准是因为现代中国的空气里,包孕着二十年来各种政治问题的缘故吧。就连像我这样的人,在江南一带周游期间,谈论政治的热情居然都没有衰退。我并未受到任何他人之托,脑袋里思考的却尽是那些比艺术低级许多的政治问题。

郑孝胥表示,他已对现代中国的政治绝望。只要中国坚持共和政体,就永远不可能避免混乱。但要恢复王政、摆脱当前的困境,也只好等待英雄的出现。而这样的英雄在现代少之又少,他必须同时处在具有错综复杂利害关系的国际环境之中。那么等待英雄的出现也就无异于等待奇迹的出现。

在我们交谈过程中,我把一支香烟衔到了嘴里。这时先生立即站起身，把点着的火柴凑到我面前。我一边诚惶诚恐地接着他的火，一边思忖：在待客之道方面，比起邻国的君子来，日本人看来还差一大截呢。

在受过红茶的招待之后，我们在先生的引领之下，来到他家后花园。花园的中央是一个绿茵茵的大草坪，草坪的四周种着先生设法从日本弄来的樱花树以及白皮松。只见草坪的对面还有一幢同样是淡灰色的三层楼房。据先生说，这是儿子郑垂夫妻的住处，最近新建的。我在这花园里信步走着，透过那枝叶婆娑的竹林顶端，好容易才看见云彩之间那片蓝蓝的天空。因之，我的脑海里又一次掠过这样的念头：要是能这样，我也是甘于清贫的啊。

就在我写这段文章的时候，正巧书画装裱店派人送来一幅装裱好了的挂轴。这是我第二次去拜访时郑孝胥先生为我写的一首七言绝句，先生写道：

梦奠何如史事强，吴兴题识逊元章。
延平剑合夸神异，合浦珠还好秘藏。

我欣赏着他龙飞凤舞、酣畅淋漓的书法，与先生相对而坐的短暂时光至今深感留恋。我在这短暂的时间里，不仅独自面对了一位前朝遗臣名士，实际上也是我能向现代中国诗宗、《海藏楼诗集》的作者亲承謦欬的一次难得机会。

十四　罪恶

拜启：

人称上海是中国首屈一指的"罪恶之都"。上海毕竟聚居着来自世界各国的人们，自然容易造成这样的结果。就我之所见所闻来说，社会风气的确很坏。例如，中国的黄包车夫会摇身一变成为拦路抢劫的强盗。这类新闻常常见诸报端。另外听人说，黄包车夫拉着客人在跑，坐在车上的客人帽子被人从后面抢走。这种事情在上海已司空见惯。据说其中最为狠毒的要算揪抢女人耳环，连她的耳朵也一起割下。与其说这是小偷，不如说是某种"变态性欲"狂。在这些案件中，几个月前的莲英凶杀案被改编成了戏剧和小说。上海人称之为"拆白党"。案子是这样的：由恶少组成的流氓团伙中有一个人，为了抢一只钻石戒指而杀了一个名叫莲英的艺妓。具体来讲是这个恶少让莲英坐到小汽车里，开车带她到徐家汇附近，然后把她勒死。此种新式杀人法，在中国是没有先例的。世间的看法似乎是：以侦探故事为内容的无声电影带来了坏影响。这种说法在日本也是常有耳闻的。不过这位名叫莲英的艺妓，从我见过的照片来看，即使想恭维她几句，也很难说得上是个美人。

不用说，卖淫是十分猖獗的。如果你去"青莲阁"之类的茶馆，大致上在接近薄暮的时分起，便可见到大批的妓女云集于此。上海人称她们为"野鸡"。一眼扫去，年纪看来都不超过二十岁。这些野鸡一见日本人，便嘴里叫着"ANATA、ANATA"（日语"您、您"之意），一下子围了过来。除了大呼"ANATA"，还有喊着"SAIGO、SAIGO"的。"SAIGO"是什么意思呢？据说这话来源于日俄战争。日本军人在日俄战争出征中国时，抓住中国的女人便拉到附近的高粱地里，嘴里一边说着"SA、IKO（跟我来）"。听着这个词的来源，简直像是在听单口相声一般。只是无论如何，这些对我们日本人来说，并不是什么光彩的事儿。除了青莲阁茶馆一带，夜里在四马路一带，也常有几个野鸡坐在黄包车上转悠着拉客。这些人一旦拉到客人，便让客人坐在自己的车上，自己徒步走着把客人带回家。据说，这是此间的规矩。也不知是出自一种什么想法，这些野鸡大多戴着一副眼镜。说不定在今天的中国，女人戴眼镜也是一种新的流行吧。

吸鸦片也是半公开的。瘾君子遍地都是。我去参观的那家鸦片馆里,一个妓女和嫖客一起,每人嘴里都衔着一管长柄的烟枪,两人中间放着一盏如豆的煤油灯。除此之外,听人说还有什么"磨镜堂"啦、"男堂子"啦等等更加惊人的东西。所谓"男堂子"是男的为女的卖媚;而"磨镜堂"则听说是女的为看客表演淫戏。听人讲说这些事情,总觉得在马路上熙来攘往的中国人中,很可能混有几个拖着长辫的萨德①。而实际上,恐怕真有这样的人。据一个丹麦人说,他在四川和广东等地呆过六年,从未听说过奸尸之事,而在上海最近的三个星期内,就发生了两起此等案件。

而且,最近从西伯利亚那边来了大批形迹可疑的西方人,有男有女。有一次,我与朋友一起走在公共花园,一个衣衫褴褛的俄国人死缠住我们要钱。这个人恐怕是普通的乞丐吧,还不至于令人感觉害怕。但因工部局管理很严,上海总体上来说风气也会渐渐地好转。举例来说,在西方人方面,诸如"埃尔·多拉多"和"巴勒莫"之类不三不四的淫猥咖啡馆已经关闭。然而在靠近郊区的名叫"德尔·门德尔"的同类咖啡馆里,还有不少商人前去。

Green satin a dance, white wine and gleaming laughter, with two nodding earrings——these are Lotus.
(绿色的缎子衣裳随舞步轻飘,
白色的葡萄酒伴着灿烂的微笑;
两只抖动的耳环,
莲花姑娘好窈窕。)

---

① Marquis de Sade(1740—1814),法国小说家,喜好描写同性恋或变态性欲。

这是尤尼斯·梯青兹歌唱上海妓女莲花的一首诗中的一节。"白色的葡萄酒伴着灿烂的微笑",岂止是妓女莲花,那些一边倾听着有印度乐师在内的交响乐队的演奏,一边靠向小圆桌的女人们,归根结蒂也是与莲花同样的角色。

匆匆。

十五　南国美人(上)

在上海看见过许多美人。不知出于何种因缘,见到美人总是在一家名叫小有天的酒楼。听说这里曾是近年去世的清道人李瑞清十分喜爱的地方。"道道非常道,天天小有天"。李瑞清为它留下了这样富于谐趣的对联。可见他对这家酒楼的喜爱非同一般,情有独钟。但是听说这位有名的文人,曾一次吃掉了十七只大闸蟹,显然其胃口之大,亦非同寻常。

总的来说,上海的菜馆环境都不怎么舒服。即便小有天,房间与房间之间也是用板壁相隔的,可谓极欠风雅。加之餐桌上的器皿,即便是漂亮招牌的一品香,也与日本的西菜馆没有什么两样。除此之外,无论是雅叙园,还是杏花楼乃至于兴华川菜馆,味觉以外的其他感觉与其说得到基本的满足,不如说是处处受到冲击。特别是有一次,波多野君在雅叙园请客,我问跑堂的厕所在哪里,他竟要我在厨房洗碗池下的水槽里方便。事实上,那里已有一个满身油污的厨师,率先为我认真地做了示范。这样的事,可真让人感觉为难啊。

而另一方面,菜肴的味道则比日本好。要是我稍稍摆出副中国菜行家的面孔,那我们所到的上海茶馆,瑞记也好,厚德福也好,比起北京的茶馆则要差一些。尽管如此,上海的菜肴比起东京的中国菜,即便是像小有天这样的酒楼,也确实味道要好,价钱却又十分便宜。大致只有日本的五分之一。

闲话扯远了，言归正传。且说，我见到美人最多的一次，莫过于和《神州日报》社长余洵先生共进晚餐的那一次。如上面已经提到的，那是在小有天的楼上。上海也是夜晚打烊较早的城市。而小有天却面对着一到夜里就特别热闹的三马路。因此，店堂栏杆外的车马喧闹，几乎一分钟也不停息。不消说，酒楼楼上更是热闹非凡，有食客们的谈笑声，有清唱伴奏的胡琴声。我在人声鼎沸中一面品尝着玫瑰茶，一面留意余穀民①先生往局票上挥毫，此时的我不禁产生了一种眼花缭乱之感。这哪里是来茶馆喝茶，倒像坐在邮电局的板凳上，等待邮电局的工作人员来叫自己的号呐。

余先生在红色洋纸做的局票上，笔走龙蛇地写道："叫——速至三马路大舞台东首小有天闽菜馆——座侍酒勿延"。记得雅叙园的局票角上，还印有"毋忘国耻"四个宣传排日的字样。小有天的局票上，幸好没有这样的字句。（所谓局票，犹如大阪的"会票"，是一种用来传唤妓女的信笺。）余先生在其中的一张局票上写了我的姓之后，又加了"梅逢春"三个字。

"此人就是那位艺名叫林黛玉的，已五十八岁了。据说，了解最近二十年中国政局之秘密的，除了大总统徐世昌之外，就是她了。是用你的名义叫的，你可看一看，以供参考。"

余先生默默地笑着，又开始写起另一张局票来。先生精通日语。据说曾在日中两国的一次聚会上，用中文也用日文发表即席讲话，令与会的德富苏峰先生十分钦佩。

之后我等（余先生、波多君、村田君及我）便围桌而坐。最先来的是一个名叫爱春的美人。这是一个有着聪明、文雅圆脸的艺妓，有点儿像日本的女学生。她上身穿一件带有白色织纹的淡紫色

---

① 余洵之号。

衣服，下身是一条青磁色的裤子，上面也织着什么花纹。头发则如日本女人的辫子似的，用根青色的带子将发根扎紧，长长地拖在背后。面额上披着刘海。这些地方也与日本的少女无有差别。除此之外，胸口上别着翡翠做的蝴蝶，耳朵上挂着金子和珍珠的耳环，手腕上则戴着金表，全都在闪闪发光。

十六　南国美人（中）

我对于爱春的这身打扮十分钦佩，因此在使用长长的象牙筷子夹菜时，也仔细地打量着这位美人。但是正如菜肴一道一道摆上餐桌那样，美人也是接连不断地进来。这样，更无法光为一个爱春而感叹了。我开始打量之后进来的名叫时鸿的艺妓。

时鸿没有爱春长得漂亮，但是那张脸却颇有特色。总体来说，带有某种强烈的田园韵味。时鸿也是布带扎着一条长辫子，所异之处乃带子是桃红色的。除此之外，几乎与爱春一模一样，也是一身深紫色的缎子衣服上，用银蓝两色织成的布镶了五分左右的宽边。据余榖民先生说，这个艺妓出身江西，打扮方面特别不喜欢赶时髦，古风犹存。然而，她嘴上涂的口红和脸上施的脂粉，比起以不施粉黛而自夸的爱春来，却要浓妆艳抹得多。我瞧着她的手表以及左胸上别着的镶有钻石的蝴蝶，瞧着她大粒珍珠串成的项链以及右手上佩戴的两只宝石戒指，不禁暗自佩服。即便是在新桥的艺妓当中，恐怕也找不出一个打扮如此光彩夺目的。

时鸿之后进来的——要这么一个一个详细介绍，我可要累坏了。我只好从中选取两个稍作介绍。其中一个叫洛娥，是一个命薄如纸的美人。听说就在即将与贵州省长王文华结婚的前夕，王遭暗杀。由于这个缘故，至今她仍在当艺妓。洛娥一身黑纹缎衣，只在上面插着一朵散发着馨香的白兰花，除此之外并无装饰。这种比之年龄更加朴实无华的打扮，加上那双水灵灵的眼睛，真给人一种楚楚动人之感。另一个少女只有十二三岁，一副温顺模样。这个艺妓手上也戴着金手镯，脖子上也挂着珍珠项链，看起来直让人觉得她是一件玩具。且被人取笑时，犹如世间的处子一般，脸上露出羞答答的表情。更让人不可思议的是，她的名字竟然叫"天竺"，日本人听了定会失笑不已。

这些美人顺次进来，按照局票上写的客人名字，一一在我们中间落座。可应是我叫的那位一代名媛林黛玉，却迟迟不见踪影。这当儿，名叫秦楼的艺妓，手里夹着一支刚抽了几口的香烟，用婉转的歌喉唱起了西皮调戏段汾河湾。艺妓唱戏的时候，一般用胡琴伴奏。也不知什么缘故，拉胡琴的男子拉琴时，头上大抵戴着一顶大煞风景的鸭舌帽或贝雷帽。所谓胡琴，大多是在日本那种竹子做的圆柱形插花筒上，绷上了一张蛇皮。秦楼一曲唱罢，接着便轮到时鸿。这次没有用胡琴伴奏，而是由她自弹琵琶，唱了一段有点儿悲凉的曲子。说起江西，她的故乡该是浔阳江上的平原吧。如果一味沉浸在中学生式的感慨里，那么在枫叶荻花瑟瑟的秋天，令江州司马白乐天泪湿青衫的那首琵琶曲，说不定也有同样凄楚悲凉的韵味吧。时鸿唱罢，由萍乡唱。萍乡唱完，村田君突然站起身子，拉着嗓子唱起了西皮调《武家坡》中的唱词"八月十五，月光明"。我不禁大吃一惊。不过，若是没有这等精明机灵，恐怕也就无法如村田君这般通晓复杂的中国生活。

当艺名林黛玉的梅逢春终于加入坐席时，餐桌上的鱼翅汤早已喝得精光。她是个有点儿圆乎乎的胖女人，比我想象的更加接近于娼妇的类型。她的那张脸，如今已不会令人感觉到分外的美丽。即便脸颊上搽了胭脂和用墨笔描了眉，能令人想起她昔年天姿丽色的，也只有那双细眼中飘荡的、依然绚丽的目光了。但是想到她的年龄，则怎样也无法相信，眼前的这位女子竟已五十八岁。她给人的第一印象,顶多只有四十岁。特别是那双手,简直像小孩子似的。手指根部的关节,全陷在了胖乎乎的手背里。林黛玉上身穿一件绘有兰花、镶着银边的黑缎子衣裳,下身则是一件同样料子、同样花纹、形如刀鞘的紧身裤。而她的耳环、手镯以及挂在胸前的纪念章,全是用金子和银子做的,上面都镶嵌着翡翠和钻石。尤其是戒指上的那颗钻石,足有麻雀蛋一般大小。这身打扮,本不应在这家面对通衢大街的寻常菜馆里见到,而应出现在罪恶与奢侈交织的、谷崎润一郎小说《天鹅绒之梦》的世界里。

但是不管年纪多大,林黛玉毕竟是林黛玉。即便从她的谈吐中,也很容易想象她是一个颇有才气的女子。不仅如此,几分钟之后,当她在胡琴和横笛的伴奏下唱起秦腔来的时候,那高亢美妙的声音以及那泉喷般的力量,确实是技压群芳。

十七 南国美人(下)

"林黛玉怎么样?"

她离席之后,余先生这样问我。

"女中豪杰啊。首先,惊讶于她还这么年轻。"

"听说,她从年轻的时候起就服用珍珠粉的。珍珠是长生不老药么。要不是她抽上了鸦片,会更显年轻的。"

此时,一个新进来的艺妓坐在了林黛玉刚才坐过的位子上。这是个皮肤白皙、身材矮小的大家闺秀式的美人。她穿着一身花团锦簇、珠光宝气的淡紫色的缎子衣裳,两耳垂着一副水晶耳环,更增添了这个艺妓文雅的风度。我立即问她叫什么名字。回答说叫"花宝玉"。"花宝玉",这个美人说自己名字时的发音,宛如鸽子的啼鸣。我一边拿给她一支香烟,一边想起了杜少陵的"布谷催春种"这句诗。

"芥川先生,"余洵先生一边给我斟老酒,一边有点难以启口似的说,"中国的女人怎么样?喜欢吗?"

"哪儿的女人,我都喜欢。——可中国的女人真漂亮啊。"

"您觉得她们什么地方好?"

"是啊。我觉得最美的是耳朵吧。"

事实上,我对中国女人的耳朵怀有不少敬意。日本女人在这方面绝非中国女人对手。日本女人的耳朵过于平板,而且许多人肉头太厚。其中不少人,也不知是什么原因,与其称之为"耳朵",还不如说是在脸上长了个蘑菇般的东西。想来这与生活在深海里的鱼眼失明是一回事儿。日本人自古以来一直把耳朵藏在油光可鉴的鬓发之后,而中国女人的耳朵却总是让春风吹拂着,而且还郑重其事地在耳朵上垂了镶嵌有宝石的耳环之类。因此,日本女人的耳朵退化成今天这副模样,而中国女人的耳朵自然成了非常漂亮的耳朵。就说眼前的这个花宝玉吧,长着一副犹如小小贝壳似的、令人爱恋的耳朵。《西厢记》中,关于莺莺,有这么一段描写:

> 他钗軃玉斜横,
> 髻偏云乱挽。
> 日高犹自不明眸,
> 畅好是懒、懒。
> 半晌抬身,
> 几回搔耳,
> 一声长叹。

看来,莺莺一定有花宝玉这样的耳朵。笠翁曾经详尽地叙说过中国女人之美(见李渔《偶集》卷之三〈声容部〉)。可是关于耳朵,却从未见他述过一言。在这一点上,这位以十部代表性戏曲作品闻名于世的伟大的戏剧家,也只好把发现中国女人耳朵之美的功劳让给我芥川龙之介啦。

在发表完耳朵新说之后,我与其他三人一起喝了一碗糖粥。然后,为了参观一下妓馆,来到热闹的三马路的大街上。

妓馆大多坐落在马路往横里拐进去的、石板路弄堂的两边。余先生领着我们读着一家家妓馆门灯的名称,往前走去。不多会儿,来到一家妓馆门前,便快步走了进去。进门处是个没铺地板、十分寒碜的小间。身着破旧衣衫的几个中国人正在那里吃饭或做活儿。如果进来之前没听介绍,谁都不会相信这就是艺妓们所在的家。踏着楼梯上去,马上发现,上面原来是一间颇为雅致、灯火通明的中国式客厅。客厅里摆着几张红木椅子,竖着一方镜子。由此可见,这里是一流的妓馆。糊了蓝色墙纸的壁上,还并排悬挂着几幅装在玻璃镜框里的中国南派山水画。

"想当中国艺妓的男人,可真不容易啊。竟连这般物什都得给买。"

余先生一边与我们喝茶,一边讲解中国花柳界的种种事情。

"这么说吧。今晚叫来的艺妓,在做她们的老公之前,怎么也得花上五百来块大洋。"

这期间,刚才的那位花宝玉,从另一间屋里向客厅探了一下头。中国的艺妓被叫到宴会席上,待上五六分钟就回返去。所以,刚才还在小有天的花宝玉已在这里,便是不足为怪的。不仅如此,如果有人想在中国做艺妓的老公,且了解详细的规矩,那可参阅井上红梅著《中国风俗》(上册)的《花柳界用语》部分。

我们吃着西瓜籽儿,抽着妓馆招待的香烟,和两三个艺妓聊了一会儿天。说是聊天,我却形同哑巴。波多君用手指着我,对一个有点儿调皮的少年艺妓说:"他不是东洋人啊。是广东人!"他还说了些别的什么,艺妓问村田君:"是真的啊?"这时村田君也瞠起哄地说："是的，是的。"我一边听着那些插科打诨的话，一边沉浸在漫无边际的胡思乱想中。当时我想，日本有一首流行的军歌，名叫《一定干到底》。这首《一定干到底》的流行军歌，很可能让东洋人变成了妖魔鬼怪。

二十分钟之后，稍感乏味的我便在屋子里踱起步来。我顺便窥视了一下隔壁的房间。只见电灯光下，那个容貌秀美的花宝玉和一个胖胖的阿姨一起，正围着桌子吃晚饭。餐桌上只有一只碟子，全是青菜。而饭菜如此简陋，花宝玉还是忙碌地动着碗筷。我不禁微笑起来。刚才来到小有天的花宝玉，也许确实算得上一个南国美人。但是这里的花宝玉，正在咀嚼菜根的花宝玉，比起那供给浪荡男人玩赏的艺妓，则有一种更美的东西存在。直到这时，我才第一次感受到中国女人作为女人所特有的那种亲切感。

十八 李人杰

"与村田君一起走访李人杰。李的年纪仅有二十八岁。从信仰来说，他是个社会主义者，是上海被国内外称之为'Young China（年轻的中国）'的代表人物之一。往访途中，从电车的窗子看出去，只见街道两旁的行道树，浓荫覆盖，已经迎来了夏天。天色阴沉，稀见日色；有风拂面而路不扬尘。"

这是我造访李氏之后记下的笔记。现在打开笔记本一看，当时用铅笔写得十分潦草的文字，有不少已经模糊不清了。文章不用说，十分芜杂。但在此等芜杂之中，却反映了我当时的心情。

"有小童，及时引我等到会客室。只见室内有长方形桌子一张，西式椅子两三把，盘子一个，内盛陶制水果。一只梨子，一串葡萄，一只苹果。放眼望去，除了这些不高明的自然物的仿制品之外，没有一件赏心悦目的摆设。然则室内不见尘埃，充满了简朴气氛,令人愉快。"

"几分钟后,李人杰来。是个身材矮小的青年。头发稍长。面颊细瘦。气色不甚佳。两眼闪着才气。一双小手。态度颇为真挚。这真挚同时又令人想到此人拥有锐敏的神经。刹那的印象不坏。犹如触摸到了时钟那细而强韧的弹簧。李氏隔着桌子与我对面而坐。穿一身鼠色的大褂儿。"

李人杰曾在东京大学留学,日语讲得极其流利。特别是那些难以讲清的道理,也能让对方理解。在这方面,他的日语也许比我的日语还强。还有一点,我的笔记本上虽然没有记,但我们所在的会客室里,还有一架木梯从二楼垂到房间的一个角落里。为此,当主人从梯子上下来的时候,客人首先看到的是脚。就拿李人杰的形象来说,我首先看到的是他那双中国布鞋。不管拜见任何天下名士,从未有过先从脚底向上拜见的啊。

"李氏云,现代的中国该如何?要解决这一问题,既不在于共和,也不在于复辟。此种政治革命于中国之改造无能为力。过去业已证明之,现时仍在证明着。然而,吾人所该努力者,唯社会革命之一途。此乃宣传文化运动的'年轻中国'思想家均在呼号之主张。李氏又说,欲进行社会革命,则不能不依靠宣传。因之,吾人要著述。且已经觉醒之中国士人,对于新知识并不冷淡。不,更确切地说,是对于新知识如饥如渴。然而,能满足此种饥渴之书籍杂志甚是缺乏。我可肯定地对你说,当务之急在著述。抑或真如李氏所说。现代的中国没有民意。而没有民意,则不会产生革命。更何谈取得成功乎。李氏又说,种子已在手,只怕万里荒芜,抑或力不能及。吾人之肉体,能否忍受此辛劳。此乃堪忧之所以。李氏言毕,双眉紧锁。李氏又云,近时值得注目者,乃中国银团①之努

---

① 日本财阀背景,多家银行组成,对当时的中国政府贷款。

力。且不问其背后势力如何，北京政府有被中国银团左右之倾向。此亦难以打消之事实。此事本亦不必悲观。因为我们已将敌人——我们集中炮火攻击之目标，限定在此一银团之上。我说，我对中国的艺术颇感失望。我所见到的小说、绘画都不足谈。然，以中国之现状看，期望艺术在这片土地上兴旺发达的我的此种愿望，不如说是近于荒谬。我问李君，除了宣传手段之外，是否有余力考虑艺术。李氏答曰，几近于无。"

我所作的笔记仅此而已。李氏的言谈机敏利落。难怪同去的村田君感叹说："此人脑袋很好。"不仅如此，据李氏说，他在日本留学期间，曾读过我的一两篇小说。这确实让我对李氏增添了几分好感。可见，诸如小说家这样的人物，追求虚荣之心竟是这般旺盛。即便如我这般正人君子，都难以免俗。

十九　日本人

应邀去上海纺织公司的小岛先生处吃晚饭时，在由公司为他提供的住宅前院，种着一棵小小的樱花树。此时同去的四十起便说："你瞧，樱花开了。"他说这话的语气里面，充满了一种奇怪的喜滋滋的味道。站在门口的小岛先生也是满脸欣喜的神情。夸张一点形容的话，犹如发现了美洲新大陆的哥伦布，急着让人瞧他带回的礼品。而事实上，这是一棵瘦小的樱树，上面只长了不多的几朵樱花，两位先生为何这么喜形于色呢？我当时内心颇觉奇怪。但在上海待了一个来月之后，方才知道，不光是他们二位，谁都如此。也不知日本人是什么样的人种。这我暂且不去管它。但是总而言之，在国外只要能看见樱花，便会立即感觉到幸福，也不管它是八重樱还是单瓣樱。日本人就是这么一种人。

去同文书院参观，走在宿舍二楼的走廊里时，只见尽头的窗外,是一片青青的、正在抽穗的麦田海洋。这片麦田里,处处点缀着平凡的菜花田。远处在连绵、矮小的屋顶上,飘着若干巨大的鲤鱼旗。鲤鱼旗被风吹拂,在空中翻飞,成为一道亮丽的风景。鲤鱼旗一下子改变了周围的景色,令我觉得仿佛不是在中国,倒有点身在日本之感。但是当我走到窗边时,却发现就在眼皮底下,中国的农民正在耕作。这景象又令我觉得有点儿不伦不类。总之当我在遥远的上海天空里,看到日本式的鲤鱼旗时,确实感觉到了些许愉快。因此没有理由嘲笑别人对于樱花的钟情。

有一次,我曾接受上海的日本妇女俱乐部招待。地点记得是位于法租界的松本夫人邸宅。在一张铺着白布的圆桌上,摆放着一盆千日莲,另有红茶、点心和三明治。围桌而坐的太太们,个个都比我预料的更显出温良贞淑之态。我和这些太太们一起,谈论小说和戏曲之类话题。此时一位太太这样对我说:"本月《中央公论》上先生的那篇名叫《乌鸦》[①]的小说,很有意思。"

"不,那篇东西不怎么样。"

我一边谦虚地回答,一边心里很想让《乌鸦》的作者宇野浩二来听听我们的对话。

听南阳丸的船长竹内说,走在汉口的滨江大道,准会看见路边法国梧桐树下的长凳上,英国或美国的船员与日本女人并排而坐。这些女人,一看就知道她们从事什么职业。竹内说,他一看到这一景象,就会感到不快。我听了他的这番话之后,走在北四川路上时,便见向前开去的汽车里,三四个日本艺妓拥着一个西洋人,不停地叨叨着。但我并没有像竹内那样感觉到什么不快。当然,竹内

[①] 此为宇野浩二所作,《乌鸦》之后,方是芥川的《奇遇》。

的那种心情，也并非完全不能理解。不，更确切地说，这样的一种心理，的确会令人发生兴趣。此种场合，仅只是感觉不快而已。如果扩而大之，那不就是爱国的义愤了吗？

记得有个叫 X 的日本人，在上海已经住了二十年。结婚在上海，生孩子在上海，积蓄了大笔金钱也是在上海。也许因了这个缘故吧，X 对上海有着炽烈的爱。偶尔有客人从日本来，他总要把上海大夸一番。不论是建筑、马路、菜肴还是娱乐，一切的一切都是日本不如上海，上海和西洋一模一样。他甚至劝说客人："何必在日本那种地方辛苦、忙碌呢？还是早点来上海吧。"这位 X 先生死的时候，打开他的遗嘱一看，所写的内容却出人意料："我的骨灰，无论如何都要葬在日本……"

有一天，我靠在旅馆的窗边，嘴里衔着一支点着的雪茄，想象象 X 的故事。X 先生的矛盾是不该嘲笑的。在这些方面，我们大抵是他的同类。

二十　徐家汇

明朝万历年间。墙外立着一棵棵柳树。墙的那边，看得见天主教堂的屋顶。屋顶上方那黄金做的十字架，在落日的辉映下闪闪发光。有一行脚僧与一村童一起出场。

僧：徐公的公馆是那里吗？

童：是那里。不过，叔叔，即便去了那里，也是讨不到斋饭的啊。老爷最讨厌和尚。

僧：行了，行了。这事儿我知道。

童：你要知道，那就甭去啦。

僧：（苦笑）你这小孩儿，嘴好凶啊。我可不是去沾光的。我是来和天主教的僧侣讨论问题。

童:是吗?那你就请便吧。要是被老爷的手下人揍了,我可不管。

僧:(独白)那里好像是天主教堂的屋顶,可门在哪儿呢?

一个金发的传教士,骑着驴子走过,后面跟着一个仆从。

僧:请问。

传教士勒住驴子。

僧:(唐突地)请问你是从哪儿来?

传教士:(奇怪地)刚才去了信徒的家。

僧:黄巢过后,还收得剑否?

教士呆然。

僧:还收得剑否?道!道!若不道,则……

僧挥舞如意仗将打传教士时,仆从推倒了和尚。

仆从:这是个疯子。不用管他,老爷走吧。

传教士:真可怜啊。我刚才就觉得他的眼色有点儿怪么。

传教士们离去,和尚爬了起来。

僧:可恶的歪门邪道。连我的如意杖都给折断了。我的托钵呢?

墙内隐隐传出唱赞美诗的声音。

清朝雍正年间。草原。一棵棵柳树。其间可见一荒废的礼拜堂。村姑三人,每人手臂上挽着一只篮子,正在摘艾蒿等野菜。

甲:云雀的叫声真有点儿叫人心烦哪。

乙:嗳。哎哟,一条四脚蛇,真讨厌。

甲:你姐姐的出嫁日期还没定下吗?

乙:多半是下个月吧。

丙:哎哟!什么哟,这是?(拾到一个沾满了泥土的十字架,丙是三人中年纪最小的一个）上面雕着个人像呐。

乙：什么？给我瞧瞧。这叫十字架。

丙：十字架是什么？

乙：信天主教的人拿着的。这会不会是金子的？

甲：快扔掉它。拿着这种东西，也会像张先生那样，被砍掉脑袋的。

丙：那就照原来那样埋在地下吧。

甲：是啊。那样做，还好一些吧。

乙：是的，那样稳当一些。

村姑们离去。数小时后，暮色渐渐迫近草原。丙与一位盲目的老人出场。

丙：记得是在这一边。爷爷。

老人：那就快点找吧。来了人就麻烦了。

丙：你瞧，找到了。是这个吧？

在新月的光芒映照下，老人手捧着十字架，徐徐地低下了默祷的头。

"中华民国"十年（1921）。一片麦田的正中，有一花岗岩砌成的十字架。由柳树的顶端望去，可以看见天主教堂的尖塔高入云端。五个日本人穿过麦田出来。其中一人是同文书院的学生。

甲：那个天主堂是什么时候建造的？

乙：听说是道光末年。（说着翻开了旅游指南）这上面说，这座天主堂进深二百五十九英尺，宽一百二十七英尺，塔高一百六十九英尺。

学生：那是个坟墓。那十字架……

甲：原来如此。现如今还留存着石柱和石兽，从前可能更加漂亮吧。

丁：是吧。那毕竟是一位大臣的墓室嘛。

学生：你们看，这个用砖头砌成的台基上，镶嵌着石头。这是徐氏的墓志铭。

丁：上面写着的是："明故少保加赠大保礼部尚书兼文渊阁大学士徐文定公墓前十字记"。

甲：墓在另外的地方吗？

乙：好像是的。

甲：十字架上还有铭文呢，好像是"十字圣架万世瞻依"几个字。

丙：（从远处喊）请站着不要动，我给你们拍张照片。

四个人站在十字架前，数秒钟尴尬的沉默。

二十一　最后一瞥

村田君和波多君离去之后，我嘴里衔着香烟来到凤阳丸的甲板上。灯火通明的码头上业已人影寥落。码头对面的马路边上，一幢幢砖瓦建造的三四层高的楼房，耸向夜空。近处，一名苦力拖着一条深深的黑影，在眼下的码头上向远处跑去。若与这苦力一起去，便可一直来到上次领取护照的日本领事馆门前。

我在寂静的甲板上向船尾方向走去。由此向下游望去，只见沿外滩的马路上，闪耀着点点灯火。我暗暗思忖：那座跨在苏州河口上、白天里车马滚滚不绝的外白渡桥，也许已经看不到了。位于桥堍的公园，虽已无法辨认出树木的嫩绿颜色，却可依稀看到聚在那里的簇簇树林。不久前，我去的时候，在有白色喷泉的绿草坪上，一个身穿 S. M. C 字样红色背心、像是患有佝偻病的中国人，正在捡拾烟头。那公园的花坛上，郁金香花和黄色的水仙花，今夜是否仍在电灯光下开放？穿过这片花圃，向对面望去，应该可以看到拥有大花园的英国领事馆和正金银行。在他们边上,在沿河一直走去、向左拐的弄堂里,则是兰心大戏院。那入口处的台阶上,有一块喜剧歌剧的广告画。可如今已难以觅见进进出出的人群了。这当儿,一辆汽车径直沿河岸开来,隐隐看得见玫瑰花、丝绸衣服和琥珀项链。可只一会儿工夫,便从眼前消失得无影无踪。准是上卡尔登酒吧去参加舞会的吧。之后,在寂静的马路上,有人哼着小调,啪嗒啪嗒地响着鞋声走过。Chin Chin Chinaman(中国佬)——我把吸剩的烟屁股扔进黄浦江,迈着缓慢的步子走回船厅去。

船厅里已经不见人影。铺有地毯的地板上,那花盆里的兰花叶子,闪闪发光。我靠在长椅上,沉浸在漫无边际的回想之中——那次去见吴景濂先生时,先生在他那九一分发的大脑袋上,贴着一张紫色的膏药,处处小心地害怕碰着,一边对我说:"长了个脓包。"也不知他那脓包好了没有?

——与醉步踉跄的四十起先生在昏暗的马路上行走时,就在我们的头顶上,有一扇四方形的小窗户。小窗里露出的灯光,斜斜地射向雨云低垂的天空。此时,小窗里犹如一只小鸟探出头来,一个年轻的中国女人向下俯视着我们。四十起指指她告诉我说:"那是个广东婊子。"今天夜里,那女人说不定还会探出头来。

——在树木葱郁的法兰西租界,坐在轻快的马车上向前奔驰,但见前方有个中国马夫牵着两匹白马在走。也不知是何缘故,其中一匹马突然倒在地上。这时,同乘在马车上的村田君为我解答了疑问。他说,"那匹马的背上痒痒。"

我回想着那一幕幕情景,为掏烟匣把手伸进了夹衣口袋,但掏出的却不是黄色的埃及烟匣,而是昨天晚上忘在袋里的一张中国戏单。与此同时,戏单中一件物什落在了地板上。那是什么呀?啊!一瞬之间,我从地板上拾起那朵干枯了的白兰花。我轻轻闻了一下这朵白兰花,已经没有香气。花瓣也已变成了褐色。"白兰花,白兰花",听见卖花人的叫卖声,如今也只留下了追忆。我曾看见这朵白兰花,在南国美人的胸脯沁出微微的芬芳。而今,这些皆已如梦如幻。我感到自己有陷入轻度感伤症的危险。便把这朵已经枯萎的白兰花扔在了地上。然后,点着了一支香烟,开始阅读出发前小岛送我的梅利·斯托波斯的那本书。

大正十年(1921)八月十九日

江南游记

前　　言

就在昨天早上,我沿着本乡台到蓝染桥的坡道信步往下走。此时,有两位青年绅士打相反方向沿着坡道往上走过来。出自男人的鄙俗之念,交叉而过者若是个女的,我也会瞅上一眼;而是男的,就很少注意。可这次也不知是什么缘故,离开来人还有十来米远,我就开始留意起对方的风采来。特别是其中一人,一身淡蓝色的西装外披着一件雨衣。此人长着一张白里透红的瓜子脸儿,手里拿着一根细细的银手杖,给人一种潇洒倜傥之感。两人一边说话,一边从对面漫步走过来。正要擦肩而过时,我的耳朵意外地突然捕捉住了一个感叹词:"哎哟!""哎哟"一词,让我感到了心跳。并非因为他们二人是中国人才感觉意外,而是因为这偶然听到的"哎哟",唤醒了我的种种记忆。

我想起了北京的紫禁城,想起了浮在洞庭湖上的君山,想起了南国美人的耳朵,想起了云冈和龙门的石佛,想起了京汉铁路的臭虫,想起了庐山的避暑地、金山寺的宝塔、苏小小的墓和秦淮的菜馆,尚有胡适先生、黄鹤楼、大前门香烟、梅兰芳扮演的嫦娥等等。与此同时，也想起了因肠胃病而中断了三个来月的我的中国游记。

我回头去看他们。不用说他们仍在悠闲地说话。且沿着秋天晴空下的坡道往上爬。然而，那"哎哟"声仍旧留在我的耳中。他们大概是从什么寄宿之处出来，去向什么地方的途中吧。说不定他们之中的一人，恰如《留东外史》里的张全那样，正要把女学生带到户山之原的杂木林中去也未可知呢。这么说来，另一个留学生也很可能像同一小说里的王甫察那样，有着相好的艺妓吧。就这样，我一路上伸展着想象的翅膀，做出对他们来说十分失礼的种种猜测。来到蓝染桥车站之后，为了回到坐落在田端的家中，我便乘上了开往动坂的电车。

可是回到家里一看，大阪总社来了电报。电文是："请速寄文稿。"我一次又一次给总社的薄田先生添了麻烦，深感愧疚。但是坦白地说，尽管深感愧疚，我之所以久久没有执笔，也是因为肚子闹别扭啦，好几天睡眠不足啦，以及兴味索然啦等等。当我看到了这封电报时，便下决心明日动笔撰写《上海游记》的续篇。"哎哟"这话语，在我的耳际留下了难忘的回响，为薄田先生也为我带来了意外的幸运。

我所知道的中文，总共只有二十六个词语。而这二十六个词语中的一个，不仅极其偶然地飞进了我的耳中，而且使我有所觉醒。夸张地说，这件事乃是天意使然。只是，如果我的蹩脚文章令读者徒增了烦恼，那么与其说是天惠，则不如说是天灾了。要是将此看成为天灾，读者也就不必抱有太大希望，而可坦然置之了。这么说来，无意间听到的一声"哎哟"，倒是我与读者均应感谢的。这就是为何进入正文之前，我要加此一节前言的缘故。

一 车中

　　登上开往杭州的火车之后,乘务员就来检票。他穿着一身橄榄绿的西服,头戴一顶镶着金边的黑色大盖帽。与日本的乘务员相比,总觉得行动有点儿不利索。之所以这么想,显然又是我等的偏见在作祟。竟然对于列车员的风采,也动辄使用自己固有的尺度。我们认为,倘若是英国人,就必须具有非同寻常的风貌,才不愧为一个绅士;而盎格鲁·萨姆(美国绅士)则必须有钱。日本人又如何呢?既然是在写游记,那就少不了要为旅愁而感伤落泪,或为风景之美而着迷。不装出一副游子面孔,也就不能算是绅士。其实在任何场合,我们都不该受此种偏见的束缚。——在这位乘务员慢条斯理地检票时,我发表了上述有关偏见的议论。不过,我的这些夸夸其谈的高论,并非针对中国的乘务员而言,而是面对同行的向导村田乌江君而发。

　　火车的窗外,始终是长着油菜和紫云英的田野。其间时时出现牧羊或是小磨坊。忽然,看见田间小路上走着一头硕大的水牛。五六天前,我也是与村田君一起在上海郊外走路时,突然被一头水牛挡住了去路。动物园围栏中的情形且不去管,可眼前碰到这么大的怪物,在我还是第一次。因而不由地吓了一大跳,同时,向后退出了半步。这样,村田君立即藐视般地说我:"胆子真小啊。"今天,他自然没有表现出惊叹。我却觉得这般景色少见,正想对他说:"你看,田野里有头水牛呢!"最终还是决定一言不发,装出若无其事的样子。估计就在那一瞬之间,村田君也会对我感觉钦佩,我也算得上一个颇有水平的中国通了吧。

　　车厢分成一个个的小房间,每个房间八个人。不过我们的乘车室里,除了我俩没有别人。车室正中的桌子上,摆放着茶壶和茶碗。时有身着蓝布衫的乘务员给车室送来热毛巾。这火车，乘坐的感觉并不太坏。但我们乘的可是头等车厢。说起头等车厢，有一回从镰仓上车就是坐的头等车厢。大出所料的是，竟然与某个皇族同车，整个车厢只有我和他两个人。记得当时，我真是诚惶诚恐至极。现已记不清当时拿的车票是白色的还是红色的了。

二 车中（续前）

这期间，火车已过嘉兴。偶尔向车窗外望去，只见临水的一家家民居之间，架着一座高高拱起的石桥。两岸的粉墙，似乎在水中留下了清晰的倒影。此外，尚有两三只南派中国画中时而可见的船只系在水边。当我透过新芽初露的柳枝看到上述景色的时候，我才觉得看到了典型的中国风景。

"喂，有一座石桥！"

我有点炫耀自己发现似的对村田说，心想，告诉他有桥，总不至于像上次告诉他有水牛那样，被他蔑视了吧。

"嗯，有座桥。这样的桥，真不错。"村田君也马上附和道。

石拱桥隐去后，在大片桑田的那边，露出了刷满广告的城墙。在古色苍然的城墙上，用鲜艳夺目的油漆写着广告。这在当代中国很流行。无敌牌牙粉，双婴孩香烟，在沿铁路线的所有车站，几乎全是这类牙膏和香烟广告。中国到底是从什么国家学了这种广告术的呢？提供答案的是，与上述广告并列着的，诸如狮子牌牙膏、仁丹等俗不可耐的广告。看来，日本在这方面也是竭尽了邻邦的深情厚谊。

车窗外依旧是菜田、桑田或紫云英田。偶然，也在松柏之间，看得见有一座古坟。

"喂，有一座坟。"我说，可这次村田君没有像上次看见拱桥那样，对我的兴趣做出反应。

"我们在同文书院读书的时候，常常从这类坟墓的陷塌之处，把死人的头盖骨偷来。"

"偷来干什么？"

"用它做玩具。"

我们边喝茶，边互相讲了不少野蛮的话。什么烤焦的脑浆是治肺病的良药啦，人肉的味道与羊肉差不多啦等等。车窗外，不知从什么时候起，已是太阳落山时分，夕阳把它火一样通红的光芒，流泻在已经由菜花长成荚子的油菜之上。

三　杭州一夜（上）

到达杭州车站，已将近下午七点钟。车站栅栏外边，在昏暗的电灯光下，海关的一个官员正在等待着。我提着红色的皮包走到这个官员面前。皮包里装着临走时随手扔在里面的各种物品，书籍啊、衬衫啊以及装了夹心糖果的袋子啊等等。官员面带愁容，帮我把皮包里的物品一件件整理了一番，重新叠好衬衫，拣起漏在外面的夹心糖果，做得极其仔细。至少在我看来是如此。检查完毕之后，我那皮包里的物品变得井然有序。当他在我的皮包上用白粉笔画了个圆圈时，为了向他表示感谢，我用中国话向他说了声"多谢"。然而，他却依然面带愁容，又整理起别人的包裹来，连看都没看我一眼。

这里除了海关的官员之外，同样聚着一大批为旅馆拉客的人。他们一见我们，每个人嘴里都哇里哇啦喊着什么，且舞动着小旗，往我们手上硬塞些彩纸广告。而我们要下榻的新新旅馆的小旗，却找遍了都没见到。这时，几个脸皮厚的旅馆拉客伙计，滔滔不绝地叨叨着，还动手要拉我们的皮包。不管村田如何大声斥责，对方却丝毫没有退却的样子。我呢,此时也与身处莫斯科雀岗的拿破仑一样,悠悠然斜眼打量着对方。但是等了几分钟之后,当穿着一身古怪西服的新新旅馆揽客员终于出现在我们面前的时候,说老实话,我还真有那么一点儿高兴。

我们遵照旅馆揽客员的命令,坐上了车站前的人力车。车夫刚刚抬起车棒,便立即飞快地奔进了一条狭窄的小巷。路上几乎一片漆黑。石块铺就的路面忽高忽低,坑坑洼洼,车子摇晃得很厉害。这中间,曾经听到铜锣的喧嚣声。大概是一家小戏馆吧。从那里通过之后,便一点人声都听不到了。只有我们人力车轮的滚动声,回荡在这城市暖洋洋的夜空里。我嘴里衔着香烟,开始沉浸在《一千零一夜》式的梦幻般心境之中。

不久,道路变宽。不时看见巨大白墙的邸宅,门口亮着电灯。——光这么说,还是意犹未尽。开头,只见从黑暗中浮现出一个朦胧的白色物体,紧接着便看见一堵白墙清晰地耸立在没有星星的夜空之中。之后便出现了镶在白壁上的细长形大门。电灯的光芒照在门口那红色的门牌上。——这么一想,便感觉看见了门里庭院深处一间间灯火通明的房间,看见了房间里的对联、琉璃灯和花盆里的玫瑰花。时而还能看到有人影晃动。没有比这种一闪而过映入眼帘,灯火辉煌却从未见过的豪宅内部,更让人感觉到奇异美感的了。且令人觉得,那里一定有着己所不知的、神秘莫测的幸福故事。苏门答腊的忘却草,鸦片梦中的白孔雀。——那豪宅里一定有着此等神秘之物。自古以来,中国的小说里便有许多这样的故事:深夜迷路的孤客留宿富丽堂皇的豪宅,可是第二天早晨一看,原来以为是高楼大厦,不料却是荒草萋萋的一座古坟,或是山后狐狸的一个洞穴。我在日本期间,一直把此类鬼狐故事看作脱离现实的空想。但是今天看来,这些故事即便是空想,也是根植于中国城市和田园相应的夜景之中。那夜的底部显露出来的灯火通明的白壁邸宅

——对于这梦幻般的美,古今的小说家准与我一样,会产生一种超出现实的感觉。这么说来,刚才所见的邸宅门口,有一块门牌上写着"陇西李寓"的字样。说不定在那家的宅邸之中,当年的李太白风采依旧,正在观赏着如梦似幻的牡丹花,且玉盏频倾呢。若是我能见到他,真有许多许多的话要对他说。我想向他请教:您的太白集中,到底以哪个版本最好?法国诗人哥地埃用法语翻译了采莲曲,您读过之后是感觉好笑,还是可气?又如,对于胡适先生或康白情先生之类现代诗人的白话诗作,您有何见解?就在我这样天马行空,任思想驰骋之际,人力车在弄堂口很快拐了个弯,来到一条十分宽阔的马路上。

四 杭州一夜(中)

这条马路的两边,排列着一家家灯火通明的商店。但路上行人稀少,没有一点儿来到闹市的感觉。相反,正因为道路宽阔,更让人感到格外的寂寥。这是中国新城区特有的一种景象。

"这里是城外的大街,路的尽头就是西湖。"

乘坐后面一辆车的村田君这样对我说。西湖!我向路的尽头望去。但是不管西湖如何久闻其名,在这夜幕的笼罩之下,也是无法目睹其丽姿的了。只是觉得有阵阵凉风从那远处的夜色中,向坐在人力车上的我的脸部吹来。我不由得沉浸在一种赴月岛①观赏阴历十三夜晚月色的那种期盼心境中。

人力车走了不久,终于来到西湖边。那里并列有两三家灯火辉煌的大旅馆。然而也和刚才的店铺一样,辉煌的灯光只是分外地增添了寂寥之感。西湖在白乎乎马路的左边,铺展着她那黑乎乎的水

---

① 位于日本东京中央区南端,面对东京湾。

面。西湖早已入睡,四周寂静无声。就连空旷的马路上,除了我们二人乘坐的人力车,连一条走在路上的小狗都看不见。这时候,说实话我怀念晚饭啊、床铺啊、报纸啊之类人世的文明成果。心想,如果能在光照如昼的旅馆二楼,观望着楼下马路上熙来攘往的人影,该有多好啊。可是人力车夫依然在默默地跑着。路上早已断了行人。可他们还在无有止境地向前方奔驰。刚才见到的旅馆,也早已抛在了后面。如今,只有那湖岸边一排看来像是杨柳的树木映入眼帘。

"喂,我说,这新新旅馆还很远吗?"

我回过头去问村田君。这时,村田君的人力车夫大概马上猜着了我问话的意思,他在村田君开口之前抢先回答说:"十里,还有十里。"

听了这话,我突然感觉沮丧起来。如果还有十里①的话,在到达新新旅馆之前,天都要亮了。这么一来,今天晚上可要饿饭了。我再次向村田君发出自己都感觉太没出息的声音。

"还有十里哪!真出乎意料。我肚子饿啦。"

"我也饿了。"

村田君抱着双臂,一副悠然自得模样,嘴里衔着一支中国香烟。

"十里算什么啊。这是中国的里数的十里……"

我这才放下心来。但很快又失望了。日本的六町相当于中国的一里,可十里也得六十町啊。这么空着肚子,要在这黑夜之中的人力车上,摇晃日本的一里多路程,对谁来说都不是件开心的事。为了排遣这种失望情绪,我开始复习过去学过的德文文法规则,并在嘴里一一重复着。

---

① 日本的一里约合3.9公里。10里则约为39公里。

我的德文文法规则复习是从名词开始。而进行到强变化动词时，不意间透过四周看去，但见道路不知何时变窄了，道路两边的树木却比刚才茂密了些。尤其不可思议的是，树丛间飞舞着硕大的发光萤火虫。说起萤火虫，在俳谐里是代表夏天的季题。可现在刚刚四月，仅此不由得令人感觉稀奇。更何况，这萤火虫的光环每次发光闪烁，或许都是因为四周的夜色过于深沉之故吧。令人觉得，仿佛是鬼灯在明灭。我由这青色的光亮中，感觉到犹若鬼火似的悚惧。与此同时，我也再一次沉浸在浪漫的氛围之中。然而至关紧要的西湖夜色，却似乎隐到了人家的背后或别的什么地方。路左面的树木那边，变成了一道连绵的土墙。

"这就是日本领事馆。"

村田君的话声传到我耳朵里时，人力车突然冲出树丛之中，开始沿着一条平缓的斜坡往下走。这当儿，一片薄明的水面渐渐显现在我们面前。啊，西湖！我在这一瞬之间才真正感觉到此乃西湖。从空中云层的裂缝里，流泻下一片幅度不宽的、瀑布一般的月光，照射在茫茫烟波之上。那斜斜横穿于水面的，该是苏堤或白堤吧。堤上有个隆起的三角形，那是有名的眼镜桥。这美丽的银色与黑色，毕竟是日本所无法见到的。我在左摇右晃的人力车上，不由地坐直了身子，定定地注视着眼前的西湖，并为它的美丽而久久出神。

五　杭州一夜（下）

在这之后过了不到十分钟，终于抵达新新旅馆。旅馆的名字既然叫"新新"，显然是一家西洋风格的旅馆。但却与中国的茶房在一起，沿一架背面的狭小的楼梯登上二楼时，到我们的房间一看，感觉许是有点儿看不起我们东洋人吧，这房间叫人不怎么舒服。首先，在狭小的房间中并排放着两张床，这完全是中国式旅馆的样式。第二，更重要的是，这房间的位置正好在旅馆后面的角落里，因此，要想坐在房里就能眺望西湖，便成了一种奢侈的行为，根本无法实现。但是，我早已被人力车的颠簸和空空如也的肚子，以及天马行空式的思维弄得精疲力竭，当我一屁股坐在房间的椅子里时，这才重新有了像个人样儿的感觉。

村田君当即吩咐茶房为我们准备晚饭。可是茶房回话说，餐厅早已打烊，西菜没法做。那么就吃中国菜吧。可看到茶房端来的菜肴，大有残菜剩羹之嫌。按偕乐园菜馆老板的说法，有一道中国菜名叫"全家宝"，其实是残菜剩羹之集大成者。我有点悚然，便问茶房，这几个菜中有没有"全家宝"。村田君立即回答说，"全家宝"可不是这样的，脸上露出不屑的神情。这神情乃是水牛事件以来第一次。

这期间，茶房颇为好奇地悄悄看着我们的脸，一边喋喋不休地讲着什么。我请村田君帮我翻译茶房在说什么。原来他说，先生们若有中间有洞眼的银币，请给我一个。于是我问他："要这样的银币干什么？"说是用作马褂的纽扣。这真叫做异想天开。听他这么一说，我才发现，原来这个茶房穿的马褂纽扣全是有洞眼的银币。村田君一边将脱下的皮衣挂起，一边向茶房胡乱地打保票说："你这件马褂，要是拿到日本去，准可以换上五角大洋啊。"

我们吃完饭后，便到楼下的大会客厅去。但那里除了挂着几幅镶了照片的镜框，并排放着几件廉价家具之外，一个客人也没有。当我们来到旅馆大门口时，才见五六个西洋男子，围在石阶上面的桌子周围，大口喝着酒，大声唱着歌。特别是那位秃头先生，紧紧搂着一个女人的腰肢，领唱的时候好几次险些连椅子一起翻倒在地。

旅馆门外的左边，有个玫瑰花棚，我们伫立在它的下面，抬头仰望着聚于细小绿叶间的一簇簇红色鲜花。在远处射来的电灯光映照下，玫瑰花散发出微微的芳香。我正在思考这花朵为何如此润湿光亮，不知不觉间昏暗的天空里下起了牛毛细雨。玫瑰、微雨、孤客心——至此，也许可以凑成一句诗句了。可是近在咫尺的门口，几个喝得酩酊大醉的西洋人，却在大声地嚷嚷。面对这样的情景，我实在没法像《天鹅绒之梦》①的作者那样，浪漫起来。

此时，有两顶被雨淋湿的轿子，由四个轿夫抬着，不声不响地从大门外进来。轿子在进门处停下之后，只见最先从轿子里钻出来的，是一位很有风度的穿着中式服装的老人。紧跟着下轿的，则是一个女子。恕我直言，我想说这是个姿色平平的女人。不，更正确地说，这是个相貌丑陋的少女。但是一身青瓷色的缎子衣裳，配上一副闪闪发光的水晶耳环，确也给人一种风流之感。少女按照老人的指点，与出来迎客的掌柜一起进了旅馆。老人留下，吩咐刚好在场的、方才侍候我等的那位茶房，给轿夫们付了工钱。看着眼前的这番情景，我又一次改变了观点。若是这样，我辈也有可能如谷崎润一郎先生那样，始终保持一种浪漫的心境。

然而命运对于我的浪漫主义，最终还是残酷无情的。此时，那个秃头美国人突然从门口踉踉跄跄地沿着石阶走下来。在他同类的喊声中，这个美国人一边给他们做了一个古怪的手势，一边嘟囔着"bloody"（他妈的）。上海的西洋人，常常用可怕的"bloody"来代替"very"（非常）。仅此一点，已经令人感觉不快。更何况，他紧靠我们身边站停，说时迟那时快，此公竟背对着入口，面对门外，旁若无人地站着就地撒起尿来。

浪漫主义啊！去你的吧。我与早已醉意陶然的村田君折回没有人气的旅馆客厅，心中燃烧起十倍于水户浪士的攘夷精神。

---

① 谷崎润一郎作，描写西湖遇美人的故事。

六　西湖（一）

旅馆前面的码头上，槐树叶的影子在朝阳光线的照耀下迎风摇曳。那里系着一艘专为载乘我们而来的画舫。称之为"画舫"，似乎挺风流，可画舫的画字到底体现在哪儿啊？这事儿至今亦未弄明白。这是一艘极其普通的小船，只不过用白布做了遮阳，船舷边上装了黄铜的扶手之类而已。（既然人家告诉我这叫"画舫"，以后也只好这么称呼它。）且说这画舫载着我们，由一位看来温良恭顺的船老大掌舵，离开码头，悠悠地向湖水深处划去。

湖水没有想象的深。从飘着浮萍的水面，看得见刚吐新芽、长着莲荷的水底。我本以为这是因为靠近岸边的缘故，不料划到哪儿都一样。唉！如果让我谈谈西湖的总体印象，与其称之为湖，不如说近似于发过大水之后的一片水田。听说，这西湖者也，如果听其自然的话，不要多久就会干涸，因此为了不让湖水往外流出，也真是煞费了苦心。我靠在船舷旁，一边用村田君的手杖捅着浅浅湖底的泥土，吓唬着不时游到水藻间的、类似虾虎鱼那样的鱼儿。

我们画舫的正前方有一条长堤，那是从日本领事馆通往浮在湖中的孤山去的。按照《西湖全图》，这准是昔日白乐天所筑的白堤无疑。可在石版印刷的图面上，还画着杨柳之类。也不知是否在重修湖堤时，把这些柳树给砍掉了？如今那里成了一条光秃秃的沙堤。堤上有两座桥。靠近孤山的那座叫锦带桥，而贴近日本领事馆的那座叫断桥。断桥在西湖十景之中，是观赏残雪的著名去处，因此留下了不少前人的诗句。举例来说，断桥边的残雪亭里，树着清代乾隆皇帝的诗碑。其他，有杨铁崖的"段家桥头猩色酒"，张承吉的"断桥荒鲜涩"等，全是咏唱这座断桥的。（这么说来，读者也许觉得我很博学,其实这些都写在池田桃川的《江南名胜史迹》里。因而无法成为我特地用来夸耀的资本。首先,且说这座断桥,"噢,那就是断桥啊。"我曾从远方向它表示过敬意。但自那以后,小船却一直没有靠近过它。只是一条白闪闪的长堤,横跨在飘着稀疏浮萍的湖水中。)特别是当我们靠近它的时候,只见一位脑后拖着长辫的老人,以柳枝作马鞭,在那儿悠悠地遛马。这情景确是有点儿诗意。在白乐天吟咏西湖的诗里,便有"半醉闲行湖岸东,马鞭敲镫辔玲珑。万株松树青山上,十里沙堤明月中。"云云。尽管我与他游历的时间不同,他在夜里,我是白天,但这些诗句咏唱的景致却依稀可见。不用说,上述诗句和断桥的诗句一样,都是从池田那本书里抄来的。

画舫穿过锦带桥后,立即改变了进路,向右拐了过去。左边就是孤山。船老大告诉我们,西湖十景中的平湖秋月,指的就是这一带的景色。可现在是晚春的上午,没有办法了。只见孤山上有一座富人豪宅,那扇大门却大得俗不可耐。邸宅四周围着连绵的白墙。小船绕过邸宅之后,颇感意外的是,出现了一座建造得颇为典雅的三层楼房。不仅临水而建的大门不错,而且大门左右并排摆放的石狮也很美。心想,这是何许人的府邸呢?原来这就是乾隆皇帝行宫的遗址,大名鼎鼎的文澜阁。这里与金山寺的文字阁(镇江)、大观堂的文汇阁(扬州)一起,各藏有一部《四库全书》。听说这文澜阁庭院也很漂亮。为要参观一下,我们弃舟登岸。哪里晓得,文澜阁及它的庭院皆不对凡人开放。我们只得沿着湖岸走去,来到昔日的孤山寺——今日广化寺,走马观花地匆匆看过之后,便去了前边的俞楼。

俞楼乃俞曲园的别墅。规模虽然不够大气,可也并非蹩脚的居处。有一座伴坡亭,据说是因东坡遗址而得名。亭子后面,有一浮着许多水藻的古池,在茂密的竹丛和龙须草中,令人甚感闲寂。沿池侧攀登而上,在所谓九曲回廊尽头,有一块镶于墙壁的石刻。这是彭玉麟为俞曲园画的梅花图。(更确切地说,是挂在本乡曙町谷崎润一郎府邸二楼上的那幅精妙绝伦的梅花图的原物。)看过九曲回廊上方的小轩(按匾额所示,这里名为碧霞西舍)之后,我们又一次来到山下的伴坡亭。亭子的墙壁上,胡乱挂满了俞曲园啦、朱晦庵啦、何绍基以及岳飞等人的各式拓本。拓本竟如此之多,反而没有什么特别想要的了。在亭子正面的墙壁上,则饰有一幅镶在镜框里的、长髯飘飘的曲园照片。我一边品味着这家主人端来的一碗香茶,一边仔细打量着曲园先生的长相。在章炳麟先生所撰俞先生传记(这可不是抄袭)中,有"雅性不好声色既丧母妻终身不肴食"云云。倒也是。从他的长相看,的确有那么点儿面相。其中还说:"杂流亦时至门下此其所短也。"这么说来,俞先生多少有些俗气。可是另一方面,俞曲园也许正因为有了此种俗气,才有了几个得力的弟子,来帮他建造这么漂亮的别墅啊。比如说我等人物,有如玲珑剔透之美玉,没有一点儿俗气。可哪来什么别墅呢?不是至今仍旧卖文为生,聊以维系薄命吗?——我面对这放了玫瑰花的香茶,双手托腮,呆呆地陷入沉思,心里多少有点轻蔑阴甫①先生之意。

七 西湖(二)

接下来看了苏小小之墓。苏小小乃钱塘名妓。苏小小这个名称,后代甚至成为艺妓的代名词。所以这墓地自古以来就很有名。可是今天到此一看,这唐代美人的香冢,原来是处毫无诗意的土馒头。墓的上方,有个铺瓦的屋顶,墓身则好像涂了泥灰啊什么的,

---

① 即俞曲园。

白花花的。大概是因西泠桥改建的缘故吧，特别是墓地的周围，杂乱无章，更令人感到极其荒漠。少时爱读的元代画家孙子潇诗中，有这样一首："段家桥外易斜曛，芳草凄迷绿似裙。吊罢岳王来吊汝，胜他多少达官坟。"可是如今哪里有什么似裙的草色呢？只见惨烈的阳光流泻在翻转过来的泥土上。且在西泠桥畔的小径上，两三个中国的中学生正在高唱排日、爱国的歌曲。我和村田君看过秋瑾女士的墓之后，便匆匆返回了画舫。

画舫朝岳庙方向开去，又一次划向了西湖。

"岳庙可是不错啊。古色古香。"

村田君为了安慰我，对我讲起了上次游历时的回忆。而我无意之中却对西湖有些反感。西湖并不像早先想象的那样美。至少，如今的西湖，并没有那种令人流连忘返、依依不忍离去的容貌。西湖的湖水太浅。这在前面已经说过。而除此之外，西湖的自然景观也如嘉庆、道光的多位诗人吟唱的那样，过分富于纤细之感。也许，中国的文人墨客对粗犷奔放的自然景观早已感到腻味，转而爱上了纤细吧。可我们日本人，却看惯了纤细的自然景观。因此初看的感觉也很美，可是继而就会感到不满了。如果仅仅停留于此，西湖仍有"春寒水滑洗凝脂"式的中国美人倩影。可是这位美人，却因岸边随处修建的那些红灰两色、俗不可耐的砖瓦建筑，患上了不治之症，早已病入膏肓。不，不仅是西湖。这红、灰两色的砖瓦建筑，几乎如硕大无朋的臭虫一般，蔓延于江南一带的所有古迹、名胜之地，结果把这里的风景早已破坏殆尽。方才在秋瑾女士的墓前，当我看到红砖砌成的墓门时，我何止为西湖鸣不平，也为女士的英灵而愤愤不平。鉴湖女侠秋瑾女士留下了"秋风秋雨愁煞人"的诗句，为革命献出了生命。而她的墓门竟然如此！真叫人伤心不已。而且，西湖的这种庸俗化倾向，很可能会日盛一日。我甚至觉得，再过十年之后，很可能在西湖鳞次栉比的洋房之中，都会有喝得酩酊大醉的西洋人，站在门口随地小便。有一回读苏峰先生的《中国漫游记》，他在书中说道："要是能当个驻在杭州的领事，悠然自得地安度余生，实乃人生大幸。"云云。可我不要说当什么领事，即便任命我担任浙江的督军，我都觉得与其天天看着这么一个泥水池子，还不如住在东京的好。……

就在我攻击西湖之时，画舫穿过了跨虹桥，进入也是西湖十景之一景的曲院风荷。这一带看不见红灰二色的砖瓦建筑，且在围有白墙的柳树之中，还点缀着几枝晚开的桃花。出现于左边的赵堤，树阴之下是长满了青苔的、青青的玉带桥。它在水中映出朦胧的倒影。这景致，很可能与南田的画境相近。游船来到这里时，为了避免招致村田君的误解，我对我方才发表的西湖论，做了一点补充。我说："我刚才说了西湖不足道，可并非全部如此啊。"

画舫过了曲院风荷之后不久，便在岳王庙前停下。我们立即弃舟登岸，去拜谒《西湖佳话》问世以来早已耳熟能详的岳将军神灵。哪里知道，此时的岳庙正在修建，真是面目可憎。十之八九的墙壁都已经过了粉刷，闪耀着新壁的光芒，且满地是一堆堆泥土和砂石。不用说，曾经让村田君欣喜过的那种古色古香的景色，早已荡然无存。只见，犹如被大火烧过的岳庙院内，几个泥水匠和小工在来回地走动。村田刚刚拿出相机，本想拍照留念，却又沮丧地停止了脚步。说道："这怎么行？这么一来，岳庙可就给弄惨了。——就去看看墓地吧。"

墓地与苏小小之墓同样，也是一个涂了石灰水的土馒头。不过毕竟是名将之墓，比那苏家丽人的墓地要大出许多。墓前立着一块苔痕斑斑的石碑，上书"宋岳鄂王之墓"几个大字。墓背的一片竹木林子已近荒芜。这景象，对于我等并非岳飞子孙的人来说，并无悲哀之感，反而感到了一种诗趣。我沿着墓地的四周踱步，同时沉浸在一点儿怀古的心绪之中。"岳王坟上草萋萋"①，好像有人做过这样的诗句。但这不是书上抄袭来的，说不清到底是谁的诗了。

八　西湖（三）

岳飞墓前的铁栅栏中，有铁铸的秦桧、张俊耻辱像。从铸像的外形来看，这些人准是两手反缚在背后的。听说到这里参观的人，因为憎恶这些奸臣，便常常把小便挨个儿地浇在铸像之上。可是今天却很幸运，铸像皆未遭到小便的浇淋。只是在这些铁像周围的泥地上，歇着几只绿头苍蝇。这只是给远道而来的我们一点暗示：这地方是很脏的。

自古以来，坏人很多，可没有比秦桧更让人痛恨的了。在上海一带的马路上，有一种棒条状的油炸食品，确切的写法是"油炸块"。据宗方小太郎的说法，本来的意思是油炸秦桧，所以原来的名字叫"油炸桧"。总之，民众只能理解单纯的东西。在中国，关公也好，岳飞也好，这些众望所归的英雄，全部是单纯如一的人。或者说，即使不是单纯如一，也是容易被单纯化的人。如若不具备这样的特色，那么即便是稀世的英雄，也不会得到民众的喝彩。举例说来，要为井伊直弼树立铜像，在他死后还用了几十年的时间；而乃木大将被当作神祭，几乎只用了一个星期。正因如此，说到敌人，上述英雄的敌人容易遭到人们憎恶。秦桧不知遇上了什么恶缘，中了下下签。其结果如上所述，直到"中华民国"十年，还受着此等待遇，被人恨得咬牙切齿。我在今年新年号的《改造》上，发表了一篇题名《将军》的小说。谢天谢地，多亏我生在日本，不必担心会被人油炸，当然也没有被人浇过小便。只是发表

---

① 元代书法家赵孟𫖯《岳鄂王墓》中诗句，原诗为"草离离"。

时，有些文字被删，留下天窗，杂志的编辑两次遭当局申斥。不过如此而已。

秦桧成为众矢之的。他被憎恶的程度究竟如何呢？在这里，我顺便介绍一则小故事，它可以告诉我们有关的消息。故事出自清人景星杓的《山斋客谭》。

"记不得是几年之前的事儿了。当时我留宿在江上的某个寺庙读书。突然，邻居家的老太婆被鬼魂附体。"

严晓苍这样开头说。

"老太婆翻着白眼，扫视了全家男女，不停地骂道'我乃冥道押使，押解秦桧的灵魂上阎罗殿归来，途经于此，被这该死的老太婆用污水泼脏了衣服。你们要有所表示才行。否则，我就要把这老太婆拖到阎王老爷那里去……'

"一家男女大吃一惊。吃不准附于老太之身的是否真是阴曹地府的差人。为了首先弄清此事，便对之提了各种问题，令其回答。结果老太婆依旧傲然直视前方，对所提的问题一一对答如流。这么看来，此乃鬼差无疑。既然如此，一家男女便点燃了纸钱，且将老酒洒在地上，祈愿再三。众所周知，地府的下级差使与人界的下级差使一样，都是给点儿钱贿赂即可平安无事的。

"过了一会儿，老太婆突然'啪哒'一声，倒在了地上。可又立刻爬了起来。可能这时鬼差已经离去了吧。只见她一个劲儿地东张西望。鬼魂附体，这事儿并不少见。可是，据说附在老太婆身上的鬼魂，在接受一家男女的提问时，曾讲起阴曹地府的下述情形。

"问：秦桧现在怎样了，如无妨碍，请予赐教。

"答：秦桧也在轮回。结果托生而为浙江金华的一个女子。这女子竟然胆大包天，犯了谋害丈夫之罪。故被处以磔刑。

"问：可是，秦桧不是宋朝人吗？已经过了宋、元、明三个朝代，如今才判罪，你是否觉得太晚了一点儿？

"答：桧贼恣唱和议，屠戮忠良，可谓穷凶极恶。天曹十分憎恶其罪行，判了他磔刑三十六次，斩首刑三十二次，合计死刑六十八次。因而不是那么容易执行的。

"唉！就是这个样子。秦桧的罪行固然可恨，可这样是否有点儿令人同情？"

严晓苍是严灏庭先生的曾孙，绝不是那种会说假话的人。

九　西湖（四）

朝拜过岳庙之后，我们又泛舟湖上，折回孤山所在的湖东岸来。这里，在槐树和梧桐的树阴下，有一家门外打出"楼外楼"旗帜的饭馆。在《读卖新闻》所刊的游记中，武林无想庵先生新婚夫妇，好像在这楼外楼吃过饭。我们也按船老大的推荐，决定在这家饭馆门前的槐树下，吃一顿中国午餐。但是坐到我面前的人物是一身蛮气、凛凛可畏的村田君。此君中学时代便爱读押川春浪的冒险小说。结果是离家出走，到一艘军舰上去当了服务生。在八月十日的旅顺海战中，他于枪林弹雨中九死一生。我一边等着上菜，一边在心底里对无想庵先生不胜钦羡。这事儿对村田君可是保密的。

如前所述，我们的桌子放在枝叶葳蕤的槐树底下。西湖水在我伸向前方的脚边闪闪发光。这湖水不停地荡漾着，拍打着石驳岸的间隙,发出柔和的声响。湖边,有三个身穿蓝布衫的中国人,一个在清洗拔了毛的鸡,一个在洗涤旧布片,还有一个在稍远一点儿的柳树根处悠然地垂钓。这当儿,钓者突然高举起钓竿,纶丝梢头挂着一条鲫鱼在空中蹦跳。这光景在春光之中,给人以颇多闲适之感。何况在他们面前,有一个缥缈的西湖。我确实在这一瞬间忘掉了红砖房,忘掉了西洋人。为这眼前的和平景色,产生了一种进入小说场景的心绪。晚春时节,太阳的影子照在石碣村的柳树根头。阮小二从刚才起就坐在柳树根头,专心致志地在钓鱼;阮小五正在洗鸡,又转回家中取菜刀。而"鬓插石榴花、胸刺黑青豹"的可爱的阮小七,还在清洗着旧布片。这时,慢吞吞走过来的……

走来的并非智多星吴用,而是臂上挽着大竹篮,缺乏诗意的糖果小贩。他走到我们面前,便要我们买他的糖果。这一下子,全完了。我从《水浒传》的世界里,像一只跳蚤那样,一下子跳了出来。在那"天罡地煞百八人"中,压根儿没有一个好汉是卖糖果的啊。更何况,如今的湖水之中,只有一艘涂成白色的小艇,由四五个女学生划着,正向湖心亭方向前进呢。

十分钟后,我们一边喝着老酒,一边用筷子夹食生姜煮鲤鱼。这时又有一艘画舫在槐阴之下靠了岸。只见靠岸的客人是一男三女,带着一个婴儿。这婴儿分不清是男是女。有个女人从打扮上看,好像是奶妈或女佣。男人戴一副金丝边眼镜(真是不可思议的因缘),这个身材高大的男子,长相颇似无想庵先生。余下的两个女人准是姊妹吧,两人穿着同样的桃、蓝二色斜纹布衣。比起昨夜见到的少女来,这两个女人的姿色至少要好二三成。我一边动着筷子,一边时时打量她们。他们在我们旁边的桌子落座,正在等着上菜。这拨人中,只有二姐妹在悄悄地说着什么,且向我频送流盼。不过表达得更加确切一点儿,那是因为他们看到村田君在摆弄照相机,还说要拍一张我正在吃饭的照片。所以,并不值得过分夸耀。

"喂，那姐姐是男子的夫人吗？"

"当然。"

"我有点儿看不出来。中国的女人三十岁以前，看起来都像小姑娘似的。"

我们正在这样说着话，他们已开始吃饭。在绿荫低垂的槐树下，颇为时髦的中国人一家，名副其实地正在喜滋滋吃饭。就是从旁边瞧着，也感觉挺来劲的。我点上了一支香烟，不知厌倦地远远瞧着他们。断桥、孤山、雷峰塔——谈论这些景致的美，就完全托付给苏峰先生好了。而我却觉得，比起明媚的山水来，对于人的观察确实要更加开心。

而我毕竟不能老对他们的吃饭表示敬意。结账之后，我们很快登上了画舫，为了赶赴三潭印月。从孤山看去，三潭印月正好在靠近对岸的一个小岛旁边。小岛叫什么名字，在《西湖全图》和池田的《西湖指南》里没有记载。只是在这小岛附近有三座石塔，据说是苏东坡担任太守的时候，用作行船的航标。有一件事是千真万确的，即这三座石塔，月明之夜会在水面上投下三个月影。小船在静静的湖水上划了很长时间之后，终于靠上了位于杨柳、芦苇深处的退省庵前的码头。

十　西湖（五）

登上码头，见有一门。进门但见清水池上，横跨着一座中国式的九曲桥。如果说俞楼的回廊是曲曲廊，这里则可称之为曲曲桥。桥上建了好几个小巧玲珑的亭子。沿九曲桥走到尽头，可以看见西湖耀眼的水面上，有三座石塔。在刻有梵文的圆石柱上，大多戴有石斗笠，与日本的石灯笼相差无几。我们在亭子里远眺石塔，抽了两支中国卷烟。还有呢？还谈到俄罗斯的苏维埃政府。却似乎未曾谈到苏东坡。

沿九曲桥返回到刚才的地方，碰见四五个年轻的中国人。他们全都化了妆，手里提着胡琴、笛子等乐器。号称"长安公子"者，恐怕就是这一种人吧。但见一身的水色、绿色大裇儿，镶在戒指上的各种宝石闪闪发光。我与他们擦肩而过时，把他们的模样一一打量了一番。这才发现最后走过去的那个男子的脸，与小宫丰隆几乎长得一模一样。后来在京汉铁路，列车上有个男乘务员，与宇野浩二的长相完全一样。在北京看戏时，出来接待的侍者则与南部修太郎长得很像。由此看来，日本的文学家中相貌像似中国人的，真是大有人在。但此时的我，还是第一次碰到如此相似的人。虽然不过是偶然的相貌相似，但我却浮想联翩，心想，"说不定小宫的祖先中有人……"也许这对小宫有点儿失敬。

写了这些事儿，仿佛是天下太平、诸事顺利。其实，我正在床上发着三十八度六的高烧。脑袋晕乎乎的，喉咙也疼得要命。而我的枕头边却摊着两份电报，内容都差不多，总之是向我催稿。医生则要我静静地睡觉。朋友中有人打趣，说我气色不错。既然已经开了头，我想只要不是发高烧万不得已，游记总还得继续写下去。下面的几节江南游记，将在此等情形下写出。提起芥川龙之介，也许有些读者会觉得这是个空闲的人。我希望这样的读者还是迅速改变谬见为好……

我们参观了退省庵之后，便回到刚才的码头。码头上坐着个中国老大爷，面前放着个鱼篓子，正与船老大说话。我瞧了一下那鱼篓子，原来里面装满了蛇。听说与日本放生乌龟一样，这老大爷每收一份钱，就从鱼篓子里掏出一条蛇来放生。虽说这也叫做积功德，可却没有一个日本人特地为了让蛇活命而愿意掏腰包的。

画舫又载着我们沿小岛岸边，向雷峰塔方向驶去。近岸处，在茂密的芦苇丛中，有几枝河柳在风中沙沙作响。拖在水面上的树枝上，似乎有什么东西在蠕动。定睛一看，原来是一只只大甲鱼。唉，如果光是甲鱼的话，倒也没有什么值得大惊小怪的。其实在树枝稍稍靠上的枝丫间，还有一条黄褐色、油光光、胖乎乎的蛇。蛇的一半身子缠在柳枝上，另一半身子则在空中扭动。我看着这般景象，直觉得背脊痒痒。不用说，那绝非什么愉快的心情。

这期间画舫绕过小岛一角，就看见雷峰塔高耸在湖水对岸的苍翠之中了。就眼前仰望此塔的感受而言，它与站在浅草的游乐园"花屋敷"附近、遥看十二层高的凌云阁，并无太大的差异。只是，雷峰塔红砖砌就的塔壁上，爬满了茑萝。不仅如此，有几枝杂树甚至把它们的枝梢伸展到塔顶，且在风中晃动着。这样一座塔耸立在阳光之中，烟雾朦胧，如梦如幻，果真十分壮观。红砖建筑这么一配，倒也差强人意。说起红砖，《西湖导游》里有一则似乎很有道理的故事，说明了雷峰塔如何用红砖砌成。但是这本旅游指南，并非池田先生撰写的那本书，而是在新新旅馆里出售的、英文版的《西湖导游》。我原想把这个故事写完之后再停笔，无奈脑瓜子昏昏沉沉，实在无法再多写一张稿纸。下面的事儿只好有待明天了。唉！就说这么几句，心里也觉得麻烦。假如有一天得了肺炎，可就没有命喽。

十一　西湖（六）

那本英文版《杭州旅行指南》中写道，在距今三百七十余年前，常有倭寇侵入西湖附近。对于这些海盗来说，雷峰塔是非常碍事的。因为中国的官兵在塔上搭有瞭望台。因而不等倭寇靠近杭州城，其一进一退，早已为中国方面所了然。于是有一次，日本的海盗在雷峰塔的四周放火烧塔。这火连续烧了三天三夜。因此，在红砖的烧制尚未开始之前，雷峰塔早已变成红砖塔了。该书关于雷峰塔的介绍大致如此。当然是真是假，无从考证。

仰望了一会儿雷峰塔，我们的画舫便向新新旅馆方向驶去。(今天比昨天热度低些。喉咙用铁块烫了一下，似乎也起了些许作用。照这样，两三天内也许就能离开病床，重新伏案工作了。但要续写游记，依然感觉是精神负担。而一面克制着此种心情一面写作，也就写不出什么好东西。总之，如果能每天写上一节，把整个游记写完再告一段落，也就心满意足了。为此，须在这里重复一下。)

现时，西湖在我们的面前敞开了它的东岸一带。前方，在新新旅馆的上方有一座林林葱郁的石山。那大概就是有名的葛岭吧。据说亦即葛洪炼丹的地方。葛岭顶上有个庙，屋檐的瓦脊反翘着，犹如一只正要展翅飞翔的小鸟。连绵于它右侧的那座山，《西湖全图》上叫做宝石山。山上富态的保俶塔，姿影亦绰约可见。与像个老僧似的雷峰塔相比，细细耸立的保俶塔的倩影，正如古人所云，也许像一位亭亭玉立的美女。且葛岭上空阴沉沉的，宝石山顶的绿草却在阳光的照耀下鲜艳夺目。在这些山峦的山脚一带，包括我们下榻的旅馆在内，并非没有红砖建筑；所幸或许是因为相距甚远的缘故，并不是特别的显眼。只是在山峦的延长线上，有一根白线相连。那准是今天早晨经过的白堤无疑。在白堤左边的尽头处，尽管看不到楼外楼的旗帜，却横着新绿欲滴的孤山。无可否认，这些景色无论如何是美的。特别是如今浮着点点菱叶的西湖水面，就像是特意为了要瞒住这浅水似的，闪着暗淡的银光。

"还上哪儿？"

"去放鹤亭看看吧。是林和靖住过的地方。"

"你说放鹤亭？那是……"

"在孤山上，就在新新旅馆的前边。"

二十分钟之后，我们弃舟登岸，来到放鹤亭。此番来此与方才同样，画舫穿过锦带桥之后，再横越过由白堤围着的所谓内西湖。我们在梅花的绿叶之中，参观了放鹤亭；又去耸立于更上方的、亦与林逋有关的巢居阁看了看；还去看了"宋林处士墓"。此墓位于巢居阁背后，也是一个大土馒头。我等在这一带又转悠了一会儿。无疑，林逋准是一位清高的人。而同样可以肯定的是，他并不像日本的小说家那样穷。据林逋七世孙林洪所著《山家清事》，他的隐居生活是"舍三寝一读书一治药一。后舍二，一储酒榖列农具山具，一安仆役庖屭称是。童一婢一园丁二犬十二足驴四蹄牛四角"云云。要是和靖先生也过类似于此的生活，比起居住每月五十日元房租的住房，显然生活要富裕得多了。拿我来说，要是能在箱根建造一幢房子，里面有主房一间、储藏室一间，书房、卧室、女佣房等一应俱全，再配上书童一人、女佣一人、男佣二人，那么要学林处士也并不难。让仙鹤在水边的梅花旁翩翩起舞。只要仙鹤愿意，也很容易做到。但是对我来说，那"犬十二足驴四蹄牛四角"是用不着的。这些东西全送给你，由你随便处理吧。看完放鹤亭，在返回岸边画舫的路上，我对村田君发表了如上一通看法。西湖岸边的柳絮纷飞间，二三十个穿着白衬衫、黑裙子的中国女学生，正成群结队地朝西泠桥方向走去。

十二 灵隐寺

我在脏兮兮的新新旅馆的二楼，看到放着几张美术明信片。村田君早已睡着了。昏暗的玻璃窗角上，紧贴着一只形象出奇鲜明的壁虎。我实在不想见到它，便目不旁视地奋笔疾书。

致丰岛与志雄

今天在去灵隐寺的路上，参观了一座名叫清涟寺的寺院。在一个很大的长方形水池里，养着不少黑鲤鱼和红鲤鱼。此水池名为"玉泉鱼跃"。据说是个养五色鲤闻名遐迩的寺院。其实说是五色，最多不过三色。在临池的亭中，并排放着几把藤椅和桌子。落座之后，有和尚送来茶水和点心。送是送来，可不是白吃的。也就是说，表面上是和尚养着鲤鱼，实际上是和尚靠鲤鱼养着。你是常在染井的钓堀通宵达旦垂钓的好汉，要是你看到这寺院中的鲤鱼，准会想钓它几条的吧。

致小穴隆一

朝拜灵隐寺。途中有一石桥。桥下流水，如鸣佩环。两岸皆幽竹，翠色带雨，几似媚人。此乃近王石谷之画境乎？我诗兴大发。然行囊之中无《圆机活法》①，因故一诗无成。也许无诗反倒更好。

致香取秀真

灵隐寺是一所很大的寺院。进了大门，步行片刻，便见一山，号"飞来峰"。据说乃天竺的灵鹫山飞来此地。（说实在的，这与其叫山，不如称之为一块大石头更加合适。）据说坐落在那石窟中的佛像，是宋元之朝的佛像。然而对我来说，却难以分辨佛像雕琢得好坏。唯有一事令我感到幸运。因连日下雨，部分石窟进了水，我便不必进洞观看了。今天也不时下雨。高入云天的杉树、扁柏、长满青苔的石桥……啊，灵隐寺的总的印象，或为中国的高野山。

致小杉未醒

看过灵隐寺，但见松鼠沿着杉树的树干往上跑。此地有一种山寺特有的闲寂。也许是雨天的缘故吧，赭红的大雄宝殿显得十分庄重。据说骆宾王曾留宿于此。也许只是传说。但我觉得，此传说有其合情合理之处。这里的空气，总有那么一点儿骆宾王的氛围。你以为如何？还有一桩事情，要顺便讲一下的是这所寺院的五百罗

---

① 书名，明王世贞编，全名为《圆机诗学活法》。

汉。这不用说，我想你是看过的。依我看，至少有二百来尊罗汉，长相与你几乎完全一样。这可不是开玩笑。实际上，他们与你长得一模一样。听说这五百尊罗汉中，也有马可波罗的塑像。我暗暗思忖：你的远祖总不至于就是马可波罗吧。不过，因此我却颇为开心。因为有种在相距万里的异域与你重逢之感。

致佐佐木茂索

游历了灵隐寺，归途又访凤林寺（别名喜鹊寺）。这是乌窠禅师曾经待过的寺院。寺院几无足观。只是，或有葬礼之类的法事吧，几个身穿淡灰色或红黄色袈裟的和尚，一边念经一边在寺院的走廊里走动。据说白乐天曾问乌窠："佛法的大意如何？"乌窠答曰："诸恶莫做，众善奉行。"乐天又说："三尺童子亦知之。"乌窠笑曰："三尺童子亦知之，然八十老翁亦难行。"乐天即服。当白乐天这般轻易地被其折服时，想必乌窠禅师也有点儿不是滋味吧。寺院门前，有一大群中国孩童，手持绢花在玩耍。雨后的夕阳很是可爱。

写完几封信，所幸壁虎已经离去。按计划，明天即当离开杭州。涌金门、回回堂——这些地方也许没有时间去看了。我稍感惆怅，脱去外衣，身穿一件衬衫，正要钻到床上的毛巾被里去。然而却下意识地慌忙躲开，同时嘴里大喊了一声："这个家伙。"原来在白色的枕头上，趴着一只足有围棋子儿大小的蜘蛛！仅从这一点看，西湖也实非令人满意的去处。

十三　苏州城内（上）

驴子刚把我驮在它背上，便一溜烟奔了起来。地点是苏州的城内。狭窄的大街两边也和别处一样，挂满了招牌。光凭这些景致就够叫人难堪的了。而在那么窄小拥挤的街道里，还要让驴子通过，轿子通过。不用说,还要通过许多的行人——就是这副模样。为此,我紧紧地拉着缰绳,霎时间不觉闭上了眼睛。这可绝非因为胆子小。骑着驴子在中国的石板路上奔驰,真是非同寻常的冒险。如果有读者未曾体会过此种冒险,那么在做好被罚款的思想准备下,请你骑上自行车,全速在东京浅草的仲店大街或大阪的心斋桥大街奔驰一下试试看。

我与岛津四十起刚到苏州。原来打算上午从上海出发的,因我睡过了头,未能赶上预定的火车。——而且不是晚了一班火车,总共脱了三班火车。听说岛田太堂先生每趟火车开车之前,都到车站等我。即便现在,想起这件事都觉得羞愧难当。先生为了送别我,还特地为我写了一首七绝,更叫我想起来就感觉诚恐诚惶……

在我的前面,岛津正骑在驴背上,意气昂扬地驰骋。可岛津与我不同,并非第一次骑驴子。因此骑法与我不同。我以岛津为榜样,尝试着种种办法调整骑术。尽管后背发凉,提心吊胆。然而,后来从驴背上掉下来的,却不是我这个学生,而是师父岛津自己。

狭小街道的左右两边——说实在的,最初的几分钟根本没有看见有什么。但是最初几分钟过去之后,便发现有几家裱糊店和珠宝店。裱糊店里摆着多幅字画,有山水,有花鸟,有的正在装裱。珠宝店里则有翡翠、玉器等等,与金银首饰一起闪闪发光。这都让我产生一种姑苏独有的优美心境。如果不是在驴背上跳跃,我想此等优美心境,一定会令人更加欣喜。事实上有一次,我想瞧一眼挂在刺绣店墙壁上的红布缝制的牡丹啦麒麟之类,差点儿与一个拉胡琴的盲艺人撞个满怀。

不过,倘若骑着驴子在平坦的石板路上奔跑,还是可以忍耐的。而骑着驴子过桥便不同。所有的桥都是拱桥,因此上桥的时候,很容易滑下来摔个屁股蹾儿;而下桥时如果运气不好,就可能越过驴子的脑袋摔个倒栽葱。更何况,这里有"姑苏三千六百桥"、"吴门（南门）三百九十桥"之说。即便所举的数字并不完全确切，苏州桥多却不像有假。没有办法，当驴子要上桥的时候，我就尽量抓住驴子的鞍，代替那缰绳。即便这样，过桥时仍能看见碧蓝的细细运河水，在斑驳的白墙间闪亮。

就这样经过了一段路程之后，我们终于抵达目的地北寺塔。听说在苏州的七座宝塔中，只有这座塔是可以攀登的。塔前的草地上，有两三个手挎竹篮的老媪正全神贯注地剔除杂草。根据《苏州指南》，这片草地从前曾经是刑场。草长得肥壮，也许是人血的缘故。而这九层的宝塔高入云天。它的白壁沐浴在阳光之中。塔前有几个身穿蓝布衫的老婆婆，静静地在摘草，倒也不失为一幅颇为闲适的景致。

我们从驴背上跳下来，向塔的最下层入口走去。那里有个管理寺庙的男子，守候在格子窗里。我们付了二十个铜板之后，他便打开了一把大锁，做出"请进"的手势。我们爬上宝塔二楼，只见灰尘飞扬的昏暗之中，点亮着一盏马灯。而爬上楼梯，灯光就照不着了。加之手抓楼梯扶手时，触及千万善男信女攀登时留下的手汗污垢，给人一种黏糊糊、冷冰冰的感觉。真叫人受不了。但是爬上二层之后，因四面都有出口，已经不再为光线的昏暗而作难。宝塔内部整个九层，每层都在桃红色的墙壁之间，供奉着金色的佛像。桃红色与金黄色，这种色彩的搭配莫名地给人一种肉感。也许正因如此，才非常具有现代的南国情调。不知为何，我直觉得在塔顶上有可能吃上中国菜。

十分钟之后，我们已在塔顶上俯视苏州的街市。苏州的街市向四方延伸着。黑瓦的屋顶之间，时不时地镶有醒目的白墙，面积比预料的要大得多。极目望去，远处有一高塔，屹立在云气之中。那是有名的瑞光塔。据说是孙权所建。（当然，现在的塔已是几经重建。）向城外望去，处处皆是波光粼粼、绿树成阴。我倚着栏杆，低头望着塔下正在吃草的两匹驴子。驴子边上,是两个牵驴的小孩,并排坐在石头上。

"喂——"

我大声地喊。可是他们连头都没有回。——人一站在宝塔顶上,是不由得会感到寂寞的啊。

十四 苏州城内(中)

看完北寺塔之后,我们去了玄妙观。玄妙观在刚才经过的地方,那儿有好几家珠宝行,大马路往里拐进去一点儿。观前的广场上摆有许多摊店,与上海的城隍庙是一样的。有卖面条的,卖馒头的,也有卖甘蔗、地栗的。在这些食品摊店之间,也夹杂着几个卖玩具、杂货的摊店。不用说,人非常多。但与上海不同的是,在这熙熙攘攘的行人之中,几乎看不见穿西装的。不仅如此,也许是因为场地太大的缘故吧,这里不如上海那样热闹。尽管地摊上同样摆着时髦富丽的袜子,开了水的锅里同样冒出韭菜的香气。唉,你看还有两三个年轻女人,头发梳得油光锃亮,还故意把罩着黄绿色和淡紫色衣服的屁股,一扭一扭地走路。可仍旧给人一种土里土气的寂寥感。我想,从前皮埃尔·洛蒂①到浅草的观音殿参观,准也有过这样的感受吧。

在人堆里往前走了一会儿,但见路的尽头处有一大殿。这殿虽说很大,可是廊柱上的红漆已经剥落,白墙上也都沾满了尘埃。再者,来玄妙观的人,入殿者并不很多。因而越发增添了一种荒芜之感。进得殿里,只见墙上挂满了艺术水平低下而色彩浓艳刺目的挂轴,有石版印的,有木版印的,也有亲笔画的。这些书画可不是给

---

① 参见芥川小说《舞会》中的注释。

神仙的供品，而全都是出售的商品。我心里想，店老板在哪儿呢？原来在大殿昏暗的角落里，端坐着一位小个子的老大爷。可是，这大殿之中，除了这些挂轴，祭奠用的香花自不必说，甚至连一尊佛像都没见到。

　　穿过大殿来到后边，只见聚着一群人。正当中，两个光了膀子的男子，正在进行双刀对长枪的较量。那刀刃估计并不锋利，然而那拖着红缨的长枪，和那如钩子般弯弯的曲刀，在阳光的反射下熠熠生辉。双方打得难分难解，兵器相碰，火花四溅，倒也颇为壮观。这当儿，一个拖着辫子的大汉，手中的长矛被对方打落在地。只见他跌宕腾挪，左躲右闪着那毫无隙间的利刃，忽地飞起一腿，踢中对方的腹部。对方则双手握着双刀，凌空跃起，来了个鹞子翻身。——此时围着看热闹的人，都开心地大声笑了起来。这些人可能就是诨名病大虫薛永、或打虎将李忠的好汉吧。我站在大殿的台阶上，一边看着他们比武，一边沉浸在《水浒传》式的那种心境中。

　　"水浒传式的"，这么说也许意思还不够清楚。本来《水浒传》这部小说，在日本也有诸多仿作，如马琴的《八犬传》，神稻《水浒传》，本朝《水浒传》等等。但是在这些日本的《水浒传》仿作之中，没有一本写出那种"水浒传式的心境"。那么，所谓"水浒传式的"到底是什么呢？这是某种中国思想的闪光。天罡地煞一百零八条好汉，并非如马琴等人所认为的，是一群忠臣义士。不如说，从人数上来说，这是一批无赖汉的结社。但是把他们纠合在一起的力量，倒也并非爱好邪恶之心。记得好像武松说过，好汉们的爱好之一，乃杀人放火。但是严格地说，正因为爱好杀人放火，所以才称得上是好汉。唉，如果说得更加仔细一点儿，则既然已经当上了好汉，区区如杀人放火之类也就不在话下。换句话说，他们之间流传着一种可以把善恶踩在脚下加以蹂躏的好汉意识。就连本是模范军人的林冲，专业赌徒白胜，只要他们具有了此种精神，那就是名副其实的兄弟。这种精神——也可以说这是一种超越道德的思想。泛而言之，在古往今来的中国人心中，至少比起日本人来，是有着此种思想的。这是一种根深蒂固的，不可等闲视之的思想。所谓天下乃非一人之天下，说这话的人们不过是说，天下不只是昏君一人的天下。而实际上，他们心中是想用他们好汉独霸的天下来代替昏君独霸的天下。如果再举一个证据，有句话说"英雄回头即神仙"。神仙者当然既非恶人，同时也不是善人，而是那种缥渺于善恶之彼岸的、不食人间烟火的人。那些根本不把放火杀人当回事儿的好汉，的确在这一点上是只要一回头就可以进入神仙行列的。如果有人不信，可以试着翻开尼采的著作来看看，那位使用了毒药的查拉图斯特拉就是意大利的著名政治家西扎·博尔盖塞。《水浒传》并非因为有武松打死老虎、李逵挥舞板斧和燕青相扑，才被千千万万的人所爱读。而是那种磅礴于其中的、胆大鲁莽的好汉精神，迅即让读者如痴如醉……

兵器的碰撞声又让我吃了一惊。就在我对"水浒"进行思索的期间，不知从什么时候起，一个换成了青龙刀，另一个则举起朴刀，两人又开始了新一轮的厮杀。

十五 苏州城内（下）

来到孔庙的时候，已是薄暮时分。当我骑着早已困乏的驴子，来到石板路缝隙间长着青草的庙前马路上时，只见瑞光寺淡白色的废塔，出现在业已人声寂寥的路边桑田上空。看得见塔的每一层都攀爬着茑萝，长满了杂草。这一带颇为多见的喜鹊，在空中飞来飞去。说实在的，此时此刻，我产生了一种既有些许感伤、又有些许欣喜的心情，真想用"苍茫万古意"来形容。

这"苍茫万古意"的氛围，幸好一直保持着。我们在庙门前从驴背上下来之后，便走在了埋没于荒草丛中、显得若有若无的小路上，在黑影重重的柏树和杉树之间，有一个飘着金钱藻的水池。此时，只见在水池边上有一个戴着缝有布条帽子的士兵，在分开芦苇和蒲草，用三角形的抄网捕捞鱼虾。这孔庙虽说重建于明治七年（1874），却是江南第一的文庙，是宋代名臣范仲淹创建的。想到这一点，这文庙的荒芜不正是中国荒芜的象征吗？但对远道而来的我来说，正因有了这种荒芜，才生出怀古的诗兴来。我深感矛盾。到底是该叹息，还是该欣喜呢？我跨过青苔斑驳的石桥，嘴里不由得轻声唱出了如下诗句："休言竟是人家国，我亦书生好感时。"然而这诗句的作者不是我，而是身在北京的今关天彭①先生。

穿过黑色的礼门，在石狮间走了一段路后，有一个不知其名的小小便门。要开这门，需给穿青布衫的看门妇女二十个铜板。但是，这看来颇为贫困的妇女与她十岁左右的麻脸女儿一起为我们引路的情景，却是颇有情趣的。我们跟在她们身后，踏着被黄昏的露水打湿了的石板路向前走。暮色苍茫中，只有那蕺菜花露出微微的白色。石板路的尽头，耸立着一闩大门，好像叫戟门吧。那刻有闻名遐迩的天文图和中国全图的石碑，该在这里。可在这飘溢于四周的薄明之中，是无法看清碑面上文字的。只见在进门处，排列着大鼓和大钟。"礼乐之衰败矣，甚乎哉！"——现在想来，有点滑稽，当我看到这些满身尘埃的古代乐器时，也不知为什么，我竟产生了上述感慨。

就连对着戟门正中的石板路上，不用说也是荒草萋萋。石板路的两侧排列着一间间房屋，有点儿像有屋顶的走廊。据说是从前文官的考场。它的前面，有几棵树干粗壮的银杏。我们和看门的母女

---

① 今关寿麿，1884 生，卒年不详，中国问题研究家。

一起，登上了石板路尽头处的大成殿台阶。大成殿是孔庙的正殿，规模相当雄伟。石阶上的雕龙，黄色的墙壁，以及正面的匾额。匾额上有看来是出自皇帝御笔的殿名，在墨黑色中泛着白色。——当我把殿外环视一周之后，便打量起光线昏暗的大成殿内来。这时，在大殿高高的顶棚上，飘动着"飒飒"的声音，令人觉得仿佛在下雨似的。同时，有一种什么异样的气味扑鼻而来。

"那是什么？"

我迅速向后退了一步，回过头去问岛津四十起。

"是蝙蝠。在顶棚上做了窝——"

岛津默默地笑了笑说。再仔细看，砖地上落满一片黑色的粪，听着那翅膀"飒飒"抖动的声音，又看到这么多粪便，到底有多少蝙蝠在昏黑的梁间飞舞，真是连想想都令人感到毛骨悚然。我从刚才的怀古诗境中，一下被推到了夜半的画境之中。事情到了这个地步，早已不是什么"苍茫万古"了。眼前仿佛是一个鬼怪出没的世界。

"孔子面对这么多蝙蝠，恐怕也有点儿吃不消吧？"

"哪里，蝠和福是同音，中国人是喜欢蝙蝠的。"

成为驴背上的客人之后，我们一边穿行在早已夜幕降临的小路上，一边这样交谈着。蝙蝠，在日本的江户时代也是一样的，并不把它看成是可怕的存在，而是被看成一种风流之物。例如"蝙蝠安"的文身，就是一个可靠的例证。但是受了西方的影响，不知不觉之间，如盐酸似的把江户的本来面貌给腐蚀殆尽了。这么一来，再过二十年之后，对于"黄昏在水边纳凉，蝙蝠在空中乱飞"这样的俳句，也许会有文学评论家出来大发议论，说这是受了波德莱尔的影响也未可知。——这期间，驴子脖上挂着的铃铛叮当作响，一路小跑在散发着草木香气、已经杳无人影的路上。

十六　天平和灵岩（上）

到天平山白云寺之后，看到倚山而建的亭子壁上，涂写有许多排日的文句。有一条是"诸君，尔在快活之时，不可忘了三七二十一条"；另一条为"犬与日奴不得题壁"。（可是，岛津却满不在乎地在壁上题了一首"层云派"的自由律俳句。）更有一首名诗，情绪慷慨激昂。曰："莽荡河山起暮愁，何来不共戴天仇。恨无十万横磨剑，杀尽倭奴方罢休。"这首诗有一段前言，好像是说在来天平山的途中，与日本人吵了一架，因寡不敌众，处于下风，愤恨不已云云。听说，如此排日的人，可得三十万元日币左右的奖金。要是有这么大的效验，那么从同时可以达到驱逐日货的目标来说，毋宁说广告费十分便宜。我一边观赏着亭子栏杆外雨气中低垂的、苍翠欲滴的枫树嫩叶，一边喝着带有佛门气息的茶水，嚼着硬邦邦的枣子。

"天平山比预料的要好。要是再干净一些，就更好。喂，那山下大殿的门上，镶的是玻璃吗？"

"不，那是贝壳。每个木格子里都贴着一片不知其名的薄薄贝壳，以替代玻璃。——谷崎润一郎先生也曾来过。他不是曾经描写过吗？"

"嗳，是的。他在《苏州纪行》中，好像说比起天平山的红叶来，来路上的运河更有意思。"

除了天平山，还要去爬灵岩山，所以今天我们也是骑着驴子来的。尽管如此，姑苏城外，初夏时节，那沿运河的乡间小路，倒的确是很美。在浮着白鹅的运河上，仍有一面面大鼓般的石拱桥横跨；路边那给人凉意的槐树和柳树，在运河的水面上落下清晰的倒影；在青青的麦田与麦田之间，间杂着一个个开满了红玫瑰花的花棚。——在上述风景中，点缀着好几间白墙黑瓦的农舍。特别觉得优美的是，每当经过这些农家的时候，探头往窗里望去，可以看见家庭主妇和她们的女儿，正在用针刺绣的情景。其中不少是年轻的女子。可惜当天天阴，要是晴天，说不定那远处图画般的灵岩和天平的青山，都会透过窗户映入她们的眼帘……

"谷崎先生好像也曾为乞丐所困扰，是吧。"

"那是谁见了都会伤脑筋的。——但苏州的乞丐还算好。去杭州的灵岩寺的那天……"

我不由得笑了起来。灵岩寺乞丐的不同凡响，是我们日本人实在难以想象的。他们或者"哪哪"地敲着胸脯，或者把脑袋接连不断地往地上撞，或者把那没有脚的腿往上举着给你看。首先，作为乞讨的技巧，向你展示一种最前卫的方式。但是在我们日本人眼里，这些表演多少有点儿过火，因而与其说会博得些许怜悯之情，倒不如说过于夸张而令人不禁失笑。与杭州的乞丐相比，苏州的乞丐是出声地哭着，因而让我们施舍的时候，心里舒服一点儿。但是，在经过狮子山山脚下某个荒村的时候，因疏忽刚刚扔给了一分钱，就惹得村里的小孩子、女人们把我的驴子团团围住，一个个都伸长了手向我讨钱。这场面叫我实在难以招架。柳影摇曳也好，年轻女子的刺绣也好，看来并不都是令人心悦诚服的事儿。犹如在梁间做巢的燕子一般，在那村子的白墙里面，同样潜藏着可怕的人间疾苦啊……

"那就上山去看看吧？"

岛津这样一边催促我说，一边开始沿着亭子后面的山路往上爬。在油光发亮的绿叶丛中，一条细细的红土山道绕过山岩向上延伸，令人欣喜莫名。倾斜着身子爬完这段山路，便来到巨岩耸立的去处，简直像眼前立着一扇屏风似的。心想此路不通吧。哪里晓得就在岩石与岩石紧紧相迫之间，有一条仅能容下一人侧身勉强通过的小路。唉，这哪里是穿过啊，简直是直上云天。我在岩下伫立良久，仰望那树枝和蔓草覆盖的远处苍穹。

"听说，卓笔峰和望湖台就在这山上？"

"大概是吧。"

"不错。这才是名副其实的登天平之路啊。"

十七　天平与灵岩（中）

当我们登上素有"万笏朝天"之名的天平山山顶岩群之后，便又沿着山路往山下走。来到刚才的亭子之前，见有一条向横里伸展的长廊。顺便到那里转了转。只见有一小池，小池四周围着龙须以及仿制的宝珠。水通过铅皮做的引水管滴滴答答落入这水池里。这就是有名的吴中第一泉。池子四周并排立着大小好几块石碑。石碑上刻着"白云泉"、"鱼乐"等各种名称，而且都郑重其事地用油漆涂抹着。大概，这小池作为"吴中第一泉"来说，水实在太脏，因而才这么大做广告，以免人家把它错当成寻常的泥潭吧。

而这小池之前，有一处号称"见山阁"的去处，悬挂着中国的灯笼，还放着新的绸缎被子。要是在这里睡上半天，倒是个合适的去处。加之，在这里凭窗而望，只见山藤缠绕的崖腰上，生长着连片的竹林。再往远处看，山下有池水闪光。那该是乾隆皇帝命名的高义园的林泉吧。往山上望去，只见刚才爬过的山顶，一部分矗立于薄薄的云雾之上。我凭窗眺望，装出一副悠然自得的神情，犹如自己已成为中国山水画或别的什么风景画中的点景人物。

"天平地平，人心不平；人心平平，天下太平。"

"你说的是什么啊？"

"是刚才写在壁上的排日涂鸦中的一条，挺顺口的么。天平地平，人心不平……"

看过天平山之后,我们又骑着驴子,向灵岩山灵岩寺进发。据传说,灵岩山既有西施弹琴的岩石,又有范蠡被幽禁的石室。我从小就爱读《吴越军谈》。打那以来,西施和范蠡一直是我喜爱的角色,因此得去看看这些古迹。(这样的心思不用说是有的。但说实在的,心里更有这么一个可鄙的打算,既然带着报社的采访报道任务而来,那么与英雄、美人有关的景点多看几个,一旦报社让写游记,就会方便多了。这打算从上海,经江南,直到横渡洞庭湖,都没有放弃。要不我的中国之行便会更加贴近中国人的生活,更加符合小说家的身份,因而也会免去中国古诗和南派中国画中的氛围。不过,现在可不是随便闲扯、耽搁时间的时候。)总而言之,我们朝灵岩山进发了。哪里知道,走了还没有一百来米,不知不觉间路就没了。周围是一片草深没膝的湿地,上面长满了低矮的杂树。我正觉得奇怪,这时,两个牵驴子的少年也停下了步伐,开始讲着什么,脸上露出不安的神情。

"找不到路了吗?"

我对岛津说道。岛津就在我眼前。他骑在一匹瘦小的驴子背上,环顾了一下四周的景色,有点儿像军陷大泽的项羽那般。

"说是找不到路了。——噢,那里有个农夫在。喂,去 mon mon ko(上海话"问问看")。"

但 mon mon ko 这句话,是他对牵驴子的少年说的。既然说是有农夫在,那么这句话的意思准是去向那农夫问路。如果我的推测没错,那么"mon"是问答的"问"。我这么一想,便向跟着我的牵驴少年,立即发出了同样的命令。

"mon mon ko、mon mon ko!"

"mon mon ko"如一道神秘的咒符似的,很快把路给弄清楚了。据牵驴少年回话说,向右一直往前,就可以到灵岩山脚下。我们立即调转驴头,向农夫告知的方向前进。但是走了二百来米,不仅没有走上大路,反而进入了更加荒凉的山沟。在横七竖八的磊磊石块间,长着几棵细小的松树。加之,也许因为发过山洪吧,只见有的松树被连根拔起,同时看见山腹部的泥土崩塌。更加糟糕的是,沿这山沟爬了一会儿之后,驴子终于不动了。

"这可糟了。"

我抬头望着山上,不由得叹息道。

"什么?这也挺有意思么。既然那座山肯定是灵岩山——对了。那就想方设法爬上去吧。"

岛津为了鼓励我,显出一副很开心的神情,直令人觉得那开心是装出来的。

"驴子怎么办?"

"驴子可以让它们在这里等着。"

说着岛津便跳下驴背,让一个少年和两头驴子留在松林里,猛然开始向山腰爬去。当然,说是开始爬去,其实根本没有什么路,而是拨开野蔷薇和箭竹,一个劲儿沿着陡峭的山坡往上爬。我和另一个牵驴的少年一起,紧跟在岛津的身后。由于生病刚好,这么一来,弄得我气喘吁吁。加上爬了二十来米,突然间有一冰冷的东西掉在了脸上。说时迟,那时快,只见满山的树木,"唰"的一声一齐开始摇晃起来。下雨了!为了不使脚下打滑,我一边用手抓住细小的松树,一边看了一下脚下的山沟。只见山沟里,两匹驴子和一个牵驴少年已显得很小,他们正淋在雨里。

十八　天平和灵岩(下)

好不容易爬到灵岩山顶一看,原来不过是一座清冷的秃山。直令人觉得花了九牛二虎之力爬上来了,实在有点划不来。首先,传说山顶上有西施的弹琴台,还有著名的馆娃宫等等遗址,实际上只见散布着裸露的岩石,连草都长得不多。这情形,即使要强装诗人,也很难如我们的李太白那般,唱出"宫女如花满春殿"的诗句,沉浸到思古之幽情中。再说,今天若是天朗气清,至少也能从这灵岩山顶,遥遥地观赏太湖的湖光山色。不巧,今天湖面上笼罩着烟云,以致向任一方向望去,都是一片迷蒙。我站在灵岩寺的朽廊里,听着潇潇的雨声,仰望七层高的废塔。此时,我只有一种深深的饥饿之感,早已无暇去回想古人的名句了。

我们在寺院一室,午饭只好用饼干来充饥。可是尽管肚子吃得胀鼓鼓,精力却没有重新恢复。我喝着有股灰土气的茶水,陷入一种难以言状的悲凉心境。

"岛津,能不能与这寺院的和尚商量一下,要一点儿白糖……"

"白糖?!要它干什么?"

"舔着吃。没有白糖,红糖也行。"

但是,舔食了满满一小碟黑乎乎的红糖之后,还是没有恢复精神。雨还在下。看样子天不会马上放晴。要回苏州,以日本的里数计,还有四五里(三四十华里)之遥。——念及于此,心情变得更加沉重。也说不清是为什么,我甚至觉得肋膜炎又要复发。

这种暗淡的心情,在从灵岩山顶下山的途中越发强烈。风雨从昏暗的天空不断向我们袭来。我们原来带着雨伞。可是刚才弃驴登山之时,两把伞都留在了下面。路不用说很滑。时间也早已过了下午三点。——雪上加霜的是,当我们来到山脚的村子里时,却不见了我们驴子的踪影。牵驴的少年好几次大声呼喊着同伴的名字,而回答他的却只有山谷的回声。我站在迎面浇来的雨水之中,对早已成为落汤鸡的岛津说:"要是找不到驴子,那该怎么办呢?"

"会找到的。实在找不到,那就只有步行了。"

岛津依旧精神抖擞。也许那是为了安慰我,而强装出来的。但我听他这么一说，突然火冒三丈。本来，发火这玩意儿绝非强者所为。在这种场合，我大光其火，也同样是懦弱在作祟。曾经纵横四百余州的岛津，和老是号着自己脉搏、大病初愈的我，在忍受艰难困苦方面，我压根儿望尘莫及。正因如此，泰然自若的岛津一句话，煽起了我的心中怒火。在这前后四个月的旅行中，我头一次这样板着铁青的面孔。

这期间，牵驴的少年为了找驴，上一个什么村子外的地方去了。我们来到一户农家的门口，终于避上了雨。一边翘首等待牵驴少年的归来。映入眼帘的是古旧的白墙和全用石板铺就的村道，以及在雨中闪闪发光的路边桑叶。（除此之外，几乎不见一个人影。掏出表来一看，已经是下午四点。下雨，三四十华里的路程，肋膜炎。）加之担心太阳落山，天要黑下来。为了不让身体着凉感冒，我不停地原地踏步运动。

正在这时，这农家的主人，一位中国老大爷，从门里探出头来。一瞧，家里停着一顶轿子。想必这男人的副业准是抬轿子什么的吧。

"能不能从这里叫两顶轿子？"

我一边耐着性子，强忍怒火，一边这样问岛津说。

"我问一问看。"

但是，岛津的上海话尽管让对方的中国人听懂了，遗憾的是对方的苏州话岛津却似乎没有全懂。岛津在与对方你来我往地交谈了一阵之后，终于断了交涉的念头。过了一会儿工夫，我回过头去看他，只见岛津优哉游哉地打开记录本，正在抄录今天所得的俳句呢。我看到这情景时，就如亲眼见到了那位面对罗马大火一直笑容可掬的皇帝尼禄，不由得产生了一种非得与他吵上一架的心情。

"这可是无论对你还是对我，都不好办哪。你作为带路人，竟不认识当地……"

我这么一句话，加上一脸要吵架的神情，立即让岛津也生起气来。他生气也是理所当然的。我现在回忆起来，当时没有挨岛津的揍，真乃不幸之中大幸。

"不认识当地？这本是我早就对你说过的么。"

岛津狠狠地瞪了我一眼。我一边原地踏步运动，一边也毫不示弱地同样狠狠回瞪了他一眼。顺便要提醒一下的是，看来在这种时候，即使要逞威风，也应该在站好了姿势之后。而又想逞威风，又在机械地、无礼貌地重复着踏步运动，是大大有损于威风的。

雨，依然淅淅沥沥地下个不停。驴子的铃声，却始终没有传来的迹象。我们两人紧绷着脸，面对寂寥的桑树田，一动不动地久久站立着。

十九　寒山寺与虎丘

客人：你觉得苏州怎么样？

主人：苏州是个好地方啊。照我看来，是江南第一。那里还未像西湖那样沾染上美国佬的气息。仅此一点，就令人觉得难能可贵。

客人：姑苏城外的寒山寺如何？

主人：你说寒山寺吗？寒山寺，你去问一问那些去过中国的人吧，问谁都可以，他们准会说没意思。

客人：你也这样认为吗？

主人：那当然啊。的确没意思。今天的寒山寺，听说是明治四十四年（1911），江苏巡抚程德全重修的，无论大殿还是钟楼，一股脑儿全涂成了胭脂红。真可以说是幢俗不可耐的建筑，哪里还有什么"月落乌啼"的情趣？加之寒山寺的所在地，是一个名叫枫桥镇的中国乡镇，位于苏州城以西约四五公里处。而这个乡镇是个毫无特色、肮脏之极的小镇。

客人：这么说来，那不是一无可取之处了吗？

主人：如果说还有几分可取之处，那就在于它的一无可取之处。为什么这样说呢？因为寒山寺是日本人最最熟悉的寺庙。任何人来游江南，必去参观寒山寺。即使是那些没有读过《唐诗选》的人，张继的那首名诗总归是知道的。看来程德全之重修寒山寺，原因之一乃是来参观的日本人甚多。听说是为了向日本表示敬意，才这么鼎力相助的。为此，寒山寺变得如此俗不可耐，说不定也有我们日本人的责任。

客人：可是，日本人觉得满意吗？

主人：看样子是满意的呐。而那些嘲笑程德全迂腐的人们，一旦做起以西洋人为对象的事儿来，也干着与程大人同样的蠢事。从这一点来说，寒山寺是这方面一个实实在在的教训。为此会对它多少产生一些兴趣。特别是听说寺里的和尚，只要一见到日本人的面孔，便会迅速地铺上纸张，颇为得意地用蹩脚的毛笔字，写上"跨海万里吊古寺，唯为钟声远送君"。而且不管是谁，在问过对方的名字之后，再添加上"某某大人雅正之类"。一张条幅卖一元日币。在这些地方，不是也可窥见日本游客的面目吗？更为有趣的是，在寒山寺里，刻有张继诗作的石碑，有新旧两块。旧的那块碑，是文徵明写的。新碑的字体则出自俞曲园之手。细看旧碑，字迹缺损严重。到底是谁把它损坏到如此地步？听说是热爱寒山寺的日本人。唉！说来，在这些方面，寒山寺也的确值得一看。

客人：听你这么说来，观览寒山寺不就等于瞻仰国耻吗？

主人：那当然是喽。令人意想不到的是，说不定程德全正是为了愚弄日本人，才费那么大的气力来重修寒山寺。所有到过中国旅游并撰写游记的作者们，即使不是采用冷嘲热讽的口吻，也都嗤笑程德全。这确有点儿过于冷酷。其实，在我们大和国的知事阁下中，做出程德全那般"英明决策"者，不也大有人在吗？

客人：宝带桥怎么样？

主人：只是一座长长的石桥，有点儿像上野公园不忍池上的观月桥。只是并不感到很俗气。"春风春水春草堤"——所咏景致倒是一应齐全。

客人：虎丘是个不错的去处吧？

主人：记得虎丘也是一片颓败景象。听说那原是吴王阖闾的坟墓。而今成了一座乱坟岗。传说在虎丘山的下面，埋着用金银珠玉精雕细作的野鸭和三千把宝剑。光听这些介绍，反倒饶有趣味。还有秦始皇的试剑石，听梁代高僧生公和尚讲经的点头石，以及江南美人真娘之墓。从种种历史因缘来讲，这里确有许多难能可贵的遗迹。可是看过之后，却让人感觉全都没意思。特别是来到剑池的时候。与其叫做池，不如说是一个水坑，而且几乎成了垃圾场。王禹在《剑池铭》里所写的"岩岩虎丘，沈沈剑池，峻不可以仰视，深不可以下窥"，此种意境，即使是出于礼貌，也不能说是依旧存在。只是当我仰望那微微倾斜的虎丘塔，耸立在充满夕阳红光的天空里时，确也有种近乎悲壮的感怀。这塔，早已颓败不堪，每一层上都长满了荒草。而且也不知为何，数不清的鸟儿一边大声啼叫着一边绕塔飞行。这情景更叫人有点儿高兴。我这时问岛津，这鸟儿叫什么名字？记得他回答说叫"PAKU"。"PAKU"，汉字怎么写呢？连岛津都不知道。你知不知道"PAKU"这种鸟？

客人："PAKU"吗？那是一种要吞食梦幻的野兽吧。

主人：总之，日本作家关于动植物方面的知识，实在是过于贫乏。例如，南部修太郎这个男子汉，见了日比谷公园的芦苇，还以为就是麦子呐。——唉，这种事儿暂且不论。且说除塔之外，还有一座叫做小吴轩的建筑。这里视野开阔，景致不错。暮色苍茫中，白墙，绿树，穿行其间的闪光的小河。——我眺望着这些景色，听着远处传来的阵阵蛙鸣。此时此刻，一种淡淡的旅愁油然而生。

二十　苏州的水

主人：除了寒山寺和虎丘之外，苏州还有一些有名的园林。比如像留园啊、西园啊等等。……

客人：也都是些不足挂齿的去处么。

主人：唉，的确让人亦难叹服。只是留园之大，令人产生些许奇妙的感觉。——园林本身并不大，而是整个建筑规模宏大。换句话说，这正如所谓"八幡竹丛，好进难出"。往哪个方向都一样，连着迴廊和厅堂。庭院也大多一样，有竹子、芭蕉、太湖石，全都装饰得相差无几。因而容易迷路。假如被人拐骗到这种厅堂里，要想逃出去就不那么容易了。

客人：有谁被拐骗到那里了吗？

主人：哪里。不是说已经有人被拐骗，而是说很容易产生这样一种感觉。早晚有一天，中国的谷崎润一郎会写出《留园的秘密》为题的小说。唉，今后的事儿姑且不去说它，要是读过《金瓶梅》或《红楼梦》，看来有必要来此参观。

客人：寒山寺、虎丘、宝带桥，都没意思，那还剩下什么地方呢？

主人：那些地方的确没意思。但苏州却并非无聊之地。说到苏州，首先是水，像威尼斯似的。苏州的水——对了，对了，说到苏州的水，记得当时我在笔记本的边缘记下了如下一些话。这可是《自然与人生》[①]式的名篇呐。

"不知桥名，凭石栏观河水。日光，微风，水色如鸭头绿。两

---

① 德富芦花随笔小品集。

岸皆粉墙，水上倒影如画。一叶小舟过桥下，首先见到红色的船头，继而见到竹编的船舱。橹声咿哑入耳，船尾已出桥洞。有桂花一枝流来。春愁与水色同深。"

"暮归。骑蹇驴。路常在水畔。见夜泊之船，皆遮着篷。月明，水霭。两岸粉墙之倒影，朦胧在水中。时闻窗底人语，伴着烛影摇红。或又有石桥，偶有人从桥上过，弄胡琴二三声。抬头仰视，此人已不见，唯见桥栏高耸。此情此景，宛若《联芳楼记》所描述。不知阊阖门外宫河边，珠帘重重月低垂，有否如薛家妆楼者在？"

"春雨霏霏，两岸之粉墙，多有苔色鲜者。水上浮白鹅三四。桥畔垂柳枝，几都吻及水面。若以此作画，抑或将落入俗套。不如看实景为好。有一叶扁舟，徐徐从桥下来。观其所载之物，乃棺材也。见舱中一老媪，正要点香，敬奉棺前。"

客人：哈哈，这可又让你大大感佩了一阵吧。

主人：唯独这小河，确实是很美的。如果以日本来打比方，那该是松江吧。可那白墙的倒影，落入窄窄河道的景致，即便在松江，也是难以见到的。尽管如此，一直未能乘画舫在这小河里一游，确是有点儿遗憾的。但也只是叹服这水而已，倒也没有依依不舍之情。可惜的是没有见到美人。

客人：一个也没有见着吗？

主人：一个也没见着。——按村田君的说法，苏州的女人闭着眼睛随便抓一个，也是美人儿。但是按照岛津氏的说法，总的来说，苏州的艺妓可分为两种：一种是学了苏州话之后，准备进军上海的候补生；一种是去了上海之后也未红起来，只好打道回府的落伍者。因而没有太好的。原来如此，这说法倒也有些道理。

客人：是不是因为这个缘故，你才始终不去看艺妓？

主人：唉，也没啥特别的原因。当时只是想，与其去看艺妓的脸，不如多睡上一个小时。总之，那阵子因为常常骑在驴背上，把屁股上的皮都给磨破了。

客人：你这人真没出息啊。

主人：连我自己都觉得，没有多大的出息。

二十一　客栈和酒栈

岛津不知上什么地方去了。我坐在椅子上，悠悠地吸着一枝敷岛牌香烟。房间里有两张床、两把椅子、一张桌子。桌子上放着茶具，还有一个带镜子的梳妆台。——除此之外，既无窗帘也没地毯。只是在那赤裸裸的白墙上，有一闪关着的涂了油漆的门。都比预料的要干净。也许是因为撒了许多灭跳蚤的药粉吧。所幸的是，我没有被臭虫咬过。若是有这样的水平，那么，下榻中国的旅馆，要比日本的旅馆省心得多。日本的旅馆要为付多少小费而费神。——我脑袋里转着这些念头，一边望着玻璃窗外。我们这房间是在三楼，因而窗外的视野相当宽阔。但是，进入眼帘的，只有那一大片黑乎乎的瓦屋顶，它们在夕阳余晖的照耀下，显得有点寂寥。记得有一回琼斯曾说过，最富于日本特色的，是从三越百货公司的屋顶，往下俯瞰所见到的、飘忽在无边无际那瓦屋顶上的寂寥。可为何日本的画家诸君却……

一个声音把我吓了一跳。只见在油漆门的入口处，立着一个个子矮小的老太婆，又是一身蓝布衫。老太婆独自在笑，一边对我讲着什么。我这个哑巴旅行者，不用说，一句都没听懂。我当时深感困惑，只是无奈地直盯着她那张脸。

这时候，只见在开着的房门外面，闪过一道亮丽的色彩。那是一个少女，梳着娇艳的刘海，戴着水晶的耳环，最后是一身淡紫色的缎子衣服。这少女，手里一边弄着一条手巾，却并不向房间里瞄一眼,静静地从过道里走了过去。正在这当儿,那老太婆又叽叽咕咕地讲起什么。而且一边讲一边得意地朝着我笑。事到如今,这老太婆的来意,不用岛津翻译也已明白了。我把双手按在这矮个儿老太婆的肩上,立即让他来了个向后转,并且对她喊道:"不要!"

这当儿,岛津回来了。

那天晚上,我和岛津一起,上城外的酒馆去了。岛津是个俳句诗人。他写过一句自画像式的俳句:"老酒喝得醉醺醺,父亲的侧影。"由此可见,这位俳句诗人自然是位酒中豪杰。而我却是几乎不能喝酒的。我之所以能在酒店的一角呆了将近一个来小时,一来是岛津的德望之力,二来是因小酒馆里飘逸着那种小说中的市井氛围。

这样的小酒馆总共看了两家。为了方便起见,这里只介绍一家。这是一家店面的后堂,高高的顶棚,左右两旁是白墙。房间的尽头,也不知是什么缘故,装的是大格子窗户。因而即便是夜晚,也能看得见马路上往来的行人。只是桌子和椅子的油漆已经有些剥落。原来似乎是漆成紫檀颜色的。我与岛津隔着桌子相对而坐。我一边嚼着甘蔗,一边不时地给岛津斟酒。

我们的旁边,有两三个脏兮兮的人在饮酒。对面白色墙壁的边上,堆着没有挂釉子的酒坛,一层叠一层几乎要堆得碰上天花板。据说,上等的老酒该装在白瓶子里。这家酒店的金字招牌上写着"京庄花雕"之类,准是在吹大牛吧。你看,连那只睡在门口的狗,都瘦得可怕,而且头上长满了疮痂。耳边传来驴子从马路上通过的铃铛声,以及像是沿街挨门卖唱的艺人的胡琴声。在这些喧嚣声中,旁边桌上的那些人不知何时起,兴高采烈地开始划起拳来。

这当儿,有个满脸粉刺的男子,把一只脏兮兮的桶子拎到我肩膀一般的高度,一边向我的桌子走过来。我瞧了一下桶里装着的物品,有点儿混沌不清,像是几个带点儿紫色的猪内脏之类。

"什么呀,这是?"

"是猪胃和猪心。用来下酒,倒是蛮不错的。"

岛津一边回答我的提问,一边掏出了二枚铜板。

"先生,可以先做一只吃吃看,已经腌过一下了。"

当我看见一片旧报纸上托着两三只脏腑的时候,不由得想起了远在东京医科大学的解剖学教室。且不说母夜叉孙二娘开的黑店如何,今天在明晃晃的电灯光下,居然卖着此等菜肴。真不愧是个老大古国,果然与众不同。不用说,我是一口也未尝。

二十二 大运河

我们坐在了上等舱里。这是一条从镇江开往扬州的、河上行驶的汽轮。说是上等舱,听起来好像挺阔气。其实这汽轮的上等舱,与奴隶船的船舱无大差别。事实上,我们也是坐在船舱漆黑的盖板上。这盖板下面,估计就是船底。如此说来,所谓上等舱,又从何谈起呢?那是因为这里毕竟有个舱,而下等舱是在船的屋顶之上,即便要称之为"舱",也是无"舱"可称的。

船舱之外,便是那有名的长江。长江的水是赭色的。这一点,连中学生也是晓得的。然而这赭色到底赭成什么程度,如果不是泛舟江上,则是无法想象的。我在上海期间,只要看见黄浦江水,便会想起黄疸病的黄色。现在想起来,黄浦江的黄色是因掺杂了海水的缘故,才没有比黄疸病的黄色更加严重。可长江的水色要比黄浦江赭黄得多。唉,如果要找出一种近似的颜色来,不妨说与铁锈的颜色一模一样。这赭红色的长江水浩浩荡荡,无边无际。波涛起伏的江水上,笼罩着紫色的朦胧烟雾。特别是今天,阴霾密布。这种赭红色更加令人感觉到沉闷忧郁。江面上,有数不清的中国式三帆船。除此之外,还有一艘飘着英国国旗的二桅汽船,正全神贯注地与浊浪搏斗。当然，其实不用搏斗，也是可以航行的。当全身涂成雪白颜色的汽船缓缓溯江而上时，总给人一种搏斗的感觉。我大约用了五分钟左右时间，向长江表示敬意。之后便躺在冰凉的舱板上，无意间竟然睡着了。

我们是昨天夜里十二点左右从苏州火车站乘上火车的。抵达镇江已是黎明时分。来到站外一看，黄包车夫们还没有聚起来，只有几只乌鸦在阴沉沉的杨柳依依的天空盘旋。我们进了火车站前的一家茶馆，想先弄顿早饭吃了再说。茶馆刚刚开门，说是要吃面条，一下子还做不出来。这时候，岛津吩咐茶馆的老板，只要是吃的，随便什么拿一点来。而这样索要现成食物，肯定不会是上等的东西。实际上吃在嘴里，那感觉是有点儿像烤麸，又有点儿像腐竹。总之，以后可不想再吃那种古怪的东西。——自然，饱尝了那些艰难困苦之后，坐上汽船便松了一口气。同时，感觉困倦想睡觉了。

我小睡了一会儿之后，再向船舱外望去时，汽船不知何时或已过了瓜洲。只见一条草色青青绿带般的长堤，就在眼前移动着。这里已不是长江，而是隋炀帝开凿的、全长二千五百英里的、世界第一的大运河了。但从船上望去，这运河并不怎样雄伟。在淡淡日光照耀着的土堤上，有时闪过蔬菜的青色，有时看见农夫的身影。此情此景，有点儿像开往铫子的汽船船舱里，眺望葛饰的平原。甚至有一种平淡无奇的感觉。我又衔上了一支香烟，想酝酿一下怀古的诗情，以便在报社让我写游记时，有个准备。可是，当我开始酝酿的时候，却发现并不如想象的那么容易。首先，我的思路全被那《中国旅游指南》破坏殆尽。下面举几个例子，大体如下：

我：啊，听说炀帝曾叫人在这堤上种植万枝杨柳，每十里建一亭子。堤是昔日之堤，而炀帝今何在？

《指南》：堤已非昔日之堤。自隋朝经唐五代之后，元明清各朝皆定都北京，要江南供应粮食，运河曾多次修建。望着这堤上青青草色，怀想隋炀帝昔日之功勋，与伫立银座尾张町街头怀念太田道灌，是一样的事情。

我：大运河之水不分今昔，悠悠然南北相通。可隋朝却如一场春梦般，顷刻间土崩瓦解了，不是吗？

《指南》：运河之水，也已南北不相通了。在山东省临清州，早已可在大运河的河床上种植庄稼。所以大运河之通舟楫也就到此为止。

我：啊！昔日啊！美丽的昔日啊。纵然隋朝灭亡，与彩云般的丽姬一起泛舟运河的风流天子的荣华，犹如一道雄伟的彩虹，横跨在历史的空间。

《指南》：炀帝并非沉湎于淫逸。那是大业七年，为了使远征高丽的计划和准备不致暴露，只是表面上装出一副悠游行乐的样子。可以认为，运河是为了紧急时刻从江南运送粮食而特地开凿的。你是否将《迷楼记》与《开河记》之类历史小说同正史混为一谈啦。那些俗书不足信。特别是《炀帝艳史》一书，作为小说也是低劣之作……

我吸完一支烟。与此同时，也放弃了想写一首诗的念头。有一头驮着小孩的毛驴，在春风荡漾的河堤上，与我们所乘的汽轮朝同一方向走去。

二十三　古扬州（上）

扬州城的特点，首先是它的破旧寒酸。二层楼房几乎看不见。就连平房，放眼望去，也全是一副穷酸相。街上所铺的石头凹凸不平，且到处都积了泥水。在我这见过苏州和江州的人眼里，说是感到悲哀，也并非夸张。我坐在满是泥土的人力车上，经过这样一条条街道，到达盐务署门前时，不由暗暗思忖：所谓腰缠十万贯，骑鹤游扬州，肯定是没啥意思的。

　　盐务署门前，有卫兵与石狮一起把守着。我们告诉来意之后，便沿着那长长的石板路，来到里面一处硕大的官衙门前。然后按照侍者的指引，来到一间铺了草席的会客室里。会客室外面的庭院里，有一棵像是梧桐的树木，透过它的树梢望去，可以看见下着绵绵细雨的天空。官衙里静寂无声，不知道人在哪里。我突然省悟到，直到今天都是这副光景，那么当时的欧阳修啦、苏东坡啦和古代的文人墨客们，在赏玩本职工作的诗酒之余，任个一官半职也就没有问题的了。

　　等了一会儿之后，进来一位穿西服的官员，看起来又像老年人又像年轻人。这就是扬州唯一的一位日本人，盐务官高洲太吉先生。我们带来了上海小岛先生给高洲先生的介绍信。要不，像我这样没出息的人，也许是不会想到来扬州的吧。即便来了扬州，如果不认识高洲先生，恐怕也难以愉快地参观访问。各位读者，请大家原谅，我在这里要向小岛梶郎先生表示感谢。读过我《上海游记》的诸君，想必还记得，小岛先生是位颇具俳句诗人气质的绅士，他曾为了樱树在他那小小的庭院里开花而洋洋得意过。——且说高洲先生在一张大桌子对面请我们二人就座之后，便愉快地谈起了各种事情。据先生自己说，外国人在扬州当了官的，前有马可勃罗，后有他高洲，仅此而已。我听了他这话，对他肃然起敬。可现在回想起来，我当时有点儿失策，少讲了这么一句话。那就是：今年今月今日今时，进了这扬州盐务署的人，早一脚进去的有岛津四十起，晚一脚进去的，唯有本人而已。

　　在受招待吃了面条之后，我们为了观览扬州，便与高洲先生一起走出了盐务署大门。这时，有两三个卫兵一齐向我们行擎枪之礼。虽然细雨已经停歇，雨过天晴，但街上仍是泥泞不堪。我一想到要在这般泥泞中步行去看所谓古迹，不禁感觉十分沮丧。但问高洲，说是参观游览全坐画舫。要是坐画舫，自然就用不着垂头丧气了。我一听他说坐画舫去，脑际立即闪过这样的念头，扬州虽大，我却要把它游个遍。

在高洲先生的府邸稍事休息，过了不到三十分钟，我们终于坐上了系在门前的一艘盖有船篷的画舫。画舫由一位衣着邋遢的船老大用竹篙径直向河心撑去。河面很狭窄，且水的颜色也不知为何，是黑乎乎的。说实在的，这与其称之河，倒不如称之为沟更合适。在这黑乎乎的水面上，游荡着家养的鸭子家养的鹅。两岸有时出现脏兮兮的白墙，有时出现长得并不茂盛的菜花田。偶尔也出现堤岸崩塌的、长着杂树林的寂寥的原野。但是不管如何，却根本看不到杜牧那首名诗所咏唱的"青山隐隐水迢迢"的意境。特别是有时见到一座砖造的桥，有时又见到三十来岁的中国女人下到水边，在清洗着沾了泥浆的鞋。这些景致大伤诗兴。而这还算是好的。最叫我为难的是这条大沟的臭气。我呼吸着臭气，一动不动地坐在船上。总觉得肋膜附近又有点儿微微作痛。但是高洲、岛津两位先生却都满不在乎地谈论着，就像是泛舟在芬芳四溢的河流上。我深信不疑，日本人一在中国住下，嗅觉似乎就会变得迟钝起来。

二十四　古扬州（中）

走完这条水道，尽头处有一开挖的水闸通向城门。水闸处有人值班看管。因此，只要有船开来，便会打开闸门。过了水闸来到对面一看，只见河道突然变得开阔起来。画舫的左边，扬州城高大的城墙连绵伸展。城墙顶上的瓦楞之间，有的地方青草蔓延，仿佛罩了一张网；有的地方，茂密的灌木丛生。这情景与杭州、苏州并无差别。在水道与城墙的交界处，有一隆起的河中沙洲，其泥土的颜色一直延伸到芦苇丛的对面。画舫右边多竹林。竹林中有一家农户。农户的墙壁上,贴满了一大片"牡丹饼"大小的东西。确切地说,就在现在,在这家农户的门前,还有一个戴着鸭舌帽的男子,在不断制作着这种"牡丹饼"。我猜想,这到底是什么东西呢?原来这是在晒牛粪,以备冬天当柴烧。

但在穿过水闸之后,水也没有刚才那么臭了。看来景色也随画舫的向前行进越来越美。特别是,在一大片竹林之后,有一座古色古香的茶馆——听说这一带有个挺风流的名字,叫"绿杨村"。实际上倒也名副其实。由画舫望去,只见茶客们围着桌子一边喝茶,一边放眼河中。脸上露出一派太平景象。真不愧是绿杨村里的居民。

这期间,我们的画舫前面,出现了另一艘画舫。乘坐于画舫上的全是女人。而且那撑篙的,梳着日本式的辫子,上面插了朵红色的玫瑰花。我当时思忖,再过五分钟,我们的画舫将超到他们前头,到时得瞧一瞧这位扬州美人。但是,画舫在走完沿城墙的这段河道之后,水路也就同时分开了。她们的画舫向右拐,而我们的画舫则无情地向着与她们相反的方向掉转了船头。当我回过头去目送她们的时候,只见她们船过的水路上,两岸的芦苇丛相夹的静寂间,留下了一道淡白色的水光。"二十四桥明月夜,玉人何处教吹箫。"我突然觉得,杜牧的这句诗,未必是夸张。看来,扬州的风物之中,有一种愉快的烦恼,甚至让我这样的人都要化作诗人了。

船老大用手中的竹篙拨开河面上的水草前进。不久,画舫从一座巨大的石拱桥下穿过。桥呈弓形的石面上,写着许多白字,大多是排日的口号。现在已记不得是用粉笔写的,还是用油漆写的了。通过桥下之后,画舫按高洲先生的命令,向右岸斜插过去。那儿柳树成荫,枝条低垂,一直伸展到水边。

"你问刚才那桥吗?那叫大虹桥。这岸叫春柳堤。"

高洲一边叫船老大停船,一边这么告诉我说。

我们爬上春柳堤，只见路那边一片麦田的远处，有一座草色淡淡的小山。而在这小山之上，排列着几只小小的土馒头，犹如土拨鼠拱起的土堆似的。我心想，坟墓要是像这么个形状，倒也不坏。不知为什么，我一直觉得，在扬州的泥土之下，连死人都在微笑似的。我悠悠然地在柳树荫下，向徐家花园方向走去，一边背诵着依稀记得的缪塞等人的诗篇。缪塞——但是，当时背诵的到底是缪塞的诗，还是别人的诗，也已记不确切了。事实上，只不过嘴里嘟囔着"柳、墓、水、恋、草"这样一些适合此情此景的词语而已。当我这么随意浅吟低唱的时候，便觉得真的进入了缪塞咏唱的诗境。

　　在看过徐家花园之后，我们又乘上画舫，按刚才的方向，溯河而上。这么一来，河对面开始出现了闻名遐迩的五亭桥。五亭桥一名莲华桥，同样是一座石拱桥，是座颇为奢华的桥，桥上建有五座亭子。中间一座，左右各两座。桥亭的柱子和栏杆都涂着红漆，显得很古朴。虽说此桥奢华，可也造得并不低俗。只是，我觉得，桥台的石色，可以显得更加苍老一点。然而，从总体的感觉来说，此桥把中国式的风雅推向了极致，甚至令人觉得，周边那丛生的杨柳和芦苇与此桥的风雅有点儿不协调。等到五亭桥以淡青色的天空为背景，从柳树丛中露出倩影时，我不由得微微一笑。西湖、虎丘、宝带桥——这些景致自然也不能说不好。但让我感到幸福的首先是扬州。至少从离开上海以来，其他地方皆无法相比。

二十五　古扬州（下）

　　"五亭桥畔，有座喇嘛塔。听说这座寺院又叫法海寺，涂了红色颜料的大殿不必说，连喇嘛塔也已荒芜不堪。但是，那巨大的晶头形白塔，巍然耸立于稀疏的竹林上空。这景致不可谓不壮观。我们在寺院中徘徊之后，又乘上了画舫。

"河两岸依然是凄清的、长得密密麻麻的芦苇。其间夹杂着柳树和槐树。法海寺的对岸，记得是乾隆皇帝的钓鱼台。在这洋溢着水乡情味的风景中，有一古亭。水路的尽头，便是平山堂所在地的蜀岗。由画舫远远望去，松林、麦田以及红土的山崖，色彩斑驳的蜀岗景色，皆富画趣。其中一个原因，也许是因为蜀岗之上，在能见到的一片片蓝天里，春天的云彩在静静地移动。——是光的微妙变化起了作用吧。

"但是，从画舫上岸之后，至少在传说是欧阳修所建造的平山堂一带，依然是异常清静幽雅的去处。平山堂位于法海寺境内，与法海寺的大雄宝殿并列。当我们跨进光线昏暗、有股凉飕飕尘埃气味的平山堂时，也不知为什么，有一种很高兴的心情。我时而读着匾额和对联，时而观赏着栏杆外面的景色，在堂中久久徘徊。平山堂的主人欧阳修不用说，就是那到此游过的乾隆皇帝，一定也像今天的我一样，曾经享受过这般悠闲的心境吧。从这个意义上说，我虽一介凡夫俗子，也与古人达成了默契。平山堂前，长着两棵白皮松，亭亭玉立，枝丫已经超过平山堂高大的屋檐。我仰望着两棵松树，不由得想起郑苏戡先生阳台外同样栽种的那棵白皮松。松树的枝丫遮蔽着蓝天，不时传来杜鹃的声声啼鸣……"

我的信还没写完，一边继续写着一边"喔"的一声向高洲点头致意。因为这时，高洲端来一碗决明子茶放在我面前。——我们参观了名胜古迹后便返回高洲的府邸。这府邸是一幢用稻草铺了屋顶的房子，前面有一个宽阔的庭院。往好处说，有点儿像中国的庵堂；往坏处说，则有点儿近似于种有绢丝草的盆景。但是，庭院中的花草之多，绝非绢丝草的盆景所能比拟。特别是，此刻在暮色苍茫中，隐约露出千日莲和雏菊的身影，令我有一种读着明星派和歌似的心境。——我一边眺望着玻璃窗外盆景似的庭院，一边推开还没有写完的书信,悠悠然啜了一口滚烫的决明子茶。"每天饮决明子茶,可保你无病长寿。咖啡也好,红茶也好,我是都不喝的。从早到晚只喝它。"

高洲同样面对茶水,大吹起决明子的功效来。想来,所谓决明子茶,是一种香草籽儿煎泡而成的茶。如果在里面放入牛奶和砂糖,作为饮料,倒也是不坏的。

"也就是说,这属于何首乌一类的吧?"

岛津喝了一口茶之后,拂去沾在口髭上的水滴后问道。

"喂,何首乌可是淫药啊。决明子可不是那种东西。"高洲回答说。

我不顾他们的上述对话,又开始写起信来。

"我们计划今晚在高洲处住一夜,然后再折回镇江。与岛津,估计将从镇江起分道扬镳吧。我在访问苏州期间,曾与岛津大吵了一场。可如今,却觉得怎会与如此一位好汉吵架的呢?此事不必挂念。"

"据坊间传说,高洲是个大官,年薪有几万元之多。就说这个房间吧,也远比旅馆要好得多。有一张红木做的床,房间里还摆着种种古董。只是因为床不够,我和岛津才有了同睡一条长椅上的命运。而且,说是要把二人的枕头放在相反的方向。也就是说,头和脚并排着。这样一来,我的头很可能被岛津的脚蹬到一边。而岛津这双脚,是踏遍赤县山河的脚。正因如此,这双脚是何等结实有力,我是一清二楚的。想到这么一双脚整夜横在我的枕头边上,确实很不开心。犹如从前的那位袈裟夫人,一边准备要挨盛远的打,一边不声不响地独自睡觉。今天晚上,我也得事先做好……"

我飞快地把信藏了起来。

"这信写得真长啊。"岛津似乎有些不安。他在房间里来回踱步,一边向我的信瞄了一眼说道。说不定,岛津自己内心也有点惴惴不安，担心他的头被我的脚蹬到一边去也未可知呢。

二十六　金山寺

"对联的文句也变了么。你看，那里贴的一副是：独立大道，共和万岁。"

"是的，这边一副也是新的。上面写的是：文明世界，安乐人家。"

我们二人坐在人力车上，在左摇右晃中这样交谈着。狭窄的道路两旁，排列着小饭铺啊、小客栈啊之类，哪一家都是脏兮兮的。读着这些小店门口贴着的红纸上的对联，如刚才所说的那样，内容大抵都是符合新时代的对句。我们现在正在通过的，已非昔日吴中的门户镇江，而是"民国"十年的镇江，早在公元一千八百六十一年，就因《天津条约》被迫开港了。

"刚才看见一个小孩儿，穿着通红的衣服。"

"嗳，是的。在一位胖胖的主妇怀里抱着……"

"那是啊，那是生了天花。"

我立即想起四五年里没有种过牛痘的事儿来。

这期间，我们的人力车来到了镇江火车站前。查过火车时刻表，要乘开往南京的火车，还有一个多小时的空余时间。既然还有时间，就只好去看一下山顶有塔的金山寺。我们一经商量决定，便又立即成了人力车上的客人。不过说是"立即"，事实上与以往一样，讨价还价还是用去了十来分钟时间。

人力车首先经过的是颇为原始的贫民窟区。这里鳞次栉比地排列着一间间临时搭就的小屋。小屋屋顶盖的是稻草，但几乎很少看见涂了泥土的墙壁。大多是用草席或芦苇围作墙壁。这些棚户的屋里屋外，有男男女女在走动，个个长着一张阴惨惨的脸。我望着棚户后面的高大芦苇,只觉得很可能又会患上天花。

"怎么啦,那条狗?"

"这条狗真稀奇,身上一根毛都没有。可看着真让人难受啊。"

"那可全是梅毒啊。听说它会传染给苦力或别的人。"

接着经过的地方,有一条河,有木材店——总之,像是个木材堆置场。这里家家户户的门口都贴有小小的红纸条,纸条上写着"姜太公在此"云云的字句。这准是咒语一类的语句,犹如日本的"为朝御宿"之类。渡河来到对岸,经过一处萧条的市街,便见围着红墙的寺院大门。门前有一乞丐,一直坐在松树根上,也不知为什么,正在做着深呼吸。说不定,那是为了博得他人的怜悯而做出的痛苦之状。

不用说,眼前的这所寺院就是金山寺。我们弃车之后便在寺内转了一圈。然而,毕竟要赶火车有时间限制,所以没法从容参观。寺院倚山而筑(据说古代这里是一个岛),所以每个大殿都渐渐向高处去。我们沿着大殿与大殿之间的石阶,一忽儿上一忽儿下,走马观花。初步的印象是:这金山寺像一幅自然天成的未来派绘画,错综复杂而结构巧妙。当时的印象确实如此。如把当时记在笔记本上的话抄录下来,大体就是如此。

"白色的墙。红色的柱子。白色的墙。干巴巴的石板。宽阔的石板。紧接着又是红色的柱子。白墙。梁间的匾额。栋梁上的雕刻。金色的、赤色的、黑色的栋梁。硕大的金鼎。僧侣的头。头上留着的六个香火烫出的痕迹。长江的波涛。呈黄褐色冒着泡沫的波涛。无边无际、此起彼伏的波涛。宝塔的屋顶。屋顶甍瓦上的草。被宝塔的甍瓦分割的天空。镶嵌在壁上的石刻。金山寺的绘图。查士票的诗。空中飘来的燕子。白壁与石栏杆。苏东坡的木雕像。黑瓦、红柱以及白墙。岛津在摆弄相机取景。宽阔的铺路石板。门帘。突然响起的钟声。落在石板上的青葱。……"

光写这些,或许根本无法让读者弄明白。但是要让读者明白,重新写又煞费周章。要是在平常,费点事儿自然也不怕。可今天我在名古屋,而同来的菊池宽正在发烧呻吟。这一点,要请读者们谅解。请求各位权当已经明白。在写完这一节之后,我又得出差到菊池宽的病房里去。

二十七 南京(上)

到达南京的那天下午,我与一个叫什么名字的中国人一起,为了先看看南京城内,与往常一样,我们成了人力车上的客人。夕阳余晖照耀下的这座城市,在夹杂着洋房的一排排房屋后面,时而看得见种了小麦和蚕豆的田地,时而又有养着白鹅的池塘。且在比较宽阔的马路上,行人不多,稀稀落落。问带路的中国人,他说,南京城内五分之三是农田和荒地。我望着路边的柳树、倒塌的土墙以及成群的燕子,有点儿想发思古之幽情。与此同时,直觉得若能把这些空地买下,或将发一笔大财,成为暴发户。

"有人能现时买下这些空地就好啦。浦口(南京对岸的城镇)发展繁荣起来了,地价准会飞涨的啊。"

"不行。中国人都不考虑明天。根本不会有人去买什么地皮的。"

"那,你就考虑一下么。"

"我也不会去考虑。——首先,我是无法考虑。房屋会否被烧,家人会否被杀,明天的事儿谁知道啊。这儿与日本可不一样。唉!如今的中国人,不去盼望孩子的前程,只是沉湎于酒色。"

这期间,不知从什么时候起,马路两旁开始出现了热闹的商店街,有服装店、书店等等。上次爬灵岩山返回苏州城里的途中,曾经好几次迷路,终于天都黑了下来。结果连人带驴一起跌进了水田，连衬衫都被雨淋了个透湿。真是尴尬极了。我那双小山羊皮制作的皮鞋上，留下了两三个大洞，也算是一次纪念。现在我幸运地发现了一家鞋店，深感需要买双鞋。于是便令人力车夫把车停在了鞋店的橱窗前面。

走进鞋店一看，发现门面比预料的更大。店里只有两个皮匠正在埋头做鞋。四周的大玻璃柜子里，不用说摆放着许多西式皮鞋，还有各种各样的中国鞋，有黑色的、桃色的、水色的——而中国鞋则是用缎子做的鞋面，因而那大大小小并排放着的、男女老少的各种中式布鞋，在夕阳的映照下，倒也令人觉得有那么点儿莫名的美感。加之柜台前的店老板，长得皮肤白嫩，面色和善。正因如此，当我发现此人是个独眼龙时，真是叫人倍觉难受。我有点儿沉浸在浪漫的情调之中，一边在现有的鞋子中挑选着。我甚至有点儿觉得，会否在这家鞋店的货架上，放着人皮缝制的淑女鞋呢。可我买的鞋全无浪漫。这是一双实价六块钱的高统皮鞋。颜色呢？后来我穿了这双鞋遇见村田乌江君时，他给了个毫不留情的评价。说是"这颜色很怪啊，倒像是穿了一个书包在走路。"事实上，这是一双黄不黄黑不黑、颜色很怪的红鞋。

穿上新鞋之后，又坐上人力车，来到一大片全是贡院建筑的大街上，贡院是从前文官的考场，听说整个面积达十万平方米，共有两万六百间房子，规模大得不得了。走马观花所见的印象是：贡院的房屋与间隔成一间间的长条房子没有太大差别。可我看到耸立在黄昏天空里的，只有那墙壁显出微微白色的明远楼，以及无数房间脊瓦连在一起的情景。我不仅没有壮观的感觉，相反却觉得很凄凉。我眺望着贡院的屋顶，突然感到天下的考试制度，全都是很无聊的。与此同时，我还想对天下的落榜书生献上满腔的同情。各位之所以在考试中落榜，并不是由于各位的无能，而仅仅是一种偶然的不幸所造成。自古以来，中国的小说家为了把这种偶然说成是必然，编织了以各处贡院为舞台、讲述因果报应的鬼怪故事。然而那是不足信的。不，确切地说，这些鬼怪故事正好证明了小说家们明明知道，偶然对于考中和落第有多么巨大的威力。各位落第的书生们，你们即便没有考取，也不要怀疑自己的能力。因为，你们怀疑了自己的能力，就是毁灭了你们自己。与此同时，也是将作为你们前辈的考官们，推入了精神杀人犯的深渊。举例来说，我没有考及格，可是我对自己的才智和能力，却是从未有过一丝一毫的怀疑。为此，当时考我的各位考官先生后来与我相遇，看来才没有受到良心的责备……

"贡院的房子本来还有不少。"

带路人突如其来的说话声，让我从妄想中惊醒。他一边回头看着我，一边用手指了指贡院凄凉的屋脊对我说。从那里飞出来许多蝙蝠，只见一个个小黑点在空中飞舞。

"有一段时间，这里曾用作议员的选举场所，可是去年以来，已拆掉了不少房屋。"

我们乘坐的人力车，在这样的氛围之中，向着有名的秦淮河边奔去。

二十八 南京（中）

我在旅馆的西式房间里，嘴里衔着一支有点焦糊味的香烟，正在记下昨日走马观花、浮光掠影参观过的秦淮风光。这是一家日本人开的旅馆。房间角落里竖着的那扇油漆涂成的、色彩刺眼的山水屏风，给我带来非同一般的烦恼。加之那涂了劣质奶油的烤面包，从刚才到现在一直哽在我的胃门处。我感到有点儿怀乡的情绪。与此同时，用钢笔飞快地连续书写着。

"过秦淮的孔庙。时间已是薄暮，庙门早已关闭，不让人进去。门前一年老的说书人,在一群闲人的包围之中,讲着三国演义之类的故事。说书人掌中挥动的纸扇,舌端吐出的诙谐,令人想起日本十字街头的'讲释师'(说书艺人)。

"自桥上眺望,秦淮乃平凡之河沟也。河宽与本所之竖川相仿。据说,两岸栉比的是人家、菜馆或妓楼之类。人家的上空透着树的新枝。见有三四艘无人的画舫,系在暮霭沉沉之中。古人云:烟笼寒水月笼沙。这般风景已不可见。说来,今日之秦淮,乃俗臭纷纷之柳桥也。

"于水畔之饭馆吃晚饭。据说此乃一流之菜馆,然室内不甚洁净。涂了油漆的雕有菊花的木柱子,到处是瓜子壳的地板,水平低下的四君子(梅兰竹菊)水墨画的挂轴——总而言之,今日中国之菜馆,可以说是个除了味觉之外,其他任何感官都无法得到满足的场所。所食者,八宝饭,甚佳。结账两人共三元二角,包括小费在内。进餐期间,邻室有胡琴声,继而有歌声响起。遥想古代,一曲《后庭花》曾愁煞诗人。可如今之东方游子,已不再那么多愁善感。我与嘴里涨满了松花蛋、已带微醺的带路人,商谈明日之行程多时。

"出饭馆,已经入夜。万家灯火,照着载有妓女的人力车,宛若行走在代地①的河岸一般。然,却不见一姝丽。心中窃疑,《秦淮画舫录》中之美人,真正的美人,有几个呢?至于《桃花扇传奇》中的香君,则不独秦淮之妓家,即便遍历四百余州,亦恐无一人矣。……"

我忽然抬起头。这才发现身穿中装的报社同事五味君伫立在桌旁。他里面穿一件蓝色的大褂,外面罩一件看来挺暖和的黑色马褂。称之为仪表堂堂也不为过。我在向他打招呼之前,首先向他这

---

① 东京地名。

身中装表示了一点儿敬意。(后来我穿的中装,曾使北京的日本人诸君感到难堪。完全是这位五味君的坏影响。)

"今天我来当向导。先看明孝陵,然后去莫愁湖。"

"是吗?那就马上出发吧。"

与其说我是想看名胜古迹,不如说是想消化一下胃里的面包,便立即把手伸进了大衣袖子。

一小时后,我们二人已走在一座十分壮观的石桥上,为了去看钟山的明孝陵。孝陵因长毛之乱,大部分楼阁已被烧毁。所以环顾四周,到处长满了杂草。在这荒草萋萋之中,有的地方竖立着巨大的石像,有的地方还残留着大门的石基。这些景象,绝非站在奈良郊外的绿芜之中,遥想古代身佩银柄宝刀的贵公子时,心中生起的那缕幽情所能比拟的。举例来说,就说这座石桥,在各处的石头缝隙间,开着一簇簇蓟草花,这本身就是吟咏怀古诗词的意境。我强忍着想要呕吐,一边抬头仰望钟山的松柏,一边尽力回忆前人所咏六朝金粉如何如何的诗句。

总之,孝陵本身(也不知是否就是它),最后耸立着的是一堵高大无比的石壁。石壁正中有一条缓慢上坡的地道,其宽度大致可以通过一辆汽车。就连这地道的高度,也只有石壁整个高度的四分之一光景。当我伫立在地道的入口处,仰望淡黑色石壁正上方那晚春的晴空时,也不知为什么,只觉得自己的身体仿佛突然缩小成一只小鸟。紧接着,我向那石板路边的草丛中吐了几口酸水。

通过了这段地道之后,又爬了一段石阶,最后终于来到孝陵的最上方。这里既无屋顶,也无柱子。只留下一圈围绕着的赤壁。四周长着茂密的小树和杂草,以及满壁的涂鸦。荒芜之状依旧。可是,当我站在陵上眺望的时候,只见在劳燕分飞的蓝天之下,刚才走过的石桥且不说,就连正殿、郭门、淡白色的陵道等等,阳光照耀下的绿色山河,均向远处连绵伸展。而五味君则如叡山的将门一般,俯视着眼下行走的几个男女,他们都变成了一个个移动的黑点,显得十分悠然。风儿吹拂着他们的衣衫。

"你看,因为今天在西门外有高跷表演,所以来看热闹的人很多啊。"

但是头戴鸭舌帽、嘴里含满了酸水的我,尽管扮演着藤原纯友的角色,现下却连问问高跷是何物的力气都没有了。

二十九 南京(下)

我一回到旅馆,便立即爬到床上躺下。胃部依然很疼。看来有些发烧。也不知为什么,直觉得这么躺着,会怀抱旷世的大志突然死去。我向进屋来沏茶的、梳着西式发髻的女佣打听,有没有按摩师。女佣回答说,没有专职的按摩师,要是理发兼按摩的师傅也行,那倒是有的。我就对她说,管他是理发的,还是澡堂的,只要会按摩的,快点去给我叫来!

女佣大吃一惊退出后,我掏出和久米正雄一块儿买的镀镍怀表来看时间,三点刚过几分。今天只是参观了明孝陵,莫愁湖没能去成就直接打道回府了。我在西湖曾凭吊了苏小小,在虎丘凭吊了真娘,本想也凭吊一下三美妓之一的莫愁,可身体已成这般模样,也就只好不去看了。唉,记得今天与五味君一起上秦淮的菜馆去吃中饭时,刚喝了一口鲍鱼汤,便感到胸口堵得喘不过气来。好一会儿,几乎连口都开不了。弄得不好,除胃病之外,肋膜炎又复发了也未可知。——我就这么思绪滚滚,直觉得在五六分钟之内,就有可能一命呜呼,命归黄泉。

这期间,突然耳际传来人声。我抬起朝下伏着的脸,只见一个高个子的中国人站在床前。我吃了一惊。事实上,突然发现这么一个人高马大的男子出现在油漆屏风前,不管他是谁,都会感觉不舒服的。况且,此人一看见我,便慢慢地捋起穿了中山装的袖子来。
"什么,你是?"

我大声吆喝,可他全然不动声色,只是回答说:"按摩。"

我不由得苦笑着向他做了一个"请揉吧"的手势。可是这个理发按摩师,既不揉也不敲,只是顺着脖子背脊的方向一个劲儿地抓我的筋肉。但是,我却无法小看他。我觉得石板一样板结的身子,渐渐地松弛下来。我便胡乱地用"好,好"来夸奖他。

按摩完了之后,我睡了两个来小时的午觉,元气大有恢复。五点,五味君和多贺中尉(多贺是我少时爱读的《家庭军事谈》的作者。在这里,我按当时该书的署名,决定用"多贺中尉"这个名字。这也是我最感亲切的名字,而现在他署什么名字,我却不知道。)约好,由当年的中尉请客吃晚饭。为此,我用剃刀刮了一下胡子,又穿上了黑色的西服。五点之前,大致已经打扮完毕。

那天夜里,我与多贺中尉一边大嚼着海带和干鱼,一边谈着他的《家庭军事谈》。而海带也好,干鱼也好,则是所谓"抵抗疗法"这一以毒攻毒的菜单的一部分。中尉是个颇具军人气质的、令人感到很有脊梁骨的人物。而他的谈吐却不俗。我和中尉时而谈着桂月先生,时而与同时被邀的另一位年轻客人谈论江南风光,竟在一段时间里忘了自己乃带病之身。特别是这位年轻的客人,把板栗之类的吃了个精光。而且显得风流倜傥。此情此景,至今依然印象鲜明。

吃完晚饭之后,我们又在客厅里叙谈了一阵子。客厅里摆着一些近似古董的东西。如中国人从地下挖出来的古代物品,以及画家田夫的红色山水等。我曾因房间那扇油漆涂成的屏风烦恼过好半天。因而,当我随意地落座在此地室内的安乐椅中时,颇感愉快。加之所幸的是,中尉似乎并不具有很深的鉴赏古董的眼光。因而不会滔滔不绝地大谈唐三彩啦怎么怎么的。

这期间，话题不知不觉地转移到了生病之事上。

"住在南京，最怕生病。自古以来，在南京生了病，如不早早回日本，那是没有一个人能够得救而活下来的。"

多贺中尉满口酒气这样断然地说。这话又像说笑话，又像是当真。然而这结论却叫人很不放心了。"没有一个人能得救而活下来的"——当我听到这话的时候，立即又有了命在旦夕的心情。同时，决定明天一有火车便回上海去。栖霞寺也好，莫愁湖也好，都不想看了……

第二天我便回了上海。第三天的早晨，在细雨蒙蒙之中，我去里见医院的门诊所，接受了医生的叩诊和听诊。诊断结束后，里见医生一边洗着手，一边笑着对我说："没有什么问题。你觉得不好，是神经作用。"

"可还是得去汉口，再从汉口去北京啊。医生，你看……"

"这么一点旅行是不要紧的嘛。"

我还是觉得挺高兴。可高兴之余，心灵深处却隐藏着一丝失望也是事实。因为好不容易回到了上海，结果却只是白费劲。里见先生是个好医生，可惜不是一个好的心理学家。如果我是他的话，即便对方无病无灾，大概也会这样诊断的：

"右肺上有点炎症，以马上住院为好。"

大正十一年（1922）一月—二月

长江游记

前　言

这是三年前游中国、溯长江而上的纪行。在当今这样瞬息万变的世界上,像三年前的纪行这类文章,也许不会给任何人带来兴趣。然而,在人生的航程中行进,归根结蒂,一切追忆都是几年前的纪行。我希望爱看我文章的各位读者,犹如对待堀川保吉①那样,能否对这篇《长江游记》也稍加眷顾呢?

我在溯长江而上的时候,其实一直怀念着日本。但是,今天我身在日本,在酷暑难当的东京,却怀念着那汪洋恣肆的长江。长江?不,不光是长江。还怀念芜湖、汉口、庐山的松树以及洞庭湖的波涛。我希望爱看我文章的各位读者,犹如对待堀川保吉那样,能否对我喜欢追忆的爱好也稍加关注呢?

一 芜湖

我与西村贞吉一起走在芜湖的街道上。这街道与别处一样,也是连阳光都照不到的石板路。街道两边挂着一些银楼啊、酒栈等司空见惯的招牌。来中国已有一个半月的今天,自然已不觉得什么新鲜和好奇。加之每有独轮车通过,车轴研磨发出"叽依、叽依"的刺耳噪音,听了叫人头疼。我脸色阴沉,不管西村对我说什么,都只是马马虎虎应答着。

西村为了请我来,曾多次寄信到上海。特别是到达芜湖的那天夜里,特意派了艘小汽轮来接我,并预定了宴会为我接风,对我表示出种种好意。(而且,由于我所乘坐的凤阳丸从浦口起航的时间晚了,他的这番苦心全都化为了泡影。)此外,在抵达他的公司住宅唐家花园后,他又为我们准备了饮食、衣服、寝具,给以无微不至的关照。实在令人诚惶诚恐。这么说来,即便仅仅为了这位东道主,在芜湖逗留的两天,也应该是过得愉快的。然而,当我看到西

---

① 芥川系列小说的主人公。

村那似蝉般双眉紧锁的脸,我那绅士派头的礼让,便立即消失得无影无踪。这并非西村的罪过,而是我俩过于亲密的罪过。我们之间相互称呼时,不是"你我",而是"你这家伙,我这家伙"。否则,当我们面对街道中央撒尿的猪而公开表示极度不快时,也许会多少收敛一点儿吧。

"芜湖真是个差劲的地方。唉,不光是一个芜湖,我对于中国早已腻烦透了。"

"你这个人,总喜欢卖弄小聪明,也许中国不合你的脾性。"

西村懂英文,可是日语却很蹩脚。"卖弄小聪明"一语说成了"卖弄小明聪"。"鸡冠"这个词,又说成"冠鸡",而"怀里"则弄成了"里怀"。其他又如"冒冒失失"说成了"失失冒冒"。除此之外,把日语的发音顺序弄颠倒的事,几乎数不胜数。我并非为了教西村日语才专程从日本来芜湖的,所以一路上只是对他绷着脸,始终一言不答,只顾走自己的路。

这当儿,在比刚才稍宽的街道上,有一家门前并排放着不少女人的照片。在它前面,有五六个人仔细盯着照片上的脸,并在轻轻地说着什么。我问西村,这是什么地方。他回答说,这是"济良所"。所谓"济良所",并不是养育院,而是收容和教养妓女的地方。

在城里转了一圈之后,西村把我领到一家叫做倚陶轩的大花园菜馆去。据说,这里从前曾是李鸿章的别墅。但进到园里时的感觉,却仿佛洪水退去之后东京的向岛一带。花木稀少,土地荒芜,"陶塘"的水浑浊不清,屋子里空荡荡的。这光景,几乎可以说与日本人概念中的"茶屋"这一名称,相去最远。我们一边看着屋檐下挂着的养有鹦鹉的鸟笼,一边品尝着唯有味道总算还不错的中国菜。但从受请吃这顿饭的时候起,我对中国的嫌恶之感,渐渐开始带有了点要大发作的味道。

那天夜里，我在唐家花园的游廊里与西村并排坐在藤椅里，大讲现代中国的坏话，那模样简直到了荒谬可笑的地步。现代中国有什么？政治、学问、经济、艺术，不是全在堕落吗？特别是，要说到文学艺术，嘉庆、道光以来，有一部可以引以为豪的作品吗？而且，国民不分老少，尽在讴歌太平。是的，在年轻的国民之中，也许出现了一点儿活力。然而事实却是，他们的呼声还缺少巨大的热情，以至于还不能震撼全中国国民的心。我已经不爱中国。我即使想爱她也爱不成了。当目睹中国全国性的腐败之后，仍能爱上中国的人，恐怕要么是颓唐至极沉迷于犬马声色之徒，要么是憧憬中国趣味的浅薄之人。唉，即便是中国人自己，只要还没有心灵昏聩，想必比起我一介游客，怕是更要深感嫌恶的吧。

我滔滔不绝，口若悬河。游廊外的槐树树梢，静悄悄地沉浸在月光之中。这槐树树梢的远方，那怀抱着几个古池的白墙市街的尽头处，想必是长江的流水。这汪洋流水的尽头，就有日本的岛屿和山脉，那是犹如苍鹭向往蓬莱仙岛那样，我心向往的去处。啊，我多么想回日本去啊。

"你这个人，不是随时都能回去吗？"

受思乡病的感染，西村在月光下踱步徜徉。他看着一只硕大的飞蛾，一边几乎是喃喃自语般地这样说道。不管从什么角度来考虑，我在芜湖的逗留，看来对于西村来说真是一无所获。

二 溯江

我先后坐了三艘汽船溯江而上。从上海到芜湖坐的是凤阳号，从芜湖到九江坐的是南阳号，从九江和汉口则是大安号。

乘坐凤阳号的时候，同船的船友中有一位地位颇高的丹麦人。这位客人的名字叫卢系，用英文写则是"Roose"。听说他在中国走南闯北,已经二十余年。所以,你如果把他看作当世的马可·波罗,是不会有错的。这位好汉,一有空便抓住我以及同船的田中君,给我们大讲他在中国的见闻。例如一条二十多英尺长的蟒蛇的故事,广东侠盗兰海仙(汉字该用什么字,连卢系自己也说不清楚)的故事,河南直隶的饥荒以及如何捕捉虎豹的故事等等,真是滔滔不绝。其中特别有意思的是,一次他与同一餐桌的一对美国夫妇,谈论东方人与西方人对待爱情的态度。那对美国夫妇尤其是那位夫人,就像是让自己脚上的高跟鞋,来表现西方对东方的蔑视似的,是个极其傲慢无礼而妄自尊大的女人。根据她的看法,中国人不用说,就连日本人也是不懂得爱的,他们对于爱情的蒙昧无知是很可怜的。听了这话,正在吃一盆咖喱饭的卢系,立即表示反对。他说道:"完全不是这样。东方人也是懂得爱情的。举例来说,一位四川的少女……"接着卢系大吹起他拿手的中国见闻来。这时,那位夫人停下刚剥了一半香蕉皮的手,反驳说:"不,那绝不是爱情。那只不过是单纯的怜悯而已。"于是卢系又举出另一个例子,坚持自己的观点。他说:"那么,有一个东京的日本少女……"最后,大概惹得那位美国夫人怒火中烧了吧,她突然离开餐桌,与丈夫一起扬长而去。直到现在我还清楚地记得卢系当时的那张面孔。卢系先生向在座的黄色人种伙伴投去一个腼腆的微笑,且用食指拍着额头,嘴里说了句"narrow minded"(小心眼)。不巧,那对美国夫妇在南京下了船。要是一直溯江而上的话,准会有更多好戏可看的吧。

在从芜湖乘坐的南阳号上,碰巧与画家竹内栖凤先生同船。栖凤先生他们也在九江下船,而且也要登庐山。因此使我与他的公子竹内逸等人有机会一起愉快地继续溯江而上。只是我这里称之为"公子"是有些别扭的。公子当然是公子。可也许是因为谈话十分投机的缘故吧,用"公子"这样的称谓,又让我觉得太过疏远或不够交情。不管怎么说,长江虽大,毕竟不是大海,既没有船体的横向摇摆,也没有船体的纵向颠簸,船儿只是一味地撕开机器传动带似的滚滚流水,悠悠地向西前进。仅从这一点来说,长江之旅对于要晕船的我来说,也是颇愉快的。

如前所述,江水是近似铁锈的黄褐色。然而极目望去,远处大江的尽头,在蓝天的映衬之下,大体上有点儿呈钢青色。此时,有两三张长江里有名的大筏正从上流顺水而下。以我亲眼的目睹,有张大筏上还养着猪呢。因此若是特别巨大的木筏,说不定上面还能载上一个村落呢。虽说是筏,但也是有屋顶、有墙壁的,实际上是一幢飘浮在水面上的屋宇。据南阳号船长竹下的说法,乘在这些筏上的,是云南、贵州等地的土人。他们从那里的山中出来,凭借万里浊流的冲力,悠悠地顺江而下。而当他们平安地抵达浙江、安徽等地的城镇时,便把筑作木筏的木材换成钱。这段路程,短则四五个月,长则一年上下。离家时刚刚怀孕的妻子,返家时已生下小孩当了母亲。但是在长江上来去的,不用说,并不只是这类木筏那种原始时代留下的遗物。有一次,也曾看见一艘美利坚的炮舰,正在对由一艘小汽艇牵引的目标进行实弹射击。

长江江面开阔,这在前面已经写过。但是因为有三角洲把江水分成两股,所以当离开一边江岸很远的时候,也必有一边看得见岸上的草色。不,不光是草色,甚至能看见水田里的稻苗在风中摇曳,看见长在水里的杨柳树、呆呆站立的水牛和一座座连绵起伏的青山。我在去中国之前,曾和小杉未醒先生交谈过。那时先生便提醒我旅途中应当注意的事项。之后补充说道:

"长江的水位很低,且江岸非常高,所以你要到船的最高处去,也就是船长呆的——那叫什么来着,不是有一处很高的地方吗?你得到那里,才看得远。那地方,一般的船客是不让去的,你得想法子蒙一下船长……"

我心想，这可是老前辈的提示，所以无论在凤阳号上还是在南阳号上，为了自由自在地观看江上景色，我一直想蒙骗船长。谁知南阳号的竹下船长，没等我去蒙他，他已热情地把我请到了位于大会客室顶上的船长室。可是登上船长室一看，倒也并不觉得风景有什么变化。实际上，即便是在甲板上，也可以清楚地看到陆地。我好生奇怪，先向船长坦白了蒙他的打算，然后请教为何会那样。听了我的话，船长笑了起来。说道："大概因为小杉先生来的时候，正值长江枯水期吧。汉口附近的水位，夏天和冬天的高低要相差四十五六英尺呢。"

三　庐山（上）

在吐出嫩叶的树木枝丫上，挂着一头猪的尸体。这头猪还是被剥了皮的，后脚朝天地挂在那里。被脂肪覆盖的猪体，白得看了叫人难受。我远远地瞧着它，心想，把猪倒吊起来，到底有啥好玩呢？同时觉得，如果说把猪吊起来的中国人是低级趣味的话，那么，这被吊起来的猪也是够蠢的。我想，世界上没有一个国家比中国更无聊的了。

这期间，一大帮苦力为了准备我们乘坐的轿子而大声嚷嚷。这喧哗声叫人心烦。不用说，这些苦力，没有一个长得像样儿的。而特别狰狞的是苦力头的那张脸。这个苦力头的草帽上围着一条黑带子，带子上写了一圈英文，意思是"牯岭苦力头"。从前，英国作家沃尔特在小说《快乐主义者马利乌斯》中说，从耍蛇人戏耍的蛇脸上，感觉到类似于人的某种东西。而我却从苦力头的脸上，感觉到了类似于蛇的某种东西。中国越来越不中我的意了。

十分钟后，我们一行八人，在藤椅轿子的摇晃下，开始攀登全由石块造就的山路。所说的一行人中，有竹内栖凤先生的一帮亲信，还有大元洋行的太太。坐在这轿子里，比预料的要舒服。我伸长了双腿，把它们搁在轿棒上，一路欣赏着庐山风光。这么说来，似乎景色宜人。其实风光一点儿也不奇绝。只是在茂密的杂木林里，开着一朵朵水晶花。完全没有那种到了庐山的特别感觉。要是这样，何必来中国，爬一下箱根的古道就够了。

前天晚上，我在九江下榻。旅馆就是大元洋行。我在它的二楼躺着读康白情的诗。这时，从停泊在浔阳江上的中国船里，传来三弦之类乐器的弹奏声。听着这声音，确也令人有一种风流之感。但是第二天早晨一看，即便想端起浔阳江上如何如何的架子，其实这也同样是一条水流黄浊的河沟，根本不见什么"枫叶荻花秋瑟瑟"之类的雅趣。河面上有一艘木头造的军舰，像是讨伐西乡隆盛时用的那一种。这艘伸着古怪的炮口的军舰，就停在琵琶亭附近。那么暂且不谈"萧瑟秋风"如何如何，总以为会跳出一个浪里白条张顺或黑旋风李逵那般的好汉。谁知从眼前的船篷里，却露出来一只丑恶可怕的屁股。而这屁股居然又大胆而（写到这里，请原谅我说话粗俗）从容不迫地向江中拉着粪便……

我回想起昨天的种种见闻，不知不觉间竟睡着了。大约过了几十分钟之后，轿子停下了。睁眼一看，就在紧贴我们鼻尖的地方，屹立着一面胡乱地用石板堆砌而成的陡坡。大元洋行的老板娘解释说，这里轿子上不去，请大家走一走。我便不得不与竹内逸一起，开始爬那陡坡。风景依然平凡无奇，只是时不时看见坡道的右边或左边，有几枝野蔷薇在炎炎烈日下蒙着尘埃。

一会儿坐轿，一会儿又要走路。总之，在反复经过了又可恨又累人的折腾之后，终于来到了牯岭的避暑地。这时大约已是下午一点左右了。而这所谓的避暑地一角，与轻井泽的近郊无甚区别。不，更确切地说，在这红土秃山的山腰，杂乱无章地开着几家中国油灯店和酒店，此类店铺的景色比起轻井泽来，更是等而下之。环顾四周，只见西洋人的别墅，没有一幢造得精致而漂亮。这些别墅的屋顶是用洋铁皮做的，涂了红蓝两色油漆，格调低俗，在烈日的照耀之下，散发着热气。我一边擦着汗，一边猜想：这位开拓了牯岭租界的牧师爱德华·利特尔先生，因为在中国待的时间长了，估计也已丧失了判断美丑的尺度和眼光。

但是，穿过街道时，眼前出现一片宽广的草地。在蓟草和除虫菊的花朵之中，水晶木上长着水灵灵的水晶花。草地的尽头，有一幢四周围着石墙的小红房子，背靠着磊磊石山。日本国旗在屋顶飘扬。当我看到这旗帜的时候，我想起了祖国。更确切地说是想起了祖国的米饭。因为这幢房子就是能填满我的辘辘饥肠的大元洋行的支店。

四 庐山（下）

吃饱饭之后，突然冷气逼人，毕竟是海拔三千尺。是的，尽管庐山不怎么样，可光这五月天的寒冷，该是弥足珍贵的了。我坐在临窗的长沙发上，眺望着山岩上的松树。我想向庐山作为避暑地的价值表示一点敬意。

此时，出现在我面前的是大元洋行的老板。老板该有五十出头了吧，可他红润的脸庞，显示出他是一位体格健壮、精力充沛的活动家。我们和这位洋行老板一起谈论有关庐山的种种话题。老板颇为雄辩，或者说有点儿过于雄辩。总之，一时兴起，会把白乐天的名字缩略为"白乐"。仅此一点，就令人感觉到他的豪爽。

"所说的香炉峰，也有两个。这边的一个是李白的香炉峰，那边的那个是白乐天的香炉峰——这白乐的香炉峰是座秃山，上面一棵松树都没有……"

大体上是这么一种调子。这还算好的。唉，说什么香炉峰有两个,不如说对于我们倒是很方便的。把只有一个的东西弄成两个,也许是一种无视专利权的犯罪。然而,既然已经有了两个,那么即便弄成三个,想必也不会再有不法之虞。因此,我立即把对面的那座山命名为"我的香炉峰"。可这位老板除了雄辩之外,庐山在他眼里宛若情人一般,心中藏着一腔火热的爱恋。

"要说庐山这座山,古代留下的名胜古迹真多。什么五老峰啊、三叠泉啊等等。想要参观游览的话,时间再短,也得一个星期,或者十天左右才行。如果长一点,那么一个月也好,半年也好——只是冬天有老虎出没……"

这种"对于第二故乡的热爱",不光体现在这位洋行老板身上。居住在中国的日本人,全都拥有此等炽热的情怀。有教养有地位的人士,如果你去中国旅行而希望旅途愉快的话,那么就不要考虑遇到土匪的危险,而要对所谓"第二故乡的热爱"之心,保持足够的尊重。"上海的大马路和巴黎一模一样","北京的文华殿不比卢浮宫差","假画是一张也没有的"。对于诸如此类的说法,你得表示赞同才行。可是要在庐山待上一个星期,却是一件十分累人的事儿。那可不是单纯赞同一下就行的啊。于是,我首先战战兢兢地向主人诉说我的体弱多病,然后表示自己希望明天一早就下山。

"明天就要下山?那就什么地方都看不成啰。"主人以半带怜悯、半带嘲笑的口吻,这样回答我说。我原以为他会就此罢休了呢。不料他更加热心地劝说道:"那就马上去附近看看吧。"如果连这点都谢绝,那是要比上山去打虎更加危险的。我只得和竹内先生一行,出门去看我并不想看的风景。

按老板的说法,牯岭镇距此仅一箭之遥。可实际走起来,却要远得多。哪里是什么一箭两箭啊。道路在茂密的箭竹丛中向上蜿蜒,伸向远方。不知从什么时候起,我感到头盔下面在滴汗。与此同时,我终于对这天下的名山产生了新的愤慨之念。名山、名画、名人、名文——所有冠以"名"字的东西,都想把尊重自我的我等当做传统的奴隶。未来派画家大胆地喊出了破坏古典作品的口号。在破坏古典作品的时候,顺便也让庐山在炸药的火光里消失为好……

费了九牛二虎之力抵达目的地一看,只见山风中鸣响的松树之间,在眼下山岩环抱的山谷里,排着一幢幢红屋顶和黑屋顶的房子。这景致看起来比预想的要舒服。我在路边坐了下来,从口袋里抽出一支像宝贝一样藏着的日本敷岛牌香烟,点上了火。举目望去,看得见垂着镶了花边窗帘的窗子,放有草花盆景的露台,以及铺了绿草地的网球场。"白乐"的香炉峰姑且不论,作为避暑地的牯岭,看来是足以消夏的。我在竹内先生一行快步走向前去之后,口里仍然衔着香烟,呆呆地俯视着山谷里一幢幢房屋的窗户,隐隐看见窗户里那些朦胧的人影。同时不知从什么时候起,眼前出现了留在东京的儿子的小脸……

大正十三年(1924)八月

北京日记抄

一 雍和宫

今天也是中野江汉君领路,午后去雍和宫参观。我对喇嘛寺之类,根本没有什么兴趣。不,不如说我是非常讨厌喇嘛寺之类的。可它既然是北京的名胜之一,从写游记的需要来说,按理也不能不去瞧一瞧。连我自己都觉得真够辛苦的。

我们坐着脏兮兮的人力车,终于来到寺院门前。只见果然名不虚传,是所很大的寺院。可是,要说大寺院,一般总得有个大殿的，而这喇嘛寺却不见有什么大殿，只是由永祐殿、绥成殿、天王殿、法轮殿等几个殿堂聚合在一起的混合体。这情形与日本的寺院不一样。喇嘛寺的屋顶是黄颜色的，墙壁是红色，台阶用大理石砌成。除此之外，还有石狮子和青铜做成的惜字塔。（据说是因为中国人爱惜文字，拾到字纸便投入此塔中。这是中野的说明。换句话说，把它想象成带点儿艺术性的、青铜做成的废纸箱，也就行了。）这里还立着乾隆皇帝的一块"御碑"，因而可以说气氛几近庄严。

　　第六处的东配殿，有四尊木雕的欢喜佛。给看守殿堂的一枚银币，他便拨开绣幔来让我们看。所有的佛像皆蓝面赤发，背上生出好几只手，脖子上挂着无数人头作为项链，都是些丑恶无双的怪物。第一尊欢喜佛骑在披着人皮的马背上，血盆大口里衔着一个小孩；第二尊欢喜佛，脚下踩着一个象头人身的女人；第三尊站着在奸淫女人；第四尊——最令人敬佩的是这第四尊，第四尊欢喜佛站立在牛背上，而这头牛居然正在奸淫一个仰卧着的女人。不过这些欢喜佛却丝毫没有给人以色情的感觉，只是满足了某种残酷的好奇心而已。第四尊欢喜佛的旁边，是一只半张着口的，同样是木雕的大熊。这只熊，如果听一下它的来历的话，准又是什么的象征。熊前有两个军人（蓝面而手持黑缨枪），大熊的后面跟着两只小熊。

　　此外，记得是在宁阿殿，耳际传来类似馄饨摊吹的唢呐声。于是便探头往里看，只见两个喇嘛僧，吹奏着形状古怪的喇叭。其他几个喇嘛僧，头上各戴一顶或黄或红或紫的毛茸茸的三角帽。这情景虽然多少有点儿画趣，可令人觉得他们全不是好人。给人留下一点儿好感的，仅仅是那两个吹喇叭的喇嘛僧。

　　后来，我又与中野君沿石板路向万福殿走去。这时，从万福殿跟前的一幢楼上，有一守楼的卫士探出头来，做着手势，要我们上去。我们沿着狭小的木梯往上爬。到楼上一看，只见这里也有用布幕遮着的佛像。可看守不肯轻易打开布幕来。只是一个劲儿地打手势，要我们拿出二角钱来。几经交涉，他终于妥协成一角。打开布幕，里面是一堆长着蓝面、白面、黄面、赤面、马面等的怪物。还长着好几只手臂。有的拿着斧头或弓箭，有的则挥舞着人头和人的手臂。而且右脚长的是鸟脚，左脚则是野兽的脚。可以说颇有点儿像似狂人绘画。却不是我们所预料的欢喜佛。（只是，这怪物在脚下踩着两个人。）中野君当即瞪了眼睛说："你这家伙撒谎！"于是，守楼人大为狼狈，连连说"有这个，有这个"。所说的"这个"，是蓝色的男根。一具隆隆男根，不去生儿生女，却枉自在此为守楼的赚取香烟钱。悲夫，喇嘛佛的男根啊。

喇嘛寺的前面，有七家喇嘛画师的店。画师总共有三十余人，听说都是西藏来的。我们进了一家叫恒丰号的店里，购了几张喇嘛佛的画。这样的画，据说一年能卖上一万二三千元。可见喇嘛画师的收入也不可小观。

二　辜鸿铭先生

访辜鸿铭先生。由书童引路，我们来到一处白墙上挂着拓本、地板上铺了草席的厅堂。直觉得不定在草席里面藏着臭虫。但可以说，这是一间值得称道的颇叫人喜欢的厅堂。

等了不到一分钟，有一目光炯炯的老人推门进来，用英语说了声"欢迎来访，请坐"。不用说，这是辜鸿铭先生。一条灰白的长辫，一身白大褂儿。先生的脸，如果鼻子的尺寸再短一些的话，就有点儿像一只硕大的蝙蝠。先生与我交谈时，桌子上放几张粗糙的日本纸，一只手扭动着铅笔，一边快速地写着汉字，一边嘴里连珠炮式地讲着英语。对于像我这样英语听力靠不住的人来说，这种交谈的方法，可谓方便极了。

先生生在南方的福建，留学于西方的爱丁堡，娶东方的日本女人为妻，住在北京。为此号称"东西南北人"。英语不必说，听说还会德语、法语。可先生与年轻的中国人不同，对于西洋文明并不买账。他在大骂基督教，大骂共和政体，大骂机械万能之余，看到我穿了一身中装，便说："不穿西服，令人钦佩。可惜还缺条辫子。"与先生谈话三十分钟后，忽有一个八九岁的少女，羞答答地进得厅堂来，想必是先生之令爱（先生的夫子已入鬼籍）。先生将手放在小姐的肩上，用中国话低声说了句什么。小姐便启开小口，背诵起日语的拼音字母来。看来是夫人生前所教。先生满意地微笑，却引起我些许感伤，只是一味盯着小姐的脸庞。

小姐离开之后，先生又为我论及段祺瑞，论及吴佩孚，同时论及托尔斯泰（听说托尔斯泰曾给先生来过信）。论过来，论过去，先生可谓意气风发，眼光越发如炬，脸庞越发似蝙蝠。在我即将离开上海之际，是琼斯握着我的手曰："紫禁城可不看，然勿忘去见辜鸿铭。"琼斯之言，诚哉信然。我有感于先生所论，问道："为何先生感慨于时事而不参与时事？"先生回答了几句，因讲得太快，不巧我未能听清。"请先生再讲一遍。"我重复地说。于是先生便似有所恨地在粗纸上大书曰："老、老、老、老、老……"

一小时后，告别先生的府邸，徒步向东单牌楼的旅馆走去。微风，吹拂着马路两边合欢树上的花；斜阳，照耀着我身上的中式服装。而先生那酷似蝙蝠的脸，仿佛至今仍未从我的眼前消失。当我将要走上大街的时候，我回头看了一眼先生家的大门——心里思忖：请您幸勿怪罪。我在感叹先生之老之前，首先赞美了我自身的幸福，因为我至今仍年轻，而且有为。

三 什刹海

中野江汉君领我游览的名胜古迹,不仅有北海、万寿山,亦有天坛那般谁都去看的地方,而且还有文天祥的祠堂,杨椒山的故居,以及白云观和永乐大钟(这大钟已一半埋在了土里,事实上正被用作公共厕所)。这些全是仰仗中野君当向导,才得以一见的。但是最有意思的,当数今天与中野君一起去看的"什刹海游园会"。

说是游园,却并没有什么庭院。只是在一个很大的荷花池四周,有一些用苇席搭起来的临时茶室。除此之外,记得还有一家门外挂着刺猬或大蝙蝠招牌的马戏团。我们走进其中一家临时茶室。中野君品尝着玫瑰露酒,我则呷着中国茶,在这里坐了两个来小时。如果要问,这又有多大意思呢?我的回答是:也没什么特别的意思,有意思的仅仅是看人而已。

荷花尚未开放,我在观察池塘四周岸边槐树和柳树树阴下的游人,以及前后临时茶室里的人们。只见一个老爷子衔着水烟管,一个少女梳着两条小辫儿,一个道士正与一个士兵在说话,一个老婆婆在与卖杏人讨价还价。此外有卖仁丹的,巡路的警察,西装笔挺的年轻绅士,中国旗人的妻子——要这么数落下去,那是数不完的。总之,你可以认为,我有一种身处中国"浮世绘"之中的心境。特别是那旗人的妻子,头上顶着个黑布或纸做的盖头,也说不上是个发髻还是冠冕。脸颊上,则整个儿抹满了胭脂,已无古风可言。而她们之间相互行礼时,则屈一下膝,而不弯腰,把右手往地下方向垂直地下垂。这动作可以说既有点奇特,又很有优雅之趣。这就难怪法国小说家洛蒂在日本皇宫举行的赏菊御宴上,见到日本的宫女时,也会感到一种不可思议的魅力。我心中跃跃欲试,真想向旗人的妻子行一下中国式的礼仪，同时说一声"您好"。但是，我最终没有屈从此种诱惑。这事儿至少对中野君来说是件幸事。因为即便从我们所进的这家茶室来看，室中央横着一根圆木，把茶室隔成两半，是绝不允许男女同席的。例如，父亲带着女儿来茶室，那么就得把女儿放在圆木对面，自己则坐在这边，让女儿隔着圆木在对面吃着点心。这情形，令我在佩服之余，也省察到了这样一点：如果我向旗人的妻子行礼的话，恐怕会立即被问之以"败坏风俗罪"，而扭送到警察局或别的什么地方去。中国人的形式主义也可以说是够彻底的了。

我对中野君讲了上述观感，中野君先是一口气喝干了玫瑰露酒，然后慢吞吞地说道："中国人的形式主义，那的确是很惊人的。不是有条环城铁路吗？那火车是绕着北京城的城墙走。在建造这条铁路的时候，有一段线路通过城内了。这么一来，可就不成环城啦。为此，在通过城里的那部分线路的内侧，即在原有的城墙里面，又造了一堵城墙。总而言之，这种形式主义也真是了得。"

四　蝴蝶梦

我和波多野君还有松本君一起，受辻听花先生之邀，去看昆曲。京戏自到上海以来，已看过多次，而昆曲则还是第一次看。按惯例，我们还是仰仗人力车，在穿过了几条狭窄的街道之后，来到一座名叫同乐茶园的戏院。进了一座门口贴着红底金字海报的、古色古香的砖瓦建筑大门——虽然我说是"进了大门"，却并未买票。原来在中国看戏，是可以随便进门的，进去看了几出戏之后，再给来收钱的戏院堂倌，按规定付上戏票的钱。这是规矩。依照波多野君的说明，这是根据中国式的思维逻辑：在没有弄清戏演得好看还是不好看之前，怎么能先付钱呢？这规矩对于我们看客来说，不能不说是一种非常合适的制度。闲话少说，且说我们进了砖瓦建筑的戏院大门之后，只见在没有铺地板的泥土地面大厅里，放着一排排的凳子，上面杂然地坐了一些看客。这个戏院的此种情景，与其他戏院是一样的。唉！比起昨天梅兰芳、杨小楼等主演的东安市场吉祥茶园，或比起前天余叔岩、尚小云等主演的前门外三庆园，这家戏院自然更加邋遢一些。从人堆里穿过之后，我们刚要登上楼座，一位醉态可掬的老人，头顶盘着插有玳瑁簪的辫子，手执一把芭蕉扇，正在徘徊。波多野君对我耳语道："那位老爷子就是樊半山。"我顿生敬意，伫立在楼梯半腰，久久地注视着这位老诗人。心里思忖：当年醉意陶然的李白，恐怕也是……由此可见，在我身上也还残留着几分文学青年式的情感。至少在事关国际文学的事情上依然如此。

在楼座，蓄着疏须、穿着立领西服的辻听花先生，已比我们早到了。先生是精通中国戏曲的佼佼者。这一点，从不少中国名伶拜先生为义父之事上，亦可得知。扬州的盐务官高洲大吉曾颇为得意地说，作为外国人在扬州做过官的，前有马可·波罗，后有他高洲大吉。可是作为外国人，在北京能如此精通中国戏曲的，却仅仅只有他听花散人一人。可谓前无古人，恐亦后无来者。我在先生右边、波多野君左边落座（波多野君也是《中国戏曲五百出》一书的作者）。尽管我今天没有带来两卷本的中国戏曲解说书《缀白裘》，但却可以说，今天我也具有半个戏通的资格。（后记：辻听花先生有用中文撰写的《中国戏曲》一书问世。那是由顺天时报社出版的。在我即将离开北京时，风闻先生还有一部日语撰写的《中国戏剧》。为此，我请先生将书稿交给我。我经朝鲜回到东京之后，曾劝说二三书肆出版此书。可书肆皆愚不可及，不肯听取我的建议。然而天公给了这些愚人一点儿教训，此书将由中野汉江等组建的中国风物研究会出版。顺便在此做点儿广告。）

且说坐定之后，我当即点上了一支香烟。向楼下看去，只见舞台的正中垂着红色的丝幕，舞台的前方围着栏杆。这情形也与其他戏院无异。此时一个扮成猴子的演员在台上，只见他一边唱着什么曲子，一边挥舞着手中的棍棒。我瞧戏单上有《火焰山》这出戏，不用说，这猴子不是普通的猴子，而属我从小就很尊敬的齐天大圣孙悟空是也。悟空的旁边，看见还有一个既未穿戏装，也未施粉黛的大汉，正挥动着一把三尺多的大团扇，不断地给悟空煽风。我心想，此人总不会是罗刹女吧，那么或者是牛魔王或别的什么角色？我轻声地问边上的波多野君。据他说，这是舞台上的勤杂人员，正在代替鼓风机给演员煽风呢。此时，牛魔王看来早已战败，逃到舞台后边去了。几分钟之后，悟空也翻了一个十万八千里路的筋斗——说是这么说，实际上只是跨着大步悠悠地向鬼门道退去。可惜的是，因为对着樊半山看出了神，却没有看着孙悟空与牛魔王在火焰山下的大厮杀。

《火焰山》之后是《蝴蝶梦》。一位身穿道袍的先生在舞台上悠悠迈步。这大概就是《蝴蝶梦》的主人公庄子吧。另外，还有一位眼睛大大的美人正与庄子喃喃私语，那该是这位哲学家的妻子了。至此，倒是一目了然。可时不时舞台上又出现两个童子。他们象征着什么呢？却不清楚。"那是庄子的孩子吗？"我又一次打扰波多野君，问道。波多野君稍作哑然，回答道："那可就是蝴蝶啊。"可是，无论怎么偏着心眼来看，也没法说是蝴蝶。或者，因为是六月天，要说是代表灯蛾，倒还未尝不可。只是本戏的故事梗概，我也是事先晓得的。出场的人物既已知道，总不至于"瞎子窥篱笆——白看"的。更确切地说，事实上，这出戏是在我所看过的六十多出中国戏之中，最有趣的戏。本来，《蝴蝶梦》的故事梗概是：庄子也和一切贤人一样，怀疑女人的真心，于是便用道术装死，想试试妻子的贞操。妻子为庄子之死而长吁短叹，身穿丧服，还做着什么悼念活动。可当楚国的一位公子来吊丧的时候……

"好！"

此大声叫好者乃辻听花先生也。我当然并非不习惯此种叫"好"，但是从未听到过像先生这样颇具特色的叫"好"声。如果要从古往今来求其匹配，则长坂桥头横着丈八蛇矛的张飞的一喝，庶几近之。我吃惊地看着先生，先生指着远处说："你看那边挂着块不准怪声叫好的牌子。怪声是不可以的。而像我这样子叫好是可以的。"伟大的法朗士啊，你的印象批评的理论，确是真理啊。怪声与非怪声，是无法用客观的标准来衡量的。我们认为是怪声的——但是这些议论，容日后再进行吧。让我们重新回到《蝴蝶梦》。且说，楚国的公子前来吊丧，庄子的夫人立即喜欢上了这位公子，以至于把庄子给忘了。不仅忘了，而且当公子突发急病，知道只有吸用人的脑浆才能让他免于一死的时候，便挥舞板斧，劈开棺材，想取庄子的脑浆。可是，打扮成公子的，原来就是蝴蝶，便立即飞向天外。夫人不仅未能再婚，反而被阴险的庄子狠狠地整了一顿。故事到此结束。这可以说是一出对于天下女人极其不恭的讽刺剧。——这么说来，似乎可以写上一篇剧评了。其实我对于昆曲，是知其然而不知其所以然，只是觉得它没有京剧那么华丽，有点质朴之感。波多野君热情地为我作了种种介绍，并说："所谓梆子，就是秦腔。"云云。然而这些对于我，只能说是对牛弹琴而已。连我自己都觉得有点儿可悲。下面顺便记下我所看《蝴蝶梦》中各个角色的扮演者：庄子的夫人——韩世昌，庄子——陶显亭，楚国的公子——马凤彩，老蝴蝶——陈荣会等。

看完《蝴蝶梦》，我向辻听花先生道过谢，再次与波多野君、松本君成了人力车上的客人。此时，一轮新月悬在北京的天空。在熙来攘往的街道上，只见摩登女郎与西装革履的绅士手挽着手，亲密无间地行进着。这些摩登女郎一旦需要，也准会立刻——即便不是挥动板斧，也会用比板斧更加锐利的一笑，来提取老公的脑浆的吧。想起创作了《蝴蝶梦》的士人，想起古人对于贞操的悲观看法，在同乐园的二楼看台花费了几个小时，看来也并非一无所获。

五 名胜

万寿山。汽车飞驰，到万寿山的途中，风光很可爱。可万寿山的那座名叫泉石的宫殿，却是充分反映了西太后的低级趣味。在柳条低垂的水池边，有一艘形体丑陋的大理石画舫。听说此画舫名气很大。要是对一条石头造的船都这般感叹，那么面对钢铁造的军舰，便会晕倒了吧。

玉泉山。山上有一废塔。踞塔下俯瞰北京的郊外，景色比万寿山好得多。只是，用这山上的泉水所造的汽水，也许比景致更好。

白云观。洪太尉揭开石碣，放送一百零八个魔君的，说不定就是这地方吧。这儿有灵官殿、玉泉殿、四御殿等等，殿堂都在槐树与合欢树中金碧灿烂。顺便看了一下葡萄架后面的厨房。这也不是人世间那种厨房，门楣的匾额上写着"云厨宝鼎"四字，左右各垂着一条金字的对联，曰："勺水共饮蓬莱客，粒米同餐羽士家。"但道士也敌不过时势，正在为搬运煤炭而忙碌着。

天宁寺。此寺的塔，听说由隋文帝所建。只是如今的塔是乾隆二十年重修的。塔由绿瓦相叠，共十三层。屋檐为白色，塔壁呈红色——这么说来，似乎很漂亮似的，可实际上已荒废到目不忍睹的地步。寺院早已荡然无存。只见紫燕乱飞。

松筠庵。此乃杨椒山的故宅。一说故宅，似乎挺出风雅。可它与邮局同在一条胡同里，而且入口处写有"君子自重，有小便壶在此"的字句，真是杀风景至极。在铺有砖瓦、砌着石块的庭院前面有谏草亭，院子里放着许多盆紫萼。刻有椒山的"铁肩担道义，辣手著文章"文句的石碑，被用作了灯台。这也颇感滑稽。后生诚然可畏。椒山，也不知您解此语之意否？

谢文节公祠。这也在外右四区警察署第一半日学校门内。可不知谁是它的主人。在一座名叫薇香堂的正中，有叠山的木雕像。木像前放有锡箔以及镶了玻璃的灯笼等。除此之外，只有满堂的尘埃。

窑台。有不少中国人在三门阁下午睡。满目的芦荻。据中野君的讲解，北京的苦力，都在酷暑之际去外省打工，而苦力的老婆常在此期间去芦苇丛中卖淫，时价十五钱上下云云。

陶然亭。抬头望见"古刹慈悲净林"的匾额等。可是这些东西无关大局，由它去吧。陶然亭的顶棚由竹子扎成，窗子张有绿纱，而且这些窗子是纸糊的隔窗，都由一个个卍形的木框组成，采用向上开的方式。看来颇有特色，简朴而可爱。当我们吃着此地有名的素斋时，频频听到天空传来的鸟叫声。问服务生，那是什么鸟？答曰："你听一下便知道，那是子规在叫。"

文天祥寺。位于京师府立第十八国民高等小学校的隔壁，殿内安放着木雕像及牌位，上书"宋丞相信国公文公之神位"。这里也同样只见尘埃漠漠。殿前有一株硕大的榆树（？）。来到这样的地方，若是杜少陵，想必会作一首《老榆行》之类的诗词吧。我却不用说连一句俳句都没有。要知道，写英雄之死，也只可写一次，连续写两次，则不免令人感觉过于悲怆，说到底难于引发诗兴的。

永安寺。这座寺庙的善因殿，现在正被用作消防队的瞭望台。我衔着雪茄烟，站在殿上，紫禁城的黄瓦、天宁寺的宝塔、美国无线通讯用的电线杆等，皆历历在目，近在咫尺。

北海。垂柳、飞燕、莲池，以及面对于此的一座黄瓦丹壁大清皇帝小居宅。

天坛、地坛、先农坛。在偌大的大理石坛上，只见杂草丛生，荒草萋萋。正要来到天坛外边的广场时，突然间耳边传来一声枪响。问这是怎么回事，回答说是在执行死刑。

紫禁城。这完全是一场噩梦，一场比北京的夜空还要巨大得多的噩梦。

大正十四年（1925）六月

杂信一束

一　欧罗巴式的汉口

你瞧，倒映在这水洼里的英国国旗多么鲜艳啊——喔哟，差点儿撞上了人力车。

二　中国式的汉口

通红的夕阳照着这条碎石铺成的路，路的一边在卖彩票，一边在卖麻将牌。我形孤影单地走在碎石路上，突然体悟到了盔形防暑帽帽檐底下的汉口之夏。得俳句一首：满篮子酷暑，夕阳照着巴旦杏。

三　黄鹤楼

一幢名叫甘棠酒茶楼的红砖瓦茶馆，另一幢同样是红砖瓦的照相馆，取名"惟精显真楼"——除此之外，真是一无可看。而那呈黄褐色的长江，则在眼下一排排屋顶的那边，闪着白浪。长江的对岸是大别山，山顶上有两三棵树，还有一座小小的粉墙大禹庙……

我问:"鹦鹉洲在哪里?"
宇都宫答:"听说在左边可以看见。只是,如今成了杀风景的木材堆置场了。"

四　古琴台

一个梳着刘海的小妓,手拿一把桃红色的扇子,在面临月湖的栏杆前,望着在阴沉沉天空底下的湖水,望着在那稀疏芦苇和莲叶远处闪着黑黝黝亮光的阴天里的湖水。

五　洞庭湖

洞庭湖虽然号称为湖,可并非一直都是如此的一片汪洋。除了夏天以外,其他季节,只不过是在一片烂泥田中,留下了一条河道而已。——就如要证明这一点似的,只见一棵枯枝甚多的墨松,矗立在汪洋之中,它冒出水面有三尺来高。

六　长沙

这是一座在大街上执行死刑的城市,一座霍乱和疟疾肆虐的城市,一座能听得见流水声音的城市,一座即便入夜之后石板路上仍暑气蒸腾的城市,一座连公鸡报晓声"阿苦塔额滑丧"(与日语"芥川先生"发音相近)都像在威胁着我的城市……

七　学校

参观长沙的天心第一女子师范学校及其附属高等小学,由一位年轻的教师带领。她那副铁板着的脸,可谓古往今来所罕见。为了排日,女学生全都不用铅笔写字。为此书桌上都放着笔砚,用毛笔在做几何和代数题目。我想顺便看一看宿舍,请当翻译的少年去交涉。那领路的教师面孔板得更紧,回答道:"拒绝参观宿舍。前几天,五六个士兵闯入女子宿舍,强奸了女学生,这事件刚发生不久!"

八　京汉铁路

卧铺车厢的门上了锁。这可叫人惴惴不安哪!那么我的一只皮箱也顺便让他们帮我拎着吧。唉!这么一来,即便碰上土匪,也不怕了。——且慢!请问要是遇上土匪,不知是否要给小费?

九　郑州

宽广的马路边柳树枝头上,挂着两条辫子。而且这两条辫子上,聚满了数不清的绿头苍蝇,犹如串着两条花生似的。犯人那因腐烂而落地了的首级,也许已被野狗吃掉了吧。

十　洛阳

透过伊斯兰教的客栈窗子,在古老的卍字形窗格对面,可以看得见柠檬色的天空,看得见麦尘滚滚、暮色苍茫的天空。得俳句一首:

　　麦尘滚滚杏黄天,童子正欲眠。

十一 龙门

泛着黑光的壁上,至今还留着唐朝男女那端丽的面影,以及他们对佛的虔诚。

十二 黄河

如果要列举出火车过黄河期间,我所享用的物品,则有茶水两碗,枣子六颗,前门牌香烟三支,英国历史学家、评论家卡莱尔的《法兰西革命》两页半。除此之外,打死了十一只苍蝇!

十三 北京

环绕在黄色琉璃瓦紫禁城四周的,是合欢树、槐树组成的郁郁苍苍的大森林——究竟是谁把这么一大批森林称之为大都会的呢?

十四 前门

我:"哎哟,有飞机在天上飞,想不到你还挺时髦的嘛。"
北京:"不敢当。你瞧瞧这前门是什么模样儿?"

十五 监狱

参观京师第二监狱。有个判了无期徒刑的犯人,正在制作玩具人力车。

十六　万里长城

在看过居庸关、弹琴峡之后，我登上了万里长城。此时，一个乞讨的童子跟在我们后面，用手指着苍茫的山峦说："蒙古！蒙古！"可是，用不着查看地图就可知道他在撒谎。为了得到一个铜板，居然利用我等居于《十八史略》产生的浪漫主义，真不愧是老大国的乞丐，可敬可佩。只是在城墙的间隙里，可以看见雪绒花在开放，大有一种毕竟来到了塞北之感。

十七　石佛寺

在艺术活力的洪流之中，冒出几朵石头的莲花，它们发出快乐的叫声。光听着这些声音，我就觉得："这可真是在玩儿命啊。请让它们休息一会儿，喘一口气吧。"

十八　天津

我："走在如此西洋风格的大街上，也不知为什么，我特别感到一种乡愁。"
西村："你还只有一个孩子吗？"
我："不，我可不是想回日本，而是想回北京啊。"

十九　奉天

正当日暮时分，车站上有四五十个日本人在走动。当我看到这情景时，差点儿赞成了"黄祸论"。

二十　南满铁路

犹如一条蜈蚣在高粱的根部爬行。

大正十四年（1925）十一月

松江印象记

陈生保译

一

来到松江①,首先让我着迷的是那纵横贯穿于这座城市的河水,以及架设在河上的为数众多的木桥。河流多的城市并不仅仅是松江。可就我所知,那些城市的河水之美,大多因其所架的桥梁而丧失许多。因为这些城市的人,总爱在他们的河流上,架设那种三流水准的梳形铁桥,并以这种形态丑陋的铁桥作为他们的得意之作。我真高兴,能有机会在松江所有的河川上,发现我所心爱的木造桥梁。特别是它的二号、三号桥,以青铜栏杆作为主要的装饰,而这些青铜栏杆,是古代日本版画家所屡屡使用的。我对这些桥梁爱之弥深。抵达松江的那天,薄暮时分,我从略带灰色的绿水之上,望见受了雨淋而闪闪发光的青铜栏杆,颇感亲切。这一点已经无须在此重新描述。比起拥有这些木桥的松江来,日光的市民却在朱红色的神桥旁,造了一座面目可憎的钢铁吊桥。不智之举,实在可笑。

除了桥梁,让我着迷的还有这千鸟城的天主阁。天主阁,顾名思义,乃是与天主教一起,从遥远的南蛮②引进的西洋筑城技术的

---

① 日本岛根县的一个城市。
② 指南洋诸岛。

产物。而我们祖先对外来文化惊人的同化能力，使这天主阁的屋顶和墙壁全都彻底地日本化了。以致很少有人感觉到，这座基于外来技术的天主阁，尚有一种异国的情调。就像寺院的大殿和宝塔代表了王朝时代①的建筑一样，如果要寻找象征封建时代②的建筑物，那么除了天主阁，我们还能找出别的什么来呢？而且那些与明治维新一起诞生的、浅薄低俗的新文明的实利主义，已在全国各地毫不留情地破坏了这中世的伟大城楼。甚至有人曾提出，要把上野公园的不忍池填平，用以建造新住宅。想到此等可笑的时代思想，我觉得对于此种拆毁城楼的破坏行为，也只好容忍地付之一笑。天主阁是一件伟大的艺术作品。因而要让参与明治新政府的萨长土肥行伍之辈理解其价值，实在是非常困难的。事到如今，那些从上述幼稚的偶像破坏者手中幸免于难，并将把值得记忆的日本骑士时代传之后世的天主阁，只留下不到十座了。我衷心为松江的人们祝贺。因为这千鸟城③的天主阁，乃是名列其中的。站在这座城楼之上，俯瞰芦苇和蔺草茂密的护城河，只见在淡淡夕阳微曛笼罩下的天主阁，将它那寂静的白壁投影在鹨鹡鸣叫的水面上。我祝愿它高高屋顶上的瓦片，永远不会落地。

但是我在松江市所见到的，并非全部令人满意。仰望天主阁的同时，我也必须目睹那写着"松平直政④公铜像建设之地"的巨大木桩。唉！岂止是木桩。我还看见旁边张着铁丝网的小屋中，堆积着好几面古色古香的美丽青铜镜。它们是用来铸造铜像的材料。以寺院的钟来造大炮，这也许是危急之际无可奈何的行为。可是，在天下太平的时代，究竟有什么必要去破坏那些昔日的可爱的美术品

---

① 日本奈良朝、平安朝时代。
② 公元六世纪前后的镰仓幕府时代至明治维新。
③ 松江城的别称。
④ 松江藩之祖。江户幕府开创者德川家康之孙（1601—1666）。

呢？更何况，其目的不就是建造一座艺术价值低俗的、区区小铜像吗？另外，我禁不住要把与此同样的责难加之于"嫁之岛"的防波堤建造工程上。如果说，建造防波堤的目的是为了防止海浪的侵蚀，以保护嫁之岛的风光和韵味，那么这种粗劣的石墙，却损害了嫁之岛的风光和韵味。这正好与当初造堤的目的相互矛盾。"一幅淞波谁剪取，春潮痕似嫁时衣。"如果让咏唱上述诗句的诗人石埭翁[①]来看，这条像是一只只石臼连成的防波石墙，真不知道他会作何感想？

我对于松江，既有赞同的一面，也有不满的一面。所幸的是，这座城市的河水，在我心中唤起了爱恋。这种爱恋的强烈程度，足以压制任何不满。关于松江的河流，我希望在这篇文章之后，有机会再来谈论。

二

我在前文所赞许的桥梁和天主阁，全都是过去的产物。我之所以喜欢它们，绝非单单因为它们属于过去。它们除了具有所谓"古雅清寂"的偶然属性，在艺术价值上也具有不可抹煞的特色。为此，我不但喜欢天主阁，喜欢散落于松江市内的许多神社和寺庙（特别吸引我的去处是位于月照寺内松平家的祖庙和天伦寺的禅院），而且对于新添的建筑物，也愿意直言不讳地谈点儿自己的看法。不幸的是，我对建造在城山公园里的那座光荣的兴云阁，除了一种落寞的嫌恶之情，别无所感。而对农工银行等两三座新的大楼，却觉得有少许值得认可的价值。

全国的许多城市，全都向东京、大阪寻求自己发展的规范。但

---

① 永坂石埭（1845—?），汉诗诗人。

是将来即便建设成东京、大阪那样的城市，也未必非要走这两个城市走过的、同样的发展道路。毋宁说，用五年时间达到先进大城市十年时间达到的水平，乃是后进的小城市的特权。这些小城市要做的，并非东京市民如今醉心建造的、那些常为外国游客嗤笑的小铜像，亦非油漆加电灯制作的、被称之为广告的低级装修，而是要全力以赴地从事道路的修建，建筑的改善，以及街树的种植。我觉得这些方面，松江有着比其他任何城市更加有利的条件。沿护城河建筑的街衢井然有序，是我跨入松江的刹那间首先感觉惊讶不已的事象。且散见于各处的白杨树那伟岸挺拔的英姿，正在告诉来访的人们，这种郁郁苍苍的落叶树，对于水乡的泥土和空气有着何等深深的眷恋。最后论及建筑，松江拥有威尼斯之所以成为威尼斯的那种水脉。这是老天爷所赐予松江的巨大恩惠，可以使松江的每一扇窗户，每一堵墙壁，每一方露台，都具有更加美妙的景致。

除了大海之外，松江拥有各种形态的水：有护城河里的水，当河边的山茶树将它那大红色的果实一串串垂下的时候，水便映成了暗灰色；有位于滩门外的呈蔚蓝色的河水，它如摇曳的柳叶缓缓流淌，人们都感觉不到它的流动；还有生命一般的湖水，它像一面光滑的玻璃镜子闪闪发光。水，纵横地贯穿松江城。它一边展示了水之光和水之影的、无穷无尽的搭配与和谐，同时所到之处映出天空、人家以及其间飞翔的燕子的倩影，并且不间断地把那沉郁的低语传入居住于此的人们耳中。要是能利用这水来规划所谓的水边建筑，那么正如英国象征主义诗人阿塞·希曼兹所咏唱的，恐怕将会建成一座美丽的城市，"仿佛浮在水上的一朵睡莲"。水与建筑，是生活在这座城市的人们常常应该考虑的关系密切的问题。那绝非仅靠一座松崎水亭菜馆所达到的和谐就可以满足的。

我以为，松江的盂兰盆会之夜，水边人家所点燃的方角灯笼的火光，将幽静的影子投射到洋溢着芥草香气的黄昏的河流中，所有观赏过这些灯笼火光的人，恐怕都会赞同我的看法。

　　附记：最后，我想把这篇芜杂的印象记，献给井川恭先生，以略表对他所抱有的感激之情。

大正四年（1915）八月

乘金刚号军舰航海记

陈生保译

一

脱下热烘烘的西式常礼服，换上夏天的西服，与其他几个伙伴一起来到甲板上时，三个年轻的管机械的少尉走过来，给我们讲了种种事情。我是第一次来，与三个少尉都是初次见面。但其他几个伙伴，都曾在教室里给他们讲过课。因此，我站在圈外，静静地听他们说话。这当儿，其中一个少尉说，他在横须贺碰到 S 君和他的夫人。两个人在散步，结果那天倒了大霉，大概是中了暑吧，当天夜里就拉肚子。其他的人听说都哈哈大笑。只有那个新婚不久的 S 君，没有加入圈里。他默默地笑着，显得很开心的样子。我眺望着整个儿沐浴在夕阳光芒中的军港，且对新婚燕尔的 S 君产生了一种近于怜悯的同情。他将夫人留在家里，自己上了军舰。这么一来，我自己也突然沉浸在莫名的淡淡旅愁之中。

从刚才起，拖着射击靶子的舰船，由两艘小汽轮曳着舰尾，正要向右边调转航向。在外行人眼里，只见小汽轮的推进器在船尾掀起了白色的泡沫，而这条两万九千吨的巡洋舰究竟移动了多少，却是看不出来的。先起锚的榛名号军舰吐着黑烟，正要徐徐地离开港口向西开去。梅雨初晴，蓝天下那起伏的群山苍翠欲滴；平静得水银一般的海面，反射着令人炫目的夕阳金辉。以这些画面为背景，构成了一幅美丽的立体景色。对于正在观赏这景致的我来说，金刚号看来不会马上出航。此事真叫人有点儿着急。于是加入另一拨人的谈话圈,以求排遣一下焦躁的情绪。

此时,紧靠旁边的甲板升降口下面,传来通知开晚饭的铜锣声。这锣声给人一种古色古香之感,简直很难叫人相信这是军舰里的声音。当我听到这声音的时候,我想起坐落于长谷的那家旧货店。那店里有一面形态古怪的铜锣,与那朱红色的棒槌一起,悬挂在一盘万年青之类的盆景上。我突然想看看军舰上的铜锣到底是什么模样,便比其他伙伴先一步下了升降口,并向敲锣的水兵追了过去。可是等我追到跟前一看,原来发出"锵锵"锣声的东西,不过是一只普通的金属制扁平小脸盆而已。称它为铜锣是名不副实的。我颇感好笑,有点儿失望,便悻悻地拉开茶红色的门帘,进了士官室的门。

在士官室里,好几只巨大的电风扇在头顶上旋转着。它的下面并排放着两排长餐桌,桌上罩着白色的台布。顶头靠墙的地方,有一架镶了玻璃镜子的大碗柜。碗柜的上方放置着一对银子做的花瓶。我刚在餐桌落座,服务生便很快为我端来了饭食。而且轻手轻脚,机敏灵活。我把大马哈鱼的生鱼片往S君面前推了一下,一边对S君说道:"军舰上的服务生够机灵的。"S君"嗳"了一声,心不在焉地应答着。他也许觉得,比起军舰上的服务生来,还是他夫人更机灵也未可知呢。其他伙伴都坐在同一桌上,与轮机长八田谈论着小林法云的气功等等。

原来,能上这士官室来就餐的,都是副舰长以下大尉以上的军官。我便利用吃饭的当口儿,努力记住各人的面孔。这么一来,我同时发现,水兵们的脸庞竟都属于同一种类型。

二

吃完晚饭之后,我们由上甲板来到更高处的甲板。这时有一个长得仪表堂堂的少尉,不知从什么地方向我们走来,把我们领到前部舰桥。在军舰上,放眼望去,能把舰首到舰尾全部看到的地方,除了这前部舰桥之外,别无他处。我们站在指挥塔的外面,往下看着不知何时已经起航的军舰首尾。按我的目测,我们所在的舰桥,大约高出有十五六英尺,因而甲板上的水兵和军官,看上去都要小得多。让我感到挺有意思的是,有一个看来很小的水兵站在测水深的台上,面向大海,把一个系在长长绳子一端的秤砣,向着水里抛去。我这里只用了"抛去"一词,是很不传神、很差劲的。实际上,他就像是古代练武之人在挥舞着长链勾魂锤,他把那个长长绳子一端的秤砣,"呼呼"生风地在头顶绕了个圈,一边随着军舰的前进,趁势尽可能向远处抛去。从上面看去,每当他抛出的时候,那根细小的绳子便犹如一条活蛇似的在大海的上空蜿蜒游去。而绳子另一端的秤砣则在落日余晖的映照下,像一条白色的飞鱼。我心里思忖:这玩意儿可有点儿危险哪。一方面却又十分佩服他的高超技艺,久久地凝望着。

之后,我们参观了指挥塔的内部和海图室,然后又返回甲板。这时在狭窄的过道里,已经吊起了吊床,不少水兵已经上床睡了。其中也有两三人躺在吊床上,借助微弱的电灯光在看书。我们都弓着腰,像在吊床下面爬行似的从过道里向前走去。这时候我闻到了一股浓重的"军舰的气味"。这既不是油漆的气味,也不是炊事房水池子的气味。而且既不是机械油的气味,也不是人的汗臭气味。它恐怕是所有气味的混合物——总之,暂且称之为"军舰的气味"吧。这绝不是那种上等的气味。我一边思考着这一问题,一边不经意地抬起头来。这时一个水兵正在阅读一本书,书的封面突然出现在我的鼻尖处。书的封面上写着"天地有情"① 几个字。——我一瞬之间竟忘记了"军舰的气味"。而且不可思议地有了一种近似于写小说那种幻想的心情。

即便如此,在走过吊床下面之后,当我坐在浴池里时,我直觉得自己获得了新生。浴池里的洗澡水是用海水烧的,在白瓷浴池中像明矾似的呈蔚蓝色。借用T君的话来说,这水蓝得甚至令人觉得连身子都会被染成蓝色似的。我在浴池中伸开手脚躺着,听T君讲述京都澡堂的情形。等他讲完之后,我给他讲了东京浅草的蛇骨汤②——这正好说明我俩泡在浴池里时的那种从容舒适的心情。

从浴池出来之后,副舰长的查铺已经结束,我便换上浴衣去了士官室。在军舰上,除了晚饭之外,还有一顿夜宵供应。那天晚上是吃面条。他们劝我喝点儿酒。我原本是不会喝酒的,更分辨不清酒的好坏。但是两三杯下肚,脸就立即发烧了。这时候有人跑到我的旁边对我说道:"今天的日本,与二十年前的日本相比,是大不一样了。"此人有一张给人很好印象的脸,却不属水兵的那种类型。此时,这张脸早就通红通红了。他讲的似乎是有关国防计划或别的什么。

三

我用"是吧"等等话语敷衍搪塞着,而看起来倒像是一本正经地在作回答的样子。

"是的。这是可以由我来拍胸脯作保的。你知道吗?是可以拍

---

① 《天地有情》是明治时代的诗人土井晚翠的一本诗集。
② 澡堂名称。

胸脯的啊。"

此人用只有醉汉才知道的那种异乎寻常的热情,给我的杯子和他自己的杯子里轮流斟酒,一边旁若无人、自顾自地夸夸其谈。可不巧的是,这会儿我正受着唯有醉汉才会明白的那种困乏的袭击。因此听着听着,我的答话也渐渐地含糊其辞起来。之所以还能保持两个人像似对话的那种形式,全仗着我那既非肯定亦非否定的、模棱两可的回答。这回答巧妙地瞒过了他的耳目。如今我已知晓,与我讲话、被我瞒着了的人名叫山本大尉,是一位忧国之士。这么一来,我要再不表态,就不合情理了。于是只好公开了我的看法。我对今日日本和二十年前的日本,哪些东西发生了变化,发生了怎样的变化,实在是一无所知。不过待山本大尉酒醒之后想想,他自己说不定也没有弄懂这个问题。

于是我马马虎虎结束了话题,与其他伙伴一起离开了士官室。接着与M君一起,两人再次来到甲板上。走到舱外,只见榛名号巡洋舰的探照灯,在昏暗的天空和大海之间,流泻着彗星般淡白色的光芒。看来,军舰大概正行驶在相模滩吧。我抓着船舷的栏杆,探头看着离去很远的眼下的大海,只见蓝色的海涛发出微弱的光芒,其他什么都看不见。"这么往下看着看着,真有点儿想跳到海里去啊。"我这样对M君说道。这时候,M君没有回答我,而是把戴着近视眼镜的脸,向我这边凑了过来,对我说道:"喂,我做了一首俳句。""什么句子?""边地流放夜,杜鹃声声舟中泣。""你这是咏的S君的事吧?"我说。说罢,二人低声笑了起来。接着我们又看大海,看天空,然后悄悄地下到船室里去。

当我发觉电梯已经停了的时候,谁知先来一步的轮机长八田从外面为我们打开了门。当我看见门里的锅炉房时,首先想起了英国诗人密尔顿《失乐园》开头的一章。如此说来,或许让人觉得有些夸张。可事实绝非如此。我的眼前并排列着好几只大得要命的锅炉，它们都发出火山爆发时的那种巨响。锅炉前面的通道非常狭小。就在这狭小的通道里，几个被煤烟弄得墨黑的轮机兵，脖子上挂着有色玻璃的眼镜，正在忙碌地劳作着。有人用铁锹往锅炉里铲煤，有人往煤斗里装了煤再推过来。这些劳动都是在锅炉口射出的灼热火光中进行的。而且，不断有煤炭的粉末，飞扬到刚从电梯里出来的我们脸上。加之，那种酷热的程度也非同寻常。我一半被吓呆了，用眼睛扫视了一周可怕的劳动场面。这哪里像是人做的活儿啊。

这当儿有个轮机兵，借给我一副配着有色玻璃的眼镜。我把它挡在眼睛上，向锅炉的炉口里看去。只见在蓝色的玻璃镜片对面，仿佛太阳熔化落下的通红火球，以暴风雨般的气势在熊熊燃烧着。哪一团火是柴油，哪一团火是煤，它们的区别，连外行人都能分辨出来。令人吃不消的还是那灼热的火势。这也难怪，在这里干活的轮机兵，每三小时要换一次班。听说一次值班，每个人就要喝掉好几升水呢。

四

这时候，轮机长走到我们旁边，告诉我们说"这就是煤库"。可是听他说完这话，却突然不见了他的踪影。仔细一瞧，原来旁边的铁板上，开着一个刚够一个人爬进爬出的小洞。于是我们一个跟一个，差不多嘴巴贴着地皮似的由这个小洞钻了进去。进得煤库里一看，只见高高的顶棚上悬着一盏电灯，里面黑咕隆咚，就像是暗夜一般。毫无疑问，我当时或有一种站在煤矿竖井井底的特殊心境。我脚下踩的都是煤块，抬头望着挂在高处的那盏电灯，只见在迷茫的光环中，有无数色黑如虫的东西在翻飞舞动，好一似雪天里仰望天空，雪花犹如空中飘洒的煤灰子。我立即省悟到，那空中飞舞的确是煤炭的粉尘。看到在这种环境里劳作的轮机兵，几乎难以相信，他们是与我有着同样的血肉之躯的人类。

事实上，当时就看见有两三个轮机兵在昏暗的煤库里，用铁铲在卸下煤炭。他们都在默默地劳作着，仿佛命中注定了似的。他们一声不吭地劳作着，似乎不知道船舱外面还有蔚蓝的大海，拂面的微风，以及灿烂的阳光。我说不出为什么，心里感到烦躁和不安，便先自从原来的入口爬了出去，来到锅炉之前。但在这里，在钢铁、煤炭与灼热的火气之间，那同样可怕的劳动仍在残酷地继续着。海上的生活与陆地上的生活，是同样痛苦的。

乘电梯从军舰的底部往上升，当回到位于中甲板的自己的船室里，脱下枯草色工作服时，才有了回复原有人性的那种感觉。今日整整一天，从早晨开始便一直在军舰内部到处参观。炮塔、水雷室、无线电信室、轮机室、锅炉房——到底跑了多少地方，要屈指一一算清楚，也还不容易。而走到哪里，空气都是热乎乎的，令人透不过气来。加之各种机器都在猛烈地振动，钢铁做的地板和扶手都因油污而锃亮。像我这样与体力劳动无缘的人，在这种地方只要呆上五分钟，便会影响到神经。但是这期间，有一个思想却不断出现并粘着在我脑际。这是一种具有理想主义色彩的思想——自从欧洲战争（第一次世界大战）爆发以来，像我这样年龄的人大都开始思考一个问题。就连今天，躺在军舰船室的床上，伸直了累得要命的双腿，翻阅着随身带来的法国作家奥贝尔曼的作品，那种思想依然没有离我而去。

事情发生在那天之后。有一次，我吃完晚饭去士官室，正与大家聊天。甲板上却传来"哇"的叫声。我心中想：这是什么声音？便从升降口爬了上去。只见在第四炮塔的后面，全舰的水兵正在开会，看上去黑压压的一片。此时，水兵们都张大了嘴，在唱着一首军歌《勇敢的水兵》。有一个负责甲板事务的军官，正站在高高的卷锚绞盘上，像是在领唱的样子。从我这边看过去，只见在一千多名水兵的头顶上，那位军官以及舰尾的舰旗刺破了阴云涌堵且夕阳斜照的天空。看上去，黑乎乎仿佛涂了墨似的。下面，水兵们则用公鸡般的嘶哑嗓子，唱着"看不见烟，也没有云"。就在这种时候，上面所说的那种思想，又一次向我袭来。这是因为，原本应当给人雄壮感觉的军歌声，我听起来却有着一种悲怆的情调。

五

由司务长领路，我们先到吃水线下二十多英尺的仓库看了看，又在医务官的带领下，去异常闷热的战时治疗室参观。走得我们脚都累了。于是来到上甲板，看水兵们在练习柔道。这时轮机长差人来说，要给我们表演气功，快来！

我们受邀来到副官的房间，原来坐在沙发上的一溜人全部站立起来，为我们的健康和S君的结婚而祝福。待在这个房间里的，全是中尉和少尉级的军官，因此个个精神。其中，特别有一位说话带点关西口音、肤色黝黑、眼睛很大而鼻梁挺直的先生，令我想起了赤木桁平君的气势。他夸夸其谈，大放厥词。也就是这位先生，给我起了个"我来也"的绰号。据他说，那是因为我的头发很像歌舞伎里饰演盗贼的演员用的发套。可是从面相上看，我却以为还是先生自己更加相像。这我绝不会看错。先生只要自己照照镜子，马上就会明白的。

这位先生，一会儿给我火腿肠，一会儿给我菠萝，送了我各种各样的东西。而且，他一声声叫"我来也君"，一边不停地给我的杯子里倒啤酒。"今天，穿着袜子爬上墙楼的是你吧。""是我啊，是我和这个人。"我指着U君说。我和U君今天早晨趁着雨过天晴，从前部舰桥爬桅杆一直爬到了墙楼上。"哈，是你啊。穿着袜子爬,可有意思啊。真不愧是我来也啊。"这位先生说起话来,就是这么个腔调。我和这位先生就这么一边说着话,一边烟酒不停地享用着尼古丁和酒精。这么一来,我的胃开始丝丝拉拉地疼起来。

可是没有想到,离开副官室之后,心坎下面的胃部仍然固执地丝拉作痛。我向T君要了几粒仁丹,一边嚼着仁丹一边爬上了船室的床,然后就睡了。我好像记得,就在那天晚上,我梦见军舰的桅杆顶上戴着一只帽子。

第二天早晨,没吃早饭就去上甲板一看,令人吃惊的是,大海的颜色已经完全变了。直到昨天还是深蓝色的海水,今天早晨极目四顾,却已统统换成了铜绿色。而且,海面上笼罩着一层淡淡的烟雾。从弥漫的烟霭之中,浮出一座好似茶碗倒扣着的小山。我问恰好在场的轮机长,才知道军舰已通过丰后水道进入濑户内海。这么一来,至迟下午四点或三点,就能到达属于山口县的由宇港锚地了。

不知为何,我的心情顿觉轻松起来。这倒并非因为几天的海上生活让我感觉厌倦,而是陆地的渐趋靠近令人产生莫名的愉快。我在炮塔附近与轮机长一起谈着《法华经》。

不久,当我漫不经心地抬眼望去,只见眼前那十四英尺炮的炮身上,停着一只黑纹黄蝶。我委实大吃了一惊。此时的心境可谓又惊又喜,难以言状。但是这种心情是不为旁人所察觉的,因为轮机长仍在不停地讲着艰深难懂的《法华经》教义。我——如果光说看见了一只蝴蝶是意犹未尽的。我在看到那只蝴蝶的同时,想起了陆地,想起了农田,想起了人,想起了城镇,而且想起了拥抱这一切的初夏季节。

大正六年(1917)八月

枪岳纪行

陈生保译

一

抵达小镇上一家取名"岛屿"的旅馆，已经是午后。确切地说，已经接近傍晚时分。旅馆入口处的横坎上，坐着一位三十来岁、身穿浴衣的男子，在吹一根用青竹做的笛子。

我一边听着那高亢的笛音，一边解开沾满尘土的草鞋带子。这当儿，旅馆的女佣在浅浅的木盆里倒了洗脚水。水是冰凉而清澈的，盆底沉着几粒粗粗的沙子。

二楼走廊的遮阳篷上，还残留着强烈的阳光。也许是因为这个缘故吧，榻榻米和移门都显得脏兮兮的，有点儿目不忍睹。我把夏装换成了浴衣，叫女佣从柜子里取出长筒形的枕头，便四脚朝天地仰面躺着，读了一段昨日东京出发时买的一本评书故事《玉菊灯笼》。读书的时候，浴衣浆洗时留下的糨糊味儿，始终让我感觉不适。

太阳落山的时候，方才的女佣又送来一只已经油漆斑驳的高脚木盆，盆里放了一枚入浴用的木牌，她对我说："浴池就在对面，去洗个澡吧。"

后来，我便穿上配有细绳带子的木屐，到澡堂洗澡去了。这澡堂位于高低不平的石子路对面，面积并不大。浴池的脱衣间更小，勉强够放两张铺席。

入浴的客人只有我一个。当我泡到光线昏暗的浴池里去时，突然"啪嗒"一声,一个什么东西落在了水面上。我掬在手掌里,拿到冲洗处一看,原来是一条名叫"马陆"的虫子。这条褐色小虫,在我手掌掬起的水中清晰可见,它一会儿伸展,一会儿收缩。看着这情景,也不知为什么,让我产生了一种寂寞的心绪。

从浴池洗完澡回来,面对晚饭食膳的时候,我要女佣帮我找一个去枪岳的向导。女佣当场答应下来。她把放在竹台上的那盏煤油灯点亮之后,便把一个男子叫到了楼上。他便是刚才在门槛上吹奏青竹笛的那位。

"说到有关枪岳,他可是无所不知,无所不晓。"女佣一边这么开玩笑似的做着介绍,一边把杯盘狼藉的食膳撤了下去。

我问了男子有关登山的种种情况:可以翻过枪岳到飞驒的蒲田温泉去吗?能否爬上烧岳山顶?听说那里的火山正在喷发。能否沿着枪岳的山脊走到穗高山去?等等。我提出的问题主要有这些。男人很拘谨的样子。但却不假思索地回答说:"这些都不费事儿。"

"只要您走得动,您说的那些地方要去都不难。"

我苦笑了。上州的三山和浅间山,木曾的御岳,还有驹岳之类稍有名气的山岳,我连一座都没爬过。

"你说得不错。如果我的腿力能与山岳会的那些人不相上下,那就算是上上大吉了。"

男子下楼之后,我立即让女佣铺好床铺,然后躺在了一顶旧蚊帐中。拉门还没关上,看得见走廊外面的一片夜色里,只有远处黑乎乎的山上,有粒烧炭的红火在晃动。这如豆的火苗,在我的心湖中激起了或可称之为旅愁的微微涟漪。

不一会儿,女佣过来关上了拉门。就在拉门关闭的过程中,山上那缀着星星和月亮的夜空,便从我的视线里逐渐消失了。我睡在旧蚊帐围起来的一方空间里,唯有灯笼的一星火光似明还暗。我瞪大眼睛,看着旧蚊帐的顶棚。就在这当儿,那青竹笛子的幽幽乐声,又一次从楼下传来。

二

拐过一个山崖时,好几只野兽突然从我们的脚下奔了过去。

"畜生,要是有杆枪,准让你跑不掉!"向导停下脚步,呷着嘴恨恨地说。旋即抬头看着路边一棵巨大的橡树树梢。

就在那枝叶虬匝的大橡树的枝杈上,一只母猴带着两只小猴,一声不响地在俯视我们。

我好奇地抬眼望去,只见那三只猴子慢慢沿着树枝的梢头远去。然而在向导的眼里,它们与其说是猴子,不如说首先是可供捕捉的猎物。向导久久不愿离去,他仰望着橡树的梢头,拾起石块扔了过去。

"喂,走吧。"我催促他说。他依然回头看着猴子,很不情愿地移步走起来。我有点儿不快。

路渐渐陡峭起来。这儿似乎曾有马匹通过,路上到处落着马粪。有好几只蛇纹小蝶,合着灰褐色的翅膀,挤挤挨挨地停在马粪上。

"这里就是德本岭。"向导回过头来对我说道。

我身上只背了一个放杂物的小背包。而他肩上扛着高高的行李,除了餐具和粮食之外,还帮我背着我的毛毯、大衣等物品。即便如此,在将要到达山顶的时候,他与我之间的距离却是越拉越远。

三十分钟之后,我终于变成了山道上大口喘气、艰难攀登却形单影孤的旅人。在淡淡的日光照耀下,山顶的空气里包含着一种令人恐惧的静寂。在这陡峭的山道之上,只有两种活着的东西在运动:一个是群聚于马粪之上的蛇纹蝶,另一个则是抓着风衣衣角扇风的我。

这当儿,响起了翅膀抖动的微弱声音,一只青黑色的马蝇,啪的一声响，停在了我的手背上。紧接着狠狠刺了一口。我惊慌失措之中，一巴掌把它打死了。大自然对我抱有敌意？这样一种近似于迷信的心绪，更让我忐忑不安。

我抱着刺痛的手，拿出吃奶的力气，开始加快了步伐……

三

当天下午，我们徒步涉过了水流冰凉的梓川。

茂密的森林几乎把整个河面都盖满了。就在它留下的空隙上方，飞驒信浓境内的群山，特别是那笼罩着淡淡云雾的穗高山，居高临下地俯视着我们。在涉水过河的时候，我突然想起东京的一家茶馆。甚至觉得，那悬挂檐下的岐阜灯笼就在眼前。但是，现在我的四周却是绝无人烟的豁谷。我的脑海里充满了此种互相矛盾的奇妙感受。我跟在始终板着脸的向导身后，费了好大的力气，总算到达了河对岸那密密麻麻的箭竹丛中。

对岸，高大的山毛榉和枞树森林郁郁苍苍，把整个儿天空遮掩得暗淡无光。偶尔在箭竹丛稀疏的地方，在像似红色雁皮花的湿润草间，看得见有放牧牛马留下的足迹。

不一会儿，一间木板小屋从箭竹丛中显露出来。这是一间颇为有名的山间小木屋，是登山家小岛乌水之后攀登枪岳者的留宿之处。

向导打开小木屋的门，把背上的行李从肩上卸下来。小木屋里，有一只大大的地炉，炉底里一大片炭灰透着寂寞。向导取下悬挂在小木屋顶棚上的一根长长钓竿，便把我独自留在了屋里。他要弄点儿晚饭的菜肴，出门到梓川的河边钓真鳟鱼去了。

我扔下风雨衣和背包，在小屋的门前缓缓散步。这时候，箭竹丛中一只身上长着大黑斑的牛，慢吞吞地向我走过来。我有些害怕，便退进了小屋。牛抬起湿润的眼睛，定定地看着我。接着摇了摇头，重又回到了箭竹丛中。看着牛的身影,我心里产生了一种既喜欢又讨厌的感情。在这样矛盾的心绪中,我呆呆地点上了一支烟……

阴天的晚霞即将消失。我们围着地炉,就着串在竹子上烧烤的真鳟鱼,贪婪地吃着铁锅烧的米饭。后来又把毛毯披在身上御寒,点上一盏白桦树皮卷制而成的原始灯盏。在夜幕降临到小木屋门外之后,我们还在交谈着山里的种种事情。

白桦树皮点燃的灯火和地炉中碎木片的火光,这两种一明一暗的火光向我诉说着人类文明荣枯兴衰的历史。我看着自己一浓一淡的影子,在小屋板壁上晃动着。当我与向导之间有关山里的谈话结束之时,我不禁想起了原始时代日本民族的生活情景。一种亲切之感油然而生……

四

当我们拨开交叉重叠的杂木林枝丫,又一次沐浴着天上洒下的日光时,向导回过头来对我说:"这儿就是赤泽。"

我把鸭舌帽的帽檐倒扣在脑后,眺望着眼前视野开阔的景致。

我的面前横躺着各种各样、千姿百态的巨石。它们充溢了狭小峡谷的陡峭斜坡,同时与极目远处那把天空切割成两半的群峰连为一体。如果要用一句话来形容,那么我俩犹如置身在远方山巅奔腾而下的大石洪流中,显得非常渺小。

我们像条虫子似的,手脚并用地爬出了处处都是巨石的山谷,爬出了开着"黄花驹爪花"① 的山谷。

在持续了一小段时间的艰难行进之后,向导突然举起手杖,指着在我左前方连绵伸展的悬崖峭壁说:"你看,那里有一只青猪。"

---

① 高山植物,叶呈马蹄形,夏天开黄花。

我顺着他的手杖所指的方向，把视线投到了绝壁上。于是，我看见粗糙山肌接近山顶的卧藤松形成的暗绿处，有一只小小的野兽。它就是栖息在日本阿尔卑斯山上的羚羊，别名"青猪"。

太阳将要下山的时分，我们周围银白色的残雪渐渐多了起来。紧接着，眼前便是一丛寂寞的卧藤松林，在岩石上伸展着枝丫。

我时不时在大石头上停下脚步，眺望着不知何时露出了头的枪岳那高高的山巅。那山巅犹如一支硕大无朋的黑色石箭，把个晚霞余晖即将消失的天空刺了个大窟窿。"山乃自然之始，亦为自然之终。"每当我看到山巅之时，必定在心中默默地重复着这句文言文表达的感想。记得这是从前读过的英国文艺评论家约翰·拉斯金著作中的一句话。

这期间，一团寒雾从已经变得昏暗的山谷底部，爬过大石头和卧藤松，升腾到我们的上方。当这团寒雾把我紧紧地围住之后，突然间，那夹杂着细雨的寒风便开始吹打我们的脸颊。我渐渐感到身处高山之上的那种刺骨严寒。为了早一分钟抵达今夜投宿的无人居住的石屋，便须全力以赴地沿着陡峭的山坡攀登。但是，忽然间，一声异样的怪叫声把我吓了一大跳。我禁不住环顾左右，看见有一只褐色的鸟，如行云流水似的，在不远处的卧藤松的树丛上方飞翔。

"那是只什么鸟？"

"是雷鸟。"

被蒙蒙细雨淋湿了的向导，一边继续着矫健的步伐，一边依然板着脸回答我说。

大正九年（1920）六月

东北·北海道·新潟

陈生保译

上野——乘坐东海道线倒没有什么。但是要乘坐东北本线的火车,则不知为什么,常常使我变成一个没有骨气的感伤的人。唯一的原因便是,当我刚告别位于田端的我家不久,火车又一次打田端通过。这也许是人人会有的一种情感吧。

仙台——一辆装载着巨大冰块的手推车,从医院走廊的那边推过来。而且那冰块上,还映着窗外树木的嫩芽以及一头耕牛的身影。那倒影虽说有几分歪斜。

盛冈——火车月台上挤满一群身穿咔叽布衣服的外地青年。外面正下着倾盆大雨。我们两人之间的谈话可以互相听到。而那些青年在说什么,却已听不清楚。一种莫名的旅愁别恨……

又及:我下榻的旅店三楼,有一个女佣背靠在椅子上,显得精疲力竭的样子。她望着刚出新芽的柳树梢头之类的景物呆呆出神。我真希望她不会被这暖洋洋的春风溶化掉……

津轻海峡——在船上要是能晕得再厉害一点儿就好了。不然,便失去好不容易来此一游的价值。

函馆——我们从煤烟中穿过,嗅着干鱼的味道,抵达盛开的樱花之中。此时已是夜幕初降时分。也就是说,我们经历了《天路历程》……

又及:"这儿的樱花还开着呢。天空的颜色也有点不一样啊。"
"是啊,有那么点儿淡蓝色。"

札幌——基督在上，大学生在下……名叫"薄野"的红灯区在哪儿？

又及：请将黏糊糊的蛋黄酱浇在植物园里吧。请把整个植物园盖它个严严实实吧。（旁白："里见君，别的不说，这里的蔬菜味道不错吧。"）

又及：一只孔雀被蓝色的银纸包裹着，就像用纸包着的冰棍那样。

又及：有岛武郎的口袋里总是放着一张北海道地图。

旭川——这个步兵团的军号不停地重复着同一句话："冬天的气温要降到零下三十五度。"

又及：阿依努族的女人，像山谷，像这暮色苍茫中的山凹凹。

石狩平原——冰消雪融间，垂柳依依情。

小樽——大吊车欲将大海往上吊，那可是北寄贝丰饶的大海啊。

青森——公会堂与大海正在对话，会堂竖起白刷刷的高墙，可它内心还是怕海的啊。

又及：如果早来十分钟，我们本可以在苹果花盛开的地方，在夜色朦胧之中，品尝大马哈鱼的美味的啊。

在羽越线的火车里，作诗一首，题为《与改造社的宣传组话别……》

    游子情悲凉，何日心可安？
    绿篱棣棠花，宜缀斗笠上。

新潟——在此间柳树组成的行道树以及一座座木桥上，还残留着明治时代的东京气息,说不定有的地方还在出售描绘北清事件①的石版画呢。

得俳句一首:"晌午时分,烧烤鱿鱼,紫藤花香。"

新潟高中——有谁不喜欢这幅中原梯次郎创作的青铜雕像"青年"呢?这位"青年"至今仍然活着啊。

在信越线的火车中——一个看来是新潟艺妓的女人,独自一人在电灯光下吸着香烟。她有一张蛋形的圆脸。

上野——比金甲虫还多的出租汽车,不知不觉又把我从空想中拉回到现实里来。

昭和二年(1927)六月二十一日

---

① 义和团事件。

目录抄

田端日记

艾 莲译

[八月]二十七日

晨赖床，磨蹭至六时。以为做了什么梦，却想不起。

起来后，洗脸，吃饭团，然后坐在书斋中的桌前，毫无心思写东西。于是，拿起一本刚开始看的书读了起来。连篇累牍，尽是些奇谈怪论。觉得无聊，便扔在一边，趴在席子上看小说。有个男人行将变成土佐卫门①时，把他的心情编得夸张些，会颇有趣。倘再让这家伙开口的话……蓦地，近日一直构思的一篇小说，想尽快动笔。

是巴尔扎克？还是谁来着，把构思小说形容为"吸魔烟"。接着，我便轮番地吸起魔烟和真的香烟来。这一来，一霎时便到了中午。

吃过午饭，愈发百无聊赖。心想，这会儿要有人来才好呢，偏偏就无人来。出门，又嫌麻烦。无可奈何，只好枕着藤枕再看小说。看着看着，竟然睡了过去。

醒来，画家大野来，正在楼下。洗洗脸，即下去见大野。聊了会儿骨相学。听说骨相学同动物学的起源不无关系。于是转又谈起亚里士多德之类艰深的话题来。我说，别光动嘴，还是给我看看相吧。于是，他说我，直觉与推理能力极其发达，简直惊人。果然不错，还说什么"有相当的动物本能"，结果似乎两相抵消。

---

① 一个溺水而亡的人。

大野走后,洗澡,吃饭,查资料,直到十点。

二十八日

天气凉爽,这种天气若不出门,还有什么日子可以出去?八点钟离家。在动坂乘电车,于上野换车,顺路去琳琅阁,一些古书只问了问价钱,然后才去本乡到久米家。说是到南町去了,不在家。于是耐着性子,在本乡大街的旧书店挨家转,买了两三册洋文书,打算去南町,便在三丁目上了电车。

可是,上了电车,又改变主意,这回在须田町换车,去了丸善书店。一看,有个奇妙的洋人女子,牵着一只宠物狗,问有没有雅各布的小说。这女人似乎在哪儿见过,一寻思,是四五天前,在镰仓游泳时见过。那样高耸的鹰钩鼻子,日本人中很少见。尽管如此,小伙计客客气气跟她打招呼:"夫人,想租大游艇,倒是有的。"想必鹰钩鼻也图凉快,才到东京来的吧?

在丸善逗留一小时,到有日子未去的日吉町,只有小清一人看家。问他升学考试有什么打算?"就那样。"说着,笑嘻嘻地摸摸头。为消磨时间,跟他玩起五子棋,结果五局四负。

这工夫,全回来了,一起吃的饭,随便闲聊。八重子把刚买的夏用腰带拿来,问我好不好看。怕啰唆,连说"好看好看"。特意系上身的腰带又解开重系。"真难系。"皱着眉头。"难系就别买好了。"我说。"要你管。"挨了抢白。

傍晚,往南町打电话,正要走,小清说:"说好今晚大家要去金春馆。一起去不好么?"八重子也说:"一定得去!"我没见过新桥的艺妓,大概是想让我顺便见识一下,是她的一番好意。我对八重子说:"跟你一起去,人家会把我们当成夫妻,才不高兴呢。"说着便走出门。只听见一声"讨厌!"还有,准保小嘴噘得老高,像酒杯的底边。

乘上外壕线，随便翻看刚买的书，其中有篇论春信①的文章，与瓦托②做比较，倒是蛮有趣，便读得津津有味。本该在饭田桥换车，没留神，竟坐过站，到了新见附。虽然这么解释，售票员挺恼火，下了车，乘上去万世桥方向的车，七点过，总算顺利到达南町。

在南町吃的晚饭，同久米猜了会儿谜语，就到了九点。回去时，是从矢来町坐到终点站江户川桥。空地上，有个男人点着电石灯，卖催眠术的书。那家伙口若悬河，可谓"踔厉风发"，觉得颇有趣，便走过去问了一下，"给您试试如何?"见他这样一说，赶紧走开。有些人误会了自己的意思，没有比这种人更叫人发憷的了。

回到家，来信中有成濑的一封。信中写，纽约太热，要去加拿大。看信的工夫，真想跟他在一起，哪怕是相互吹毛求疵呢。

二十九日

一大早就工作，一直做到中午之前，累得筋疲力尽，吃过午饭，泡澡，打开一本满篇皆方块字的旧书，正看的工夫，赤木桁平来，穿着单和服，外罩一件带条的罗纹裰子。

赤木以前就偏爱李太白，这家伙说《将进酒》一诗，蕴涵一股 Weltschmerz（感伤的厌世情调）。见我看的书中没有李太白的名字，就大大地小瞧我。我如果不吭声，会以为我是认输，便忍受着炎热，稍微争论几句。好在是消磨时间，这种争论，胜负无伤大雅。其间，赤木说："总而言之，中国人在书上用朱笔圈点都非常高明。我们日本人无论如何也画不了那么圆。真不可思议。"对这种无聊小事也赞叹一番。用朱笔画圆这点技量，我想我能行，不过，要是不小心说出来，没准他马上会说："那你画个试试。"于

---

① 铃木春信（1724—1770），浮世绘画师。
② Antoine Watteau（1684—1721），法国画家。

是，随口应道："诚然如此。"一推了之。

傍晚，两人去泡澡，到自笑轩用餐。我一面摆弄斟满酒的酒盅，一面跟赤木提起一个叫大仓喜八郎的人，写了一些小曲。像"什么啦怎么啦"，诸如此类，相当不错。词句，当时还记得，过后全忘了。赤木这时，三杯酒下肚，已是满脸通红，"是吗？越听越觉得低俗。"把作者大骂一通。

临走时，女侍点上一只颇新奇的灯笼，一直送到门口，几只白蛾扑在灯笼上。真是美极了。

走到外面，觉得直接回家，有点可惜，两人便乘上电车，到樱木町赤木家。一看，有个石头门，门内有参天的松树，这房子，让赤木住，有些可惜。"喂，房租要多少钱？"问了一句。"哪里，便宜得很哩。"说话时，俨然一个阔佬的架势。然后，屁股刚在藤椅上落座，便盛气凌人，他太太出来三指伏席，恭谨地向我寒暄致意，令我深感不安。

对面人家的二楼，有乐器在演奏。起初以为是曼陀林，中途，赤木道破天机，说是古琴。我不希望是古琴，提出异议："不，是二弦琴。""是古琴。""是二弦琴。"两人争执了一阵。不一会儿，琴声戛然而止。现在想来，准是对面听见我们两人争论。想到此，我倒无所谓，赤木同对面邻居的关系，应当谦逊些才是。

回家时，从池之端乘的电车，左边大牙有点痛。用舌头舔了舔，有颗牙活动了。肯定是赤木的滔滔雄辩作的祟。

三十日

早晨起床，牙比昨夜痛得厉害。对镜一看，左边脸肿了起来。变得歪歪扭扭，实在难看。心想，右脸要是也肿起来，两边就匀称了。用舌头去舔了一下，左脸依旧歪扭。难道今儿一整天，都得是这么一副丑八怪样子么？心中不免愤愤。

吃过饭,到本乡去看牙科,一下就把左边一颗大牙拔了下来,我很惊讶。一问才知,这位牙医,从不知道牙痛滋味。否则也不会抓住我这张丑八怪脸,一显他手腕之厉害。

回家路上,在区公所前的古董店内看到一个青瓷香炉。"多少钱?"戴墨镜的店主,天生一副哭丧脸,"要十元。"谁要买哭丧脸的香炉!

后来,在广小路买了香烟和桃子才回的家。同先前比,牙痛并没见好。

中午以冰激凌和桃代饭,上了二楼,叫她们把床铺好,躺了下去。觉得很不舒服,量量体温,竟有三十八度。于是把枕头换成冰枕,头上还吊了一个冰袋。

两点来钟,藤冈藏六来玩。实在不想起来,便躺着同他聊天。他摸着长了三分长的胡子说:"明后天,我要到御岳山写论文去。"心想,反正藏六写的东西,看也看不懂,便嘲弄他:"又是康德之类的。""这回不是。""那该是笛卡尔喽。哎,你知道不知道?笛卡尔在船上遇小偷的故事?"讲这种莫名其妙的事,自己还洋洋自得。"这种事,我不知道。"反倒遭人瞧不起。大概以为我发烧人糊涂了。后来我们看照片,他说:"你这张脸,像倒置的三角尺,头发留得这么长,大大有损阁下的风采哟。"用不着他提醒。

藏六走后,晚饭喝粥,寡淡无味。身子说不出的软绵无力,看书时,哈欠连天。不知什么工夫,竟呼呼睡去。

睁眼一看,睡着后给挂上了蚊帐。月光从敞开的窗子照射进来。当然,电灯已给熄灭。我挪了挪冰枕,隔着蚊帐,望着清明如水的天空。脑海中浮现出近三年来未曾相逢的人。想起在某个遥远的地方,大概过着幸福的生活。

我起来关上门,打开电灯,看枕边的书,直到困倦时。

大正六年(1917)

我鬼窟日录

艾 莲译

五月二十五日　晴

今村隆拿来菊池宽小说的装帧样书。效果不理想。当初不答应就好了。下午冢本八洲来，为一高入学考试事。

五月二十六日　阴晴不定

洗手钵上的米槠树，今年又花开烂漫。今晨洗手时，香气馥郁，令人惊讶。小说①毫无进展。读菊池发表于报上的《杂感三则》。颇有同感。午后谷崎润一郎来。系着红领带。傍晚同访菊池不遇。于御门饭店共进晚餐。后到神田逛旧书店。于神保町坐咖啡馆，女侍称赞谷崎领带漂亮。走至白山分手。抵家已十二时半。

五月二十八日　晴

午后，南部修太郎来。将T子照片借予他。傍晚，于钵树餐厅吃法国大菜。饭后去菊池处。小岛政二郎亦来。菊池修面后脸肿，头至下腭缚绷带，宛如狄更斯的《圣诞欢歌》中出现的幽灵。回家路上购牡丹一束。

五月二十九日　晴

---

① 指《路上》。

今起读托德著《米开朗其罗传》。午后去报社，与松内商谈"文艺栏"事。顺便去路透社访乔恩斯，未在。门房说，或在东洋轩亦未可知。即去新桥站东洋轩。自二楼窗向下俯瞰，站前栗子店即在眼下，大红灯笼与炒栗子男人，显得十分风雅。饭后去白山的洼川，购俳句书五六册。夜写"月评"①。

三十日　晴

午后畑耕一与菊池宽来。傍晚谷崎润一郎来。众人九时回。今日购猫一只。

五月三十一日

谢绝来访写小说。从第一回改起。过午看托德。晚赴御门饭店惠特曼百年诞辰纪念会。先拜会有岛武郎、与谢野铁干夫妇。斋藤勇与有岛朗诵惠特曼诗歌。在座诸君子，面作懂行状，实则大多不懂也。在下当然亦不甚了了。餐桌上即席演讲。平生第二次。归途，与室生犀星、多田不二结伴而回。雷雨大作。

六月一日　晴

晨，室生犀星来。赠《爱之诗集》第二册。拿出长崎所购阿兰陀碗，请其鉴赏。云："真品否？"午后野口功造来，并于柳桥请客。见一艺妓，宛若公主一般，令人好生敬重。谈古时艺妓之素质，种种妒忌，松鮨老铺的寿司等。

六月二日　晴

西村熊雄函询：拟将《猴子》译成英文发表，可否？答曰：可

---

① 即《大正八年六月的文坛》一文。

也。前曾译《貉》，今又译《猴子》。在下的小说，倘欲令人译成英文，标题似不可不取为兽名矣。中午，中根来。看《罗生门》一书封面与扉页。谈里见弴仓库事。某某大将骑马周游全国，大大鼓舞青年之志气，却又令女佣生子，令人佩服之极！午后与弟去浅草看电影。边看边构思论电影一文。电影——现实——观感——艺术。

六月五日　雨后晴

午后菊池来。一同去中户川处。晚饭后，去中柳听伯山说书。伯山说书，华丽有余，苍劲不足。菊池为伯山大加辩护。

六月六日　晴

今日写完"月评"。傍晚去久米处。自汤河原刚回不久。与山本有三相遇。久违。今日气温二十九度，照在院土上的日色，俨然盛夏。

六月七日　阴

晨，泷田樗阴扛来两大册书画集，令题俳句与和歌。字与俳句、和歌均不足称道。午后，木村干来。一同造访平冢雷鸟，顺便观看《万尼亚舅舅》排练。画室中，有众多男男女女。门外，是新绿覆盖的庭院。坐在角落里看去，较之马马虎虎的话剧，更为有趣。《大观》以大隈侯名义举行茶话会，邀请赴会，推谢。

六月八日　阴

上午，高等工业学校中原虎男来。略谈俳句。嗣后，请某赴该校演讲，已应允。午后，赤木桁平、小岛政二郎、富田碎花、室贺文武诸人来。桁平先生依旧盛气凌人。亦常常以其"卓励风发"与某做对。岂敢当！向富田索《草叶集》译本。十时许，始归。今夜牡丹尽皆凋零。女仆欲扫落花，嘱其勿动。

六月九日　阴后雨

大阪来电催稿。回电：已寄出。午后，木村干来。同去谷崎家。久米、中户川、今东光三人亦在。傍晚，同谷崎、久米、木村三人，雨中前往乌森，于古今亭便饭。谷崎依旧狼吞虎咽。久米饭前忘服药，只好一旁观看我们大吃大喝。是夜打的先送谷崎，然后方回家。按谷崎所说，倘多种香水放置一处，非但分辨不出香味，反会头痛。查日本与中国香料，必颇有趣。

六月十日　雨

脑子至灵。读完伊巴涅斯的长篇。傍晚造访八田先生。不遇。去十日会。此乃第一次。讨论岩野泡鸣与《一元描写论》。后又至室生犀星《爱之诗集》出版纪念会打一照面。刚散会。偕同北原白秋等人前往平民食堂百万石。白秋醉，唱小笠原岛民歌。归途购夏帽一顶。近日，夜间行路，新叶之香，花朵之香，苔藓之香，以及树木之香，浓郁芬芳。其间，一旦澡堂散发气味，蓦地流溢出人之臭气，实不快之极。

六月十四日　雨

午后，成濑来。共进晚餐。罗曼·罗兰曰：穷艺术之极，乃无限之静也。请看普桑！远未抵米开朗其罗之境。又曰：及年长，愈知歌德之伟大。实为至理之言。九时，成濑归。

六月十五日　阴

上午，来访四人。夜，泷井折柴来，复又争论俳句。承赠《海红句集》一册。妻牙痛未愈。对牙医大为轻蔑。妻此态度，甚似月评家之态度矣。

六月十六日　阴后雨

夜，同成濑前往有乐座，看话剧《万尼亚舅舅》。门首，遇岩渊太太。万尼亚实为戏曲国小说郡之产物①。二四两幕尤令人感佩。然，诸位观众先生至为冷静。与某有同感者，惟久保田万太郎先生而已。幕间休息，于廊下漫步，极欲写一剧本。散场后，随成濑、冈等人去吃牛肉火锅。

六月十七日　阴

今日仅阅毕都德一册。傍晚，久米感冒，前去探视。因出席关根正二葬礼，未遇。稍候，回来时，穿着带家徽的黑丧服，男子气概十足。据说关根至死都在绘画。宗教画一类作品，已大抵画完。病因为感冒。已有二十一人死去，死亡人数远不止于此。想起曾对关根说：你身体蛮结实嘛。当时确实回答说：连续通宵一周亦无问题。关根已逝，某却尚在人世，虽说偶然，亦甚感怃然。夜，回家，外出时，土田善章送来庇亚斯特罗钢琴演奏会票一张。

六月十八日　雨

姐、弟、妻去看《万尼亚舅舅》。剪下许多紫阳花插于瓶内。想起桥场，抑或某处别墅，有许多紫阳花盛开。丸善书店寄书来。康拉德二册，乔伊斯二册。

六月二十日　阴

晨，去香取先生处。聊云坪、奈良大佛以及佐千夫等事。回

---

① 意为介于戏剧与小说之间，也即戏剧小说化。

家，今村隆来，索要译稿《巴尔塔萨尔》，由《新小说》发表。勉强同意。又，大阪来电催稿。

六月二十一日　晴
夜，折柴来。因忙，于门口打发回去。承赠《我等之句境》。获赠多多，甚感不安。

六月二十二日　雨
中午，赴《红鸟》音乐会。遇泽木梢、井汲清治诸人。管弦乐手练习不足，令人提心吊胆。将三重吉的《红鸟》毛别在胸前，颇得意。尤其有红茶与点心招待，再得意亦无大碍。于风月吃晚饭，随后去庆应，听庇亚斯特罗与米罗维奇两人钢琴演奏。休息时间，与南部到外面吸烟，遇安倍能成。能成称，米罗维奇未将听众置于眼中，是为了不起，大加赞赏。

六月二十三日　晴后阴
先父故世已百日。未去寺院。在芝处先父家吃晚饭。归途于龙泉堂购诗笺。

六月二十四日　晴
午后，邀菊池去久米处。久米称，先前所住公寓内，有一阿婆发疯，已回乡，另一阿婆亦将回去照应。但不愿离开东京云云，故而哭泣。至为可怜。三人同去钵树餐厅。于浅仓屋购方秋崖诗抄。外出期间，中原虎男来，送樱桃一箱。

大正八年（1919）

长崎日录

艾 莲译

五月十一日

微雨。某下榻之旅馆,每逢天欲作雨,茅厕之臭气必充满二楼。某至长崎作客,不住上野屋,亦不宿绿屋,特意投宿于本五岛町之旅店,实乃聊存风雅之趣也。然此茅厕之臭气与厨房之油烟相伴袭来时,几乎忘却风雅为何物。终日悄然读《海藏楼诗集》。

五月十二日

渡边与茂平来。相偕去寺町古董店。无非逸云、铁翁等画作赝品。路有售枇杷者。感知夏日来临。

五月十三日

晨,听屋外有人招呼。打开二楼纸窗,见永见夏汀骑于马上,同马夫立于街上。"中午来舍下吃顿便饭如何?"正对旅店饭食发憷之际,遂答:"届时必前去叨扰。"中午去夏汀家,夫人云:"今早他去旅馆了吧?"又云:"昨儿也想去来着。可是马不肯去。后来叫了马夫,让他驯服马去旅馆。"如此看来,非夏汀驱马,乃马驱夏汀也。于夏汀家观赏马逵①《长臂猿》、王若水②《锦鸡》等。

---

① 按原书注,马逵或许是马远或马达之误。马远为中国南宋画家,兄马达,子马麟,均为画家。
② 中国元代画家,擅绘水墨花鸟。

若水画，剥落甚剧。

五月十四日

偕与茂平、蒲原春夫二人前去梅若谣曲会。未料到能于长崎观赏万三郎与六郎①演出。会场庭院内，杜鹃花色，红妆将褪。（会场为富久屋）

庭草犹自绿，红销香谢杜鹃花，曲径通幽处。

无伴唱谣曲、大原御幸、劝进帐，曲曲令人感动。年少的能乐演员，招待观客的艺妓等，来来往往，时时吸引眼球。始终不为所动者，惟万三郎一人而已。与茂平大为敬佩万三郎。然他与竹田同样，生于西边，却不解音律，诚为可悲也。

五月十五日

蒲原春夫来。为某介绍佐贺风俗。佐贺人问："兄在否？"可回曰："俺家门哈噢恩撒鲁看他。"予人以南蛮话之感。破落户可称作"伊尅吧要死"。足可一笑。今日暑热似盛夏。

五月十六日

同与茂平去大音寺、清水寺等。今日天晴，远处有鲸形风筝飞扬。归途得马利亚观音②一尊，古色苍然，颇可爱。

五月十七日

于夏汀家观赏竹田、逸云、梧门、铁翁、熊斐、仙崖等日本画

---

① 两人系兄弟，同是梅若一派能乐演员，兄万三郎将掌门人一职让于弟弟六郎。先后成为艺术院会员。
② 系由中国传至日本的白瓷观音像。江户时代，幕府严厉禁止基督教，高压之下，教徒遂以观音菩萨作为圣马利亚的化身，秘密加以礼拜。

家，江稼圃、沈南岭、宋紫石、胡公寿等中国画家作品。有幅竹田所绘丸山速写。据此画，当年青楼似甚有野趣。夏汀尚藏有铁翁之砚。本为竹田所赠。石薄，状可翘，甚佳。极欲得此砚，怎奈夏汀无意出让。

五月十八日
至丸山"巽厅"。此处曾为高岛秋帆之妾宅。金隔扇之贴金，已尽皆剥落，实不忍睹。令人想起往昔前山麦熟，后园竹翠之景象。同行者有与茂平、春夫、艺妓照菊三人。照菊身穿结城绉绸和服，腰系条纹锦带。与东京艺妓多有不同。

五月十九日
去中川乡松尾别墅一游。庭园里，绿草如茵，樱树几株，小溪潺湲，水声不绝于耳。有光琳所绘屏风一对。是否佳作，尚不得而知。

五月二十日
拂晓，偕与茂平、春夫二人，前往日本之圣母寺①。为做弥撒故。过松枝桥时，天际尚有星光。进入天主堂内，于薄明微暗之中，隐约见到耶稣受难之彩色玻璃画。参拜者有男女四五十人，吾三人旁，有一混血女子。与茂平不时偷窥。仪式终了，某骗门房，购得念珠与祈祷书等。因不售予非教徒之故也。

五月二十一日

---

① 即长崎著名之浦上天主堂。

旧夹衣后臀处破，无奈只得穿哔叽和服。再访唐寺①。
　　叶梢卷卷何其美，惟见唐寺芭蕉肥。

薄暮时分，同与茂平至松本家。观唐画数幅。沈南岭《莲花图》，得写生之妙。

五月二十二日

夏汀家遇双树园主人。夜，同数人饮于鹤之家。林泉布置，系东京料理店所未曾见。春夫已烂醉如泥。有艺妓照菊、菊千代、伊达奴等人陪酒。戏赠照菊：
　　莫道萱草花开日，正是与君分手时。

大正十一年（1922）

---

① 即著名中国寺庙崇福寺，列为日本国宝。

澄江堂日录

艾 莲译

六月六日

向蒲原君讨枇杷。午后，去永日庄看波斯古陶。价高，未购。

六月七日

午前，香取先生、鹿岛氏来访。承赠澄江堂印一方。鹿岛出示大雅①真迹一幅。上书"众芳摇落独鲜妍"，落款为九霞山樵。有黑木钦堂教授鉴定书。为何鉴定则未作说明。

六月八日

为《Sunday 每日》开始撰写小说。多加志有些消化不良。夜，去下岛先生处诊视。另，藤泽来访。

六月九日

与菅藤读小说《艾其吉利尔·迪斯·托伊费尔斯》。第二章无趣。情节不甚自然，对妖妇奥伊费米之性格，亦铺陈太过。多加志仍未痊愈。已请下岛先生诊视三次。

六月十日

---

① 池大雅（1723—1776），日本南画名家，亦善书法，号九霞山樵。

上午,多加志住进宇津野病院。室生、伊藤、池田、田沼、和田、成濑、渡边等人来访。夜,拜访宇津野博士。对多加志小命,不可绝望。为《Sunday 每日》写小说,已断念。

六月十一日

晨来电话,多加志病情见好。去病院。访一游亭①。古原草君亦在座。谈得投机,直至更深。再去病院,吃闭门羹。唯见多加志病室灯光。

大正十二年(1923)

---

① 即小穴隆一,西洋画家。

轻井泽日记

艾 莲译

八月三日。晴。 室生犀星来。上午四时抵。说:"火车里睡不着。喝了一瓶啤酒,还是一点没睡着。"今日退掉旧馆楼下房间,与犀星一起搬到厢房。窗前池中有喷水。只见长满紫萁与忍草的岩石上,吐出一条白练。正在廊下吸烟的犀星,突发感慨道:"所谓喷水,宛如小便。"又道:"那么一直撒个没完,肚子什么要痛的咧。"

与犀星一起散步逐凉,逛古董店和洋服店。天上月光微明。行至主日学校前,遇见两三个像是美国人,高唱日文赞美诗。

八月四日。晴。 堀辰雄来。及晚,下阵雨。与犀星、辰雄去轻井泽饭店吃大菜,久不知其味。客人以德国人居多。餐厅墙挂佛画两幅。因灯光幽暗,不辨是何内容。邻桌有一秃头德国人。桌上置一罐四市合的牛奶,在浏览英文报纸,神色自若地喝着牛奶,未及五分钟,即喝完。饭后,于大厅闲谈少顷。冒雨回鹤屋。夜半,写完《偏见》一文。

八月五日。阴。 村幸主人、土屋秀夫来访。辰雄乘二点钟火车回东京。

薄暮,散步途中与犀星去万平饭店。饮柠檬水以解渴。客人大抵为美国人。露台上有一金发红衣美女,靠在藤椅上,与郎君情话绵绵。可惜郎君鼻如鹰嘴。出饭店,至露天音乐堂,正在演奏之中。堂前树下,散步客人颇不少。偶见一短躯之黄面婆,挽着夫君手臂。不禁仰月叹曰:"苍白的月儿哟!"陋巷卖文十年,虽无大幸,得免落入此等婆娘之毒手,实乃一幸也。

夜,读奥尼尔《天边外》。肤浅通俗,如看电影。

八月六日。晴。 灵感顿失,终日难以为文。或读书,或于庭中散步,犀星怜而笑之。此庭所植草木花卉,大抵如下:松、落叶松、五叶松、榧子树、罗汉柏、垂叶罗汉柏、白罗汉松、枫树、梅花、矢竹、麻叶绣线菊、棣棠、胡枝子、杜鹃花、石岩杜鹃、菖蒲、大丽花、旱金莲、红晕草、天香百合、小向日葵、小町草、草夹竹桃、忍草、金针草、紫萁、虎耳草、秋田款冬、常春藤、五叶松——颇似五叶形徽章,甚可爱。

中午时分,田中纯来。据说已备齐运动服,并购妥奇尔顿喜用之球拍,每日打网球云云。

大正十三年(1924)

晚春卖文日记

艾 莲译

四月三十日　星期六　晴

继续写短篇，题尚未定。藤泽古实来。为《大东京繁荣记》插图一事。其后，请关口广庵老治疗。平松增子来。今日平松搬家。八席房内壁龛，已摆上端午偶人。傍晚，《东日》①冲本常吉来。为插图事去小穴君处。适逢外出，擅自从抽屉内取出花纸牌，同冲本君玩六百卷。小穴君与义敏同回，乃是去看剑术电影。十一时许，回家。同藤泽、冲本商量插图事，直至凌晨三时。照此看来，插图非作者本人画不可。共有十五回，思之再三，甚是为难。冲本君云："只能请您躬亲，除此之外，别无他法。"

五月一日　星期日　晴

堀辰雄、堀川宽一、小穴隆一诸君及其他客人来。请堀君朗读新作短篇。夜，同小穴君、义敏就展览会展开论战，最后小穴君留宿舍下。

五月二日　星期一　阴

妻与也志寸去鹄沼。现已陷入窘境，《大东京繁荣记》插图，只好勉力为之，微末技艺荒疏日久，姑且一试。小穴君在旁指点。

---

① 全称《东京日日新闻》，即现在的《每日新闻》。

冲本君来。勉强画得一、二两回，交冲本君。午后二时，小穴君回。今日有春阳会晚餐会。冲本君四时又来，称："插图可请小穴君代劳。"实有云破见青天之感。此乃上上大吉之事也。藤泽古实、薄田淳介诸人来函。"五一"约一百四十余人被捕。《繁荣记》第七回已脱稿。

　　　　烟笼银杏枝头枯，粒粒白果似丰乳。

五月三日　雨

写小说一两页，题目未定，试笔而已。小穴君将《繁荣记》第一回插图拿来过目。系画一年轻武士，与一新征组①武士剑鞘相触，正受其挑衅之场面。冲本、内田百闲先后来访。请冲本稍候，同内田于自笑轩用晚餐。兰克小说中，有篇写丈夫卧床，灵魂变成老鼠，喝水时被妻子撞见。《繁荣记》第八回脱稿。累极。服用霍米加、卡斯卡拉、维洛纳尔等安眠药。

五月四日　晴

妻由鹄沼回。以小穴君与义敏为模特，作土佐卫门插图。终日怏怏。

宫地嘉六赠《累》，宇野浩二赠《高天原》。来函五六封。

五月五日　晴

内田百闲来。与内田君同去兴文社。已两月未去。勉强为内田君谈完正事，正欲出门，宛如拍电影一般，急乘出租汽车，似脱兔般逃走。赴帝国饭店新潮座谈会。遇德田、近松、佐藤、久米，以

---

① 1862年，江户幕府组织流浪武士成立的京都"警卫队"。1865年解散，后由新撰组接替，专门暗杀维新志士。

及下村、太田、铃木诸人。傍晚阵雨。被中村武罗夫强行拉走,与上述作家去银座老虎咖啡馆。此地亦有两月未曾光顾。归来,草拟明日之讲演稿。另,《文艺的,过于文艺的》一文亦脱稿。至深夜,腹泻。闻柱上时钟已敲响三记。肛门痛,未能眠。服用维洛纳尔二次剂量,梦见老虎于墙头上奔跑。

昭和二年(1927)

图书在版编目（CIP）数据

芥川龙之介全集.第3卷/〔日〕芥川龙之介著;罗兴典,陈生保,刘立善译.—济南:山东文艺出版社,2005.3
ISBN 978-7-5329-2367-0

Ⅰ.芥… Ⅱ.①芥…②罗…③陈…④刘… Ⅲ.①芥川龙之介—全集②诗歌—作品集—日本—现代③随笔—作品集—日本—现代 Ⅳ.I313.15

中国版本图书馆CIP数据核字(2004)第100725号